Prolog

Clayborough, 187

Im Saal drängten sich die Gäste. Lebhaftes Stimmengewirr, fröhliches Lachen und die heiteren Klänge eines Streichquartetts erfüllten die Gänge.

Zwei Stockwerke über dem Ballsaal lag ein kleiner Junge in einem großen Bett und lauschte auf die Geräusche, die durch das Haus schallten. Seine kleinen Fäuste umklammerten die Zudecke, schlaflos starrte er in die Dunkelheit.

Er mochte die Dunkelheit nicht, aber er war schon sechs, kein Baby mehr. Deshalb wollte er das Licht an seinem Bett nicht anmachen. Stattdessen starrte er auf die Schatten an der Wand, verursacht von den altmodischen Wandleuchtern draußen im Gang, deren Schein durch den Türspalt drang; sein Kindermädchen hatte die Tür fürsorglich ein wenig offen stehen lassen.

Er stellte sich vor, dass diese flackernden Schatten Menschen seien, keine Ungeheuer; Frauen mit funkelnden Juwelen und Männer im nachtschwarzen Frack. In seiner Fantasie war er einer dieser Männer, nicht mehr ein kleiner Junge, sondern ein richtiger Mann, so stark und mächtig wie die Lords im Ballsaal. So stark und mächtig wie der Herzog, sein Vater. Nein – stärker, mächtiger.

Bei dieser Vorstellung musste er lächeln. Ganz kurz fühlte er sich wie ein Erwachsener. Doch dann hörte er sie und sein Lächeln verschwand. Zitternd fuhr er hoch.

Sie standen draußen im Gang vor seiner Tür. Er strengte sich an, sie zu verstehen, auch wenn er es eigentlich gar nicht hören wollte. Seine Mutter, leise, fast flüsternd: »Ich hatte noch nicht mit Ihrer Rückkehr gerechnet. Soll ich Ihnen helfen?«

Darauf sprach sein Vater: »Haben Sie es so eilig, mich ins Bett zu komplimentieren?« Die Stimme des Herzogs von Clayborough war ganz und gar nicht leise.

Der kleine Junge umklammerte seine Decke noch fester. Die

Schatten machten ihm keine Angst mehr, denn jetzt war das Ungeheuer draußen auf dem Gang, direkt vor seiner Tür.

»Was ist los, Isobel?«, wollte Francis Braxton-Lowell wissen. »Habe ich Ihnen Unannehmlichkeiten bereitet? Offensichtlich freuen Sie sich nicht besonders über mich. Haben Sie Angst, dass ich mich um die Gäste kümmere, die in meinem Haus weilen?«

»Natürlich nicht«, erwiderte die Mutter ruhig.

Obwohl der Junge eigentlich lieber in seinem Bett geblieben wäre, stand er doch auf, schlich zur Tür und lugte hinaus.

Der Herzog war groß, blond und attraktiv, seine Mutter war noch blonder, berückend schön und elegant. Er war unrasiert, sein feiner Abendanzug zerknittert. Sie wirkte in ihrem langen blauen Satinkleid und mit ihren funkelnden Juwelen einfach vollkommen. Auf dem Gesicht des Herzogs zeigte sich deutlich seine Abneigung. Schroff wandte er sich von ihr ab, stolperte und taumelte schließlich den Gang entlang. Der Umriss seiner Mutter verschwand. Besorgt folgte sie ihrem Mann.

Der Junge starrte den beiden nach.

Vor der Tür seiner Suite blieb der Herzog stehen. »Ich brauche Ihre Hilfe nicht.«

»Werden Sie nach unten kommen?«

»Haben Sie Angst, dass ich Sie blamiere?«

»Natürlich nicht.«

»Sie sind eine ausgezeichnete Lügnerin. Warum laden Sie mich nicht nach unten ein, Isobel?«

Die Mutter stand mit dem Rücken zu ihm, er konnte also ihr Gesicht nicht sehen, doch ihre Stimme klang nun nicht mehr so ruhig. »Ziehen Sie sich bitte noch um, wenn Sie sich zu uns gesellen wollen.«

»Möglicherweise tue ich das«, knurrte er. Plötzlich fiel sein Blick auf das Diamantencollier an ihrem Hals. »Dieses Talmi kenn ich ja noch gar nicht.«

»Ich habe es noch nicht lange.«

»Verdammt nochmal, das schaut nicht aus wie gläserner Billigtand!«

Isobel erwiderte nichts darauf.

Eisiges Schweigen umgab die beiden. Der kleine Junge war hinter ihnen her geschlichen und duckte sich nun hinter ein Lacktischchen. Angst schnürte sein Herz zusammen. Die Augen des Herzogs weiteten sich, und plötzlich riss er der Mutter den Schmuck vom Hals. Isobel unterdrückte einen Schrei. Der Junge wollte sich schon auf sie stürzen.

»Das ist ja echt!«, schrie der Herzog. »Bei Gott, das sind echte Diamanten! Du falsches Biest! Du hast Geld vor mir versteckt!«

Die Herzogin erstarrte.

Auch der Junge wagte sich nicht mehr zu rühren und blieb heftig atmend hinter ihr stehen.

»Stimmt das etwa nicht?«, schrie Francis. Woher hast du das Geld für dieses Ding? Woher? Zum Teufel mit dir!«

»Aus Pachteinnahmen«, sagte Isobel mit zittriger Stimme. »Wir haben unsere ersten Pachtgebühren von der Dupres-Bergbaugesellschaft erhalten.«

»Zuerst verpachtest du mein Land, ohne mich um Erlaubnis zu fragen«, schrie Francis wutentbrannt, »und jetzt versteckst du Geld vor mir? Du weißt wohl nie, wann es reicht!«

»Wie soll ich sonst Ihr väterliches Erbe retten?«

Francis war überraschend schnell für einen Mann, der so betrunken war. Er schlug heftig zu und seine Frau mitten ins Gesicht. Sie schrie auf und taumelte rückwärts gegen die Wand.

»Du hast mich von Anfang an betrogen, Isobel, vom ersten Tag, als ich dich kennen lernte. Lügnerin, Betrügerin!« Mit erhobenem Arm stürzte er sich erneut auf sie.

»Hör auf!«, schrie der Junge, die Knie des Vaters umklammernd. »Tu ihr nicht weh!«

»Zum Teufel mit euch beiden!«, schrie Francis und schlug seine Frau abermals.

Der Schlag traf sie auf die Wange und ließ sie zu Boden sinken. Der Junge trommelte blindwütig auf die Schenkel seines Vaters. Er hasste seinen Vater so sehr, dass es ihn schmerzte.

Francis packte seinen Sohn am Kragen, hob ihn hoch wie ein streunendes Kätzchen und schleuderte ihn von sich fort. Der

Junge landete auf dem Rücken, sein Kopf schlug auf dem Boden auf, kurz sah er Sterne vor seinen Augen.

»Du mickriger kleiner Mistkerl! Du denkst wohl, du wärst ein Mann? Morgen wirst du für dein ungebührliches Benehmen bestraft wie ein Mann!« Zornig blickte sein Vater auf ihn hinab. »Ein kleiner Mickerling und ein Betrüger, genau wie seine Mutter!«

Der Junge blinzelte, um wieder klar zu sehen. Sein Vater war verschwunden, doch seine grausamen, hasserfüllten Worte waren nicht verschwunden, sie brannten sich in das Gedächtnis des Knaben ein. Zitternd und schmerzerfüllt lag er am Boden. In seiner Brust, direkt in seinem Herzen verkrampfte sich etwas. Es tat schrecklich weh. Aber es war nicht der Schmerz von dem körperlichen Angriff seines Vaters, der ihm so wehtat. Er schloss die Augen; Schweiß sammelte sich in seinen Brauen und er kämpfte mit sich, bis alles nachließ, der Schmerz, das Bedürfnis zu weinen, der Hass, alles.

Bis nichts mehr übrig blieb.

Als er die Augen wieder öffnete, sah er seine Mutter. Sie lag noch immer an derselben Stelle, wo sie zusammengesunken war. Als er zu ihr hinüberkroch, setzte sie sich mühsam auf. Tränen rannen ihr über die Wangen. »Mutter? Ist alles in Ordnung?« Er klang nicht wie ein Kind, er klang wie ein Erwachsener.

»Ach Liebling!«, stammelte Isobel weinend und schloss ihren Sohn in die Arme. »Dein Vater hat das nicht so gemeint!«

Geduldig ließ sich der Junge von ihr umarmen, doch schließlich entzog er sich ihr. Während die Mutter leise weiterweinte, nickte er ausdruckslos, auch wenn er wusste, dass sie ihn belogen hatte. Sein Vater hatte jedes einzelne Wort genau so gemeint, wie er es gesagt hatte, und seine Schläge mit voller Absicht ausgeteilt. Und er wusste auch, dass sein Vater sie beide hasste. Aber das war nicht wichtig.

Nicht mehr. Denn ein Gutes hatte diese Nacht gebracht: Endlich war der Schmerz verschwunden. Er hatte gelernt, ihn zu kontrollieren, ihn zu vertreiben. Er hatte gelernt, die Leere anzunehmen. Und sie war riesengroß.

1

Dragmore, 1898

Sie haben Gäste, Mylady.«

»Aber ich habe doch nie Gäste«, protestierte Nicole.

Aldric sah sie an. Sein zerfurchtes Gesicht war unergründlich, doch seine braunen Augen zwinkerten. »Die Ladys Margaret Adderly und Stacy Worthington, Mylady.«

Nicole war überrascht. Natürlich war es übertrieben zu behaupten, sie hätte niemals Gäste, denn ihre beste Freundin, die Vicomtesse Serle, und auch die ortsansässigen Adligen und ihre Verwandten besuchten sie ziemlich häufig. Aber eigentlich zählten sie nicht. Was zählte, war die Tatsache, dass sie nicht den üblichen Schwarm von Verehrern hatte wie andere junge Damen ihres Standes, zumindest nicht in den letzten Jahren. Nicht seit dem Skandal. Was diese Ladys, von denen sie noch nie gehört hatte, wohl von ihr wollten?

»Sagen Sie ihnen, ich komme gleich, und lassen Sie einstweilen ein paar Erfrischungen reichen, Aldric«, befahl sie dem Butler. Sie war wahrhaftig ziemlich aufgeregt.

Aldric nickte, hob aber noch eine seiner buschigen weißen Brauen und fragte: »Sollte ich den Damen vielleicht noch ausrichten, dass es ein paar Minuten dauern wird, Mylady?«

Sie verstand ihn und musste ein wenig kichern, als sie einen kritischen Blick auf ihre Kleidung warf – Reithosen und schlammverkrustete Stiefel. Auch wenn ein neues Jahrhundert, das zwanzigste, vor der Tür stand, trugen Frauen normalerweise keine Männerkleider, selbst wenn sie einen guten Grund dafür hatten. Manche Dinge würden sich niemals ändern. »Gut, dass Sie mich daran erinnern, Aldric«, stimmte sie zu. »Ich sollte meine illustren Gäste nicht verscheuchen, bevor ich herausgefunden habe, was sie von mir wollen.«

Noch immer leise kichernd wartete sie, bis Aldric sich entfernt hatte, und stellte sich den Schreck der zwei sittsamen Ladys im

Erdgeschoss vor, wenn sie in ihren Männerkleidern aufgetaucht wäre. So etwas gehörte sich einfach nicht.

Nicole seufzte. Sie war sich gegenüber ehrlich genug, um zu wissen, dass ihr ihre unbekümmerte Haltung und ihr ziemlich unangemessener Sinn für Humor in ihrer momentanen etwas prekären Lage nicht viel halfen. Na ja, so richtig prekär war ihre Lage nun auch wieder nicht, wies sie sich gleich darauf zurecht. Schließlich hatte sie beschlossen, auf dem Land zu bleiben. Während sie in ihrem Kleiderschrank nach passender Kleidung suchte, gestand sie sich ein, dass es eigentlich ganz nett war, ein paar junge Frauen zu Besuch zu haben. Solche Gäste hatte sie schon lange nicht mehr gehabt. Nicht, dass sie auf Dragmore nicht glücklich gewesen wäre. Dragmore, Pferde und Bücher waren ihr Ein und Alles. Nur – nun ja, es war eben wirklich sehr lange her.

Nicole streifte sich so schnell sie konnte Strümpfe und einen Unterrock über. Sie hasste Korsetts und weigerte sich standhaft, eines zu tragen, obwohl sie ohne Schuhe einen Meter siebenundsiebzig maß, also größer war als die meisten Frauen; und dazu kam noch ihr Alter – sie war dreiundzwanzig. Doch es missfiel ihr einfach, sich die Taille einzuschnüren, als wäre sie nur einen Meter fünfzig groß, achtzehn Jahre alt und kaum hundert Pfund schwer. Wenn die Leute das wüssten, würden sie natürlich wieder lästern. Das taten sie nur zu gern, wie Nicole am eigenen Leib erfahren hatte. Aber in diesem Fall konnte es niemand wissen, und selbst wenn – Nicole blieb standhaft.

Es ging ihr dabei nicht nur um ihre Bequemlichkeit. Nicole verschlang alle Bücher, derer sie habhaft werden konnte, und teilte die Meinung einiger ihrer Lieblingsschriftstellerinnen, die Hosen der momentanen Mode vorzogen, die ihrer Ansicht nach ungesund und beengend war. Das Korsett war ein Paradebeispiel dafür. Die moderne Gesellschaft hatte klare Regeln dafür, was sich ziemte und was nicht, ausdrücklich so festgelegt, um die Frauen an ihren angestammten Plätzen zu halten, und die Mode diente genau demselben Zweck.

Schließlich konnte man von einer Frau, die sich in ihrem Korsett ständig am Rand einer Ohnmacht bewegte, nicht erwarten, mehr zu tun als zu lächeln und nach Luft zu schnappen. Eine solche Frau konnte weder reiten noch schießen oder denken. Eine solche Frau war unterwürfig.

Nicole war klug genug ihr Wissen für sich zu behalten.

Nachdem sie sich fertig angekleidet hatte, warf sie noch rasch einen prüfenden Blick in den Spiegel. Sie war nervös und spürte, wie ihr die bevorstehende Begegnung auf den Magen schlug. Verärgert schimpfte sie mit sich selbst. Es war nicht das marineblaue Jäckchen und auch nicht der Rock, was ihr missfiel; Kleider waren ihr einfach nicht wichtig, so lange sie sie nicht einengten. Es waren andere Dinge, die sie an ihrem Äußeren auszusetzen hatte.

»Na ja, was hast du denn erwartet?«, fragte sie ihr Spiegelbild seufzend. »Kleiner zu sein? Blond? Bist du denn völlig verblödet? Leute, die dich nach deinem Äußeren beurteilen, sind keinen Penny wert!«

Die Tür ging auf. »Haben Sie mich gerufen, gnä' Frollein?«

Nicole errötete. Wenn die Dienstboten sie jemals bei ihren Selbstgesprächen ertappten, würde sie vor Scham in den Boden versinken. »Oh, ja, Annie, bring bitte Sue Anne meine Reithose, der Riss auf dem linken Knie müsste geflickt werden!« Sie lächelte munter und wartete, bis Annie die Hose aufgehoben hatte und damit verschwunden war. Dann musterte sie sich abermals kritisch. Sie war lächerlich groß und viel zu dunkel. Ihr Vater war ein dunkler Typ, von ihm hatte sie ihr Äußeres geerbt und rein gar nichts von ihrer zierlichen, blonden Mutter. Eigentlich neigte sie nicht zu Verdrossenheit und Nörgelei – aber hätte ihr Haar nicht wenigstens braun statt kohlrabenschwarz sein können?

Sie hätte Annie lieber bitten sollen, ihr bei ihrem Haar zu helfen, statt eine Geschichte über ihre Reithose zu erfinden, dachte sie, als sie mit dem Kamm durch ihre dichte, schwarze Mähne fuhr, die sich bis zu ihren Hüften wellte und ohne ein zweites Paar Hände kaum zu bändigen war. Doch dazu war es jetzt zu spät. Rasch bändigte sie ihr Haar mit einer Schleife. Die

Ladys Adderly und Worthington erwarteten sie. Wieder verkrampfte sich ihr Magen. Die Damen jetzt auch nur noch eine Minute länger warten zu lassen wäre ausgesprochen unhöflich gewesen. Nicole hastete aus ihrem Zimmer und stürmte die Treppe hinab, wobei sie völlig vergaß, dass sie einen Rock trug, bis sie darüber stolperte und sich zu einem ruhigeren, damenhafteren Gang zwang.

In der Diele blieb sie kurz stehen, um wieder Atem zu schöpfen und ihre flatternden Nerven zu beruhigen. Sei doch nicht so albern, ermahnte sie sich. Schließlich empfing sie doch nur Gäste, etwas ganz Alltägliches für andere junge Ladys. Während sie den langen, mit Marmor gefliesten Gang entlang eilte, wünschte sie sich, ihre Mutter, die Gräfin von Dragmore, wäre zu Hause und würde ihr zur Seite stehen. Aber Jane weilte mit Nicoles jüngerer Schwester Regina in London.

Während der Londoner Ballsaison hielt Regina es zu Hause nicht aus. Nicole hoffte, ihre Eltern würden Regina heiraten lassen und einfach darüber hinwegsehen, dass sie, die ältere Schwester, unverheiratet war und es wahrscheinlich ihr Leben lang bleiben würde.

Auf der Schwelle des großen, in Hellgelb gehaltenen Salons blieb sie stehen. Sofort unterbrachen die beiden jungen Damen auf dem Chintz-Sofa ihr Gespräch. Die eine war blond mit einer formvollendeten Figur, die andere eine umwerfende Brünette. Beide starrten Nicole aus weit aufgerissenen blauen Augen an. Einen albernen Moment lang fühlte sie sich wie ein exotisches Subjekt unter einem Vergrößerungsglas.

Lächelnd betrat sie den Salon. »Hallo! Wie nett von Ihnen, mich zu besuchen!«

Die Mädchen standen auf und ließen ihre Blicke mit unverhüllter Neugier über Nicoles großen Körper schweifen, während sie sich vorstellten. Nicole fühlte sich wie eine Riesin neben den beiden, die kaum über einen Meter fünfzig maßen. »Lady Shelton«, sagte die Blonde, »ich bin Lady Margaret Adderly, und das hier ist meine Freundin Lady Stacy Worthington.«

Nach dem üblichen Austausch von Höflichkeiten bat Nicole

ihre Gäste, wieder Platz zu nehmen. Mit Tee und Gebäck waren sie bereits versorgt worden. Sie setzte sich ihnen gegenüber in einen Lehnstuhl, der mit Brokat bezogen war. Stacy Worthington musterte sie ein wenig zu gründlich.

»Sie haben sicher schon vom Herzog gehört?«, fragte Margaret aufgeregt.

Es gab nur einen Mann, den sie meinen konnte. »Dem Herzog von Clayborough?«, sagte Nicole und fragte sich, was er wohl mit diesen beiden jungen Damen zu tun hatte.

»Ja!«, strahlte Margaret. »Er hat Chapmann Hall erworben und ist damit Ihr Nachbar geworden. Aber das wissen Sie ja sicher schon.«

»Natürlich«, sagte Nicole leicht verwirrt. Sie wusste nur, dass der Herzog erst vor kurzem nach Chapman Hall gekommen war, das kaum eine Meile von Dragmore entfernt lag. Doch abgesehen davon hatte sie nie von ihm gehört.

»Er ist mein Cousin«, verkündete Stacy Worthington selbstgefällig lächelnd, als wäre es eine großartige Sache, die Cousine eines Herzogs zu sein.

»Da haben Sie aber Glück«, erwiderte Nicole.

Stacy entging Nicoles Sarkasmus. »Wir kennen uns von klein auf«, fügte sie noch würdevoll hinzu.

Nicole lächelte nur.

»Er weilt momentan auf seinem Anwesen«, sagte Margaret, »und diesen Freitag veranstalten wir ihm zu Ehren auf Tarent Hall einen Maskenball. Schließlich wollen wir ihm doch auf dem Land einen gebührenden Empfang bereiten.«

»Ja, bestimmt.«

»Sicher würden der Graf und die Gräfin den Ball ausrichten, wenn sie momentan hier wären, aber da das nicht der Fall ist, hat meine Mutter sich der Sache angenommen.«

Nicole nickte.

Stacy lächelte. »Wir wussten, dass Sie hier und nicht in London sind, und natürlich wäre es absolut unhöflich, Sie nicht einzuladen. Und das wollen wir hiermit tun.«

Nicole blinzelte und spürte, wie sie sich verkrampfte. Sie war überrascht über das, was Stacy gesagt hatte, und vor allem, wie sie es gesagt hatte. Soeben hatte sie die unhöflichste Einladung ihres Lebens bekommen; es war allzu deutlich, dass man sie einladen musste, ob sie nun ein gern gesehener Gast war oder nicht. Gleichzeitig hatte die junge Frau anklingen lassen, dass Nicole nicht in London war, zusammen mit ihren Eltern und ihrer Schwester und all den anderen unverheirateten jungen Damen von Stand und Vermögen, die auf der Jagd nach einem Ehemann waren. Und was sie damit noch andeutete, war noch viel schlimmer – dass Nicole in London gar nicht erwünscht wäre. Aber das stimmte nicht.

Zumindest nicht so ganz.

»Oh!« Mehr fiel Nicole dazu nicht ein, sie war einfach zu brüskiert. Fast nie begab sie sich in die Gesellschaft, seit Jahren hatte sie das nicht mehr getan. Wusste diese Frau das? Natürlich – alle wussten es.

»Sie werden doch kommen, oder?«, fragte Stacy lächelnd.

Nicole erwiderte ihr Lächeln nicht. Man hatte sie soeben herausgefordert, das hatte sie sich nicht nur eingebildet. Sie verspürte Beklommenheit. Es war doch schon so lange her! Hatten es die Leute denn noch immer nicht vergessen?

»Nun?«, fragte Stacy unablässig lächelnd.

Nicole mochte sie nicht. Das Mädchen erwartete, dass sie die Einladung ausschlug. Alle wussten, dass sie fast nie ausging. Und die beiden waren nicht auf einen Freundschaftsbesuch gekommen, sondern aus reiner Pflicht. Es wäre einfach zu unschicklich gewesen, die Tochter des Grafen von Dragmore zu einem solch bedeutenden Ereignis nicht einzuladen. »Natürlich komme ich«, sagte Nicole stolz, doch ohne eine Miene zu verziehen.

Stacy wirkte schockiert, und ihre Begleiterin nicht minder. »Sie kommen tatsächlich?«, stammelte die Blonde fassungslos.

Allmählich wurde Nicole wütend. Stacys Motive waren ihr zwar noch nicht ganz klar, aber das war ihr jetzt egal. Einzig wichtig war die Herausforderung. »Dann bis Freitag«, sagte Nicole und erhob sich.

Als die beiden gegangen waren, bereute sie, dass sie sich von ihnen in die Ecke hatte drängen lassen. Aber wie hätte sie Stacy Worthingtons Herausforderung ablehnen können? Und inzwischen war doch schon Gras über die Sache gewachsen, oder?

Nach dem Skandal war Nicole das Opfer zahlloser übler Gerüchte und Spekulationen geworden. Das hatte ihr sehr wehgetan. Ihre Eltern waren böse auf sie gewesen, und selbst wenn sie sich am liebsten in ihrem Londoner Anwesen verkrochen hätte, hätten sie es nicht zugelassen. Doch sie war kein Feigling und hatte die Saison mit hoch erhobenem Kopf weiter dort verbracht, als wäre nichts geschehen. All die Klatschgeschichten und die neugierigen Blicke hatte sie einfach ignoriert.

Erst als der Skandal abflaute, hatte sich Nicole zurückgezogen. Schon seit ihrem Debüt hatte sie die Bälle und Empfänge, die Soireen und Abendeinladungen nicht besonders genossen. Sie fand all diese Dinge endlos eintönig und öde. Am liebsten stand sie mit der Sonne auf und verbrachte ihren Tag auf einem Pferderücken, um sich gemeinsam mit ihrem Vater und ihren Brüdern um Dragmore zu kümmern. Und ein gutes Buch fand sie wesentlich unterhaltsamer als diese gesellschaftlichen Ereignisse.

Die letzten vier Jahre war sie nicht unglücklich gewesen. Nicole liebte ihre Familie, sie liebte Dragmore und war recht zufrieden mit ihrem Leben. Eigentlich war es genau deshalb zum Skandal gekommen – weil sie ihr Leben nicht hatte verändern wollen.

Aber manchmal, meist wenn ihre jüngere Schwester Regina zusammen mit der Mutter in London war und eine Party nach der anderen besuchte, in wundervolle Seidengewänder gekleidet und von gut aussehenden Junggesellen hofiert, vermisste Nicole sie und fühlte sich einsam. Dann sehnte sie sich urplötzlich danach, auch dort und bei ihnen zu sein. Regina war stets die Schönste auf diesen Bällen, und Nicole wusste, dass sie sich etwas wünschte, was sie niemals haben konnte. Es war ein kleiner, sehr flüchtiger Wunsch. Wann immer er in ihr erwachte, zwang sie sich, an die wenigen Male zu denken, als sie nach dem

Skandal mit ihrer Familie ausgegangen war. Amüsant war es nie gewesen, immer hatten die Menschen sie angestarrt und sich erinnert, manchmal hatten sie sogar hinter ihrem Rücken zu tuscheln begonnen. Sie brauchte nur daran zu denken, und schon verschwand die Sehnsucht nach solchen Anlässen für lange Zeit.

Und jetzt sollte sie also tatsächlich auf ein Fest gehen – aber sie hatte keine Begleitung. Ihre Eltern und Regina waren in London, ihr Bruder Ed in Cambridge, ihr Bruder Chad geschäftlich in Frankreich unterwegs. Sittsame Ladys gingen nie ohne Begleitung auf Feste, es sei denn, sie waren über dreißig, und das war sie nicht.

Dennoch würde sie zu diesem Maskenball gehen, auch ohne Begleitung. Sie würde es dieser hochnäsigen Stacy Worthington schon zeigen.

*

Am Freitagabend legte sich Nicole einen feinen roten Wollumhang um die Schultern und machte sich auf den Weg nach Tarent Hall. Als es so weit war, war sie ein einziges Nervenbündel. Tagsüber hatte sie sich immer wieder damit herumgeplagt, ohne Begleitung den Ball zu besuchen, doch schließlich hatte sie alle Bedenken zerstreut. Man hatte sie herausgefordert und sie war kein Feigling: Sie würde auf den Maskenball gehen, komme, was wolle.

Immer wieder befiel sie die Angst, dass sie diesen Abend noch bereuen würde. Es wäre weitaus vernünftiger gewesen, Stacy Worthington zu vergessen und zu Hause zu bleiben, wie es sich für eine sittsame junge Lady gehörte.

Aber dazu war es jetzt zu spät. Nicole betastete den orangefarbenen Unterrock und den leuchtend rosafarbenen Rock, den sie unter dem Umhang trug. Sittsam war sie eigentlich nie gewesen – sie hatte von jeher etwas Wildes an sich gehabt. Das hatte sie wohl von der Seite ihres Vaters; so behauptete es zumindest die Mutter, auch wenn der Graf stets darauf beharrte, dass die Missachtung der Konventionen eher ein Wesenszug der Barclays sei. Mit dreiundzwanzig war sie reif und ehrlich genug sich selbst gegenüber, diesen ungewöhnlichen Wesenszug zu erkennen und zu akzeptieren. Ihrer Wildheit war es zuzuschreiben, dass sie Stacys Kampfansage angenommen hatte, und diese Charaktereigenschaft trieb sie jetzt wider besseren Wissens weiter.

Nicole hatte die Regeln und Konventionen, an die sich die Frauen ihrer Zeit gebunden fühlten, stets gehasst. Zum Glück war sie nicht allein, auch wenn die Gruppe, der sie sich zugehörig fühlte – angeführt von Suffragetten und Rebellinnen wie Elizabeth Cady Stanton und ihrer Tante, Grace Bragg –, eine radikale Minderheit bildete. Von Frauen wurde erwartet, sich ausschließlich mit sanften, damenhaften Dingen wie Blumenarrangements und Aquarellmalerei zu beschäftigen. Als ihre Hauslehrerin versucht hatte, ihr diese Dinge beizubringen, hatte die achtjährige Nicole wütend rebelliert. Sie sollte tagaus, tagein Rosen malen, während Chad, Ed und ihr Vater über Dragmore preschten und sich um die Pächter, Ländereien und Tiere kümmerten? Niemals!

Doch selbstverständlich hatte sie all dies lernen müssen und sich traurig gefügt. In ihrer freien Zeit aber folgte sie den männlichen Wesen ihrer Familie auf Schritt und Tritt und durfte schließlich sogar an den Ausritten teilnehmen, nachdem sie ihre Pflichten erledigt hatte – eine Freiheit, die eine junge Lady aus gutem Hause sonst nirgendwo genoss. Ihre ganze Kindheit lang, ja, bis ins junge Erwachsenenalter hinein hatte sie zutiefst bedauert, dass sie kein Junge war. Wenn sie nicht mit ihren Brüdern und ihrem Vater unterwegs war, beschäftigte sie sich mit Büchern. Sie las alles, von Byrons sinnlichen Gedichten bis zu John Stuart Mills »Die Rechte der Frauen«. Ihre Familie machte sich über ihre Vorlieben keine weiteren Gedanken, bis sie plötzlich eine erwachsene Frau war, doch selbst dann bemühten sich alle noch nach Kräften, ihre unkonventionelle Art zu ignorieren.

Sie würden tot umfallen, wenn sie sie jetzt sehen würden.

Nicole hatte nur drei Tage Zeit gehabt, sich ein Kostüm zusammenzustellen, aber dieses Problem hatte sie gelöst, indem sie den riesigen Dachboden des Anwesens durchwühlt hatte. Ihre Mutter, Jane Barclay, war eine bekannte Schauspielerin gewesen, bis sie einige Jahre nach ihrer Eheschließung ihre viel versprechende Karriere aufgegeben hatte, um sich ganz ihren Kindern, ihrem Mann und Dragmore zu widmen. Die Schauspielkunst hatte ihr im Blut gelegen, denn Jane war in die Fußstapfen ihrer Mutter, der berühmten, unvergleichlichen Sandra Barclay getreten. Auf dem Dachboden lagerten deshalb zahllose wundervolle Kostüme in großen Truhen.

Nicole beschloss, sich als Zigeunerin zu verkleiden; mit ihrem Äußeren und den farbenfrohen Kleidern, die sie auf dem Dachboden gefunden hatte, wirkte sie nun tatsächlich sehr echt. Freilich war das Kostüm gewagt und kaum als züchtig zu bezeichnen. Die Bluse bot einen freizügigen Blick auf ihre Schultern und der Rock reichte ihr nur bis knapp über die Knie. Aber Zigeuner – zumindest hatte ihr das die dreizehnjährige Annie versichert – liefen immer in kurzen Röcken und barfuß herum. Nicole hatte damit keine Probleme. Allerdings würden Stacy Worthington und ihrer kleinen Freundin wohl die Augen übergehen, wenn sie sie so sahen, zumal sie sicher gar nicht mit ihr gerechnet hatten.

Lächelnd lehnte sie sich auf der ledernen Bank der großen schwarzen Kutsche von Dragmore zurück, der sechs Graue vorgespannt waren und die von vier livrierten Lakaien begleitet wurde. Nicht nur, dass sie in einem sehr echt wirkenden Kostüm an einem Maskenball teilnehmen würde, nein, inzwischen freute sie sich richtig darauf. Seit Ewigkeiten hatte sie sich nicht mehr in einer größeren Gesellschaft bewegt und an ihren letzten Maskenball konnte sie sich schon gar nicht mehr erinnern.

Auf der kreisförmigen Zufahrt vor dem georgianischen Backsteingebäude standen bereits zahlreiche Kutschen. Vor ihr war ein etwa doppelt so großes Gefährt in die Zufahrt eingebogen. Auch diese Kutsche war schwarz und so gründlich poliert, dass sie im Mondlicht glänzte. Auf zwei ihrer Türen befand sich, vom Licht der Kutscherlampe beschienen und kaum zu übersehen, ein funkelndes, überdimensioniertes geprägtes Wappen: Ein roter und ein goldener Löwe erhoben sich links und rechts eines schwarz-rot-goldenen Schildes, ein weiterer roter Löwe fletschte oberhalb des Schildes sein Maul. Mit den Hinterpranken standen die beiden Löwen auf einem silbernen Band, auf dem das schlichte Motto: »Ehre über alles« zu lesen war. Ein solch reich verziertes Wappen konnte nur einem gehören – dem Herzog von Clayborough.

Die Kutsche wurde von acht prächtigen Rappen gezogen, in deren Zaumzeug goldene Federbüschel steckten. Auf dem hinteren Trittbrett standen vier Lakaien in prachtvollen rot-schwarz-goldenen Livreen. Ein Dutzend in den herzoglichen Farben gekleidete Reiter eskortierten den Herzog auf prächtigen Braunen. Die prunkvolle Kutsche hätte auch einem Mitglied der königlichen Familie gehören können, doch königliches Blut floss nicht in den Adern des Herzogs, das wusste Nicole.

Beide Kutschen hielten vor dem Eingang und Nicole strengte sich an, einen Blick auf den illustren Ehrengast zu erhaschen. Sie konnte nur eine große, kraftvolle Gestalt in einem nachtschwarzen Frack ausmachen, um deren Schultern ein schwarzer, karmesinrot gefütterter Umhang wehte. Der Herzog hatte es offenbar vorgezogen, unkostümiert zu kommen, und er hatte auch keine Herzogin in seiner Begleitung.

Man half ihr aus der Kutsche und führte sie die Stufen hinauf zu den hellen Lichtern des Herrenhauses. An der offen stehenden Eingangstür nahm ihr ein Diener den Umhang ab; ob ihres Kostüms verzog er keine Miene. Sie folgte einem Lakaien zum Eingang des Ballsaals. Ihr Herz begann heftig zu pochen, und als man sie nach ihrem Namen fragte, konnte sie nur mechanisch antworten.

Einen kurzen Moment erinnerte sie sich an die viel zu vielen Soireen, an denen sie teilgenommen hatte, und an die zahlreichen Fehlschläge, die sie hatte einstecken müssen. Einen kurzen Moment verließ sie der Mut und sie fühlte sich zutiefst verängstigt.

Hinter dem Herzog, dessen Eintreffen soeben verkündet wurde, blieb sie stehen. Er war noch größer, als sie vermutet hatte, fast zwanzig Zentimeter größer als sie, und hatte muskulöse breite Schultern. Sein dunkelblondes Haar war zu lang, was nicht der momentanen Mode entsprach. Es hatte den Anschein, als sei er zu beschäftigt für einen Friseurbesuch. Von der Sonne gebleichte Strähnen durchzogen sein Haar, offenbar verbrachte er viel Zeit im Freien.

»Hadrian Braxton-Lowell, der neunte Herzog von Clayborough«, verkündete der Butler. Es folgte eine lange Aufzählung seiner weiteren Titel.

Der Herzog wirkte ungeduldig, und kaum war der Butler fertig, stieg er schon die Stufen zum Ballsaal hinab. Nicole trat vor und bemerkte, wie eine prachtvoll gekleidete Frau, offensichtlich die Gastgeberin, ihn begrüßte.

»Lady Nicole Bragg Shelton«, verkündete der Butler nun.

Nicole hörte ihn nicht. Das Herz schlug ihr bis zum Hals. Plötzlich konnte sie nur noch an ihre bloßen Beine denken und fühlte die Blicke der gesamten Gästeschar auf sich gerichtet. Da sie soeben angekündigt worden war, und zwar direkt nach dem Herzog, traf dies natürlich zu. Ein kurzes Schweigen senkte sich über den Saal und Nicole betete, dass der Herzog der Grund dafür war und nicht ihre Erscheinung.

Doch auch er drehte sich um und starrte sie an.

Nicole hielt stolz den Kopf hoch. Barfuß wie eine echte Zigeunerin, mit klirrenden Armreifen und offenem Haar, das ihr bis zu den Hüften reichte, schritt sie anmutig die Stufen hinab. Die Leute tuschelten. Nicole hatte das schreckliche Gefühl, dass sie über sie sprachen.

Leider fiel ihr erster Blick auf Stacy Worthington, die gleich ganz vorne stand und ein weißes Regency-Gewand trug, ein höchst züchtiges Kostüm. Stacy gingen die Augen nicht über, sie grinste nur süffisant.

Doch gleich darauf vergaß Nicole sie völlig, denn der Herzog hatte sich ihr zugewandt. Ihr blieb schier die Luft weg, doch irgendwie schaffte sie den Weg zur Gastgeberin, ohne ohnmächtig zu werden. »Lady Adderly«, murmelte sie und machte einen kleinen Knicks.

Die Vicomtesse blinzelte sie an. »Ach ja, Lady Shelton, wie schön, dass Sie gekommen sind. Und – nun ja, ein sehr charmantes Kostüm …«

Nicole brachte kein Lächeln zustande, sie konnte kaum atmen. Aber sie war sich nicht sicher, ob es daran lag, dass sie nach wie vor von etwa hundert Gästen begafft wurde, oder weil er so nahe bei ihr stand; fast glaubte sie, die Hitze seines kraftvollen Körpers zu spüren. »Vielen Dank«, murmelte sie.

»Welch ein prächtiges Kostüm«, bemerkte der Herzog, dessen Stimme ohne jegliche Anstrengung alle übertönte.

Nicole wirbelte herum und ihre Blicke trafen sich. Unter ihren Füßen schien der Boden zu schwinden.

Er sah gut aus. Er sah unverschämt gut aus, unverschämt männlich. Neben ihm wirkte sie fast zierlich. Seine dunklen Augen schienen Macht über sie zu erlangen, sie stand völlig in seinem Bann. »Sie sind einzigartig, Lady Shelton«, sagte er unvermittelt und ließ seinen Blick über sie gleiten. »Und ich für meinen Teil finde das sehr erfrischend.«

Ebenso abrupt wandte er sich wieder ab, nickte der Gastgeberin zu und schlenderte davon. Die beiden Frauen blieben allein zurück.

»Einzigartig«, wiederholte Lady Adderly, als könne sie es kaum glauben.

Nicoles Herz begann wieder zu schlagen. Wilde Freude durchströmte sie. Sie fasste seine Worte als Kompliment auf. Oh Gott, dieser hinreißende Mann hatte ihr ein Kompliment gemacht!

Wie hypnotisiert schwebte sie durch die Menge. Die Leute starrten sie noch immer an, aber so sehr sie es früher gehasst hatte – jetzt klangen nur noch seine Worte in ihr nach, und sie hatte den Rest der Welt vergessen. »Ein prächtiges Kostüm … Sie sind einzigartig, Lady Shelton …«

Irgendjemand hatte ihr ein Glas Champagner in die Hand gedrückt. Ihr Puls hämmerte und ihr war heiß. Als sie in der Menge nach ihm Ausschau hielt, entdeckte sie ihn sogleich. Erschrocken erkannte sie, dass er zu ihr blickte.

Er stand zu weit entfernt von ihr, als dass sie seine Augen hätte sehen können, aber sie fühlte sich von ihnen versengt und bemerkte die Anspannung in seinem Gesicht. Sie konnte ihren Blick von ihm nicht abwenden, nicht, bis er seinen Champagnerkelch erhob, als wolle er ihr zuprosten – oder ihnen beiden.

Rasch wandte sie sich ab. Der Herzog von Clayborough. Wie lange würde er in Chapman Hall sein? War er verheiratet? Und was ging eigentlich in ihr vor? Sie war völlig aufgewühlt. Wieder ertappte sie sich dabei, wie sie ihn anstarrte.

Er hörte den Lords und Ladys zu, die um ihn herum standen, und wirkte dabei ziemlich gelangweilt und ebenso ungeduldig wie bei seinem Eintreten. Stacy Worthington stand neben ihm und schmachtete ihn an. In Nicole regte sich Eifersucht, wie ein schmerzhafter Stachel. Sie staunte über die Heftigkeit ihrer Empfindung. Doch dann kehrte der Herzog sich wieder ihr zu, als hätte er ihren Blick bemerkt, und durchbohrte sie erneut mit seinen Augen. Nicole wusste, dass sie jetzt eigentlich wegschauen sollte, aber sie tat es nicht – sie konnte es einfach nicht.

Magnetisch zogen sich ihre Blicke an.

»Liebe Nicole, wie lange ist es her!«

Gerade als sie zu sehen glaubte, dass seine Lippen sich kaum merklich zu einem geheimnisvollen Lächeln verzogen, wurde sie von ihm abgelenkt. Sie kannte die grauhaarige Frau neben ihr nur zu gut, es war die Marquise von Hazelwood, eine der größten Lästerzungen nach dem Skandal damals. Nicole erstarrte.

Doch nun lächelte die Marquise, als wären sie alte Freundinnen. »Es ist so schön, Sie wieder zu sehen, Nicole. Du meine Güte, das muss man sich mal vorstellen: Der Herzog sagt, Sie seien etwas ganz Besonderes!«

Nicole wusste nicht, welches Spiel die Marquise spielte, aber sie weigerte sich mitzuspielen. »Ja, es ist tatsächlich lange her.« Sie klang kühl, denn sie hatte nicht vergessen, wie diese Frau sie vor vier Jahren geschnitten hatte. »Tja, ich glaube, es ist tatsächlich vier Jahre her, die Soiree auf Castleton. Sie erinnern sich doch noch an dieses kleine Fest?«

Die Marquise erinnerte sich gewiss noch deutlich daran, wie sie Nicole vor einem Dutzend Gäste auf Castleton mit Worten durchbohrt hatte wie mit einem Schwert. Sie war damals sogar so weit gegangen, sie als Persona non grata zu bezeichnen, und zwar im vollen Wissen, dass Nicole jedes ihrer Worte hörte. Doch jetzt lächelte sie, als hätte es jenen Abend nie gegeben.

»Ach, all die vielen Skandale!«, seufzte sie, hielt ihr Lorgnon hoch und musterte Nicoles Kostüm. »Ja«, verkündete sie sodann und nickte, »jetzt verstehe ich auch, warum der Herzog Ihr Kostüm so einzigartig fand. Kommen Sie doch bitte bei mir vorbei, wenn es Sie wieder einmal in die Nähe von Hazelwood verschlägt, und richten Sie dem Grafen und der Gräfin meine besten Grüße aus!« Sie tätschelte Nicoles Hand höchst freundlich und wandte sich wieder von ihr ab.

Nicole war verblüfft – und wütend. Sie machte sich nichts vor. Die Marquise hatte sie nur nach Hazelwood eingeladen, weil der Herzog sie wohlwollend zur Kenntnis genommen hatte. Innerlich schäumte sie. Hätte sich die Marquise so freundlich gezeigt, wenn der Herzog heute Abend nicht hier gewesen wäre oder ihr Kostüm nicht gebilligt hätte? Ganz gewiss nicht!

Nicole nippte an ihrem Champagner und schlenderte durch die Menge; dabei hielt sie verstohlen nach dem Herzog Ausschau und hoffte, dass sie ihm noch einmal begegnen würde. Zu ihrer Verwunderung kamen viele Gäste auf sie zu und luden sie ein, doch sie konnte sich nicht richtig darüber freuen. Zum ersten Mal merkte sie, wie groß die Macht war, die ein Mensch wie der Herzog ausübte. Seine Worte hatten ehrlich geklungen, auch wenn er sicher nicht weiter darüber nachgedacht hatte. Dennoch war es plötzlich, als hätte es den Skandal nie gegeben.

»Sie wirken nicht besonders glücklich, Lady Shelton«, erklang plötzlich hinter ihr seine tiefe Stimme.

Nicole stockte der Atem. Sie wirbelte so rasch herum, dass der Champagner über den Kelchrand schwappte. Er stand so nahe bei ihr, dass ihre Brüste, die unter der Seidenbluse nur in einem dünnen Hemdchen steckten, seinen Arm streiften. Entsetzt und errötend trat sie hastig zurück und verschüttete dabei noch mehr Champagner.

Er nahm ihr das Glas mit einem Blick ab, der nur schwer zu

deuten war. Seine Augen waren nicht dunkelbraun, wie sie anfangs angenommen hatte, sie funkelten golden wie Sherry. War er etwa amüsiert?

Dabei streifte seine Hand die ihre und schien direkt ihre Seele zu streicheln. Die brannte wie Feuer.

»Lassen Sie mich Ihr Glas auffüllen«, sagte er, brauchte sich jedoch nicht zu rühren, denn hinter ihm tauchte sofort ein Diener mit einem Tablett voll perlender Champagnerkelche auf. Der Herzog nahm sich ein Glas und reichte ihr ebenfalls eins. »Warum sind Sie so verärgert?«, fragte er.

Nicole rang um Fassung. »Eigentlich bin ich nicht verärgert«, sagte sie, ihre Worte sorgfältig wählend. Aus der Nähe war er noch umwerfender als von fern und verwirrte sie noch heftiger. Entsetzt ertappte sie sich dabei, auf seinen Mund zu starren und sich vorzustellen, wie es wäre, von ihm geküsst zu werden.

»Im Moment sind Sie jedenfalls nicht verärgert«, sagte er und ließ seinen Blick langsam an ihr herab wandern.

Etwas in seiner Stimme entlockte ihr eine spontane Reaktion, etwas Intimes, das Nicole nicht definieren konnte, denn dafür war sie zu unerfahren. Sie fühlte, wie sich ihre Brüste zusammenzogen, als hätte er sie berührt. »Jetzt bin ich nicht verärgert«, sagte sie atemlos.

Seine Stimme war rauchig, wie ein sanftes Streicheln. »Gut! Es wäre mir nämlich gar nicht recht, wenn Sie wütend auf mich wären. Jetzt nicht – wo wir uns doch gerade erst kennen gelernt haben!«

Hinter seinen Worten lag ein Sinn, ein tieferer Sinn, doch Nicole hatte Angst, ihn zu entschlüsseln. Wäre seine Miene doch nur weniger teilnahmslos, weniger kontrolliert gewesen! Sie war undurchdringlich. Nicole hatte nicht die geringste Ahnung, was in ihm vorging oder warum er sich zu ihr gesellt hatte. Doch als sich ihre Blicke trafen, schlug ihr Herz einen Purzelbaum.

»Ich könnte nie wütend auf Sie sein«, hörte sie sich sagen. Wieder errötete sie, denn sie fand, dass sie wie eine kokette, einfältige junge Dame klang, genau der Typ Frau, den sie nicht ausstehen konnte.

»Nun ja, aber man sollte auch die andere Seite bedenken, denn ich stelle mir vor, dass Ihr Zorn genauso ist wie alles an Ihnen, ungewöhnlich und anregend.«

Sprachlos starrte sie ihn an. Was hätte sie darauf erwidern sollen? Sie konnte sich überhaupt nicht denken, worauf er hinauswollte.

»Ist das so?«

»Ich – ich weiß nicht.« Jetzt war sie völlig durcheinander.

»Ich habe nicht den geringsten Zweifel«, sagte er und seine Stimme wurde sehr leise, »und ich bin mir ziemlich sicher, dass sich Ihre Originalität keineswegs auf den öffentlichen Bereich beschränkt.«

Sie sah sich in ihrer Männerkleidung über Dragmore reiten. Jetzt wähnte sie sich zumindest auf sicherem Boden. Ihr Blick wurde wieder etwas direkter, ihr Atem leichter. »Ja, das stimmt.«

Er atmete heftig ein und seine Augen funkelten plötzlich. Nicole hatte das sichere Gefühl, dass er sie nicht verstanden und ihren Worten eine Bedeutung beigemessen hatte, die sie gar nicht beabsichtigt hatte. Verunsichert durch seinen brennenden Blick suchte sie nach ungefährlichem Terrain, auf das sie dieses Gespräch führen könnte. »Wir sind jetzt Nachbarn«, sagte sie freundlich. »Chapman Hall liegt gleich neben Dragmore.«

»Wie praktisch«, erwiderte er trocken. »Dann wäre es doch gewiss eine nachbarschaftliche Geste von mir, Sie einzuladen.«

Seine goldenen Augen hielten sie gefangen. Sie wollte ihren Ohren kaum trauen. Sie lächelte nur und verstand nicht, warum er abermals scharf einatmete. »Ich reite häufig an Chapman Hall vorbei«, sagte sie eifrig.

»Ja, das kann ich mir denken. Wenn Sie das nächste Mal in dieser Gegend sind, müssen Sie unbedingt einen kleinen Abstecher machen und Hallo sagen.« Seine Worte klangen wie ein herzoglicher Befehl.

»Das werde ich gewiss tun«, erwiderte Nicole freudig.

2

Um Mitternacht kehrte der Herzog von Clayborough ziemlich gereizt nach Chapman Hall zurück. Er hasste solche Feste und machte sich nicht die geringste Illusion, warum die Leute sich so um ihn bemühten. Da er von Natur aus eher ungesellig war, beruhte seine Beliebtheit einzig und allein auf seinem Titel, seinem Reichtum und seiner Macht. Leute wie die Adderlys, die sich bei seiner Anwesenheit schier überschlugen, achtete er gering.

Die endlos langen Bälle und Soireen, die viele Mitglieder seines Standes in vollen Zügen zu genießen schienen, hatte er nie besonders gemocht. Er hielt sie für bloße Zeitverschwendung und hatte eigentlich ganz andere Interessen. Seit seinem achtzehnten Lebensjahr hatte er sich mit der Leitung der riesigen zu Clayborough gehörenden Ländereien beschäftigt, während sein Vater Francis, der achte Herzog, nach und nach einen Schuldenberg in der unglaublichen Höhe von einer Million Pfund aufhäufte. Die Ländereien der Clayboroughs in Sussex, Kent, Derbyshire und sogar Durham umfassten insgesamt nahezu zweihunderttausend Morgen Land mit fast hundert Farmen.

Wie bei den meisten Adligen beruhte auch der Reichtum des Herzogs größtenteils auf der Landwirtschaft. Doch der britische Adel hatte in den letzten Jahrzehnten starke Einbußen hinnehmen müssen, denn er konnte nicht mit den amerikanischen Erzeugnissen konkurrieren, die überwiegend mit modernem Gerät geerntet wurden. Die Landwirtschaft war jahrhundertelang die Basis des Familienbesitzes der Clayboroughs gewesen, und es erforderte weitaus mehr als nur Disziplin und harte Arbeit, um gegen die aktuellen Entwicklungen anzukämpfen. Kühne, fortschrittliche neue Wege mussten beschritten werden. Während Francis seine Tage in Spielkasinos und seine Nächte Gott weiß wo verbrachte, investierte der kluge junge Erbe im Handel, in Londoner Immobilien und auf den Finanzmärkten. Aber der wachsende Schuldenberg, den Francis anhäufte, war und blieb eine schreckliche Belastung.

Doch diese Tage waren nun vorüber. Der Herzog empfand nicht das geringste Bedauern, dass sein nichtsnutziger Vater vor zwei Jahren gestorben war – sternhagelvoll im Bett mit einer Person, die nicht seine Gattin war. Gerüchte, dass diese Person ein junger Mann gewesen war, konnte der junge Herzog gerade noch unterbinden, bevor noch mehr Schaden angerichtet wurde. Allerdings waren die Vorlieben seines Vaters kein großes Geheimnis. Der junge Herzog war sich sicher, dass die ganze Gesellschaft sehr genau wusste, was für ein Mensch der achte Herzog gewesen war, und ebenso klar war ihm, dass er das genaue Gegenteil seines Vaters war.

Sein Vater hatte sich keine Wochenendeinladung, keinen Jagdausflug, Ball oder Empfang entgehen lassen und war fast nie vor Sonnenaufgang heimgekehrt. Allerdings kam er dann natürlich auch nie vor zwölf Uhr mittags aus dem Bett. Der Herzog stand beim ersten Morgengrauen auf und zog sich meist noch vor Mitternacht zurück. Er kümmerte sich beständig um seine geschäftlichen Angelegenheiten und alle wussten, dass er bis tief in die Nacht an seinem Schreibtisch saß und arbeitete. Dies erforderte natürlich große Disziplin, doch darüber hinaus war er auch von einem brennenden Ehrgeiz getrieben, den er von seiner Mutter geerbt hatte.

Die de Warennes waren bekannt für ihren Geschäftssinn, mit dem auch die Herzoginwitwe reichlich gesegnet war. Als der junge Herzog anfing, sich mit den geschäftlichen Angelegenheiten seiner Familie zu befassen, arbeitete er eng mit seiner Mutter zusammen und staunte, wie sie es geschafft hatte, die Angelegenheiten die letzten zwei Jahrzehnte ohne die geringste Hilfe ihres Ehemannes zu regeln.

An diesem Abend war er leicht verärgert, dass es so spät geworden war, denn er hatte am nächsten Tag viel vor und wollte wie üblich bei Tagesanbruch aufstehen. Doch auch er besaß keine übermenschlichen Kräfte, obgleich es ihm viele nachsagten, und wenn er nicht bald ins Bett käme, würde er morgen sicher müde sein. Der heutige Abend war wieder einmal eine reine Vergeudung von Zeit und Kraft gewesen.

In Chapman Hall wurde er von seinem Butler Woodward und seinem Kammerdiener Reynard erwartet. Jake, sein oberster Lakai, begleitete ihn. Woodward nahm ihm seinen schwarzen, karmesinrot gefütterten Umhang ab, ohne dass der Herzog dies überhaupt bemerkte. »Haben Euer Gnaden noch einen Wunsch?«

»Gehen Sie ins Bett, Woodward!« Er gab ihm mit einem Wink zu verstehen, dass er ihn nicht mehr brauchte. Eigentlich war dieser Abend ja doch keine reine Zeitverschwendung gewesen, dachte er, wobei sich sein Puls beschleunigte. »Und Sie brauche ich auch nicht mehr, Reynard. Danke, Jakes. Gute Nacht!«

Reynard und Jakes zogen sich zurück, doch Woodward hüstelte, und der Herzog blieb, fragend eine Braue hochziehend, am Treppenansatz stehen.

»Heute Abend traf die Herzoginwitwe bei uns ein, Euer Gnaden. Wir hatten nicht mit ihr gerechnet, aber wir brachten sie behelfsmäßig im blauen Raum im Westflügel unter. Dieses Zimmer schien uns noch im besten Zustand zu sein, Euer Gnaden.«

»Gut gemacht«, erwiderte er. Stirnrunzelnd stieg er die Stufen hinauf. Was in aller Welt wollte seine Mutter von ihm? Er wusste, dass es sich nicht um einen Notfall handeln konnte, denn dann hätte die Herzoginwitwe noch auf ihn gewartet, egal, zu welcher Stunde er heimgekehrt wäre. Doch ihr persönliches Anwesen befand sich in Derbyshire – der Weg hierher war recht beschwerlich. Und falls sie aus London gekommen war, hatte sie auch fast einen halben Tag für die Reise auf sich nehmen müssen. Sie war also sicher nicht auf einen kleinen Plausch vorbeigekommen, offenbar hatte sie etwas Wichtiges auf dem Herzen.

Aber es würde bis morgen warten müssen. Morgen! Sein Körper spannte sich an. Würde die unglaublich verführerische Lady Shelton »vorbeikommen«? Ein Lächeln umspielte seine Lippen, das erste richtige Lächeln an diesem Abend, das er nur in der Abgeschiedenheit des herrschaftlichen Schlafzimmers zeigte und nur gegenüber seinem Barsoi, der seinen Herrn mit begeistertem Schwanzwedeln begrüßt hatte.

Clayborough zog sich aus. Er war noch immer verblüfft, dass sie zugegeben hatte, privat ebenso unkonventionell zu sein wie in der Öffentlichkeit. Zum wiederholten Mal stellte er sie sich nackt in seinem Bett vor, über ihm, ihn mit ihrer wilden Zigeunerleidenschaft verzehrend. In seiner Fantasie war er passiv, etwas, was er sein Leben lang nie gewesen war, doch diese Vorstellung erregte ihn geradezu unerträglich, obwohl er kein Mann war, der sich gerne Tagträumen hingab.

Sie war mehr als unkonventionell – sie war kühn, ja tollkühn. Natürlich wusste er, dass sie irgendwie mit dem Grafen von Dragmore verwandt war, den er kannte, bewunderte und achtete. Nicholas Shelton war ihm sehr ähnlich, ein harter, disziplinierter Arbeiter und gewitzter Geschäftsmann. War sie seine Schwiegertochter? Oder eine Cousine?

Offenbar war sie verheiratet, denn sie war über das Debütantinnenalter hinaus, und ihre kühne Art, vor allem, dass sie ohne Begleitung und in einem solchen Kostüm erschienen war, bestätigte diese Annahme. Der Herzog war es gewohnt, dass sich ihm verheiratete Frauen anboten. Zwar frönte er weder dem Alkohol noch der Spielleidenschaft oder anderem nichtsnutzigen Zeitvertreib, doch er hatte es nur selten geschafft, eine schöne Frau zurückzuweisen.

Selbstverständlich hatte er auch eine Mätresse, aber diese Beziehungen langweilten ihn rasch, so dass sie nie von langer Dauer waren. Er war sich seines Rufes eines rücksichtslosen Frauenhelden bewusst, aber das war ihm gleich; immerhin frönte er nicht den gleichen Leidenschaften wie sein verstorbener Vater.

Lady Shelton war sicher eine hervorragende Geliebte, das spürte er, auch wenn er sie kaum kannte. Leider konnte er sie nicht offiziell dazu machen, da sie verheiratet war. Er musste sich also mit einer kurzen Affäre begnügen. Meist waren seine Affären mit verheirateten Frauen noch kürzer als die Beziehungen zu seinen Mätressen. Er fand einfach zu selten Zeit für heimliche Treffen, die bei verheirateten Frauen erforderlich waren. Im Allgemeinen kam es also nur zu ein- oder zweimaligen Begegnungen. Lady Shelton interessierte ihn stärker, er hatte das

Gefühl, dass ein paar Nächte weder ihr noch ihm gerecht werden würden. Seufzend und leicht ergrimmt gestand er sich ein, dass diese Geschichte ihm wahrscheinlich noch einige Unannehmlichkeiten bereiten würde.

*

Die Herzoginwitwe war ebenfalls eine nicht standesgemäße Frühaufsteherin. Isobel de Warenne Braxton-Lowell hatte sich diese plebejische Gewohnheit schon früh in ihrer Ehe zugelegt, zu der Zeit, als Francis nach dem Tod des siebten Herzogs in den Besitz des väterlichen Erbes gekommen war. Sie hatte rasch erkannt, dass Francis nicht die geringste Neigung hatte, seine wüsten Vergnügungen aufzugeben. Als die Rechnungen sich immer höher stapelten, hatte sie schließlich einen Finanzberater beauftragt, sich darum zu kümmern. Es war ein böser Schock für sie gewesen zu erfahren, dass die Mittel schwanden und die Ländereien darbten; der übelste Schock aber war ihre Ehe selbst. Doch das war nur der Anfang gewesen. Jemand musste sich um das riesige Besitztum des Herzogs kümmern. Isobel übernahm diese Aufgabe, aber je besser sie sie meisterte, desto wütender wurde Francis auf sie.

Kurz nach halb sieben ließ sie sich von Woodward aus einer silberlegierten Kanne Tee einschenken. Diese Kanne wies ebenso deutlich auf die Not der früheren Besitzer von Chapman Hall hin wie die heruntergekommenen Äcker und abgetretenen Eichendielen im Haus. Niemand im Bekanntenkreis der Herzoginwitwe benutzte silberlegierte Kannen, schon gar nicht, wenn sie so angelaufen und zerbeult waren wie diese.

Trotz der frühen Stunde trug Isobel ein elegantes blaues Tageskleid mit hochgeschlossenem Kragen, Keulenärmeln, einer eng geschnürten Taille und einem glockenförmigen Rock mit Falten an der Rückseite. Isobel war vierundfünfzig, doch ihre Figur, auf die sie penibel achtete, war die einer Frau in ihren Zwanzigern. Auch ihre Haut war bis auf die kleinen Fältchen an den Winkeln ihrer lebhaften blauen Augen und den Charakterlinien um den Mund glatt wie Elfenbein und hatte einen zarten Schimmer, wofür spezielle Cremes sorgten. Ihr ovales Gesicht, dem man das Alter kaum ansah, wirkte mit seinen hohen Wangenknochen sehr vornehm. Sie war noch immer ausgesprochen attraktiv, und als junge Frau hatte sie als große Schönheit gegolten.

Passend zu ihrem teuren blauen Seidenkleid trug sie Saphirohrringe und ein breites, auffälliges Armband, bei dem sich Saphire mit Diamanten abwechselten. Ein großer, von zwei kleinen Rubinen umrahmter Saphir funkelte an ihrer rechten Hand. Sie trug keinen Ehering. Sie war froh gewesen, ihre Eheringe zusammen mit ihrem verstorbenen Gatten ablegen zu können.

»Ich dachte, dass ich dich hier treffen würde«, bemerkte der Herzog, als er in seinen eng anliegenden Reithosen, in Stiefeln und einem lose über den Bund hängenden weißen Hemd den Saal betrat. »Guten Morgen, Mutter!« Er küsste sie auf die Wange.

»Guten Morgen!« Isobel musterte ihn, als er sich neben sie an das Kopfende des zerkratzten Mahagoni-Tisches setzte, und konnte nicht umhin, großen Stolz ob ihres Sohnes zu empfinden. Er war ihr einziges Kind, und sie hatte ihn relativ spät in ihrer Ehe empfangen, sieben Jahre nach der Hochzeit, mit vierundzwanzig. Sie war nicht nur stolz auf sein bemerkenswert gutes Aussehen und sein männliches Auftreten, sondern auf schlichtweg alles an ihm. Denn er war ein ehrenhafter Mann, ein Sohn, auf den jede Frau stolz sein würde, so stark, solide und pflichtbewusst, wie Francis schwach, unehrenhaft und verantwortungslos gewesen war. Natürlich war sie auch ein wenig traurig, denn im Wissen um die ganze Wahrheit erkannte sie selbst in dem starken erwachsenen Mann noch den grimmigen kleinen Jungen, der nie die Kindheit gehabt hatte, die er verdient hätte.

»Ich scheue mich fast davor, dich dies zu fragen«, sagte der Herzog, »aber was führt dich eigentlich zu mir?«

Statt einer Antwort fragte Isobel: »Wie war es denn gestern Abend?« Ein Diener bot ihnen eine Platte mit Eiern, Schinken und Räucherfisch an.

Der Herzog lächelte leicht. »Natürlich höchst langweilig!«

Sie musterte ihn erneut prüfend und fragte sich, was sein kleines, zufriedenes Grinsen wohl zu bedeuten hätte. Mit einem höflichen Dank entließ sie Woodward, dann wandte sie sich wieder an ihren Sohn. »Ich mache mir Sorgen um Elizabeth, Hadrian.«

Bei der Erwähnung seiner Verlobten verharrte der Herzog mitten in der Bewegung, sich die Gabel zum Mund zu führen. »Was ist denn mit ihr?«

»Wenn du mehr Zeit mit ihr verbrächtest, wüsstest du es vielleicht«, sagte Isobel leise.

Der Herzog legte sein Besteck neben den Teller. »Clayborough benötigt leider eine Aufsicht, das solltest du eigentlich am besten wissen.«

»Das weiß ich auch. Aber ihr seht euch immer seltener, und ich weiß, dass Elizabeth das nicht recht ist, ja, sie sogar schmerzt.«

Der Herzog starrte ergrimmt vor sich hin. »Dann habe ich nachlässig gehandelt«, sagte er schließlich, »denn ich würde ihr nie vorsätzlich wehtun. Doch ich dachte, sie wäre glücklich in London mit all den Festivitäten. Es kam mir gar nicht in den Sinn, dass sie mich vermissen könnte.«

»Natürlich ist sie glücklich in London, aber du bist ihr Verlobter. In wenigen Monaten soll eure Hochzeit stattfinden. Die Leute beginnen bereits darüber zu reden.«

»Bist du deshalb gekommen?«

»Nein. Ich habe sie vorgestern gesehen, Hadrian, und es war sehr deutlich, dass es ihr nicht gut geht, auch wenn sie versucht, so zu tun, als wäre alles in bester Ordnung.«

»Ist sie krank?«

»Ich fürchte, ja. Sie ist sehr blass und abgemagert. Schließlich fragte ich sie ganz direkt – ich musste mehrmals nachfragen, du weißt ja, wie Elizabeth ist, sie will auf keinen Fall jemandem zur Last fallen. Doch dann gab sie zu, ständig müde zu sein, und obgleich sie nicht weniger isst, hat sie so stark abgenommen, dass sie nun alle Kleider ändern lassen muss. Ich habe ihr dringend geraten, mit einem Arzt zu sprechen, aber sie lachte mich nur aus und meinte, es wäre einfach nur eine gewisse Müdigkeit, die sicher bald vorübergehen würde.«

»Nun ja, Mutter, es klingt nicht so, als stünde es wirklich schlimm um sie, denn dann würde sie doch einen Arzt aufsuchen. Ich werde mich in ein bis zwei Wochen nach London begeben, und wenn sie einer ärztlichen Behandlung bedarf, wird sie sie auch erhalten, dessen kannst du dir sicher sein.«

Isobel wusste, sie konnte sich auf ihn verlassen; er tat stets das, was er sich vorgenommen hatte. Auch wenn er sich wie die meisten Männer eine Mätresse hielt, wusste sie doch, dass er ein guter Ehemann sein würde. Elizabeth behandelte er stets höflich, liebevoll und ehrerbietig, und er tat nicht nur so, es entsprach einfach seinem Wesen. Er würde ihr nie etwas abschlagen, nicht einmal die Bitte, sie zu einem gesellschaftlichen Anlass zu begleiten, obwohl er diese Dinge hasste und stets sehr beschäftigt war. Er war nie grob zu ihr und belästigte sie in keiner Weise mit seinen Affären.

Isobel wusste, dass er Elizabeth mochte, denn sie war seine Cousine. Hadrian war zwölf gewesen, Elizabeth zwei, als die beiden einander versprochen wurden. Isobel wusste auch, dass ihr Sohn nicht in Liebe zu Elizabeth entbrannt war, sondern eher geschwisterliche Gefühle für sie empfand. Ebenso gut wusste sie aber auch, dass Elizabeth ihn aufrichtig liebte, und zwar nicht wie eine Schwester ihren Bruder. Doch das ging sie natürlich nichts an. Das Wichtigste war, dass Hadrian und Elizabeth sich gegenseitig gewogen waren und dass Hadrian sie stets ehren und achten würde. Isobel hatte genug von der Welt gesehen, um zu wissen, dass Freundschaft nicht die schlechteste Basis für eine Ehe war. Nur sehr wenigen Menschen war es vergönnt, die Liebe zu erleben, und noch viel seltener war sie in einer Ehe zu finden. Ihre Gedanken schweiften in eine andere Zeit, zu anderen Ufern, und kurz überkam sie eine gewisse Traurigkeit, die jedoch rasch wieder verging.

Der Herzog aß schweigend weiter und dachte über das nach, was ihm seine Mutter soeben mitgeteilt hatte. Er war nicht besonders beunruhigt, auch wenn Isobel es offenkundig war, denn sonst hätte sie den weiten Weg nach Champman Hall nicht auf sich genommen. Sobald er in London war, würde er mit Elizabeth über ihren Gesundheitszustand reden, und er würde sich nicht täuschen lassen, wenn sie tatsächlich krank war. Außerdem würde er sich die größte Mühe geben und sie ins Theater und zu ähnlich unwichtigen Dingen begleiten. Die Herzoginwitwe hatte wie so oft Recht, und er fühlte sich schuldig. Er hatte sich zu sehr von den Angelegenheiten seines Besitzes in Beschlag nehmen lassen und seine Verlobte vernachlässigt. Das war normalerweise nicht so, doch wenn er sich nicht irrte, hatten sie sich tatsächlich vor über einem Monat das letzte Mal gesehen. Er nahm sich fest vor, es, sobald sie verheiratet waren, nie wieder so weit kommen zu lassen.

Der Herzog entschuldigte sich, denn er musste sich weiter um die Instandsetzung des völlig heruntergekommenen Anwesens kümmern. Doch bereits beim Verlassen des Tisches kam ihm wieder die dreiste, zigeunerhafte Lady Shelton in den Sinn. Am Vorabend hatte er wie ein seichter Stutzer mit ihr geschäkert, was eigentlich gar nicht seine Art war. Er hatte sie sogar richtiggehend verfolgt. Und sie hierher, nach Chapman Hall, eingeladen, was er jetzt allerdings bedauerte. Isobel würde zwar höchstwahrscheinlich schon morgen wieder abreisen, doch er konnte keinesfalls zulassen, dass sie Lady Shelton begegnete, einer zukünftigen Geliebten. Das wäre absolut unschicklich und respektlos gewesen. Was hatte er sich bloß dabei gedacht? Wenn er sich überhaupt etwas gedacht hatte! Diese Erkenntnis beunruhigte ihn einigermaßen.

*

Der Herzog verbrachte den Vormittag damit, sich einen letzten Überblick über das kleine Anwesen zu verschaffen, das nur rund zwanzig Morgen umfasste und für seine Vorbesitzer nur ein unbedeutender Landsitz gewesen war. Rechtzeitig zum Mittagessen – Lamm in Minzsauce –, das er gemeinsam mit seiner Mutter einnahm, kehrte er ins Herrenhaus zurück. Isobel hatte einen Ausritt unternommen – sie war eine begeisterte Reiterin und ausgezeichnete Pferdekennerin – und teilte ihm nun mit, dass sie am nächsten Morgen nach London zurückkehren würde.

Er besprach einige seiner Pläne für Chapman Hall mit seiner Mutter, die wie üblich sehr interessiert war an allem, was mit dem herzoglichen Reich zu tun hatte. Sie hatten ihr Mahl soeben beendet, da tauchte Woodward auf und kündigte einen Gast an.

Der Herzog fragte nicht nach dem Namen des Gastes, denn er ahnte, um wen es sich handelte. Aber Woodward informierte ihn trotzdem mit ernster Miene, dass Lady Nicole Shelton ihn zu sprechen wünsche. Seine Mutter blickte ihn fragend an. »Lady Nicole Bragg Shelton von Dragmore, Hadrian?«

Hastig stand er auf, wobei sich seine hohen Wangenknochen leicht rosa färbten. »Ich habe eine Reitverabredung«, sagte er kurz angebunden. Sein Ton machte deutlich, dass weitere Fragen nicht erwünscht wären. Er eilte davon und seine Mutter starrte ihm verwundert nach.

Woodward führte ihn in das kleine Empfangszimmer, das an das schiefergeflieste Foyer angrenzte. Die Tür stand offen, und der Herzog verlangsamte seine Schritte, als er Lady Shelton sah. Ein sehr primitives Bedürfnis, das eines Mannes auf der Jagd, stieg in ihm hoch. Sie saß auf dem Sofa und stand sofort auf, als sie ihn näher kommen hörte. Ihre Blicke trafen sich.

Heute war sie keine wilde Zigeunerin, aber sie war in gewisser Weise noch hinreißender als am Vorabend. Sie trug ein flaschengrünes Reitkostüm mit passendem Hut. Ihr Haar war hochgesteckt. In der Hand hielt sie schwarze Lederhandschuhe und ihre Reitgerte.

»Ich freue mich, dass Sie gekommen sind«, sagte er leise und blieb vor ihr stehen. Sein Blick schweifte über ihre Gestalt. Ja, sie war tatsächlich so berückend schön wie in seiner Erinnerung. Es war nicht nur seine überbordende Fantasie gewesen.

Sie schickte sich an, einen Knicks zu machen, doch er gebot ihr Einhalt. »Keine Förmlichkeiten, bitte! Ich denke, in Anbetracht der Umstände wäre das doch reichlich lächerlich, finden Sie nicht auch?«

Sie blickte ihn verständnislos an. Ihre Augen waren so blass, dass sie fast silbern wirkten. Ob sie ihn gehört, ihn richtig verstanden hatte? Manchmal erstaunte sie ihn, wenn sie errötete oder verwirrt wirkte, so, als wäre sie völlig unerfahren. Oder war sie genauso verwirrt über die körperliche Anziehung zwischen ihnen wie er?

»Danke sehr, Euer Gnaden!«, sagte sie mit leiser, belegter Stimme.

Der Klang von Schritten im Gang ließ ihn erstarren. Er wusste, es war die Herzoginwitwe. Aus dieser Lage gab es keinen eleganten Ausweg. Er würde sie vorstellen müssen. Der Herzog knirschte mit den Zähnen.

Isobel kam herein. Leicht beunruhigt wanderte ihr Blick zwischen ihm und seinem Gast hin und her. Der Herzog glaubte, ihrer Miene ein gewisses Missfallen entnehmen zu können, was ihn ebenso störte wie die Tatsache, dass sie hier Lady Shelton traf. »Lady Shelton, die Herzoginwitwe von Clayborough«, verkündete er förmlich.

Die beiden Frauen begrüßten sich und Isobel sagte: »Würden Sie gerne den Tee mit uns einnehmen, Lady Shelton? Woodward, bringen Sie uns doch bitte ein paar Erfrischungen!«

Der Herzog unterbrach sie und nahm Nicole am Arm. »Es tut mir Leid, Mutter, aber ich sagte ja schon, wir hatten uns zum Reiten verabredet.«

Noch ehe Isobel darauf bestehen konnte, gemeinsam Tee zu trinken, führte er seinen Gast hinaus. »Es wäre doch eine Schande, diesen wunderschönen Tag nicht zu nutzen«, bemerkte er noch, wobei er daran dachte, bald das zu nutzen, was sie ihm zu bieten hatte.

»Natürlich«, stammelte Nicole, die durch diesen abrupten Aufbruch offenbar etwas aus der Fassung geraten war. Sie warf einen Blick über ihre Schulter. Der Herzog zweifelte nicht im Geringsten daran, dass seine Mutter am Eingang stand, wohl wissend, was er vorhatte, und schockiert, wie unverhohlen er es tat.

Doch auch er war einigermaßen schockiert, auch wenn sich seine Absichten deshalb nicht änderten. Nicht einen Deut.

3

Nicole versuchte noch einmal, einen Blick über die Schulter zu werfen, während der Herzog sie beharrlich die niedrigen Stufen hinab und vom Haus weg führte. Die Herzoginwitwe war den beiden nach draußen gefolgt und starrte ihnen verblüfft und missbilligend nach. Nicoles Unbehagen wuchs. Die Mutter des Herzogs war offenbar nicht sehr erfreut über das Interesse, das ihr Sohn an ihr hatte. Gewiss wusste auch sie alles über Nicoles Vergangenheit.

Doch dann vertrieben die Worte des Herzogs und seine raue, vertrauliche Stimme alle Gedanken an die Herzoginwitwe. »Ich hatte gehofft, dass Sie heute kommen würden, Nicole!«

Sie standen im Stall und er befahl einem Knecht, ihnen die Pferde zu bringen. Nicoles geweitete Augen hafteten an seiner faszinierenden Gestalt. Er hatte sie Nicole genannt! Alles passierte so schnell, es war wie ein Traum, der rasend schnell in Erfüllung ging.

In der vergangenen Nacht hatte sie kaum ein Auge zugetan. Sie hatte nur an ihn gedacht, sich jedes seiner Worte in Erinnerung gerufen. Noch nie hatte sich Nicole für einen Mann interessiert, aber jetzt verstand sie die Anziehungskraft zwischen den Geschlechtern. Und das, was sie fühlte, musste einfach Liebe sein!

»Ich hoffe, es ist Ihnen recht, wenn ich Sie Nicole nenne?«

»Wie sollte es mir nicht recht sein?«, murmelte sie. Sein Tonfall und sein Blick ließen ihren ganzen Körper prickeln.

»Gut, dann vergessen wir einfach alle Förmlichkeiten und Sie nennen mich Hadrian.«

»Hadrian«, flüsterte sie und schaffte es noch immer nicht, ihren Blick von ihm zu wenden.

Der Reitknecht brachte ihre Pferde und der Herzog trat vor, um den Sattelgurt ihres Tieres zu überprüfen. Nicole nutzte die Gelegenheit, um ihn noch einmal eingehend zu betrachten. Gestern Abend hatte er in seinem schwarzen Anzug sehr forsch und unbestreitbar männlich gewirkt, heute wirkte er sogar noch männlicher. Seine aus feinstem, weichem Rehleder hergestellte Reithose schmiegte sich wie eine zweite Haut an die starken Schenkel. Als er sich zu ihr umwandte, senkte sie rasch den Blick und hoffte inständig, dass er sie nicht dabei ertappt hatte, wie sie ihn so schamlos angestarrt hatte.

Sie ritten über die Felder. Der Herzog lobte ihren guten Pferdegeschmack und bewunderte ihre edle Fuchsstute. Normalerweise ritt Nicole im Herrensattel auf ihrem persönlichen Pferd, einem temperamentvollen Vollbluthengst. Doch heute hatte sie dieser Vorliebe nicht nachgegeben, weil sie unbedingt einen guten Eindruck machen wollte. Sie ritt dem Herzog zuliebe im Damensattel, ebenso, wie sie sich heute von zwei Dienerinnen beim Ankleiden und Kämmen hatte helfen lassen. Ihre Toilette hatte volle zwei Stunden in Anspruch genommen! Aber sie hatte das Gefühl, dass sie ihm gefiel, und das war schließlich die Hauptsache.

Chapman Hall lag nun weit hinter ihnen, verschwunden hinter einer Wand dicker, hoher Eichen. Der Weg schlängelte sich durch den Wald und vor ihnen lag eine kleine Lichtung, durch die ein Bächlein sprudelte. »Gehen wir ein Stück zu Fuß!«, schlug der Herzog plötzlich vor und schwang sich geschmeidig aus dem Sattel.

Nicole hatte nichts dagegen. Sie hielt ihr Pferd an, während er auf ihre Seite ging. Sie glitt aus dem Sattel – und direkt in seine Arme.

Bestürzt verkrampfte sie sich, während seine Hände sich um ihre Arme schlossen. Ihre Knie berührten sich. Er hielt viel länger als schicklich inne, bevor er zur Seite trat. Dann lächelte er, als wäre nichts geschehen. Dieses Lächeln veränderte seine unnahbare Miene vollkommen.

Nicole war atemlos. Wie konnte solch ein Mann an ihr interessiert sein? Aber er war es ganz offenkundig. Hatte er ihr nicht gesagt, dass er hoffte, sie würde an diesem Tag nach Chapman Hall kommen?

»Sollen wir los?«, fragte er. Nicole brachte kein Wort heraus. Sie nickte nur stumm und hoffte, dass er sie nicht für einen vollkommenen Schwachkopf hielt. Verzweifelt suchte sie nach einem passenden Gesprächsstoff, doch da ergriff er ihre Hand und sie konnte keinen klaren Gedanken mehr fassen.

Ein angespanntes Schweigen lag über ihnen, als sie am Bächlein entlangwanderten. Der Herzog hatte auch die Zügel ihres Pferdes genommen und führte nun beide Tiere. Nicole war unfähig zu reden und ihr Herz pochte wild. Noch nie in ihrem ganzen Leben war sie sich eines Mannes so bewusst gewesen wie jetzt des Herzogs von Clayborough. Aber irgendetwas musste sie jetzt sagen, sonst würde er anfangen, sie für albern und idiotisch zu halten.

Offenkundig spürte er, wie unbehaglich ihr zumute war, denn er ergriff das Wort und unterbrach damit die Stille des Nachmittags. »Sie scheinen sich mit Pferden recht gut auszukennen.«

Das war ziemlich untertrieben, aber Bescheidenheit galt bei Ladys als Tugend. »Ja«, stimmte sie zu und dachte krampfhaft darüber nach, was sie wohl noch sagen könnte. Wenn sie sich jetzt nicht einmal über Pferde auslassen konnte, worüber dann? »Ich ... ich reite sehr gerne.«

Er warf ihr einen schrägen Blick zu. »Auch ich reite gerne.«

Sein Tonfall hatte sich verändert, und sie schluckte. Fast hatte sie den Eindruck, als läge hinter seinen Worten ein Sinn, der ihr entging. »Ich reite fast jeden Tag.«

Er starrte sie an. »Reiten Sie zahm oder eher verwegen, Nicole?«, fragte er leise.

Sie blinzelte. Ihr fiel nur ein, wo ihr das Reiten den größten Spaß machte: bei einer wilden, kühnen Jagd. »Verwegen.« Sie wusste einfach nicht, wohin dieses Gespräch führen sollte.

»Verwegen«, wiederholte er langsam. Er blieb stehen, sie tat es ihm gleich, denn er hielt sie noch immer bei der Hand. »Wie verwegen?«

»Ich – ich weiß nicht.« Sein Blick verwirrte sie ebenso wie seine Stimme.

»Finden Sie Gefahren reizvoll?«

Nichts fand sie so aufregend, wie im vollen Galopp über ein hohes Hindernis zu setzen. »Ja«, flüsterte sie.

Sein Griff war fester geworden. Kurz wirkte es, als fehlten nun auch ihm die Worte. »Sie sind so anders. Ich habe noch nie eine Frau getroffen, die zugab, dass sie ihren gefährlichen Zeitvertreib anregend findet.«

Nicole blinzelte. War das ein Kompliment? Sie hielt es für eines, obwohl sie nach wie vor kaum einen klaren Gedanken fassen konnte. »Sollen wir weitergehen?«, flüsterte sie.

»Als Reitpartner?«, fragte er sie.

»R-Reitpartner?«, stammelte sie. Sie konnte ihr Glück kaum fassen, obwohl sie nicht recht wusste, was er eigentlich meinte. »Ja-jagen Sie auch gerne?«

Er trat direkt vor sie und nahm auch ihre andere Hand. Nicoles Augen weiteten sich. Sein Griff war fest, sie konnte sich ihm nicht entziehen, selbst wenn sie es gewollt hätte. »Erst seit heute«, sagte er rau. »Wie gut reiten Sie eigentlich, Nicole?«

Er zog sie in seine Arme, und sie wusste, dass er sie küssen würde. »Sehr, sehr gut«, flüsterte sie.

»Ich denke mir, dass Sie superb sind«, sagte er. Seine Hände glitten zu ihren Ellbogen hoch, ihre Körper berührten sich.

Nicole war noch nie geküsst worden. Tatsächlich hatte sie sich eigentlich nie vorstellen können, was denn nun so toll daran sein sollte, dass ein Mann den Mund einer Frau mit dem seinen berührte – bis gestern Nacht. Gestern Nacht hatte sie von seinen Küssen geträumt, sich schamlos immer wieder gefragt, wie es wohl sein würde. Und nun – oh Gott, nun würde sie es wohl gleich herausfinden.

»Genug der Spielerei«, sagte er. »Ich will Sie, Nicole, ich will Sie unbedingt!«

Nicole konnte es kaum fassen. Seine Oberschenkel berührten die ihren, ihre Brüste streiften sein Hemd. Und dann senkte sich sein Mund in einem langsamen, sanften, zarten Kuss auf ihren.

Brennendes Verlangen wuchs in Nicole, während sein Mund sie lockte, verführte. Sie schmiegte sich an ihn, die Glut in ihr war vollkommen echt, ohne Hintergedanken, unschuldig. Sein

Griff wurde instinktiv fester und tat ihr fast weh. Der Druck seiner Lippen änderte sich plötzlich, er verschlang sie.

Nicole schnappte nach Luft und presste sich von der Brust bis zu den Zehen an ihn. Er hielt sie eng umschlungen. Sein Mund war stark, fast brutal, sofortige Unterwerfung fordernd. Sie öffnete sich ihm, auch wenn es sie schockierte, als seine Zunge sich in ihren Mund drängte und dort die ihre suchte.

Plötzlich erfüllte sie ein verzweifeltes Sehnen. Sie erwiderte seinen Kuss. Er reagierte sofort mit einem Stöhnen, während seine Hände an ihrem Hinterteil entlangwanderten, sie unvermittelt hochhoben und sie gegen den langen, harten Schaft seiner Männlichkeit pressten. Nicole dürstete es nach ihm. Sie klammerte sich an die Falten seines Hemdes und presste sich an ihn.

Er legte sie auf die Wiese und bedeckte sie mit seinem Körper. Seine mächtige Männlichkeit drängte sich gegen ihre Schenkel. Nicole stieß einen verzweifelten, benommenen Lustschrei aus. Sie spürte, wie er an ihren Röcken zerrte, während sie sich ihm entgegenbäumte.

»Gleich, Nicole«, stieß er mit rauer Stimme hervor, »gleich, das verspreche ich dir, werde ich dir alles geben, was du möchtest. Ich werde dich reiten, wie du noch nie geritten worden bist ...«

Nicole war völlig benommen, während seine Hand über ihr kaum bekleidetes Knie unter ihre Röcke und schließlich über ihren Oberschenkel glitt. Sein Mund wanderte ihren Hals entlang. Sie wand sich stöhnend. Plötzlich spürte sie einen spitzen Stein an ihrem Hinterkopf. Schlagartig ernüchterte sie und vergegenwärtigte sich ihr beider Tun. Sie lag auf dem Rücken, halb im Gras, halb im Schlamm, und der Herzog von Clayborough behandelte sie so, wie man eine Lady nie behandeln sollte!

Dennoch wollte sie nicht, dass er aufhörte. Selbst als in ihr sämtliche Alarmglocken schrillten, gruben sich ihre Hände noch in sein dichtes, langes, lohfarbenes Nackenhaar. Auch als sie erkannte, dass sie diesem Tun unbedingt Einhalt gebieten musste, wälzte sie sich noch stöhnend unter ihm, während seine Hände auf der Innenseite ihrer Oberschenkel immer weiter wanderten, bis nur noch die dünne Baumwolle ihres Spitzenhöschens ihre Körper trennte. Nun tauchten seine Hände wieder auf und er schickte sich an, ihre Reitjacke aufzuknöpfen. Da schoss ihr ein einziger klarer Gedanke durch den Kopf: Vor dem Herzog von Clayborough wollte sie nicht nur einen guten Eindruck machen, nein, sie wollte auch seine Frau werden.

Dieses Bedürfnis war größer als alle anderen. Sie umklammerte seine Handgelenke und schrie: »Nein, bitte! Nicht so!«

Sofort hielt er inne. Einen Herzschlag lang bewegte er sich nicht, und in diesem Moment kam auch Nicole wieder zur Besinnung. Trotz der köstlichen Qualen ihres Körpers, trotz des rasenden Pochens in ihren Adern war ihr Kopf plötzlich völlig klar. Sie wusste ohne den geringsten Zweifel, dass sie zu weit gegangen war. Bestürzt erkannte sie, dass keine Lady jemals tun würde, was sie getan hatte, jemals zugelassen hätte, was sie zugelassen hatte, und diese Bestürzung vertrieb alles bis auf die Sehnsucht nach ihm.

Schroff wälzte er sich von ihr herunter und setzte sich auf. Er vermied es, sie anzusehen. »Sie haben Recht. Es tut mir Leid.«

Das hatte sie nicht erwartet. Kurz schloss sie erleichtert die Augen und betete, seine Entschuldigung möge bedeuten, dass er sie nicht als unmoralisch verdammte. Als sie die Augen wieder öffnete, stand er neben ihr und starrte auf sie herab. Seine Miene wirkte fast bedrohlich. Sie versuchte, in seinen Augen zu lesen, was in ihm vorging, doch sie waren dunkel und verhangen.

Errötend nahm sie die Hand an, die er ihr entgegenstreckte, und ließ sich von ihm aufhelfen. Um seinen Blicken auszuweichen, glättete sie umständlich und gründlich ihre Kleidung. Sie fürchtete sich davor zu erfahren, was er wirklich dachte, davor, dass sie sich in seinen Augen vielleicht soeben ruiniert hatte. Oder etwa nicht? Sie, der es eigentlich immer völlig gleichgültig gewesen war, was ein Mann von ihr dachte, sie, die so viele Stunden damit zugebracht hatte, sich auf diese Begegnung vorzubereiten! Und nun hatte sie mit ihrer Wildheit alles zerstört. »Es ist nicht Ihre Schuld«, sagte sie und fuhr sich ein letztes Mal über ihren Rock. Tränen stiegen in ihre Augen.

»Eigentlich hätte ich es besser wissen müssen«, sagte er ruhig und betrachtete sie noch immer. »Keine Lady verdient es, wie eine Magd im Stall genommen zu werden.«

Erstaunt hob sie ihren Blick. Seine Miene war nach wie vor unergründlich, doch in Nicole regte sich eine schwache Hoffnung. »Sind Sie – sind Sie böse auf mich?«

Kurz wähnte sie, in seinen Augen ein leises Flackern zu entdecken. »Ich bin nicht böse auf Sie. Kein Mann könnte jemals auf eine so schöne Frau böse sein.«

Die Erleichterung, die sie bei diesen Worten empfand, war so stark, dass sie nicht erkannte, wie gezwungen sie klangen. »Sie denken – Sie finden, dass ich schön bin?«

Plötzlich wirkte er verwirrt. Dann lächelte er, doch es war ein böses Lächeln. »Natürlich finde ich Sie schön, meine Liebe. Wenn ich es nicht besser wüsste, würde ich denken, es fehlt Ihnen an Selbstvertrauen.« Er lachte. Etwas war passiert, was sich Nicole nicht erklären konnte. Seine Augen wirkten zynisch und sie war sich nicht sicher, ob er es ehrlich mit ihr meinte. Doch dann erinnerte sie sich wieder daran, wie er sie geküsst hatte – und daran war nichts Unehrliches gewesen.

»Kommen Sie morgen nach Chapman Hall.« Es klang nicht wie eine Bitte. »Am Nachmittag. Ich werde Sie erwarten.«

Nicole nickte mit weit aufgerissenen Augen. Sie zitterte vor Bestürzung, aber auch vor Freude. »Ich werde da sein.«

Er küsste sie noch ein letztes Mal, doch diesmal nur flüchtig. »Sie kehren jetzt besser nach Dragmore zurück. Ich werde Sie begleiten, bis man Ihr Haus sehen kann.«

Nicole nickte. Sie war zu betört von ihm, um irgendetwas anderes zu tun als sich ihm zu fügen.

*

Als der Herzog von Clayborough nach Chapman Hall zurückkehrte, hatte er sich wieder völlig unter Kontrolle. Diese Kontrolle hatte er sich in dem Moment wieder auferlegt, als ihm klar geworden war, dass er Nicole Shelton mehr oder weniger überrumpelt hatte. Er war verwirrt, ja fast verstört, denn er konnte nicht leugnen, was passiert war. Er war immer ein sehr beherrschter Mensch, doch soeben hätte er fast den Kopf verloren – und jede Spur seiner sonst so eisernen Selbstbeherrschung. Beinahe hätte er sich mit Nicole Shelton im Gras gepaart. Sie hatte ihn kurzzeitig dazu gebracht, die Kontrolle über sich zu verlieren, und das gefiel ihm ganz und gar nicht. Und was die Sache noch schlimmer machte: Er war erfüllt von freudiger Erwartung auf ihr nächstes Stelldichein.

Der Herzog war kein Mann, der sich in Tagträumen erging, weder über Frauen noch über sonst etwas.

Dennoch erwog er nun, die Beziehung zu seiner momentanen Mätresse, Miss Holland Dubois, zu beenden, sobald er nach London käme. Sie langweilte ihn ohnehin schon seit geraumer Zeit und seine Besuche waren immer seltener geworden. Um ihr die Trennung etwas zu erleichtern, würde er sie mit ein paar Schmuckstücken und einer stattlichen Summe bedenken. Auf diese Aufgabe freute er sich nicht besonders, denn Mätressen fingen dann unweigerlich zu toben an, aber es würde ihr gewiss nicht schwer fallen, einen neuen Beschützer zu finden; denn sie war sehr schön, sehr entgegenkommend und sehr talentiert.

Vielleicht würde er seinen Aufenthalt in Chapman Hall noch etwas ausdehnen und sein Lager lieber mit Lady Shelton als mit Holland teilen. Seine Züge verhärteten sich erneut. Schon der bloße Gedanke an das, was ihn erwartete, erregte ihn, und ihm wurde klar, dass er gefährlich knapp davor stand, sich zu verlieben. Streng vertrieb er sie aus seinen Gedanken.

Er war gerade von seinem Pferd gestiegen und wollte dem obersten Reitknecht die Zügel reichen, als er bestürzt feststellte, dass Isobel die Stufen von Chapman Hall herabeilte und mit den Schritten eines erbosten Soldaten auf ihn zu marschierte. »Hadrian«, sagte sie mit gepresster Stimme, »komm sofort rein, wir müssen reden.«

Er wusste genau, was ihn jetzt erwartete: Seine Mutter würde ihn heftig zurechtweisen dafür, dass er auf seinem eigenen Land Frauen nachstellte. Diese Strafpredigt hatte er zwar voll und ganz verdient, aber er hatte wenig Lust darauf. »Mutter, darf ich dich daran erinnern, dass ich kein kleiner Junge von zehn Jahren mehr bin?« Er klang ein wenig zu höflich.

»Daran musst du mich nicht erinnern, Hadrian«, knurrte sie, wandte sich schroff von ihm ab und kehrte ins Haus zurück, ohne sich zu vergewissern, ob er ihr folgte.

Seufzend beschloss der Herzog, sich zu fügen. Als Kind hatte er jahrelang hilflos zusehen müssen, wie gefühllos und grausam der Vater die Mutter behandelt hatte – nun konnte er ihr gegenüber nicht hart bleiben, so albern das auch war. Erst mit vierzehn hatte er seinem Vater Einhalt gebieten können. Damals war er nahezu einen Meter achtzig groß gewesen, gut einen Kopf größer als sein Vater, und etwa gleich schwer, so dass sie kräftemäßig fast ebenbürtig waren. Doch Francis hatte nicht die Kraft der Wut in sich, die in Hadrian tobte. Es war nicht das erste Mal, dass er versucht hatte, den Vater daran zu hindern, die Mutter zu misshandeln. Als Kind hatte er sich oft genug schützend vor die Mutter gestellt und die schmerzhaften Schläge abbekommen, die Francis der Mutter zugedacht hatte. Doch dann, mit vierzehn rammte Hadrian seinem Vater entschlossen die Faust ans Kinn und der ging daraufhin zu Boden. Er versetzte Francis noch zwei weitere Schläge, bis ihn die kalte Zuversicht erfüllte, dass der es nie wieder wagen würde, Isobel wehzutun.

Und deshalb konnte er nun nicht umhin, ihre Strafpredigt respektvoll und geduldig über sich ergehen zu lassen, so sehr es ihm auch missfiel, dass sie sich in seine persönlichen Angelegenheiten einmischte.

Isobel schloss rasch die Türe der kleinen, karg ausgestatteten Bibliothek, damit sie völlig ungestört wären. »Hast du denn völlig den Verstand verloren?«

»Worauf beziehst du dich genau?« Als ob er das nicht wüsste!

»Hadrian! Es ist schon ungebührlich genug, dass du hier deine Geliebten empfängst. Aber dann noch Nicole Shelton! Wie konntest du nur?«

Eine Ahnung warnte ihn vor einer drohenden Katastrophe. »Ich fürchte, ich verstehe nicht recht ...«

»Hast du sie entehrt?«, wollte Isobel wissen. »Denn wenn du das getan hast, dann wird dich ihr Vater, Nicolas Shelton, töten, egal, wer oder was du bist!«

»Mutter«, sagte er langsam, obwohl seine Gedanken rasten, »ich glaube nicht, dass wir uns über meine – äh – meine Indiskretionen unterhalten müssen.«

»Hast du sie entehrt?«, fauchte Isobel.

Nun regte sich Ärger in ihm. »Natürlich habe ich sie nicht entehrt«, fauchte er zurück. »Die Lady ist kein Backfisch mehr, und ich verstehe nicht, worauf du hinauswillst.«

»Auch wenn sie kein Backfisch mehr ist, so ist sie doch Sheltons Tochter, Hadrian, und es sieht dir einfach nicht ähnlich, hinter unschuldigen jungen Damen herzusteigen.«

Er richtete sich auf. »Verzeihung, aber unschuldig ist sie nun wirklich nicht. Ich fürchte, wir sprechen nicht über dieselbe Lady.«

»Wir sprechen über Lady Nicole Bragg Shelton, Dragmores älteste Tochter. Jungfrau hin oder her, Skandal hin oder her, du darfst sie nicht entehren.«

Alle Farbe wich aus seinem Gesicht. »Jungfrau?«

»Was hast du denn gedacht?«

»Ich dachte ...«, begann er, hielt aber kurz inne. »Sie ist nicht verheiratet?«

Er konnte es kaum fassen.

»Sie ist nicht verheiratet! Vor vier Jahren stand sie kurz davor, Lord Percy Hempstead zu heiraten; aber sie tauchte zu ihrer Hochzeit einfach nicht auf und der arme Kerl stand allein vor dem Altar. Es gab einen schrecklichen Skandal, der ihre Aussicht auf eine andere Eheschließung für immer zunichte machte, jedenfalls auf eine anständige Ehe. Selbstverständlich könnte Shelton ihr einen Ehemann kaufen, aber was für einen wohl? Wir beide kennen Shelton, und ich kann mir nicht vorstellen, dass er bei so einer Angelegenheit von seinen strengen Maßstäben abweicht. Egal – Nicole Shelton ist ziemlich exzentrisch oder zumindest steht sie in diesem Ruf. Sie lebt noch zurückgezogener als du. Die meiste Zeit ist sie in Dragmore, nur sehr selten begibt sie sich in Gesellschaft. Und wer sollte ihr deshalb einen Vorwurf machen? Ich habe selbst erlebt, wie unerbittlich sie alle nach dem Skandal schnitten. Hast du sie entehrt, Hadrian?«

Er war wie vor den Kopf gestoßen. Er war entsetzt über den fürchterlichen Fehler, den er beinahe begangen hätte. Er war gefährlich nahe davor gestanden, eine junge Lady zu entehren. Sie hatte zwar wie eine erfahrene Frau reagiert, doch jetzt erinnerte er sich nur zu genau an all die Momente, in denen ihr Erröten, ihre Verwirrtheit sie hatten unsicher und unerfahren wirken lassen. Aber woher hätte er das wissen sollen? Sie war ohne Begleitung und in einem gewagten Kostüm zu dem Maskenball erschienen und hatte mit ihm geflirtet. Oder hatte er all ihre Blicke falsch gedeutet? Hatte sie ihn absichtlich an der Nase herumgeführt – oder war er der unüberlegte Jäger gewesen? »Ich habe sie nicht entehrt«, sagte er schließlich tonlos, dann verließ er den Raum.

*

Nicole wünschte sich, ihre beste Freundin, Martha Huntingdon, die Vicomtesse Serle, würde aus London heimkehren, denn sie hatte sonst niemanden, dem sie sich hätte anvertrauen können. Es kam ihr alles so unwirklich vor, sie konnte es kaum fassen: Der charismatische, gut aussehende Herzog von Clayborough machte ihr den Hof, groß und schlaksig, wie sie war, eine jämmerliche Versagerin als Debütantin und schließlich durch den Skandal völlig ruiniert. Denn das tat er doch schließlich, oder? Er hatte sie zu sich eingeladen, und zwar nicht nur einmal, nein, sogar zweimal! Und er hatte sie geküsst. Er hatte ihr gesagt, dass sie wunderschön sei. Ganz offenkundig hatte sie ihn ebenso stark beeindruckt wie er sie. Wies nicht all sein Tun darauf hin, dass er ihr den Hof machte?

Nicole wusste, dass sie in Bezug auf Männer höchst unerfahren war, aber sie war sich fast sicher, dass er um ihre Hand anhalten würde, und zwar bald. Sie träumte von diesem Moment, und sie träumte davon, seine Herzogin zu werden. Sie sah sich mit seinem Kind auf dem Arm, sie sah ihn, wie er sie und das Baby mit einem liebevollen Lächeln betrachtete.

Die schwachen Zweifel, die sich in ihr regten, die winzigen Keime der Verwirrung, die blasse Erinnerung an sein boshaftes Lächeln und seinen Ton schob sie weit weg.

An diesem Abend kehrten ihr Vater und Chad aus Frankreich zurück, nachdem sie ihre Geschäfte dort erfolgreich abgewickelt hatten. Ed, ihr jüngerer Bruder, weilte in Cambridge, wo er Jura studierte. Sie begrüßte den Grafen und Chad mit einem strahlenden Lächeln und einer stürmischen Umarmung.

»Was ist denn mit dir los?«, fragte Chad, dessen hübsches Gesicht sich argwöhnisch verzog. »Was führst du im Schilde, Schwesterchen?«

Chad war fast dreißig. Sein Haar war dunkel wie das seines Vaters, sein Teint hell wie der seiner Mutter, der ersten Gattin des Grafen. Er war ein Patrizier durch und durch. Der Graf dagegen hatte eine etwas dunklere, gefährlichere Ausstrahlung. Nicole ärgerte sich ein wenig über ihren Bruder. »Nichts führe ich im Schilde«, erwiderte sie nur. »Schließlich bin ich nicht diejenige, die jeden Abend ausgeht und erst in den frühen Morgenstunden heimkehrt!«

»Du bist ja auch kein Mann«, erklärte Chad munter.

»Schluss damit«, sagte der Graf milde und betrachtete seine Tochter liebevoll. »Du glühst ja richtig, Nicole. Hast du mir etwas zu erzählen?« Seine Frage klang ganz beiläufig.

Ihr Vater kannte sie nur zu gut. Sie war das erste Kind, das die Gräfin Jane ihm geschenkt hatte, und sie hatte so viel Zeit auf seinen Knien verbracht wie sonst keines ihrer Geschwister. Weder Chad noch Ed oder Regina standen dem Vater so nahe wie sie. Das enge Band zwischen ihnen war schwer zu erklären, obwohl die Mutter einmal behauptet hatte, es wäre wohl das wilde Blut in den Adern der beiden und die daraus resultierende Missachtung von Konventionen. Nicole hatte diese Bemerkung für einen Scherz gehalten und sich darüber amüsiert, doch der Graf schien ob der kühnen Behauptung seiner Frau etwas verärgert.

Jedenfalls hatte er sie immer wie seinen Augapfel gehütet, und Nicole wusste das auch sehr gut. Er kannte sie einfach durch und durch, und außerdem war er sehr klug – sie konnte ihm nie etwas vormachen. Aber sie war noch nicht so weit, jemandem aus ihrer Familie zu verraten, dass sie einen Verehrer hatte, und schon gar nicht, dass es sich um den Herzog von Clayborough handelte. Allerdings hatte sie auch noch nicht gewagt, sich zu fragen, warum sie diese Affäre geheim halten wollte; bisher hatte sie vor ihrer Familie nie Geheimnisse gehabt. Zum zigmillionsten Mal an diesem Tag dachte sie daran, was an dem Bächlein passiert war, und errötete. »Nein, Vater«, sagte sie schließlich so zurückhaltend wie möglich. »Ich freue mich nur, dass ihr wieder da seid. Ich habe euch schrecklich vermisst.« Rasch umarmte sie ihn ein weiteres Mal, auch wenn sie damit nicht die Zweifel beseitigen konnte, die in seinem Blick lagen.

Am nächsten Morgen ließ sich Nicole wieder von zwei Dienerinnen helfen, um sich für ihr Rendezvous mit dem Herzog anzukleiden. Zum Glück waren Vater und Bruder schon unterwegs, so dass sie ihre ungewöhnliche Erscheinung nicht kommentieren oder sie fragen konnten, wo sie in ihrem Sonntagsstaat hinwolle. Eigentlich begleitete sie die anderen ja stets, aber heute war es ihr gelungen zu schwindeln und Kopfschmerzen vorzutäuschen. Die beiden Männer hatten sie skeptisch betrachtet, und Chad hatte sogar lauthals gelacht.

»Du?«, hatte er ungläubig gefragt. »Du hast Kopfschmerzen?« Noch immer lachend war er mit dem Vater davon geritten; Nicole hätte ihn am liebsten erwürgt.

Kurz nach zwölf Uhr traf sie in Chapman Hall ein. Sie hatte einfach nicht länger warten können. Noch bevor sie abgestiegen war und ein Lakai die Zügel übernommen hatte, kam der Herzog aus dem Landhaus, so, als hätte er schon auf sie gewartet.

Nicole schenkte ihm ein strahlendes Lächeln, doch seine Miene blieb streng und unbeeindruckt. Einen kurzen Moment lang befiel sie ein leichtes Unwohlsein, doch dann dankte sie dem Lakaien und glitt anmutig zu Boden. Leicht verwundert bemerkte sie, dass der Herzog den Lakai entließ und ihm sagte, ein Pferdeknecht sei nicht notwendig. Warum ließ er nicht sein Pferd kommen, wenn sie heute wieder ausreiten wollten?

Ernüchtert und mit schwindender Freude stellte sie fest, wie hart und verschlossen sein Gesicht war. In seinen Augen lag keine Wärme, als er sie schließlich betrachtete. »Ist etwas Schlimmes passiert?« fragte sie, während ihr Herz verunsichert pochte.

»Das fürchte ich«, sagte er streng. »Offenbar muss ich mich inständig bei Ihnen entschuldigen. Ich habe einen schrecklichen Fehler begangen, auch wenn er nicht so schrecklich war, wie er möglicherweise hätte sein können.«

»Was – was für einen Fehler denn?«, stotterte sie. Ihr Herz schnürte sich zusammen. Wollte er damit etwa sagen, dass er sich in seinen Gefühlen für sie geirrt hatte? Nein, so konnte er es nicht gemeint haben, das wusste sie ganz genau.

Seine Züge verhärteten sich. »Es war mir nicht klar, dass Sie nicht verheiratet sind.«

Anfangs begriff Nicole überhaupt nichts. Es war ihm nicht klar gewesen, dass sie nicht verheiratet war? Was wollte er damit sagen? Ganz allmählich dämmerte ihr die schreckliche Erkenntnis. Dennoch fragte sie ihn noch einmal ganz direkt: »Was wollen Sie damit sagen?«

»Ich bin selbstverständlich davon ausgegangen, dass Sie verheiratet sind.«

»Sie hielten mich für eine verheiratete Frau?«, konnte sie nur noch einmal wiederholen.

Er erwiderte nichts.

Er hatte sie für eine verheiratete Frau gehalten! In diesem Fall konnte er nicht die Absicht gehabt haben, ihr den Hof zu machen. Sie starrte ihn entgeistert an. »Aber – aber Sie haben mich doch geküsst!«

Ungeduldig trat er von einem Bein auf das andere. »Sie können doch nicht so naiv sein zu glauben, ein Mann würde eine Frau nicht küssen, nur weil sie verheiratet ist!«

Endlich begriff sie die grausame Wahrheit: Er hatte sie für verheiratet gehalten – er hatte überhaupt nicht vorgehabt, um ihre

Hand anzuhalten. Er hatte gedacht, sie sei verheiratet, und nicht nur das, nein, er hatte geglaubt, sie gehöre zu einer bestimmten Sorte verheirateter Frauen, nämlich zu denen ohne Moral. Er hatte ihr nicht den Hof gemacht, alles, nur das ganz sicher nicht. Er hatte sie einfach nur nehmen wollen, wie er es selbst gesagt hatte. Schmerz, Wut, Entsetzen stürmten auf sie ein, so heftig, dass es ihr den Atem verschlug. Er hatte sich nur mit ihr amüsiert!

Ihre Träume stürzten wie ein Kartenhaus zusammen und lösten sich zu ihren Füßen in Staub auf.

»Es tut mir Leid. Ich weiß, dass ich in Ihren Augen nun sehr gemein wirken muss, aber offen gestanden bieten sich mir immer wieder verheiratete Ladys an, und ...«

»Ich habe mich Ihnen nicht angeboten!«, schrie Nicole völlig außer sich und den Tränen nahe.

»Dann habe ich mich von Ihrem Auftreten täuschen lassen. Selbstverständlich dürfen Sie von nun an nicht mehr hierher kommen, Lady Shelton!« Noch einmal tauchte sein Blick in den ihren, dunkel und unergründlich.

Nicole war starr vor Entsetzen und so verletzt, dass ihr die Worte fehlten. »Selbstverständlich«, brachte sie schließlich mühevoll, mit einem schwachen Abglanz ihres früheren Mutes heraus. »So dumm, noch einmal hierher zu kommen, kann selbst ich nicht sein. Sie werden mich nie wieder sehen, darauf können Sie sich verlassen!«

Sie entriss ihm die Zügel, und noch bevor er ihr dabei behilflich sein konnte, sprang sie in den Sattel. Es war ein Damensattel, ihr blieb also nichts anderes übrig, als ihn auch so zu benutzen. Doch was spielte das jetzt für eine Rolle? Jetzt kam es nur noch darauf an, ihm so rasch wie möglich zu entkommen. Tränen des Leids und der Erniedrigung brannten in ihren Augen, ihre Brust war verkrampft vor Schmerz. Sie spornte ihre Stute zum Galopp an und ließ den Herzog in einer Staubwolke zurück.

4

Nicole täuschte anhaltende Kopfschmerzen vor und zog sich in ihr Zimmer zurück. Dort blieb sie den ganzen Nachmittag und auch am Abend. Nicht einmal zum Abendessen kam sie herunter. Als sich ihr Vater und ihr Bruder nach ihrem Wohlergehen erkundigten, musste sie ihre ganze Selbstbeherrschung aufbringen, um ihr gebrochenes Herz vor ihnen zu verbergen. Damit sie nicht noch mehr Argwohn erregte, nahm sie zwar das Tablett entgegen, das Annie ihr brachte, gab aber alles an die Katzen weiter.

In der Nacht wurde ihr Elend nur noch größer. Wie naiv sie doch gewesen war! Wie töricht! Sie hatte an Märchen geglaubt, wohl wissend, dass es keine Märchen gab, zumindest nicht für sie, niemals. Wie naiv sie sich in den Herzog verliebt hatte, und zwar nicht in den Mann, der er war, sondern in den, den sie sich in ihren verworrenen Wunschvorstellungen erträumt hatte. Diesen Mann gab es nicht, der Herzog war nichts weiter als ein unmoralischer Schürzenjäger.

Und genauso töricht war es gewesen sich einzubilden, dass er auch in sie verliebt wäre!

Sie war so verletzt, dass sie ihn gar nicht richtig hassen konnte, zumindest nicht in diesem Moment.

Beinahe hätte sie dem Drang zu weinen nachgegeben, doch sie kämpfte dagegen an. Als sie ihren ersten Ball besucht hatte und von ihren Standesgenossen nicht akzeptiert worden war, hatte es ihr auch sehr wehgetan. Damals war sie so stark wie nie zuvor verletzt worden. Sie war in Dragmore aufgewachsen, wo sie von allen akzeptiert und geliebt wurde, vom niedrigsten Stallburschen bis zu ihren Eltern, die sie anbeteten. Bis zu ihrem Debüt hatte es keinen einzigen Tag in ihrem Leben gegeben, an dem sie sich unsicher gefühlt hätte. Aber danach war alles anders geworden.

Denn es war nun einmal so: Nicole war anders als die anderen jungen Ladys der Gesellschaft, und die anderen spürten das sofort. Sie hatte absolut nichts gemein mit den anderen. Sie war zur Selbstständigkeit erzogen worden, und gewohnt, für sich selbst zu denken, deshalb war sie auch immer direkt und offen. Die anderen Frauen waren dazu angehalten worden, hübsch, bescheiden und unterwürfig zu sein; Männern gegenüber waren sie affektiert, untereinander klatschsüchtig. Sie interessierten sich ausschließlich für Mode und dafür, einen Gatten abzubekommen, und weil Nicole beim besten Willen keine dieser Interessen teilen konnte, war sie von Anfang an eine Außenseiterin. So ein Frevel war unverzeihlich.

Natürlich hatte sie den Skandal selbst verursacht, aber sie hatte nicht erwartet, dass die Gesellschaft sich so grausam von ihr abwenden würde. Tatsächlich hatte sie nicht weiter darüber nachgedacht und erst im allerletzten Augenblick erkannt, dass es ihr unmöglich war, Percy Hempstead zu heiraten. Sie hatte ihn nie geliebt, er war ihr eigentlich immer völlig gleichgültig gewesen. In den beiden ersten Jahren nach ihrem Debüt hatte sie an keinem Verehrer Gefallen gefunden, und deshalb hatte ihr Vater schließlich eingegriffen und ihr einen jungen Mann nach dem anderen vorgeschlagen. Sie hatten sich gestritten; Nicole hatte ihn angefleht, sie nicht zu verheiraten und wie eine Zuchtstute zu einem Hengst zu schicken; doch er hatte dafür nur taube Ohren gehabt.

»Du hättest unter Dutzenden feiner, passender junger Männer auswählen können«, hatte er ihr wütend entgegengeschleudert, »die du in den letzten zwei Jahren alle abgelehnt hast. Ich werde nicht tatenlos zusehen, wie du deine Zukunft ruinierst, Nicole, und deshalb werde ich jetzt den richtigen Mann für dich finden.«

Nicole war wütend weggerannt, auch wenn ihr klar war, dass er es aus Liebe zu ihr tat und nur ihr Bestes wollte; sicher ging er davon aus, dass sie eines Tages zurückblicken und feststellen würde, dass er Recht gehabt hatte.

Percy Hempstead war ein paar Jahre älter als sie, er sah gut aus, er war ein angenehmer Mensch und er war der Erbe des

Grafen von Langston. Nicole wünschte sich, sie könnte etwas Interesse für ihn aufbringen, denn er war offenkundig sehr nett und allen gegenüber freundlich, auch seinen Pferden und Hunden gegenüber, und im Umgang mit Tieren zeigte sich oft der wahre Charakter eines Menschen. Außerdem war er sparsam und fleißig; viele junge Mädchen hatten ein Auge auf ihn geworfen. Selbst Martha konnte gar nicht oft genug sagen, wie sehr sie ihn mochte, wie hübsch er sei mit seinem dunklen Haar, seinen blauen Augen und seinen fein gemeißelten Gesichtszügen. Nachdem sie von allen bedrängt worden war und Percy als Freund aufrichtig mochte, hatte sie schließlich in die Verbindung eingewilligt.

Doch als der Tag ihrer Hochzeit näher rückte, wurde ihre ursprüngliche Abneigung dagegen, verheiratet zu werden, immer stärker. Sie liebte ihn nicht; sie kannte ihn kaum, er war praktisch ein Fremder. Sie wollte nicht verheiratet werden. Sie wollte keine Ehefrau sein, deren Hauptaufgabe darin bestand, ein Schmuckstück ihres Mannes zu sein und ihm Söhne zu schenken. Sie wollte Dragmore nicht verlassen. Schon der bloße Gedanke daran versetzte sie in Panik. Instinktiv war ihr klar, dass Percy sie niemals bei Sonnenaufgang aufstehen und neben ihm über sein Anwesen reiten lassen würde. Er würde erwarten, dass sie sich mit anderen Ladys die Zeit vertreiben und stets angemessen gekleidet, wie es sich für eine Dame geziemte, passiv und gefügig sein würde – die ideale Frau eben. Schreckliche Angst schnürte Nicoles Brust zusammen. Ihr Leben sollte sich in Kürze dramatisch und auf immer ändern.

Sie konnte es nicht hinnehmen. Am Vorabend der Hochzeit rannte sie einfach weg. Sie ließ Percy eine Nachricht zukommen, in der sie ihn um Verzeihung bat, aber eine vernünftige Erklärung für ihr Verhalten konnte sie weder ihm noch allen anderen geben. Ihren Eltern hinterließ sie ebenfalls eine Nachricht. Sie rannte nicht sehr weit weg, das war auch gar nicht nötig. Es reichte schon, dass sie ihren Hochzeitstag versäumte und Percy die Nachricht schickte. Man hatte fünfhundert Gäste erwartet, und auch wenn sie Percy nicht buchstäblich vor dem Altar hatte stehen lassen, wie es die Klatschmäuler später behaupteten, war das, was sie getan hatte, doch schlimm genug. Percy sprach nie wieder ein Wort mit ihr, und ein halbes Jahr später heiratete er ein anständiges viktorianisches Fräulein.

Auch ihr Vater sprach nach seinem ersten Wutanfall fast einen Monat lang nicht mehr mit ihr. Nicole tat es schrecklich Leid, dass sie Percy so verletzt hatte, und sie bedauerte es, ihre Eltern verärgert zu haben, aber sie bereute es nicht, Percy nicht geheiratet zu haben. Es blieb ihr nur eine knappe Woche, sich von dem zu erholen, was sie angerichtet hatte. In den darauf folgenden Monaten waren ihre Eltern wie üblich ausgegangen und sie hatte sie überall begleitet. »Du wirst dich nicht in Dragmore verstecken«, hatte ihr Vater ihr mitgeteilt – das waren die einzigen Worte gewesen, die er in dieser Woche an sie gerichtet hatte. »Du wirst dich dem stellen müssen, was du getan hast.«

Es war schrecklich gewesen, an allen anstehenden Bällen und sonstigen Einladungen teilnehmen zu müssen, angestarrt zu werden, die Bemerkungen mitzubekommen, die ausgetauscht wurden, sobald sie den Leuten den Rücken zukehrte. Sie wusste, dass ihre Eltern ebenso darunter litten wie sie, und irgendwie taten sie ihr sogar noch mehr Leid als sie sich selbst. Nicole stand es mit hoch erhobenem Haupt durch und tat, als wäre alles in bester Ordnung, auch wenn sie sich vorkam wie ein exotischer Zoobewohner. Nach einigen Monaten ließen sie die Eltern wieder tun, was sie wollte, aber zu dem Zeitpunkt war es nichts Besonderes mehr, dass sie sich zeigte, und die Klatschmäuler hatten neues Futter gefunden.

Jetzt lag sie auf ihrem Bett, starrte die Goldstickerei auf dem Baldachin an und hätte am liebsten geweint wie noch nie. Ihr Leben war so wunderbar gewesen, bis sie mit achtzehn ihr Debüt gegeben hatte. Von dem Zeitpunkt folgten nur noch Katastrophen. Eigentlich hätte sie inzwischen ihre Lektion gelernt haben müssen. Aber nein, bis heute war sie noch so naiv, dass sie sich auf den ersten Blick in den Herzog verliebt hatte und dumm genug gewesen war, ihn für ihren Märchenprinzen zu halten. Nie wieder würde sie so blöde sein!

Sie drehte sich mit geröteten, brennenden Augen zur Seite. Er hatte sie für verheiratet gehalten. Er hatte niemals irgendwelche ehrbaren Absichten im Sinn gehabt. Plötzlich ballte sie eine Faust und die erste Welle der Wut schlug über ihr zusammen. Wie sehr sie ihn verachtete!

*

Am nächsten Tag stand Nicole wie üblich in aller Früh auf. Sie hatte eine ruhelose Nacht hinter sich und in ihr brannte die Wut, die sie erst so spät entdeckt hatte. Das Adrenalin in ihren Adern verlieh ihr Stärke, und obwohl sie kaum ein Auge zugetan hatte, war sie nicht müde. Sie gesellte sich in ihren Reithosen zu ihrem Vater und ihrem Bruder an den Frühstückstisch, entschlossen, sie an diesem Tag zu begleiten und ihr Leben weiterzuleben, als wäre nichts geschehen, als gäbe es den Herzog von Clayborough überhaupt nicht.

Beide Männer blickten auf. »Du siehst schrecklich aus«, meinte Chad.

Nicole ignorierte ihn. Sie setzte sich ihm gegenüber zur Linken ihres Vaters und schenkte sich Tee ein, wobei sie spürte, wie der Vater sie besorgt musterte. »Die Kopfschmerzen hielten fast die ganze Nacht an«, sagte sie.

»Ich möchte, dass du einen Arzt aufsuchst«, erwiderte der Graf.

»Jetzt geht es mir wieder gut, Vater«, sagte Nicole, aber sie brachte kein beruhigendes Lächeln zustande.

»Du bist doch sonst nie krank«, sagte Nicholas Shelton besorgt. »Bitte ruh dich heute aus!«

Ihre Lippen wurden schmal. »Ich möchte aber mit dir und Chad ausreiten.«

»Das kommt überhaupt nicht in Frage!« Seinem Blick entnahm sie, dass Widerspruch zwecklos war.

Nach dem Frühstück fühlte sich Nicole völlig erschöpft. Als Chad und der Graf aufgebrochen waren, kehrte sie in ihr Schlafzimmer zurück und fiel ermattet aufs Bett. Plötzlich erschien das stattliche Bild des Herzogs wieder vor ihren Augen. Sie ballte die Fäuste und schloss die Augen. »Verschwinde, fahr zum Teufel!« Das war der schrecklichste Fluch, den sie kannte.

Ein Klopfen an ihrer Türe holte sie aus ihrem schweren, bitter nötigen Schlaf. Sie blinzelte und merkte, dass sie wohl einige Zeit gedöst hatte. Es musste schon fast Mittag sein. Matt richtete sie sich auf. »Ja?«

Es war Aldric. »Ich weiß, dass Sie sich nicht wohl fühlen, Mylady, aber die Vicomtesse Serle ist da. Soll ich ihr ausrichten, dass Sie indisponiert sind?« Seine freundlichen Augen wirkten besorgt, auch wenn seine Worte förmlich und unbeteiligt klangen.

»Martha ist hier!«, rief Nicole erfreut. »Nein, nein! Ich komme gleich runter.«

»Sehr gut!«, sagte Aldric und zog sich sichtlich erleichtert zurück.

Nicole stand eilig auf, wusch sich rasch das Gesicht und band ihr Haar zu einem langen Pferdeschwanz. Dann flog sie die Treppen hinunter. »Martha!«

Die Vicomtesse Serle war eine kleine, etwas rundliche Frau mit dichtem kastanienbraunem Haar und einem elfenbeinfarbenen Teint. Sie hatte still auf dem goldenen Samtsofa im Salon gewartet, eine Tasse Tee in den kleinen Händen, gekleidet in ein grünrosa gestreiftes Ensemble. Nun stellte sie die Tasse ab und sprang mit einem kleinen Freudenschrei auf. Die beiden jungen Frauen umarmten sich stürmisch.

»Ich habe dich so vermisst!«, rief Martha.

»Ich bin so froh, dass du wieder da bist«, erwiderte Nicole strahlend.

Martha setzte sich wieder hin und zog ihre Freundin neben sich aufs Sofa. Ihr Lächeln schwand, als sie Nicole näher betrachtete. »Mein Liebe, deine Augen sind geschwollen. Hast du geweint?«

Nicoles Miene verfinsterte sich. »Nein, aber es hat nicht viel gefehlt.«

»Was ist passiert?«

Rasch sprang Nicole auf und schloss die Salontüre, dann wandte sie sich wieder ihrer Freundin zu. Wieder überkam sie der Drang zu weinen. Bestürzt legte sie die Hände vors Gesicht und kämpfte gegen die aufsteigenden Tränen.

»Ach, meine Liebe!« Erschrocken eilte Martha zu ihr. »Komm her zu mir, setz dich und erzähl mir, was dich so aufwühlt.«

»Es tut mir Leid«, sagte Nicole, sobald sie sich wieder gefasst hatte. Sie blickte ihre Freundin an. »Ich bin ein idiotischer Schwachkopf, Martha.«

Obgleich Martha an Nicoles unkonventionelle Art und Sprache gewöhnt war, errötete sie leicht. »Das bist du nicht!«

»Ich habe mich vor dem Herzog von Clayborough zum Idioten gemacht!«, rief Nicole.

Martha schnappte nach Luft. »Vor dem Herzog von Clayborough?«

Nicole nickte grimmig. »Neulich besuchte ich einen Maskenball bei den Adderlys. Er fand ihm zu Ehren statt. Als ich ihn sah, blieb mir das Herz stehen, Martha. Wie dumm ich nur war!«

»Er sieht sehr gut aus«, sagte Martha bedächtig.

»Wir unterhielten uns. Als er mich ansah, wirkten seine Augen wie Flammen. Er lud mich nach Chapman Hall ein.«

Martha schnappte wieder nach Luft. »Er lud dich nach Chapman Hall ein? Das klingt ja überhaupt nicht nach dem Herzog von Clayborough! Er muss von dir sehr angetan gewesen sein.«

Nicoles Augen funkelten eisig. »Oh ja, angetan, und wie, das kann ich dir versichern. Er ging davon aus, dass ich verheiratet wäre! Er lud mich ein auf ein – äh-äh-äh …«

Martha blieb schon wieder die Luft weg. »Er dachte, du wärst verheiratet?«

»Ich dachte, er wäre von mir angetan.« Errötend wandte Nicole ihren Blick ab. »Ich dachte sogar …« – sie rang nach den richtigen Worten – »ich dachte sogar, dass er mir den Hof machte.« Verstohlen musterte sie ihre Freundin, die offensichtlich völlig überrascht war. »Er hat mich geküsst, Martha.«

»Ach du meine Güte!«, war alles, was Martha einfiel.

»Es gefiel mir.« Der Gedanke an das, was zwischen ihnen passiert war, ließ Nicoles golden schimmernden Teint dunkler werden. Schlimmer noch, ihr Herz begann wie wild zu pochen und sie erinnerte sich an seine heißen, hungrigen Lippen auf den ihren. »Ich habe seinen Kuss erwidert.«

»Nicole«, begann Martha, doch Nicole fiel ihr ins Wort.

»Jetzt weiß ich auch, warum er mich aus dem Haus drängte und nicht mit seiner Mutter Tee trinken ließ!«, rief sie empört, und gleichzeitig spürte sie wieder die entsetzliche Schmach, die ihr der Herzog zugefügt hatte.

»Die Herzoginwitwe war auch da?« stöhnte Martha. »Sie hat dich in seinem Haus gesehen? Nicole, du warst doch nicht ohne Begleitung dort?« Die Frage klang hoffnungsvoll.

Nicole schüttelte den Kopf. »Gestern ritt ich ein weiteres Mal nach Chapman Hall; er hatte mich eingeladen, noch einmal zu kommen. Doch offenbar hatte er herausgefunden, dass ich nicht verheiratet bin, und dies änderte alles. Dieser Mistkerl! Eiskalt entschuldigte er sich für seinen Irrtum und sagte mir, ich solle nie wieder kommen. Als ob ich das tun würde!«

»Oh mein Gott!«, sagte Martha nur.

»Er hielt mich für ein verheiratetes Flittchen, mit dem er sich amüsieren wollte«, flüsterte Nicole. »Oh, wie ich ihn hasse!«

»Ach, Nicole!« Martha nahm die Hand ihrer Freundin und drückte sie fest. »Er hat dich doch nicht etwa – er hat dich nur geküsst, oder?«

Nicole errötete. Sie erinnerte sich daran, wie sein Körper auf ihrem gelegen und sie ins Gras gedrückt hatte, wie er ihre Jacke aufgeknöpft hatte, wie seine Hände auf der Innenseite ihrer Oberschenkel entlanggewandert waren. Ihre Erinnerung war so lebendig, dass ihr Körper erneut zu beben begann. »Ich bin noch immer Jungfrau, wenn es das ist, was du wissen willst.«

»Dann ist nichts Schlimmes passiert«, sagte Martha und tätschelte erleichtert seufzend Nicoles Hand. »Ach, meine arme Freundin! Clayborough ist ein schrecklicher Frauenheld und ziemlich rücksichtslos. Man sagt, dass es keiner Frau gelingt, sein Interesse länger zu fesseln, nicht einmal seinen Mätressen. Und angeblich sind seine Mätressen die schönsten Frauen weit und breit.«

»Er hat mehr als eine?«, fragte Nicole zutiefst verletzt.

»Nein, immer nur eine.« Martha sah, wie verletzt Nicole war und fügte deshalb hinzu: »Aber das tun ja schließlich die meisten Männer.«

»Robert tut das nicht, oder?« Plötzlich wünschte sich Nicole, diese Frage nicht gestellt zu haben, denn sie war selbst gegenüber der besten Freundin viel zu intim.

Doch Martha lächelte nur und ihre Züge wurden weich. »Nein, Robert tut es nicht, da kann ich von Glück reden.«

Nicole wusste, wie sehr Martha ihren Mann liebte und wie sehr er sie anbetete. »Da hast du wirklich großes Glück«, pflichtete sie Martha bei.

Martha sah sie an. »Ich glaube, Clayborough war von dir angetan, Nicole.«

»Er dachte, ich sei verheiratet.«

»Dennoch glaube ich, dass er von dir angetan war. Ich sehe ihn gelegentlich in London, und dort zeigt er nie ein Interesse an einer Lady. Die Damen werfen sich ihm immer an den Hals. Ausgenommen natürlich Lady Elizabeth Martindale.«

»Lady Elizabeth Martindale?«

»Die Tochter des Marquis von Stafford.« Martha verzog das Gesicht. »Ich glaube noch immer, dass er von dir angetan war. Ach, es ist wirklich zu schade, dass die beiden verlobt sind.«

Nicole erstarrte. »Er ist mit ihr verlobt?«

»Das hast du nicht gewusst?«

»Ich weiß nichts über ihn«, sagte Nicole.

»Sie sind schon seit Ewigkeiten verlobt. Sie wurden verlobt, als sie zwei war, und jetzt ist sie, glaube ich, gerade achtzehn geworden«, sagte Martha sanft, als wolle sie den Schlag abschwächen. »Es war immer eine Tatsache, dass der Herzog von Clayborough nicht als Gatte verfügbar ist, sehr zum Missfallen aller jungen Ladys. Sie hat jetzt ihr Debüt, und im Sommer soll die Hochzeit stattfinden.«

»Ich verstehe«, sagte Nicole steif und erhob sich. Ihr Puls begann so schnell zu rasen, dass ihr Hören und Sehen verging. Eine Verlobung zwischen zwei so mächtigen Familien, eine, die seit sechzehn Jahren bestand, war wie in Stein gemeißelt. Er war so gut wie verheiratet.

Nicole sah rot.

Er hatte sie also nicht nur für verheiratet gehalten, nein, er war noch dazu mit einer anderen verlobt, und in sieben oder acht Monaten würde er verheiratet sein. Er war noch verachtenswerter, als sie gedacht hatte!

»Nicole!«, sagte Martha besorgt und stand ebenfalls auf. »Setz dich und trink einen Schluck Tee. Bitte!«

Nicole sah sie mit wütend funkelnden Augen an. »Ich dachte, er wollte mich heiraten! Mich!«

»Ach, Nicole!«

Nicole wandte sich um und stürzte zur Türe. In jedem einzelnen ihrer langen Schritte drückte sich ihre Wut aus.

»Nicole, wo willst du hin?«, schrie Martha außer sich. »Tu nichts, was du später bereuen würdest! Bitte, tu es nicht!«

Falls Nicole sie gehört hatte, gab sie es nicht zu erkennen. Wenige Augenblicke später sah Martha sie auf ihrem wilden braunen Vollblüter im Herrensitz davonpreschen. Die Nase fast in der schwarzen Mähne des Hengstes vergraben, galoppierte sie Richtung Chapman Hall.

*

Der Herzog trat aus dem Stall. Hinter ihm erklangen Hammerschläge. Er wollte die beiden hinteren Wände der höchst baufälligen Scheune ersetzen. Bislang war er recht zufrieden mit dem Fortschritt der von ihm bestallten Arbeiter.

Mit langen Schritten ging er in Richtung Haus. Er wollte vor dem Mittagessen noch einige Briefe schreiben. Doch schon nach wenigen Schritten ließ ihn das Geräusch rasender Pferdehufe innehalten und nach der Ursache Ausschau halten.

Aus den Wäldern am hinteren Rand des ungepflegten Rasens

tauchte in gestrecktem Galopp ein wunderschöner brauner Vollblüter auf. Der Hengst preschte über den Rasen, sein Reiter duckte sich auf seinem Rücken, und Sekunden später kam das Tier aufbäumend neben ihm zum Stehen. Verblüfft nahm der Herzog wahr, dass es sich bei dem Reiter um Nicole Shelton handelte, die quer auf ihrem Ross thronte.

Er hatte noch nie eine Lady im Herrensitz reiten sehen, und auch keine andere Frau – schon allein dieser Anblick war schockierend. Doch ihre langen Beine, die in eng sitzenden Reithosen steckten und das Pferd kraftvoll umklammerten, hypnotisierten ihn. Aber dann wurde er sich ihrer reinen, wilden Schönheit bewusst, ihrer silbern funkelnden Augen, ihrer losen, windgepeitschten Haare. Sie war großartig und er war völlig gelähmt, einerseits schockiert von dem Trotz, den sie gegenüber jeglicher Konvention zeigte, andererseits ergriffen von einer barbarischen Begierde.

Nicole sprang ab und ging auf ihn zu. Der Stoff ihrer Hose spannte sich eng über ihre langen Beine, der Herzog musste seine Fantasie nicht bemühen, um deren wohlgestaltete Form zu erahnen. Er konnte seinen Blick nicht von ihren Gliedmaßen wenden und hatte nur den einen Gedanken im Kopf – dass eine Frau, die ein Pferd so reiten konnte, es mit ihm gewiss ebenso gut könnte. Solchermaßen abgelenkt merkte er erst im letzten Moment, dass sie ihre Reitgerte hob.

»Elender Mistkerl!«, fauchte sie und schwang die Gerte wild vor ihm.

Reflexartig erwischte der Herzog eben noch ihr Handgelenk, als das geflochtene Ende schon auf sein Kinn klatschte und eine brennende rote Schwellung hinterließ. Seine Überraschung wich Zorn. Er riss ihr die Gerte aus der Hand, brach sie entzwei und warf sie auf den Boden. Ihr Schrei war ein reiner Wutschrei, ihre Hand flog abermals hoch, um ihn noch einmal zu schlagen. Er erwischte ihren Arm und wirbelte sie so rasch herum, dass sie mit dem Rücken gegen die Scheunenwand knallte. Doch sie gab noch immer nicht auf. Mit ihrer freien Hand, die Finger gekrümmt, die Nägel als Klauen, versuchte sie erneut, ihn anzugreifen. Er packte auch diese Hand, hob ihre beiden Hände hoch und drückte sie an die Scheunenwand. Einen Atemzug später hatte er den letzten Abstand zwischen ihren Körpern überwunden und presste seinen harten, erregten Körper gegen sie.

Sie konnte kaum fassen, was soeben passiert war, aber sie kämpfte weiter wie eine Wilde gegen ihn, wie ein Tier in der Falle, völlig von Sinnen. Doch jede ihrer Bewegungen fachte nur weiter das Feuer an, das in ihm brannte, und er drängte sich immer näher an sie. Seine Männlichkeit pulsierte gegen ihre Weichheit, während er instinktiv danach trachtete, sie zu unterwerfen. »Lassen Sie mich los!«, schrie sie. »Lassen Sie mich los, Sie unmoralischer Kerl, damit ich Ihnen das gebe, was Sie verdienen!«

Vor seinen Augen tanzten eindeutig sexuelle Bilder. »Und was verdiene ich?« Sein Atem blies auf ihren Lippen, und sie erstarrte. Er wusste, dass sie sich in diesem Moment seines Körpers, seiner Männlichkeit bewusst wurde.

»Zehn Peitschenhiebe, nicht nur einen!«, fauchte sie.

»Ich glaube nicht, dass Sie deshalb hierher gekommen sind.«

»Ich bin gekommen, um Ihr Blut fließen zu sehen!«

Ihre Wildheit und die Vorstellung, *ihr* Blut fließen zu sehen, ließ ihn erbeben. »Erregt es Sie denn, mein Blut zu vergießen, Nicole?«, fragte er sehr, sehr leise.

»Ja! Ja! Ja!«, schrie sie wild und bäumte sich auf. Dann erstarrte sie keuchend, denn sie merkte, dass ihr Sträuben nur dazu führte, die Nähe zwischen ihren Körpern zu vergrößern.

»Passen Sie auf!«, sagte er rau. »Wenn heute noch mehr Blut vergossen wird, dann nicht meines!« Er sah ihr in die Augen und presste sich so stark an sie, dass es ihr unmöglich wurde, nicht zu begreifen, was er damit meinte. Ihre Augen weiteten sich und es freute ihn, dass sie ihn verstanden hatte.

»Das würden Sie nicht tun.«

»Jetzt, in diesem Moment, schon. Deswegen sind Sie doch hier, oder?«

Kurz verblüffte sie seine Antwort so, dass ihr nichts darauf einfiel, dann aber kreischte sie, wand sich wie wild und schrie auf vor Schmerz, den sie sich in seinem eisernen, nicht zu lösenden

Griff selbst verursachte. »Jetzt drohen Sie mir also mit Vergewaltigung?«

»Drohen? Nein. Vielleicht warnen. Vergewaltigung? Nein, das nicht.«

»Ich werde bis zu meinem letzten Atemzug gegen Sie kämpfen«, schrie sie.

Sie kämpfte in seinen Armen, bis sie erlahmte. Er hielt sie nur noch fester und fürchtete, die Gewalt über sich gänzlich zu verlieren. »Du wirst gern in meinen Armen sterben, Nicole«, versprach er ihr leise. »Dafür werde ich sorgen.«

»Lassen Sie mich los!«, schrie sie wieder wild. Er wusste, dass sie nicht verstanden hatte, was er meinte, aber die Gefahr spürte, in der sie sich befand. »Lassen Sie mich los, verdammt nochmal!«

Er musste ihr gehorchen, sonst hätte sich sein Tun völlig verselbständigt. Sein Körper schrie ihn an, bettelte darum, erlöst zu werden. Er wandte sich von ihr ab und atmete tief durch. »Waffenstillstand?«

Sie lachte nur. »Niemals!«

Er sah den Hass, der in ihren Augen blitzte. »Jetzt hassen Sie mich also?«

»Oh ja!«, fauchte sie. »Einen Moment lang habe ich Sie geliebt, aber jetzt – jetzt hasse ich Sie!«

Er erstarrte. Dass sie ihn geliebt hatte, wenn auch nur kurz und töricht, verblüffte ihn. Viele Frauen hatten sich schon in ihn verliebt, das wusste er nur allzu gut. Aber er hatte eigentlich niemals darauf geachtet, ihre Gefühle waren ihm stets völlig gleichgültig gewesen. Doch jetzt verspürte er einen Stich – vielleicht auch sein Gewissen? »Liebe schlägt nicht so rasch in Hass um, Nicole«, sagte er leise. Ihre Gesichter waren sich sehr nahe. »Sollen wir prüfen, wie sehr Sie mich hassen?« Er wusste nicht, warum ihm so viel daran lag, ihr zu beweisen, dass sie sich irrte.

»Da gibt es nichts zu prüfen«, sagte sie. Plötzlich bekam sie kaum mehr Luft. Ihr Blick wanderte zu seinem Mund. »Tun Sie es nicht!«

Er konnte sich einfach nicht davon abhalten, sie zu küssen, egal, wie falsch es war. Jetzt nicht. Nicht, wo ihre Körper von der Brust bis zu den Zehen so eng aneinander gepresst waren, nicht, wo sich seine Männlichkeit gegen ihre Weiblichkeit drängte, nicht, wo sie es wagte, ihm ihren Hass zu erklären. »Ich glaube, dass Sie mich stärker begehren als hassen«, murmelte er.

Sie öffnete den Mund, um Einspruch zu erheben, doch er bedeckte ihre Lippen und erstickte jedes Wort.

Sie wand sich heftig in seinem Griff, doch er presste sie nur noch stärker gegen die Scheunenwand und verstärkte nur den ohnehin schon schmerzhaften Griff um ihre Handgelenke. Sie gab wütende Laute von sich, er eroberte hungrig ihren Mund. Er wollte noch viel mehr erobern und wusste, wenn er so weitermachte, würde er es auch tun. Sie sträubte sich gegen ihn, es war himmlisch und gleichzeitig die reine Hölle.

Sie würde bis zum Schluss gegen ihn kämpfen, dessen war er sich sicher.

Als sein Mund weiter zu ihrem Nacken hinabwanderte, wo seine heftigen Küsse rote Halbmonde hinterließen, sagte sie nur: »Und was ist mit Ihrer kostbaren Elizabeth?«

Das ernüchterte ihn schlagartig.

»Was soll mit ihr sein?«

»Sie geben nicht einmal vor, ihrer Verlobten treu zu sein!«

»Sie haben also Ihre Hausaufgaben gemacht«, sagte er und hob den Kopf, um sie zu mustern. Er sah die brennende Wut in ihren Augen und wollte sie in Leidenschaft verwandeln – für ihn. »Deshalb dieser ganze Aufstand?«

»Sie sind so gut wie verheiratet«, fauchte sie. »Und dennoch sind Sie ein verachtenswerter Schürzenjäger! Und jetzt lassen Sie mich los, und zwar sofort!«

Sie hatte Recht, und da er letztlich doch zu viel Ehrgefühl besaß, um ihr Gewalt anzutun, folgte er nun ihrem Befehl. Mit einem Aufschrei wollte sie sich erneut auf ihn stürzen.

Wieder bekam er sie zu fassen, diesmal um die Taille, wobei er ihre Arme an den Seiten festhielt. Erneut überraschte ihn ihre Wildheit und erregte ihn sogar noch mehr als zuvor. Sie wand sich in seinen Armen, bis er sie noch fester hielt. »Hören Sie auf!«, befahl er ihr scharf und schüttelte sie.

Sie keuchte, als hätte sie einen schweren Kampf hinter sich. Sein Körper war nun gegen ihren Rücken gepresst, was ihm die Sache nicht leichter machte. Ihre vollen, schweren Brüste drängten sich gegen seine Arme, die er um ihren Oberkörper geschlungen hatte. Sie gab ihre Befreiungsversuche auf und schnappte in tiefen Atemzügen nach Luft. Er lockerte seinen Griff ein wenig und verfluchte erneut sich und seine unbeherrschbare Lust.

»Ich werde Sie nicht mehr schlagen«, sagte sie endlich mit brüchiger Stimme. »Lassen Sie mich los!«

»Warum?« Sein Atem blies an ihren Nacken. »Habe ich Sie etwa in eine missliche Lage gebracht, Nicole?«

Sie rührte sich nicht, und er wusste, dass sie seine Männlichkeit spürte, die sich gegen ihr Hinterteil drängte. Er wollte ihre Augen sehen, ihre Reaktion. Sie bebte in seinen Armen. »Sie bringen nicht mich in eine missliche Lage«, sagte sie schließlich, »sondern nur sich selbst!«

Sein Verhalten war wahrhaftig unverzeihlich, und deshalb klang er boshaft, als er sie freiließ. »Touché! Aber zu diesem Spiel gehören zwei; wären Sie nicht hierher gekommen, wäre es niemals zustande gekommen.«

Sie wirbelte herum und blickte ihm direkt ins Gesicht, doch in ihren Augen glitzerte nicht nur die Wut, und während ein Teil von ihm sich verabscheute, triumphierte ein anderer.

»Sie sind ein unmoralischer Mensch, der sich von nichts davon abbringen lässt, sich das zu nehmen, was er will.«

Nun flackerte die Wut in ihm auf. »Da irren Sie sich! Ich habe Sie gewarnt, noch einmal hierher zu kommen. Nun sind Sie aus freien Stücken hier. Wenn Sie nicht hergekommen sind, um zu bekommen, was ich Ihnen geben kann, warum dann?«

Sie rang nach Atem. »Wie arrogant Sie sind! Ich bin noch einmal hergekommen, um Ihnen mitzuteilen, was ich von Ihnen halte, nun, da ich die Wahrheit kenne.«

Er stemmte die Arme in die Hüften, und sein Mund kräuselte sich spöttisch. »Die Wahrheit. Ach ja? Elizabeth?«

»Obwohl Sie so gut wie verheiratet sind, haben Sie mir nachgestellt! Ich wusste es nicht, ich dachte, dass Sie frei sind. Sie dachten, ich sei eine verheiratete Frau ohne jede Moral. Wer von uns beiden hat sich hier richtig und wer falsch verhalten?«

Der Stachel der Reue begann, sich in ihn zu bohren, aber er war noch nicht bereit, auf ihn zu achten. Und es gefiel ihm nicht, dass man ihn eines Fehlverhaltens bezichtigte – er war es nicht gewöhnt, dass ihm jemand sagte, er habe etwas Falsches getan. Niemand würde dies wagen. Und dennoch – sie hatte es gewagt. Doch auch ihm gefiel sein Verhalten nicht, sein früheres ebenso wenig wie sein jetziges. Ein weiteres Mal hatte sie Wut in ihm erregt – und eine Lust, die ihm nicht willkommen war. »Sie dachten also, mein Interesse an Ihnen sei das eines Junggesellen, der eine junge Dame umwirbt?« Sein Tonfall war spöttisch, hart, grausam.

Sie blickte zu ihm auf und errötete abermals tief. »Ich dachte nicht, dass Sie mich nur zur Geliebten nehmen wollten.«

»Und ebenso wenig dachte ich, dass Sie eine alte Jungfer seien.«

Ihr verschlug es den Atem.

Er konnte kaum glauben, was er soeben gesagt hatte.

»Sie sind grausam!«

»Sie bringen mich dazu!« Rau fuhr er fort: »Lassen Sie es mich noch einmal deutlich sagen: Sie sind hier nicht willkommen, Lady Shelton! Kommen Sie nie wieder hierher!«

Sie verschränkte die Arme fest vor der Brust. »Das werde ich auch nicht, Euer Gnaden. Es sei denn, um Ihnen und Ihrer Braut ein Hochzeitsgeschenk vorbeizubringen.«

Sein Lächeln war ebenso boshaft wie ihre Worte. »Die Tigerin hat also noch mehr als nur Krallen. Lassen Sie es mich zum letzten Mal sagen: Sie sind hier nicht willkommen, Nicole, und wenn Sie daran denken, zwischen mir und Elizabeth Unfrieden zu stiften, überlegen Sie es sich gut!«

»Keine Sorge, ich habe nicht die geringste Absicht, Ihre kostbare Elizabeth aufzuregen!« Ungestüm machte Nicole kehrt und stürmte zu ihrem Pferd.

5

Sein Lieblingshund blickte ihn hoffnungsvoll an. Der Herzog stand vor einem großen Spiegel, der neben einer roten chinesischen Lackkommode hing, und richtete seine Seidenkrawatte. Ausdruckslos starrte er sein Spiegelbild an. Schließlich wandte er sich ab und ließ sich von seinem Kammerdiener Reynard den schwarzen Abendmantel reichen, während der Barsoi begeistert mit dem Schwanz wedelte.

Der Herzog murmelte: »Tut mir Leid, Lad, aber ich geh nur zu einem Abendessen.«

Seufzend legte der Hund den Kopf auf seine großen Vorderpfoten und fügte sich in sein Schicksal, den Abend allein vor dem Kamin zu verbringen.

»Sie sehen hervorragend aus, Euer Gnaden, wenn ich das bemerken darf!«, meinte Reynard bewundernd.

Der Herzog dankte mit einem knappen Nicken. »Sie können gehen, Reynard, ich komme gleich nach unten.«

Er ging zum Tisch und schenkte sich eine Tasse Tee ein, dessen Mischung nach seinen persönlichen Wünschen zubereitet worden war. Finster starrte er auf den Inhalt der zarten Porzellantasse, die in seinen Händen sehr klein und zerbrechlich wirkte.

Er hätte Sheltons Einladung gleich ablehnen sollen, aber daran hatte er überhaupt nicht gedacht.

Es war nun eine Woche her, dass Nicole Shelton so kühn in seinen Hof geprescht und wieder davongaloppiert war – nach einer langen und hitzigen Begegnung. Leider regten sich seine Lenden allein schon bei der Erinnerung schmerzhaft und er wusste nur allzu gut, warum er heute Abend nach Dragmore ging.

Was ging in ihm vor? Hatte es etwas mit ungestillter Lust zu tun? Noch nie hatte ihn eine Frau so stark beschäftigt. So kalt dies auch klingen mochte – seine Affären waren bisher rein sexueller Natur gewesen, und sobald der Akt vollzogen war, hatte sich sein Denken wieder Wichtigerem zugewandt. Er wollte jetzt nicht an diese Frau denken. Verstimmt nahm er einen Schluck des exotisch-aromatischen Tees; dann warf er die Tasse samt Inhalt in den hell lodernden Kamin. Das Porzellan zersprang mit einem lauten Knall, der Lad dazu brachte, ihn neugierig zu mustern.

Immerhin hatte er dadurch seine Anspannung etwas gelockert, es war ihm jedoch nicht gelungen, Nicole Shelton aus seinen Gedanken zu vertreiben. Er war jedes Mal aufs Neue schockiert, wenn vor seinem inneren Auge ihr Bild auftauchte, wie er sie beim letzten Mal gesehen hatte: mit gespreizten Beinen auf einem riesigen Vollblüter, in Reithosen. Und sie hatte ihn mit ihrer Gerte geschlagen. Er konnte es noch immer kaum fassen – und es war noch immer wahnsinnig erregend.

Der Herzog ging auf und ab. Sheltons Einladung konnte er jetzt nicht mehr ablehnen. Wenn er sich selbst gegenüber ehrlich war, musste er aber zugeben, dass er das auch gar nicht wollte. Er fuhr sich mit der Hand durch sein dichtes, sonnengebleichtes Haar. Er spielte mit dem Feuer, das spürte er, das wusste er – sie war das Feuer.

In der letzten Woche hatte er sich mit wilder Entschlossenheit auf die Renovierung von Chapman Hall gestürzt. Er war noch früher als sonst aufgestanden, noch später ins Bett gegangen und hatte sich keine Minute der Ruhe oder des Nachdenkens gegönnt. Doch wie beschäftigt er auch gewesen war, stets hatte Nicole Shelton an den Rändern seines Bewusstseins gespukt und ihn verfolgt. Warum war er so fasziniert von ihr, ja, richtiggehend besessen?

Ihr phantastisches Aussehen reichte, die Männer in den Wahnsinn zu treiben, befand er schließlich; ihre Art aber, ihre Kühnheit, ihre Wildheit – das war es, was ihn berauschte. Die meisten Frauen – die meisten Ladys – waren schrecklich langweilig. Mit Ausnahme seiner Mutter, deren Intelligenz und unkonventionelles Interesse an Geschäftsangelegenheiten sie von anderen Frauen unterschied, fiel ihm keine einzige Frau ein, die seine Zeit und Aufmerksamkeit wert gewesen wäre. Bei Elizabeth war es allerdings etwas anderes, aber sie war ja schließlich seine Verlobte. Keine Frau, die er kannte, besuchte Feste ohne Begleitung, solange sie unter dreißig war, keine Frau ritt in Reithosen, keine Frau sprach wie sie, keine Frau zeigte sich jemals so temperamentvoll, nicht einmal seine letzte Geliebte, eine leicht reizbare Französin. Und keine Frau, keine einzige, jagte einen Mann und schlug ihn mit ihrer Gerte.

Sie hatte alles, was die Frauen seiner üblichen Bekanntschaft nicht hatten, und aus diesem Grund war er wohl auch so fasziniert von ihr.

Das Problem war nur: Er traute sich selbst nicht mehr über den Weg. Er hatte sich in der letzten Woche ihr gegenüber abscheulich verhalten, auch wenn er provoziert worden war. Es war unentschuldbar, dass er sich ihrer mit Gewalt bemächtigt hatte, seine Stärke genutzt hatte, um sich seiner Macht über sie zu vergewissern, dass er sie geküsst und berührt hatte. Und doch hatte ihn nichts davon abhalten können, und er fürchtete, dass es ihm beim nächsten Mal ebenso ergehen würde.

Beim nächsten Mal?

Er musste unbedingt dafür sorgen, dass es kein nächstes Mal gab. Er würde es sich nie verzeihen können, sie zu entehren, unabhängig davon, dass ihr Ruf bereits ziemlich ramponiert war und sie ihn so sehr provoziert hatte. Ihre letzte Begegnung war zu einer barbarischen Verführung geworden. Es würde kein nächstes Mal geben, das schwor er sich.

Er hatte sein Leben lang ehrenhaft gehandelt. Tief in seiner Erinnerung war stets das Wissen vergraben, wie unehrenhaft sein Vater gewesen war. Hätte sein Vater Frauen geliebt, hätte er sich Nicoles schon am allerersten Tag bemächtigt, auf der Wiese neben dem Bach. Aber er war nicht wie sein Vater. Das war er nie gewesen. Er hatte nie eine Frau entehrt; die Frauen, mit denen er sein Lager teilte, hatten alle recht zweifelhafte Moralvorstellungen. Vielleicht hatte er sein bisheriges Leben damit zugebracht, für die Sünden seines Vaters zu büßen, aber es war ein Leben gewesen, auf das er stolz sein konnte – bis jetzt. Jetzt schwebte er in Gefahr, und das machte ihm Angst.

Er musste sich beeilen. Wenn er sich nicht in allerletzter Minute noch eine Entschuldigung einfallen ließ, dann musste er jetzt aufbrechen. Der Herzog machte sich auf den Weg.

Nicole räkelte sich in ihrem Bett. Sie las gerade einen Aufsatz von Amanda Willison, in dem es um die Notwendigkeit ging, die Bildung und Kleidung von Mädchen zu reformieren. Wie Recht diese Frau hatte, dachte Nicole.

Da klopfte es an ihrer Tür und ihre Mutter trat ein. Nicole legte das Buch zur Seite.

Die Gräfin war gestern heimgekehrt. Das war nicht weiter verwunderlich, denn Jane blieb ihrem Gatten nie lange fern und wäre Regina nicht im heiratsfähigen Alter gewesen, wäre Jane überhaupt nicht nach London gereist. Regina war unter Aufsicht der verwitweten Lady Beth Henderson in ihrem Stadthaus am Tavistock Square geblieben. Jane wollte am nächsten Tag wieder nach London, und der Graf beabsichtigte, sich einige Tage später zu ihr gesellen.

»Du bist noch nicht angezogen!«, stellte Jane überrascht fest. Nicole hatte nur ihren Morgenmantel übergestreift und ihr Haar war noch feucht vom Bad.

»Es tut mir Leid. Ich war so gefesselt von meiner Lektüre, dass ich die Zeit vergessen habe. Ist unser Gast schon da?«

»Nein, er hat sich ein wenig verspätet. Ich werde Annie rufen.«

Nicole schlüpfte aus dem Bett, während die Mutter nach dem Mädchen rief, und zog das Kleid aus dem Schrank, das ihr als Erstes in die Hände fiel. Jane kehrte zurück. Sie war klein, schlank und platinblond, und mit ihren einundvierzig Jahren noch immer eine auffallende Schönheit voll angeborener Eleganz. Stirnrunzelnd betrachtete sie das blassblaue Gewand, das Nicole vom Bügel genommen hatte. »Darin kommst du nicht richtig zur Geltung, mein Schatz.«

Nicole zuckte die Schultern. »Wer kommt denn überhaupt zum Abendessen, Mutter? Und warum der ganze Aufstand? Die Köchin fuhrwerkt ja schon den ganzen Nachmittag wie wild in der Küche herum – dort sieht es aus, als würden wir königliche Gäste erwarten!«

»Der Herzog von Clayborough«, erwiderte Jane. »Warum ziehst du nicht dein gelbes Kleid an? Oder das grüne?«

Nicole erstarrte. Einen Moment lang glaubte sie, sie habe sich verhört. »Der Herzog von Clayborough?«

»Ja. Also zieh doch das Gelbe an! Ich gehe jetzt lieber wieder hinunter. Er sollte jeden Augenblick eintreffen.«

Nicole nickte, ohne ein Wort zu verstehen. Sie starrte die Türe an, die hinter der Mutter zugegangen war. Dann stieß sie einen heftigen, frustrierten Schrei aus.

Er würde es doch nicht etwa wagen, hierher zu kommen? Das war einfach zu viel! Das ging über ihre Kräfte!

Nicole begann, wie eine Wilde herumzurasen. Wie konnte sie ihm nach ihrer letzten Begegnung ins Gesicht sehen? Sie bedauerte zwar nicht, was sie getan hatte, aber sie hatte ihm auch gezeigt, dass sie in allem dem entsprach, was von ihr behauptet wurde – dass sie kein züchtiges, damenhaftes junges Fräulein war. Ihre Wangen wurden heiß. Sie hatte ihn geschlagen, daraufhin hatte er sie geküsst. Und die Dinge, die er gesagt hatte ...

Noch nie hatte sie einen Mann so sehr gehasst, aber sie hatte auch noch nie so von den Küssen eines Mannes geträumt.

Es war schändlich, verwerflich. Sie konnte nachts nicht mehr schlafen, gequält von seinem goldenen Bild und der Erinnerung an seinen heißen Mund, seine verführerischen Hände und seinen harten, kraftvollen Körper. Er trieb sie nicht nur in den Wahnsinn, er ruinierte ihr Leben.

Von einem Mann angezogen zu sein, den sie verachtete, einem Mann, den sie zumindest verachten sollte, ängstigte sie. Ein Gespräch fiel ihr ein, das sie vor zwei Sommern mit ihrer Cousine Lucy Bragg geführt hatte. Es war keine tröstliche Erinnerung, sondern eine, die sie mit Angst und Schrecken erfüllte.

In jenem Sommer, 1897, war Nicole mit ihrer Familie nach Paradise in Texas gereist. Dort sollte der achtzigste Geburtstag ihres Großvaters Derek Bragg gefeiert werden. Dieser Mann hatte in den Bergen von Texas das Licht der Welt erblickt, das wilde Land urbar gemacht und sich und seiner Familie ein Reich geschaffen. Nicole und Lucy waren immer die besten Freundinnen gewesen, auch wenn sie sich nur jeden zweiten Sommer sahen, wenn Nicole als Kind und als junge Heranwachsende ein oder zwei Monate lang ihre amerikanischen Verwandten besuchte. Die beiden waren nicht nur die besten Freundinnen, sie hatten auch zahlreiche kleinere und größere Streiche ausgeheckt, mehr Streiche als sonst zwei Mädchen im ganzen Staat, ja vielleicht in ganz Amerika. In jenem Sommer hatte Lucy Nicole etwas Schockierendes gestanden.

Am Abend der Geburtstagsfeier war Dereks preisgekrönter Zuchthengst gestohlen worden und dabei war ein Mann umgekommen. Einem der neuen Rancharbeiter war in den Rücken geschossen worden, und bald hatte sich herausgestellt, dass er ein entlaufener Sträfling aus New York gewesen war. Während Lucy Nicole ihr Herz ausschüttete, war dieser Mann, Shoz Cooper, im Gefängnis und genas von seiner Verwundung. Lucy hatte Nicole gebeichtet, dass er sie geküsst hätte, und zwar des Öfteren, und dass sie es genossen hätte. Und dennoch verachtete sie ihn, wie sie Nicole gestand.

Damals hatte sich Nicole sehr gewundert. Sie war noch nie von einem Mann geküsst worden und konnte überhaupt nicht begreifen, wie es einer Frau gefallen könnte, von einem Mann geküsst zu werden, den sie verachtete. Doch Lucys Geständnis half jetzt nicht, ihre eigenen Ängste zu beschwichtigen. Denn Shoz Cooper hatte schließlich seine Unschuld beweisen können; inzwischen war er mit Lucy verlobt und im kommenden Juni wollten sie heiraten. Also hatte Lucy wohl nur geglaubt, ihn zu verachten, während sie ihn in Wahrheit immer geliebt hatte.

Nicole hatte nicht nur Angst, weil sie sich nach den Küssen des Herzogs sehnte, sie fürchtete auch, ihre Gefühle könnten wie die von Lucy tiefer gehen, viel tiefer. Diese Tiefen auszuloten, verbat sie sich schlicht.

Natürlich könnte sie sich jetzt auch weigern, nach unten zu gehen, aber diesen Ausweg würde nur ein Feigling nehmen. Sie war nie feige gewesen, nicht einmal während des Skandals, warum also jetzt? Lieber würde sie sterben, als vor diesem elenden Herzog von Clayborough davonzulaufen.

Annie klopfte genau in dem Moment, als Nicole beschloss, sich nicht vor dem Abendessen mit ihrem illustren Gast zu drücken. Und nicht allein das, nein, sie würde zu dieser Gelegenheit auch ganz besondere Sorgfalt auf ihre Garderobe verwenden. »Annie, welches Kleid ist das kühnste, welches schmeichelt mir am meisten?«

Annie starrte sie mit offenem Mund an. »Ich weiß nicht, gnä' Frollein, da müsste ich erst mal durch Ihre Sachen gehen.«

»Na, dann machen wir das doch gemeinsam«, sagte Nicole wild entschlossen. Sie hatte bereits eine konkrete Vorstellung.

*

Sobald er das Foyer betreten und dem Butler seinen Mantel gegeben hatte, fühlte der Herzog, wie sich jeder einzelne Nerv in seinem Körper vor Erwartung spannte. Er begrüßte seinen Gastgeber, die Gastgeberin und Chad, doch Nicole war nirgends zu sehen. Sie würde sich an diesem Abend wohl nicht zu ihnen gesellen, dachte der Herzog. Eigentlich hätte er erleichtert sein sollen, aber nein, er war sogar etwas enttäuscht.

Shelton schenkte sich und Chad einen Brandy ein, seiner Frau einen Sherry. Dem Herzog hatte er bereits einen Tee zubereiten lassen; es war kein Geheimnis, dass der Herzog von Clayborough niemals Alkohol trank. Dieser machte es sich in einem großen Ohrensessel bequem, während Shelton ihm gegenüber Platz nahm. »Und wie geht es mit Ihrer Arbeit auf Chapman Hall voran?«, fragte er.

»Ich bin fast damit fertig und werde in wenigen Tagen nach London zurückkehren.«

»Da waren Sie wirklich schnell! Ich erinnere mich, dass dieses Anwesen in einem ziemlich bedauernswerten Zustand war.«

»Ja, das war es.« Die beiden Männer begannen sich über die Renovierungsarbeiten zu unterhalten, die der Herzog auf Chapman Hall veranlasst hatte. Da ging plötzlich die Türe auf und Nicole trat ein.

Shelton stockte mitten im Satz und seine Augen weiteten sich.

Chad verschluckte sich fast an seinem Brandy. Der Mund der Gräfin formte unwillkürlich ein riesiges »Oh«. Der Herzog aber merkte nicht, wie verblüfft die anderen waren, denn er hatte genug damit zu tun, das Chaos seiner Gefühle zu ordnen.

Nicole lächelte ihre Mutter an. »Es tut mir Leid, dass ich mich ein wenig verspätet habe, Mutter.«

Rasch stand Jane auf und eilte zu ihr. »Das macht doch nichts. Bitte, komm her und lerne unseren Gast kennen.«

Der Herzog stand auf. Seine guten Vorsätze hatten sich in Luft aufgelöst. Sie trug ein lebhaftes korallenrotes, schulterfreies Kleid mit einem höchst gewagten Ausschnitt. Auch wenn es eher auf einen Ball gepasst hätte als zu einer Mahlzeit in den trauten vier Wänden, unterstrich es doch vortrefflich den Pfirsichschimmer ihrer Wangen und das dunkle Rosa ihrer Lippen. Ihr Haar war kunstvoll zu einer der momentan sehr beliebten Frisuren hochgesteckt und sie trug Perlen um den Hals und an den Ohren. Als sie einen Knicks machte, fürchtete er einen Herzschlag lang, sie würde ihre prachtvollen Brüste gänzlich entblößen.

Anmutig richtete sich Nicole auf. »Aber wir haben uns schon kennen gelernt, Mutter«, sagte sie und zwang ihn dabei, seinen Blick nicht von ihrem zu wenden. Ihre Miene wirkte ausdruckslos, doch der zuckersüße Sarkasmus, der in ihrer Stimme lag, war nicht zu überhören. Und in ihren Augen lag keine Höflichkeit, sie funkelten vor Wut. »Das haben wir doch, Euer Gnaden? Könnte man nicht sogar behaupten, wir seien alte Freunde – äh, nun ja, Bekannte?«

Seine Züge verhärteten sich; jeder einzelne ihrer intimen Momente schoss ihm durch den Kopf. »Ich glaube tatsächlich, wir hatten die Ehre, einander vorgestellt zu werden«, murmelte er höflich. Sein Blick war dunkel, gefährlich, eine Warnung. Das Schlachtfeld war abgesteckt, der Fehdehandschuh geworfen – von ihr –, und er traute ihr nicht im Geringsten.

»Wo haben Sie sich denn kennen gelernt?«, fragte der Graf ahnungslos.

Nicole lächelte schlau. »Vielleicht sollten Euer Gnaden antworten?«

Zorn funkelte in den Augen des Herzogs, denn er war sich sicher, dass sie ihm heute Abend schaden wollte, wo immer sie konnte. Er wandte sich an seinen Gastgeber. »Auf dem Maskenball der Adderlys, wenn ich mich recht entsinne.«

»Ach ja, mir kam zu Ohren, dass dort ein Fest stattfand«, sagte Jane mit einem raschen Lächeln und einem unsicheren Blick, der blitzschnell zwischen dem Herzog und ihrer Tochter hin und her schoss. Auf Nicoles Gesicht lag noch immer ein seltsames, spöttisches kleines Lächeln.

»Und natürlich«, schnurrte sie mit samtweicher Stimme, »vertieften wir unsere Bekanntschaft auf Chapman Hall, nicht wahr?« Sie wandte sich fragend an ihn.

Wieder ärgerte ihn ihre Kühnheit, doch es blieb ihm nichts anderes übrig, als sich daran zu erinnern, auf welche Weise sie ihre Bekanntschaft vertieft hatten – wie er sie ins Gras geworfen hatte. Schweigen senkte sich über den Raum. »Es war sehr freundlich von Ihnen, und so nachbarschaftlich«, sagte der Herzog schließlich, als er seine Stimme wieder gefunden hatte, »sich bei mir einzufinden und mich auf dem Land willkommen zu heißen.«

Nicole lachte aus voller Kehle. »Ja, nicht wahr?« Ihr Blick sprach Bände. Beide wussten nur allzu gut, dass es Hadrian gewesen war, der sie nach Chapman Hall eingeladen hatte, um sie dort zu verführen.

Aber Nicole ließ nicht locker. »Und es war so freundlich von Euer Gnaden, mich zu einem Ausritt einzuladen.« Ihr Lächeln war zu süß. »Er hat mir sein Land gezeigt, stellt euch nur vor!« Dies war an ihre Eltern und an Chad gerichtet, dann blickte sie wieder erwartungsvoll den Herzog an.

Dieser bekam kaum noch Luft. »Eine Freundlichkeit verlangt nach der anderen«, sagte er steif und dachte daran, wie liebend gern er sie jetzt übers Knie legen und kräftig versohlen würde, auch wenn sie kein kleines Kind mehr war.

Nicole bedachte ihn mit einem Blick, der ihm zu verstehen gab, dass es ihr nicht Leid tat und dass sie keineswegs beabsichtigte, ihre Sticheleien einzustellen. »Wir gelangten schließlich an dieses nette kleine Bächlein, ihr wisst schon, das dann weiter auf unser Land fließt. Allerdings war es uns ganz gleich, wo wir uns befanden, denn was sind schon Grenzen für neue Nachbarn?« Wieder warf sie ihm einen Blick zu, diesmal einen langen, intimen, einen Blick, mit dem eine Frau einem Mann, mit dem sie zusammen gewesen ist, zu verstehen gibt, dass sie großes Interesse an einer Wiederholung des Stelldicheins hat. Seine Augen weiteten sich kurz, doch gleich wurde seine Miene wieder unergründlich.

Aber er war wütend auf sie, innerlich verfluchte er sie, wohl wissend, dass sie mit ihm spielen würde, bis es sie langweilte; wohl wissend, dass dieses gefährliche Spiel eine scheußliche Rache für seinen kaltherzigen Irrtum war, zu glauben, sie sei verheiratet, und deshalb zu versuchen, eine Affäre mit ihr einzufädeln. Die Luft knisterte vor Spannung und er wusste, dass ihre Familie allmählich unruhig wurde bei dem Versuch, den kaum verhüllten Sinn hinter ihren Worten zu begreifen.

Es war an der Zeit, ihr Spiel zu spielen und ihr eine Lehre zu erteilen. Er bedachte sie mit einem kleinen, beißenden Grinsen. »Beinahe hätten Sie schweren Schaden genommen, wenn ich mich recht entsinne«, sagte er galant.

Auf Nicoles Wangen zeigte sich eine flüchtige Röte und ihr kleines, triumphierendes Lächeln verschwand. Ihre Augen weiteten sich vor Bestürzung.

»Als Ihr Pferd mit Ihnen durchging«, fügte er hinzu.

Ihre Erleichterung war spürbar. »Ich stehe ganz in Eurer Schuld«, brachte sie mit Mühe heraus.

»Dafür, dass ich Sie vor Schaden bewahrt habe?« fragte er mit samtweicher Stimme und dachte daran, dass ihre Jungfräulichkeit ihm nur mit knapper Not entkommen war. »Ein ehrenwerter Mann hätte sich einfach nicht anders verhalten können, als sich die größte Mühe zu geben, die – äh – Nöte einer Lady zu mildern.« Nur zu deutlich erinnerte er sich daran, in welchen körperlichen Nöten sie gewesen war in seinen Armen und unter seinem heißen, erregten Körper. Wie gerne hätte er sie da von ihren Qualen erlöst!

»Ich kann Ihnen gar nicht genug danken.« Nur mit Mühe brachte sie diese Worte hervor.

»Aber das haben Sie doch schon getan«, sagte er. »Denn das war doch der Grund für Ihren zweiten Besuch, nicht wahr?«

Nun verhärteten sich ihre Züge. »Selbstverständlich.«

Er berührte seine Wange an der Stelle, an der ihn ihre Gerte erwischt hatte. Nur wer genau hinsah, konnte noch eine winzige rosa Narbe erkennen. »Sie hatten großes Glück«, sagte er und dachte daran, dass ihre Wildheit erneut seine unbändige Lust geweckt hatte.

»Sehr großes Glück!« Nicole starrte ihn an.

Chad brach die Stille, die diesem Wortwechsel gefolgt war, eine Stille, in der die beiden sich nur mit funkelnden Augen angestarrt hatten. »Nicole ist eine sehr gute Reiterin. Ich kann mir gar nicht vorstellen, dass ihr Pferd mit ihr durchging.«

»Nun ja«, sagte der Herzog ohne zu lächeln und dachte an ihren weichen Körper unter dem seinen. »Mein Pferd war ziemlich untrainiert, es hatte seinen eigenen Kopf und eigene Neigungen. Es war meine Schuld. Ich hatte es nicht mehr in der Gewalt und wäre beinahe direkt über sie hinweggeritten. Weil mir das Tier so zu schaffen machte, konnte ich erst im letzten Moment innehalten.«

Nicole gab einen Laut von sich, als stünde sie kurz vor dem Ersticken. Er war sich nur zu deutlich ihrer Anwesenheit bewusst, so nah bei ihm, in ihrem leuchtend korallenroten Ballkleid. Ihre Brüste bebten vor Zorn. Ob sie wohl ihr wildes Wesen würde zügeln können? Oder würde ihr Temperament nun vollends mit ihr durchgehen?

Aber ihre Worte klangen süß, honigsüß. »Ich bin so froh, das Glück gehabt zu haben, dass der Herzog über mich ritt, ich meine natürlich, das Pferd des Herzogs. Solch ein Glück widerfährt einem schließlich nicht jeden Tag.«

»Sie meinen also«, sagte der Herzog zähneknirschend, »wäre ich nicht über Sie hinweggeritten, dann hätte Ihre Stute nicht gescheut – im allerletzten Augenblick, wenn ich hinzufügen darf –

und ich hätte nicht die ausgesprochene Ehre gehabt, Sie retten zu dürfen.« Er konnte seine Wut und seine Stimme kaum noch zügeln.

Nicole sprühte vor Zorn, aber darauf fiel ihr nichts mehr ein.

Der Herzog grinste boshaft.

Die Gräfin tauschte einen besorgten Blick mit ihrem Mann aus. Um weiteren derartigen Wortgefechten vorzubeugen, sagte sie rasch: »Setzen wir uns doch zu Tisch!« Janes Lächeln war zu munter. Sie bot dem Herzog ihren Arm, doch ihr Blick ruhte auf Nicole. »Du hast mir gar nicht erzählt, dass ihr euch kennen gelernt habt, mein Schatz.«

»Es stand einfach nicht an«, sagte Nicole, und schon in ihren nächsten Worten lag neuer Spott: »Anders als andere Dinge, die ständig anstehen.«

*

Als Ehrengast nahm der Herzog den Platz zur Rechten des Hausherrn ein. Sie dinierten im kleineren der beiden Speisesäle des Hauses, der für familiäre Zusammenkünfte bestimmt war. Die Gräfin saß am gegenüberliegenden Tischende, Chad zu ihrer Rechten. Nicole saß dem Herzog gegenüber zur Linken ihres Vaters. Der Herzog führte Jane an ihren Platz und kehrte gerade noch rechtzeitig an seinen zurück, um zu sehen, wie sich Nicole setzte und sich dabei so weit nach vorne beugte, dass ein stattlicher Teil ihres Busens enthüllt wurde.

Hatte sie das absichtlich getan? Er hatte genug Erfahrung, um sich dessen sicher zu sein. Ihr Wortspiel und ihre Nähe hatten seinen Lenden schon wieder einigen Schaden zugefügt, ein Feuer entzündet, das er nicht nähren wollte, weder jetzt noch später. Mit zusammengekniffenen Lippen setzte er sich, entschlossen, sie keines Blickes mehr zu würdigen.

Ihre letzte Bemerkung rumorte noch in ihm. Hatte sie wirklich gemeint, was er zu verstehen geglaubt hatte? Hatte sie es gewagt, darauf anzuspielen, wie rasch er in ihrer Anwesenheit erregt wurde? Ohne es zu wollen, wanderte sein Blick wieder zu ihr. Sie schenkte ihm ein wissendes, unendlich verführerisches Lächeln, das ihn gleichzeitig unendlich zornig machte.

Sie verspottete ihn! Wären sie nicht hier, auf Dragmore gewesen, hätte er sie nach draußen gezerrt und ihr gezeigt, was es hieß, mit einem Mann seines Kalibers ein derart gefährliches Spiel zu spielen. Keine Frau hatte je gewagt, ihn so zu reizen, wie sie es an diesem Abend tat und auch das letzte Mal getan hatte, als sie sich trafen. War sie einfach nur dumm, oder war sie unglaublich mutig und tollkühn? Das würde sich wohl mit der Zeit herausstellen, dachte er, und stellte dabei überrascht fest, dass er damit rechnete, dass sich ihre Beziehung auf irgendeine Weise fortsetzen würde. Aber das war nicht nur unmöglich, es stand auch gar nicht zur Debatte!

Sie starrte ihn an und ihre Blicke versenkten sich ineinander. Jetzt waren sie hier und speisten mit ihrer Familie, aber er würde sich bald revanchieren. Er hielt ihrem Blick so lange stand, bis es gänzlich unschicklich wurde und sie den ihren abwenden musste.

»Was haben Sie denn nun mit Chapman Hall vor?«, fragte der Graf, während der erste Gang serviert wurde, pochierter Lachs in einer delikaten Zitronensauce.

»Noch habe ich keine Entscheidung getroffen, aber vielleicht werde ich es verkaufen.«

»So viel Arbeit, um es dann zu verkaufen?«, fragte Nicole provozierend.

Wieder fixierte er sie mit seinen harten braunen Augen. »Manche Unternehmungen erfordern viel Arbeit, doch je mehr Arbeit man investiert, desto größer ist der Lohn.« Damit konnte er natürlich alles Mögliche meinen, aber er meinte sie.

Sie lächelte. »Allerdings gibt es manchmal auch entsetzlich viel Arbeit und überhaupt keinen Lohn.« Sie hielt seinem Blick stand.

Wie gerne er dieses Spiel zu Ende gespielt hätte! Wie gerne er sie an den Punkt gebracht hätte, wo sie ihm völlig ausgeliefert war und ihn nicht mehr zurückweisen konnte! »So etwas ist äußerst selten.« Abrupt wandte er sich ihrer Mutter zu; er wollte ihren Wortwechsel nicht fortsetzen, wahrscheinlich hatten sie bereits viel zu viel preisgegeben. »Der Lachs ist vorzüglich, Lady Jane!«

Jane konnte nicht aufhören, die beiden zu beobachten. »Das freut mich«, brachte sie zustande. Dann forderte sie ihren Mann mit einem Blick auf, das Gespräch auf sicheres Terrain zu bringen.

Der Graf verstand, was sie wollte, und schnitt ein harmloses Thema an: die momentane Wirtschaftslage. Zwar wurde in gemischter Gesellschaft im Allgemeinen nicht über Wirtschaft gesprochen, aber als Haushaltsvorstand konnte der Graf jedes Thema wählen, das ihm beliebte. Doch beide Frauen schienen zumindest so weit daran interessiert, dass sie aufmerksam zuhörten. Die Antworten des Herzogs klangen allerdings ziemlich mechanisch, denn er war abgelenkt: Nicole ließ noch immer nicht von ihm ab – diesmal waren es schmachtende Blicke, die sie ihm unter leicht gesenkten Lidern zuwarf, gewiss, dass sie folgenlos bleiben würden.

*

Nach dem Mahl begaben sich alle in den Salon, um dort noch ein paar Drinks einzunehmen. Der Graf fragte den Herzog, ob er die Gesellschaft der Damen billige. Der Herzog war inzwischen völlig entnervt, da er während des gesamten Essens Nicoles Verführungskünsten ausgesetzt gewesen war. Liebend gerne hätte er jetzt in Ruhe und allein mit dem Grafen und Chad eine Zigarre genossen. Doch als Gentleman konnte er schlecht ablehnen.

Zwanzig Minuten später jedoch entschuldigte sich Nicole mit einem letzten Blick auf den Herzog. Er sah ihr nach, wie sie den Raum verließ. Hatte sie ihm ein Zeichen gegeben? Ihr Blick war frostig gewesen und süffisant, hatte jedoch gleichzeitig auch etwas schüchtern gewirkt. Hatte er jetzt die Chance, Gleichstand zu erreichen?

Nach fünf Minuten entschuldigte er sich ebenfalls bei den Anwesenden. Sein Gastgeber würde wohl davon ausgehen, dass er einem natürlichen Bedürfnis Folge zu leisten hätte. Als er den Salon hinter sich ließ, schärften sich seine Sinne. Er wusste – er wusste es einfach –, dass sie irgendwo in der Nähe war. Ein Blick in die Bibliothek, an der er vorbeikam, gab ihm Recht. Er blieb stehen.

Sie lag seitlich auf dem Diwan mit einem Buch in den Händen. Ihre Pose, ob absichtlich oder nicht, war die einer klassischen Venus. Ihre vollen Hüften waren anmutig geschwungen, ihre üppigen Brüste drängten sich aus dem Kleid. Ihre Augen weiteten sich, als sie ihn bemerkte. Er war sich nicht sicher, ob das Ganze nur geschickt eingefädelt war.

Er lächelte, das erste echte Lächeln an diesem Abend, und es war ein unendlich gefährliches Lächeln. Er trat in die Bibliothek und zog die Türe hinter sich zu.

Nicole rang nach Atem und ließ das Buch fallen. »Was glauben Sie eigentlich, was Sie da tun? Sie können hier nicht einfach eindringen!«

»Ach ja?«, fragte er nur und ging weiter auf sie zu.

Sie richtete sich auf, und er sah, wie ihre Brüste sich hoben und senkten, und genoss diesen Anblick. »Sie haben gespielt«, sagte er mit samtweicher Stimme, »und jetzt können Sie dafür bezahlen.«

Nun sprang sie auf, doch er war schon neben ihr und zog sie heftig an sich, wobei sie einen kleinen Schrei ausstieß. »Haben Sie den heutigen Abend genossen, Nicole?«

»Haben Sie es denn?« schmetterte sie ihm trotzig entgegen.

»Nein«, sagte er, »aber das habe ich jetzt vor.«

Es war ihr klar, was nun kommen würde. Dennoch versuchte sie, sich aus seinem Griff zu befreien, doch er ließ sie nicht los, auch wenn ein Teil seines Selbst schockiert war über den mangelnden Respekt vor seinem Gastgeber und über seine offenkundige Nichtachtung möglicher Folgen. Er ignorierte es, zog sie an sich und küsste sie.

Sie protestierte wütend, doch auch dies ignorierte er. Er hielt sie weiter an den Handgelenken fest und modulierte ihren Mund endlos mit seinem Mund. Als sie nach Luft schnappte, nutzte er die Gelegenheit, um seine Zunge tief in sie zu stoßen, immer wieder, unablässig, bis sie plötzlich ganz still wurde in seinen Armen.

Doch damit gab er sich noch nicht zufrieden. Er nahm ihre Handgelenke in eine Hand, die andere legte er auf ihr Hinterteil und zog sie noch näher an sich heran. Sie wurde immer gefügiger in seiner Umarmung und begann leise zu stöhnen. Doch auch er selber war nun nicht mehr der gnadenlose Verfolger. Er lockerte seinen Griff, der nun zu einer sanften, betörenden Umarmung wurde. Ihr Kuss geriet zu einer Paarung, die kein Ende finden wollte. Erst ein plötzliches Geräusch ließ ihn wieder gewahr werden, wer er war, wer sie war, wo sie waren und was sie taten. Er stieß sie von sich.

Sie taumelte von ihm weg, erhitzt und heftig atmend. Der Blick, mit dem sie ihn musterte, war verschwommen, der Blick einer Frau in den Fängen der Leidenschaft.

»Das war mein Lohn«, sagte er rau. Es war ihm klar, dass er keine Sekunde länger bei ihr bleiben durfte, er wusste, dass es für sie beide den Ruin bedeuten würde, würde man sie hier ertappen. Schroff wandte er sich ab und marschierte hinaus. Wie vom Donner gerührt blieb sie zurück.

Nach einigen Schritten hörte er, wie sie ihn verfluchte, und dann etwas aus Glas zersplitterte. Er fragte sich, was sie wohl zerbrochen hatte, konnte aber dabei nicht lächeln – der Sieg ist nicht immer süß.

6

Jane trat in einem blauseidenen Morgenmantel aus ihrem Schlafzimmer, das gleich neben dem ihres Gatten lag. Sie schlief nie in ihrer eigenen Suite, bewahrte dort jedoch ihre Sachen auf und saß gelegentlich mit einem Roman vor dem Kamin. Mit besorgter Miene blieb sie auf der Schwelle zu seinen Gemächern stehen.

Der Graf war bis zu den Hüften entkleidet. Mit Anfang fünfzig hatte er den harten, durchtrainierten Körper eines Mannes, der viel körperlich arbeitet. Als Junge in Texas hatte er von klein auf gelernt, schwere Arbeit mit Freude zu verrichten, und diese Gewohnheit hatte er nie abgelegt. Wenn er die Zeit dazu hatte, legte er noch heute persönlich Hand an, wenn es galt, eine Mauer zu errichten oder eine Scheune zu reparieren. Nun traf sein Blick den seiner Frau. Auch er wirkte ernst.

Die Lippen fest aufeinander gepresst trat sie auf ihn zu. »Was läuft zwischen den beiden ab, Nicholas?«

»Dir ist es also auch aufgefallen?«

»Wie hätte es mir nicht auffallen sollen! Der Herzog schäumte vor Wut, so sehr er es auch zu verbergen suchte, und Nicole – ich könnte schwören, sie hat ihn verspottet, verhöhnt.«

Der Graf setzte sich auf den Diwan, um sich die Strümpfe auszuziehen. »Ich habe Nicole noch nie so erlebt.«

Plötzlich begannen die Augen der Gräfin aufgeregt zu funkeln. »Nicholas, sie hat sich für ihn so angezogen. Sie interessiert sich für ihn!«

Der Graf richtete sich auf und seine sonst blassen grauen Augen blitzten. »Du klingst ja richtig glücklich! Hast du den Verstand verloren?«

Jane verkrampfte sich. Ihr Mann sprach sonst nie so mit ihr. »Ich kann dir versichern, meine Sinne sind alle noch völlig intakt!«

»Es tut mir Leid«, stöhnte Nicholas, sprang auf und zog ihren zierlichen, schlanken Körper an sich. »Ich bin ziemlich aufgewühlt und habe das an dir ausgelassen.«

Sie klammerte sich an ihn. Sie liebte es, seinen harten, kräftigen Körper zu spüren, sie liebte ihn heute sogar noch mehr als damals, als sie sich kennen lernten. Sie war sechzehn Jahre alt gewesen – es war schon eine Ewigkeit her, aber eine wundervolle Ewigkeit. »Nicholas, natürlich sollten wir uns Sorgen machen, aber …« Sie holte Luft. »Kannst du dir das vorstellen? Unsere Tochter – eine Herzogin?«

Nicholas ließ sie los und starrte sie ungläubig an.

»Jane, du bist völlig verrückt! Der Herzog von Clayborough ist verlobt.«

»Das weiß ich. Aber Verlobungen kann man auflösen.«

Nicholas starrte sie finster an. »Nicht diese«, sagte er trocken. »Dazu kenne ich Clayborough zu gut. Er lebt nach seinem Familienmotto: Ehre über alles. Selbst wenn er sich unsterblich in unsere Tochter verlieben würde – niemals würde er seine Verlobung auflösen. Eher würde er Nicoles Herz brechen.«

»Oh mein Gott«, entfuhr es Jane.

Nicholas fuhr mit der Hand durch sein dichtes schwarzes Haar, in dem sich die ersten grauen Strähnen zeigten. »Was auch immer zwischen diesen beiden sein mag, ab sofort muss damit Schluss sein. Je eher Clayborough nach London zurückkehrt, desto besser für uns alle.«

»Aber du hast doch gesagt, er ist ein ehrenwerter Mann, und damit hast du sicher Recht. Man braucht ihn doch nur anzusehen, um zu merken, dass er ein feiner, aufrechter Mensch ist. Er würde nie etwas tun, um Nicole zu kompromittieren. Wir machen uns zu viele Sorgen.«

Nicholas drehte sich stirnrunzelnd um. »Jane, er ist ein Mann. Das sagt doch alles. Oder hast du vergessen, dass auch ein sehr ehrenwerter Mann gelegentlich äußerst unehrenhaft handelt, wenn es um die Frau geht, die er liebt?«

Beide dachten daran, was zu einer anderen Zeit in eben diesem Raum vorgefallen war. Sie war damals sechzehn gewesen und sein Mündel.

»Jetzt mache ich mir ernsthaft Sorgen, Nicholas«, sagte Jane und flüchtete sich in seine Arme.

*

Nicole tat, als würde sie noch schlafen, aber sobald sie die Hufschläge vor ihrem Fenster hörte, sprang sie aus dem Bett und sah ihren Vater und Chad davonreiten. Sie biss sich nervös auf die Lippen. Rasch kramte sie aus ihrer Kommode ein weit geschnittenes weißes Hemd und Reithosen. Gestern Abend war sie zornig gewesen, doch an diesem Morgen war sie seltsam erregt, fast hochgestimmt.

Natürlich war sie immer noch wütend. Es war der Gipfel an Arroganz, dass der Herzog nach allem, was passiert war, nach seiner kaltherzigen Einschätzung ihrer Person, seinem unverhohlenen Interesse an ihr und schließlich seiner kühlen Zurückweisung so einfach zum Abendessen erschienen war. Und dann noch die Freiheiten, die er sich in der Bibliothek herausgenommen hatte, fast Tür an Tür mit ihren Eltern! Doch wenn sie den Mut aufbrachte, der Wahrheit ins Auge zu sehen, dann musste sie auch über ihre Reaktion auf seine Avancen nachdenken – sie hatte ja nahezu widerstandslos kapituliert. Wenn sie daran dachte, überkam sie Wut, Scham und das Gefühl der Erniedrigung. Wollte er sie demütigen, indem er sie verführte? Es würde sie nicht weiter verwundern, jetzt, da sie seinen skandalösen Ruf als Frauenheld kannte. Offenbar hatte dieser Mensch keine Moral und überhaupt kein Ehrgefühl. Nicole hatte vor, ihm zu sagen, was sie von seinem abscheulichen Verhalten hielt.

Sie zog sich an und stürmte die Treppe hinab. So früh waren nur die Dienstboten unterwegs. Ihre Mutter schlief meist bis gegen acht, was für eine Lady noch immer ziemlich früh war. Nicoles Magen krampfte sich vor Erwartung zusammen; noch nicht einmal eine Tasse Tee konnte sie zu sich nehmen. Stattdessen raste sie zur Scheune und sattelte mit einem der Stallburschen ihren großen braunen Vollblüter.

Dann preschte sie davon. Die frische Morgenluft ließ den bevorstehenden Herbsteinbruch erahnen. Am Ende der Zufahrt lenkte sie ihr Pferd auf die Wiesen und setzte mühelos über eine Steinmauer. Auf der nächsten Wiese stoben die Schafe und Lämmer auseinander und sie lachte über ihre lustigen Sprünge. Auch die nächste Mauer überwand sie dank ihrer hervorragenden Reitkünste problemlos. Dann ging es durch die Wälder. Unter den donnernden Pferdehufen wirbelte das goldbraune Laub auf. Eine Meile weiter zügelte Nicole ihren Braunen. Sie waren am Rand der herzoglichen Wiese angekommen; vor ihnen lag Chapman Hall.

Ihr Herz pochte wie wild, ihre Wangen waren gerötet von ihrem kühnen Ritt. Der Hengst schnaubte ungeduldig, er wollte weiterrennen. »Später«, vertröstete ihn Nicole und streichelte seinen warmen Hals. Mit glänzenden Augen trieb sie ihn weiter an.

Trotz der frühen Stunde ertönten aus der Scheune Hammerschläge; offenbar arbeiteten dort schon ein paar Zimmerleute. Nicole ritt direkt zum Haus und stieg ab. Sie band die Zügel ihres Braunen an einem Pfosten fest, dann klopfte sie mit dem Messingknauf laut an die Tür.

Nichts rührte sich.

Zunehmend beunruhigt klopfte Nicole mehrere Male. Vielleicht war der Herzog ja nicht zu Hause, aber seine Dienstboten mussten doch da sein! Aber das Haus wirkte leer und verlassen.

Schließlich holte Nicole verstimmt ihr Pferd und marschierte zur Scheune. Vielleicht war er dort und beaufsichtigte seine Arbeiter; wenn nicht, dann würden sie ihr sicher sagen können, wo er steckte. Er konnte sich schließlich nicht in Luft aufgelöst haben.

Sie band ihr Pferd am Stall fest, dann trat sie ein. Ihre Augen mussten sich erst an das Dämmerlicht gewöhnen. Die beiden Arbeiter hielten inne und drehten sich zu ihr um. »Ich suche den Herzog«, sagte sie. Sie kannte die beiden, sie kamen aus Lessing, dem Nachbardorf. Dennoch fühlte sie sich unwohl bei dem unverhohlenen Gaffen der beiden. Sie kam eigentlich nie mit Arbeitern in Kontakt, es sei denn unterwegs mit ihrem Vater und

Chad. Natürlich war sie sich klar, dass sie Männerkleidung trug und ohne Begleitung, also schutzlos war.

»Er ist nicht da«, sagte einer der Männer und blinzelte sie an.

Der Jüngere richtete sich auf und grinste anzüglich. »Er ist nicht da, aber wir schon.«

Nicole bedachte ihn mit einem Blick, der deutlich zu verstehen gab, dass er sich seine unverschämten Gedanken sparen könne. »Wo ist er? Warum geht in Chapman Hall niemand an die Tür?«

Der Jüngere, sein Name war Smith, wenn sie sich recht erinnerte, schlenderte auf sie zu. »Hier ist sonst niemand! Deshalb kommt auch keiner an die Tür, Miss!«

»Niemand?« wiederholte sie ungläubig.

»Der Herzog und seine Dienstboten sind weg«, meinte der Ältere schließlich.

»Und warum sind Sie so interessiert an Seiner Gnaden?« Smith grinste wissend.

Nicole begriff nicht recht, was sie soeben gehört hatte. »Weg? Aber wohin denn?«

»Nach London«, sagte der Ältere.

»Nach London«, wiederholte Nicole, die diese Information erst allmählich verdaute. »Wann kommt er denn zurück?«

»Das hat er nicht gesagt.«

»Aber während Sie drauf warten, dass er zurückkommt, bin ich ja noch da«, sagte Smith und kam immer näher.

»Zum Teufel mit dir!«, fauchte Nicole zur Überraschung der beiden. Sie wirbelte herum und rannte aus der Scheune, wobei sie immer nur das eine denken konnte, ohne es recht zu begreifen: Der Herzog ist weg! Hastig stieg sie auf ihr Pferd und trieb es zu einem schnellen Trab an.

Sie konnte sich nichts vormachen: Sie fühlte sich völlig leer.

Ebenso abrupt, wie er in ihr Leben getreten war, war er jetzt wieder verschwunden. Früher hatte es nur ihre Familie, ihre Pferde, ihre Bücher und Dragmore gegeben, dann plötzlich war der golden schimmernde, männliche Herzog aufgetaucht – und jetzt war er wieder weg.

Eigentlich sollte sie erleichtert sein, eigentlich sollte sie sich freuen. Doch nichts dergleichen fühlte sie, sie war nur zutiefst enttäuscht.

»Was ist mit dir los?«, fragte sie sich laut. »Bist du jetzt wirklich völlig übergeschnappt? Er hegt nur die unehrenhaftesten Absichten, er wird demnächst eine andere heiraten, und du bist traurig, weil er weg ist?«

Doch die Vernunft konnte weder das seltsame Zittern ihres Körpers beschwichtigen noch ihre Laune heben.

Auf dem Waldpfad ließ sie ihren Hengst nur noch im Schritt gehen. Als sie ein paar Minuten später an das munter dahinplätschernde Bächlein kam, überfiel Nicole die Erinnerung, wie sie hierher geritten waren und wie er sie geküsst und berührt hatte. Sie brachte ihr Pferd zum Stehen, stieg ab, kniete sich an den Bachlauf und hielt die Hände in das eisige Wasser.

Das Leben war nicht immer fair, aber das wusste sie ja schon seit längerem. Warum war sie jetzt so betrübt? Gestern Abend hatte er doch gesagt, er würde in einigen Tagen nach London abreisen. Gestern Abend – wegen gestern Abend war er schon jetzt abgereist!

Nicole richtete sich auf. Sicherlich trug sie daran Schuld, weil sie ihn so gereizt hatte. Aber schließlich hatte er angefangen, schon allein damit, dass er nach Dragmore gekommen war. Dies hätte er durch eine geschickte Entschuldigung wirklich vermeiden können. Allerdings drückte sie sich nie vor einer Auseinandersetzung, und in diesem Fall hatte sie die Kampfansage sogar ausgesprochen gern angenommen und den Kampf genossen.

Doch welche Rolle spielte das nun? Er war nicht für sie bestimmt und würde es auch nie sein. Das Äußerste, was sie von ihm erhoffen konnte, waren ein paar Küsse oder – schlimmer noch – eine Einladung in sein Bett. Bei diesem Gedanken errötete Nicole. Ladys unterhielten sich selbstverständlich nie über Sex, aber sie begriff im Großen und Ganzen, worum es dabei ging; schließlich war sie auf dem Land aufgewachsen und hatte auch einmal gesehen, wie ein Hengst eine Stute bestiegen hatte. Es war schockierend, aber auch aufregend gewesen. Sie hatte noch nie einen nackten Mann gesehen, aber sie hatte die Männlichkeit des Herzogs gespürt, als er sich an sie gepresst hatte, und sie konnte sich in etwa vorstellen, wie ein nackter, erregter Mann aussah, wie er sich in ihr anfühlen würde. Es wurde ihr recht warm, und sie streichelte den Hals ihres Pferdes, um sich auf andere Gedanken zu bringen, denn sie wusste, dass sie sich solcher Fantasien eigentlich schämen müsste. Aber das tat sie nicht im Geringsten, und darin lag das eigentliche Problem.

Natürlich würde sie nie mit ihm schlafen; es sich vorzustellen, war das Äußerste. Und auch seine Küsse, seine gefährlichen, glühenden Küsse würde sie nie mehr empfangen. Ihre Kehle schnürte sich zusammen, sie hatte fast das Gefühl, ersticken zu müssen.

Schließlich fasste sie sich wieder. »Es ist besser so«, erklärte sie ihrem Hengst, der an einem Grasbüschel knabberte. Sie stieg hastig in den Sattel, trieb ihn zu einem leichten Galopp an und ritt durch, bis sie Dragmore erreicht hatten. Dort übergab sie das Pferd einem Stallknecht und eilte zurück ins Haus, wobei sie sich bemühte, an gar nichts zu denken.

Als sie am Speisesaal vorbeikam, rief Jane nach ihr. Nicole wunderte sich, dass ihre Mutter schon so früh auf war und am Tisch saß. Normalerweise nahm sie ihren Frühstückstee und ein paar Muffins in ihrem Zimmer ein, während sie sich ankleidete.

»Guten Morgen, Mutter!«, sagte sie zögerlich, denn instinktiv spürte sie, dass etwas nicht stimmte.

»Aldric meinte, du hättest noch nichts gegessen.« Jane lächelte. Sie wirkte ein wenig müde, als habe sie nicht sehr gut geschlafen. »Setz dich doch zu mir, mein Schatz.« Jane schenkte ihr eine Tasse Tee ein und reichte sie ihr.

»Ich habe heute keinen rechten Hunger.«

»Geht es dir gut?«

»Ja! Warum fragst du?«

»Ich konnte nicht umhin zu bemerken, dass du heute nicht mit deinem Vater und Chad ausgeritten bist.«

»Ich – ich war noch etwas müde.«

Jane nickte und bestrich ein warmes Muffin mit Butter. Sie

reichte ihrer Tochter eine Hälfte. »Hast du deinen morgendlichen Ritt genossen?«

Nicole errötete.

»Mehr oder weniger.«

Jane legte das Muffin auf den Teller, ohne davon abgebissen zu haben. »Nicole, wo warst du?«

Nicole gelang es nicht, ihrer Mutter in die Augen zu sehen. Sie lief tiefrot an. »Hier und dort«

»Auch in Chapman Hall?«

Nicole schluckte. »Wie kommst du denn darauf?«

»Vielleicht sollten wir uns einmal unterhalten«, sagte Jane sanft.

»Worüber denn?«, rief Nicole voller Panik.

»Offensichtlich ist da etwas zwischen dir und dem Herzog.«

»Mutter – da täuschst du dich!« Nicole wollte aufstehen, doch Jane hielt sie zurück.

»Dann bin ich aber froh, denn er ist verlobt und wird seine Verlobte bald heiraten. Diese Verlobung wird er nicht lösen, Nicole«, sagte Jane sanft.

Nicole wusste das natürlich, doch die Worte schmerzten trotzdem. »Es ist nichts zwischen uns«, sagte sie gepresst. »Ich verachte ihn, wenn du es genau wissen willst. Er ist ein arroganter, aufgeblasener Wicht.«

Jane war sichtlich schockiert.

Nicole starrte ihre Mutter an. »Reist du denn heute wieder nach London?«

»Ja, heute Nachmittag. Ich finde es nicht richtig, Regina alleine zu lassen, auch wenn Lady Henderson bei ihr ist. Schließlich sollte ich sie auf ihre ersten Bälle begleiten.«

Nicole befeuchtete sich die Lippen. »Ich komme mit. Ich fange gleich zu packen an.«

Jane blickte sie verständnislos an. »Aber du kommst doch nie mit in die Stadt. Ich dachte, du hasst London?«

»Jetzt nicht mehr«, verkündete Nicole und stand auf. »Das Landleben langweilt mich, ich muss raus, ich muss wieder unter Menschen, findest du nicht auch?«

»Das haben dein Vater und ich uns immer gewünscht«, erklärte Jane, auch wenn sie sich sehr wunderte. »Es ist nicht gut für dich, sich so aufs Land zurückzuziehen.«

»Ich bin im Handumdrehen fertig«, erklärte Nicole, schenkte ihrer Mutter ein strahlendes Lächeln und stürmte aus dem Zimmer.

Jane sah ihr nach. Auch sie lächelte. Ihre Tochter brauchte das, sie musste sich wieder in der Gesellschaft bewegen, wo sie vielleicht doch noch einen passenden Gatten kennen lernen oder vielleicht sogar die Liebe finden würde. Und wenn der Herzog von Clayborough in Chapman Hall weilte, war es umso besser, dass Nicole zusammen mit ihr nach London zu Regina reiste. Noch immer lächelnd griff Jane nach ihrem Muffin und biss herzhaft zu.

7

Der Herzog kam an diesem Nachmittag in London an und begab sich sogleich in seine Stadtresidenz am Cavendish Square. Clayborough House bot einen imposanten Anblick. Es zog sich über die ganze Nordseite der Grünanlage. Anfang des achtzehnten Jahrhunderts war es für den ersten Herzog von Clayborough erbaut und seitdem mehrmals umgebaut worden. Inzwischen war es bis auf sechs Etagen angewachsen. Die Front hatte hundert Fenster und drei Türme. Das Dach ließ das Gebäude noch größer erscheinen, denn es umfasste drei riesige, hoch in den Himmel ragende Giebel mit mehreren zusätzlichen Stockwerken. Auf jedem prangte überdimensional groß das Clayborough-Wappen. Von der Straße war die Residenz durch eine imposante, raffiniert angelegte Steinbalustrade getrennt, die nur dort eine Lücke aufwies, wo sich die steinerne Treppe befand, die breit genug war, um einem Dutzend Gäste Raum zu bieten, falls diese alle gleichzeitig eintreten wollten.

Der Herzog hatte einige seiner Dienstboten schon gestern Nacht gleich nach dem Essen in Dragmore nach London geschickt, und jetzt begrüßte ihn Woodward an der Tür. Der Herzog wies ihn an, ihm zu folgen, und sie gingen einen mit schwarzen und weißen Marmorfliesen ausgelegten Korridor hinab zur Bibliothek, in die halb Chapman Hall hineingepasst hätte. Er ging an seinen Schreibtisch, zog eine Visitenkarte aus der Tasche und verfasste rasch eine kleine Nachricht, die er an die Karte heftete. Diese reichte er dem Butler und sagte: »Lassen Sie das bitte sofort Lady Elizabeth zukommen.«

»Wünschen Sie sonst noch etwas? Vielleicht ein Schluck Tee zum Bad, Euer Gnaden?«

Der Herzog nickte achtlos und eilte die Stufen hinauf.

Auch in seiner Suite befand sich ein Marmorfußboden, hier mit goldenen und weißen Fliesen. Früher war der Raum so eingerichtet gewesen, als würde er die königliche Familie beherbergen, doch nach dem Ableben seines Vaters hatte Hadrian sofort fast alle Möbel entfernen und den Raum nach seinem ganz persönlichen Geschmack neu gestalten lassen. Francis hatte einen völlig anderen Geschmack gehabt, viel zu dekorativ und ausufernd. Abgesehen davon wollte der Herzog keine Erinnerungen an seinen Vater um sich haben. Er hatte schon zu viele, die ihn sein Leben lang verfolgten.

Auf dem Boden lagen nun Dutzende Perserteppiche, die nachts, wenn der Herzog barfuß auf ihnen lief, was er sehr liebte, eine angenehme Wärme spendeten. Eine alte Chaiselongue und ein Diwan, mit weinrotem Leder neu bezogen, standen vor dem Kamin. Auf der aus dem sechzehnten Jahrhundert stammenden chinesischen Fußbank gleich daneben legte der Herzog gern seine Papiere und Bücher ab. Hadrian hatte eine große Vorliebe für orientalische Antiquitäten. An einer Wand stand ein chinesischer Wandschirm, verziert mit Perlmuttintarsien, die ein Blumenmotiv an der oberen Kante und spielende Pferde an der unteren zeigten. Das übrige Mobiliar bestand aus einem Sammelsurium ziemlich unterschiedlicher Möbel, die Hadrian ausschließlich der Bequemlichkeit und Nützlichkeit nach ausgewählt hatte. Das einzige Familienerbstück, das noch in diesem Zimmer stand, war ein Mahagonisekretär aus dem achtzehnten Jahrhundert. Hadrian hatte ihn nicht entfernen lassen, weil er wusste, dass sein Großvater, der siebte Herzog von Clayborough, der schon einige Jahre vor Hadrians Geburt gestorben war, dieses Stück besonders geschätzt hatte.

Dieser Raum war anders als die übrigen Räume des Hauses, denn er war sein ganz persönliches Gemach und er freute sich an allem, was sich hier befand. Er war sich sicher, dass Elizabeth den Raum hassen würde, sobald sie ihn sehen würde; auch Isobel mochte ihn nicht besonders und sagte ihm immer wieder, er habe ihn einfach schrecklich eingerichtet, aber das war ihm egal. Er kannte Elizabeth sehr gut. Sobald er ihr erklärte, dass kein Millimeter seiner Suite verändert werden dürfe, würde sie es nie wagen, sich ihm zu widersetzen. Wahrscheinlich würde sie dieses Thema von da an nie mehr ansprechen.

Sein Kammerdiener hatte bereits die Wanne einlaufen lassen. Das Bad war ebenfalls mit Marmor gefliest und so groß wie ein Schlafzimmer auf einem Landgut. Der Herzog nahm seinen Tee entgegen, entkleidete sich und stieg in die prachtvolle, in den Boden versenkte Wanne.

Als Nächstes wollte er Elizabeth besuchen und sich bei ihr entschuldigen, weil er sie so lange vernachlässigt hatte. Natürlich wollte er auch herausfinden, wie es um ihre Gesundheit bestellt war. Doch eigentlich hatte er heute noch nicht nach London zurückkehren wollen, und auch morgen nicht; erst gestern Abend hatte er sich dazu entschlossen.

Sein Benehmen war skandalös gewesen. Ihr Benehmen allerdings auch, aber das war keine Entschuldigung. Offenkundig lag es in Nicole Sheltons Wesen, den Konventionen zu trotzen. Nachdem er ihr höchst ungewöhnliches und ziemlich schockierendes Verhalten inzwischen mehrere Male erlebt hatte, wunderte er sich nicht mehr darüber, dass sie vor einigen Jahren einen Skandal überstehen musste, den sie einzig und allein sich selbst zuzuschreiben hatte. Mit einem Mal umspielte ein kleines Lächeln seine Lippen. Zumindest konnte man ihr nicht vorwerfen, langweilig zu sein. Das Konventionelle langweilte ihn, weshalb ihm auch die ganzen Feste, Bälle und geselligen Zusammenkünfte, die sein Stand so schätzte, einerlei waren. Plötzlich kam ihm in den Sinn, dass Nicole und er gar nicht so verschieden waren.

Aber ebenso plötzlich verschwand sein Lächeln wieder.

Einen derart lächerlichen Gedanken musste er sich so rasch wie möglich aus dem Kopf schlagen!

Er galt als ziemlich zurückgezogen lebend, sein Desinteresse an gesellschaftlichen Verpflichtungen war allseits bekannt. Aber niemals hatte er einen Skandal ausgelöst oder mit seinem Verhalten den Klatschmäulern Stoff geliefert. Abgesehen davon, dass er sich intensiv mit wirtschaftlichen Dingen beschäftigte, was für einen Adligen, gleich welchen Ranges, für unangemessen galt, hatte er nicht die geringste Neigung, den Konventionen die Stirn zu bieten.

Der Herzog merkte, dass er sich in seinem Bad nicht entspannte, sondern ziemlich durcheinander und inzwischen schon fast wieder wütend war. Wenn er an ihr Wortgefecht am Vorabend und an ihre körperliche Auseinandersetzung – wie hätte er diese vergessen können? – dachte, war er sich nicht sicher, ob er nun auf Nicole wütend war oder auf sich selbst. Mit seiner strikten Selbstbeherrschung und seinem eisernen Willen war es jedenfalls nicht weit her, zumindest nicht, wenn es um Nicole Shelton ging.

Er wurde immer unruhiger und schließlich stieg er aus der Wanne. Das Wasser perlte an seinem nackten, kraftvollen Körper ab.

Mit der Zeit würde ihre Anziehungskraft nachlassen, befand er schließlich. Sie war jetzt in Dragmore, und er hatte sich vorgenommen, erst dann wieder nach Chapman Hall zurückzukehren, wenn er keinerlei Interesse mehr für sie verspürte. Offenbar war er, so zuverlässig und vertrauenswürdig er sein Leben lang gewesen war, das nicht mehr in Bezug auf diese Frau. Hatte er etwa doch Spuren von Francis' verachtungswürdigem Charakter in sich?

Soeben hatte er sich bedächtig mit einem dicken Handtuch abfrottiert, doch als ihm dieser Gedanke in den Sinn kam, erstarrte Hadrian. Ihn fröstelte.

Er war sich nicht ganz sicher, wann er angefangen hatte, seinen Vater zu hassen, in seiner Erinnerung aber hatte er ihn immer gehasst. Schon als sehr kleines Kind hatte er gemerkt, dass sein Vater ständig mit der Mutter stritt, und mit vier hatte er sich seine erste Ohrfeige eingehandelt, als er versucht hatte, Isobel zu schützen. Der Schlag hatte ihn verletzt, aber der Schmerz war nichts gewesen im Vergleich zu der schrecklichen Angst, die ihn daraufhin befallen hatte; nicht nur Angst um sich, sondern auch Angst um seine Mutter.

Denn als Isobel hatte mit ansehen müssen, wie ihr Kind verletzt wurde, hatte sie sich wutentbrannt auf Francis gestürzt und versucht, ihm das Gesicht zu zerkratzen. Hadrian, der von der Ohrfeige noch immer wie vom Donner gerührt war, musste erleben, dass es den Vater keinerlei Mühe kostete, Isobels Angriff abzuwehren, und schließlich schlug er so heftig zu, dass sie zu Boden sank. Dann hatte er lachend den Raum verlassen und sie dabei als Hure beschimpft. Hadrian war weinend zu seiner Mutter gekrochen. Isobel hatte sich aufgerichtet, ihn umarmt, getröstet und gesagt, dass alles in Ordnung sei, doch in Hadrian war damals ein brennender Hass auf den Vater entstanden, der ihn sein Leben lang begleiten sollte.

Damals hatte er kaum wahrgenommen, dass seine Mutter ihm befahl, sich nie wieder bei einem Streit der Eltern einzumischen. Er war viel zu sehr damit beschäftigt gewesen, sich den Tod seines Vaters zu wünschen. Doch dieser Wunsch erfüllte sich erst zweiundzwanzig Jahre später.

Nein, er war nicht so gewalttätig wie Francis, fand Hadrian; schließlich hatte er noch nie in seinem Leben einem Kind oder einer Frau etwas zuleide getan. Er trank nicht und er spielte nicht, und er verspürte auch nicht die geringsten Neigungen zu anderen jungen Männern.

Allerdings hatte auch Francis in jungen Jahren Frauen bevorzugt und sich erst später Vertretern seines eigenen Geschlechts zugewandt. Zwar hätte ein Gentleman sich Nicole gegenüber nie so verhalten, wie er es gestern Abend getan hatte, aber sein Vater hätte dies zweifellos getan, ohne die geringsten Skrupel zu hegen.

Der Herzog dachte an die physische Anziehung zwischen ihnen auf dem Hof von Chapman Hall, als er sie gegen die Scheunenwand gedrückt hatte, nachdem sie ihn mit ihrer Peitsche geschlagen hatte. Er hatte sie nicht so grob unterwerfen wollen, und doch hatte er es getan.

Er fürchtete sich vor dieser Seite seines Selbst, die da zu Tage getreten war, eine dunkle Seite, von deren Existenz er bislang nichts geahnt hatte. Keine andere Frau hatte je diese Seite ans Tageslicht gebracht, und das war ein Grund mehr, sich von Nicole Shelton fern zu halten.

Er war mit Elizabeth verlobt, seiner Cousine, einer äußerst netten, reizenden jungen Lady, die er schon fast sein ganzes Leben lang kannte. Er würde ihr nie wehtun. Er würde nie von seiner Verpflichtung zurücktreten und seine oder ihre Ehre verletzen. Warum also hatte er gestern Abend in Dragmore das Schicksal herausgefordert? Wäre er mit Nicole Shelton ertappt worden, dann wäre er gezwungen gewesen, sie zu heiraten und sein Verlöbnis mit Elizabeth zu lösen. Er musste zeitweise den Verstand verloren haben.

Plötzlich schwebte ihm ein Bild vor Augen: Nicole als seine Frau. Sie würde eine schreckliche Ehefrau abgeben, anmaßend, ungehorsam, ihn ständig reizend, ganz anders als Elizabeth, die sich ausschließlich darum bemühen würde, ihm zu gefallen. Warum verglich er die beiden überhaupt, wo es doch nichts zu vergleichen gab?

Dennoch hatte Nicole ihn heiraten wollen, ebenso, wie sie es jetzt offenbar darauf abgesehen hatte, ihn zu reizen – eine völlig irregeleitete, sehr waghalsige Form, es ihm heimzuzahlen. Plötzlich wurde er ganz ruhig.

Wollte sie ihn etwa in eine Falle locken?

Sie war bei weitem nicht die erste Frau, die ihn heiraten wollte. Bei jeder Ballsaison gab es hoffnungsvolle junge Debütantinnen, die entschlossen waren, seine Blicke auf sich zu ziehen und ihn dazu zu bringen, Elizabeth fallen zu lassen. Selbstverständlich hatte er solcherlei Versuche bislang völlig ignoriert.

Aber er konnte nicht ignorieren, was mit Nicole geschehen war. Sie hatte gedacht, er würde sie umwerben, während er nur eine kurze Affäre im Sinn gehabt hatte. Schuldgefühle bemächtigten sich seiner. Er hatte sie verletzt. Zum ersten Mal, seit sie beide die Wahrheit über einander erfahren hatten, wagte er es, sich ihr zu stellen. Er erinnerte sich noch sehr deutlich, wie geschockt sie gewesen war, als er sich bei ihr dafür entschuldigt hatte, dass er sie fälschlicherweise für verheiratet gehalten hatte. Als er es nun zuließ, sich diesen Moment zu vergegenwärtigen, wurde ihm auch wieder der Schmerz und die Pein in ihren Augen bewusst. Zu jenem Zeitpunkt hatte er versucht, dem Wissen darum, was er getan hatte, aus dem Weg zu gehen. Aber jetzt konnte er es nicht mehr. Er kam sich vor wie ein Schuft.

Aber sie hatte sich von der Pein, die er ihr unbeabsichtigt zugefügt hatte, erholt, und zwar ziemlich schnell. Am gestrigen Abend hatte sie nicht wie eine verletzte, niedergedrückte junge Dame gewirkt. Sie war eine Verführerin gewesen, hatte ihre Schönheit zur Schau gestellt und ihn zu einem Wortduell herausgefordert. Sie war betörend gewesen. Am gestrigen Abend hatte sie sich, anstatt sich in ihr Schlafzimmer zurückzuziehen, provozierend auf dem Sofa der Bibliothek geräkelt. Und als er den Köder geschluckt hatte, ihr nachgeschlichen war und sie in seine Arme schloss, hatte sie ihm kaum Widerstand geleistet. Sehr schnell hatte sie hemmungslos gestöhnt.

War es eine Falle gewesen?

Er warf das Handtuch auf den Boden und lief nackt in seinen Ankleideraum, wo er sich einen Schlafrock überstreifte. Wut übermannte ihn. Sie war nicht die erste Frau, die versucht hatte, ihn mit ihrer Schönheit von seiner Verlobten wegzulocken, aber sie war die Erste, der er erlegen war. Jetzt war er sich ganz sicher, dass sie ihn hatte verführen wollen, dass sie es darauf angelegt hatte, in kompromittierender Lage von einem ihrer Angehörigen ertappt zu werden. Warum hätte sie sonst in der Bibliothek auf ihn warten sollen? Warum?

*

Es war Zufall, dass Elizabeth neben Isobel saß und sie zusammen Tee tranken und Hörnchen aßen, als die Botschaft des Herzogs sie erreichte. Elizabeth nahm die Karte in Empfang, die der Butler ihr reichte, und erkannte sofort das herzogliche Siegel. »Hadrian hat mir geschrieben«, hauchte sie. Ein Lächeln erstrahlte auf ihrem kleinen Gesicht und ließ sie beinahe schön wirken.

Auch Isobel lächelte bei dem Gedanken, dass Elizabeth noch so jung war und ihre Gefühle noch so deutlich zeigte. »Und, was schreibt er?«

Elizabeth wandte sich mit leuchtend blauen Augen an die Herzoginwitwe. »Er ist nach London zurückgekehrt!«, rief sie freudig. »Er ist wieder da, und heute Abend will er mich besuchen!«

»Das wird auch langsam Zeit«, sagte Isobel. »Reg dich nicht allzu sehr auf, Liebes, du weißt doch, dass es dir heute nicht so gut ging.«

Ein rosiger Schimmer überzog Elizabeths Wangen. »Wie soll ich mich nicht aufregen, wo es doch nun schon über einen Monat her ist, dass wir uns gesehen haben! Und Isobel« – die beiden verkehrten sehr vertraulich miteinander – »bitte sprich nicht unfreundlich über Hadrian. Anders wäre es, wenn er nicht hier wäre, weil er sich wüsten Vergnügungen hingäbe, aber wir wissen doch beide, wie schwer er arbeitet und wie ernst er seine Pflichten nimmt. Wenn ich ihn nicht tadele, solltest du es auch nicht tun.« Elizabeth äußerte diese Worte sanft und freundlich, denn sie war gar nicht imstande, ihre Stimme gegen jemand zu erheben.

»Eine Mutter hat das Recht, ihren Sohn zu tadeln«, sagte Isobel und tätschelte Elizabeths kleine, blasse Hand. »Aber ich freue mich über die Farbe auf deinen Wangen. Und ich glaube, es wird Zeit, dass ich mich für heute von dir verabschiede.«

Obwohl Elizabeth es kaum erwarten konnte, nach oben zu eilen und sich herzurichten, erhob sie Einspruch.

»Du bist doch gerade erst gekommen! So bald lasse ich dich nicht gehen, und außerdem bleibt mir immer noch genug Zeit, bis er kommt.«

Isobel lächelte und drückte ihr einen Kuss auf die Wange. »Ich gehe jetzt, mein Liebes, und du eilst in dein Zimmer und ziehst dich um. Ich weiß doch, dass du das jetzt am liebsten sofort tun würdest.«

Auch Elizabeth lächelte. Sie hatte ihre Mutter, ebenfalls eine sehr sanfte Person, schon sehr früh verloren und liebte die Herzoginwitwe sehr. »Ich freue mich so, dass du bald wirklich meine Mutter sein wirst!«

»Und du bist immer wie die Tochter für mich gewesen, die ich nie bekommen habe«, sagte Isobel leise und umarmte sie. Und so war es auch, denn Isobel hatte Elizabeth sehr geschätzt.

Strahlend drückte sich Elizabeth die Karte an die kleinen Brüste. Sie war ein zierliches, schlankes Mädchen mit elfenbeinfarbenem Teint und feinen, blonden Haaren. Zwar behaupteten viele, sie sei schön, aber Elizabeth wusste, dass sie ziemlich unscheinbar war: Sie war viel zu blass, zu dünn und ihr Haar viel zu fein. Und obendrein tummelten sich auf ihrer Nase ein paar Sommersprossen, die sie stets mit weißem Puder verdeckte. Elizabeth wusste nicht, dass viele sie wirklich für schön hielten, was allerdings weniger mit ihrer äußeren Erscheinung zu tun hatte als vielmehr mit der Wärme, die sie ausstrahlte.

Jetzt bekam sie vor Aufregung kaum Luft. Sie stürzte in ihre Suite und rief nach ihrer Zofe. Eine Stunde später war sie umgezogen – sie trug nun ein pastellgrünes Gewand – und ihr Haar kunstvoll hochgesteckt. Ein dreifacher Strang kostbarer Perlen mit einem funkelnden Diamantverschluss – ein Geschenk von Hadrian zu ihrem achtzehnten Geburtstag, den sie vor zwei Monaten gefeiert hatte – zierte ihren Hals. Sie hatte ihre Toilette soeben beendet, als der Butler sie benachrichtigte, dass der Herzog von Clayborough eingetroffen sei und unten auf sie warte. Atemlos eilte Elizabeth aus ihrem Zimmer.

Der Herzog stand auf, sobald sie in den Salon trat, erwiderte ihr Lächeln und begrüßte sie mit einem Handkuss. Sie kannte ihn, solange sie zurückdenken konnte. Er hatte sie auf seinen Knien reiten lassen, bis sie dafür zu groß geworden war. Ihre ganze Kindheit über hatte sie seine Ausdauer auf die Probe gestellt, indem sie ihn verfolgt hatte, sobald sie krabbeln konnte. Damals war er ein strammer, gut aussehender Zwölfjähriger gewesen und für sie wie ein Gott, bis die Pubertät sie schließlich ihrer Weiblichkeit bewusst gemacht hatte. Er hatte ihr sogar einmal das Leben gerettet, als sie im Alter von acht Jahren in einen Teich gefallen war. Damals hatte er mit seinem Labrador am Teichrand gesessen und geangelt und Elizabeth war ihm wie üblich gefolgt. Sie hatte sich nicht einmal besonders gefürchtet, als sie im eisigen Wasser versank, denn er war ihr Held und sie war sich ganz sicher, dass er sie retten würde. Elizabeth konnte sich an keine Zeit erinnern, in der sie ihn nicht geliebt hätte.

»Ich bin so froh, dass du wieder da bist«, sagte sie schlicht, nachdem sie sich begrüßt hatten.

Er setzte sich neben sie auf das Sofa. »Es tut mir Leid, dass ich dich so lange allein gelassen habe«, entschuldigte er sich.

»Du brauchst mich nicht um Verzeihung bitten! Ich weiß doch, dass du viel zu tun hast!«

Der Herzog musterte sie. Sie schien ein wenig atemlos, aber sie wirkte nicht krank, denn ihre Augen strahlten vor Glück und ihre Wangen waren gerötet. Doch sie hatte deutlich abgenommen, wie auch schon seine Mutter bemerkt hatte. »Mutter sagte mir, dass du dich nicht wohl fühlst.«

Elizabeths Lächeln schwand. »Es geht mir gut, glaub mir. Es stimmt zwar, dass ich in letzter Zeit häufig müde war, aber Hadrian, ich gehe ja ständig auf Feste und manchmal komme ich erst im Morgengrauen heim. Du weißt doch, wie es in der Saison zugeht. Da ist es doch kein Wunder, dass ich müde bin.«

Sie hatte Recht, und die Sorgen seiner Mutter waren töricht, auch wenn Isobel eigentlich nie töricht war. »Wenn du so rasch ermüdest, musst du eben früher heimkommen.«

»Versprochen«, sagte sie, und er wusste, dass sie es auch so meinte; und ebenso gut wusste er, dass sie alles tun würde, worum er sie bat.

*

Nicole und Jane kamen weit nach Mitternacht in London an, denn sie waren erst am Nachmittag aus Dragmore abgereist. Regina war noch mit Lady Henderson unterwegs. Die Haushälterin, eine langgesichtige Mrs. Doyle, teilte ihnen mit, dass die beiden auf den Ball der Barringtons gegangen seien. Nicole und Jane legten sich schlafen.

Nicole wachte ihrer jahrelangen Gewohnheit gemäß kurz nach Sonnenaufgang auf. Sie konnte es kaum erwarten, ihre Schwester zu sehen. Gestern schien das Leben noch voller Trübsinn zu sein, doch heute zwitscherten die Vögel vor dem Fenster und Nicole war richtig glücklich. Zum ersten Mal seit vielen

Jahren freute sich darüber, in der Stadt zu sein, und sie freute sich auch auf die Feste, die ihr dieser Tag vielleicht noch bringen würde.

Und außerdem überlegte sie, ob sie ihn heute wohl sehen würde.

Sie unternahm einen kleinen Morgenritt, begleitet von einem Stallburschen, wie es der Anstand erforderte. Regents Park war um diese Zeit noch völlig verlassen; ihre Standesgenossen, von denen die meisten wohl erst vor kurzem zu Bett gegangen waren, hielten diese frühe Stunde für wahrlich unchristlich. Um acht Uhr konnte sie sich nicht mehr beherrschen und riss die Tür zum Zimmer ihrer Schwester auf. Regina lag zusammengerollt unter der Decke und schlief noch tief und fest. Grinsend schlich sich Nicole zu ihr und riss ihr die Decke weg.

Regina protestierte grummelnd und hielt sich eine Hand vor die Augen.

»Wach auf, du Schlafmütze!«, rief Nicole, zerrte Regina das Kopfkissen unter ihrer braunen Lockenpracht weg und warf es nach ihr.

»Nicole?«

Nicole setzte sich auf die Bettkante. »Ja!«

Regina warf das Kissen auf den Boden. Sie war nun hellwach und konnte es kaum fassen. Mit einem Freudenschrei fiel sie ihrer Schwester um den Hals. »Was machst du denn hier? Ich glaube es nicht!«

»Ich habe mich gelangweilt«, sagte Nicole grinsend. »Du siehst schrecklich aus! Wann bist du denn ins Bett gekommen?«

Regina verzog das Gesicht, was ihre klassische Schönheit jedoch keineswegs schmälerte. Eigentlich sah eine Achtzehnjährige nie richtig schlecht aus. »Im Morgengrauen. Der Ball bei den Barringtons war ein rauschender Erfolg. Jeder, der etwas auf sich hält, war dort. Ach, du hättest schon viel früher kommen sollen!«

Nicole erstarrte, und um nicht preiszugeben, was in ihr vorging, bückte sie sich, um das Kissen aufzuheben. »Jeder war da? Wer denn zum Beispiel?«

»Soll ich jetzt wirklich Namen nennen?«, fragte Regina ungläubig. »Heute Abend treffen sich alle bei den Willoughbys. Kommst du mit?«

»Wie könnte ich mir das entgehen lassen?«, witzelte Nicole.

Regina war nun vollends munter. Sie setzte sich auf und musterte ihre Schwester prüfend. »Nicole, du wirkst so anders. Was ist los? Du hasst London doch! Hast du wirklich vor, dich in all die Festivitäten zu stürzen?«

Nicole zögerte. Sie wollte ihrer Schwester unbedingt alles gestehen, fürchtete sich aber auch. Was gab es schließlich schon zu gestehen? Dass der Herzog von Clayborough ihr gegenüber unmoralische Absichten gehegt hatte? Dass sie, dumm wie sie war, seine Küsse genossen hatte? Dass sie wusste, dass er in London war, und aus genau diesem Grund Dragmore plötzlich so langweilig war? Dass sie sich fragte, ob sie ihn heute Abend wohl sehen würde? »Ich bin es leid, nur immer von Schafen und Kühen umgeben zu sein«, sagte sie schließlich, wobei sie sich nicht sehr wohl fühlte, denn sie hasste es, Regina, die sie innig liebte, anzulügen.

»Na ja, das kann ich gut verstehen«, rief Regina mitfühlend. Schon von frühester Kindheit an hatte Regina es vorgezogen, sich hübsch anzuziehen und mit Puppen zu spielen, anstatt zu reiten und auf Bäume zu klettern. Keine zwei Schwestern hätten sich unähnlicher sein können. »Ich freue mich so, dass du hier bist!« Impulsiv drückte sie ihre Schwester fest an sich. »Bleib einfach nur in meiner Nähe«, erklärte sie Nicole, »und ich stelle dich dann allen vor. Du wirst schon sehen, du wirst noch viel Spaß haben!«

8

Als Nicole mit Regina und ihrer Mutter bei den Willoughbys eintraf, drängten sich die Gäste bereits im großen Salon, der zwar nicht so groß wie ein Ballsaal war, aber dennoch Raum für gut hundert Menschen bot. Überall standen Leute und nippten an ihren Champagnerkelchen oder Weingläsern. Diener boten exotische Hors d'œuvres an. Auf einer eigens für diese Gelegenheit errichteten Bühne spielte ein Trio aus Klavier, Harfe und Geige, doch die beschwingte Musik ging in den angeregten Gesprächen der Menge unter.

Obwohl der Salon so voll war, wurde Nicoles Eintreffen sofort bemerkt und kommentiert. Als sie, Regina und Jane eintraten, sah Nicole, wie die Leute, die in der Nähe des Eingangs standen, sich zu ihnen umdrehten, ihre Mutter sowie die Schwester anlächelten – und sie anstarrten. Das Herz schlug ihr bis zum Halse.

Schon beim Ankleiden war sie schrecklich aufgeregt gewesen. Auf ihre Nachfragen hin hatte sie erfahren, dass sich die Londoner Crème de la Crème bei den Willoughbys einfinden würde, denn Lord Willoughby, der Marquis von Hunt, war auch ein enger Vertrauter des Premierministers. Und von Martha in Dragmore wusste sie, dass der Herzog von Clayborough von gesellschaftlichen Zusammenkünften wenig angetan war, doch weil Willoughby so mächtig und einflussreich war, konnte es durchaus sein, dass der Herzog heute Abend anwesend war. Und wenn er nicht hier war, so würde es zweifellos seine Verlobte, Elizabeth Martindale, sein, und zwar nicht nur, weil sie mit ihm verlobt war, was ihr einen immensen Status verlieh, sondern auch weil sie zur Familie der de Warrennes gehörte und deren Familienoberhaupt, der Graf von Northumberland, einer der mächtigsten Männer des Landes war.

Das Wissen, dass sie entweder einen der beiden oder alle beide heute Abend treffen würde, machte Nicole schrecklich nervös. Dennoch zog sie ihr türkis geflammtes Ballkleid an und vermied es, sich eingehender mit der Frage zu befassen, warum sie eigentlich nach London gekommen war und jetzt dieses Fest besuchen wollte. Als sie aus dem Haus am Tavistock Square trat, steigerte sich ihre Nervosität; schließlich hatte sie seit dem Skandal kein einziges großes Fest mehr besucht und war seit über einem Jahr überhaupt nicht mehr in London gewesen. Der Maskenball bei den Adderlys war das letzte Fest gewesen, an dem sie teilgenommen hatte, und wenn der Herzog sie nicht akzeptiert hätte, dann wäre jener Ball ein ziemlicher Misserfolg geworden. Doch heute war sie auf sich allein gestellt, selbst wenn er da war. Sie stand kurz davor, ihren Entschluss gründlich zu bedauern.

Eine große Gruppe gleich neben dem Eingang drehte sich geschlossen zu ihr um. »Ist das nicht die ältere Dragmore-Tochter?«, fragte ein Stutzer unüberhörbar.

»Tatsächlich«, antwortete eine ältere Dame und wandte den Blick von Nicole ab. »Habt ihr schon gehört, in was für einem Kostüm sie bei den Adderlys aufgetaucht ist?« Rasch senkte sie die Stimme und kehrte Nicole und ihrer Familie den Rücken zu.

»Diese alten Hexen!«, rief Regina laut. Sie funkelte die Gruppe wütend an und ihre Schritte klangen nun sehr entschlossen.

Nicole griff nach ihrem Arm, der in einem langen Handschuh steckte. »Lass nur, Rie, mit derlei Unannehmlichkeiten habe ich gerechnet.«

»Ich kenne jeden Einzelnen aus dieser Gruppe und werde sie bitter schneiden, sobald sich unsere Wege wieder kreuzen«, stellte Regina fest und ihre bernsteinfarbenen Augen funkelten erbost. Dann blickte sie ihre Schwester argwöhnisch an. »Was für ein Kostüm hast du denn bei den Adderlys getragen? Und wann fand dieser Ball überhaupt statt?«

Bevor Nicole antworten konnte, wurde sie von ihrer Mutter gerettet. »Geht es dir gut, mein Schatz?«

»Aber natürlich, Mutter!« Nicole schaffte sogar noch ein Lächeln zur Bekräftigung, auch wenn ihr kaum danach zumute war. Zu ihrem Entsetzen bemerkte sie, dass sie sogar schwitzte.

Nur zu gern hätte sie sich ihrer langen Handschuhe entledigt, aber sie wagte es nicht.

Jane lenkte sie rasch zu einer kleinen Gruppe guter Freunde. Auch diese waren von Nicoles Anwesenheit überrascht, freuten sich jedoch, sie zu sehen. Erleichtert blieb Nicole stehen und begann einen kleinen Plausch mit den Howards und den Bentons.

»Schau, dort drüben ist Martha!«, flüsterte Regina. Sie schlich sich fort von der überwiegend aus älteren Herrschaften bestehenden Gruppe und zog Nicole mit sich.

Nicole war froh, dass ihre beste Freundin nach London zurückgekehrt war. Martha eilte den beiden entgegen und begrüßte sie mit einer stürmischen Umarmung. »Was machst du denn hier?«, fragte sie Nicole mit einem durchdringenden Blick.

Nicole zuckte nur die Schultern.

»Sie findet Dragmore auf einmal langweilig«, antwortete Regina an Nicoles Stelle und bedachte ihre Schwester mit einem scharfen Blick. »Weißt du denn Näheres, Martha?«

»Was meinst du damit?« Martha wandte sich wieder an Nicole. »Es ist so schön, dass du hier bist!« Sie warf einen langen, bedeutungsschwangeren Blick auf ihre Freundin, den Nicole nicht recht deuten konnte,.

»Lord Hortense ist da«, flüsterte Regina plötzlich aufgeregt. »Nicole, rasch, sieh nur!«

Nicole folgte dem Blick ihrer Schwester und stellte fest, dass ein dunkler, gut aussehender Mann um die dreißig zu ihnen herüberschaute. Galt sein Blick ihr oder ihrer Schwester? Regina zupfte an ihrer Hand. »Sieht er nicht phantastisch aus? Er ist auch ziemlich vermögend, und sein Ruf ist ebenso tadellos wie seine Manieren. Er hat mich schon zweimal besucht! Nicole, ich glaube, er macht mir den Hof. Ich glaube, er wird bei Vater um meine Hand anhalten!«

Nicole betrachtete den gut aussehenden Lord ein weiteres Mal verstohlen und errötete ob des unverschämten Blicks, den sie von ihm erntete. Diesmal hatte sie keinen Zweifel mehr. Rasch wandte sie sich ab. »Du bist doch noch so jung, Regina! Das ist doch sicher nicht dein einziger Verehrer?«

»Natürlich nicht«, sagte Regina, doch das Strahlen in den Augen ihrer Schwester gab Nicole zu denken. »Aber ich – ich liebe ihn, Nicole.«

Nicole biss sich auf die Lippen und tauschte nur einen besorgten Blick mit Martha aus. Instinktiv konnte sie für Lord Hortense nur Verachtung empfinden.

»Ich laufe jetzt mal ein bisschen rum«, sagte Regina aufgeregt, und die beiden Mädchen sahen sie in der Menge verschwinden – natürlich in Richtung Lord Hortense.

Der hingegen warf schon wieder einen schmachtenden Blick auf Nicole. Sie kehrte ihm rasch den Rücken zu. »Er wird ihr das Herz brechen«, zischte sie.

»Er macht jedenfalls kein Hehl daraus, dass du sein Interesse geweckt hast«, sagte Martha. »Normalerweise würde ich mir keine Sorgen machen, denn Regina ist sehr beliebt und verliebt sich jede Woche in einen anderen. Aber ich fürchte, diese Geschichte mit Lord Hortense bedeutet ihr mehr. Seit zwei Monaten spricht sie nur noch von ihm.«

»Oh weh«, seufzte Nicole. »Irgendwie muss ich es schaffen, sie vor ihm zu warnen.«

»Ja, tu das. Nicole, er ist da!«

Nicole erstarrte. »Wer? Der Herzog?«, fragte sie sehr leise. Ihr Herz machte einen wilden Sprung.

»Ja.« Martha durchforschte die Menge. »Ich habe ihn vor einer Weile hier gesehen, offenbar ist er erst kürzlich nach London zurückgekehrt.« Sie blickte wieder auf ihre Freundin. »Nicole, was hast du vor?«

»Ach, Martha«, rief Nicole. »Wenn du nur wüsstest! Ich konnte einfach nicht in Dragmore bleiben.«

Martha umklammerte ihren Arm. »Ich sehe ihn.«

Nicole schluckte, dann folgte sie Marthas Blick. Bei seinem Anblick verkrampfte sich ihr ganzer Körper.

Er sah in seinem nachtschwarzen Frack einfach phantastisch aus. Mit seiner stattlichen Größe und seinen breiten Schultern überragte er die Menge deutlich. Im Vergleich zu ihm wirkten die Männer um ihn herum völlig unscheinbar, ihre Gesichter wachsbleich gegen seinen bronzefarbenen Teint, ihre Gestalten schmächtig gegen seinen kraftvollen Körper. Sein Haar war noch immer zu lang, es reichte ihm ein Stück über seinen Kragen. Nicole musste lächeln, als sie daran dachte, dass er offenbar nach wie vor eine gewisse Abneigung gegen seinen Friseur hegte. Nur ein Mann wie der Herzog konnte sich so etwas leisten.

Er wirkte auch hier so gelangweilt und rastlos wie bei den Adderlys. Zwar schien er einer älteren Dame zu lauschen, denn er hatte den Kopf zu ihr herabgeneigt, doch seine Blicke schweiften rundum. Schließlich richtete er sich wieder zu voller Größe auf, lächelte etwas gezwungen und nickte zustimmend. In diesem Moment fiel sein ruheloser Blick auf sie.

Er erstarrte, wie vom Donner gerührt. Ein ungläubiges Staunen zeichnete sich auf seinem Gesicht ab. Nicole konnte nicht von ihm wegsehen und er nicht von ihr. Obwohl sie ziemlich weit voneinander entfernt standen, konnte Nicole sein Mienenspiel lesen. Das ungläubige Staunen wich aufgebrachter Erregung, und schließlich glitt sein Blick ihren Körper hinab bis zu den Füßen und wieder hinauf. Es war keine höfliche Prüfung, es war nicht der Blick eines Gentleman.

»Er ist wütend«, meinte Martha erschrocken. Nicole hatte sie ganz vergessen, wie sie außer ihm alles und jeden vergessen hatte.

»Er verachtet mich ebenso wie ich ihn«, sagte Nicole unsicher. Doch dann hob sie stolz das Kinn, bemüht, unbekümmert zu wirken, so, als hätten sich ihre Blicke rein zufällig getroffen. Seine Wut verletzte sie, doch warum sollte sie ihm das zeigen? Einen Augenblick später kehrte er ihr den Rücken zu.

Nicole erstarrte. Sie sah, wie eine kleine blonde Frau seinen Arm ergriff und sich an ihn schmiegte. Der Herzog beugte sich zu ihr hinab und sie lächelte. Als er sich wieder aufrichtete, lag auch auf seinem Gesicht ein Lächeln.

Plötzlich war Nicole tief betrübt. »Das ist sie, nicht wahr?«

»Ja.«

Nicole kehrte dem Paar den Rücken zu. Sie hatte Elizabeth,

die neben dem Herzog winzig wirkte, nicht eingehend mustern können, doch sie hatte genug gesehen. Elizabeth war zierlich, blond und blass. Nie hatte sich Nicole so groß, dunkel und ungelenk gefühlt wie jetzt. Und der Herzog mochte sie, er mochte sie sichtlich. Es war so offenkundig, dass Nicole die Tränen in die Augen traten.

»Nicole, komm, gehen wir uns die Nase pudern«, sagte Martha rasch und nahm sie bei der Hand.

Nicole wollte erst protestieren, doch sie hielt sich zurück. Stattdessen brachte sie mühsam ein schiefes Lächeln zustande und folgte Martha aus dem Salon.

*

Als sie in den Festsaal zurückkehrten, hatte sich Nicole von dem Schock, den Herzog mit seiner Verlobten zu sehen, wieder einigermaßen erholt. Sie mischte sich mit Martha unter die Gäste und wurde vielen Leuten vorgestellt. Dennoch wusste Nicole in den nächsten beiden Stunden stets genau, wo sich der Herzog aufhielt.

Elizabeth verließ ihn kaum und er schenkte Nicole keine weitere Beachtung. Noch zwei Mal trafen sich ihre Blicke versehentlich, doch er kehrte ihr beide Male sogleich den Rücken zu, als sei sie Luft oder als stünde sie weit unter ihm. Natürlich wies er sie ganz bewusst zurück. Nicole war sich sicher, dass er sie ebenso deutlich wahrnahm wie sie ihn, aber entschlossen war, ihr um jeden Preis aus dem Weg zu gehen.

Nun bedauerte sie, keine Verehrer zu haben, denn dann hätte sie sich bei ihnen unterhaken können, wie es Elizabeth bei ihm tat. Es war wirklich beschämend. Sie war dreiundzwanzig, fast schon vierundzwanzig, eine alte Jungfer ohne Aussicht auf einen attraktiven Ehemann. Elizabeth war gerade achtzehn geworden, sie war blond, adrett und dem Herzog versprochen. Nicole mochte sie nicht. Sie wusste, dass das missgünstig war, aber sie konnte einfach nicht anders. Dieses kleine Küken hatte alles, sie hatte ihren Prinzen, sie lebte den Traum, den Nicole nur so kurze Zeit hatte träumen dürfen. Sie konnte gar nicht anders, als sie nicht zu mögen. Und in gleichem Maße verachtete sie ihn.

Als es Mitternacht schlug, hielt Nicole es nicht mehr aus. Sie schlich sich aus dem Salon nach draußen, um etwas frische Luft zu schnappen. Der Herzog hatte die Gesellschaft wohl schon in Begleitung seiner geliebten Verlobten verlassen, jedenfalls hatte sie ihn seit einiger Zeit nicht mehr gesehen. Die Nachtluft war kühl und feucht, ein willkommener Gegensatz zur stickigen Wärme des Salons. Wolken fegten über den Himmel, hie und da funkelten ein paar Sterne und ab und zu zeigte sich auch der abnehmende Mond. Nicole lehnte sich an die Hauswand und betrachtete den beleuchteten Garten. Sie fühlte sich völlig erschöpft; eigentlich war der Abend eine Katastrophe gewesen.

Sie hätte nicht nach London kommen sollen. Sie war seinetwegen gekommen, dieser Einsicht konnte sie sich nun nicht mehr verschließen. Sie war wirklich eine Närrin. Heute Abend hatte ihr Herz einen weiteren Sprung bekommen.

Sie hörte die Flügeltüren zur Veranda nicht aufgehen. Sie hörte seine Schritte nicht. Doch plötzlich hörte sie seine tiefe Stimme, sie klang verärgert. »Was tun Sie hier?«

Nicole rang nach Atem, wirbelte herum und stand vor dem Herzog von Clayborough. Obgleich die Veranda nur spärlich beleuchtet war, sah sie in seiner Miene, dass sie sich im Tonfall seiner Stimme nicht getäuscht hatte.

»Ich schnappe etwas frische Luft.«

»Sie wissen ganz genau, dass ich es so nicht meinte.«

»Ach ja?«

»Lassen Sie Ihre Spielchen!«, sagte er drohend und trat einen Schritt weiter auf sie zu. »Warum sind Sie mir nach London gefolgt?«

Wieder rang sie nach Atem, und zwar nicht wegen seines Ärgers, sondern weil er mit seiner Vermutung genau ins Schwarze getroffen hatte. Dennoch erhob sie Einspruch. »Da täuschen Sie sich! Ich bin Ihnen keineswegs nach London gefolgt.« Niemals hätte sie zugeben können, dass sie tatsächlich seinetwegen in London war.

»Ich glaube Ihnen kein Wort.«

»Das ist Ihr Problem, nicht meines.«

»Nein, da irren Sie sich«, sagte er langsam. »Das ist definitiv *unser* Problem.«

Nicole wagte kaum sich zu rühren. Sie verstand erst, was er meinte, als sein Blick zu ihrem tiefen Ausschnitt glitt. Sie holte tief Luft. Eine gefährliche Lust überkam sie. Es dauerte ziemlich lange, bis er wieder zu sprechen begann, wobei sie ihre Blicke nicht voneinander lassen konnten. »Ich weiß, dass du nie nach London kommst, Nicole. Ich weiß, dass du meinetwegen gekommen bist.«

»Du bist arrogant, einfach nur schrecklich arrogant«, gab sie zurück.

»Und du bist eine Lügnerin!«

»Nein!« rief sie zitternd.

»Und warum bist du dann in der Stadt, die du seit dem Skandal gemieden hast?«

Natürlich wusste er wie alle anderen, dass sie in Ungnade gefallen war, aber es berührte sie peinlich, dass er sie so unverblümt darauf ansprach. Wie schön wäre es doch gewesen, so zu tun, als hätte er es nicht gewusst, oder, besser noch, als wäre es ihm völlig gleichgültig.

»Nun? Fällt dir eine passende Ausrede ein?«

Ihre Wangen röteten sich, denn wieder wurde sie daran erinnert, dass sie sich verteidigen und ihn anlügen musste. »Ich bin auch letztes Jahr in London gewesen – und das ist die reine Wahrheit! Regina bittet mich stets inständig zu kommen, und das hat sie auch jetzt getan.«

Er trat einen weiteren Schritt auf sie zu. Sein Lächeln war kalt. »Und dabei hatte ich dich für eine großartige Schauspielerin gehalten!«

Nicole wich zurück. »Ich spiele dir nichts vor.«

»Ach nein? Momentan bist du jedenfalls eine miserable Schauspielerin.« Er war noch einen Schritt näher gekommen und wieder wich Nicole zurück. »Was ist los, Nicole? Hast du Angst vor mir?«, fragte er herausfordernd.

Sofort behauptete Nicole ihre Stellung. »Täusch dich nicht!«, sagte sie warnend.

Sein Lächeln war grimmig. »Ich glaube nicht, dass ich das tue. Du hast doch keine Angst vor mir, oder? Ich durchschaue dein Spiel, Nicole. Ich bin doch kein Narr.«

»Ich weiß nicht, wovon du sprichst.«

Er lachte verächtlich. »Ja, das nenne ich Schauspielerei.«

Nicole ließ sich nicht beirren. Sie ärgerte sich über seinen Spott. »Denk, was du willst, aber ich habe keine Ahnung, was du meinst.«

»Du steigst mir nach, nicht wahr, mein Schatz?«

»Da irrst du dich aber ganz gewaltig!«, rief sie.

»Viele Frauen haben versucht, was du jetzt versuchst«, sagte er kalt. »Und keine hat es geschafft, mich von Elizabeth wegzulocken. Hast du das begriffen?«

Seine Worte waren wie eine Ohrfeige. Sie richtete sich auf, auch wenn ihr die Tränen in die Augen stiegen. »Ich versuche keineswegs, dich von deiner geliebten Elizabeth wegzulocken!«, fauchte sie. »Und ich schlage vor, du gehst jetzt zu ihr zurück, bevor sie sich auf die Suche macht und dich hier in einem vertrauten Gespräch mit einer anderen ertappt!«

»Elizabeth ist nach Hause gegangen.«

»Wärmt sie dir das Bett vor?«, fragte Nicole höhnisch.

Er war verblüfft, aber nur ganz kurz. »So, wie du es gerne tätest?«

Wieder verschlug es Nicole den Atem. Sie lief hochrot an und konnte nur hoffen, dass es dunkel genug war, so dass er es nicht bemerkte. »Das ist der letzte Ort, an dem ich je sein wollte.«

»Muss ich dich an unsere letzten Begegnungen erinnern?«

»Muss ich dich daran erinnern, dass dein Benehmen abscheulich war?«, konterte sie.

»Wahrscheinlich zeugt es von ausgezeichneten Manieren, wenn eine Lady einen Mann mit der Reitgerte schlägt, ganz zu schweigen davon, dass sie in Männerkleidern durch die Gegend reitet.«

Nicole richtete sich hoch auf. »Ich gehe jetzt. Ich habe es nicht nötig, hier herumzustehen und mich von dir beleidigen zu lassen.«

Als sie an ihm vorbeiwollte, packte er sie am Arm und riss sie an sich. Sie versuchte erst gar nicht, sich aus seinem Griff zu befreien, denn sie wusste, dass es zwecklos war. Sein Gesicht war ihrem so nahe, dass sie kaum atmen konnte. »Verlasse London!«, fauchte er.

»Du kannst mir nicht befehlen, die Stadt zu verlassen!«

»Deine Mühen sind vergeblich, Nicole!«

Sie riss sich von ihm los. »Ich versuche nicht, dich von Elizabeth wegzulocken! Ich habe nicht das geringste Interesse an einem notorisch treulosen, unmoralischen Kerl wie dir!«

»Ach nein?« Er packte sie mit seiner großen Hand am Kinn, und bevor sie recht wusste, wie ihr geschah, waren seine Lippen den ihren sehr nahe. »Wirklich?«

»Lass das! Was willst du damit erreichen?«

Sie funkelten einander an. Sein Gesicht war verzerrt, sein Griff tat ihr weh. Sie wartete auf seinen Kuss, erwartete ihn, wollte ihn, fürchtete sich vor beiden – dem Kuss und Hadrian. Abrupt ließ er sie wieder los.

»Es geht darum, was *du* erreichen willst!«, sagte er wütend. »Wenn du London nicht verlässt, dann tue ich es.«

»Gut!«, schrie sie ihn an. »Sehr gut! So geh doch! Von dir lasse ich mir nämlich nichts befehlen, wie es deine geliebte Elizabeth gewiss tut.«

Er starrte sie an, zitternd vor Wut. Einen Moment lang befürchtete Nicole, er würde sie gleich schlagen – oder sie an sich pressen und sich ihrer gewaltsam bemächtigen. Doch dieser Moment ging vorüber, und ehe sie sich versah, eilte er bereits mit großen Schritten zurück in den Salon.

Nicole sank auf die harte Steinbank an der Ecke der Veranda. Sie zitterte heftig. Sie sah die Sterne nicht mehr, sie sah nichts mehr außer ihm. Schließlich bedeckte sie ihr Gesicht mit den Händen, die noch immer zitterten. Was ging hier vor? Warum, warum nur hatte sie je dem Herzog von Clayborough begegnen müssen?

9

Nicole schaffte es nicht, gegen ihre Verzagtheit anzukämpfen. Das Fensterbrett umklammernd starrte sie in die klare, helle Oktobersonne. Selbst als sie Schritte hinter sich hörte, rührte sie sich nicht, merkte aber, dass es ihre Schwester war.

»Nicole, ich werde mit ein paar Freunden im Hyde Park spazieren fahren. Charlie Ratcliffe hat ein neues Automobil. Wir haben noch Platz für dich, warum kommst du nicht mit?«

Nicole drehte sich nicht um. Sie wollte nicht, dass Regina ihr Gesicht sah und sie mit Fragen quälte. Auch wenn Regina wie ein Unschuldsengel wirkte, war sie ziemlich gerissen und kannte Nicole so gut wie niemand sonst, also auch gut genug, um zu wissen, dass etwas ganz und gar nicht stimmte. »Lieber nicht. Ich werde heute Nachmittag ein wenig ausreiten«, sagte Nicole, obwohl sie eigentlich nichts dergleichen vorhatte.

Regina zögerte kurz. »Na gut, dann sehen wir uns später!«, meinte sie schließlich und hüpfte aus dem Zimmer. Nicole seufzte und begann, ziellos in dem hellgrünen Raum herumzulaufen. Das Bild des Herzogs, seine Worte, ihre Begegnung, verfolgten sie. Sie war richtig besessen davon, und dafür hasste sie ihn jetzt. Wie sehr sie ihn hasste!

Aldric tauchte auf. »Mylady, die Vicomtesse Serle möchte Sie sprechen.«

»Sie brauchen mich nicht so umständlich anzukündigen, Aldric«, sagte Martha und war auch schon im Zimmer. Nachdem sie einen kurzen Blick auf ihre Freundin geworfen hatte, wandte sie sich an den Butler. »Bringen Sie uns bitte Tee, Aldric!«

Dann setzte sie sich zu Nicole auf die Couch. »Ich habe dich noch nie so gesehen, meine Liebe, aber ich hatte schon die düstere Vermutung, dass du heute ziemlich niedergeschlagen sein würdest. Du musst ihn einfach vergessen!«

»Ich kann es nicht. Glaub mir, wenn ich es könnte, würde ich es tun, aber es gelingt mir nicht.«

»Es gibt noch viele Männer in London, die ich dir vorstellen könnte.«

»Ach, Martha, das ist doch alles zwecklos. Mein Ruf eilt mir voraus.«

»Den kannst du ändern, wenn du dich darum bemühst!«, sagte Martha nachdrücklich.

»Vielleicht will ich das gar nicht«, fauchte Nicole die Freundin an, doch dann griff sie gleich nach ihrer Hand und meinte: »Entschuldige bitte, ich bin ja nicht auf dich wütend.«

»Das weiß ich doch.«

»Es war ein Fehler, nach London zu kommen, ein Riesenfehler. Ich fahre wieder nach Hause.«

Martha musterte sie eindringlich. »Du rennst weg? Aus Feigheit?«

Nicole errötete.

»Lässt du dich von ihm vertreiben?«

Nicole biss sich auf die Lippen. Martha wusste nicht, was gestern Abend passiert war, aber Nicole wusste es nur allzu gut. Er hatte sich nicht nur erdreistet, ihr zu befehlen, London zu verlassen, nein, er hatte ihr damit auch den Kampf angesagt. Und er hatte sich erdreistet ihr Angst vor ihm zu unterstellen. Wenn sie jetzt plötzlich abreiste, würde der Herzog denken, dass es ihm gelungen sei, sie aus der Stadt zu vertreiben. Und er würde folgern, dass sie tatsächlich feige war und Angst vor ihm hatte. Offenbar wollte er sich auch durch nichts von seiner absurden Annahme abbringen lassen, dass sie nach London gekommen sei, um ihn von seiner geliebten Elizabeth wegzulocken. Wie absolut lächerlich das doch war!

Oder hatte sie insgeheim doch gehofft, ihn seiner Verlobten abspenstig zu machen? Wie sonst ließe sich die Tatsache erklären, dass sie ihm nach London gefolgt war?

Nicole begann vor Wut auf sich selbst zu zittern. Noch nie in ihrem ganzen Leben war sie so verwirrt gewesen. Lieber sollte er das Schlimmste denken – das tat er ja ohnehin –, als dass er in ihrem persönlichen Kleinkrieg den Sieg davontrug. Jedenfalls würde sie weder ihm noch sich selbst gegenüber zugeben, dass sie vielleicht doch solch alberne Gründe gehabt hatte, nach London zu kommen. »Du hast Recht. Ich muss einfach noch ein Weilchen bleiben.«

»Gut! Aber verzehre dich nicht so sehr nach ihm! Heute Nachmittag spiele ich im Club mit ein paar Ladys Tennis. Wir brauchen noch eine Sechste. Komm mit, es wird bestimmt lustig!«

»Ich weiß nicht recht ...«

»Nicole, du spielst doch gern Tennis! Du musst einfach raus und andere Leute sehen, du musst zumindest den Anschein erwecken, als ginge es dir gut. Er soll nicht glauben, dass du dich nach ihm sehnst.«

»Du bist wirklich sehr klug, Martha«, sagte Nicole und es gelang ihr sogar ein schwaches Lächeln. »Na gut, dann komme ich eben mit.«

*

Am frühen Nachmittag trafen sie im Club-Near-the-Strand ein. Martha hatte Nicole mit ihrer Kutsche abgeholt und stellte sie dem Pförtner als ihren Gast vor. Der Pförtner kannte Martha; er begrüßte sie mit ihrem Namen und machte ein Zeichen auf seiner Liste.

Sie suchten sich im Clubhaus Schläger und Bälle aus und schlenderten dann zu den anderen hinaus, mit denen sie heute spielen wollten.

Tennis war vor allem bei jungen Damen ein sehr beliebter Sport. Alle Plätze waren besetzt bis auf die drei, die für ihre Gruppe reserviert worden waren, und bis auf zwei junge Männer spielten nur Frauen.

Der Rest ihrer Gruppe war bereits versammelt. Fünf Frauen in weißen Leibbinden und marineblauen Röcken saßen an einem Tisch vor ihren Limonaden. Die Schläger lehnten an den Stühlen. »Ach du meine Güte!«, stieß Martha hervor, als sie und Nicole näher kamen.

Nicole geriet kurz ins Straucheln, als sie Elizabeth Martindale entdeckte. »Du hast mir nicht gesagt, dass sie auch mit von der Partie sein würde!« Und nicht nur die Verlobte des Herzogs war da, neben ihr saß auch noch Stacy Worthington.

»Das habe ich nicht gewusst, Nicole. Es tut mir Leid.«

Die Ladys unterbrachen ihr Gespräch, als Nicole und Martha an ihren Tisch traten. »Hallo!«, sagte Martha. »Ich dachte, wir bräuchten noch eine Spielerin, und deshalb habe ich Lady Shelton mitgebracht. Aber wie ich sehe, habe ich mich getäuscht.«

»Das sehen wir auch«, sagte Stacy mit einem verächtlichen Blick. »Ich habe meine Cousine Elizabeth mitgebracht, um unsere Gruppe zu vervollständigen.« Ihre Worte machten unmissverständlich klar, dass Nicole nicht willkommen war.

»Nun, ich bin mir sicher, wir können uns einigen, Stacy«, sagte Martha höflich, auch wenn ihre Augen wie Dolche auf die Brünette gerichtet waren.

»Ich möchte keine Umstände machen«, sagte Nicole rasch. Es kostete sie einige Mühe, Elizabeth nicht anzustarren, denn sie sah sie ja zum ersten Mal aus der Nähe. Die perfekte kleine Blondine saß sehr gelassen inmitten der offenkundig recht feindseligen Gruppe. »Ich bin ohnehin etwas müde. Ich lasse mich einfach von deinem Kutscher heimbringen und schicke die Kutsche wieder hierher zurück.«

Martha warf ihr einen missbilligenden Blick zu.

Nicole wollte sich nicht mit ihr streiten, aber sie starrte ebenso missbilligend zurück. Normalerweise hätte sie bei jemandem wie Stacy nicht kampflos das Feld geräumt, doch Elizabeths Anwesenheit dämpfte ihre instinktiven Neigungen.

»Das wäre vermutlich die beste Lösung«, sagte ein anderes Mädchen, eine schlanke Rothaarige mit einer goldgerahmten Brille. Sie warf Nicole einen nervösen Blick zu.

»Ich jedenfalls werde von meiner Courtzeit nichts abgeben«, sagte Stacy.

»Stacy!«, warf Elizabeth nun tadelnd ein. Sie stand auf. »Ich glaube nicht, dass wir uns schon vorgestellt worden sind.« Ihr Lächeln wirkte aufrichtig freundlich. »Ich bin Elizabeth Martindale, Lady Shelton.«

Nicole starrte erst einmal sprachlos auf die Hand, die ihr entgegengestreckt wurde, bis sie sich schließlich an ihre guten Manieren erinnerte. »Wie geht es Ihnen?«

»Danke, sehr gut, Lady Shelton. Es macht mir nichts aus, wenn ich nur zuschaue. Ganz ehrlich, es macht mir überhaupt nichts aus. Sie können an meiner Stelle spielen. Eigentlich liegt mir nicht sehr viel an diesem Sport.«

Nicole presste die Lippen zusammen, aber die Blonde bedachte sie mit einem steten warmen Lächeln und die Freundlichkeit in ihren blauen Augen wirkte völlig ungekünstelt. Dennoch erwiderte Nicole sehr kühl: »Nein, Lady Martindale, Sie brauchen meinetwegen nicht auf Ihre Courtzeit zu verzichten.«

»Es macht mir wirklich überhaupt nichts aus«, sagte Elizabeth noch einmal und wurde dafür von ihrer Cousine Stacy mit einem Rippenstoß bedacht.

»Lass sie doch heimgehen, wenn sie will«, sagte Stacy.

Elizabeth schürzte die Lippen. »Stacy, wir haben doch so viel Zeit, dass alle spielen können.« Sie wandte sich wieder Nicole zu. »Wir können unsere Zeit auf dem Court teilen, wenn Sie wollen. Aber ich muss Sie warnen, ich werde leider sehr schnell müde.« Wieder lächelte sie so herzlich, dass Nicole ganz unbehaglich zumute wurde.

»Na gut«, willigte sie schließlich ein. »Aber dann spielen Sie als Erste.« Sie schaffte es nicht zu lächeln.

Die Mädchen begaben sich auf ihre Tennisplätze. Nicole blieb allein am Tisch zurück und versuchte, das Spiel zu verfolgen. Aber Elizabeth Martindales Anwesenheit machte ihr schwer zu schaffen. Die Verlobte des Herzogs von Clayborough wirkte tatsächlich sehr nett. Nicole wunderte sich noch immer über ihre offenkundige Freundlichkeit. War diese tatsächlich echt gewesen?

Nicole merkte, dass sie die anderen Spielerinnen ignorierte und ihre Blicke nicht von Elizabeth lassen konnte. Sie schien tatsächlich recht rasch zu ermüden und überhaupt kein Durchhaltevermögen zu haben. Sie war die schlechteste Spielerin auf dem Platz und traf kaum einmal einen Ball. So eine Frau gefiel dem Herzog also, eine blasse, dünne Blonde, eine, die zu zart war, um passabel Tennis zu spielen, eine, die arglose blaue Augen hatte und ständig bereitwillig lächelte? Doch so wenig Nicole es sich eingestehen wollte: Von all den Mädchen hier schien Elizabeth wirklich die Netteste zu sein. Als Einzige war sie ihr gegenüber freundlich gewesen; selbst Marthas Freundinnen Julie und Abigail hatten sie nur zurückhaltend gemustert und keinerlei Anstalten gezeigt, mit ihr ins Gespräch zu kommen. Sicher bedauerte es Martha inzwischen, dass sie sie zum Mitkommen überredet hatte.

Nach zehn Minuten ging Elizabeth heftig atmend, schwitzend und mit hochrotem Gesicht vom Platz.

»Wie ich bereits sagte, ermüde ich rasch«, keuchte sie und sank neben Nicole auf die Bank.

Auch wenn Nicole sie nicht so recht mochte, beeilte sie sich doch, ihr ein Glas Limonade einzuschenken. »Geht es Ihnen gut?«

Elizabeth konnte kaum sprechen. Sie fächelte sich mit einer herumliegenden Zeitschrift Luft zu und nickte nur. »Danke!«, meinte sie schließlich und leerte durstig ihr Glas. »Ich muss mich jetzt einfach ein wenig ausruhen. Ich hätte überhaupt nicht herkommen sollen. In letzter Zeit war ich nicht gerade in Hochform.«

»Vielleicht hat Sie eine kleine Grippe erwischt«, erwiderte Nicole. Unbehaglich zupfte sie an ihrem Schläger herum.

»Das glaube ich nicht«, sagte Elizabeth kläglich.

Nicole stand auf, um sich zu den anderen zu gesellen. Eine Weile spielte sie gegen Matilda, aber es war ein ziemlich klägliches Match, denn Matilda stand nicht einmal einen kurzen Ballwechsel mit Volleys durch. Da kam Stacy auf den Platz. »Wie wär's mit uns beiden?«, fragte sie ziemlich schnippisch. »Matilda und Martha passen besser zusammen.«

Nicole willigte ein, bemühte sich aber, Stacy ihre finster entschlossene Miene nicht zu zeigen. Stacy war die beste Spielerin auf dem Platz und ihre Absicht war glasklar: Sie wollte Nicole vernichtend schlagen. Die beiden Kontrahentinnen begannen einen vorsichtigen Schlagabtausch. Nicole spielte oft mit ihren

Brüdern auf einem öffentlichen Tennisplatz in der Nähe von Lessing und war eine gute Spielerin, so dass es ihr nicht schwer fiel, Stacys Bälle zu erwidern. Allmählich begannen beide, die Bälle heftiger zu schlagen. Plötzlich drosch Stacy den Ball wütend zu Nicole, die es schaffte, ihn noch wütender zurückzuspielen, so dass Stacy ihn nicht mehr erwischte.

Beide atmeten heftig und beäugten einander entschlossen und abfällig. Das Match wurde ernst.

Wumm! Stacy schlug auf. Wamm! Nicole schlug den Ball zurück. Die Bälle flogen hin und her, so hart, wie die Mädchen nur schlagen konnten. Wieder erwischte Stacy einen Ball nicht und rannte direkt in den Zaun, weil sie nicht mehr rechtzeitig abbremsen konnte. Inzwischen hatten die anderen ihr Spiel unterbrochen und standen um den Platz herum. Auch Elizabeth war an den Zaun getreten. Stacy hechelte, doch Nicole atmete noch immer ziemlich ruhig.

»Reicht es?«, fragte Nicole ironisch.

»Es stimmt, was alle Leute sagen!«, brachte Stacy nach Luft ringend heraus. »Sie sind keine Lady, Sie spielen ja nicht einmal Tennis wie eine Lady!« Damit stolzierte sie vom Platz.

Nicole wurde rot vor Scham und Wut, denn Stacy hatte ebenso entschlossen um den Sieg gerungen wie sie. Die anderen Ladys wandten sich ab, nur Martha und Elizabeth blieben stehen. Langsam ging Nicole zu den beiden.

»Bitte verzeihen Sie Stacy«, sagte Elizabeth und legte die Hand sanft auf Nicoles Arm.

Nicole zog den Arm weg.

»Normalerweise ist sie nicht so grob, ich weiß gar nicht, was in sie gefahren ist«, sagte Elizabeth flehentlich.

Nicole blieb stumm, bis sich Elizabeth schließlich von ihr abwandte.

»Das war ein Fehler«, sagte Nicole zu Martha.

»Ich hatte ganz vergessen, dass diese Hexe Stacy hier sein würde. Es tut mir aufrichtig Leid, Nicole, aber denk daran: Sie ist allen gegenüber schrecklich, die sich nicht von ihr betören lassen. Nur weil sie Northumberlands Nichte ist, glaubt sie, dass sie alle herumkommandieren kann. Wenn sie nicht hier gewesen wäre, wären die anderen Mädchen sicher viel netter gewesen.«

»Deine Freundinnen waren entsetzt, als ich kam.«

»Das stimmt nicht. Julie und Abigail sind einfach nur schüchtern und zurückhaltend. Gib ihnen noch einmal die Chance, dir zu zeigen, wie nett sie sein können.«

Nicole nickte und sie gingen zur Gruppe zurück, die sich nun um den Tisch versammelt hatte und Limonade trank. Elizabeth saß mit Stacy etwas abseits. Ungläubig bemerkte Nicole, dass sie die Brünette tatsächlich ausschimpfte.

»Wie konntest du nur so grob sein, Stacy? Es war wirklich unerträglich! Du musst dich auf der Stelle bei Lady Shelton entschuldigen!«

»Ich? Mich entschuldigen? Bei dieser Barbarin? Manchmal bist du einfach blind, Elizabeth. Du siehst in allen nur das Gute. Hast du denn noch nicht von ihr gehört? Sie ist eine Persona non grata, daran wird sich nie etwas ändern!«

»Du bist unfreundlich und herzlos, und das ist ungehörig«, rügte sie Elizabeth. Dann sah sie Nicole und Martha und hielt inne. »Geht ihr schon? Vielleicht sollten wir noch einmal die Partnerinnen wechseln, wir haben noch etwas Zeit.«

Nicole konnte es kaum fassen. Diese Frau hatte sie, eine Fremde, ihrer Cousine gegenüber verteidigt, und jetzt bemühte sie sich offenkundig auch noch, den Nachmittag für Nicole zu retten. »Ich habe leider noch eine andere Verabredung«, sagte sie.

»Dann werden wir auf alle Fälle ein andermal spielen«, erwiderte Elizabeth. »Es hat mich sehr gefreut, Sie kennen zu lernen, Lady Shelton!«

»Gleichfalls«, brachte Nicole heraus. Sie konnte einfach nicht grob zu ihr sein.

Wenig später saßen sie und Martha schweigend in deren Kutsche. Nach geraumer Zeit brach Martha das Schweigen. »Was denkst du gerade?«, fragte sie Nicole.

Nicole biss sich auf die Lippen und blickte voller Verzweiflung nach oben. »Ich denke, dass sie nicht nur hübsch, sondern auch sehr nett ist.«

»Ja, das ist sie wirklich«, sagte Martha leise. »Es gibt keinen Menschen, der sie nicht mag.«

Nicole drehte sich um und starrte mit leerem Blick aus dem Fenster. Liebte der Herzog sie deshalb? »Bis auf mich«, sagte sie traurig.

Martha konnte nichts darauf erwidern.

*

»Lady Elizabeth wird gleich bei Ihnen sein, Euer Gnaden.«

Der Herzog nickte, warf einen Blick auf seine achtzehnkarätige Taschenuhr und lief unruhig in dem kleinen Salon auf und ab. Es war untypisch für Elizabeth, sich zu verspäten. Dennoch dauerte es eine weitere Viertelstunde, bis sie kam, und zwar in einem Tageskleid und nicht in Abendrobe. Eigentlich hatten sie nach dem Essen ins Theater gehen wollen. »Hast du mich etwa vergessen?«, fragte er verwundert und leicht ironisch.

Elizabeth seufzte. »Bitte verzeih mir, Hadrian. Natürlich habe ich dich nicht vergessen. Ich fürchte nur, ich habe einen schweren Fehler begangen.«

Sie sank auf die Couch und er setzte sich neben sie. »Das kann ich mir kaum vorstellen«, sagte er. »Fühlst du dich nicht wohl?«

»Ich bin schrecklich erschöpft. Heute Nachmittag habe ich nämlich ein wenig Tennis gespielt, und das hat mich sehr ermüdet. Ich hätte dir gleich eine Nachricht zukommen lassen sollen, dass ich unsere Verabredung nicht einhalten kann, aber ich wollte dich unbedingt sehen und dich auch nicht enttäuschen. Ich hatte gehofft, nach einem kleinen Nickerchen wieder bei Kräften zu sein, aber ich bin gerade erst aufgewacht und noch immer ziemlich erschöpft.«

»Mach dir um mich keine Sorgen«, sagte der Herzog. »Du hättest nicht Tennis spielen sollen, Elizabeth! Wahrscheinlich ist es wirklich das Beste, wenn du dich gleich wieder hinlegst.«

Sie berührte seine Hand. »Und du bist mir nicht böse?«

»Natürlich nicht!« Sein Blick wurde weicher. »Aber war es denn wenigstens schön? Hast du deinen Ausflug genossen?«

Bestürzt blickte sie ihn an. »Es war nicht besonders angenehm, Hadrian. Eigentlich rege ich mich immer noch auf.«

»Worüber denn?«

»Zwei der Damen waren einer anderen Lady gegenüber schrecklich grob, sie haben sie einfach widerlich behandelt – und eine davon war Stacy.«

»Stacy gehört nicht zu den liebenswürdigsten Menschen, die wir kennen.«

»Lady Shelton hat mir so Leid getan! Und es gab überhaupt keinen Grund, sie so schlecht zu behandeln. Ich weiß schon, vor ein paar Jahren gab es irgendeinen Skandal, aber das ist doch schon so lange her. Es ist gemein, einem Menschen einen Fehler immer wieder vorzuhalten.«

Der Herzog wurde sehr still. »Die Frau, die sie schlecht behandelt haben, war Nicole Shelton?«

»Ja. Kennst du sie?«

Er rutschte unruhig hin und her. *Sie hatte die Stadt nicht verlassen.*

»Seit ich Chapman Hall erworben habe, ist Nicholas Shelton mein Nachbar. Vor meiner Abreise nach London habe ich mit ihm und seiner Familie zu Abend gegessen.«

»Sie war jedenfalls schrecklich verletzt. Sie ist sehr stolz und bemühte sich, es nicht zu zeigen, die Gute, aber ich habe es deutlich gespürt. Ich habe Stacy gesagt, wie enttäuscht ich von ihr war.«

Der Herzog räusperte sich. Ihm wurde bei diesem Gespräch zunehmend unbehaglich, vor allem, wenn er an sein Verhalten und seine geheimsten Gedanken der betreffenden Person gegenüber dachte. Erst gestern hatte ihn Nicole in nahezu unkontrollierbare Wut versetzt, war er um Haaresbreite davon entfernt gewesen, sie an sich zu reißen und ihr Gewalt anzutun. In Anbetracht all dessen, was zwischen ihnen vorgefallen war, schien es ihm ziemlich ungehörig, jetzt mit seiner Verlobten über Nicole Shelton zu sprechen. »Stacy muss hin und wieder in ihre Schranken verwiesen werden. Sollen wir unser Abendessen auf morgen verlegen, wenn ich dich heute Abend nicht sehen kann?« *Aber warum war sie nicht abgereist? Dachte sie noch immer daran, ihn von Elizabeth wegzulocken?*

»Das wäre wunderbar. Hadrian, soweit ich es beurteilen kann ist Nicole in unseren Kreisen nicht besonders gern gesehen. Und jetzt, wo sie wieder in London ist, finde ich das unfair.«

Was sollte er darauf sagen? Dachte er weiter über dieses Thema nach, käme er sicher zu dem Schluss, dass auch er es für unfair hielt, und schlimmer noch, dass auch er es nicht billigte, dass Nicole Shelton wegen eines längst vergangenen Skandals heute noch geschnitten wurde. Aber er wollte dieses Thema absolut nicht vertiefen, vor allem nicht mit seiner Verlobten. Es wäre völlig unangebracht, sich jetzt als Nicole Sheltons Verteidiger aufzuschwingen. »Das Leben ist nur selten fair«, erklärte er lapidar.

»So etwas von dir? Nein – ich werde sie in unsere Lesekränzchen einladen und ich werde dafür sorgen, dass sie von allen akzeptiert wird.«

Der Herzog runzelte die Stirn. Einerseits war Elizabeths Absicht edel und richtig, andererseits entsetzte ihn die Vorstellung, dass sie sich nun ausgerechnet mit Nicole Shelton anfreunden wollte. »Vielleicht denkst du morgen anders darüber. So, wie ich sie erlebt habe, ist Lady Shelton eine starke Frau; sie lässt sich gewiss nicht von ein paar hässlichen Gerüchten verunsichern.«

»Ich habe mich entschieden, Hadrian«, sagte Elizabeth unerschütterlich. »Sie braucht Freundinnen wie mich, das ist ganz klar, und ich werde ihre Freundin werden.«

Hadrian schloss kurz die Augen. War es möglich, dass diese Situation noch verworrener wurde? Nicole würde das Angebot seiner Verlobten nie annehmen, das konnte sie einfach nicht – oder doch? Und warum war sie überhaupt noch in London? Etwa seinetwegen? Eigentlich sollte er noch immer wütend auf sie sein, aber er war es nicht. Seine Wut war in der letzten Nacht verebbt. Ja, wenn er sich selbst gegenüber ehrlich war, dann freute er sich jetzt fast darüber, dass sie die Stadt nicht verlassen hatte.

Den Herzog befiel eine Ahnung von drohendem Unheil.

10

Am nächsten Tag saßen Regina und Nicole zusammen im grünen Frühstückssalon bei Tee und Gebäck, als Nicole ein Briefchen überreicht wurde. Sie las die in einer zarten Handschrift abgefasste Einladung Elizabeths, sich doch am darauf folgenden Abend bei der Marquise von Stafford zu einem Lesekränzchen einzufinden, und erschrak zutiefst. Regina musterte ihre Schwester neugierig. »Worum geht es denn?«, fragte sie.

Nicole las die Einladung noch einmal und konnte noch immer kaum fassen, dass sie ihr galt. »Elizabeth Martindale hat mich zu ihrem Lesekränzchen eingeladen.«

Regina setzte sich neben die Schwester. »Du solltest die Einladung annehmen. Das ist sehr nett von Elizabeth.«

Nicole legte den Brief langsam auf den Tisch. Ihr Herz pochte heftig. »Warum lädt sie mich ein?«, fragte sie laut. »Sie kennt mich doch kaum!« Doch insgeheim musste sie an die Ironie der Situation denken: Die einzige Lady in London, die ihr die Freundschaft anbot, war ausgerechnet die Verlobte des Mannes, für den sie eine große Schwäche gehabt hatte.

»Weil sie sehr nett ist. Zweifellos weiß sie, dass du noch nicht lange in der Stadt bist, und versucht, dich in ihre Kreise einzuführen.«

»Wie gut kennst du sie denn?«

»Wir sind befreundet. Geh, Nicole!«, forderte Regina sie auf. »Du musst hier Freunde finden.«

Nicole verschluckte ihre Erwiderung. Sie konnte ihrer Schwester nicht erklären, warum sie sich Elizabeths Lesekränzchen nicht anschließen konnte, selbst wenn sie gewollt hätte.

Plötzlich fiel Reginas Blick auf die Wanduhr und sie stöhnte. »Oh je! Ich muss mich umziehen, Lord Hortense will heute Morgen eine Ausfahrt mit mir machen.« Sie eilte davon.

Nicht einmal die Tatsache, dass ihre Schwester nach wie vor in den elenden Lord Hortense verliebt war, konnte Nicole ablenken. Wieder starrte sie auf die Einladung. Gab es dafür einen Grund, den sie nicht kannte? Nein. Obwohl sie Elizabeth erst einmal getroffen hatte, war sie sich dessen sicher. Elizabeth war einfach nur freundlich.

Sie konnte nicht anders – sie zerknüllte den Brief.

Warum in aller Welt musste sie so nett sein? Warum konnte sie kein Ekel sein wie ihre Cousine? Warum in aller Welt musste sie sich ausgerechnet sie, Nicole, aussuchen? Sie brauchte ihre Freundschaft nicht, und sie wollte sie auch nicht.

Nicole biss sich heftig auf die Lippen. Es war traurig, aber wahr: Tief in ihrem Innersten hätte sie das freundliche Angebot liebend gern angenommen.

Aber das war selbstverständlich unmöglich. Sie konnten niemals Freundinnen werden. Nicht nach dem, was zwischen ihr und dem Herzog von Clayborough geschehen war.

Und auch, weil sie in den dunkelsten Stunden der Nacht noch immer von ihm träumte.

Rasch, bevor sie ihre Meinung ändern konnte, verfasste Nicole eine höfliche Ablehnung und ließ sie Elizabeth noch am selben Nachmittag zukommen. Das ist dann wohl das Ende dieser Geschichte, dachte sie, denn sicher würde Elizabeth keinen weiteren Versuch unternehmen, sich mit ihr zu befreunden.

Doch sie hatte sich getäuscht. Am folgenden Nachmittag kam Elizabeth persönlich vorbei.

»Bitte nehmen Sie doch Platz!«, sagte Nicole steif.

»Danke!« Elizabeth lächelte. Sie war etwas außer Atem, eine blasse blonde Erscheinung in einem maßgeschneiderten silberblauen Seidenkostüm. »Ich bedauere es aufrichtig, dass Sie uns heute Abend nicht Gesellschaft leisten können, Lady Shelton.«

»Leider bin ich bereits anderweitig verabredet«, log Nicole. Sie saß Elizabeth gegenüber auf einem Armstuhl, dessen glatte hölzerne Lehnen sie fest umklammerte.

»Hoffentlich glauben Sie nicht, dass Stacy auch dort sein wird. Sie ist nicht in unserer Gruppe, weil sie sich überhaupt nicht für Literatur interessiert.« Elizabeth blickte ihr fest in die Augen.

Es ärgerte Nicole, dass Elizabeth dachte, sie wolle sich der

Gruppe aus Angst vor ihrer Cousine nicht anschließen. »Dass ich nicht kommen kann, hat nichts mit Stacy zu tun.«

»Gut.« Elizabeth lächelte. »Wie Hadrian erwähnte, hat sie gelegentlich die Neigung, etwas brüsk zu sein, und zwar nicht nur Ihnen gegenüber.«

Nicole erstarrte.

»Ha – der Herzog hat das gesagt?«

»Ach, ich habe mich neulich über ihr schlechtes Benehmen so aufgeregt, dass ich über gar nichts anderes reden konnte, als er mich am Abend zum Essen ausführen wollte. Er hielt es für richtig, dass ich Stacy gründlich getadelt habe.«

Nicole musste schlucken. Sie lief hochrot an. Elizabeth hatte sich mit dem Herzog von Clayborough über sie unterhalten! Sicher hatte er sich dabei köstlich amüsiert. Es war einfach zu viel, viel zu viel!

»Jetzt möchte ich Sie jedenfalls zu einer anderen geselligen Veranstaltung am Samstagnachmittag einladen. Ich helfe Hadrians Mutter, der Herzoginwitwe, bei den Vorbereitungen. Sie veranstaltet jedes Jahr ein Picknick, wie es die Amerikaner gerne tun; offenbar ist sie von ihren Verwandten in Boston dazu angeregt worden. Die jungen Damen bringen einen Essenskorb, den die Herren ersteigern müssen. Die Gewinner speisen natürlich mit der Dame, deren Korb sie erstanden haben, und der Erlös geht an eine wohltätige Einrichtung, die sich um die Bedürftigen und Waisen dieser Stadt kümmert.« Elizabeth lächelte. »Es ist immer ein Riesenerfolg und wirklich sehr lustig. Alle machen mit. Wollen Sie nicht auch kommen?«

Nicole war bestürzt. Niemand würde einen von ihr vorbereiteten Essenskorb ersteigern wollen, daran hatte sie nicht den geringsten Zweifel. »Es tut mir Leid, aber …«

Elizabeth war schneller und fiel ihr ins Wort. »Ich meinte nicht, dass Sie einen Essenskorb mitbringen sollen. Dass Sie das nicht tun möchten, kann ich gut verstehen. Ich meinte nur, dass Sie daran teilnehmen und den Nachmittag genießen sollten. Wahrscheinlich sind Ihre Eltern auch dort, und ich weiß, dass Regina dort sein wird.«

»Meine Eltern fahren am Wochenende nach Dragmore«, sagte Nicole schroff.

»Ach ja?«

Nicole war aufgebracht. Elizabeth hatte sie sicher nicht beleidigen wollen, indem sie davon ausging, dass sie es nicht wagen würde, einen Essenskorb mitzubringen, aber trotzdem war sie verletzt: Elizabeth wusste, dass es für Nicole demütigend wäre, wenn niemand ihren Korb kaufen wollte. Nicoles Lippen wurden schmal.

»Ich wollte Sie nicht aufregen«, sagte Elizabeth sanft und sehr besorgt. »Es ist wirklich immer sehr amüsant, und nicht alle bringen etwas zu essen mit. Ich als eine der Organisatorinnen bringe auch nichts mit. Essen Sie doch einfach mit mir und Hadrian!«

»Ich rege mich nicht auf«, sagte Nicole mit allem Stolz, den sie aufbieten konnte. »Und warum glauben Sie, dass ich nicht kommen würde? Mit einem Essenskorb?«

Elizabeths Augen weiteten sich kurz, doch sie fasste sich rasch wieder. »Ach, das freut mich aber sehr!«

Nicole lächelte grimmig. Ihr war klar, dass sie sich soeben für einen Weg entschieden hatte, der nur in eine Katastrophe münden konnte. Aber sie war in ihrem Stolz gefangen und konnte jetzt keinen Rückzieher mehr machen, jedenfalls nicht vor Elizabeth Martindale.

*

Der Samstag war ein herrlicher Spätsommertag mit strahlendem Sonnenschein und einem wolkenlosen Himmel. Die Bäume im Hyde Park strahlten in goldener Pracht. Gut zweihundert bunt herausgeputzte Damen und Herren des Adels hatten sich eingefunden. Der Reitweg durch den Park war gesäumt von einer endlosen Kutschenschlange. Nun versammelten sich alle um eine eigens für dieses Fest errichtete Plattform, an deren Rand die bunt bemalten und mit Schleifen und Spitzen verzierten Pick-nick-Körbe aufgestellt waren.

Elizabeth und der Herzog standen ganz vorne. Sie hatte sich bei ihm untergehakt und blickte suchend in Menge. »Ob sie in letzter Minute beschlossen hat, doch nicht zu kommen?«, murmelte sie.

»Wer denn?«, fragte der Herzog und trat ungeduldig von einem Bein aufs andere. Er langweilte sich. Momentan beschäftigte ihn eine wichtige Rechtsangelegenheit und er wollte sich noch an diesem Tag mit einigen Anwälten treffen. Seine Nachfrage kam geistesabwesend, und an ihrer Antwort lag ihm nicht sehr viel. Zumindest nicht, bis er sie hörte.

»Nicole Shelton.«

Er erstarrte. Elizabeth hatte ihm doch zu seiner großen Erleichterung mitgeteilt, dass Nicole ihre Einladung, gemeinsam Gedichte zu lesen, abgelehnt hatte. Falls sie die Einladung nicht ausgeschlagen hätte, war er fest entschlossen gewesen, sie zur Rede zu stellen und ihre Absichten in Erfahrung zu bringen. Aber sie hatte sie ausgeschlagen, und sein Eingreifen war nicht nötig geworden. »Ich kann mir kaum vorstellen, dass sie hierher kommt«, sagte er barsch, obwohl sich bei dem Gedanken, dass sie vielleicht ganz in der Nähe war, sein Puls beschleunigte.

»Sie sagte, sie würde kommen, und sie sagte auch, sie würde einen Essenskorb mitbringen.« Elizabeth gab es auf, die Menge nach ihr abzusuchen. »Allerdings wollte ich gar nicht, dass sie an der Versteigerung teilnimmt, ich wollte nur, dass sie herkommt und mit uns speist.«

»Du hast sie eingeladen, mit uns zu speisen?«, fragte er entgeistert.

»Natürlich. Hätte sie denn alleine essen sollen? Ich war ja erst davon ausgegangen, dass sie gar nichts zum Essen mitbringen würde. Ihr war klar, dass ich wusste, dass ihr Korb nicht besonders gefragt sein und das Ganze ziemlich peinlich für sie werden würde. Aber dessen ungeachtet wollte sie schließlich doch einen Korb mitbringen. Sie hat so viel Stolz – ich bewundere sie sehr!«

Hadrians Miene verdüsterte sich. »Du brauchst sie nicht zu bewundern«, sagte er, auch wenn er insgeheim den Verdacht hegte, dass es ihm genauso ging. Doch das konnte er unter den gegebenen Umständen natürlich nicht zugeben. Zudem konnte er sich durchaus vorstellen, dass einige der hier anwesenden Herren mit Freuden ihren Picknick-Korb ersteigern würden, um den Nachmittag mit ihr in einem abgeschiedenen Hain zu verbringen, ungeachtet des alten Skandals. Schließlich hatten sie Augen im Kopf. Er stellte fest, dass ihm die Vorstellung, Nicole Shelton würde mit irgendeinem dahergelaufenen Adligen ein Picknick einnehmen, überhaupt nicht gefiel.

»Trotzdem bewundere ich sie«, fuhr Elizabeth fort. »Ich wünschte, ich wäre ihr etwas ähnlicher.«

»Du bist perfekt, so wie du bist.«

»Ach Hadrian, sei nicht so galant. Ich muss gestehen, ich mache mir Sorgen, dass niemand ihren Korb ersteigern will.«

»Sie hat sicher den einen oder anderen Verehrer.«

»Hadrian, du bist sehr lieb, aber einfach nicht auf dem Laufenden. Wie solltest du auch, wo du so selten in der Stadt bist. Nicht, dass ich dir daraus einen Vorwurf mache«, setzte sie rasch hinzu. »Du weißt ja, wie stolz ich darauf bin, dass du geschäftlich so versiert bist. Aber in unseren Kreisen vergisst man nicht so schnell. Manchmal können die Menschen sehr grausam sein.«

»Jetzt übertreibst du aber«, sagte er. Er war sich sicher, dass die anwesenden Herren eifrig um Nicole Sheltons Gesellschaft buhlen würden.

Elizabeth schenkte ihm ein liebevolles Lächeln. »Ich hoffe, dass du Recht hast, aber ich habe bereits Vorkehrungen getroffen, falls die Dinge so laufen, wie ich vermute. Ich habe unseren Cousin Robert gebeten, ein Gebot abzugeben, und er hat es mir versprochen, auch wenn er es sicher nicht aus Menschenfreundlichkeit tun wird.

»Robert«, wiederholte der Herzog finster. Robert war Stacys Bruder, ein gut aussehender, leichtlebiger Frauenheld. Es würde sicher nicht lange dauern, bis Robert sich über sie hermachte. »Er ist nicht vertrauenswürdig!«

Elizabeth blickte ihn erstaunt an. Sie wunderte sich über seine

Heftigkeit. »Robert wird sich schon zu benehmen wissen, aber ich sehe ihn nirgends. Ach, Hadrian, dort drüben ist sie! Sie ist wirklich gekommen!«

Der Herzog war merkwürdig atemlos. Langsam drehte er sich um, Elizabeths erfreutem Blick folgend. Nicole stand hoch erhobenen Hauptes neben ihrer Schwester, die beiden hielten sich etwas abseits. In ihrem pfirsichfarbenen gestreiften Kostüm und einem mit einer leuchtend korallenroten Rose geschmückten Strohhut wirkte sie betörend schön. Ihre Blicke trafen sich.

Der Herzog atmete tief durch. Diese Situation war einfach unerträglich. Wie konnte er nur hier neben seiner Verlobten stehen, die er sehr mochte, und gleichzeitig eine andere Frau begehren, die er nicht haben konnte? Diese Betörung, dieser Wahn währte schon viel zu lange. Aber wie zum Teufel sollte er ihm ein Ende setzen?

*

Nicole wünschte sich, sie könne sich einfach unbemerkt aus dem Staub machen. Regina plauderte munter mit zwei jungen Damen und ihren Verehrern, doch sie hatte zu dem Gespräch nichts beizutragen. Sie bemühte sich nach Kräften, den Herzog nicht anzuschauen, aber es gelang ihr nicht.

Verstohlen wanderte ihr Blick immer wieder zu ihm, und immer wieder erschrak sie, denn auch sein Blick ruhte auf ihr.

Nicole zitterte. Warum nur war er nur so herrlich? Warum fiel es ihr immer wieder auf? Warum musste er heute hier sein und einer weiteren ihrer Demütigungen beiwohnen? Und warum, warum nur war er Elizabeth versprochen?

Die Versteigerung hatte begonnen. Nicole bekam am Rande mit, dass soeben ein blau-weiß bemalter Korb mit einer rosa Schleife für fünfundzwanzig Pfund an einen jungen Mann ging. Grauen überfiel sie.

Sie hätte doch noch einen Rückzieher machen sollen. Es war der Gipfel der Torheit, dass sie einen Picknick-Korb mitgebracht hatte. Niemand würde ihn kaufen.

Inzwischen waren schon einige Körbe versteigert worden, die meisten für zehn bis zwanzig Pfund. Nicole überlegte sich fieberhaft, ob sie einfach feige sein und flüchten sollte, bevor ihr Korb zur Auktion anstand. Doch wieder ertappte sie sich, wie sie den Herzog anstarrte.

Einen kurzen Augenblick, der eine Ewigkeit zu dauern schien, trafen sich ihre Blicke. Diesmal wandte er sich als Erster ab und sagte etwas zu Elizabeth. Aber nun schaute Elizabeth direkt zu ihr herüber und winkte fröhlich. Nicole wusste nicht, ob sie reagieren sollte. Sie wusste nur, dass sie jetzt nicht mehr fliehen konnte, jetzt nicht. Mit einem entschlossenen Seufzer wandte sie sich wieder der Plattform zu.

*

»Hast du Robert gesehen?«, fragte Elizabeth besorgt. »Es sind nicht mehr viele Körbe übrig, und ich habe ihn noch nirgends entdeckt.«

Der Herzog war angespannt. »Wahrscheinlich hat er gestern Abend einen über den Durst getrunken und sein nettes Versprechen dir gegenüber völlig vergessen.« Das sähe Robert zumindest ähnlich, und eigentlich wäre es dem Herzog auch ganz recht gewesen, wenn der gut aussehende Junggeselle nicht auftauchte, um Nicoles Korb zu ersteigern.

»Stacy!«, rief Elizabeth, denn sie hatte soeben ihre Cousine entdeckt, die sich mit ihrem Verehrer, der gerade ihren bunt geschmückten Korb erstanden hatte, durch die Menge drängte.

Stacy kam zu ihnen und begrüßte sie. »Das ist Lord Harrington«, sagte sie und lächelte ihm kokett zu. »Er hat meinen Korb für fünfunddreißig Pfund ersteigert!«

»Wie schön«, sagte Elizabeth und nahm sich trotz ihrer Sorgen die Zeit, ihn förmlich zu begrüßen. Dann führte sie ihre Cousine ein paar Schritte weg. »Stacy, wo steckt dein Bruder? Wo ist Robert?«

»Ach, ich habe ganz vergessen, dir etwas auszurichten«, sagte Stacy lächelnd. »Er hatte nicht daran gedacht, dass er für heute schon eine Verabredung hatte, die er unmöglich absagen konnte. Es tut ihm sehr Leid.«

Elizabeth erbleichte.

Stacy lachte. »Keine Sorge, er hat mir von eurem Plan erzählt und lässt dich jetzt nicht im Regen stehen. Er hat nämlich einen Freund gebeten, ihn zu vertreten.«

»Wen denn?«, fragte Elizabeth.

Stacy deutete auf einen Rotschopf in einem weißen Leinenanzug. »Siehst du den Mann dort drüben, neben dem im karierten Anzug? Er heißt Chester Soundso und wird Nicoles Korb ersteigern«, sagte sie kichernd.

Elizabeth starrte den zerzausten jungen Herrn und seinen Freund an. Beide wirkten ziemlich angetrunken. »Ich bringe Robert um«, sagte sie.

Stacy lachte.

»Ich muss jetzt weiter, Elizabeth. Viel Spaß noch!« Sie wollte das Ende der Auktion auf keinen Fall verpassen.

Elizabeth kehrte zutiefst besorgt zum Herzog zurück und berichtete ihm, was passiert war.

*

Ihr Picknickkorb war an der Reihe. Nicoles Herz schlug ihr bis zum Hals. Als der Versteigerer ihn hochhielt, wäre sie am liebsten im Erdboden versunken. Sie hatte zwar gewusst, dass es besser wäre, ihn wie Reginas zu dekorieren, aber ihre Versuche waren kläglich gescheitert. Die Bänder und Schleifen waren ihr einfach nur albern vorgekommen, die Spitzen erst recht. Blumen hatte sie noch schlimmer gefunden, und schließlich hatte sie ihren Korb einfach nur tiefrot angemalt. Alle anderen Körbe waren weiß oder pastellfarben, mit Schleifchen und Bändern und anderem weiblichen Flitterkram verziert. Nicole war klar, dass ihr Korb hier ein grässlicher Schandfleck war.

Als der Auktionator ihn hochhielt, wurden seine Augen immer größer, und aus der Menge ertönte lautes Kichern. »Nun, was haben wir denn da?«, murmelte er. »Aber was immer sich in diesem ungewöhnlichen Korb befindet, es riecht hervorragend! Wer bietet als Erster?«

Niemand rührte sich, und Nicole wurde heiß. Sie versuchte, sich auf den plumpen Versteigerer zu konzentrieren, der ihren schrecklich bemalten Korb noch immer hochhielt.

»Nun kommen Sie schon, meine Herren, trauen Sie sich!«, rief er. »Wer fängt an? Höre ich da irgendwo fünf Pfund? Fünf Pfund, meine Herren …«

»Wessen Korb ist es denn?«, rief jemand laut.

Die Namen der Mädchen, von denen die Körbe stammten, waren nicht offiziell bekannt, aber meist bedurfte es keiner Nachfrage, denn die Verehrer bemühten sich schon im Vorfeld, die richtigen Körbe auszumachen. Nun ertönten ein paar abfällige Rufe, denn so eine Frage war hier zum ersten Mal gefallen. Am liebsten hätte sich Nicole in Luft aufgelöst, als der Auktionator auf das kleine Etikett auf dem Tisch blickte und dann ihren Namen vorlas.

Erst verstummte die Menge, dann richteten sich Hunderte Blicke auf sie, und dann sagte jemand: »Zehn Pence!«

Dieses lächerlich niedrige Gebot wurde mit grölendem Gelächter begrüßt.

Nicole stand da wie gelähmt. Das durfte doch einfach nicht wahr sein! Sie wurde hier zum Gespött aller Leute.

»Zehn Pence«, schnarrte der Versteigerer, erleichtert, endlich ein Gebot zu haben. »Höre ich da ein Pfund? Wer bietet ein Pfund?«

»Ein Pfund«, stotterte jemand.

Nicole stiegen die Tränen in die Augen, so dass sie den neuen Bieter kaum erkennen konnte. Doch sie bemerkte, dass er ein weißes Leinensakko trug und ziemlich betrunken wirkte. Unwillkürlich warf sie einen gequälten Blick auf den Herzog, der den Mann in Weiß wütend anfunkelte und den Eindruck erweckte, als würde er ihm liebend gern die Gurgel umdrehen. Doch dann wandte er sich um und sah zu ihr herüber.

Das Mitleid, das sie in seinem Blick entdeckte und das seine Züge weich werden ließ, war zu viel für sie. Das war das Letzte, was sie von ihm erwartet hätte, und es drohte, sie völlig aus der Fassung zu bringen. Nicole holte tief Luft und starrte auf den Boden. Es kostete sie ihre ganze Kraft, nicht in Tränen auszubrechen. Plötzlich nahm sie jemand bei der Hand. Es war Regina. Die Versteigerung bewegte sich offenbar nicht über ein Pfund hinaus, und das war ebenso demütigend, als hätte überhaupt keiner ein Gebot abgegeben.

»Ich hasse sie«, sagte Regina. »Lass uns heimgehen!«

Nicole konnte nicht antworten.

»Ein Pfund«, dröhnte der Versteigerer. »Zum ersten, zum zweiten ...«

Doch da ertönte eine tiefe, starke Stimme, eine, die sie sehr gut kannte und die alles um sie herum verstummen ließ. »Fünfhundert Pfund«, sagte der Herzog von Clayborough.

Ein verblüfftes Schweigen senkte sich auf die Menge, nur der Auktionator schlug strahlend seinen Hammer auf den Tisch. »Fünfhundert Pfund!«, brüllte er. »Höre ich fünfhundertfünfzig? Na gut, fünfhundert zum Ersten, zum Zweiten .... wer bietet mehr? ... zum Dritten! Verkauft an den Herzog von Clayborough für fünfhundert Pfund!«

11

Elizabeth brach als Erste das verblüffte Schweigen. »Hadrian, sieh nur, was du getan hast!«, rief sie.

Der Herzog zuckte zusammen. Sein Blick schweifte über Elizabeths Kopf hinweg hin zu Nicole. Sie war fassungslos, ihre Augen weit aufgerissen. Als ihr Korb an die Reihe gekommen war, hatte den Herzog ein grimmiger Zorn auf seine Standesgenossen ergriffen, die ihren Spott mit Nicole trieben. Finster hatte er beobachtet, wie sie versuchte, den Schmerz zu verbergen, der sich jedoch in ihrer stolzen, versteinerten Miene deutlich abzeichnete. Er hätte Roberts Freund für sein absolut lächerliches Gebot umbringen können. Und als er merkte, dass es kein höheres Gebot geben würde, dass Nicoles Picknick-Korb tatsächlich für diese beschämende Summe weggehen sollte, konnte er nicht anders, als sie mit seinem Gebot zu retten.

Nichts hätte ihn davon abhalten können, sie vor dieser Schmach zu bewahren – aber er zog es vor, sich zu sagen, dass er auch jedem anderen in ähnlichen Nöten beigestanden hätte. Jedenfalls zog er es vor, seine Motive nicht weiter zu erforschen. Aber wie würde es Elizabeth auffassen?

Sie klatschte in die Hände. »Du bist ein Held!«

Seine Augen weiteten sich.

Strahlend schmiegte sie sich an ihn. »Wie klug du bist! Jetzt wissen alle, dass sie unter deinem Schutz steht, und niemand wird es wagen, sich noch einmal so über sie lustig zu machen!«

»Bist du denn wirklich so völlig ohne Arg?«, fragte er leise.

Verwirrt blickte sie ihn an.

Einen kleinen Teil der Wahrheit musste er ihr einfach gestehen. »Es hat mich erbost, dass man sie hier vor aller Augen verhöhnte. Misshandlungen gleich welcher Art kann ich einfach nicht dulden.« Kurz dachte er daran, wie grausam sein Vater seine Mutter verhöhnt hatte. Und wie Francis seinen eigenen Sohn verhöhnt, den Knaben bei jeder Gelegenheit verspottet hatte, alles, worauf das Kind eigentlich hätte stolz sein können, ins Lächerliche gezogen hatte. Das Kind … das er gewesen war.

»Ich weiß, und deshalb habe ich dich so gern«, sagte sie und drückte seinen Arm. »Die Leute warten, Hadrian. Du musst ihren Korb holen.« Der Auktionator hatte bereits mit der Versteigerung der restlichen Körbe begonnen.

»Ich habe ihren Korb doch nur gekauft, um ihr aus der Patsche zu helfen, Elizabeth, und nicht, um mit ihr zu Mittag zu essen.« Schon als er dies sagte, spürte er eine merkwürdige Enttäuschung.

»Das musst du aber, Hadrian! Wenn du es nicht tust, denken die Leute, ich missbillige dein Tun und bin eifersüchtig. Es gibt einen Skandal, und du machst alles wieder zunichte. Du musst mit ihr essen!«

Er war schockiert. Seine eigene Verlobte schickte ihn in die Arme einer anderen Frau, einer Frau, die er noch immer heftig begehrte, obgleich er sich fest vorgenommen hatte, es nicht mehr zu tun. Natürlich hatte Elizabeth keine Ahnung, wie sehr Nicole ihn beschäftigte. »Dann essen wir zu dritt«, sagte er bestimmt, obwohl er diese Lösung noch peinlicher fand, als mit Nicole alleine zu essen.

»Nein, nein«, erwiderte Elizabeth ebenso bestimmt. »Ich bin zu müde. Ich habe mich mit deiner Mutter den ganzen Tag um die Vorbereitungen gekümmert. Wenn du heute Abend mit mir essen möchtest, muss ich mich am Nachmittag noch ein wenig hinlegen.«

»Dann bringe ich dich nach Hause.«

»Und Nicole soll hier alleine bleiben und noch einmal zum Gespött der Leute werden? Nein, das geht nicht! Ich schicke dir die Kutsche dann wieder her.« Sie lächelte ihn liebevoll an, dann drehte sie sich um und winkte der völlig verunsicherten Nicole aufmunternd zu.

Der Herzog versuchte es ein letztes Mal. »Elizabeth, wenn du jetzt gehst, werden die Leute denken, dass du schrecklich beleidigt bist.«

Elizabeth lachte fröhlich und zeigte allen, dass sie bester Laune war. »Im Gegenteil – alle werden sehen, wie sehr ich dir vertraue, und bald werde ich auch allen meinen Freundinnen erklären, wie sehr ich mich darüber freue, dass du deinen Schutz auf Lady Shelton ausgedehnt hast.«

Natürlich wühlten ihn diese Worte schrecklich auf. *Wie sehr ich dir vertraue.* Wie sehr sie sich irrte!

In seinem Leben hatte es schon viele Frauen gegeben. Von einem Gentleman wurde nicht erwartet, seiner Gattin treu zu sein, erst recht nicht seiner Verlobten; fast jeder Gentleman hatte eine Mätresse. Diese Frauen waren natürlich nicht adelig, und deshalb spielte es auch keine Rolle. Es wurde akzeptiert, ja sogar erwartet. Die adligen Damen waren sogar froh, wenn ihre Gatten sich bei anderen holten, was sie brauchten, denn Ladys waren zu vornehm, die Gelüste ihrer Männer zu befriedigen, solange es nicht um die Zeugung von Nachkommen ging. Aber eine Liaison mit Nicole Shelton war undenkbar. Es hätte nicht nur Elizabeths Vertrauen erschüttert, sondern auch den Ehrenkodex verletzt, an den sich der Adel hielt; Lady Nicole Shelton war schließlich eine Adlige.

Hadrian führte Elizabeth durch die Menge und versuchte, an nichts zu denken. Es fiel ihm schwer. Sein Herz pochte und seine Gedanken kreisten keineswegs um seine Verlobte, zumindest nicht so, wie sie es hätten tun sollen. Er war sich viel zu sehr der großen, dunklen Frau am Rand der Wiese bewusst. »Dann bis heute Abend, Hadrian!«, sagte Elizabeth, nachdem sie bei seiner Kutsche angelangt waren.

Der Herzog nickte und half ihr beim Einsteigen. Dann trat er einen Schritt zurück und blickte der abfahrenden Kutsche nach. Als ihm Elizabeth ein letztes Mal zuwinkte, brachte er nur mit großer Mühe ein Lächeln zustande.

*

Nicole sah die beiden weggehen. Sie konnte noch immer kaum fassen, was soeben geschehen war. Warum hatte er ihren Korb ersteigert, und obendrein zu einem derart unglaublich hohen

Preis? Wie konnte er so etwas vor Elizabeths Augen tun? Was hatte das Ganze zu bedeuten? Sei nicht töricht, versuchte sie sich zu warnen, aber sie war so aufgewühlt, dass diese Warnung im Vergleich zu dem, was der Herzog getan hatte, völlig nebensächlich erschien.

Und jetzt ging er also. Nicole stand noch immer unter der dicken, hohen Eiche, in deren Schatten sie sich zu Anfang der Versteigerung geflüchtet hatte. Natürlich ging er, was hatte sie denn erwartet? Dass er zu ihr kommen und sie auffordern würde, ihn zu begleiten, wie es all die anderen jungen Männer bei ihren Damen getan hatten? Hegte sie denn noch immer alberne romantische Vorstellungen über ihn? Wagte sie es tatsächlich, noch immer so kindisch zu sein?

Da ergriff Regina ihren Arm und erinnerte Nicole daran, dass sie nach wie vor neben ihr stand. »Ich glaube es nicht«, flüsterte sie aufgeregt. »Der Herzog von Clayborough hat deinen Picknick-Korb ersteigert. Ach, Nicole! Das ist ein wunderbares Zeichen! Damit hat er allen zu verstehen gegeben, dass man mit dir keinen Spaß treiben darf!«

Zitternd bemühte sich Nicole um ein kleines Lächeln. Bedeutete es das … oder noch viel mehr? Eine leise Hoffnung keimte in ihr auf, die sie jedoch gleich wieder zu ersticken suchte. Regina wusste nicht, wie oft sie schon in seinen Armen gelegen hatte, wie kurz sie davor gewesen war, sich ihm hinzugeben, ohne an seine Verlobung zu denken. Vielleicht, ach, vielleicht … »Lord Hortense wartet auf dich. Geh nur, ich fahre jetzt nach Hause und schicke dir die Kutsche wieder her.« Nicole wagte es nicht, ihre Gedanken zu Ende zu denken.

»Bist du dir sicher?«, fragte Regina, doch dann zupfte sie sie abermals aufgeregt am Arm. »Nicole! Sieh doch nur!«

Nicole folgte dem Blick ihrer Schwester. Es war unglaublich: Der Herzog, der die anderen weit überragte, bahnte sich einen Weg durch die Menge, allerdings nicht zu ihr, sondern zur Plattform. Ihr Blick eilte ihm voraus. Der Auktionator hatte die Bühne schon längst verlassen. Dort befand sich neben der fröhlichen grün-weißen Fahne und ein paar bunten Treibhausrosen nur noch ihr knallroter Korb. Unbeirrt schritt der Herzog auf ihn zu und hob ihn auf. Dann drehte er sich suchend um, entdeckte sie und begab sich auf den Weg zu ihr.

Den beiden Mädchen hatte es die Sprache verschlagen, beide waren völlig perplex, wenn auch aus unterschiedlichen Gründen.

Regina brach das Schweigen als Erste: »Ich glaube … ich glaube, er hat die Absicht, mit dir zu essen.«

»Das glaube ich nicht«, sagte Nicole unsicher, doch ihr Herz flatterte wie die Flügel eines Kolibris.

Da stand er auch schon vor ihnen. »Meine Damen«, sagte er sehr förmlich.

Regina erwachte als Erste aus ihrer Erstarrung und begrüßte ihn mit einem wunderschönen, formvollendeten Knicks. »Euer Gnaden, ich …« Sie schaute von ihm zu ihrer Schwester, fasziniert von der Intensität der Blicke, die die beiden austauschten. »Lord Hortense wartet auf mich«, stammelte sie nur, dann drehte sie sich um und floh.

Die Spannung zwischen ihnen, die dieser Tag noch verstärkt hatte, war schier unerträglich. Schließlich brach Nicole das Schweigen. Nervös befeuchtete sie die Lippen. »Alle starren uns an«, sagte sie. »Was hast du vor?«

»Lass sie doch starren.« Mit unbewegter Miene reichte er ihr seinen Arm. Hätte er doch nur gelächelt oder sonst eine Regung gezeigt! »Gehen wir?«

Nicole starrte fassungslos auf seinen Arm. »Ich – ich verstehe nicht recht.«

Sein Gesicht wurde hart. »Wir speisen zusammen, Lady Shelton, denn ich habe Ihren Korb ersteigert.«

»Aber … Elizabeth?«

»Elizabeth hat ihre herzliche Einwilligung erteilt, und wenn sie nicht so müde gewesen wäre, hätte sie sich uns angeschlossen.«

Nicole überkam eine grenzenlose Enttäuschung, die eigentlich völlig ungerechtfertigt war. »Ich verstehe.« Sie biss die Zähne zusammen und wandte sich ab, ohne den ihr dargebotenen Arm zu nehmen. Dabei spürte sie, wie etwas in ihr entzweiging: Ein mit Träumen gefüllter Ballon platzte. Was hatte sie sich denn erhofft? Dass er hier und jetzt in aller Öffentlichkeit seine Verlobung auflösen würde? Elizabeth den Laufpass geben würde, um mit ihr zusammen zu sein? Sie war für den Herzog und seine Verlobte nur jemand, den sie mit ihrer Wohltätigkeit bedachten, auch wenn der Herzog wahrscheinlich noch einige fragwürdigere Motive hatte.

Als der Herzog merkte, dass Nicole seinen Arm nicht nehmen wollte, ließ er ihn finster sinken.

Sie schritten nebeneinander über die Wiese, bis sie an eine Stelle kamen, die von drei flammend roten Ahornbäumen beschattet war.

Nicole blickte sich um, während der Herzog den Korb abstellte. Hier waren sie allen Blicken ausgesetzt, aber das und auch die Neugier in diesen Blicken war zu erwarten gewesen.

»Hast du eine Decke mitgebracht?«

»Wie bitte?«

Schroff wiederholte er seine Frage.

Nicole schüttelte den Kopf. Der Herzog zog seinen jagdgrünen Reitrock aus und legte ihn für sie auf den Boden. Nicole schaffte es nicht, ihm dafür zu danken, aber sie setzte sich auch nicht darauf, sondern starrte den Rock nur an.

»Ich versichere dir, dass ich keine Läuse habe.«

Sie funkelte ihn wütend an. »Das ist doch lächerlich. Erwartest du wirklich, dass wir uns jetzt setzen und höflich miteinander speisen?«

»Das erwarte ich nicht nur, das fordere ich«, sagte er ebenso wütend.

»Ich habe deine Wohltätigkeit nicht nötig!«, gab sie ihm erbost zurück.

»Ganz im Gegenteil«, erwiderte er, »die hast du sehr wohl nötig!«

»Ich habe dich nicht darum gebeten, meinen Korb zu ersteigern.«

»Nein, das hast du tatsächlich nicht.«

»Und warum hast du es dann getan?«, schrie sie bebend.

Die Ader an seinem Hals pulsierte sichtlich. »Weil dich offenbar kein anderer retten wollte«, sagte er schließlich.

»Wie galant von dir!«, rief Nicole, wobei ihr die Tränen in die Augen stiegen. »Niemand braucht mich zu retten und du schon gar nicht!«

»Vielleicht solltest du einmal ganz kurz deinen Stolz vergessen, Nicole. Wie oft hat er dich schon dazu gebracht, unüberlegt zu handeln? Wie oft hat er dir schon Probleme bereitet?«

»Das geht dich überhaupt nichts an!«

»Ich schlage vor, du setzt dich jetzt hin«, sagte er, und auch seinem Gesicht war nun deutlich der Zorn abzulesen. »Bevor wir hier zum Spektakel werden und alles zunichte machen.«

»Ich brauche deinen Schutz nicht«, sagte sie erbittert. »Geh doch und beschütze deine niedliche Elizabeth.«

»Sie braucht meinen Schutz wahrlich nicht, doch töricht, wie ich war, habe ich ihn nun einmal auf dich ausgedehnt, auch wenn du es mir nicht dankst. Und jetzt setz dich endlich hin!« Mit einer plötzlichen Bewegung drückte er unsanft auf ihre Schultern, so dass ihr nichts anderes übrig blieb, als sich rasch auf den Mantel zu setzen.

Er ließ sich neben ihr im Gras nieder, und als Nicole wieder aufspringen wollte, packte er ihre Hand und hielt sie gewaltsam an ihrem Platz. »Es starren noch immer viel zu viele Leute auf uns, und wenn wir uns hier streiten, wird das nur Anlass zu weiterem Klatsch geben. Hat es denn nicht schon genug Klatsch gegeben um dich, Nicole?«

Sie schloss die Augen. »Doch.«

Er ließ ihre Hand wieder los.

Als sie die Augen wieder öffnete, spürte sie, dass er sie intensiv anstarrte. Nicole hob den Kopf und bemühte sich, die heißen Tränen zurückzudrängen. Sie konnte dagegen ankämpfen, so viel sie wollte, sie konnte es leugnen, solange sie wollte, aber sie hatte seine Wohltätigkeit tatsächlich gebraucht, sie hatte seiner Rettung tatsächlich bedurft. Und wenn sie ganz aufrichtig war, dann wollte sie noch immer mehr von ihm.

Dieser Mann war unglaublich stark. Aus seiner Stärke erwuchs ein Charisma, dem sich niemand entziehen konnte. Wäre er ihr Mann gewesen, hätte sie sich ihm in die Arme geworfen und geweint – um die Vergangenheit, die sie nicht mehr ändern konnte, und um eine Zukunft, die sie verzweifelt ersehnte. Er wäre ihr Hafen, eine uneinnehmbare Festung, die sie so dringend brauchte, ein unbezwingbarer Schild vor dem Rest der Welt gewesen. Aber er war nicht ihr Mann, er gehörte Elizabeth, und diese Situation war einfach unerträglich.

Er beobachtete sie noch immer, viel zu eindringlich, so, als wolle er ihre geheimsten Gedanken lesen und ihre Gefühle erfahren. Seine Stärke umfing Nicole, vernebelte ihr die Sinne. Wieder einmal hatte sie nicht die Kraft, ihren Blick von ihm zu wenden.

Sie hatte Angst, dass er ihre verborgenen Gedanken lesen konnte. Angst, dass sie viel zu viel von dem preisgab, vor dessen Offenbarung sie sich so sehr fürchtete.

Sein Zorn war verflogen. Die verräterische Röte in seinem Gesicht war abgeflaut. Seine Augen hatten wieder den dunkelgoldenen Schimmer von Sherry, die hypnotischen Augen eines Tigers. Gebannt von diesem Blick konnte sich Nicole kaum noch bewegen und nur noch eines denken: Was würde jetzt geschehen?

Plötzlich hob er die Hand. Jetzt würde er sie sicher berühren. Er streckte die Hand nach ihrem Gesicht aus. In diesem Moment sehnte sich Nicole so sehr nach ihm wie noch nie. Doch ebenso plötzlich ließ er die Hand wieder sinken, wandte den Blick ab und griff nach dem Picknick-Korb.

»Vielleicht sollten wir etwas essen«, sagte er.

Abgrundtief enttäuscht erwiderte sie nichts. Sie sah ihm nur zu, wie er den Korb öffnete und anfing, dessen Inhalt vor ihr auszubreiten.

In diesem kurzen Moment verdichteten sich Nicoles aufgewühlte, verletzte Gefühle zu einem glühenden Ball explosiven Verlangens. Obwohl sie reglos dasaß und fest entschlossen war, ihm ihre Reaktion nicht zu offenbaren, begann sie zu zittern und ihr Körper verspannte sich so heftig, dass es schmerzte. Beinahe hätte er sie berührt – dessen war sie sich ganz sicher. Sie konnte an nichts anderes mehr denken.

Ihre Blicke trafen sich. Seine Augen funkelten ebenso wie die ihren, auch er konnte es nicht verbergen.

Oh Gott, dachte Nicole, als heftiges Verlangen wie eine riesige Welle über ihr zusammenschlug. In diesem Moment wurde ihr alles gleichgültig. Es gab nur noch den Herzog und sie. Die Blätter über ihnen, die Grashalme um sie herum, die festliche Menschenmenge im Park, die ganze Welt geriet in Vergessenheit. Es gab nichts und niemanden außer ihr und dem mächtigen, starken Mann ihr gegenüber.

Nur ihre Augen bewegten sich, ihr Körper war erstarrt. Doch die Augen nahmen gierig jeden Zug seines Gesichtes auf, verweilten auf seinen sinnlichen Lippen, erinnerten sich an die Leidenschaft, die Kraft, den verzehrenden Hunger dieser Lippen. Sie wanderten tiefer, zu den breiten Schultern, dem mächtigen Brustkorb, den nur ein schlichtes weißes Leinenhemd verbarg, dessen Kragenknöpfe offen waren, so dass der Ansatz des dichten, dunklen Brusthaars sichtbar wurde. Die langen, kraftvollen Beine steckten in eng sitzenden ledernen Stiefelhosen, die bis zu den Knien reichenden schwarzen Stiefel glänzten im Sonnenlicht. Verwundert wanderte ihr Blick zurück zu seinen Lenden, wo sich seine stark erregte Männlichkeit deutlich unter dem Stoff der eng anliegenden Hose abzeichnete. Eine ganze Weile schaffte sie es nicht, ihren Blick davon abzuwenden, schaffte es nicht, sich zu rühren, noch zu atmen.

Die Anspannung in ihrem Körper war so heftig, dass sie am liebsten aus ihrer Haut gefahren wäre. Plötzlich war ihr, als stünde ihr der Tod bevor, ein Tod, der sie direkt in den Himmel bringen würde.

Er fluchte. »Verdammt noch mal. Das ist unerträglich. Schluss damit!«

Nicole befeuchtete die Lippen und dachte völlig schamlos an seine Küsse, daran, wie es sich anfühlte, in seinen Armen zu liegen, und auch an andere Dinge, an die eine Lady nie denken würde.

»Ich schlage vor«, sagte er scharf, »dass du jetzt an etwas anderes denkst!«

Er kannte ihre geheimsten Sehnsüchte. Sie hob den Blick und ließ sich – mit Freuden – von dem Feuer verzehren, das in seinen Augen loderte.

»Ich kann nicht«, flüsterte sie.

Er atmete heftig aus. »Wenn du das nicht tust«, sagte er rau, »dann haben wir jetzt eine sehr lange Stunde vor uns.«

Sie sah ihn an, und nach und nach schafften es seine Worte, sie von ihren unziemlichen Gedanken abzubringen.

»Ich denke, eine Stunde sollte genügen – wenn wir es so lange aushalten.«

»Eine Stunde sollte genügen«, wiederholte sie langsam. »Es schickt sich, dass wir eine Stunde lang gemeinsam picknicken. Und dann musst du natürlich wieder zurück zu Elizabeth.«

»Ja.«

Die Worte wirkten ernüchternder als ein Kübel Eiswasser. Wie konnte sie hier sitzen und den Mann einer anderen Frau begehren, einen Mann, der praktisch schon deren Ehemann war? Es war schrecklich unmoralisch, ebenso unmoralisch wie ihr skandalöses körperliches Verlangen. Nicole schämte sich. Einige wenige Augenblicke lang hatte sie Elizabeth vergessen und hätte alles getan, um mit dem Herzog allein zu sein, allein, nur sie beide. Aber wie hatte sie es nur vergessen können? Sie durfte es nicht vergessen! Dieser Mann war einer anderen versprochen, er gehörte nicht ihr, sondern einer anderen. Sie konnte ihn nicht haben; hier zu sitzen und ihn schamlos zu begehren war der Gipfel der Niedertracht.

»Wir sollten hier nicht länger verweilen«, sagte sie abrupt. »Gehen wir. Du kannst ja all deinen wunderbaren Freunden berichten, dass ich eine höchst charmante Gesprächspartnerin war, aber plötzlich von schrecklichen Kopfschmerzen befallen wurde. Und natürlich solltest du auch Elizabeth danken, dass sie bei dieser Rettung so freundlich mitgewirkt hat.«

Er erwiderte nichts, doch sie fühlte seinen Blick. Sie weigerte sich, ihn noch einmal anzusehen. Es kam ihr vor, als würde sie einen langsamen Tod sterben, allerdings einen völlig anderen als den Tod der Verzückung, in dem sie sich noch vor wenigen Minuten gewähnt hatte.

»Du hast Recht«, sagte er mit belegter Stimme, schloss den Picknick-Korb und stand auf. Er streckte ihr die Hand entgegen, doch Nicole hatte Angst, ihn zu berühren, auch wenn sie nichts so sehr wollte. Sorgfältig vermied sie seinen Blick, sorgfältig achtete sie darauf, dass sich ihre Hände nicht versehentlich streiften, während sie ihm die Jacke reichte und wartete, dass er sie anzog.

Seite an Seite gingen sie durch den Park zu den Kutschen. Den Picknick-Grüppchen, denen sie dabei begegneten, nickte der Herzog kurz zu, einige begrüßte er mit einem raschen »Hallo«, während Nicole niemanden ansah, denn sie war mit dem Chaos ihrer Gefühle zu beschäftigt. Sie konnte es kaum erwarten, sich in die Dragmore-Kutsche zu flüchten. Doch gleichzeitig wünschte sie sich inständig, die bevorstehende Trennung möglichst lange hinauszuzögern; denn ihr war klar, dass diese Trennung endgültig sein würde. Am Montag würde sie nach Dragmore zurückkehren.

Der Kutscher öffnete die Tür der schwarz lackierten Kutsche. Nicole wollte schon einsteigen, da packte der Herzog sie am Arm und hielt sie zurück. So sorgfältig sie darauf geachtet hatte, ihn nicht mehr anzuschauen, so unmöglich war es ihr, sich jetzt an diesen Vorsatz zu halten. Ihre Blicke trafen sich und eine namenlose Regung, ein intimes, mächtiges Gefühl, entbrannte lichterloh in beiden.

»Nicole, wir müssen reden!«, sagte der Herzog heiser.

»Haben wir wirklich etwas zu bereden?«, fragte sie traurig.

Seine Züge verhärteten sich. Sekunden verstrichen, ohne dass er ihr eine Antwort gab. Offenbar kämpfte er mit sich. Dann wurde sein Griff wieder fester. »Wir werden reden. Meine Kutsche ist noch nicht da. Du kannst mich nach Clayborough bringen.«

»Ich werde nichts dergleichen tun!«

Aber der Herzog war entschlossen, und schon hatte er sie in

die Kutsche geschoben. Nicole landete ziemlich unsanft auf den schwarzen Ledersitzen. Ohne weitere Umstände stieg er ebenfalls ein, setzte sich neben sie und zog die Türe hinter sich zu. »Nach Clayborough!«, befahl er dem Kutscher. »Und danach können Sie Lady Shelton nach Hause bringen.«

»Jawohl, Euer Gnaden.« Der Kutscher verschwand, und die Fahrt ging los.

»Warum tust du das?«, rief Nicole.

Er wandte sich ihr zu. »Was wirst du nun tun?« Die Frage klang sachlich, doch in seinem Blick loderte ein Feuer, auf das Nicole sofort reagierte, denn ihr eigenes stürmisches Verlangen befiel sie immer wieder, seit er mit dem Picknickkorb gekommen war.

Sie brachte ein verzweifeltes Lächeln zustande. »Ich werde abreisen. Ich kehre am Montag nach Dragmore zurück.«

Er starrte sie an. Nicole konnte ihr Herz hämmern hören. Seine Nähe, die Art und Weise, wie er sie betrachtete, machten es ihr fast unmöglich, einen klaren Gedanken zu fassen, auch wenn sie die winzige Hoffnung hatte, er würde gegen ihre Pläne Einspruch erheben. Doch das tat er nicht.

Stattdessen wandte er sich von ihr ab, so dass sie nur noch sein versteinertes Profil sehen konnte, und starrte aus dem Fenster. Nicole hätte am liebsten geweint – oder ihre Hand nach ihm ausgestreckt.

Sie tat weder das eine noch das andere.

Er drehte sich wieder zu ihr um. »Dann müssen wir uns also verabschieden«, sagte er grimmig.

»Ja.«

Wieder wuchs die spannungsgeladene Stille.

»Nicole ...«

Sie wartete, wartete auf einen Einspruch – oder zumindest eine Stellungnahme.

»Du bist einzigartig«, sagte er.

Das war das größte Kompliment, das er ihr machen konnte. Nun konnte sie ihren Tränen nicht mehr Einhalt gebieten. Langsam begannen sie, ihre Wangen hinabzurinnen.

»Hör auf zu weinen«, befahl er ihr, doch seine Hand wanderte zu ihrem Gesicht. »Warum weinst du denn?«

Sie schüttelte nur wortlos den Kopf, ohne den Blick von ihm abzuwenden. Er beugte sich zu ihr. Sie bewegte sich nicht, auch wenn sie wusste, was gleich kommen würde, auch wenn sie wusste, dass sie sich widersetzen sollte. Aber das würde ihr letzter Kuss sein und diesen wollte sie für alle Zeiten im Gedächtnis bewahren.

Er nahm ihr Gesicht in beide Hände und legte seinen Mund auf ihren.

Es war ein zarter Kuss, fast so, als bestünde echte Zuneigung zwischen ihnen. Dann glitt seine Hand weiter, hinab zu ihrem Nacken, und sein Griff wurde fester, sein Mund verlangender, drängender.

Nicole hatte zu weinen aufgehört. Nun schrie sie auf, ermutigte ihn und griff nach den Aufschlägen seines Rockes. Ohne zu zögern glitt sie unter seinen Körper. Seine Arme hielten sie umschlungen, ihre Zungen trafen sich in fieberhafter Gier, und sie spürte, wie er seine dicke, harte, heiße Männlichkeit zwischen ihre Beine schob. Dann begann er sich beharrlich, mit wachsender Hemmungslosigkeit auf ihr zu bewegen,.

Sie wollte nicht, dass es jemals aufhörte. Sie wollte ihn nie wieder loslassen. Sie wollte ihn nicht an eine andere Frau verlieren, egal, an welche. Sie wollte, dass er ihr gehörte.

Er bäumte sich über ihr auf. Nicole klammerte sich an ihn und ließ ihn tun, was er tun wollte. Die geballte Spannung in ihr wuchs, drohte zu explodieren, sie völlig zu benebeln.

Er hörte auf, sich zu bewegen. Schwer atmend lag er auf ihr. Auch Nicole keuchte. Sie merkte, dass sie die Beine um seine Hüften geschlungen hatte. Am liebsten wäre sie gestorben – aber nicht vor Scham. In diesem Augenblick dachte sie überhaupt nicht an Scham.

»Die Kutsche steht«, sagte er schließlich prosaisch. »Sie steht schon seit geraumer Zeit.«

Nicole schloss die Augen.

»Wenn ich kein Ehrenmann wäre, würden wir es hier an Ort

und Stelle zu Ende bringen.« Der Herzog wälzte sich von ihr herab.

Es dauerte eine ganze Weile, bis sie imstande war, sich aufzurichten. Er saß starr neben ihr und beobachtete sie. »Das war nicht der Grund, weshalb ich mich von dir nach Hause bringen lassen wollte.«

»Ich weiß.«

»Das hatte ich keineswegs beabsichtigt.«

»Es tut mir nicht Leid.«

Er starrte vor sich hin.

Der Drang, ihrer Traurigkeit nachzugeben, überfiel sie erneut. Und wieder wartete sie darauf, dass er ihr sagte, sie möge London nicht verlassen.

»Leb wohl«, murmelte der Herzog stattdessen, dann riss er schroff die Tür auf und stieg aus.

Bevor er die Tür zuschlug, erhaschte Nicole noch einen letzten Blick auf sein Gesicht. Es war streng und unbeteiligt. Unvergesslich. Sie würde ihn nie vergessen. Sie schlang die Arme um sich, wie um sich Trost zu spenden, denn der Raum um sie herum war nun leer und kalt. Allein, eingehüllt in das dämmrige Licht, spürte sie, wie ihr wieder die Tränen kamen.

Die Kutsche fuhr an. Sie hatte das Gefühl, dass er sie noch immer beobachtete. Und dann glaubte sie, ihn noch einmal zu hören.

»Nicole!« Ein leises, drängendes Flüstern.

Sie wagte es nicht, aus dem Fenster zu blicken. Stattdessen wischte sie tapfer und entschlossen die Tränen weg und stellte sich der Dunkelheit.

12

Martha folgte Nicole nach oben in ihr Schlafzimmer. Sie hatte aufgrund anderer Verpflichtungen nicht an dem Picknick teilnehmen können, aber natürlich hatte sie bereits alles erfahren. »Willst du mir etwa sagen ...«, begann sie, unterbrach sich aber, als sie Annie bemerkte, die junge Zofe, die gerade Kleider faltete, die in einem riesigen Haufen auf Nicoles Bett lagen, und sie packte. »Wo willst du denn hin?«

Nicole sagte Annie, sie könne später weitermachen, dann wandte sie sich wieder ihrer besten Freundin zu. »Wohin wohl? Ich kehre nach Dragmore zurück.«

»Aber du kannst doch jetzt nicht von London weg!«

»Und warum nicht?«

»Weil du die Billigung des Herzogs gefunden hast und andere bald seinem Beispiel folgen werden. Dein Leben wird sich völlig umkrempeln – da kannst du nicht weg!«

Nicole biss sich auf die Lippen. Sie musste London verlassen, es ging nicht anders. Gestern hatte ein Abschied stattgefunden, ein endgültiger. Sie hatte keine andere Wahl.

Aber Dragmore war keine Zuflucht mehr für sie. Dragmore lockte sie nicht mehr wie früher, es kam ihr plötzlich grässlich öde vor. Sie war ernsthaft versucht zu bleiben, schon die geringste Ermutigung hätte ihren Entschluss ins Wanken gebracht. Aber sie musste einfach weg. Sie hatten sich verabschiedet. In London zu bleiben, wo sich der Herzog von Clayborough und seine Verlobte aufhielten, wäre einfach zu qualvoll gewesen. »Es bricht mir jedes Mal das Herz, wenn ich mit ihm zusammen bin«, sagte sie leise.

»Ach, Nicole«, murmelte Martha und nahm ihre Hand. »Wenn du es genau wissen willst: Ich glaube, er hat Gefallen an dir gefunden, und deshalb hat er auch deinen Picknick-Korb ersteigert. Aber er ist ein Ehrenmann und wird Elizabeth nie verlassen. Alle wissen, dass sie von einer seltsamen Mattheit geplagt ist und dass sie das Picknick deshalb so früh verlassen hat. Sie hat sich wohl bei den Vorbereitungen überanstrengt. Gestern Abend hat er sie ins Theater ausgeführt, aber sie sind nicht bis zum Schluss geblieben.«

Nicole begann, unruhig hin und her zu laufen. »Ich weiß, Martha, und eben deshalb kann ich nicht bleiben. Ich muss dir die Wahrheit gestehen: Ich – ich habe Angst vor meinen Gefühlen für ihn. Ich – ich begehre ihn, und das ist unschicklich, weil er einer anderen gehört. Es ist schändlich.« Nicole blickte prüfend auf Martha. Hatte ihre Freundin sie verstanden?

Doch selbst wenn Martha die Tragweite dieser Worte begriff, ließ sie sich nicht weiter darauf ein; das Thema war selbst für beste Freundinnen zu intim. »Wahrscheinlich hast du Recht; du solltest nach Dragmore, bis du ihn vergessen hast. Aber jetzt ist es so weit, dass du wieder in die Gesellschaft zurückkehren kannst, und früher oder später wirst du ihn vergessen haben. Wenn du bleibst, findest du rasch einen anderen, dessen bin ich mir ganz sicher.«

»Ich will keinen anderen.«

»Warum sollte sie einen anderen finden?«, fragte Regina, die auf der Schwelle stand. »Und wo willst du hin, Nicole?«

»Du solltest klopfen!«, tadelte sie Martha.

Regina lächelte unschuldig.

»Warum? Hat meine Schwester etwas zu verbergen?« Sie machte die Tür hinter sich zu und fragte aufgeregt: »Was ist gestern passiert? Nicole, du hättest sehen sollen, wie der Herzog dich angeschaut hat!«

Die Worte ihrer Schwester quälten sie, gleichzeitig ließen sie sie hoffnungsvoll erschaudern, obwohl sie sehr gut wusste, dass es hoffnungslos war. »Wie hat er mich denn angeschaut?« Eigentlich wollte sie es gar nicht so genau wissen, aber sie hätte sich ihre Zunge blutig beißen müssen, um diese Frage nicht zu stellen.

»Als wärst du die einzige Frau auf der Welt.«

»Bitte, Regina!« Nicole musste sich hinsetzen. »Da irrst du dich sicher.«

Regina setzte sich neben sie. »Und du magst ihn auch, das war offenkundig.«

»Offenkundig?«, wiederholte Nicole entsetzt und lief tiefrot an.

»Für mich«, tröstete sie Regina. »Stimmt es, dass du ihn mit unserer Kutsche heimgebracht hast?«

»Ja, das stimmt.« Röter konnte Nicole nun nicht mehr werden, auch wenn ihr alle Details der letzten Begegnung einfielen, die sie niemals vergessen würde.

»Elizabeth ist unheimlich nett«, sagte Regina, »aber mit dir natürlich nicht zu vergleichen. Ich bete, dass der Herzog sie dir zuliebe sitzen lässt.«

»Regina!«, ermahnte Martha sie scharf. »Flüstere deiner Schwester keinen solchen Unsinn ein. So etwas würde er nie tun.«

»Du bist eine richtige Langweilerin«, erwiderte Regina erregt. »Die Liebe macht alles möglich!«

Nicole stand auf, während die beiden anderen noch ein wenig zankten. Sie wusste, dass Martha Recht hatte, auch wenn ihre romantische Seite sich nichts sehnlicher als das Gegenteil wünschte. Sie konnte sein goldenes Bild und ihren gestrigen Abschied einfach nicht aus ihren Gedanken bannen. Inzwischen war sie sich sicher, dass er tatsächlich noch ihren Namen gerufen hatte. Warum hatte er das getan? Hatte er sie wirklich so angeschaut, als wäre sie die einzige Frau auf der Welt? Nicole rieb sich die pochenden Schläfen. Sie durfte nicht weiter auf Regina hören, die ohnehin nichts von den Männern und ihrer Art verstand.

Martha holte sie wieder in die Gegenwart zurück. »Du darfst London jetzt nicht verlassen, Nicole, ich beschwöre dich! Der Herzog bleibt nie sehr lange in der Stadt, und wenn er hier ist, begibt er sich nur selten in die Gesellschaft. Natürlich werdet ihr euch ein paar Mal über den Weg laufen, aber sicher nicht oft. Wenn du jetzt gehst, findest du dich damit ab, dein Leben als alte Jungfer auf dem Land zu fristen. Tu es nicht!«

Nicole blickte Martha fest an. Sie dachte daran, wie der Herzog ihr gesamtes Leben auf den Kopf gestellt hatte. Sie war zufrieden gewesen – bis sie ihm bei den Adderlys begegnet war. Davor hatte sie sich nie so töricht und schmerzhaft nach etwas gesehnt, was sie nicht haben konnte. Sie hatte ihr Leben geliebt, so wie es gewesen war.

Doch damit war es vorbei. Selbst wenn sie ihn nur ein einziges Mal getroffen hätte, hätte sie ihn nie vergessen können. Aber sie hatte ihn mehrmals getroffen, und nicht nur als flüchtigen Bekannten. Seine Ausstrahlung war stark, mächtig, lodernd – wie die der Sonne. Und wie die Sonne war er eine Lebenskraft für sie, der sie sich nicht entziehen konnte. Er hatte ihr Lebensmuster, die Harmonie ihres Lebens unwiderruflich durcheinander gebracht. Und selbst wenn er gar nicht anwesend war, war er dennoch da und würde immer da sein – wie die Sonne.

Sie konnte sich nicht mehr vorstellen, auf Dragmore zu leben. Das Leben dort kam ihr plötzlich unerträglich einsam vor. Früher hatte sie sich nie einsam gefühlt, doch nun peinigte sie dieses Gefühl und sie hasste es.

»Ich weiß nicht – ich muss darüber nachdenken.«

Auch Regina ermunterte sie zu bleiben, aber Nicole versuchte, nicht auf ihre kleine Schwester zu hören, die immer wieder meinte, die Liebe erblühe doch zwischen allen möglichen Leuten, warum also nicht auch zwischen ihr und dem Herzog. Wie naiv und jung ihre Schwester doch war, solchen Jungmädchenträume nachzuhängen! Außerdem musste sich Nicole noch etwas anderem stellen, was sie nicht länger verdrängen konnte: Es gelang ihr nicht, Elizabeth zu hassen, so sehr sie es auch versuchte. Sie kannte sie zwar nicht sehr gut, aber das war auch gar nicht nötig. Elizabeth war einer der freundlichsten Menschen, denen Nicole je begegnet war. Selbst wenn Regina Recht hatte, selbst wenn der Herzog Elizabeth verlassen und sich für sie entscheiden würde, hätte es sich Nicole nie verzeihen können, der jungen Frau eine derartige Verletzung zugefügt zu haben. Für diese schreckliche Lage gab es keine glückliche Lösung, es gab nur die eine: Sie musste den Herzog von Clayborough vergessen.

Aber wie konnte man der Sonne entkommen?

Der Herzog trat mit wirrem Haar und gerötetem Gesicht – der Wind war recht frisch gewesen – in das Foyer seiner Londoner Residenz. Er hatte einen langen Morgenritt durch den Park und die Themse entlang unternommen. Er war geritten, als wären Dämonen hinter ihm her gewesen, hart, schnell und kühn, denn er hatte versucht, seinen Gedanken zu entkommen. Und es war ihm auch gelungen, denn er hatte sich ganz auf das Pferd konzentrieren müssen, das er sich ausgesucht hatte, einen besonders wilden, gefährlichen und unberechenbaren Hengst.

Er hatte noch nicht gefrühstückt, und im Speisesaal wartete ein Brunch mit geräuchertem Lachs und Renken auf ihn. Über die Herzoginwitwe, die ihn dort ebenfalls erwartete, wunderte er sich nicht, denn er hatte ihre Kutsche vor dem Anwesen stehen sehen. Normalerweise freute er sich über seine Mutter, nur heute nicht, weil er sich schon denken konnte, warum sie ihn besuchte.

Die schlechte Laune, die er neuerdings ständig hatte, verstärkte sich.

»Guten Morgen, Mutter«, sagte er, küsste ihr die Wange und setzte sich an den Tisch.

Isobel erwiderte seinen Gruß und schenkte ihm Tee ein, den er schwarz trank. »Gestern haben wir tausendfünfhundertachtundzwanzig Pfund eingenommen«, sagte sie beiläufig, doch ihr Blick verriet sie.

Hadrian lehnte sich zurück. »Inklusive meines Beitrags?«

Isobel sah ihn scharf an. »Jawohl.«

»Nur zu, ich weiß, dass du es kaum erwarten kannst, mir die Leviten zu lesen.«

»Ich weiß überhaupt nicht, ob ich das möchte«, sagte Isobel und musterte ihren Sohn eindringlich. »Ich fand ihre Nöte entsetzlich, und ich fand es toll, dass du sie gerettet hast. Andererseits …«

Er zog eine Braue hoch.

»Hadrian, bitte sag mir, dass zwischen euch beiden nichts ist.«

»Findest du nicht«, sagte er entschlossen, »dass es sich nicht gehört, so etwas zwischen Mutter und Sohn zu erörtern?«

»Da dein Vater tot ist, bleibt mir keine andere Wahl.«

»Man hat immer eine Wahl, Mutter.«

»Hadrian?«

»Ich habe versucht, Nicole Shelton vor weiterem Spott zu bewahren. Dabei sollten wir es belassen.«

Doch Isobel gab sich damit nicht zufrieden. »Elizabeth liebt dich, Hadrian.«

Er zuckte zusammen. »Und ich habe sie sehr gern, das habe ich mein Leben lang getan. Ich war bei ihrer Taufe, ich habe sie auf meinen Knien reiten lassen. Sobald sie laufen konnte, ist sie mir überallhin gefolgt. Ich werde unsere Verlobung nicht lösen, Mutter.«

Isobel wusste, dass es ihm ernst damit war. Aber seine Worte beschwichtigten ihre Ängste nicht. Sie wusste nur allzu gut, dass Herzensangelegenheiten ungeachtet möglicher Folgen ihre ganz eigenen Wege einschlagen konnten. Und sie hatte schreckliche Angst, dass das bei ihrem Sohn und Nicole Shelton passieren könnte.

Sie hatte weiß Gott nicht das Recht, über jemanden zu richten, denn einst war sie selbst einer solchen verbotenen Leidenschaft erlegen – auch wenn die Umstände damals völlig anders gewesen waren. Francis war ein grausamer, treuloser Gatte gewesen. Hadrians Worte unterbrachen ihre Gedanken. »Ich mache mir Sorgen um Elizabeth«, sagte er. »Ich bin jetzt davon überzeugt, dass sie krank ist, wie du ja schon bemerkt hast. Sie nimmt immer weiter ab und ermüdet zusehends schneller. Ich habe einen Arzt bestellt.«

»Ja, das ist sicher richtig«, sagte Isobel. »Weiß Elizabeth es schon?«

Der Herzog blickte sie finster an. »Ja, und diesmal hat sie nicht protestiert.«

Beide wussten, was das zu bedeuten hatte: Noch bis zu diesem Tag hatte Elizabeth beharrlich behauptet, es ginge ihr gut. Wenn sie jetzt einen Arzt akzeptierte, gab sie zu, dass etwas nicht stimmte.

Plötzlich musste Isobel an Nicole Shelton denken und daran, dass sie das genaue Gegenteil von Elizabeth war. Die beiden waren verschieden wie Tag und Nacht. Ja, sie konnte verstehen, dass Hadrian sich zu ihr hingezogen fühlte, denn Nicole war stark, intelligent, voller Leben und kerngesund – genau die richtige Partnerin für jemanden, der so stark und dynamisch war wie ihr Sohn. Wenn da nicht Elizabeth gewesen wäre, hätte sie so einer Verbindung aus vollstem Herzen zugestimmt, Skandal hin oder her. Plötzlich bedauerte sie die Einladung, die sie heute Morgen verschickt hatte. Vielleicht war dies ein schrecklicher Fehler gewesen.

*

Spät am nächsten Tag kehrten der Graf und die Gräfin nach London zurück. Nicole war noch nicht abgereist, sie war noch immer hin- und hergerissen zwischen Dragmore, vor dem ihr inzwischen graute, und London, wo sie auf kaum mehr hoffen konnte als einen gelegentlichen flüchtigen Blick auf den Herzog. Nach dem Abendessen fragte die Gräfin, ob Nicole sie nicht auf einen kleinen Plausch in ihrer Suite besuchen wollte.

Nicole war oft mit ihrer Mutter zusammen, aber nicht am Abend und nicht in diesen Räumlichkeiten. Ihr war klar, dass ihre Mutter etwas besprechen wollte. Sie setzte sich auf eine kirschrote Ottomane vor dem Kamin und blickte Jane erwartungsvoll an.

Jane schenkte zwei Gläser Sherry ein und setzte sich neben sie auf einen kleinen gestreiften Zweisitzer. »Schätzchen, ich habe gehört, dass du dabei bist zu packen.«

Nicole nahm das angebotene Glas. »Ich hatte beschlossen, nach Dragmore zurückzukehren. Aber jetzt bin ich mir nicht mehr sicher.« Sie sah ihre Mutter an. Am liebsten hätte sie ihr alles anvertraut, aber sie wusste, dass dies unmöglich war.

»Ist es wegen des Herzogs von Clayborough?«, fragte ihre Mutter leise.

Nicole versuchte, nicht allzu hörbar einzuatmen.

»Ich habe gehört, was auf dem Wohltätigkeits-Picknick passiert ist«, sagte Jane und drückte die Hand ihrer Tochter.

»Ach, Mutter.« In Nicoles Hals hatte sich ein Kloß gebildet. Rasch wandte sie ihren Blick ab und starrte intensiv auf ihre verschränkten Hände.

»Vertraue dich mir an, mein Schatz!«

»Ich kann nicht.«

»Nichts, was du mir erzählst, könnte mich erschüttern. Außerdem weiß ich wohl ziemlich genau, was in dir vorgeht.«

Nicole brachte den Mut auf, ihre Mutter anzuschauen. Natürlich wäre Jane erschüttert, wenn sie erfahren würde, was zwischen ihrer Tochter und dem Herzog vorgefallen war. Nicole hatte eigentlich nicht beabsichtigt, es ihr zu gestehen, aber sie trug einfach zu schwer an ihrer Last. »Wahrscheinlich hast du Vater gegenüber dieselben Gefühle empfunden«, sagte sie unsicher. Sie war fassungslos über diese Worte, fassungslos, was sie enthüllten, und zwar nicht ihrer Mutter, sondern ihr selbst.

Jane war ebenfalls bestürzt, denn bis jetzt war sie nicht sicher gewesen, wie stark die Gefühle ihrer Tochter für den Herzog von Clayborough waren. »Ich bin deinem Vater weggelaufen«, sagte sie, was Nicole so überraschte, dass sie etwas von ihrem Sherry verschüttete. »Er hatte mich heiraten wollen, aber ich glaubte, er habe nur deshalb eingewilligt, weil er mich kompromittiert hatte.« Die ganze Wahrheit wollte sie ihrer Tochter nicht erzählen; sie hatte nämlich den Grafen verführt, indem sie in sein Bett gestiegen war, als er ziemlich betrunken gewesen war. »Ich liebte ihn so sehr, dass ich es nicht ertrug, seine Frau zu werden, wenn er mich nicht ebenso liebte.«

»Ich glaube, das kann ich verstehen.«

»Liebst du ihn? Denn Liebe war es, was ich für deinen Vater empfand, und zwar von unserer ersten Begegnung an.«

Nicole wandte sich ab und starrte ins Feuer. Lange saß sie schweigend da, sie hatte Angst zu antworten, sie hatte Angst vor ihrer Antwort. Schließlich sagte sie: »Er liebt mich nicht. Er liebt Elizabeth, sie ist freundlich und gut. Und ich mag sie inzwischen auch, obgleich ich sie anfangs hasste. Mich begehrt er nur.«

Jane runzelte die Stirn. »Die Liebe zwischen zwei Menschen ist ein seltenes, sehr kostbares Geschenk, Nicole. Selten und kostbar. Ich glaube, wenn er Elizabeth wirklich liebte, würde er dich nicht begehren. Aber das spielt jetzt keine Rolle. Der Herzog ist ein Mann, der zu seinem Wort steht; er würde seine Verlobung nie lösen. Ich bin froh, dass du die Lage klar erkennst. Du bist jung und stark – ich weiß, dass du ihn vergessen kannst.«

Nicole wandte sich wieder zu ihrer Mutter. In ihren Augen standen Tränen. »Ich werde ihn nie vergessen, Mutter, niemals! Aber das spielt tatsächlich überhaupt keine Rolle.«

Jane stand auf und nahm ihre Tochter tröstend in die Arme, wie sie es so oft getan hatte, als diese noch ein Kind war. Erst als Nicole sich etwas gefasst hatte, setzte sie sich wieder. »Ich wünschte, ich könnte dir helfen, diese Sache durchzustehen!«

»Es geht mir gut.«

»Es wird sich alles zum Besten wenden, Nicole, glaub mir! Nach dem, was er am Samstag auf dem Picknick getan hat, wissen alle, dass dich der Herzog anerkannt hat, und seinem Beispiel werden andere folgen. Ich weiß, dass du momentan sehr leidest, aber London jetzt zu verlassen wäre ein schrecklicher Fehler.«

»Das hat Martha auch gesagt.«

»Ich möchte, dass du bleibst.« Jane ergriff die Hände ihrer Tochter. »Jetzt hast du die Chance, wieder in die Gesellschaft aufgenommen zu werden und jemanden zu finden, der dich ebenso liebt wie du ihn. Schüttle nicht den Kopf! Du wirst über den Herzog hinwegkommen. Du hast die Wahl: Entweder du wirst hier in London zu einer beliebten jungen Lady, mit der alle ausgehen wollen, oder du wirst in Dragmore zu einer einsamen alten Jungfer. Ich hatte es schon aufgegeben, und es schmerzte mich sehr zu sehen, wie du deine besten Jahre auf dem Land vergeudet hast. Und deinem Vater ging es ebenso. Wir bitten dich beide: Bleib, Nicole, und nutze das, was der Herzog für dich getan hat.«

Ihre Eltern baten sie sehr selten um etwas. Nicole konnte ihnen diese Bitte nicht abschlagen. Und offen gestanden wollte sie das auch gar nicht. Ein Teil von ihr weigerte sich noch immer, den Herzog zu vergessen und wollte London nicht verlassen, weil er hier war, wollte nicht nach Dragmore zurück, wo sie sich ohnehin nur nach ihm verzehren würde.

»Glaubst du wirklich, ich würde endlich akzeptiert werden?« Vergeblich versuchte sie, sich die Zukunft vorzustellen, die ihre Mutter für sie im Sinn hatte – eine Zukunft, umworben von Junggesellen, bis ihr persönlicher Märchenprinz um ihre Hand anhielt. Wenn sie den Herzog vergessen könnte und so leben würde, wie sie es früher nie hatte tun wollen, wenn sie zu neuem Glück finden würde in einem solchen Leben, dann musste sie auf ihren Märchenprinzen hoffen, aber sie glaubte nicht eine Minute daran.

»Ich bin mir ganz sicher«, sagte Jane.

»Dann bleibe ich.«

Ein erfreutes Lächeln huschte über Janes Gesicht. Dann zögerte sie. »Wenn du bleibst, muss ich dir von einer Einladung erzählen, die ich angenommen habe, zu einem Jagdwochenende.«

»Ich gehe gern auf die Jagd«, sagte Nicole, und der Gedanke an ein solches Wochenende stimmte sie gleich heiterer.

»Die Herzoginwitwe von Clayborough ist die Gastgeberin.«

»Mutter, dann kann ich nicht mit.« Doch kaum, als sie das sagte, begann sie fieberhaft über die Möglichkeiten nachzudenken: Sie konnte jagen, der Herzog würde dort sein, und Elizabeth würde sicher nicht mit auf die Jagd gehen.

»Ich kenne die Herzoginwitwe nicht sehr gut, aber gelegentlich treffen wir uns doch und ich bewundere sie sehr. Ihr geht es mit mir wohl nicht anders. Wir verstehen uns immer prächtig. Es sind nur dreißig Familien zu diesem Wochenende eingeladen, dreißig der bedeutendsten Familien unseres Landes. Es werden dort nur ein oder zwei junge Männer anwesend sein, die für dich in Frage kommen, aber in diesen Familien gibt es eine ganze Reihe von Junggesellen. Ich möchte, dass du dich dort zeigst. Es ist sehr großzügig von der Herzoginwitwe, dass sie dich ausdrücklich eingeladen hat. Wie der Herzog nimmt nun auch sie dich unter ihre Fittiche. Und das ist erst der Anfang, Nicole.«

Es würde wehtun, den Herzog mit Elizabeth dort zu sehen, aber der Gedanke, ihn wiederzusehen, ließ ihr Herz auch höher schlagen. Und natürlich wusste sie auch ganz genau, was es hieß, von der Herzoginwitwe von Clayborough eingeladen zu werden, ein Wochenende auf ihrem Landsitz zu verbringen. Eine solche Einladung konnte man einfach nicht ablehnen. »Warum hat sie das gemacht?«, fragte Nicole benommen.

»Vielleicht ist sie wie ihr Sohn ein sehr anständiger Mensch und nimmt Ungerechtigkeiten nicht hin«, sagte Jane schlicht. »Ich weiß, dass du dich in einer Zwickmühle befindest. Ich hätte zwar sehr gern, dass du mitkommst, aber wenn du noch allzu sehr leidest, respektiere ich deine Entscheidung und teile der Herzoginwitwe mit, dass du krank bist.«

»Wenn sie mich ausdrücklich eingeladen hat, dann gehe ich auch«, stellte Nicole fest. Sie würde jetzt ein neues Leben beginnen, eines, das ihr bald eine Unmenge von Verehrern bescheren würde. Aber ihr Herz lachte sie nur aus und sagte, das sei eine riesengroße Lüge.

13

Erst am Montagnachmittag nach dem Wohltätigkeits-Picknick ging es Elizabeth etwas besser. Am Samstagabend hatte der Herzog sie zwar noch ins Theater ausgeführt, aber sie hatten die Vorstellung frühzeitig verlassen müssen, denn Elizabeth war einfach zu müde gewesen. Zwei Tage lang hatte sie das Bett gehütet. Sie hatte zwar kein Fieber, aber offenbar immer stärkere Schmerzen. Der Arzt, den der Herzog gerufen hatte, war sich nicht sicher, was ihr eigentlich fehlte. Wahrscheinlich hätte sie ein schwaches Herz, erklärte er dem Herzog, und in diesem Fall müsse sie sich möglichst oft ausruhen und jede Anstrengung vermeiden.

»Aber warum hat sie dann Schmerzen?«, wollte der Herzog wissen. Es ärgerte ihn, dass der Arzt nicht sagen konnte, was wirklich los war und was man dagegen unternehmen könnte.

»Ich weiß es nicht. Aber vielleicht hat sie auch eine leichte Grippe. Sie sagten doch, dass sie bislang immer recht gesund war, nicht wahr?«, fragte der Arzt.

»Das stimmt«, erwiderte der Herzog, und daraufhin verordnete der Arzt noch Laudanum gegen die Schmerzen.

Am Montagnachmittag konnte Elizabeth wieder aufstehen und sagte lächelnd, es ginge ihr schon viel besser. Am Dienstag ging sie mit ihrer Zofe zum Einkaufen, und es sah aus, als hätte der Arzt Recht gehabt – eine leichte Grippe und ihr schwaches Herz waren der Grund, warum sie so rasch ermattete. Der Herzog war erleichtert.

Elizabeths zunehmende Schwäche hatte ihn nicht nur beunruhigt, nein, sie erschreckte ihn regelrecht. Der Herzog war es gewohnt, alles unter Kontrolle zu haben. Er war ein Mann mit einem stählernen Willen und einer eisernen Selbstbeherrschung. Wenn seine Geschäfte nicht so liefen, wie er es sich vorgestellt hatte, arbeitete er unermüdlich daran, sie wieder in die rechte Bahn zu lenken; er tat dies äußerst geduldig und beharrlich so lange wie nötig und mit allen notwendigen Mitteln. Er leitete das herzogliche Reich nun schon seit einigen Jahren und hatte sich an die damit verbundene außergewöhnliche Machtfülle gewöhnt. Doch in diesem Fall war er plötzlich machtlos. Der Gesundheitszustand seiner Verlobten ließ sich von ihm nicht kontrollieren. Doch gottlob ging es ihr nun wieder besser, auch wenn ihm das genauso geheimnisvoll vorkam wie die Wendung zum Schlechteren vor wenigen Tagen.

Plötzlich war ihm, als geriete sein gesamtes Leben aus den Fugen. Seinen Alltag, in dem er sich überwiegend mit seiner Arbeit beschäftigt hatte, gab es nicht mehr. Und nicht nur Elizabeths Krankheit schien sich jeder Erklärung zu entziehen, sondern auch Nicole Shelton und sein unablässiges Interesse an ihr. Ständig geriet alles außer Kontrolle, wenn sie zugegen war. So etwas war dem Herzog noch nie widerfahren.

In London musste er sich stets um eine Vielzahl dringender Geschäftsangelegenheiten kümmern, aber während seines derzeitigen Aufenthalts war er sehr darauf bedacht, den Staffords zweimal täglich einen Besuch abzustatten, um zu sehen, wie es Elizabeth ging. Es nicht zu tun wäre nachlässig und unstatthaft gewesen. Aber noch weniger statthaft waren seine Gedanken, wenn er seine Verlobte betrachtete.

Die Gedanken, die sich ihm aufdrängten, waren ungebührliche und heimliche Vergleiche. Elizabeth war krank, klein, zerbrechlich, Nicole Shelton dagegen weder krank noch klein noch zerbrechlich, sondern das genaue Gegenteil. Sie strotzte vor Gesundheit und sprühte vor Lebenskraft. Bei einem seiner Besuche – Elizabeth war gerade eingeschlafen und er saß neben ihr – musste er daran denken, dass er sie nicht im Mindesten begehrte und es auch niemals getan hatte. Bis auf das eine Mal anlässlich ihres achtzehnten Geburtstags hatte er sie nie geküsst, und damals hatte er es nur getan, weil sie es von ihm erwartet hatte. Der Kuss war sehr keusch gewesen.

Nicole Shelton hatte er mehr als nur geküsst. Er hatte sie mit seinem Mund, seinen Händen und seinen Lenden an den intimsten Stellen berührt.

Elizabeth würde bald seine Frau werden, und er wusste, dass sie eine mustergültige Gattin sein würde. Was er mit ihr im Ehebett anstellen sollte, wusste er allerdings nicht und hatte sich bis zu diesem Moment – der dafür natürlich höchst ungeeignet war – auch nie Gedanken darüber gemacht.

Wahrscheinlich würde er es schon irgendwie schaffen, wenn es so weit war.

Während er auf die Schlafende blickte – sie ruhte auf der Chaiselongue in ihrem Wohnzimmer, ihr Gesicht jung und unschuldig – beschlichen ihn quälende Zweifel. Zum ersten Mal in seinem Leben fragte er sich, ob es wohl richtig gewesen war, ihn mit seiner Cousine zu verloben, als sie noch ein Kleinkind, er ein Knabe von zwölf Jahren gewesen war. Und der Grund für diese Zweifel war Nicole Shelton.

Dass sie in sein Leben und sein Denken eingedrungen war, war zu einer Gefahr für ihn geworden.

Wenn er denn besessen war – und ganz offenkundig war er es –, dann hatte sich seine Besessenheit in letzter Zeit sogar noch gesteigert.

Er bedauerte, an dem Picknick teilgenommen zu haben, bedauerte, sie gerettet zu haben, wünschte sich inständig, ein anderer hätte es getan. Doch im selben Atemzug wusste er, dass das eine Lüge war.

Wenn nur …

Schockiert über die Richtung, die seine Gedanken einschlagen wollten, gebot ihnen der Herzog Einhalt. Das Leben hatte seine eigenen Regeln. Ein Ding führte zum anderen, die Wirklichkeit schuf neue Wirklichkeiten. Sich Tagträumen hinzugeben und sich zu fragen, was wäre, wenn … so etwas taten nur Dumme und Romantiker, und weder gehörte er zu der einen noch zu der anderen Sorte Mensch.

Zum Glück hatte sie London verlassen. Darüber sollte er froh und erleichtert sein, wie er sich immer wieder sagte. Ihre Anwesenheit schien unkontrollierbare Leidenschaften in ihm zu wecken – in ihm, der sich von frühester Kindheit an völlig unter Kontrolle gehabt hatte und so stolz auf seine Selbstbeherrschung gewesen war. Immerhin würde sie jetzt nicht mehr auf die Probe gestellt werden.

Am Dienstagabend ging es Elizabeth gut genug, um ihn zu einem Empfang beim Grafen von Ravensford begleiten zu können. Es war nur eine sehr kleine, intime Zusammenkunft. Der Herzog konnte sich eines Anflugs von Unmut nicht erwehren, als er unter den Gästen den Grafen von Dragmore und dessen Frau entdeckte. Die beiden waren die Letzten, mit denen er sich jetzt unterhalten wollte, aber ihnen aus dem Weg zu gehen, wäre der Gipfel der Unhöflichkeit gewesen. Auch wenn es ihn einige Überwindung kostete, trat er noch vor dem Essen zu ihnen.

Er stellte ihnen Elizabeth vor und begann ein liebenswürdiges Gespräch mit dem Grafen und der Gräfin, in dessen Verlauf ihm auffiel, dass die Gräfin von Dragmore Elizabeth insgeheim gründlich musterte. Ihn beschlich das unangenehme Gefühl, dass sie über sein Verhältnis zu ihrer Tochter mehr wusste, als sich ziemte. Doch rasch verdrängte er dieses törichte Gefühl – oder war es eines, das aus der Schuld geboren war?

Gegen Ende des Essens wirkte Elizabeth wieder recht blass. Bevor die Männer sich zu Portwein und Zigarren in den Rauchersalon zurückzogen, nahm Hadrian sie zur Seite. »Geht es dir gut, Elizabeth?«

Sie schenkte ihm ihr einnehmendes Lächeln, das sie beinahe schön wirken ließ. »Du machst dir zu viele Sorgen, Hadrian! Du bist doch sonst kein solcher Schwarzseher!«

Er musste lächeln. »Möchtest du gerne heim? Du wirkst müde.«

Sie zögerte. »Ich möchte nicht unhöflich erscheinen und so einen angenehmen Abend auch nicht stören.«

»Ich werde unserem Gastgeber alles erklären«, versprach der Herzog. Während er zur Tat schritt, entschuldigte sich Elizabeth und zog sich noch einmal zurück. Der Herzog wartete im Foyer auf sie neben einem Diener, der Elizabeths pelzgefütterten Mantel bereithielt. Da tauchte plötzlich die Gräfin von Dragmore auf und er zuckte erschreckt zusammen.

Sie kam geradewegs auf ihn zu.

»Euer Gnaden«, sagte sie, »ich weiß, dass das höchst ungewöhnlich ist – aber dürfte ich Sie um eine kurze Unterredung bitten?«

Ihr Ansinnen war tatsächlich höchst ungewöhnlich, aber der Herzog nickte zustimmend, auch wenn er keine Ahnung hatte, was sie von ihm wollte. Er staunte über ihren Mut und ihre Missachtung der Konventionen. Sie war nur zehn Jahre älter als er und noch immer eine strahlende Schönheit. Diener klatschten für ihr Leben gern, und der, der jetzt mit Elizabeths Mantel neben ihnen stand, tat zwar so, als sähe er sie nicht, würde aber gewiss bald Gerüchte über den Herzog von Clayborough und die Gräfin von Dragmore verbreiten. Doch offenkundig war der Gräfin gleichgültig, was die Leute sagten, also sollte er sich auch nicht weiter darum kümmern. Vielleicht stammte Nicoles Missachtung der Konventionen ja von ihrer Mutter, die früher eine bekannte Schauspielerin gewesen war? Der Herzog wandte sich an den Diener und sagte: »Bitte lassen Sie uns ein paar Minuten allein!«

Der Mann zog sich zurück.

»Danke!«, sagte Jane und lächelte sanft. »Mein Mann und ich wollten uns bei Ihnen dafür bedanken, was Sie neulich auf dem Picknick getan haben.«

Die Miene des Herzogs blieb unbewegt.

»Sie haben unsere Tochter nicht nur aus einer schrecklich peinlichen Lage gerettet, sondern ihr auch ermöglicht, wieder in die Gesellschaft aufgenommen zu werden. Dafür können wir Ihnen gar nicht genug danken!«

»Elizabeth mag sie sehr gern. Ich habe es gern getan.« Doch schon bei diesen Worten fragte sich der Herzog, wie Nicole Shelton wohl wieder in die Gesellschaft eingeführt werden sollte, wenn sie London bereits verlassen hatte.

»Nicole mag Elizabeth übrigens auch sehr gern. Und ich bin sehr froh, dass es ihr jetzt wieder besser geht.« In London gab es keine Geheimnisse.

»Danke.« Obwohl Hadrians Miene ausdruckslos blieb, konnte er sich beim besten Willen nicht vorstellen, dass Nicole

Shelton seine Verlobte mochte. Das würde ihn schon sehr wundern.

Elizabeth trat zu ihnen und begrüßte die Gräfin. »Ich habe Ihr Gespräch mitbekommen«, fügte sie hinzu, »und wollte Ihnen noch sagen: Ich bewundere Ihre Tochter sehr, Lady Shelton. Bitte grüßen Sie sie von mir und sagen Sie ihr, dass ich sie baldmöglichst besuchen werde.«

»Gerne«, sagte Jane lächelnd.

Unwillkürlich runzelte der Herzog die Stirn. Nicole hatte London doch verlassen, oder etwa nicht? »Gedenken Sie aufs Land zurückzukehren, Gräfin?«, fragte er höflich.

»Nicht sofort. Nicholas fährt in den nächsten Tagen nach Dragmore zurück, aber ich muss noch ein wenig bleiben. Schließlich kommt es nicht oft vor, dass meine beiden Töchter hier sind. Diese Gelegenheit muss ich nutzen und die beiden in die Gesellschaft begleiten.«

»Ich verstehe«, sagte der Herzog. *Sie war also doch noch in der Stadt!*

Eigentlich müsste er sich ärgern. Noch vor wenigen Tagen hatte ihn ihre Anwesenheit in London schrecklich aufgeregt. Wo blieb nun sein Ärger? Er verstand es nicht.

Hatte sie ihn vorsätzlich angelogen? Nein – instinktiv wusste er, dass sie das nicht getan hatte. Er hatte es vermieden, an den Tag des Picknicks zu denken, aber jetzt konnte er nicht mehr umhin, sich daran zu erinnern. Etwas war zwischen ihnen entflammt, etwas, das er nicht näher betrachten wollte, etwas, das über reine Leidenschaft hinausging. Hatte sie nicht deshalb gesagt, sie würde London sofort verlassen? War er nicht deshalb erleichtert gewesen, dass sie wegwollte? Nun war sie also doch noch hier.

Elizabeth bemerkte seinen Stimmungswandel sofort und sprach ihn darauf an, als er sie in der imposanten Clayborough-Kutsche nach Hause brachte. »Bist du aufgebracht, Hadrian? Ärgerst du dich über mich? Wärst du lieber noch bei den Langleys geblieben?«

Es fiel ihm schwer, seine wirren Gedanken zu ordnen und auf

seine Verlobte zu lenken. »Natürlich ärgere ich mich nicht über dich.«

»Dann bin ich ja froh«, sagte Elizabeth lächelnd. »Und sobald es mir besser geht, werde ich bei Lady Shelton vorbeischauen.«

Er schwieg. Überwältigende, wirre Gefühle stürmten auf ihn ein, er konnte sie nicht definieren und ihnen auch nicht entkommen. Kurz schien ihm, als würde ihn eine Woge erfassen und ihm den Boden unter den Füßen wegziehen.

Doch dann schärften sich seine Sinne und zwei Bilder tauchten vor ihm auf: Nicole auf dem Maskenball der Adderlys in ihrem unmöglichen, äußerst gewagten Zigeunerkostüm. Auch dort hatte er sie gerettet, obgleich er damals nicht weiter über die Gründe seines Verhaltens nachgedacht hatte. Natürlich wäre auch dem Dümmsten die Stimmung der Anwesenden nicht entgangen, die bereit waren, sie für ihr gewagtes Auftreten in Stücke zu reißen. Er hatte Nicole sofort gebilligt und danach hatte niemand es gewagt, es ihm nicht gleichzutun.

Und dann Nicole auf dem Wohltätigkeits-Picknick, entsetzt, weil sie wieder einmal schrecklich gedemütigt worden war, aber auch nach Kräften bemüht, es zu verbergen, weil sie so verdammt stolz war.

Er wollte nicht, dass seine Verlobte Nicole Shelton besuchte. Dennoch konnte, ja wollte er Nicole die Chance, wieder in die Gesellschaft aufgenommen zu werden, nicht nehmen; hatte er es ihr ja höchstpersönlich ermöglicht. »Das ist sehr fürsorglich von dir, Elizabeth«, sagte er.

Elizabeth lächelte glücklich. Der Herzog tat es nicht.

*

Am Freitagnachmittag kamen die Sheltons auf dem Landsitz der Herzoginwitwe von Clayborough an. Maddington gehörte den Clayboroughs schon weit über fünfhundert Jahre. Früher war es riesig und das Kernstück des Familienbesitzes in Derbyshire gewesen. Im Lauf der Zeit war immer mehr Land verkauft worden, so dass es inzwischen nur noch einige Hundert Morgen

Parklandschaft umfasste. Das Herrenhaus ruhte noch immer auf den Grundmauern, die gegen Ende der Normannenzeit errichtet worden waren. Dem ursprünglichen Gebäude waren jedoch so viele Anbauten in so vielen verschiedenen Stilen hinzugefügt worden, dass man schon ein Architekt sein musste, um zu erkennen, wann die einzelnen Teile des lang gezogenen, mit Türmchen, Erkern und einer hohen Kuppel versehenen Baus entstanden waren.

Nach ihrer Ankunft wurden Nicole und Regina wie auch die Eltern in die ihnen für dieses Wochenende zugedachten Räume geführt. Abendessen gebe es um acht, hieß es, und man fragte sie, ob sie noch ein heißes Bad oder einen Tee wünschten. Die Mädchen bejahten dies.

Während Regina sich auf eines der beiden Vierpfostenbetten plumpsen ließ, trat Nicole an die hohen Fenster, aus denen man auf einen kleinen Balkon und auf weit reichende smaragdgrüne Wiesen blickte. Das Herz schlug ihr bis zum Hals und sie zitterte vor Aufregung. Ob der Herzog schon da war?

Mitte der Woche war Elizabeth allseits kursierenden Gerüchten zufolge ziemlich krank gewesen und hatte das Bett hüten müssen. Nicole hatte gedacht, dass der Herzog und seine Verlobte nicht kommen würden – und war enttäuscht gewesen. Obwohl sie wusste, dass es der Gipfel an Dummheit war, ihn sehen zu wollen, da er ihr kaum Beachtung schenken und mit seiner Verlobten zusammen sein würde. Aber sie konnte ihre Gefühle ebenso wenig zügeln wie ein außer Kontrolle geratenes, durchgegangenes Pferd.

Doch Elizabeth hatte sich wieder erholt. Inzwischen gierte Nicole nach Gerüchten. Sehr zu Marthas und Reginas Verwunderung schien sie alles, was in der Gesellschaft vorging, plötzlich immens zu interessieren. Natürlich wollte sie nur hören, was der Herzog trieb. Sie hatte erfahren, dass er Elizabeth zwei Mal ausgeführt hatte. Es gab also keinen Grund, warum das Paar an diesem Wochenende nicht nach Maddington kommen sollte.

Teilnahmslos betrachtete sie die von sechs weißen Wallachen gezogene Kutsche, die soeben auf der langen, kiesbedeckten

Auffahrt heranrollte. Wer darin saß, war ihr völlig gleichgültig, denn es war nicht seine majestätische schwarze Kutsche mit dem flammenden Löwentrio auf der Tür.

»Was für ein herrliches Haus«, seufzte Regina träge. »Lady Isobel ist bekannt für ihre Eleganz.«

Nicole nickte nur. Sie hatte den Raum bislang kaum in Augenschein genommen. Die Wände waren mit blauweißem Stoff tapeziert, das Sofa mit rosafarbenem Damast bezogen. Weiße Spitze schmückte die Betten, auf denen sich blauweiße Kissen häuften. Ein riesiger kirschfarbener Orientteppich bedeckte fast den ganzen Boden. Schon dieser Teppich musste ein Vermögen gekostet haben, denn der Raum war groß genug, um zwei Gäste bequem in zwei getrennten Betten unterzubringen.

»Sie ist auch bekannt dafür, sich hervorragend in geschäftlichen Dingen auszukennen«, bemerkte Nicole. Lange bevor sie die Herzoginwitwe kennen gelernt hatte, hatte sie schon viel von ihr gehört. Nur wenige Frauen leiteten mehrere Unternehmen so wie sie, und keine davon gehörte dem Adel an. Sie galt als attraktiv, vor allem aber hieß es, sie sei eine starke, kluge Frau. Nicole hatte sie sich völlig anders vorgestellt, als durchaus gut aussehende, doch eher maskuline Person, nicht als Frau von zeitloser weiblicher Schönheit und außergewöhnlicher Güte.

»Bekannt? Wohl eher berüchtigt«, meinte Regina. »In ihrer Familie soll es eine Frau gegeben haben, die mehrere Ehemänner hatte und die Mätresse eines türkischen Sultans wie auch des Königs war, und nach dieser Frau soll sie benannt worden sein.«

Nicole lächelte. Sie glaubte nicht an solche Märchen. »Ein türkischer Sultan? Und welcher König?«, fragte sie nur trocken.

»Na ja, vielleicht ein Sohn von William dem Eroberer«, sagte Regina. »Jedenfalls in grauer Vorzeit.«

Nicole hörte wieder eine Kutsche die Auffahrt entlangrollen und wandte sich rasch zum Fenster. Auch diesmal war es nicht der Herzog.

»Was wirst du tun, wenn er mit Elizabeth kommt?«

»Natürlich kommt er mit Elizabeth«, sagte Nicole scharf.

»Vielleicht auch nicht«, sagte Regina, den Ton ihrer Schwester ignorierend. »Vielleicht ist er so hingerissen von dir, dass er …«

»Regina, hör bitte sofort auf!«, unterbrach Nicole sie händeringend. Die albernen Schulmädchenträume ihrer Schwester trieben sie in den Wahnsinn – und fütterten doch auch die winzigen Funken Hoffnung, die Nicole entschlossen ersticken wollte. Sie wollte nicht mehr hoffen. Es schmerzte einfach zu sehr.

»Aber sie geht doch nie auf die Jagd«, sagte Regina. »Warum sollte sie herkommen?«

Mühsam zügelte Nicole ihre Wut. »Du und Mutter reiten morgen ja auch nicht mit, ebenso wenig wie Vater!« Der Graf hatte sich letzte Woche einen Muskel gezerrt und man hatte ihm dringend geraten, möglichst viel zu ruhen. Reiten kam überhaupt nicht in Frage.

»Wahrscheinlich hast du Recht«, sagte Regina. Ein Klopfen an der Tür kündigte ihren Tee an.

Nicole war froh, dass der Diener kam. Immer wieder warf sie einen nicht besonders diskreten Blick auf die Auffahrt, doch der Herzog war auch dann noch nicht eingetroffen, als sie sich zum Abendessen nach unten begaben. Sollte Regina Recht behalten? Elizabeth war beim Abendessen nicht zugegen – aber der Herzog auch nicht.

14

Die Jagd sollte morgens um neun Uhr beginnen. Zuvor versammelte sich die hochgestimmte Jagdgesellschaft noch zu einem reichhaltigen Frühstück. Nicole war ebenso aufgeregt wie die übrigen Gäste. Enttäuscht über die Abwesenheit des Herzogs von Clayborough hatte sie zwar nicht besonders gut geschlafen, aber jetzt verschwand jede Spur von Enttäuschung und Müdigkeit und ihr Puls beschleunigte sich in Vorfreude auf das bevorstehende Ereignis.

Die Gruppe bestand heute überwiegend aus Männern, aber auch einige Frauen waren mit von der Partie, darunter die Herzoginwitwe. Sie stand im Ruf, eine hervorragende Pferdekennerin zu sein. Ihre Jagdwochenenden waren weithin berühmt, die Einladungen dazu höchst begehrt und schwer zu bekommen.

Die Gäste der Herzoginwitwe stammten stets aus der Crème de la Crème des englischen Adels, und so war es auch an diesem Wochenende. Einige Herzöge, ein halbes Dutzend Marquis, mehrere Grafen und der Prinz von Wales warteten ungeduldig auf den Ruf, in den Sattel zu steigen. Auch ein paar Ausländer befanden sich in der illustren Schar, so mehrere Habsburger und zwei im Ausland lebende russische Adlige. Abgesehen von Macht und blauem Blut war den Teilnehmern einer solchen Gesellschaft stets eines gemeinsam: ihre Liebe zu Pferden.

Gegen Ende des Frühstücks läutete Isobel ein Silberglöckchen, um sich Gehör zu verschaffen. »Sind alle bereit?«, fragte sie lächelnd und mit funkelnden Augen.

Isobels Worte wurden lautstark und begeistert begrüßt. Alle sprangen auf, auch Nicole. Freudig erregt machte sie sich auf den Weg zum Eingang. An den Herzog dachte sie jetzt überhaupt nicht mehr. Doch dann blieb sie wie angewurzelt stehen.

Dort stand er, in ledernen Reithosen und schimmernden schwarzen, langen Stiefeln.

Gestern Abend hatte Nicole gehört, dass Elizabeth und er

nicht kommen würden. Elizabeth war wieder krank und bettlägerig. Eine Zofe hatte ihr berichtet, dass sich um den Gesundheitszustand der jungen Lady die wildesten Gerüchte rankten; mehreren Ärzten, die sie untersucht hatten, war es nicht gelungen, sich darauf zu einigen, was ihr eigentlich fehlte.

Den Herzog jetzt zu sehen versetzte ihr einen Schock, der aber nicht unangenehm war. Nicole, die ohnehin schon sehr erregt war, begann zu zittern.

Endlich wandte er den Blick von ihr ab und schlenderte lässig zu seiner Mutter, küsste ihr die Wange und wünschte ihr einen guten Morgen. Sofort scharten sich einige Gäste um ihn, begrüßten ihn herzlich und äußerten ihr aufrichtiges Mitgefühl für den beklagenswerten Gesundheitszustand seiner Verlobten.

Andere Gäste begaben sich bereits auf den Hof, Nicole schloss sich ihnen an. Bald waren alle versammelt und die Stallknechte holten die Pferde. Alle hatten ihre eigenen Jagdpferde mitgebracht, auch Nicole. Am liebsten hätte sie ihren braunen Hengst geritten, aber das wäre zu vermessen gewesen. Ihn auf einer Jagd im Damensattel zu reiten, wie es der Anstand verlangte, wäre schlichtweg unmöglich gewesen. Stattdessen hatte sie einen großen schwarzen Wallach mitgebracht. Als sie seinen Hals streichelte, schnaubte er, schüttelte den Kopf und tänzelte unruhig hin und her, denn er spürte ihre Erregung. Allerdings dachte sie nicht an ihr Pferd, sondern an den Herzog von Clayborough.

Er war hier, er war doch noch gekommen. Ohne Elizabeth.

Sie versuchte vergeblich, sich auf ihr Pferd und die bevorstehende Jagd zu konzentrieren. Wieder grübelte sie über den Herzog nach. Aber was bildete sie sich eigentlich ein? Es spielte überhaupt keine Rolle, dass er allein gekommen war. Einige wenige Worte, die sie vielleicht wechseln wurden, einige wenige Momente – dabei würde es bleiben, niemals könnte es zu mehr kommen. Niemals.

»Schluss mit diesen sinnlosen Gedanken!«, befahl sie sich halblaut. Es war einfach hoffnungslos, und das Jagdreiten war ein gefährlicher Sport, der höchste Konzentration erforderte. Außerdem fiel es ihr leichter, sich auf die Jagd zu konzentrieren.

Doch genau in dem Moment, in dem sie glaubte, sie hätte es endlich geschafft, tauchte er hinter ihr auf. Ohne sich umzudrehen, wusste sie, dass er es war.

»Guten Morgen, Lady Shelton!«, begrüßte er sie höflich, und doch wähnte sie, mehr zu hören als nur diesen Gruß.

Sie ermahnte sich, so ungezwungen wie möglich zu wirken – nur sie konnte ja wissen, wie heftig ihr Herz pochte – und wandte sich zu ihm um. Sofort trafen sich ihre Blicke in einem Moment unglaublicher Vertrautheit, ungeachtet des ganzen Getümmels um sie herum, das zwei Dutzend unruhige Pferde, ihre aufgeregten Reiter und die Stallburschen verursachten. Er schien sich nicht von ihr losreißen zu können, und Nicole kam es vor, als versuche er mit aller Macht, in die Tiefen ihres Herzens und ihrer Seele vorzustoßen. In diesem Augenblick wusste sie, dass sich etwas zwischen ihnen verändert hatte. Sie wagte nicht, darüber nachzudenken, was es sein könnte. »Wir werden heute eine tolle Jagd erleben, das Wetter ist perfekt«, sagte sie so beiläufig wie möglich.

»Wir sind allerdings eine ziemlich große Gruppe«, sagte er und wechselte auf die andere Seite ihres Rappen, um den Sattelgurt zu überprüfen. »Eine Jagd mit so vielen Reitern ist unfallträchtig. Bleib möglichst weit hinten!«

Nicole wollte schon überrascht protestieren, denn sie ritt niemals hinten – wenngleich sich die Damen während einer Jagd stets dort aufhielten – und hatte auch nicht vor, es heute zu tun. Doch dann fiel ihr ein, dass er vielleicht um ihre Sicherheit besorgt war. Sie erinnerte sich daran, wie er sie auf dem Picknick gerettet hatte. Konnte das sein? Sorgte er sich wirklich um sie? Sie konnte den Blick nicht von ihm abwenden, und der Herzog starrte zurück.

Unvermittelt faltete er die Hände, um ihr in den Sattel zu helfen. Nicole stützte sich mit dem Knie auf, schwang sich in den Damensattel und nahm die Zügel. »Vielen Dank!«

»Waidmannsheil«, sagte er höflich und wandte sich ab.

»Waidmannsdank«, erwiderte sie und blickte ihm nach, wie er zu seinem Pferd marschierte, einem großen schwarzen Hengst mit einer kühnen Blesse und zwei weißen Fesseln. Nicole seufzte. Sie war völlig durcheinander, und das spürte auch ihr Pferd, denn es begann, nervös hin und her zu tänzeln. Es kostete sie einige Mühe, es zu beruhigen.

Fünf Minuten später ging es los. Die Hunde hatten die Fährte des Fuchses aufgenommen und hetzten wie verrückt kläffend über die erste Wiese. Nicole hatte sich anfangs zu den anderen Damen in den hinteren Teil der Jagdgesellschaft abdrängen lassen. Doch nun, als die Schar der Pferde und Reiter über die weite Wiese hinter der Hundemeute herjagte, hielt sie unwillkürlich Ausschau nach dem Herzog, der ganz vorne ritt.

Als sich die Gruppe dem ersten Hindernis näherte, einer niedrigen Steinmauer, begann sie sich aufzuteilen. Schon setzten die ersten Pferde darüber hinweg, manche nahmen das Hindernis beinahe nebeneinander. Die Gruppe fiel auseinander, jeder ritt nach seinem eigenen Tempo, die Damen fielen weit zurück. Nicole überholte sie und kam auch an der Herzoginwitwe vorbei, die sie erst erstaunt ansah, dann jedoch mit einem freundlichen Lächeln bedachte.

Die Herren, die sie danach überholte, waren nicht so freundlich. Sie waren nicht nur überrascht, als sie an ihnen vorbeigaloppierte, sondern geradezu schockiert.

Vor ihnen wand sich ein kleiner Bach. Ihr Jagdpferd nahm die Hürde, ohne aus seinem Schritt zu fallen, und Nicole lachte lauthals aus purer Freude und Erregung über das wilde Treiben. Sie überholte einen weiteren Reiter, Elizabeths Vater, den Marquis von Stafford. Auch er wirkte reichlich überrascht von ihrem kühnen Reitstil, aber Nicole machte sich nichts daraus. Ihr Rappe galoppierte kontrolliert, und Nicole lenkte ihn mit fester Hand in die Mitte der Gruppe. Plötzlich tauchte ein großer Hühnerstall auf. Vor Nicole nahmen zwei Braune die Hürde. Das erste Pferd streifte den obersten Balken mit den Hinterhufen und geriet auf der anderen Seite ins Stolpern. Der zweite Reiter folgte so dichtauf, dass Nicole einen Unfall befürchtete und ihr Pferd etwas ausscheren ließ, als es zum Sprung ansetzte. Sie flogen leicht schräg über den Stall. Die beiden Reiter vor ihr hatten es gottlob geschafft, im Sattel zu bleiben. Sekunden später hatte sie sie ebenfalls überholt.

Zwei Meilen weiter war Nicole hinter dem Herzog und dem Jagdleiter, die den Rest der Jagdgesellschaft inzwischen weit abgehängt hatten. Vor ihnen ragte eine Mauer auf, die gut einen Meter hoch war. Sie hatte Zeit, den Herzog dabei zu bewundern, wie er dieses Hindernis völlig mühelos nahm. Ihr Jagdpferd, das es kaum erwarten konnte, sich an die Spitze zu setzen, lief nun sehr schnell. Nicole hatte ein wenig Mühe, es zu kontrollieren. Sie sah die drohende Wand, doch auch ihr Rappe setzte mühelos darüber hinweg. Sie landeten sanft, und danach ließ sie ihm freien Lauf.

Er streckte sich in vollem Galopp und Nicole beugte sich so weit nach vorne, wie sie konnte, ohne ihr Gleichgewicht zu verlieren. Die Nüstern ihres Jagdpferdes berührten fast die Flanken von Hadrians Hengst. Der Herzog drehte sich um und riss verblüfft die Augen auf.

Nicole frohlockte, als sie auf gleicher Höhe mit ihm war.

»Bleib hinten!«, schrie er, während sie Seite an Seite galoppierten und die Hufe ihrer großen Pferde laut donnernd den Boden aufrissen. »Verdammt noch mal, reite weiter hinten!«

»Pass auf!«, rief Nicole, noch immer lachend. Sie näherten sich gerade einem weiteren Hindernis, das ebenfalls gut einen Meter hoch war, einem Haufen Baumstämme. Dem Herzog blieb nichts anderes übrig, als sich auf sein Pferd zu konzentrieren. Beide setzten gleichzeitig zum Sprung an, beide flogen gleichzeitig über die Hürde und landeten nebeneinander im gleichen Schritt auf der anderen Seite.

Sogleich schrie er sie wieder an, diesmal ausgesprochen wütend: »Es ist mein Ernst, du Närrin! Du wirst dir noch das Genick brechen! Bleib weiter hinten!«

»Ich reite immer ganz vorne«, schrie sie trotzig zurück. Sie genoss diesen stürmischen Ritt und auch seine Wut in den vollsten Zügen. Sie spürte den heißen, kraftvollen Pferdeleib zwischen ihren Schenkeln, dieses starke, große Tier, das sie nur mit ihrem Geschick und ihrem Körper kontrollierte. Und ebenso erregte sie der Herzog auf seinem genauso großen, kraftvollen Hengst an ihrer Seite in all seiner Männlichkeit, seiner Pracht und seiner Wut.

»Mach langsamer!«, schrie er, die kläffende Hundemeute und die donnernden Hufe übertönend. »Dort vorne kommt gleich ein heimtückischer In-and-Out-Sprung.«

Nicole grinste ihn nur an und ließ ihren Rappen noch schneller laufen, so dass sie den Herzog hinter sich ließ.

Das Hindernis war tatsächlich heimtückisch, denn die beiden Zäune waren nur einen Galoppsprung auseinander, aber Nicole zeigte ihr Können und es bereitete ihr ein immenses Vergnügen. Sie nahm die Zäune eine Spur zu waghalsig, aber fehlerfrei. Sekunden später war der Herzog wieder neben ihr. Ein Blick auf sein Gesicht zeigte ihr, wie wütend er war, aber er musste es wohl oder übel hinnehmen, dass er sie nicht dazu bringen konnte, langsamer zu reiten. Sie galoppierten nebeneinander her. Ihre Jagdpferde passten ausgezeichnet zueinander und rannten im Gleichschritt. Es fiel kein weiteres Wort mehr, nur der heftige Atem der Pferde und ihre donnernden Hufe waren zu hören. Nicole war berauscht von dem Gefühl des heißen, dampfenden Pferdes unter ihr, davon, eins zu sein mit dem rasenden, kraftvollen Tier, von der Geschwindigkeit, mit der sie sich bewegten – und von der Nähe des Herzogs.

Eine Stunde später war die Jagd vorbei. Die Reiter hatten sich wieder versammelt, auch die letzten Damen waren angekommen. Als sie sich ihrem Ziel, dem Herrenhaus, näherten, hatte Nicole ihr Pferd gezügelt und sich wieder zurückfallen lassen, auch wenn das Tier ungestüm dagegen aufbegehrte. Sie verstand es nur allzu gut, ihr selbst ging es nicht anders. Der lange, schwierige Ritt hatte sie zwar ermüdet, aber sie war immer noch zu hochgestimmt, um aufzuhören. Wäre die Jagd weitergegangen, sie wäre sofort dabei gewesen.

Der Herzog ritt inzwischen natürlich wieder weit vor ihr. Mit verkniffenen Lippen und wütend funkelnden Augen war er schließlich davongetrabt, offenbar zu aufgebracht, um mit ihr zu sprechen. Nicole schwante, dass er sie später noch schimpfen würde, aber sie war einfach zu frohgemut, um sich davor zu fürchten. Noch nie hatte sie eine Jagd so genossen wie diese!

Sie war so gefangen von angenehmen Erinnerungen, dass sie anfangs kaum merkte, wie kühl die anderen Ladys sie musterten, mit Ausnahme der Herzoginwitwe, die an der Spitze der Damen ritt und deren Blicke sie nicht mitbekam. Als Nicole aufging, dass ihr die Missbilligung der anderen galt, hätte sie sie am liebsten ausgelacht. Nur weil sie nicht so gut reiten konnten, weil sie nicht den Mut hatten, so zu reiten wie sie, verurteilten sie sie dafür, diesen Sport so wie ein Mann zu genießen. Aber heute konnte nichts ihre Freude trüben. Sie ließ die anderen vor, deren Gesellschaft sie gar nicht wünschte. Doch plötzlich merkte sie, dass ihr Pferd aus dem Tritt kam.

Stirnrunzelnd hielt sie an und stieg ab. Sie tätschelte den feuchten Hals des Tieres, dann inspizierte sie seine Hufe und entdeckte, dass sich ein Kiesel in seinem linken Vorderhuf verklemmt hatte. Besorgt entfernte sie den Stein. Falls das Pferd sich ihn schon während der Jagd eingetreten hatte, konnte es sich dabei eine ernsthafte Verletzung zugezogen haben. Doch eine eingehendere Inspektion zeigte ihr, dass der Ballen nur etwas wund war; der Kiesel hatte wohl noch nicht lange im Huf gesteckt, bald würde das Pferd wieder einwandfrei laufen können.

»Du warst phantastisch, mein Schatz«, lobte sie es leise und streichelte seine weichen Nüstern. »Einfach phantastisch!« Sie musste wieder an den Herzog denken.

Als sie sich umwandte, sah sie, dass die letzten Reiter schon hinter einer Kurve verschwunden waren. Sie seufzte, aber nun blieb ihr nichts anderes übrig, als den Rest des Weges zu Fuß zurückzulegen. Sie nahm die Zügel und führte ihr Pferd auf den Weg zurück.

*

Der Herzog von Clayborough schäumte vor Wut. Sein Hengst spürte es und warf unruhig den Kopf hin und her. Nicole Shelton mochte die beste Reiterin sein, die er je gesehen hatte, aber trotzdem war sie eine tollkühne Närrin. Am liebsten hätte er sie auf der Stelle gepackt und geschüttelt, bis sie eingesehen hätte, dass sie sich falsch verhalten hatte.

Niemand versuchte, mit ihm zu reden. Offenbar spürten alle, in welcher Stimmung er sich befand. So ritt Hadrian etwas abseits der Gruppe.

Der stille Morgen war erfüllt vom Lachen und Plaudern der Jagdgesellschaft, doch der Herzog war so wütend, dass er nichts von dem mitbekam, was die anderen sagten, die jetzt noch einmal aufgeregt die wilde Jagd durchsprachen.

Am wenigsten ärgerte er sich noch über ihren Trotz, auch wenn er ihn kaum fassen konnte. Er hatte ihr befohlen, hinten zu bleiben, aber sie hatte ihn nur ausgelacht und war nach vorne geritten. Noch nie hatte jemand – ob Mann oder Frau – einen ausdrücklichen Befehl von ihm missachtet.

Sie konnte von Glück sprechen, dass sie diesen tollkühnen Ritt unbeschadet überstanden und keinen Unfall verursacht hatte. Er hatte beim Jagdsport schon viele schreckliche Unfälle gesehen. Sogar sehr vorsichtige Reiter waren zu Schaden gekommen, ganz zu schweigen von unbedachten. Man konnte sich das Genick brechen bei so einer Jagd, einmal hatte er miterleben müssen, wie sich ein junger Mann eine Querschnittslähmung zugezogen hatte. Auch sie würde eines Tages Pech haben, wenn sie weiter so ritt wie heute. Schon für einen Mann wäre es schlimm genug gewesen, aber sie war ja schließlich eine Frau! Der reine Wahnsinn!

Er atmete tief durch, um sich zu beruhigen. Noch immer raste sein Puls, und Adrenalin kreiste durch seine Adern. Wieder und wieder erschien ihr Bild vor seinen Augen, wie sie wie vom Teufel besessen neben ihm hergerast war, ihre Freude aus allen Poren verströmend. Noch immer hörte er sie lachen, wild und kühn. Er erinnerte sich an das Gefühl, das er empfand, als sie neben ihm herjagte, als sie beide wie von Dämonen besessen auf ihren angespannten, rasend schnellen Jagdpferden kauerten.

Sie ritt wie eine Wilde. Sie war einfach großartig gewesen, das musste er ihr grimmig zugestehen. Zweifellos würde sie im Bett ebenso phantastisch sein. In diesem Moment verlangte es ihn derart heftig nach ihr, dass er sie an Ort und Stelle in den Wald hätte zerren und seiner Lust freien Lauf lassen mögen.

Er nahm noch ein paar tiefe Atemzüge, um sich aus der höchsten Qual zu befreien, die ihn je gepeinigt hatte. Schließlich drehte er sich suchend nach ihr um, auch wenn er noch immer nicht recht besänftigt war. Entsetzt stellte er fest, dass sie weit und breit nicht zu sehen war.

Er riss seinen Hengst herum und ritt zu den letzten Damen, die soeben vorbeikamen. »Wo ist Lady Shelton?«

Überrascht drehten sie sich um. »Ich weiß nicht, Euer Gnaden«, sagte Gräfin Arondale. »Vor kurzem war sie noch direkt hinter uns.«

Hadrian verzog das Gesicht, dann ritt er los, um sie zu suchen. Was war denn jetzt schon wieder? Fünf Minuten später – er hatte etwa eine Meile zurückgelegt, an dieser Stelle verlief der Weg noch im Schatten des Waldes – sah er sie. Sie führte ihr Pferd an den Zügeln und schien überhaupt nicht in Eile zu sein. Sofort begann es zwischen ihnen zu knistern.

»Was ist passiert?«, fragte er schroff.

»Er hat sich einen Kieselstein eingetreten.«

Der Herzog stieg aus dem Sattel, bemüht, sich auf das anstehende Problem zu konzentrieren. Wortlos überreichte er Nicole die Zügel, wobei sich ihre Finger streiften. Still vor sich hin fluchend kniete er sich neben den großen schwarzen Wallach und untersuchte seinen Huf. »Es ist nicht so schlimm, aber man sollte ihn jetzt nicht mehr reiten.« Schließlich hob er den Blick und sah sie an.

Sie stand sehr still da. Ihre Wangen waren vom Wind und der Sonne gerötet, ihre Augen strahlten silbern.

»Ich gehe mit dir zurück«, sagte er, gab ihr die Zügel ihres Pferdes und nahm die seines Hengstes.

»Das musst du nicht«, sagte sie, ohne sich zu bewegen.

Er erwiderte nichts. Ihre Anwesenheit war zu überwältigend. Er lief mit langen Schritten voraus, fast als wolle er vor ihr davonlaufen, und hörte, dass sie ihm folgte.

Es war nur noch das Rascheln des Windes in den Bäumen zu hören. Doch Hadrian wusste ganz genau, sie war hinter ihm, nur wenige Fuß. Er spürte ihre Anwesenheit und noch etwas anderes, etwas, für das er zu erfahren war, um es nicht zu erkennen: eine enorme sexuelle Spannung, die sie ebenso erregte wie ihn.

Warum verlangte es ihn so nach dieser Frau? Weil er sie nicht haben durfte? Weil sie so anders war als die anderen? Weil sie einerseits so stolz und stark, andererseits so verletzlich war? So sehr er nach einer Antwort suchte, er konnte keine finden.

Er begann zu schwitzen. Am liebsten hätte er sich seinen Rock vom Leib gerissen, aber er wollte seine Erregung und damit auch seinen grässlichen Mangel an Selbstbeherrschung nicht entblößen. Kurz schloss er die Augen und gestand sich ein, dass er keinerlei Kontrolle mehr hatte, dass er einfach ein Wüstling war. Wie Francis. Immerhin hatte er es bislang geschafft, der Versuchung zu widerstehen. Er durfte ihr jetzt nicht erliegen. Während er mit sich kämpfte, lauschte er gleichzeitig intensiv auf die Geräusche, die von ihr kamen: ihre Schritte, ihr leiser, etwas kurzer Atem. Schließlich war es Nicole, die das Schweigen brach.

»Warum bist du zurückgekommen?

Ruckartig blieb er stehen, drehte sich aber nicht um. Sein Pferd scharrte unruhig mit den Hufen. »Ich dachte, nach dem, was du heute Morgen geboten hast, hättest du vielleicht noch etwas ähnlich Waghalsiges und Unüberlegtes angestellt.«

Nicole war ebenfalls stehen geblieben, kaum einen Schritt entfernt. »Aber warum bist du umgekehrt?«

Er sah sie an. »Narr, der ich bin, dachte ich, vielleicht bräuchtest du Hilfe.«

Sie lächelte. Er verzog das Gesicht.

»Dann bist du also gekommen, um mich zu retten.«

Der Herzog widersprach ihr nicht. »Offenbar ist mir das zur Gewohnheit geworden.«

»Ich habe nichts dagegen.«

»Neulich aber schon.«

Sie blickte ihm direkt in die Augen. »Nein, das stimmt nicht. Ich habe nur so getan.«

Zu viele Möglichkeiten standen zwischen ihnen, der Moment war zu intim. Der Herzog zerstörte ihn vorsätzlich. »Du bist heute wie eine Wahnsinnige geritten. Sag mir, bist du immer so tollkühn? Das befürchte ich nämlich langsam aber sicher!«

Sie hob das Kinn. Sie hatte ihre Jacke aufgeknöpft, und er sah, wie sich ihre üppigen Brüste hoben. Er dachte daran, dass sie kein Korsett trug. »Das bin ich nicht. Ich bin eine ausgezeichnete Reiterin und bin keinerlei Risiko eingegangen.«

»Keinerlei Risiko? Sämtliche Risiken! Eines Tages wirst du dir noch den Hals brechen.«

Ihre Erwiderung klang leise, kaum mehr als ein Flüstern. »Würde dir das etwas ausmachen?«

Er konnte ihr keine Antwort geben, er weigerte sich, ihr zu antworten, er weigerte sich, seine Gefühle näher zu betrachten. »Dort drüben etwas abseits des Weges fließt ein Bach«, unterbrach er schließlich die Stille, die zwischen ihnen entstanden war. »Du hast doch sicher Durst. Wir können die Pferde tränken und auch selbst etwas trinken.«

In wenigen Minuten hatten sie den Bach erreicht. Die beiden Pferde hatten sich genügend abgekühlt, um zu saufen. Gierig tauchten sie die Mäuler ins Wasser. Der Herzog stand reglos etwas abseits. Nicole kniete sich nieder und schöpfte wenig zimperlich mit den Händen Wasser, das sie in tiefen Zügen trank.

Er beobachtete sie. Wieder schoss ihm durch den Kopf, dass sie alles war, was die anderen Damen, die er kannte, nicht waren. Sie trank ausgiebig, ohne Rücksicht darauf, dass sie sich reichlich voll spritzte. Schließlich benetzte sie sich auch noch ihr Gesicht und streckte es der Sonne entgegen, die durch die Bäume fiel. Er konnte den Blick nicht von ihr wenden und er konnte nicht aufhören, nach ihr zu verlangen. Plötzlich merkte sie, dass er sie beobachtete, und schaute zu ihm auf.

In ihrem Blick lag Erkenntnis – und Erwartung. Er wusste, dass sie ihn nicht zurückweisen würde, heute nicht, jetzt nicht. Fast ohne es zu wollen, ging er zu ihr hin. Sein Herz raste, in seinen Ohren war ein dumpfes Dröhnen, das jeden möglichen Einspruch erstickte. Langsam stand sie auf.

Seine Hände schlossen sich um ihre Arme. »Sag nein!«

Sie schüttelte den Kopf, sie folgte seiner Aufforderung nicht und sagte stattdessen: »Ja!«

In diesem Moment brach jeglicher Widerstand in ihm zusammen. Er bedeckte ihren Mund mit seinem. Sie hatten es nun beide aufgegeben, sich zu verstellen. Nicole schlang die Arme um seinen Nacken und hielt ihn ganz fest. Hadrian umarmte sie wie einen wilden, kostbaren Schatz, den er gefunden hatte und jeden Moment wieder verlieren könnte.

Ihre Zungen verschmolzen in inniger Hingabe als Vorspiel zu dem, was kommen würde.

Sie sanken auf dem feuchten, lehmigen Flussufer auf die Knie. Er konnte nicht genug von ihr bekommen. Er riss ihre Jacke auf. Ihre leisen Schreie feuerten ihn an. Er drückte sie auf den Boden und ließ seine Hände unter ihre Bluse und das Hemd darunter wandern. Er berührte ihre nackten Brüste.

Das üppige Fleisch füllte seine Handflächen, quoll darunter hervor. Eigentlich war er ein stiller, kontrollierter Liebhaber, aber jetzt hätte er am liebsten wie ein Tier gestöhnt, um seiner immensen Lust Ausdruck zu verleihen. Doch er tat es nicht. Sie unablässig liebkosend spürte er, wie in ihm ein Bedürfnis wuchs, das zu explodieren drohte, und gleichzeitig auch eine berauschende Freude.

Nicole seufzte vor Lust, während er ihre Brüste und die harten, festen Brustwarzen streichelte. Sie stöhnte auf, als er ihre Kleider beiseite schob.

Er konnte nicht anders, er musste zumindest ihren Namen aussprechen. »Nicole!«

Sie griff nach seinen langen Haaren, nach seinem Kopf. »Hadrian«, seufzte sie.

Er neckte ihre schwellenden, schmachtenden Brüste mit Mund und Zunge. »Sag mir, dass ich aufhören soll.«

»Nein. Hör nicht auf, Hadrian. Hör nie auf!«

Er legte die Lippen um eine rosafarbene Knospe und verschloss sein Denken vor dem Wissen darum, was er gerade tat. Nicole bäumte sich ihm entgegen. Er spürte, wie nahe sie einem Höhepunkt war, und sein Körper reagierte mit ungestümer Wildheit. Der Herzog gehörte nicht zu den Liebhabern, die freigebig waren mit ihren zärtlichen Schwüren und Versprechungen. Er gab seine Versprechen mit seinem Körper.

Versprechen, die er unmöglich halten würde können, sobald er wieder bei Verstand war.

Nicole begann, seine Liebkosungen heftig zu erwidern. Ihre Hände wanderten unter sein Hemd. Seine Hände waren inzwischen unter ihrem Rock verschwunden und streichelten ihre Oberschenkel. Sie schrie seinen Namen, noch nie hatte dieser so wundervoll geklungen wie in diesem Moment.

Er wollte sie unbedingt in seinen Armen zum Höhepunkt bringen. Darauf richtete sich sein ganzes Tun und Wollen. Schweißperlen traten ihm auf die Stirn. »Stirb für mich, Nicole«, bat er sie, berührte sie, küsste sie.

Er brauchte nicht lange zu warten. Sie schrie auf und bäumte sich hingebungsvoll auf. Seine Hände spürten die starken, rhythmischen Bewegungen ihres Körpers. Als sie befriedigt war, fühlte auch er sich so immens befriedigt wie noch nie.

Sie schlang die Arme um seinen Nacken. »Oh!«, sagte sie nur.

Dieses eine Wort verriet ihm alles. Es war ihr erster Höhepunkt gewesen. Sie war noch völlig unerfahren und zweifellos noch Jungfrau. Sie trug ihren Namen, Lady Shelton, zu Recht. Der Herzog blickte sie an, von ihrem erröteten Gesicht hin zu ihren ausgebreiteten Beinen und den bis zur Taille hochgeschobenen Röcken. Er hatte schon seine Hose öffnen wollen, doch da erlahmte seine Hand. Musste sein Gewissen ihm ausgerechnet jetzt sagen, wer sie war – und wer er war? Aber es war schon zu spät. Er schloss die Augen und kämpfte mit sich, dachte viel zu klar. Er hatte ihr zu ihrem ersten Höhepunkt verholfen, und wenn er so weitermachte, würde er ihr erster Liebhaber sein. Doch das durfte nicht sein, es war einfach nicht recht.

Wortlos löste er sich von ihr und ließ sich rücklings ins feuchte Gras fallen.

15

Nicole richtete sich auf. Sie war bis ins Mark erschüttert. Auch wenn sie über Sexualität sicher mehr wusste als die meisten ihrer Altersgenossinnen, hatte sie niemals auch nur im geringsten die Möglichkeit erwogen, dass es eine derart erdbebengleiche Erfahrung sein könnte. Noch immer atemlos sah sie den Herzog von Clayborough an.

Er lag in der sumpfigen Wiese auf dem Rücken, steif wie ein Brett abgesehen davon, dass auch er außer Atem war. Als sie daran dachte, wie abrupt er sich von ihr abgewandt hatte, wurde ihr klar, dass sie zwar alles erlebt hatte, was die körperliche Liebe zu bieten hatte, er jedoch nicht.

Sie zitterte, als sie ihn betrachtete. Er war der prächtigste, männlichste Mann, den sie je gesehen hatte; ihn so daliegen zu sehen im Zustand des reinen Verlangens fachte ihren Hunger, den sie eigentlich für gestillt gehalten hatte, erneut an. Und noch etwas anderes regte sich in ihr, etwas Süßes, Schmerzhaftes, schrecklich Zartes. »Hadrian?«, flüsterte sie, überschwemmt von einer Welle von Liebe. Sie berührte seine Wange.

Er zuckte zusammen, entzog sich ihrer Berührung und sprang auf. »Rühr mich nicht an!«

Erschrocken zog sie die Hand zurück. Warum war er so wütend?

»Und schau mich nicht an, als hätte ich dir gerade einen Tritt versetzt!«

Nicole erstarrte. »Es tut mir Leid.«

Er ignorierte sie und ging zum Bach. Dabei fiel ihr unwillkürlich auf, dass er noch immer erregt war. Er watete in die Mitte des Baches und tauchte unter.

Nicole schrie auf. Das Wasser war eisig kalt. War er denn völlig von Sinnen? »Hadrian!«, keuchte sie, als er zitternd wieder auftauchte. »Du wirst dir noch den Tod holen!«

»Du bist mein Tod.«

Sie musterte ihn unsicher. »Meinst du den Tod … den Tod, den du vorhin erwähnt hast?«

»Nein, den meine ich nicht!«

»Warum bist du so wütend? Was habe ich dir denn getan?«

»Alles«, knurrte er und starrte sie böse an.

Nicole verstand überhaupt nichts mehr. Sie musste tatenlos zusehen, wie er ein weiteres Mal in den eisigen Bach tauchte. Langsam stand sie auf. Schreckliche Angst machte sich in ihr breit. Sollte sie nie wieder die Wärme und Nähe spüren, die sie soeben miteinander geteilt hatten? Zwischen ihnen schien sich soeben ein unendlich tiefer Abgrund aufzutun. Sie musste unbedingt seine unerklärliche Wut beschwichtigen, und zwar rasch. Sie nahm seine Jacke, und als er wieder aufstand und das Wasser an seinem muskulösen, harten Körper abperlte, sagte sie: »Komm her!«

In seinem Blick lag Ablehnung, aber wenigstens kam er jetzt zitternd aus dem Bach. Nicole legte ihm die Jacke um die Schultern und rieb ihn damit ab wie mit einem Handtuch, bis er ihr die Jacke entriss. »Versuchst du etwa, mich zu verführen?«, knurrte er und trat einen Schritt zurück.

Tat sie das? »Wäre das denn so schrecklich?«

»Du bist die einzige Frau, die ich kenne, die so etwas zugeben würde. Das ist nicht recht!«

»Wenn wir zusammen sind«, sagte sie sehr leise, »dann kann mir nichts rechter sein.«

Er starrte sie rätselhaft an.

Nach außen hin gab sie sich mutig, doch innerlich bebte sie vor Angst; es stand so viel auf dem Spiel. Wieder näherte sie sich ihm und berührte ihn. Diesmal wich er nicht vor ihr zurück. »Warum hast du dich vorhin von mir abgewendet? Ich bin nicht so töricht, wie du offenbar glaubst. Ich weiß ganz genau, dass da mehr ist. Willst du mich etwa nicht?«

Er schwieg lange, und Nicole fürchtete sich vor seiner Antwort. »Ich wünschte, es wäre so«, sagte er schließlich schroff.

Er wirkte alles andere als glücklich. Sie griff nach seiner Hand. »Ich will dich, Hadrian, ich will dich noch immer.«

Er entzog sich ihr nicht, er stand nur reglos da. »Du bist einfach gnadenlos. Begreifst du denn nicht, dass ich nur versuche, ehrenhaft zu handeln?«

»Im Moment pfeife ich auf Ehrenhaftigkeit«, murmelte sie, und ihr Griff wurde fester.

Er löste sich daraus. »Das ist einfach unerträglich, so darf es nicht weitergehen. Ich nehme die Schuld für das soeben Vorgefallene auf mich. Jungfrauen sind dazu da, geheiratet zu werden, nicht für einen solchen Zeitvertreib.«

Sie konnte ihre aufkeimende Hoffnung nicht unterdrücken. Er wusste, dass sie noch Jungfrau war – wollte er damit sagen, dass er sie heiraten sollte? Seine Gefühle waren doch ebenso intensiv gewesen wie die ihren, gewiss ging es auch ihm um mehr als nur um Lust. Würde er seine Verlobung auflösen, jetzt, wo er gemerkt hatte, was er für sie fühlte? Würde er um ihre Hand anhalten? »Auch ich kann so nicht weitermachen. Ich halte es nicht aus, von dir getrennt zu sein.«

»Wenn du immer noch darauf aus bist, mich zu verführen, dann muss ich dich bewundern.«

Nicole trat zurück. Seine Worte wirkten auf sie wie ein Peitschenhieb, sie taten ihr körperlich weh. »Das denkst du also? Ich dachte ... ich hatte gehofft ...« Sie konnte den Satz nicht beenden, denn ihr wurde klar, dass er in gewisser Weise Recht hatte.

Er wandte sich von ihr ab und schritt rastlos auf und ab. In der Gewissheit, dass er diesem Vorschlag nicht zustimmen würde, sagte sie schließlich: »Eine Lösung wäre, ich kehre nach Dragmore zurück und wir sehen uns nie mehr wieder.«

Er drehte sich zu ihr um. »Das ist die ideale Lösung!«

Nicole verschlug es den Atem.

»Ich war davon ausgegangen, dass du das auch schon nach unserem letzten Gespräch vorhattest.«

Er wollte also, dass sie ging. Er wollte, dass sie London verließ, damit er sie nicht mehr sah. Wie konnte das sein, nach der Nähe, die sie soeben geteilt hatten? Nein, sie hatte ihn sicher missverstanden.

»Warum bist du nicht abgereist?«, wollte er wissen.

Nicole war so durcheinander, dass er seine Frage wiederholen musste. »Ich ... ich wollte fahren, aber meine Eltern baten mich zu bleiben.« Sie merkte, wie ihr die Tränen in die Augen stiegen. »Sie hofften, mich wieder in die Gesellschaft einzuführen und mir dort zu großen Erfolgen zu verhelfen.«

Er presste die Lippen zusammen. »Und das entspricht auch deinem Wunsch? Bist du jetzt auf der Suche nach einem Ehemann?«, fragte er schließlich.

Sie blickte ihn an, wie er so vor ihr stand – ein goldener Gott, nur dass er aus Fleisch und Blut war. Schon als sie ihn das erste Mal gesehen hatte, hatte sie ihn heiraten wollen. »Ja«, flüsterte sie nur.

»Dann wünsche ich dir alles Glück der Welt!«

Er würde nicht um ihre Hand anhalten. Er wünschte ihr Glück bei ihrer Suche nach einem Ehemann – einem anderen, nicht ihm. Nicole schwankte, als hätte er sie geschlagen. Der Herzog machte Anstalten, sie zu stützen, aber sie wehrte ihn ab und drehte sich rasch ab, damit er nicht sah, wie tief getroffen sie war. Wie konnte ihm nur so wenig an ihr liegen, wo es doch gerade erst den Anschein gehabt hatte, dass ihm sehr viel an ihr lag? Bedeutete sie ihm wirklich so wenig?

»Du wolltest dich also nur flüchtig amüsieren.«

»Ich habe dir doch von Anfang an klar gemacht, dass du an mich keine Erwartungen stellen kannst.«

Nicole wirbelte herum. »Mistkerl!«, fauchte sie. So ein schlimmes Wort hatte sie noch nie zuvor benutzt, und sie freute sich, dass sie ihn damit kurz aus der Fassung brachte. »Bist du deshalb heute zurückgekommen – um mir im Wald unter die Röcke zu langen?«

»Du weißt ganz genau, dass das nicht stimmt.«

»Ach ja?« Ihre Stimme wurde lauter, sie wusste, dass sie hysterisch klang. Sie war hysterisch. »Ich weiß nur, was heute hier passiert ist! Du sagst mir, dass ich von dir nichts zu erwarten habe, aber du verhältst dich so, dass ich glaube, alles erwarten zu dürfen.«

»Ich betrachte mich als einen Wüstling.« Er hielt ihrem Blick stand. »Schließlich bin ich der Sohn meines Vaters.«

Nicole wandte sich ab, bebend vor Wut und Verletztheit. »Oh, wie ich dich hasse!«

»Dann sind wir schon zu zweit«, sagte er so leise, dass sie sich nicht sicher war, ob sie ihn richtig verstanden hatte.

»Mir reicht es jetzt«, sagte Nicole und wollte zu ihrem Pferd eilen.

Doch er packte sie am Arm und hielt sie zurück. Erbost befreite sie sich aus seinem Griff und warnte ihn mit funkelnden Augen davor, sie je wieder so zu berühren.

»Du kannst so nicht zurück«, sagte er. »Du siehst aus, als wärst du in den Dreck gestoßen worden.«

»Das trifft ja wohl auch zu, oder?«, fragte sie höhnisch.

»Nicht so ganz«, gab er zähneknirschend zurück.

»Ach ja, wie konnte ich nur deinen Edelmut vergessen!« Sie schickte sich an, in den Sattel zu steigen. Im Moment war sie einfach zu erregt und zu wütend, um an den wunden Ballen ihres Pferdes zu denken. Der Herzog packte sie abermals; diesmal zerrte er sie von ihrem Pferd weg.

»Was tust du da?«, schrie sie schäumend vor Wut.

Er hob sie hoch. »Nicht das, was du jetzt vielleicht erwartest«, sagte er kühl.

Kreischend wand sich Nicole in seinen Armen und versuchte, ihn zu schlagen. Er duckte sich, aber da er beide Hände brauchte, um sie zu tragen, landete doch eine Faust mitten auf seinem Kinn. »Das ist der dritte Schlag, den du mir versetzt hast«, knurrte er finster.

»Aber nicht der letzte!«, erwiderte Nicole empört.

Sie schaffte es allerdings nicht mehr, ihm das Gesicht zu zerkratzen, denn er ließ sie fallen und sie landete mitten in dem eisigen Bach. Sie konnte gerade noch Luft holen, dann ging sie unter wie Blei. Gottlob schloss sie noch rasch den Mund und schluckte deshalb nicht allzu viel Wasser. Noch bevor sie etwas tun konnte, packte er sie am Kragen und zog sie aus dem Wasser. Während er sie ans Ufer zerrte, schnappte sie noch immer nach Luft. Er klopfte ihr kräftig auf den Rücken, bis sie das Wasser wieder ausspuckte, das sie geschluckt hatte.

Rasch hatte sie sich wieder so weit gefasst, dass sie ihn mit einem mordlüsternen Blick bedenken konnte. »Ich bringe dich um!«

Er hatte die Arme verschränkt und betrachtete sie ohne erkennbare Regung. »Du warst ziemlich weit zurückgefallen und wolltest dein Pferd tränken. Ich habe nach dir gesucht. Dein Pferd scheute, du bist in den Bach gefallen und ich habe dich herausgezogen.«

Ihre einzige Antwort war ein unartikuliertes Schnauben ohnmächtiger Wut.

*

Auf dem Rückweg begegneten ihnen zwei Stallburschen, die losgeschickt worden waren, um nach ihnen zu suchen. Der Herzog berichtete ihnen prompt, was passiert war, beziehungsweise die Geschichte, die er sich ausgedacht hatte. Da er und Nicole völlig durchnässt waren, nahmen sie die frischen Pferde der beiden Burschen und ließen sie ihre eigenen zurückführen.

Als sie am Herrenhaus ankamen, standen noch einige Gäste im Hof und sprachen über die Abenteuer dieses Morgens. Nicole und der Herzog wurden erleichtert begrüßt. Wieder erzählte der Herzog sein Märchen und niemand bezweifelte auch nur ein Wort davon. Zumindest nicht so lange, bis sie ins Haus gingen.

Isobel hatte sich in dem Salon gleich neben dem Foyer zu schaffen gemacht und eilte den beiden nun besorgt entgegen. Ihr Blick wanderte zwischen ihrem Sohn und Nicole hin und her. »Was ist passiert?«

»Nicoles Pferd hat gescheut und sie ist in einen Bach gefallen. Ich war zurückgeritten, um nach ihr zu suchen, und da musste ich in den Bach steigen, um sie herauszuholen«, sagte der Herzog sehr sachlich.

»Aber mir ist nichts passiert«, fügte Nicole rasch hinzu und bewerkstelligte der Herzoginwitwe zuliebe ein munteres Lächeln. Doch diese erwiderte es nicht, sondern musterte sie nur von oben bis unten. Nicole war sich sicher, dass sie den Worten ihres Sohnes nicht den geringsten Glauben schenkte. Scham überkam sie und bestärkte ihr brennendes Bedürfnis zu fliehen, nicht nur vor der Herzoginwitwe und ihrem allzu wissenden Blick, sondern auch vor ihrem Sohn.

»Sie gehen jetzt besser nach oben und ziehen sich um!«, sagte Isobel schließlich.

Nicole nickte.

Sie war nur zu froh, ihr zu entkommen. Doch da hörte sie ihre Mutter rufen. Aller Mut verließ sie, als sie Jane und ihren Vater die breite, gewundene Treppe herabkommen sah. »Mein Schatz, geht es dir gut?«, rief Jane und flog auf sie zu, dicht gefolgt von ihrem Gatten.

»Es geht mir gut«, tröstete Nicole ihre Eltern und versuchte, ihre Unsicherheit zu verbergen. Man konnte zwar allen möglichen Leuten weismachen, dass sie vom Pferd gefallen wäre, aber würden sich ihre Eltern mit so einem Märchen abspeisen lassen? Bemüht, den Vater nicht anzublicken, erzählte sie Jane, wie sie vom Pferd gefallen wäre und der Herzog sie gerettet hätte.

»Du bist vom Pferd gefallen?«, fragte Jane ungläubig. Ihr Vater starrte sie nur an.

»Ich dachte, ich sei ganz allein«, log Nicole ungerührt. »Und ich saß ja in diesem elenden Damensattel, den ich sonst nie benutze, das wisst ihr ja. Hadrian hat nicht nur mein Pferd erschreckt, sondern auch mich. Und dann ist es eben passiert.« Der strengen Miene ihres Vaters konnte sie nur allzu gut entnehmen, dass er wusste, dass sie nach Strich und Faden log.

»Du musst diese nassen Kleider ausziehen!«, sagte Jane nüchtern und nahm sich nur kurz die Zeit, dem Herzog ein warmes Lächeln zu schenken. »Vielen Dank, Euer Gnaden!«

Der Herzog nickte.

In diesem Moment merkte Nicole, dass sie ihn soeben bei seinem Namen genannt hatte und nicht Herzog oder »Seine Gnaden«. Ihr stockte das Herz. Ein verstohlener Blick auf die Herzoginwitwe zeigte ihr, dass diese sie sehr missbilligend betrachtete. Der nächste Blick galt ihrem Vater, auf dessen Gesicht ein nahezu identischer Ausdruck lag. Diesen beiden war ihr schrecklicher Versprecher also nicht entgangen. Ihr Gesicht lief tiefrot an. Sie wagte es nicht, den Herzog anzuschauen, aber das brauchte sie auch gar nicht – sie spürte seine stille Wut.

Nur ihre Mutter hatte nichts bemerkt und führte sie jetzt zur Treppe.

Auf die im Foyer Zurückgebliebenen senkte sich bleierne Stille. Der Herzog war Nicholas Sheltons kalten, wütenden Blicken ausgesetzt. Er krümmte sich innerlich. Sicher hatte der Graf schon vor Nicoles verheerendem Fauxpas gewusst, dass er mit Nicole nicht so lange in aller Unschuld allein gewesen sein konnte, und jetzt hatte sich sein Verdacht bestärkt.

Als Nicholas Shelton zu sprechen begann, war seine Stimme ebenso kühl wie seine blassen grauen Augen.

»Euer Gnaden, vielleicht würden Sie mich kurz in die Bibliothek begleiten? Ich würde sehr gerne alles über Nicoles Sturz von ihrem Pferd erfahren.«

Beinahe wäre der Herzog zusammengezuckt. Wenn er Nicholas Shelton jetzt nicht davon überzeugen konnte, dass seine Tochter nicht entehrt worden war, würde es zu einem schrecklichen Eklat kommen. »Nicole hatte großes Glück«, sagte er höflich. »Hätte ich nicht so entschlossen gehandelt, dann hätte es zu einem Unglück kommen können. Aber ich kann Ihnen versichern, ihr ist kein Schaden entstanden und sie ist in keinster Weise beeinträchtigt.«

Die Miene des Grafen von Dragmore änderte sich kaum. »Ich verstehe«, knurrte er. »Hoffentlich wird in Zukunft nicht noch einmal so etwas passieren!« Wütend starrte er den Herzog an. »Die Folgen wären nämlich höchst unerfreulich, dessen kann ich Sie versichern.«

»Natürlich nicht«, erwiderte Hadrian steif. Der Graf war ja völlig im Recht, aber der Herzog mochte es nicht, wenn man ihm drohte, berechtigt oder nicht.

Shelton nickte nur, dann wandte er sich schroff ab und ging.

Er hinkte noch etwas aufgrund seiner Muskelzerrung. Der Herzog blickte ihm nach. Endlich konnte er seiner Wut freien Lauf lassen, und diese Wut richtete sich nahezu ausschließlich gegen ihn selbst. Die Tatsache, dass er Nicole beinahe entehrt hätte, machte ihm schwer zu schaffen, aber auch die Art und Weise, wie sie seine Absichten falsch gedeutet hatte, ließ ihn nicht ungerührt.

»Du solltest besser anfangen, an Elizabeth zu denken«, sagte plötzlich Isobel hinter ihm.

Das war eine weitere Warnung, und jetzt konnte er sich endgültig nicht mehr beherrschen. »Ich heirate Elizabeth im Juni«, fauchte er. »Das habe ich keine Sekunde lang vergessen. Und dann hat wohl alles seine Ordnung, habe ich Recht?«

Isobel blickte ihn traurig an.

»Dann werden alle glücklich sein, meinst du nicht auch?« Er knirschte mit den Zähnen. »Oder sollte ich lieber sagen: fast alle?«

Mit festen, wütenden Schritten stapfte er davon. Er hatte sich nicht so von seinen Gefühlen übermannen lassen wollen, aber nun war es passiert; und damit waren auch die Gefühle hochgeschwappt, die er tief in sich verborgen hatte und denen er sich auf gar keinen Fall hatte stellen wollen. Doch nun war es zu spät. Alle würden glücklich sein, wenn er Elizabeth heiratete. Alle bis auf ihn.

Denn er freute sich nicht mehr auf seine bevorstehende Hochzeit. Plötzlich stand sie drohend im Raum und erschien nur noch als reines Selbstopfer.

16

An diesem Abend konnte es Isobel kaum erwarten, bis sich ihre Gäste zurückzogen und sie in ihrer Suite Ruhe und Frieden fand. Endlich war sie allein mit ihren Gedanken – und ihren Sorgen.

Sie stand vor dem riesigen, mit Marmor ummantelten Kamin ihres Wohnzimmers und starrte in die tanzenden Flammen. Die gesellige Munterkeit, um die sie sich den ganzen Abend bemüht hatte, war verschwunden und hatte einer tiefen Besorgnis Platz gemacht.

Isobel war keine Närrin. Sie war nie eine gewesen, auch wenn sie in ihrer Jugend sehr naiv, unschuldig und leichtgläubig gewesen war. Francis hatte dafür gesorgt, dass sich das sehr rasch änderte; sie wurde unverzüglich in die düsteren Seiten des Lebens eingewiesen und hatte sich diesen entsprechend schnell anpassen müssen. Nun war sie über fünfzig, und sie war nicht nur eine Herzoginwitwe, sondern auch eine gebildete, erfahrene und intelligente Frau, die auch in geschäftlichen Dingen bewandert war. Nur wenige Frauen hatten erlebt, was sie durchgemacht hatte, und Isobel wusste besser als die meisten, dass im Leben immer wieder Dinge geschahen, mit denen man überhaupt nicht gerechnet hatte.

Hadrian hatte sich in Nicole Shelton verliebt, das war nur allzu deutlich. Und ebenso klar war, dass die arme junge Frau unsterblich in ihren Sohn verliebt war. Sie gaben wirklich ein ausnehmend schönes Paar ab, ganz abgesehen von der ihnen beiden eigenen äußeren Schönheit. Isobel war traurig.

Verbotene Liebe war ihr nicht fremd. Und sie wusste auch, wie schrecklich der damit verbundene Schmerz sein konnte. Auch wenn er allmählich verebbte, so starb doch nie die Trauer über das, was hätte sein können. Ihr zumindest war es so ergangen. Jetzt tat ihr das Herz wegen ihres Sohnes weh. Ach, wenn doch nur ihr Sohn Nicole Shelton nicht liebte! Wenn ihm doch nur der Schmerz erspart bliebe, der ihm sicher war, falls er sie liebte!

Und dann die arme Elizabeth! Sie wäre die Dritte, die darunter zu leiden hätte. Isobel wusste, wie sehr Elizabeth Hadrian liebte. Hadrian würde sie nie fallen lassen, dessen war sich Isobel sicher, dafür war er viel zu ehrenhaft. So, wie sie zu ehrenhaft gewesen war, Francis davonzulaufen. Wie die Mutter, so der Sohn. Schrecklich!

Isobel sank auf die Chaiselongue. Am liebsten hätte sie den Tränen freien Lauf gelassen. Ihre Nerven lagen blank, als wäre sie noch einmal in ihren Zwanzigern, als wäre sie jene junge Frau, die sich zum ersten Mal verliebt hatte und die von ihren verbotenen Gefühlen für einen Mann, der nicht ihr Ehemann war, gefoltert wurde. Sein Bild stieg vor ihr auf, als wären sie erst gestern zusammen gewesen: stark, kraftvoll, braunes, von sonnengebleichten goldenen Strähnen durchzogenes Haar, ein wettergegerbtes und dennoch faszinierend schönes Gesicht. Ihr Herz verkrampfte sich. Sie merkte, dass sie sich getäuscht hatte – der Schmerz verging nie.

Eine solche unter einem schlechten Stern stehende Liebe wünschte sie niemandem, am allerwenigsten ihrem Sohn oder Elizabeth, aber auch nicht der armen Nicole Shelton, die nicht verdient hatte, wie das Leben ihr bislang mitgespielt hatte.

Isobel wusste sehr gut, dass Liebe keine Grenzen kannte. Liebe unterwarf sich weder der Vernunft noch der Logik und widersetzte sich jeglichen Versuchen, ihr Grenzen aufzuerlegen. Hadrian war stark, edel und ehrenhaft, aber er war nur ein Mann. Nie würde er Nicole Shelton mit Vorsatz entehren, aber wie lange würde es noch dauern, bis das Unvermeidliche geschah? Isobel dachte darüber nach, wie sie die beiden heute erlebt hatte, welche Spannung zwischen ihnen bestanden hatte. Hadrian würde einen solch unüberlegten Akt viel leichter überwinden als Nicole. Eigentlich hätte sich Isobel keine Sorgen um die junge Frau machen müssen, aber sie tat es. Es war wirklich nicht fair. Aber wann war das Leben schon fair?

Sie schloss die Augen und dachte über Hadrian nach – nicht

über ihren Sohn, sondern seinen Namensgeber. Nicht zum ersten und sicher nicht zum letzten Mal wünschte sie sich verzweifelt, endlich den Mut aufzubringen und ihrem Sohn die Wahrheit zu sagen. Aber an diesem Punkt war sie, die sonst nie feige war, zu feige. Sie fürchtete sich davor, seinen Schock miterleben zu müssen, oder, schlimmer noch, seinen möglichen Abscheu ertragen zu müssen. Sie hatte Angst, seine Achtung und seine Liebe zu verlieren.

Nein, sie würde ihm nie die Wahrheit sagen können, auch wenn er alles Recht der Welt hatte, sie zu erfahren. Dass ihr Sohn vielleicht aus ihren Fehlern lernen könnte, wenn er alles wüsste, kam ihr dabei gar nicht in den Sinn; denn selbst wenn sie die Möglichkeit gehabt hätte, das Rad der Zeit dreißig Jahre zurückzudrehen, sie hätte nichts anders gemacht.

*

Der Herzog von Clayborough fand keinen Schlaf.

Er hatte heute schon zwei Mal an der Stadtresidenz der Staffords geläutet, und auch gestern nach seiner Rückkehr nach London hatte er gleich versucht, Elizabeth zu sprechen. Aber sie hatte jedes Mal geschlafen und er hatte sie nicht sehen können; selbst wenn er gewollt hätte, er hätte sie nicht aufwecken können, denn sie war völlig benommen von dem Laudanum, das sie gegen die Schmerzen nahm, die sie plötzlich befallen hatten und nicht mehr weichen wollten.

Es war nun bereits weit nach Mitternacht. Allein in seinem hohen Schlafzimmer – nur sein Barsoi leistete ihm Gesellschaft – verfolgten ihn Nicoles exotisches Bild und Elizabeths blasses, zartes Antlitz. Von heftigen Schuldgefühlen und einer ebenso heftigen Verwirrung gequält, musste er der Wahrheit ins Auge sehen.

Keine Frau hatte ihn je im Wachen wie im Schlafen so verfolgt wie Nicole Shelton. Keine Frau hatte jemals eine solch unbändige Lust in ihm erregt. Und schlimmer noch: Keine Frau hatte ihn jemals dazu gebracht, sich so wüst, so unehrenhaft zu benehmen. Er war wütend auf sich, über seine Reaktion auf sie und weil er sich so hatte gehen lassen.

Der Herzog stieg aus seinem Bett, streifte sich einen samtenen Paisley-Hausmantel über und schritt zum Kamin, wo sein Hund ihn mit einem freudigen Schwanzwedeln begrüßte. Er beugte sich hinab und tätschelte Lads großen Kopf. »Ich weiß nicht mehr, wer ich bin«, gestand er seinem treuen Gefährten.

Jede ihrer bisherigen Begegnungen spulte sich in seinem Kopf ab, und das nicht zum ersten, sondern zum millionsten Mal. Es war die reine Folter. Sein Körper war völlig zermartert.

War er seinem Vater wahrhaftig so ähnlich? War Francis von seinen jungen Geliebten so besessen gewesen, dass er nicht anders gekonnt hatte, als mit ihnen herumzuturteln und Isobel zu betrügen? Vielleicht war auch Francis von seinen Moralvorstellungen gepeinigt worden. Vielleicht waren sich Vater und Sohn viel ähnlicher, als alle dachten.

Wenn es einen guten Grund gab, ihr fern zu bleiben, dann diesen: Er hatte Angst, sich als getreues Abbild seines Vaters zu erweisen, eines Mannes, den er bis heute ohne das geringste Bedauern hasste. Es lag auf der Hand, dass in ihm eine dunkle Seite lauerte, eine, die er von Francis geerbt hatte und die er bändigen musste, koste es, was es wolle.

»Zum Teufel mit ihr«, sagte er zu seinem Hund und zum Feuer. Doch dann runzelte er die Stirn. »Nein, es ist nicht ihre Schuld, sondern meine.«

Nicole Shelton wollte wieder in die Gesellschaft aufgenommen werden und suchte einen Ehemann. Der Herzog wusste, dass er ihr solche berechtigten Interessen kaum übel nehmen konnte, aber er ärgerte sich trotzdem. Hatte sie wirklich gehofft, er wäre ungeachtet von Elizabeth der passende Freier? Hatte sie gehofft, er würde ihr zuliebe seine Verlobte verstoßen? Davon musste er wohl ausgehen.

Sein Puls hatte sich beunruhigend beschleunigt. Er begann, im Zimmer herumzuwandern; der Hund betrachtete ihn erwartungsvoll. Das Feuer glühte gerade aus, doch der Herzog achtete nicht auf die Kälte, die sich im Raum ausbreitete. Er hatte sich fest vorgenommen, seine Reaktionen nicht mehr zu hinterfragen. Absolut nicht mehr.

Die Devise der Clayboroughs – »Ehre über alles« – war nicht nur in seinem Wappen eingeprägt, sondern auch in seinem Herzen. Ungeachtet dessen, was er in Bezug auf seine bevorstehende Hochzeit fühlte, er würde und konnte seine Verlobung nicht lösen. Aber was wurde aus Nicole?

Er schloss die Augen. Sie wollte einen Ehemann. Alle Frauen, die er kannte, wollten einen Ehemann – sie wollte nichts Unbilliges. Sie hoffte, wieder in die Gesellschaft aufgenommen zu werden. Jetzt war das möglich, denn er hatte sie unter seinen Schutz gestellt. Er könnte ihn noch ausdehnen; er könnte auch noch weit über das hinaus handeln, was ihm sein Ehrgefühl gebot; er könnte ihr eine Wohltat erweisen und passende Aussichten fördern; er könnte ihr sogar einen Ehemann verschaffen.

Hadrian spürte, dass das genau das Richtige wäre. Schon allein die Vorstellung behagte ihm zwar überhaupt nicht, doch je klarer ihm wurde, wie gallenbitter ihm die Rolle des Kupplers schmeckte, desto entschlossener wurde der Herzog, ihr zu helfen, einen geeigneten Ehemann zu finden.

Den ganzen folgenden Tag musste er sich um dringende geschäftliche Angelegenheiten kümmern, so dass er sich in der Hoffnung, Elizabeth zu sehen, schon frühmorgens zum Stadthaus der Staffords begab. Und tatsächlich war sie wach und freute sich schon auf ihn, wie ihr Vater, der Marquis von Stafford, ihm sogleich mitteilte. Hadrian erkannte schon beim ersten Blick auf ihn, dass sich die Gesundheit seiner Tochter in den letzten Tagen nicht gebessert hatte. Der Marquis hatte rote Augen, als hätte er schlecht geschlafen, und seine Züge waren eingefallen. In den wenigen Wochen, seit Elizabeth sichtlich krank geworden war, war er um zwanzig Jahre gealtert. Hadrian wechselte ein paar höfliche Worte mit ihm und wurde dann vom Butler nach oben geführt.

Er blieb an der Tür zu ihrem Wohnzimmer stehen und gebot dem Butler, sie alleine zu lassen. Elizabeth wirkte, als schliefe sie. Sie ruhte auf einer großen Chaiselongue unter einer schweren, lilafarbenen Angoradecke. Sie war schrecklich blass und wirkte auf ihrem Lager zerbrechlich und klein. Sein Herz verkrampfte sich. Sie sah viel, viel schlechter aus. Zum ersten Mal hatte er richtig Angst um sie.

Vielleicht spürte sie seine Anwesenheit, vielleicht hatte sie ihn auch gehört. Sie schlug die Augen auf. Rasch trat der Herzog zu ihr und bemühte sich um ein fröhliches Lächeln. Es dauerte ein Weilchen, bis sich ihr Blick geklärt hatte, dann lächelte sie ebenfalls. »Hadrian!« In diesem einen Wort, seinem Namen, lagen sämtliche Gefühle, die sie für ihn hegte, und ihre ganze Freude darüber, ihn zu sehen.

»Hallo, Elizabeth! Ich wollte dich nicht aufwecken.« Er setzte sich auf eine Ottomane, die er zu ihr heranzog.

»Ich freue mich doch, dass du gekommen bist!«

Ihre Stimme war leise, atemlos, kaum mehr als ein Flüstern. Er bemühte sich, ihr seine Besorgnis nicht zu zeigen. »Geht es dir heute besser?«

Sie nickte fast unmerklich.

Einige Minuten unterhielt er sie mit einer Beschreibung der Jagd. Ihre Augen wurden beinahe lebhaft, als er die gefährlichen Hindernisse schilderte, die er genommen hatte, und als er damit fertig war, lächelte sie. »Es klingt wundervoll. Ich bin so froh, dass du doch an der Jagd teilgenommen hast, Hadrian.«

Er hielt ihre Hand, blickte in ihre bewundernden Augen, hörte ihre selbstlosen Worte und verfluchte sich für all seine treulosen Gedanken und Taten. Elizabeth verdiente ihn nicht, sie verdiente einen Besseren. Aber sie war mit ihm verlobt, und er schuldete ihr Treue. Sein Entschluss, Nicole verheiratet zu sehen, festigte sich.

»Hadrian«, sagte Elizabeth zögernd, »was wirst du tun, wenn ich – wenn ich sterbe?«

Hadrian erstarrte. »Aber du stirbst doch nicht«, sagte er entsetzt. Sie hatte soeben die schreckliche Angst in Worte gefasst, der er sich nicht zu stellen wagte.

Ein leichter Tränenschleier verhüllte ihre Augen. »Ich fürchte, da irrst du dich.«

Er schluckte und verstärkte den Griff um ihre Hand. »So etwas darfst du noch nicht einmal denken!«, sagte er fest, auch wenn sie bei Gott aussah, als wäre es tatsächlich bald um sie geschehen.

Sie blinzelte und wandte den Kopf ab. »Ich möchte nicht, dass du leidest«, sagte sie zögernd. »Ich möchte, dass du glücklich bist, das wollte ich mein Leben lang. Du bist jung und stark, und du hast schon viel zu lange darauf gewartet, in deinem Leben wichtige Wendungen zu vollziehen.«

»Elizabeth!«, protestierte er aschfahl.

Eine Träne glitt ihre Wange hinab. »Glaubst du etwa, dass ich das nicht weiß? Ich weiß, dass du nicht glücklich bist, Hadrian. Das habe ich mein Leben lang gewusst, selbst als ich noch klein war.«

Ihm fehlten die Worte.

Eine weitere Träne fiel. »Ich wollte unbedingt diejenige sein, die dich glücklich macht, aber es sollte einfach nicht sein.«

Er ergriff ihre beiden schmalen Hände.

»Du brauchst einen Sohn. Du solltest rasch heiraten und einen Sohn bekommen.« Jetzt ließ sie ihren Tränen freien Lauf. »Ich wollte deine Frau sein, ich wollte diejenige sein, die dir einen Sohn schenkt, ich wollte dich glücklich machen. Aber Gott will das nicht zulassen, warum, weiß ich nicht.«

Überwältigt von Schmerz nahm er Elizabeth in seine Arme. Sie war zerbrechlich und dünn wie ein unterernährtes Kind. Er hielt sie ganz sanft, zum ersten Mal, seit sie ihren Kittelkleidchen entwachsen war, abgesehen von dem einen Mal, als er sie zu ihrem achtzehnten Geburtstag geküsst hatte. Wie konnte sie nur so reden?

»Ich mag es nicht, wenn du so redest, Elizabeth«, sagte er schließlich. »Du bist jung und wirst sicher nicht sterben. Wir heiraten im Juni, und du wirst mir einen Sohn schenken.« Er streichelte ihr Haar. »Und außerdem täuschst du dich: Du machst mich sehr, sehr glücklich.«

Sie lehnte sich zurück, um ihn anzusehen, und er bemerkte, dass sie noch immer weinte, wenn auch sehr still. »Ich will nicht sterben. Ich liebe dich so sehr. Ich wollte nie etwas anderes, als deine Frau zu sein. Ach, Hadrian, es ist nicht fair!«

Er war zutiefst erschüttert und konnte doch nichts weiter tun, als sie wie ein Kind zu halten und zu trösten. Jetzt verstand er auch, warum der arme Marquis so rote Augen hatte: nicht aus Schlafmangel, sondern weil er geweint hatte.

»Du musst jetzt schlafen!«, sagte er, erschreckt von ihrer zunehmenden Blässe. »Ich werde heute Abend noch einmal vorbeikommen. Aber wenn du dann schläfst, schaue ich nur ganz kurz nach dir, ich werde dich nicht aufwecken.«

Ihre Augen waren zugefallen, aber sie klammerte sich noch immer erstaunlich fest an ihn. Der Herzog löste sich sanft und stand auf. Er bebte und hatte nur noch einen Gedanken: Er musste sofort einen Arzt holen. Doch auf dem Weg zur Tür hielt er noch einmal inne.

Er kehrte zu ihr zurück und beugte sich über sie. Sie schien zu schlafen. Er berührte ihre Stirn, die kühl und trocken wirkte. »Elizabeth«, murmelte er, »du bedeutest mir sehr viel.« Kurz streiften seine Lippen die ihren.

Bei seinem letzten Blick auf sie sah er, dass sie lächelte.

17

Es war Regina, die die schlechten Nachrichten überbrachte. Nicole war am Sonntagabend mit ihren Eltern und der Schwester zum Tavistock Square zurückgekehrt. Nervlich völlig erschöpft, wie sie war, hatte sie es kaum erwarten können, aus Maddington abzureisen. Hadrian hatte sie seit der Fuchsjagd, ja schon seit dem peinlichen Zwischenfall im Foyer mit der Herzoginwitwe und ihren Eltern, als sie zerzaust und klatschnass ins Herrenhaus gekommen waren, nicht mehr zu Gesicht bekommen. Nachdem ihre Mutter sie nach oben geschickt hatte, hatte sie nicht recht gewusst, was als Nächstes passieren würde. Eigentlich hatte sie nicht erwartet, dass Hadrian Maddington sofort verlassen würde, aber genau das hatte er getan. Gleich nachdem sie sich umgezogen hatte, hatte sich im Hof einiges getan. Von einer Vorahnung erfüllt war sie ans Fenster geeilt und hatte gerade noch gesehen, wie er in die schwarze Clayborough-Kutsche stieg. Eine Eskorte aus einem Dutzend livrierter Reiter stand schon bereit, paarweise aufgereiht wie Soldaten. Kurz bevor er endgültig in der Kutsche verschwand, hatte der Herzog noch einen Blick zurückgeworfen, als spürte er, dass sie ihn beobachtete. Aber er sah sie nicht, und wenige Augenblicke später waren er und sein prachtvolles Gefolge verschwunden.

Zurück in London hatte Nicole ihr Bestes versucht, nicht mehr an den Herzog und ihre letzte Begegnung zu denken, aber es wollte ihr einfach nicht gelingen. Ihre Wut war inzwischen weitgehend verflogen, jetzt fühlte sie sich hauptsächlich gedemütigt. Sein Verhalten sprach für sich – ganz offenkundig sah er in ihr keine Lady. Jedes Mal, wenn sie sich trafen, landete sie in seinen Armen. Von Anfang an hatte er keine ehrbaren Absichten verfolgt, aber warum auch? Wenn sie sich nichts vormachte, musste sie zugeben, dass er gar nicht so falsch lag. Eine Lady ging nicht ohne Begleitung und in einem skandalösen Zigeunerkostüm auf einen Maskenball, eine Lady ließ ihren Verlobten nicht in letzter Minute sitzen, eine Lady ritt nicht im Herrensattel und in Reithosen durch die Gegend. Und ganz sicher ließ sich eine Lady von keinem Mann, nicht einmal ihrem Ehemann, so berühren, wie sie sich von Hadrian hatte berühren lassen. Wäre sie eine richtige Lady wie Elizabeth gewesen, hätte er sich niemals so skandalös verhalten.

Außerdem schämte sich Nicole, dass sie Elizabeth während der Jagd völlig vergessen hatte. Wenn sie mit Hadrian zusammen war – wenn sie doch wenigstens aufhören könnte, ihn in Gedanken bei seinem Vornamen zu nennen! –, wenn sie mit dem Herzog zusammen war, dann vergaß sie einfach alles. Hätte Elizabeth nicht wenigstens ein boshafter, schrecklicher Mensch sein können, so wie ihre Cousine Stacy? Dann wäre es Nicole leichter gefallen, nicht zu bereuen, was sie mit Hadrian getan hatte. Aber Elizabeth war nicht wie Stacy, Elizabeth war liebenswürdig und freundlich, sie war einer der wenigen Menschen in der ganzen Stadt, die sich wirklich bemüht hatten, Nicole das Gefühl zu geben, akzeptiert zu sein. Sie wollte Elizabeth nicht hintergehen, und dass sie das getan hatte, bereute sie ebenso sehr wie die Tatsache, dass sie es wieder einmal nicht geschafft hatte, sich wie eine richtige Lady zu benehmen.

Und dann kam Regina mit Neuigkeiten, die Nicole erschütterten.

»Was ist denn los?«, fragte sie ihre Schwester, als Regina atemlos in ihr Zimmer gerannt kam.

»Es geht um Elizabeth Martindale!«, keuchte Regina. »In den letzten Tagen hat sich ihr Zustand verschlimmert! Sie ist so krank, dass sie überhaupt nicht mehr aufstehen kann, und die Ärzte sagen, dass sie dahinsiecht.«

Nicole starrte sie an. Sämtliche Farbe wich aus ihrem Gesicht. »Dahinsiecht?«

Auch Regina war bleich wie ein Gespenst. Sie nickte nur mit großen Augen.

»Was soll das denn heißen?«

»Das weiß ich auch nicht«, rief Regina. »Die Ärzte sagen, dass sie dahinsiecht. Ich glaube, dass sie im Sterben liegt.«

Nicole ließ sich entsetzt auf einen Stuhl fallen. »Im Sterben?«

Regina setzte sich ebenfalls, auch sie war schockiert. Die beiden Schwestern starrten sich sprachlos an.

»Ich glaube es einfach nicht«, sagte Nicole schließlich. »Elizabeth ist jung, sie ist jünger als du und ich. Junge Mädchen sterben nicht so einfach.«

Reginas Mund zitterte und in ihren Augen standen Tränen. »Ich kann es auch nicht glauben«, sagte sie mit belegter Stimme. »Vielleicht stimmt es ja gar nicht.«

»Natürlich stimmt es nicht!«, rief Nicole erleichtert. »Das ist sicher nur wieder so ein schreckliches Gerücht – du weißt doch selbst, wie aus einer Mücke ein Elefant wird, wenn so etwas erst einmal die Runde gemacht hat.«

»Wahrscheinlich hast du Recht«, sagte Regina wieder etwas gefasster. »Wahrscheinlich hat sie Grippe, eine schlimme Grippe, und nichts weiter.«

Nicole nickte, doch richtig beruhigt war sie nicht.

*

Sie war nach wie vor ziemlich aufgewühlt, als die Dragmore-Kutsche eine Stunde später vor der Residenz der Staffords hielt. Gerüchte waren etwas Schreckliches, aber oft genug enthielten sie doch ein Körnchen Wahrheit. Nicole flehte zu Gott, dass dem nicht so war, ja, sie weigerte sich einfach, es zu glauben. Sie hoffte inständig, dass Elizabeth nur leicht erkrankt wäre, und wollte der Jüngeren, die so freundlich zu ihr gewesen war, nur einen kleinen Besuch abstatten und ihr gute Besserung wünschen. Der Kutscher half ihr beim Aussteigen, und der Butler führte sie in die Eingangshalle.

Nicole überreichte ihm ihre Visitenkarte und erklärte, sie habe gehört, Lady Elizabeth sei krank, und sie wolle ihr jetzt nur rasch gute Besserung wünschen.

In der Hand hielt sie eine Schachtel Konfekt, die sie unterwegs an der Oxford Street besorgt hatte.

Der Butler betrachtete ihre Karte, doch noch ehe er etwas sagen konnte, ertönte eine wütende Männerstimme: »Elizabeth empfängt keinen Besuch!«

Nicole wirbelte herum und sah den Herzog von Clayborough auf sie zuschreiten. Er wirkte ausgesprochen missgestimmt. Die Ärmel seines Hemdes, das er ohne Jackett trug, waren aufgerollt; er trug nicht einmal eine Weste. Seine sonst stets makellos gebügelten Hosen wirkten zerknittert. Die dunklen Ringe unter seinen Augen ließen Schlafmangel und tiefste Sorgen erahnen. Sein an sich schon zu langes Haar schien noch länger und wirkte ungekämmt.

Ohne seinen verärgerten Blick von Nicole zu wenden, sagte er dem Butler: »William, Sie können gehen!«

William verschwand.

Nicole hatte nicht damit gerechnet, ihn hier zu sehen, und auch sein Ärger traf sie unvorbereitet. Instinktiv wich sie einen Schritt zurück, aber er folgte ihr und packte sie am Arm. »Was zum Teufel willst du hier?«

»Ich wollte Elizabeth besuchen. Ich habe gehört, sie ...«

»Du wolltest Elizabeth besuchen? Warum? Um dich höchstpersönlich von ihrem Zustand zu überzeugen?«

Sie versuchte, sich seinem Griff zu entziehen, aber er ließ nicht locker. »Lass mich bitte los!«, stammelte sie.

Unbeeindruckt schüttelte er sie nur grob und zog sie zu sich, bis sich ihre Gesichter fast berührten. »Wagst du zu denken, dass ich dich heirate, wenn sie stirbt?«

Nicole war einfach zu entsetzt, um etwas zu sagen. Schließlich gelang es ihr, den Arm aus seinem Griff zu befreien. »Wie kommst du nur darauf, dass ich so etwas denken könnte!«, schrie sie empört.

»Und warum bist du dann hier? Was zum Teufel hast du hier zu suchen?«

Die Qualen, unter denen er offenkundig litt, entsetzten sie ebenso sehr wie die Beschuldigung, die er ihr entgegengeschleudert hatte.

»Du bist hier nicht willkommen!«

Sie wich nicht zurück und hielt den Kopf hoch, aber in ihren

Augen glitzerten Tränen. »Ich verachte dich! Ich bin hergekommen, um zu sagen, wie Leid es mir tut, dass Elizabeth krank ist.«

»Warum sollte dir das Leid tun?« Er lachte höhnisch. »Ich denke, du bist der letzte Mensch in ganz England, dem so etwas Leid tun würde.«

Dass er ihren Charakter weiterhin auf so schreckliche Weise zeichnete, sie offenkundig für eiskalt und berechnend hielt, brachte sie so auf, dass sie schließlich doch anfing, sich wütend zu verteidigen: »Elizabeth war immer sehr freundlich zu mir, anders als alle anderen in dieser Stadt – Anwesende nicht ausgenommen –, die nur grob und beleidigend waren.«

»Es fällt mir schwer zu glauben, dass du vom karitativen Geist beseelt hier auftauchst.«

»Das, was du glaubst, hast du mir nur allzu deutlich zu verstehen gegeben.« Sie funkelte ihn an. Am liebsten hätte sie ihn übelst beschimpft und ihm an Ort und Stelle mitgeteilt, was sie von ihm hielt. Aber sie tat es nicht. Die arme Elizabeth war schwer krank, das war ganz klar, und gewiss lauschte der Diener an der nächsten Ecke mit großen Ohren auf jedes Wort, das hier gesprochen wurde. Irgendwelche Gerüchte über sie und den Herzog durften jetzt auf keinen Fall zu Elizabeth vordringen. »Es ist mir inzwischen egal, was du denkst«, sagte sie steif und wie betäubt. »Wenn sie keine Gäste empfängt, wärst du dann bitte so freundlich, ihr dieses Geschenk zu bringen und ihr zu sagen, dass es mir sehr Leid tut?«

Der Herzog machte keine Anstalten, das Päckchen in Empfang zu nehmen, das sie ihm entgegenstreckte. Tränen brannten in Nicoles Augen. Sie wandte sich rasch ab, um ihm nicht zu zeigen, wie verletzt sie war, legte das Konfekt auf einen Stuhl und ging zur Tür.

Doch er stellte sich ihr in den Weg. »Sobald es – sobald es Elizabeth besser geht, verlasse ich London«, sagte er schneidend.

»Deine Pläne interessieren mich nicht im Geringsten«, erwiderte sie schroff und wollte an ihm vorbeigehen.

»Und Elizabeth wird mitkommen. Wir werden mit unserer Hochzeit nicht bis Juni warten. Wir werden sofort heiraten.«

Nun hob sie den Kopf und stellte sich seinem wütenden Blick, auch wenn seine Worte sie so heftig verletzten, wie kein Messer es hätte tun können. War das derselbe Mann, der sie noch vor zwei Tagen im Wald von Maddington so leidenschaftlich umarmt hatte? Jetzt schien er sie nur noch zu hassen. Nicole erschauderte. Was hatte sie getan, dass sein Begehren in puren Hass umgeschlagen war? Gab er ihr die Schuld daran, was auf der Jagd passiert war?

Doch so verletzt sie auch war, sie hatte nach wie vor ihren Stolz. Irgendwie schaffte sie es, ihre Gefühle zu verbergen. »Dann wünsche ich euch beiden viel Glück!«

In diesem Moment, als sie sich wie die schlimmsten Feinde anstarrten, schoss eine rasche Folge von Bildern durch Nicoles Kopf, von ihnen beiden, von ihr in seinen Armen. In seinen Armen hatte sie gedacht, ihm läge wirklich sehr viel an ihr. Aber das hatte sie sich nur eingebildet, denn dem Mann, der jetzt vor ihr stand, lag nichts, rein gar nichts an ihr. Wenn er denn etwas für sie empfand, dann Verachtung.

Der Herzog schien mit ihrer höflichen Erwiderung nicht zufrieden, er wirkte nur noch wütender. Brüsk wandte sich Nicole von ihm ab.

William stand schon an der Tür, und wieder betete Nicole, dass keine üblen Gerüchte an Elizabeths Ohren dringen mochten. Doch kurz bevor sie über die Schwelle trat, hieb der Herzog noch einmal mit seinem Schwert aus Worten auf sie ein. »Ich möchte dir noch einmal ausdrücklich sagen, dass du hier nicht willkommen bist! Komm nie wieder hierher!«

Sie erstarrte und lief tiefrot an. Sie hätte hunderte von Erwiderungen gewusst, aber keine war geeignet für das Ohr des Butlers und all das Dienstbotengerede, das sich daraus ergeben würde. Dem hatte sie nun wahrhaftig genügend Futter gegeben. Doch dann befand sie, dass keine ihrer möglichen Erwiderungen besonders ins Gewicht fallen würde angesichts dessen, was ihr bisheriger Wortwechsel mit Sicherheit auslösen würde. »Im Gegensatz zu dem, was du denkst – und offenbar hast du dir vorgenommen, nur das Schlechteste von mir zu denken: Elizabeth ist meine Freundin. Sie verdient es, glücklich zu sein. Mir fällt niemand ein, der es mehr verdient hätte.«

An der vom Butler aufgehaltenen Tür hielt Nicole noch einmal inne. »Aber eins hat sie nicht verdient: dich. Und du hast eins ganz gewiss nicht verdient: sie.«

Der Herzog schäumte vor Wut.

Dem Butler blieb der Mund offen stehen.

Und Nicole beschloss, dass es an der Zeit wäre zu gehen.

*

Elizabeth starb noch in derselben Nacht. Ihr Vater, der Marquis von Stafford, fand sie am nächsten Morgen tot in ihrem Bett. Die Nachricht von ihrem Ableben drang erst einige Stunden später an Nicoles Ohren, und am Mittag wusste bereits ganz London, dass die wunderbare, freundliche junge Lady entschlafen war.

Nicole war zutiefst erschüttert. Elizabeth Martindale tot? Die süße, freundliche, hübsche Elizabeth? Elizabeth, die jeder gern hatte? Elizabeth, die in keinem Menschen je etwas Schlechtes sah? Keiner verdiente es so wenig zu sterben wie sie – das war die schlimmste Ungerechtigkeit, die sich Nicole vorstellen konnte. Sobald sie es erfahren hatte, zog sie sich verstört in ihr Schlafzimmer zurück.

Vielleicht ließen sich damit ja Hadrians gestriger Missmut und seine Grobheit erklären. Elizabeth hatte im Sterben gelegen, das hatte der Herzog wahrscheinlich gewusst. Von einem Mann, der den Tod eines ihm nahe stehenden Menschen – oder eines Menschen, den er liebte – vor Augen sah, konnte man schlechterdings nicht erwarten, höflich zu sein. Zitternd sank Nicole auf ihr Bett. Er musste Elizabeth sehr geliebt haben. Sie war sich nicht sicher, wie sehr, aber seine gestrige Verzweiflung zeigte, wie tief diese Liebe gegangen war. Nicole war erfüllt von Mitgefühl, als sie sich vorstellte, wie sehr er nun wohl litt.

Am Abend wurde Elizabeth aufgebahrt. Drei Tage lang hatten die, die sie gekannt hatten, die Gelegenheit, ihr die letzte Ehre zu erweisen. Nicole begab sich mit ihrer Familie dorthin. Edward war aus Cambridge herbeigeeilt, um sein Beileid zu bekunden. Nur ihr Bruder Chad, der in Dragmore weilte, kam nicht mit. In der riesigen Residenz der Staffords war es gespenstisch still, obwohl sich Hunderte von Trauergästen eingefunden hatten. Alle flanierten an dem stattlichen Mahagonisarg vorbei, in dem Elizabeth in ihrem schönsten Gewand aufgebahrt lag. Der Marquis, der zuerst seine Frau und jetzt sein einziges Kind verloren hatte, war untröstlich. Wenn die Trauernden das Wort an ihn richteten, nickte er nur; er war nicht in der Lage, etwas zu sagen.

Elizabeth wirkte im Tod sehr heiter. Sie sah sogar hübsch aus, und jemand hatte ein Lächeln auf ihre Lippen gezaubert – aber vielleicht war sie ja so gestorben. Nicole blieb neben dem Sarg stehen, Regina an ihrer Seite. Ein heftiges Bedürfnis zu weinen überkam sie und sie biss sich auf die Lippen. Wie konnte ein so netter, junger Mensch nur sterben, bevor sein Leben überhaupt richtig begonnen hatte? Der Tod war irgendwie erträglich, wenn der Verstorbene alt geworden war und ein erfülltes Leben geführt hatte oder kein besonders angenehmer Mensch gewesen war. Aber in diesem Fall kam es ihr vor wie ein Frevel.

»Ich kann sie gar nicht ansehen«, flüsterte Regina, die Stimme brüchig von ungeweinten Tränen. »Ich kann es einfach nicht.« Sie eilte davon.

Nicole holte tief Luft und sprach ein kleines Gebet. Ob Elizabeth es hören konnte? Sie dankte ihr für ihre Freundlichkeit und eigentlich wollte sie sich auch bei ihr entschuldigen, dass sie mit Hadrian die größte Nähe geteilt hatte. Aber das gelang ihr nicht, so sehr sie es auch wollte. Sie hoffte, Elizabeth würde es nie erfahren.

Sie wischte sich die Augen trocken und ging weiter. Plötzlich fiel ihr Blick auf die Herzoginwitwe von Clayborough.

Zunächst erschrak Nicole, denn sie erinnerte sich noch gut an den Blick, mit dem diese Frau sie im Foyer in Maddington bedacht hatte – als wüsste sie ganz genau, was zwischen ihr und Hadrian vorgefallen war. Abgesehen von ihrem Sohn war die

Herzoginwitwe der letzte Mensch, den Nicole jetzt zu sehen wünschte. Isobel brachte aber trotz ihrer verweinten Augen ein Lächeln zustande.

Jetzt blieb Nicole nichts anderes übrig, als zu ihr zu gehen. »Es tut mir aufrichtig Leid«, flüsterte sie.

»So geht es uns allen«, erwiderte Isobel leise, und aus ihren Augen sickerten ein paar Tränen. »Danke, dass Sie gekommen sind.« Ihre Stimme versagte.

Nicole konnte nur stumm nicken, sonst hätte auch sie zu weinen begonnen. Sie machte sich auf die Suche nach Regina. Ihre Schwester wartete vor dem Salon, in dem Elizabeth aufgebahrt war. Die beiden tauschten erschöpfte und leidvolle Blicke. »Vater und Mutter sprechen mit dem Marquis. In etwa einer halben Stunde können wir gehen.«

Nicole nickte. Am liebsten wäre sie sofort gegangen, doch das wäre zu unhöflich gewesen. Sie blieben im Flur stehen, um auf die Eltern zu warten, denn sie verspürten nicht den Wunsch, in den größeren Salon zu gehen, wo für die Gäste ein Büfett vorbereitet worden war. Unter den vielen Leuten, die auf dem Weg in diesen Salon waren, entdeckte Nicole schließlich Martha und ihren Mann. Martha entschuldigte sich bei der Gruppe, mit der sie gekommen war, und ging zu den beiden hinüber.

»Es ist einfach zu schrecklich«, flüsterte Martha, nachdem sie sich mit einer stillen Umarmung begrüßt hatten. »Ich bin zutiefst erschüttert, ich kann es einfach nicht glauben.« Ihre Augen wurden feucht.

»So geht es uns allen«, erwiderte Nicole.

»Es ist so unfair!«, flüsterte Regina.

Die beiden Älteren blickten sie strafend an, dass sie es wagte, einen Gedanken zu äußern, den sie alle hatten. Stille senkte sich auf sie. Regina hatte ohnehin keine Antwort erwartet. Schließlich sagte Martha: »Der Herzog ist auch da.«

Nicole blieb stumm, aber ihr Herz verkrampfte sich vor Kummer. Auch wenn sie jetzt besser verstehen konnte, warum er gestern so ein Scheusal gewesen war, linderte es doch nicht den Schmerz, den er ihr zugefügt hatte.

»Hast du ihn gesehen?«

»Nein.«

»Er sieht schrecklich aus. Ich habe versucht, mit ihm zu sprechen, aber es war, als hätte ich an eine Wand geredet. Ich glaube nicht, dass er auch nur ein Wort von dem, was ich gesagt habe, mitgekriegt hat. Aber das kann man ja auch verstehen.«

Wieder überfiel Nicole der Drang zu weinen. Hadrian musste Elizabeth wirklich sehr geliebt haben, dass er gestern so völlig außer sich geraten und heute so gramgebeugt war. »Er hat sie sehr geliebt.«

Martha starrte sie an. »Er hat sie ihr Leben lang gekannt. Das ist eine lange Zeit. Und abgesehen davon, dass sie verlobt waren, war sie ja auch seine Cousine.«

»Es ist eine lange Zeit, um jemanden zu lieben«, flüsterte Nicole bebend. Der Zeitpunkt war zwar absolut unpassend, doch plötzlich überfiel sie diese Erkenntnis mit mörderischer Gewalt: Er hatte Elizabeth wahrhaft geliebt und sie, Nicole, nie. Er hatte sie begehrt, aber das hatte mit Liebe nichts zu tun.

»Er braucht ein wenig Zeit«, sagte Martha und berührte Nicoles Hand sanft.

Falls die Freundin ihr damit noch etwas anderes zu verstehen geben wollte, dann wollte Nicole nichts davon wissen. Zum Glück konnte sie bald darauf mit dem Rest ihrer Familie gehen, ohne den Herzog gesehen zu haben. In der Nacht weinte sie – um Elizabeth, um Hadrian, und vielleicht auch ein kleines bisschen um sich selbst.

*

Der Tag der Beerdigung schien zum Trauern wie geschaffen. Ein heftiger Nordwind jagte dunkelgraue Wolkenfetzen über den Himmel und es sah aus, als wollte es jeden Moment zu regnen anfangen. Die meisten der Eichen, die die Gruft der Staffords säumten, hatten ihr Laub schon abgeworfen und ihre knorrigen nackten Äste wirkten öde und finster. An der Trauerfeier in London hatten gewiss an die tausend Menschen teilgenommen, doch hier in Essex waren nur noch etwa hundert zu Elizabeths Grab gekommen.

Nicole stand zwischen ihrer Mutter und Regina, umringt von ihrer Familie. Auch Chad war nun gekommen. Sie standen zwar nicht in der vordersten Reihe, aber Nicole war größer als die meisten Menschen um sie herum, so dass sie gut sehen konnte, wie der Sarg in die dunkle Gruft unter der Familienkapelle gesenkt wurde. Und sie konnte auch Hadrian sehen.

In einen schwarzen Anzug gekleidet und den Kopf gesenkt stand er auf der gegenüberliegenden Seite des Grabes. Einen Arm hatte er um seine Mutter gelegt, die vergeblich versuchte, die Tränen zurückzudrängen. Neben ihr stand der Marquis von Stafford, der ebenfalls weinte. Der Anblick eines erwachsenen Mannes, der nicht imstande war, die Fassung zu wahren, war erschütternd.

Neben ihnen stand das Oberhaupt der Familie, der Graf von Northumberland, mit seiner Frau und seinen nächsten Angehörigen. Roger de Warenne war Staffords Schwager. Er war ein großer, schlanker Mann Mitte siebzig mit einem auffallenden weißen Haarschopf. Er war begleitet von seiner zweiten Gattin, die etwa in Isobels Alter sein musste, seinen drei Söhnen – darunter auch seinem Erben, dem Vicomte von Barretwood – und deren Ehefrauen. De Warenne hatte ein Dutzend Enkel, die ebenfalls alle hier waren; der Jüngste war wohl knapp fünf und bemühte sich nach Kräften um eine feierliche Miene.

Hinter den de Warennes standen deren Verwandte, die Martindales, die Hurts und die Worthingtons. Natürlich war auch Stacy Worthington, Elizabeths Cousine, zugegen, die ostentativ in ihr Taschentuch heulte.

Nicole konnte nicht anders, sie musste Hadrian beobachten, als der Sarg zur Gruft getragen wurde. Bei seinem Anblick verkrampfte sich ihr Herz: Er wirkte verhärmt und bleich und ließ erschöpft die Schultern hängen. Er stand zu weit weg, als dass sie sein Gesicht klar erkennen konnte, aber selbst aus dieser Entfernung spürte sie, wie sehr er litt. Und sie litt mit ihm.

Nicole hatte nun, da Elizabeth zur letzten Ruhe gebettet wurde, alles Negative vergessen, was jemals zwischen ihr und ihm vorgefallen war – den Zorn, die Scham, die Verletzungen und den Stolz. Ein Tag wie dieser enthüllte schonungslos die Wahrheit. Sie blickte Hadrian an und weinte still ob all des Leids, das er zu tragen hatte, und es gab keinen Zweifel mehr, dass sie ihn von ganzem Herzen liebte. Wären sie allein gewesen, sie wäre zu ihm gegangen und hätte ihn wie ein Kind in die Arme genommen, um ihn zu trösten und sein Leid zu lindern. Aber sie waren nicht allein. Sie konnte ihn nur anschauen und aus der Ferne mit ihm leiden.

Sein Herz war gebrochen, und in ihrer Liebe zu ihm war ihr dasselbe widerfahren.

18

Drei lange Tage waren seit dem Begräbnis vergangen. Nicole hatte keine gesellschaftlichen Anlässe aufgesucht; ihr war nicht nach Fröhlichkeit zumute. Sie hatte Elizabeth zwar nicht gut und auch nicht lange gekannt, aber der Schock über ihren plötzlichen Tod lastete dennoch bedrückend auf ihr. Und dann war da noch Hadrian.

Ihre Gedanken weilten ständig bei dem Herzog, und seinetwegen war sie sehr betrübt. Bei der Beerdigung hatte sie seinen Verlust und seinen Schmerz gespürt, obwohl er physisch meterweit von ihr entfernt gewesen war. Nur zu gern hätte sie ihn getröstet. Aber so sehr sie ihm helfen, seinen Schmerz lindern wollte, spürte sie doch auch noch etwas anderes, ihre eigene Verletztheit, als sie erkannte, wie sehr er Elizabeth geliebt haben musste. Doch diesen kränkenden Gedanken schob sie beiseite, denn sein Leid war um so vieles wichtiger.

Sie musste ihn sehen. Sie musste ihm in seinem Kummer beistehen, ihm ihre Hilfe anbieten, ihn wissen lassen, dass sie für ihn da war, was auch immer geschehen mochte. Nicole wusste, dass das nicht geziemend war, jedenfalls nicht, wenn es nur darum ging, sich zu zeigen, doch anders betrachtet war es höchst angemessen, denn Hadrian brauchte sie jetzt einfach. Nie hatte er sie mehr gebraucht. Sie war nervös, weil sie nicht wusste, wie er sie empfangen würde, aber nichts auf der Welt konnte sie davon abhalten, ihn aufzusuchen.

Von Regina und Martha, die seit dem Begräbnis mehrfach in Gesellschaft gewesen waren, wusste sie, dass der Herzog alle Einladungen ausgeschlagen und jeglichen Besuch abgewiesen hatte. Doch Nicole war sich sicher, dass er sie empfangen würde.

Der Butler ließ sie in das großräumige, überwölbte Foyer eintreten und nahm ihre Visitenkarte entgegen. Er studierte sie mit unbewegter Miene und bemerkte dann ausdruckslos: »Seine Gnaden empfängt keine Besucher.«

»Das habe ich gehört«, erwiderte Nicole mit einem tiefen Seufzer. »Aber ich bin eine gute Bekannte des Herzogs – wie heißen Sie denn?«

»Woodward«, antwortete der Diener unbeeindruckt.

»Bitte, Woodward, sagen Sie Seiner Gnaden, dass ich hier bin. Er wird sich nicht weigern, mich zu empfangen.«

Woodward zögerte, dann nickte er und ging den Korridor hinunter. Nicole atmete auf. Sie merkte, dass sie zitterte.

Der Herzog von Clayborough war betrunken.

Nicht offensichtlich betrunken, nicht volltrunken, aber doch alles andere als nüchtern. Hadrian hatte seit seiner frühen Jugend keinen Alkohol mehr zu sich genommen – mit etwa vierzehn Jahren war er ein Rüpel und Raufbold gewesen –, doch heute hatte er sich mit voller Absicht betrunken. Er hatte seit Tagen nicht geschlafen. Er brauchte Schlaf, und er wollte so lange trinken, bis er einschlief. Er brauchte Schlaf, damit er den Gefühlen entfliehen konnte, die ihn zu überwältigen drohten – dem Kummer und dem Schuldgefühl.

Der Kummer lastete wie ein schwerer Stein auf seiner Brust. Jetzt, zu spät, erkannte er, dass er seine Verlobte geliebt hatte. Nicht körperlich, körperlich niemals, aber er hatte sie geliebt, und nun vermisste er sie. Er vermisste ihre Freundlichkeit und ihr Lächeln. Er vermisste ihre nie versiegende Liebenswürdigkeit, ihre unermessliche Hochherzigkeit, ihr Mitgefühl und ihre Anmut. Erinnerungen verfolgten ihn. Elizabeth als kleines Kind, von einem Möbel zum nächsten schwankend, während er, zwölfjährig, ihr vergnügt und froh zuschaute. Elizabeth, als sie mit sechs Jahren von ihrem Pony fiel und in seinen Armen weinte. Elizabeth mit dreizehn, schon fast eine Frau, als sie ihm schüchtern Kekse anbot, die sie selbst gebacken hatte. Elizabeth mit achtzehn, benommen, nachdem er sie zum ersten Mal geküsst hatte.

Nun war es zu spät, doch er erkannte, dass Elizabeth sein bester Freund gewesen war. Sein einziger Freund. Er war ein Mensch, der gern für sich blieb – eine Gewohnheit, die er sich schon in sehr früher Kindheit angeeignet hatte. Doch mit Elizabeth war es immer anders gewesen. Vielleicht hatte Pflichtgefühl sein Verhalten ihr gegenüber bestimmt, aber es war auch so leicht gewesen, mit ihr zusammen zu sein. Und so wie er ihre Beziehung immer als etwas Selbstverständliches betrachtet hatte, so war sie immer selbstlos gewesen. Was auch geschah, immer war sie für ihn da gewesen, hatte ihn immer unterstützt. Und wenn er einmal nicht für sie da gewesen war, dann hatte sie hundert Gründe zu seiner Entschuldigung aufzubieten gewusst.

Hätte er ihre Beziehung noch einmal leben können, er hätte es getan. Und dann wäre alles anders geworden.

Hadrian war übervoll von explosiven Emotionen, denen er sich nicht stellen wollte. Denn er hatte in seiner Kindheit auch gelernt, seinen Schmerz und seine Ängste sorgfältig zu verstecken. Immer zu verbergen, was er dachte oder fühlte, und nicht nur vor anderen, sondern auch vor sich selbst. Das hatte er viele Jahre lang mit Erfolg so gehalten – bis vor kurzem. Elizabeths tragischer Tod war nun der letzte Funke, und dieser Funke drohte sein Herz in Brand zu setzen.

Warum hatte sie sterben müssen? Wenn er auch nicht oft zur Kirche ging, so glaubte er doch an Gott, aber ihr Tod ergab einfach keinen Sinn. Andererseits war vieles, was er in seinem Leben erfahren und gesehen hatte, sinnlos gewesen. Die Grausamkeit seines Vaters seiner Mutter gegenüber hatte ebenso wenig Sinn gehabt wie die Grausamkeit seines Vaters ihm selbst gegenüber. Vielleicht gab es ja gar keinen Gott, oder vielleicht gab es einfach keine Gerechtigkeit und keine Gnade.

Vielleicht wäre er auch mit dem Kummer zurechtgekommen, wenn das alles gewesen wäre. Aber da war noch mehr, noch so viel mehr – das Schuldgefühl.

Düster genehmigte er sich noch einen Scotch Whiskey. Er saß in seiner Bibliothek – seit Tagen hatte er diesen Raum nicht verlassen. Hadrian schritt auf den Kamin zu und stocherte im Feuer herum im Versuch, seine Gedanken im Zaum zu halten. Aber sie kehrten unerbittlich immer wieder zum selben Thema zurück.

Schuld überwältigte ihn.

Elizabeth lag gerade erst im Grab, und schon wollte Nicoles Bild nicht mehr von ihm lassen. Verflucht sei sie!, dachte er und stocherte wild in die Glut, verflucht!

Oder sollte er sich selbst verfluchen?

In den vergangenen Monaten, in denen Elizabeth schwer krank und im Sterben gelegen war, hatte er kaum einen Gedanken für sie erübrigt, von seiner Aufmerksamkeit ganz zu schweigen. Sein ganzes Verlangen, all seine Leidenschaft hatte nur Nicole Shelton gegolten. Das hatte Elizabeth nicht verdient; nein, seine ganze Zuwendung hätte ihr zukommen müssen.

Ich bin ein Bastard, ein schrecklicher Bastard, ein selbstsüchtiger, begierlicher Unhold – gar nicht so anders als mein Vater.

Er schloss die Augen, doch das Bild in seinem Kopf wollte nicht verschwinden. Nicoles lebensprühendes, exotisch wirkendes Gesicht, ihr Lachen, ihre funkelnden Augen, neben Elizabeths bleichem, leblosem Antlitz.

Sie verkörperte von allem im Leben das Schönste; sie war feurige Energie, exotische Schönheit, unbezähmbarer Stolz. Elizabeth war niemals feurig, exotisch oder unbezähmbar gewesen, eher das genaue Gegenteil. Dieser Kontrast erschreckte ihn.

So weit war er gegangen auf einem Weg, den er nun nicht mehr verlassen konnte, trotz des Whiskeys; ein Weg, der ihn tief in sein dunkelstes und verborgenes, sein innerstes Wesen führte. Und er wollte nicht mehr einen Schritt weiter gehen.

Sehnsucht erfüllte ihn, eine heimliche Begierde, die er nicht abschütteln konnte, und diese Sehnsucht hatte einen Namen: Nicole.

Ein Klopfen an der Tür riss Hadrian aus seinen Gedanken. Er hatte dem Personal Bescheid gegeben, dass er nicht gestört werden wolle, doch würde er seinen Zorn nie an der Dienerschaft auslassen. »Ja?«, fragte er höflich.

Woodward trat ein, mit der reumütigsten Miene, zu der er fähig war. »Lady Nicole Shelton ist hier. Sie bestand darauf, dass ich sie ankündige, Euer Gnaden.«

Hadrians Herz pochte heftig. Das Sehnen, das Verlangen

drohte ihm den Atem zu rauben. »Schicken Sie sie weg!«, knurrte er.

Woodward schien zu erschrecken, doch er fasste sich sofort wieder. »Jawohl, Euer Gnaden.«

»Warten Sie!«, rief Hadrian, als der Butler an der Tür war. »Ich habe es mir anders überlegt. Führen Sie sie herein.«

Woodward nickte ausdruckslos und verschwand. Hadrian schritt auf und ab, sein Herz raste. Weshalb war sie gekommen? Konnte sie nicht wenigstens nach der Beerdigung einige Zeit verstreichen lassen? Hatte sie keine Achtung vor den Toten? Was wollte sie? Wie konnte sie es wagen!

Das, was er neulich, kurz vor Elizabeths Tod, zu ihr gesagt hatte, hatte er genau so gemeint – dass er mit seiner Braut aufs Land fahren werde und dass sie sofort heiraten würden. Vielleicht hatte er geahnt, dass Elizabeth sterben würde, und seine Absichten waren eine Form von Verleugnung gewesen. Die ganze Woche, als er an ihrem Sterbebett gesessen war, war er entschlossen gewesen, loyal zu ihr zu stehen, in seinem Tun wie in seinen Gedanken – und das bedeutete, dass er seine Vernarrtheit in Nicole Shelton aufgeben musste. Nun, am Rande eines Abgrundes, in den er absolut nicht zu stürzen gedachte, war Hadrian mehr denn je entschlossen, diese Frau aus seinen Gedanken und aus seinem ganzen Leben zu verbannen.

Woodward geleitete Nicole ins Zimmer, und Hadrian bedeutete ihm zu gehen. Sein Blick durchbohrte sie. Weshalb war sie gekommen? Warum gerade jetzt?

Ihr Aussehen verriet ihm, dass sie sehr beunruhigt war. Sicherlich nicht wegen Elizabeth; das wäre Ironie in ihrer schlimmsten Form gewesen. Der Blick ihrer matten, grauen Augen schien voller Mitgefühl und Sorge zu sein. Er fragte sich, ob er mehr betrunken war, als er gedacht hatte, denn dieses Mitgefühl konnte schwerlich ihm gelten. Oder etwa doch? Dies war nicht die wilde, unbezähmbare Exotin, die er kannte, dies war nicht die Frau, die praktisch zugegeben hatte, dass sie versuchte, ihn zu verführen.

»Hadrian? Was ist mit dir?«

Er lehnte sich an den Kamin, ohne die Hitze und die Flammen hinter dem Gitter zu beachten, die seinem Körper gefährlich nahe kamen. »Oh, mir geht es prächtig«, erwiderte er in einem Ton, der den Inhalt seiner Worte Lügen strafte. »Das ist ja schließlich etwas ganz Alltägliches, dass einem die Braut vor der Hochzeit stirbt!«

Ein nicht enden wollendes Schweigen folgte seinen Worten. Ihr Blick wurde noch mitfühlender; er aber hatte etwas getan, was ihn schockierte – er hatte sich ihr offenbart, ihr seinen ganzen Kummer gezeigt. Als wollte er, dass sie darauf reagierte.

»Es tut mir so Leid ...«, sagte sie unter Tränen, doch er unterbrach sie.

»Eigentlich sollte mich dieser Besuch nicht überraschen, habe ich Recht? Von Anstand und Schicklichkeit hast du schließlich noch nie etwas gehalten. Aber ich muss gestehen, ich bin überrascht.«

Sie stand reglos hinter dem Sofa und blickte ihn unverwandt an. »Ich musste einfach kommen«, sagte sie leise. »Ich musste einfach wissen, wie es dir geht.«

»Du bist gekommen, weil du dir Sorgen um mich machst?«, fragte er misstrauisch. Er glaubte ihr nicht. Oder doch? Ihr sanfter, sorgenvoller Blick peinigte ihn, stellte ihn auf die Probe.

»Warum sonst?«

»Ich könnte mir andere Gründe vorstellen«, entgegnete er grob, während sein Blick über sie glitt. »Das, was ich neulich sagte, war genau so gemeint. Es ist aus, Nicole. Was immer zwischen uns war – es ist vorbei.« Zorn übermannte ihn, so sehr, dass er selbst erschrak. Zorn auf sie, auf sich selbst, auf die ganze Welt.

»Ich verstehe.«

»Wenn du verstehen würdest, wärst du nicht hier!«

»Genau darum, weil ich verstehe, bin ich hier, Hadrian«, sagte sie leise. »Du solltest jetzt nicht allein sein.«

»Ich will allein sein!«

»Wenn es so ist, warum hast du mich dann eingelassen?«

Er starrte sie an, unfähig, die nackte Wahrheit noch länger zu verleugnen. Er wollte nicht allein sein – er wollte bei ihr sein. »Verschwinde. Sofort! Bevor es zu spät ist.«

Sie rührte sich nicht vom Fleck. Ihr Blick schien noch weicher, fürsorglicher. Es konnte nur eine Illusion sein.

»Hast du nicht gehört?«, schrie er sie wütend an. »Ich habe gesagt, verschwinde! Raus hier, raus aus meinem Leben!« Er hatte vergessen, dass er das Whiskeyglas noch immer in der Hand hielt, doch jetzt schleuderte er es plötzlich mit aller Kraft – nicht auf sie, sondern auf die Tür hinter ihr. Es zischte an ihrem Kopf vorbei und zerbarst mit einem lauten Krachen an dem teuren Holz.

Nicole zuckte zusammen.

Er keuchte. Ein Abgrund hatte sich in ihm aufgetan. Ein schwarzer Abgrund, in dessen Tiefe ein Kaleidoskop bunter Farben brodelte, sein Leben, sein innerstes Wesen. So viele Gefühle. All das, was er unter allen Umständen verbergen, umgehen musste. Er hasste es, hasste sie. »Was bist du nur für ein Dummkopf! Jetzt hätte ich dich beinahe verletzt!«

»Mir ist nichts passiert«, flüsterte sie. »Und du wirst mir auch nichts antun.«

Schroff wandte sich Hadrian von ihr ab. Er zitterte.

»Ich weiß, dass du verletzen kannst«, murmelte sie. »Ich weiß, du schlägst auf mich ein, weil du niemand anderen hast, auf den du einschlagen kannst. Aber das macht mir nichts. Ich denke auch, dass es schrecklich ungerecht ist. Wie konnte so etwas nur passieren? Noch dazu einem so liebenswürdigen, so aufrichtigen Menschen?«

»Lass das!« Hadrian starrte in den Kamin, dessen Hitze ihn mehr und mehr schmerzte. Er schloss die Augen. Sie war alles, was Elizabeth nie gewesen war, und dass sie jetzt hier war, so leibhaftig, so vital und voller Leben, schmerzte ihn fast noch mehr. Und Elizabeths Bild verblasste, wurde verdrängt von verzehrendem Verlangen. An seine Stelle trat Nicole.

»Ich werde Woodward bitten, uns Tee zu bringen«, sagte sie schließlich. Hadrian hörte, wie sie das Zimmer verließ, und spürte einen Augenblick lang Panik, obwohl er dachte, er müsse eigentlich erleichtert sein. Er versuchte, sich Elizabeth wieder vorzustellen, doch es wollte ihm nicht wirklich gelingen. Mit einem tiefen Atemzug versuchte er, seine Gefühle unter Kontrolle zu bringen. Er musste kämpfen, er hatte keine andere Wahl.

Nicole kam zurück. Sobald sie die Tür öffnete, begann sein Herz wild zu flattern. »Du siehst sehr müde aus, Hadrian. Bitte, komm her und setz dich. Woodward wird gleich heißen Tee bringen. Wann hast du zuletzt gegessen?«

Langsam wandte er sich zu ihr um. Ihre Blicke trafen sich und blieben lange aufeinander gerichtet. Er hatte sich diesen Ausdruck in ihren Augen nicht eingebildet. Nein, er war echt. Er war für ihn. Hadrian hatte Angst, ihr nahe zu kommen. Denn in diesem Augenblick erfasste ihn das Verlangen mit unbezwingbarer Gewalt.

»Hadrian?«

Stumm wandte er sich erneut von ihr ab; er lehnte sich an den Kaminsims und starrte in die Flammen. So sehr er es auch versuchte, er konnte sich Elizabeths Gesicht nicht mehr klar ins Gedächtnis rufen.

Woodward klopfte und brachte den Tee. Hadrian hörte, wie der Butler das Tablett abstellte und Nicole fragte, ob sie noch einen Wunsch habe, doch er drehte sich nicht um. Er hatte Angst, Angst vor sich selbst und davor, was passieren könnte, wenn er sich bewegte.

Die Tür wurde geschlossen. Die Stille im Raum wurde nur durch die große Standuhr an der Wand und das gelegentliche Knacken und Prasseln des Feuers unterbrochen. Er hörte, wie Nicole aufstand und auf ihn zuging. Sein ganzer Körper spannte sich an.

Sie stand so dicht hinter ihm, dass er ihre Wärme spüren konnte. »Hadrian? Willst du dich nicht zu mir setzen?«

»Nein.«

»Möchtest du nach oben gehen und dich schlafen legen? Es macht mir Angst, dich so zu sehen.«

Es machte ihm Angst, so zu sein. Er stand reglos da und klammerte sich an den steinernen Kaminsims. Eigentlich wollte er ihr noch einmal sagen, sie solle gehen und ihn allein lassen – er wollte ihr befehlen, ihn allein zu lassen. Aber er sagte nur: »Ich kann nicht schlafen, Nicole. Wenn ich es könnte, glaub mir, dann wäre ich jetzt nicht hier und nicht in diesem Zustand.«

Sie seufzte gequält. Hadrian hatte fast das Gefühl zu explodieren, als sie sanft seinen Rücken berührte. Wieder schloss er die Augen; er hörte kaum, was sie sagte, er wünschte sich nur, dass sie die Arme um ihn legte und ihn festhielt wie ein Kind. Aber sie tat es nicht.

Er konnte nicht mehr kämpfen.

»Hadrian, du kannst bestimmt schlafen, du musst es nur versuchen. Ich sehe es dir an, dass du sehr erschöpft bist. Am besten, ich hole Woodward.«

Ihre Hand auf seinem Rücken zitterte. Hadrian atmete tief. Er konnte keinen Gedanken fassen, in seinem Inneren gellte nur ein Wort: Gefahr! »Tu es nicht!«, sagte er barsch.

Nicole biss sich auf die Lippen; dann begann sie, mit beiden Händen seinen Nacken zu massieren. Hadrian bewegte sich nicht mehr; sein Körper spannte sich noch mehr an. Als sich ihre Hände in seine Muskeln gruben, spürte er, wie er zu zittern begann. Er konnte es nicht mehr aushalten. Er hatte den Kampf verloren.

»Nicole!«, schrie er auf, drehte sich abrupt um und schloss sie in seine Arme.

Sie erstarrte, aber sie versuchte nicht, ihn von sich zu stoßen. Ihre Augen waren weit aufgerissen, doch sie zeigten keinen Schrecken. Er presste sie an sich und spürte, wie ihr ganzer Körper erschauerte. Er vergrub das Gesicht in ihrem Nacken. Die brodelnden Farben überwältigten ihn, rasend schnell und unwiderstehlich, es waren so viele, dass er sie nicht ausmachen konnte.

»Es ist gut«, sagte sie mit zitternder Stimme. Sie strich über sein Haar, streichelte seinen Rücken. »Es ist gut.«

Er merkte, wie sehr er sie drückte, ihr womöglich Schmerz zufügte. Aber er war wie entrückt, er konnte seinen Griff nicht lockern. Lange Zeit hielt er sie reglos fest; lange, unaufhörlich, rauschten die Farben über ihn hinweg. Freude, Verzweiflung, Kummer und Schmerz – so viel Schmerz, und dazu ein seltsamer Jubel, ein Glücksgefühl. Die Panik war verschwunden. An ihre Stelle war ein pochendes Verlangen getreten.

Nicole lag in seinen Armen, warm und wunderbar lebendig. Er spürte den Rhythmus des Lebens in ihr, er fühlte, wie dieser Rhythmus durch sie pulsierte mit seiner Hitze, ihrer Hitze. Sie war Kraft, sie war Sorge und Mitgefühl, Freude und Triumph. Er wiegte sie, und sie schmiegte sich an ihn.

Tränen brannten in seinen geschlossenen Augen. Es schockierte ihn zu spüren, wie sehr er sie brauchte. Wäre dieses Bedürfnis nicht so stark gewesen, er hätte es mit körperlichem Verlangen verwechselt. Aber es war so stark, und die Gefühle intensivierten sich gegenseitig. Sie legte ihre Hände um sein Gesicht.

»Immer«, flüsterte sie und wich zurück, damit sie ihm in die Augen sehen konnte. Auch ihre Augen waren mit Tränen gefüllt. »Ich werde immer für dich da sein.« Langsam, beinahe keusch, bedeckte sie seinen Mund mit ihren Lippen.

Es war zu viel. Hadrian explodierte. Seine Hand vergrub sich in ihrem Nacken und löste abrupt ihr Haar, so dass es über ihren ganzen Rücken fiel. Er zog ihr Gesicht nach oben, um sie zu küssen. Für einen kurzen Augenblick trafen sich ihre Blicke, ihre Augen waren vor Überraschung und Erwartung weit aufgerissen, sein Blick loderte vor nicht mehr zähmbarer Lust. Dann trafen sich ihre Lippen erneut.

Hart und heiß. Nass. Wild wanden sich ihre Zungen ineinander. Paarten sich leidenschaftlich. Leise, wimmernde Laute stiegen aus Nicoles Kehle auf. Hadrian sank auf die Knie und zog sie mit sich. Als sie auf dem Rücken lag, bedeckte er ihr ganzes Gesicht mit verzweifelten, gierigen Küssen – ihre Lider, ihre Stirn, ihre Wangen und Schläfen, ihr Kinn, den Mund, ihren Hals. Nicole schluchzte.

»Nicole«, flüsterte Hadrian, und sein massiver, harter Körper senkte sich über sie. Er suchte nach Worten, wollte ihr etwas sagen, aber er war so überwältigt, dass er es nicht konnte, nicht wagte, es auszusprechen.

Nicole umklammerte ihn wie besessen und erwiderte wild seine Küsse. Hadrian schob ihre Röcke hoch, er fand den Schlitz in ihrem Schlüpfer, packte den Stoff mit beiden Händen und riss ihn auseinander.

Sekunden später hatte er seinen massiv geschwollenen Phallus befreit und stieß wild und hart in sie. Sie versteifte sich angesichts seines heftigen Ansturms, aber es war zu spät; er hatte vergessen, dass sie noch jungfräulich war, er hatte alles vergessen. Er versuchte, seine wilden Stöße zu verlangsamen, versuchte, dem Wahn, der ihn ergriffen hatte, Einhalt zu gebieten, doch er schaffte es nicht.

Einen Augenblick später war es vorüber. Über ihr liegend brach er zusammen und erschauderte. Sie hielt ihn fest und streichelte ihn. Seine Kraft erlahmte, und schließlich setzte sein Denkvermögen wieder ein.

Die Farben waren noch da. Kräftig und leuchtend, stark und lebendig. Hadrians Miene war ungewöhnlich sanft und entspannt. Er lächelte. »Es tut mir Leid«, murmelte er.

»Entschuldige dich nicht«, erwiderte Nicole leidenschaftlich und strich ihm über die feuchten Haare. »Du brauchst dich nicht zu entschuldigen, nicht bei mir.«

Er fühlte sich jetzt erschöpft und müde, nicht nur, weil seine körperliche Anspannung vorüber war, sondern auch wegen des Whiskeys, den er nicht gewöhnt war, und weil er tagelang nicht geschlafen hatte. Es war unmöglich, Nicoles sanften Liebkosungen zu widerstehen. Ein schwerer Schlaf senkte sich über ihn, er vermochte nichts dagegen zu tun. Er drückte die Frau in seinen Armen fester an sich. Sein letzter Gedanke war, dass er nicht mehr widerstehen wollte, ihr nicht mehr und auch sich selbst nicht mehr. Dann träumte er von Regenbogen in leuchtenden Farben.

19

Als Hadrian aufwachte, war es dunkel. Im ersten Augenblick fühlte er sich vollkommen orientierungslos. Er drehte sich seitwärts, zuckte zusammen, weil er fürchterliche Kopfschmerzen hatte, und sah die ersterbende Glut im Kamin. Die weinroten Vorhänge an den hohen Fenstern waren offen, draußen war nichts als pechschwarze Nacht. Es musste sehr spät sein. Dann erinnerte er sich plötzlich wieder an alles. Er lag auf dem Boden der Bibliothek, wo er eingeschlafen war. Nachdem er Nicole Shelton geliebt hatte.

Bei diesem Gedanken stach der nächste heftige Schmerz durch seinen Schädel wie ein Dolch.

Als er die Decke nach unten schob und sich langsam und sehr vorsichtig aufsetzte, kam ihm alles wieder in den Sinn. Sie war gekommen, mit Mitgefühl in ihrem Blick und auf den Lippen, und er war überwältigt worden von einem Bedürfnis, wie er es noch nie zuvor für einen Menschen gespürt hatte.

Einen Augenblick lang erschreckte ihn diese Erinnerung. Doch er fand rasch seine Beherrschung wieder, und damit verschwand dieses widerspenstige Gefühl.

Er dachte an ihre Wärme, als er sie umarmte, als er sie einfach nur in den Armen hielt; dann erinnerte er sich daran, wie ungestüm und grob er sie zu Boden gedrückt und penetriert hatte. Bei diesem Gedanken spürte er eine dumpfe, heiße Schamröte in sich aufsteigen, eine Scham, in die sich heftige Wut und Zorn mischten. Er hatte sich nicht nur unreif wie ein grüner Schuljunge verhalten, sondern auch ebenso vorschnell gehandelt.

Wie hatte das passieren können?

Verärgert und erschüttert zugleich stand Hadrian auf und glättete seine Kleidung. Schon vor langem hatte er elektrisches Licht installieren lassen; nun schaltete er sämtliche Lampen im Raum ein, so dass die Bibliothek hell erleuchtet war. Dann ließ er sich schwer auf den Stuhl hinter seinem Schreibtisch fallen.

Was zum Teufel hatte er nur getan?

Den Kopf in die Hände gestützt, überwältigten ihn seine Erinnerungen so stark, als würde er das Erinnerte noch einmal durchleben.

Zu viele Empfindungen, zu viele Gefühle. Nur mit größter Anstrengung gelang es ihm, sie abzuschütteln. Es war leichter – und sicherer –, sich auf die Fakten zu konzentrieren.

Es spielte keine Rolle, dass sie gekommen war – was sie zweifelsohne nicht hätte tun sollen –, er hätte sich auf jeden Fall weigern müssen, sie zu empfangen. Stattdessen hatte er eine Schlacht verloren, die in ihm getobt hatte, seit er Nicole Shelton zum ersten Mal gesehen hatte, die Schlacht gegen sich selbst und gegen seine Begierden. Er hatte verloren, so war es nun einmal, das war eine Tatsache. Es war zwecklos, sich über etwas Gedanken zu machen, was ohnehin nicht mehr zu ändern war. Und jetzt gab es für ihn natürlich nur mehr eine Möglichkeit: Er würde sie heiraten.

Dabei war Elizabeth eben erst ins Grab gelegt worden. Dieser quälende Gedanke ließ ihn aufstöhnen; der Schmerz in seinem Kopf war fast unerträglich. Doch das nagende Schuldgefühl war verschwunden. Er wusste nicht weshalb, und er wollte sich darüber auch keine Gedanken machen. Es war ihm genug, dass sich diese Qual in nichts aufgelöst hatte.

Er hob den Blick und bemerkte die beiden Kissen und die Decke auf dem Boden. Wenn er aufgewacht wäre und sie sich selbst geholt hätte, dann hätte er nicht auf dem Boden weitergeschlafen. Woodward hätte es in einer solchen Situation niemals gewagt, sie ihm zu bringen. Es konnte also nur Nicole gewesen sein. Bei der Vorstellung, wie sie ihn zudeckte und ihm die Kissen unter den Kopf schob, spannte sich sein ganzer Körper an. Verdammt! Er wollte auf keinen Fall zärtliche Gefühle für sie empfinden!

Aber sie würde seine Gemahlin werden. Es gab keinen Grund mehr, sie zu meiden und ärgerlich zu sein, oder wenn, dann höchstens auf sich selbst. Er konnte nicht umhin festzustellen, dass der Gedanke, Nicole als seine Braut zu sehen, ihm gar nicht wirklich missfiel. Er merkte sogar, dass sich seine Lippen zu einem breiten Lächeln verzogen.

Hadrian stand auf und begann, im Zimmer auf und ab zu gehen. Nein, ich würde sie nie zu meiner Frau machen, sagte er sich schroff. Aber dies war keine Angelegenheit, in der er eine Wahl hatte. Und wenn es das gewesen wäre, dann hätte er sich sicher nicht für Nicole entschieden. Er konnte sich nicht vorstellen, dass sie eine gute Ehefrau abgeben würde, und eine Herzogin schon gar nicht. Nein, seine Wahl würde mit absoluter Sicherheit nicht auf sie fallen.

Er hatte sich dieses Problem selbst geschaffen, und er würde seine Pflicht tun. Das war alles, mehr gab es dazu nicht zu sagen. Früher oder später brauchte er ohnehin eine Gattin, und den Umständen entsprechend würde es eben ein wenig früher sein, als er geplant hatte.

Morgen würde er mit ihr sprechen und diese Angelegenheit definitiv regeln.

Und wenn es ein Leben nach dem Tod gab, dann, so hoffte er inbrünstig, würde Elizabeth ihn schon verstehen.

Nicole hatte die halbe Nacht lang wach gelegen, unfähig, an irgendetwas anderes zu denken als an Hadrian und das, was geschehen war – und was nun als Nächstes geschehen würde.

Zuerst war sie in einem Zustand der Ekstase gewesen; als die Uhr die Mitternachtsstunde schlug, hatte sie mit offenen Augen von ihm geträumt. Die Intimität, die sie geteilt hatten, entzückte sie, und sie bedauerte sie nicht einen Augenblick lang. Nichts konnte schöner sein, als Hadrian in den Armen zu haben, wenn er ihr ohne Zorn und ohne Gegenwehr seine Seele offenbarte. Natürlich mochte sie es nicht, wenn er so gequält war, doch er hatte ihren Trost gesucht, einen Trost, den sie ihm wieder und wieder gerne spenden wollte.

Doch im Laufe der Nacht ließ dieses Hochgefühl allmählich nach. Nicole begann sich zu fragen, wie Hadrian wohl über das Geschehene denken mochte, was er über sie dachte. Sie kannte ihn inzwischen gut genug, um keine allzu großen Hoffnungen zu hegen. Sicherlich würde er nicht in seinem Bett liegen und mit einem breiten Lächeln im Gesicht von ihr träumen. Nein, er würde es nicht leicht nehmen, das wusste sie. Aller Wahrscheinlichkeit nach würde er zornig sein. Und am wahrscheinlichsten war, dass er auf sie zornig sein würde.

Nicole lächelte nicht mehr verträumt vor sich hin.

Und was war mit Elizabeth? Der Gedanke an das tote Mädchen ernüchterte sie vollkommen.

Sie fühlte Scham in sich aufsteigen. Mit aller Inbrunst hoffte sie, dass Elizabeth bereits im Himmel war und nicht gesehen hatte, was Hadrian und sie getan hatten. Aber ... Nicole glaubte zu spüren, dass Elizabeth, selbst wenn sie es gesehen hatte, Verständnis haben würde. Sie hatte in ihrem kurzen Leben nie einen Groll gegen irgendjemanden gehegt und immer versucht, in ihren Mitmenschen nur das Beste zu sehen. Sie würde also sicher verstehen, dass Hadrians Kummer ihn verleitet hatte, und dass Nicole ihn aufrichtig liebte und diese Liebe nicht mehr länger bekämpfen konnte.

Doch der Gedanke an Elizabeth war mehr als ernüchternd; er zerstörte abrupt auch den letzten Rest ihrer Freude. Hadrian hatte Kummer. Wie konnte sie das nur vergessen? Er grämte sich über die Frau, die er liebte. Und nach dem, was Nicole gestern gesehen hatte, war es vollkommen klar, wie sehr er seine Braut geliebt hatte. Das hätte sie nicht entsetzen sollen, denn sie wusste ja von seinen Gefühlen, aber sie war dennoch entsetzt. Wie konnte solcher Kummer sein, wo noch vor Augenblicken so viel Freude war?

Für Reue war es zu spät, doch Nicole wünschte, es wären wenigstens einige Wochen vergangen gewesen, bevor sie ihn aufgesucht hätte, um ihn zu trösten. Oder ein paar Monate. Jetzt erinnerte sie sich wieder daran, dass Martha gesagt hatte, Hadrian würde Zeit brauchen. Natürlich brauchte er Zeit. Aber irgendwann würde er wieder ganz in der Gegenwart leben. Und dann würde sie bei ihm sein, in der Hoffnung, er werde sie lieben können, nur ein bisschen, wenn er über Elizabeths Tod hinweggekommen war.

Nicole drückte sich ein Kissen an die Brust. Wie konnte sie auch nur für eine Minute vergessen, dass sie nur ein Objekt seiner Leidenschaft war, nicht seiner wahren Zuneigung? Aber hatte sie nicht genug Liebe für sie beide? Konnte sich das nicht ändern? Konnte es nicht eines Tages so weit kommen, dass er sie wirklich liebte?

Aber wie sollte sie gegen eine Tote ankommen, noch dazu ein Vorbild für das ganze weibliche Geschlecht?

Nicole wusste nicht, wie sie die Tage überstehen würde, bis sie Hadrian wieder sehen und seine Stimmung und seine Gefühle für sie erfahren konnte. Sie war sich sicher, dass sie nicht zu ihm gehen, sondern warten sollte, bis er zu ihr kam. Aber sie hatte schreckliche Angst, dass er nicht kommen würde. Mit einem Mal stand Elizabeth bedrohlicher und gegenwärtiger zwischen ihnen als vor ihrem Tod.

Als sie am späten Nachmittag ihr Reitkostüm auszog und ein schlichtes Kleid für das Abendessen anlegte, stürmte plötzlich Regina ohne anzuklopfen in ihr Zimmer. Nicole blickte sie neugierig an, während Annie mit geschickten Fingern das Seidenkleid am Rücken zuknöpfte. Reginas Augen fielen fast aus den Höhlen.

»Was ist denn los?«, fragte Nicole.

»Du hast Besuch! Und du wirst nicht glauben, wer es ist.«

»Ich bin nicht zum Raten aufgelegt«, erwiderte Nicole. Den ganzen Tag über war ihre Stimmung alles andere als gut gewesen, am liebsten hätte sie sich die Haare einzeln ausgerupft oder wäre gleich ganz aus der Haut gefahren. Einfach abzuwarten, nicht Bescheid zu wissen – das war schier unerträglich für sie.

»Es ist der Herzog von Clayborough!«

Nicoles Kinnladen fiel herunter. »Hadrian? Ich meine, der Herzog? Aber – was will er denn?«

»Weiß ich nicht! Das ist doch seltsam – mit Elizabeth und so, die ist doch gerade erst beerdigt! Mutter ist bei ihm, Vater ist nämlich noch nicht von seinen Geschäften zurück. Was könnte er bloß wollen?«

Nicole begann zu zittern. Genau diese Frage stellte auch sie sich. Es machte absolut keinen Sinn, dass er nach dem, was gestern geschehen war, hierher kam, es sei denn, er war so wütend, dass er sich nicht mehr im Zaum halten konnte. Nur rohe Wut konnte ihn veranlassen, alle Konvention und jeglichen Anstand zu vergessen und sie in Dragmore aufzusuchen. Wenn nur etwas mehr Zeit verstrichen wäre, damit er sich ein wenig hätte beruhigen können!

Nicole zappelte nervös herum, während Annie und Regina ihr die Haare hochsteckten; dann bedankte sie sich hastig und eilte die Treppe hinunter. Vor der Tür des Teezimmers blieb sie kurz stehen und schöpfte Atem, bevor sie eintrat.

Der Herzog saß neben ihrer Mutter auf einem Sofa, in der Hand eine Tasse Tee und Gebäck auf seinem Teller. Nicole erwartete einen flammenden Blick von ihm, doch er wandte nur ohne einen deutbaren Gesichtszug den Kopf, als er sie sah, und stand auf.

Sie errötete und machte einen kleinen, unsicheren Knicks. »Guten Tag, Euer Gnaden.«

Er erwiderte ihren Gruß ausdruckslos. Jane schenkte ihr eine Tasse Tee ein, und Nicole nahm gegenüber den beiden auf einem Stühlchen mit gerader Lehne Platz. Ihre Hände waren so zittrig, dass sie die Tasse lieber abstellte. »Das ist sehr unerwartet«, sagte sie.

Sie konnte seine Miene nicht entschlüsseln. Er sah nicht so gut aus wie sonst, aber auch nicht so, wie er gestern ausgesehen hatte. Die Ringe unter seinen Augen waren verschwunden, doch die Augen selbst waren noch immer blutunterlaufen. Er blickte grimmig, um seinen Mund lagen Falten, doch er war frisch rasiert und untadelig gekleidet – ein hellbraunes Leinensakko, eine dunkle Krawatte und eine braune Hose. »Ist es das?«, fragte er knapp.

Nicole errötete noch mehr. Sie wusste genau, was er meinte, und sie wäre am liebsten gestorben. Weil er nicht weitersprach, entstand ein unangenehmes Schweigen. Jane blickte zwischen den beiden hin und her und versuchte dann, die Spannung zu lösen. »Jetzt, wo Sie herausgekommen sind, werden Sie am Wochenende den Ball bei den Fairfax besuchen?«

»Ich weiß es noch nicht«, antwortete Hadrian und wandte sich der Gräfin zu. »Ich bin nicht unbedingt in der Stimmung zu tanzen, und auch nicht sehr zu Scherzen aufgelegt.«

»Natürlich nicht«, erwiderte Jane. »Aber auch ich kann nicht umhin, überrascht zu sein, dass Sie zu uns gekommen sind, Euer Gnaden.«

»Wenn Sie mir einen Augenblick mit Ihrer Tochter allein geben, dann wird sich vielleicht alles rasch erschließen«, sagte er, ohne die Miene zu verziehen.

Jane nickte und warf Nicole einen forschenden Blick zu, bevor sie sich erhob. »Ich muss noch einige Briefe beantworten«, meinte sie. »Ich denke, das dürfte in fünfzehn Minuten erledigt sein.« Damit verließ sie den Raum, ließ jedoch die Tür offen.

Meine gute Mutter, dachte Nicole; sie konnte sich keine andere Mutter vorstellen, die ihre Tochter mit einem Besucher allein ließ, auch wenn es der Herzog von Clayborough war. Der starrte sie weiterhin nur unablässig an, und so begann sie, unruhig auf ihrem Stuhl hin und her zu rutschen. Sie fühlte sich zunehmend unwohl.

Die Hände in den Schoß gelegt, wartete sie darauf, dass er zu sprechen begann. Doch es schien ihm zu genügen, einfach nur dazusitzen und zu starren. Er war heute ein vollkommen anderer als gestern – es war, als sei er eine gänzlich andere Person. Oder war der Hadrian von gestern ein Produkt ihrer wilden Phantasie gewesen? Es hatte nicht nur damit zu tun, dass er nüchtern war. Es war ihm keinerlei Kummer anzumerken, keine Traurigkeit, keine Verzweiflung. Sein Gesicht glich einer Maske. Aber sie wusste, er musste all dies einfach noch fühlen – sie konnte sich diesen unendlichen Kummer nicht eingebildet haben. »Geht es dir gut?«, flüsterte sie unsicher. Am liebsten hätte sie eine Hand über das Tischchen ausgestreckt, um die seine zu berühren. Aber ihr Gefühl sagte ihr, dass er eine solche Geste schroff abweisen würde.

»Das ist eine Frage, die ich dir stellen sollte.«

Sie errötete erneut. »Mir geht es gut.«

Jetzt schien er sich unwohl zu fühlen. »Ist mein Besuch wirklich eine derartige Überraschung?«

»Ja.«

»Dachtest du, nach dem, was gestern war, würde ich nicht kommen?«

Sie sah ihn verständnislos an und setzte sich steif und kerzengerade auf. Meinte er, was sie dachte, dass er meinte? Dass er gekommen war, weil er sie sehen wollte? Sie lächelte ihn unsicher an.

»Ich bin gekommen, um die Dinge zu berichtigen, Nicole.«

»Zu – zu berichtigen?«

»Ich würde dich gern unter vier Augen sprechen«, sagte der Herzog und stand abrupt auf. Mit festem Schritt querte er den Raum und schloss die Tür. Dann wandte er sich zu ihr um und verschränkte die Arme vor der Brust. »Ich bin ein Ehrenmann. Meine Ehre bedeutet mir alles, und deshalb versuche ich zumindest, dementsprechend zu leben. Gestern habe ich allerdings schmählich versagt.«

Nicole ließ alle Hoffnung fahren. »Du bist zornig auf mich.«

Seine Miene verhärtete sich. »Es geht hier nicht um Zorn. Dich trifft keine Schuld. Mich aber umso mehr. Mein Tun spricht für sich.«

»Ich weise dir keine Schuld zu«, flüsterte sie und hätte am liebsten geweint. Er bedauerte also, was geschehen war, er bedauerte, was sie getan hatten – was sie miteinander geteilt hatten.

»Ob du mir Schuld zuweist oder nicht, ist irrelevant. Was zählt, ist die Konsequenz deines Besuches, nichts sonst.«

Nicole befeuchtete sich die Lippen. »Die Konsequenz?«

»Du bist keine Jungfrau mehr, und du könntest von mir schwanger sein.«

»Was Ersteres anbetrifft, so ist mir das gleichgültig, und das Zweite ...« Sie verstummte. Daran hatte Nicole überhaupt nicht gedacht, absichtlich.

»Nur du kannst so eine Antwort geben.« Sein Groll schien

stärker zu werden. »Ich bin gekommen, um dir klar zu machen, dass ich nicht gewillt bin, die Dinge zwischen uns so zu belassen, wie sie sind. Das wäre noch unerträglicher als mein gestriges Benehmen. Wir werden heiraten.«

Ihr Mund blieb offen stehen.

»Normalerweise würden wir ein Jahr warten«, erklärte er mit bohrendem Blick und im Befehlston. »Doch nachdem die Möglichkeit besteht, dass du ein Kind bekommen könntest, werden wir unverzüglich heiraten. Ich werde noch heute Nachmittag mit deinem Vater sprechen, sobald er zurückgekehrt ist.«

Nicole war sprachlos. Im ersten Moment drehte sich alles in ihrem Kopf, sie konnte keinen klaren Gedanken fassen. Und so wenig ihr dies gelingen wollte, spürte sie doch auch keinen Jubel, sondern nur eine heraufziehende dunkle Verzweiflung. »Aber du willst mich gar nicht heiraten.«

Er überlegte kurz. »Was ich will, ist irrelevant. Mein gestriges Tun hat dein Schicksal bestimmt – und auch das meine.«

»Ich verstehe.«

»Du wirkst verwirrt.« Er schritt durch den Raum und schenkte ihr einen Sherry ein. »Ich hätte wohl nicht so schonungslos offen sein sollen.«

»Du hättest nicht schonungsloser sein können«, entgegnete sie. Wütend versuchte sie die aufsteigenden Tränen zu unterdrücken. »Du hast klar zu verstehen gegeben, dass du mich aus Pflichtgefühl und Ehre heiraten willst.«

Er reichte ihr das Glas Sherry, doch sie lehnte es ab. »Du sprichst, als seien meine Absichten die eines Rüpels. Es ist meine Pflicht, dich zu heiraten.«

»So wie es auch deine Pflicht war, Elizabeth zu heiraten«, sagte Nicole. »Aber sie hast du geliebt.«

Er erwiderte nichts.

»Du willst mich doch nicht wirklich heiraten, Hadrian, ist es nicht so? Wenn du die Wahl hättest –«

Jetzt bemerkte sie zum ersten Mal seinen Zorn. »Ich habe keine Wahl! Was ich will, ist völlig belanglos!«

»Für mich nicht.«

Betretenes Schweigen.

»Was soll das heißen?«, fragte er schließlich fordernd.

Nicole war drauf und dran, alles zu beichten, doch dann hielt sie sich im Zaum. Er war gekommen, um seine Pflicht zu erfüllen, um »die Dinge zu berichtigen«, als sei sie eine geschäftliche Angelegenheit, die es zu regeln galt. Wie nobel von ihm! Wie hochnobel – dabei war er noch gestern den Tränen so nahe gewesen, wie es ein Mann seines Kalibers nur sein konnte – einer anderen Frau wegen. Er liebte eine andere. Das eine, was Nicole geblieben war, war ihr Stolz. »Wenn du es nicht weißt, ich werde es dir auch nicht sagen.«

Er drehte sich um und starrte sie an.

Sie schürzte stolz die Lippen und bemerkte dann mit hoch erhobenem Kopf: »Ich kann Sie nicht heiraten, Euer Gnaden.«

Er war schockiert.

Jetzt konnte sie seine Miene entziffern, und das hätte sie beinahe umgestimmt. Er sah aus, als hätte sie ihm einen unerwarteten, schmerzhaften Schlag ins Gesicht versetzt. Nicole wandte sich ab, sie blickte auf ihre zitternden Hände in ihrem Schoß. Sie wünschte sich fast nichts mehr als Hadrian zu heiraten und seine Frau zu sein – doch das eine, wonach sie sich noch mehr sehnte, war seine Liebe. Diese Liebe war ihr versagt. Er liebte eine Tote und trauerte um diese Frau. Er wollte sie überhaupt nicht heiraten, er war dazu nur bereit, weil er ihr die Jungfräulichkeit genommen hatte. Wie konnte sie unter solchen Umständen sein Angebot annehmen? Wie konnte sie ihm ihr Herz schenken – wenn sie dafür nichts bekam als einen kalten goldenen Ring?

Er hatte ihr Herz schon zu oft gebrochen, als dass sie es noch zählen konnte. Eine ungeliebte Ehefrau zu sein, würde für sie das Allerschlimmste bedeuten.

»Habe ich dich richtig verstanden?«

»Ich werde dich nicht heiraten«, wiederholte sie entschlossen. »Elizabeth ist kaum beerdigt, und …«

»Wie ich bereits sagte«, knurrte er, »werden wir sofort heiraten. Ich habe meine Anwälte bereits veranlasst, die entsprechenden Dokumente aufzusetzen, und sie werden eine Sondergenehmigung erwirken.«

Nicole war abrupt aufgestanden, wutentbrannt über seine mutmaßlichen Vorkehrungen. Wut war ein willkommener Ausweg für sie. »Mein Entschluss ist unumstößlich. Ich denke, Sie sollten jetzt gehen – sofort.«

Er stand da wie angewurzelt. »Du bist die unbesonnenste Frau, die ich kenne. Ich schlage vor, dass du dir das noch einmal sehr gründlich überlegst.«

»Es gibt absolut nichts zu überlegen. Und wenn Sie jetzt nicht augenblicklich gehen, fürchte ich, dass ich diejenige sein muss, die geht.«

Er starrte sie scheinbar endlos lange an, doch sie mied seinen Blick ganz bewusst. »Das glaube ich nicht«, sagte er schließlich. »Ich glaube dir nicht. Es gibt nicht eine Frau in Großbritannien, die mich nicht nehmen würde.«

Sie blickte ihn traurig an. »Eine gibt es.«

»Sie müssen nicht gehen!«, sagte er plötzlich schroff und durchmaß eilends den Raum. Er riss die Tür auf und war draußen, noch ehe sie es richtig mitbekam. »Guten Tag, Lady Shelton! Verzeihen Sie meine Dreistigkeit!«

Ihr Zorn verflog augenblicklich. Sie wollte Hadrian zurückrufen – doch dann schloss sie abrupt den Mund. Gequält sah sie ihm nach, bis er verschwunden war, und lauschte seinen Schritten, bis sie verklangen. »Leb wohl, Hadrian«, sagte sie unter Tränen.

20

Hadrian fuhr direkt nach London, No. 1 Cavendish Square zurück. Er war erschüttert. Zornig. Doch hinter diesem Zorn lag so unendlich viel mehr verborgen.

Sie hatte ihn abgelehnt.

Er konnte es nicht fassen. Doch wenn er einen stählernen Willen sah, dann erkannte er ihn auch als solchen, und Nicole war es bitterernst gewesen. So entschlossen er gewesen war, sie zu heiraten und die Situation zu berichtigen, so entschieden hatte sie sich gegen die Heirat ausgesprochen.

Er ging in die Bibliothek und verschloss die Tür hinter sich. Der Barsoi lag schlafend unter dem Schreibtisch, doch sobald er seinen Herrn bemerkte, sprang er auf und begrüßte ihn schwanzwedelnd. Der Herzog war jedoch so sehr mit sich selbst beschäftigt, dass er ihn nicht einmal bemerkte. Eine einzige Frage ging ihm unaufhörlich durch den Kopf und wollte nicht verstummen: Warum in aller Welt wollte sie ihn nicht?

Konnte es sein, dass sie ihn nach all der Leidenschaft, die sie miteinander geteilt hatten, wirklich und wahrhaftig nicht wollte? Hatte sie ihn nicht gleich heiraten wollen, als sie sich das erste Mal begegnet waren? Was war passiert, dass sie ihre Meinung so geändert hatte? Irgendetwas musste geschehen sein, das war klar. Warum sonst würde sie ihn, den Herzog von Clayborough, zurückweisen? Hadrian war nicht eitel, ganz und gar nicht, aber er war scharfsinnig genug, um zu wissen, dass er nach Elizabeths Tod der begehrteste Junggeselle im ganzen Land war. Weshalb also nun diese Ablehnung?

Mit ihrer Zurückweisung traf sie ihn ins Mark.

Der Herzog war nicht dumm. Natürlich wusste er genau, dass er wegen seiner Position, seines Reichtums und seiner Macht begehrt war. Natürlich wusste er, dass er nur deshalb tun und lassen konnte, was er wollte, weil er der Herzog von Clayborough war. Es hatte nichts damit zu tun, dass er Hadrian Braxton-Lowell war. Er war bei seinesgleichen nur deshalb so gefragt, weil er der Herzog von Clayborough war – andernfalls wäre er alles andere als beliebt gewesen. Man hätte über seine zurückgezogene Lebensweise und seine Vorliebe für geschäftliche Dinge die Nase gerümpft – sehr wahrscheinlich hätte man ihn einfach für einen etwas verschrobenen Eigenbrötler gehalten.

Doch das war Hadrian gleichgültig. An der Meinung anderer über ihn war ihm noch nie etwas gelegen; damit hatte er schon vor langer Zeit aufgehört.

Und mit Frauen war es nicht anders. Viele hatten sich schon in ihn verliebt. Sie wetteiferten um seine Gunst und sogar um die Ehre, das Bett mit ihm zu teilen. Viele hatten die Hoffnung gehegt, ihn Elizabeth abspenstig machen zu können. Viele hatten ihn heiraten wollen. Aber er war nicht deshalb begehrt, weil er gut aussah, oder weil er sehr männlich, gescheit oder ehrbar war. Er war nicht um seiner Person willen beliebt, sondern weil er der Herzog von Clayborough war.

Nicht wenige Frauen strebten sogar danach, seine Geliebte zu werden, auch wenn derlei Bemühungen keinen Einfluss darauf hatten, welche er auswählte. Und das war nicht etwa deshalb so, weil er ein guter Liebhaber war, oder weil er sie verschwenderisch mit all dem Putz und Tand versorgte, den sie sich wünschten, oder weil er großzügig war und sie mit Luxus bedachte. Seine derzeitige Geliebte war die betörend schöne Holland Dubois. Sie profitierte gut davon, die Geliebte des Herzogs von Clayborough zu sein. Ob sie ins Theater ging, in ein Restaurant oder in einen Modesalon – sie war überall ein gern gesehener Gast, dem man jeden Wunsch und jedes Begehr augenblicklich erfüllte. Ihre Liaison mit ihm verschaffte ihr große Macht, mehr als ihr jeder andere Mann verschaffen konnte, es sei denn, er hätte der Königsfamilie angehört. Diese Machtfülle hätte in der Tat nur noch von seiner Gattin übertroffen werden können, wenn er sich denn einmal zur Ehe entschlossen hätte.

Er hatte Nicole Shelton einen Heiratsantrag gemacht. Er hatte vorgehabt, sie zu ehelichen, sie zu seiner Gattin und zur Herzogin von Clayborough zu machen. Nie wieder hätte die Gesellschaft es gewagt, sie zu kritisieren. Sie wäre endgültig und unwiderruflich akzeptiert gewesen. Denn seine Macht, seine Position und sein Reichtum wären mit auf sie übergegangen.

Aber sie hatte ihm den Laufpass gegeben.

Und es war ihr ernst damit gewesen. Sie machte sich nichts aus den Vorzügen, die er aufgrund seiner Position zu bieten hatte – und sie wollte auch ihn nicht. Etwas war geschehen, was sie absolut gegen ihn einnahm, und das hatte er einzig und allein sich selbst zuzuschreiben. Es war sein eigenes Benehmen, sein Verhalten. Sein Benehmen gestern, in der Bibliothek, sein Benehmen jedes Mal, wenn sich ihre Wege gekreuzt hatten.

Er war nicht anders als Francis, und das hatte sie erkannt.

Hadrian atmete schwer. Er wandte sich um und betrachtete sich im Spiegel über dem Kaminsims. Wusste sie über seinen Vater Bescheid, wusste sie, was für ein zügelloser, perverser Mensch er gewesen war? Hatte sie Einzelheiten aus seinem Lebenswandel in Erfahrung gebracht? Und ähnliche Charakterzüge bei ihm entdeckt?

»Ich bin nicht so wie Francis!«, sagte er barsch zu sich. »Verdammt, ich habe doch immer ehrenvoll gelebt – ich bin nicht so wie er!«

Er sah die Qual in seinen weit aufgerissenen Augen, er sah den Zweifel, und für einen Augenblick erschrak er fast über sich selbst. Doch dann hatte er seine charakteristische Miene, um die er sich lange Zeit bemüht hatte und die ihm so wichtig war, wieder gefunden – den perfekten Ausdruck von Höflichkeit und Gelassenheit.

Doch die Wahrheit verhöhnte ihn. Die Wahrheit schmerzte. Nicole hatte ihn zurückgewiesen. Es tat so weh, wie es ihm früher wehgetan hatte – ein Schmerz, den er seit langem tot geglaubt hatte.

Ein Schmerz, den er nun endgültig begraben wollte.

Die Wahrheit war Geschichte, eine Geschichte, die er sorgsam vergessen und verdrängt hatte, was ihm in der Tat bestens gelungen war. Bis jetzt. Bis er sie traf. Seither war die Wahrheit in der Gegenwart, so lebhaft, als sei sie im Heute und nicht Jahre weit entfernt. Die Wahrheit war ein kleiner Junge, der weinte und sich fürchtete, allein in seinem Bett, allein in seinem Zimmer, in Clayborough, im Dunkel einer endlosen Nacht. Es war für ihn das früheste Geschehen, an das er sich erinnern konnte.

Er war damals wohl nicht älter als vier Jahre gewesen. Er sollte der nächste Herzog werden, also musste er ein richtiger Mann sein. Aber er war kein Mann. Er hatte Angst. Er versuchte, die Tränen zurückzuhalten, doch sein Schluchzen weckte die Eltern. »Liebling, was ist denn passiert?«, murmelte Isobel, die in sein Zimmer eilte und ihn in die Arme schloss. Er versuchte, nicht zu weinen, keine Angst zu haben, und erzählte ihr von dem Ungeheuer, das ihn im Schlaf verfolgt hatte. Sie tröstete ihn, und er fühlte sich wieder besser, bis er die Stimme seines Vaters in der Türöffnung hörte. Noch bevor er überhaupt verstand, was der Vater sagte, krampfte er sich bereits zusammen. »Du verziehst ihn! Lass ihn allein! Was ist er bloß für eine Memme!« Francis lachte. Er verstand, was der Vater sagte, und diese bösen, grausamen Worte schmerzten ihn. War er wirklich eine Memme, ein Feigling? Sein Vater grinste ihn an, voller Hohn und Verachtung. »Du Heulsuse!«, spottete er. »Angst vor der Dunkelheit! Ein Herzog hat nie Angst vor dem Dunkel, aber du wirst ja sowieso nie ein richtiger Herzog, habe ich Recht? Du wirst nie ein richtiger Herzog!« Isobel richtete sich wutentbrannt auf. Der kleine Junge kauerte sich zusammen; er wusste schon, was jetzt kommen würde, und fürchtete sich davor. Und er wusste, dass es seine Schuld war. »Hör auf!«, schrie sie und ging auf Francis los. »Wie kannst du es wagen! Wie kannst du nur …«

»Ich kann alles, was ich will!«, fauchte Francis. Er packte sie und zerrte sie mit Gewalt hinaus auf den Flur. »Lass diese Memme allein! Hast du gehört? Du sollst dein verweichlichtes Knäbchen allein lassen!« Sie kämpften miteinander. Der Junge beobachtete die Szene; er wusste, dass seine Mutter leiden musste, nur weil sie ihn beschützen wollte – ihn, das Knäbchen, die Memme. Er weinte. Er konnte nicht anders. Er wusste nicht, wie lange sie kämpften, bis er, trotz seiner Furcht, aufstand und ver-

suchte, seiner Mutter beizustehen. Aber er war klein und nicht sehr kräftig, und seine kleinen Fäuste brachten Francis nur noch mehr in Rage, so dass er auch ihn schlug. Seine Mutter wurde aus dem Zimmer geschleift. Sein Vater befahl, er müsse allein im dunklen Zimmer bleiben, und sperrte die Tür von außen ab. Er kroch ins Bett zurück, verletzt, elend, verängstigt. Es war nicht das erste Mal, dass er merkte, dass sein Vater – dieser große, blonde, gut aussehende, gottgleiche Mann, der Herzog – dass dieser Vater ihn nicht mochte. Ihn nicht liebte. Er konnte sich nicht mehr daran erinnern, wie lange er das bereits wusste. Vielleicht schon immer. Er rollte sich unter der Bettdecke zusammen.

Die Wahrheit. Hadrian betrachtete sich im Spiegel und fasste sich wieder. O Gott, es war so lange her, er hatte geglaubt, diese Erinnerung sei längst ausgelöscht. Er hatte geglaubt, der Schmerz sei erloschen. Aber irgendwie hatte sich der Schmerz aus der Ablehnung seines Vaters mit dem Schmerz aus Nicoles Zurückweisung verbunden.

Er sagte sich, dass er sich wie ein Narr benahm. Doch es war zu spät – er hatte seinen nackten, ungeschminkten Gefühlen bereits ins Gesicht gesehen und einen Schritt hin zum Abgrund getan. Aber noch war Zeit, um wieder zurückzutreten.

Er konnte in seinem nie erstorbenen Hass verweilen. Der Hass, den er für Francis noch immer empfand, gab ihm Stärke. Und Macht. Francis hatte ihm Stärke gegeben, obwohl er ihn zu einem Schwächling hatte machen wollen. Letztlich war Francis selbst der Schwächling gewesen, und weil er das war, hatte er die gequält und zu Opfern gemacht, die noch schwächer waren als er, vor allem seine Frau und seinen kleinen Sohn. Jetzt war das alles so leicht zu verstehen – aber damals war es Hadrian unmöglich gewesen.

Aber er wollte nicht über Francis nachsinnen – und er wollte sich auch nicht mit Nicoles Zurückweisung aufhalten. Francis war tot, die Vergangenheit war begraben. Er war stolz auf das, was er war. Wenn sie dachte, er sei wie sein Vater, dann lag sie einfach falsch – und das würde er ihr beweisen. Er würde tief in sich schürfen und noch mehr Stärke aus sich herausholen. Und die Bestie, die offenbart worden war, würde sich nie mehr wieder zeigen.

Er war jetzt ruhiger und konnte über Nicole nachdenken. Es spielte keine Rolle, was sie über ihn dachte oder was sie zu wollen vermeinte. Sie war unbesonnen, leichtsinnig, unkonventionell, und in diesem Fall auch töricht. Er wusste es besser. Sie wollte ihn nicht heiraten, aber das würde ihn nicht davon abhalten, zu tun, was seiner Meinung nach das Richtige war.

Und das bedeutete, sie zu seiner Frau zu machen.

Weniger als eine Stunde später kehrte der Herzog zu den Sheltons am Tavistock Square zurück. Der Butler öffnete; er übergab rasch seinen Mantel und die Handschuhe und fragte nach dem Grafen. Er sei anwesend, hieß es, und so ließ Hadrian sich in das Arbeitszimmer des Hausherrn führen.

Natürlich umging er einmal mehr die Etikette. Insbesondere bei einer derart brisanten Angelegenheit hätte er eine formelle Note mit der Bitte um ein Gespräch mit Shelton zum nächstmöglichen Zeitpunkt senden sollen.

Doch Hadrian dachte, er müsse die Sache so rasch wie möglich klären.

Nicholas Bragg Shelton begrüßte ihn ungezwungen, und damit wusste Hadrian, dass jeglicher Fehltritt, den er sich mit Sheltons Tochter während der Jagd geleistet hatte, verziehen war. Aber er wusste auch, dass er Shelton jetzt einen gehörigen Schock versetzen würde, es war einfach unvermeidbar. Hadrian hoffte, dass seine ehrbaren Absichten dazu beitragen konnten, diese äußerst unangenehme Situation zu erleichtern.

»Hallo Hadrian. Was führt Sie so unerwartet zu mir?«

»Nicholas.« Die beiden Männer schüttelten sich die Hände. »Ich muss mich dafür entschuldigen, dass ich so unangekündigt hereinplatze«, begann er, doch Shelton winkte ab.

»Sie sollten mich doch besser kennen. Ich mache mir nichts aus Förmlichkeiten, und so habe es schon immer gehalten. Soll ich Tee kommen lassen, den mögen Sie doch immer so gern?«

Hadrian schüttelte den Kopf und fragte sich, ob Sheltons Haltung vielleicht eine Erklärung für Nicoles unkonventionelle Art war. Er ließ sich in einen großen, smaragdgrünen Ohrensessel fallen; der Graf setzte sich ihm gegenüber. »Ich komme gleich direkt zur Sache, Nicholas. Ich möchte Ihre Tochter heiraten.«

Shelton schrak auf, fasste sich wieder und starrte Hadrian unverwandt an. »Nicole?« fragte er.

»Ja.«

»Ich glaube, da haben Sie mich jetzt absolut kalt erwischt.«

»Irgendwie hatte ich das schon befürchtet«, murmelte Hadrian.

Shelton neigte sich mit durchbohrendem Blick zu ihm. »Elizabeth ist doch eben erst ins Grab gelegt worden!«

»Das ist unglücklicherweise richtig.«

Der Blick des Grafen wurde stahlhart. »Wieso kommen Sie dann gerade jetzt zu mir? Sie wissen doch verdammt gut, dass Nicole mit Heiratsanträgen nicht gerade überschwemmt wird. Es gäbe doch kaum etwas zu befürchten, wenn Sie noch sechs Monate gewartet hätten, bevor Sie mich um ihre Hand bitten.«

Hadrian verzog das Gesicht. Sechs Monate zu warten hätte sich unter Umständen desaströs auswirken können, doch das wollte er nicht so direkt aussprechen, zumindest noch nicht.

Shelton stand abrupt auf. »Gibt es irgendeinen Grund für diese Eile?«

Nun erhob sich auch Hadrian. »Leider ja.«

Shelton erstarrte und sagte nichts.

»Mein Benehmen war indiskret.«

Ein weiteres Schweigen. »Wie indiskret?«, fragte Shelton dann.

»Nicole könnte schwanger sein.«

Der Graf atmete tief ein.

Hadrian ließ ihm Zeit, diese Information zu verdauen.

Shelton schob heftig seinen Stuhl zurück und trat an die vom Boden bis zur Decke reichenden Fenster, von denen aus der herrliche Garten vor dem Haus zu sehen war.

»Soso«, sagte er nur. »Unter diesen Umständen verstehe ich

Ihre Eile.« Er wandte sich zu Hadrian um und musterte ihn mit einem eisernen, sprühenden Blick aus seinen grauen Augen, einem Blick, der jeden anderen Mann extrem eingeschüchtert hätte.

»Ich hätte große Lust, Ihnen einen Hieb mitten ins Gesicht zu verpassen, Hadrian!«

Der Herzog erwiderte nichts.

»Aber ich bin kein Narr, auch wenn sich meine Tochter offenbar wie ein solcher benutzen hat lassen. Trotz dieser unglücklichen Tatsache wissen Sie und ich sehr wohl, dass dies das Beste ist, was ihr passieren konnte.«

Hadrian nickte, erleichtert darüber, dass das Schlimmste offenbar damit überstanden war. »Wenn es passt, dann werde ich gleich morgen früh meine Anwälte vorbeischicken, damit sie die Heiratsverträge aufsetzen.«

»Sie wollen keine Details aushandeln?«

»Auch wenn die Mitgift Ihrer Tochter nicht mehr wäre als ein Penny, würde ich sie heiraten«, entgegnete Hadrian kategorisch.

»Natürlich«, meinte Shelton. »*Ehre über alles*. Aber vielleicht hätten Sie an den Sinnspruch Ihrer Familie denken sollen, bevor Sie meine Tochter entehrten!«

»Eins zu null für Sie«, erwiderte Hadrian und verzog das Gesicht. »Ich kann mich nur entschuldigen. Niemand ist mehr entsetzt über mein Verhalten als ich selbst, und ich übernehme für alles, was geschehen ist, die volle Verantwortung.«

Shelton musterte ihn gründlich. »Vielleicht sollten Sie Ihre Entschuldigung besser an Nicole richten.«

»Sie hat sie nicht akzeptiert. Vielleicht sollten Sie auch wissen, dass sie nicht gerade darauf versessen ist, meine Frau zu werden.«

»Wieso?«

»Ich weiß es nicht.«

»Um Nicole brauchen Sie sich keine Gedanken zu machen«, erklärte Shelton bestimmt. »Ich bin zwar nicht gerade begeistert von der Vorstellung, sie noch einmal vor den Altar schleifen zu müssen – Sie wissen ja sicher, was es für ein Desaster gab, als ich für sie die Heirat mit Percy Hempstead arrangierte –, aber dieses Mal wird sie tun, was man ihr sagt.«

»Ich dachte mir schon, dass Sie es so sehen würden.«

»Haben Sie schon ein bestimmtes Datum im Auge?«

»Ja. Ich habe bereits um eine Sondergenehmigung ersucht, damit wir sofort heiraten können. Wären Sie mit dem übernächsten Sonntag einverstanden?«

»Eine solche Hast würde einen Skandal verursachen. Man wird sofort Vermutungen darüber anstellen, weshalb ihr beide so vorschnell heiratet.«

»Um den Klatsch kümmere ich mich schon. Es wird zu keinem Skandal kommen, zumindest nicht der Art, die Sie sich vorstellen. Ich werde der ganzen Welt klar machen, dass ich von Nicole dermaßen betört bin, dass ich nicht einen Augenblick länger warten konnte, sie zu ehelichen. Und was Elizabeth anbelangt, so wird das Urteil der Leute mich treffen – nicht Nicole.«

Ein Ausdruck, den Hadrian nicht deuten konnte, flog über Sheltons Gesicht. »Also gut. Dann danke ich Ihnen, dass Sie meiner Tochter eine weitere Verletzung ersparen.«

Hadrian biss die Zähne zusammen. Er glaubte nicht, missverstanden zu haben, was der Graf meinte, und er konnte das nicht einfach so stehen lassen. »Es tut mir Leid, dass ich Ihre Tochter verletzt habe, Nicholas«, sagte er leise. »Falls es Sie beruhigt – als wir uns zum ersten Mal begegneten, wusste sie nicht, dass ich verlobt war, und sie wollte mich heiraten. Seither ist sehr vieles zwischen uns passiert, aber mit der Zeit werden sich die Wogen glätten. Ich bin mir ganz sicher.«

»Die eigentliche Frage ist doch, wie Sie zu dieser Verbindung mit der Zeit stehen werden.«

Sheltons Unverblümtheit verblüffte Hadrian etwas, doch als er sich wieder gefasst hatte, war seine Antwort ehrlich. »Ich habe keinen Einwand dagegen, Nicole zu meiner Ehefrau zu nehmen.«

Shelton betrachtete ihn mit einem forschenden Blick. Hadrian spürte ein verräterisches Erröten in sich aufsteigen.

Plötzlich lächelte der Graf. »Ja«, sagte er ebenso leise. »Ich glaube, Sie haben Recht. Ich glaube, im Lauf der Zeit werden sich die Dinge zwischen euch in der Tat zum Guten wenden.«

»Bist du noch nicht fertig?«, fragte Regina.

Nicole saß noch in der Unterwäsche auf ihrem Bett. Sie blickte auf ihre Schwester und seufzte. »Ich wünschte, ich hätte nicht versprochen zu kommen.«

»Nicole! Du hast es versprochen, und wenn du nicht vorgibst, krank zu sein, dann ist Onkel John garantiert schrecklich beleidigt, wenn du nicht kommst!«

Nicole wusste, dass Regina Recht hatte. John Lindley war zwar nicht wirklich ihr Onkel, aber der beste Freund ihres Vaters, den sie schon seit frühester Kindheit kannte. Als sie klein war, hatte er ihr und ihren Geschwistern immer Geschenke mitgebracht, wenn er nach Dragmore gekommen war. Nicole hätte ihn nicht lieber haben können, auch wenn er ihr leiblicher Onkel gewesen wäre.

Aber sie hatte sich von diesem Nachmittag noch nicht erholt. Von Hadrians niederträchtigem, ach so »ehrenhaftem« Heiratsantrag. Niemals würde sie sich davon erholen. Wie auch? Wo sie ihn doch so sehr heiraten wollte, dass es sie schmerzte – aber eine Heirat mit ihm sie nur noch mehr quälen würde!

Regina kam mit rauschenden Röcken auf sie zu. »Nicole, was ist denn? Ich habe dich nicht so erlebt, seit du nach London gekommen bist.« Sie setzte sich neben ihre Schwester auf das Bett, und der Blick ihrer bernsteinfarbenen Augen suchte nach dem Grund von Nicoles Betrübtheit. »Es ist seinetwegen, nicht wahr?«, sagte sie leise.

Nicole nickte und blickte ihrer Schwester in die Augen.

Regina nahm ihre Hand. »Er mag dich, Nicole, das ist so offensichtlich. Wenn seine Trauer für Elizabeth vorüber ist, wirst du es sehen. Ich bin sicher, dass er dir dann den Hof macht. Und du musst ihn dazu ermutigen – ich werde dir zeigen, wie.«

Nicole brach fast in Tränen aus. »Er hat mir doch schon einen Heiratsantrag gemacht!«, stieß sie hervor.

Regina hielt den Atem an. »Was? Na, das ist ja unglaublich!«

Nicole schüttelte den Kopf. »Ich habe ihn abgewiesen.«

»Du hast was?«

»Ihn abgewiesen.«

»Sag mal, bist du krank?«

Nicole packte sie am Arm. »Er liebt nicht mich, er liebt Elizabeth! Er hat sein Herz an eine Tote vergeben. Er hat mir nur deshalb einen Heiratsantrag gemacht, weil er mich ... unschicklich geküsst hat.« Sie errötete. Sie wagte nicht, ihrer Schwester die Wahrheit zu sagen. »Intim.«

Regina starrte sie verwirrt an. »Was meinst du damit, intim?«

Nicole schloss die Augen. »Hat Lord Hortense dich noch nicht geküsst?«

»Natürlich.«

Die Art und Weise, wie Regina reagierte, sagte ihr, dass ihre Schwester keine Ahnung davon hatte, was ein intimer, schamloser Kuss war – mit offenem Mund, heiß, mit Zungen, die sich berührten.

»Was hat er denn gemacht, Nicole? Was soll das heißen, er hat dich intim geküsst? Ein Kuss ist immer etwas Intimes.«

»Es gibt solche und solche Küsse«, erwiderte Nicole leise.

Regina war perplex – und sie platzte fast vor Neugier. »Willst du es mir nicht sagen?«

»Also gut!«

Nicole konnte sich nicht mehr beherrschen. Tränen strömten über ihre Wangen. »Er hat mich so heftig geküsst, dass er meinen Mund verletzt hat! Und zwar für Jahre und Jahrzehnte! Unsere Zungen haben sich berührt! Er hat mich angefasst ... an Stellen, wo er es nicht sollte! Ist deine Neugier jetzt befriedigt?!«

Regina war sprachlos.

»Lass niemals zu, dass sich Lord Hortense – oder wer auch immer – solche Freiheiten dir gegenüber herausnimmt!«, schrie Nicole. »Denn sonst wirst du dich in der gleichen Lage finden wie ich!«

Regina war noch immer völlig verblüfft. »Du musst ihn heiraten«, brachte sie lediglich heraus.

»Das werde ich nicht! Ich kann es nicht! Er hat zugegeben, dass er nur aus Pflichtgefühl um meine Hand anhielt.«

Die Augen ihrer Schwester weiteten sich erneut, doch nun endlich fand sie ihre Stimme wieder. »Also gut, dann ist es eben nicht ideal. Aber er ist der Herzog von Clayborough. Du musst ja sagen.«

»Ich kann nicht!«, beteuerte Nicole wieder. »Er hasst mich! Ich liebe ihn – aber in seinem Herzen ist nicht ein Funken Liebe für mich! Verstehst du das denn nicht? Ich könnte es nicht ertragen, seine Frau zu sein, ihn zu lieben, wenn er nichts für mich fühlt und zu anderen Frauen rennt – zu seinen Mätressen. Kannst du das denn nicht begreifen?«

»Nein«, erwiderte Regina in aller Offenheit. »Alle Männer haben Mätressen, Nicole. Wir reden hier über den Herzog von Clayborough! Du bist dumm, wenn du ihn nicht heiratest – vor allem, wenn du ihn auch noch liebst!«

»Es ist mir egal, dass er ein Herzog ist. Mich interessiert nur, was er für mich fühlt. Und es stimmt auch nicht, dass alle Männer Mätressen haben. Vater hat keine!«, erwiderte Nicole heftig. »Und der Vicomte Serle auch nicht!«

»Das sind Ausnahmen«, erklärte Regina. »Und du benimmst dich äußerst albern.«

»Wenn du Lord Hortense heiraten solltest, wärst du auch dann so unbekümmert, wenn du erfahren würdest, dass er eine Geliebte hat?«

Regina errötete leicht. »Ich wäre zumindest nicht überrascht.«

»Aber dann liebst du ihn nicht!« Nicole sprang auf und ging aufgeregt in raschelnden Seidenunterröcken im Zimmer umher.

»Doch!«, erwiderte Regina impulsiv. »Ich bin verrückt nach ihm!«

»Wenn du ihn lieben würdest, könntest du es nicht so einfach tolerieren, wenn er hinter den Weibern her ist!«

»Vielleicht bin ich einfach realistisch und du hoffnungslos romantisch!«

Die beiden Schwestern fixierten sich. Diese Vorstellung schien einfach absurd. Jeder, der sie kannte, hätte geschworen, dass exakt das Gegenteil der Fall war, doch in diesem Moment schien es, als sei Regina im Recht. Ein Klopfen an der Tür ersparte Nicole eine Entgegnung.

Jane steckte den Kopf herein. »Nicole, wenn du mit dem Anziehen fertig bist, könntest du dann zu mir und deinem Vater in die Bibliothek kommen?«

»Weshalb denn, Mutter?« fragte Nicole etwas beklommen.

»Dein Vater möchte etwas mit dir besprechen«, antwortete Jane mit ernster Miene.

Furcht überfiel Nicole. *Es ging um Hadrian.* Sie war sich ganz sicher. Hatten die Eltern irgendwie von ihrem gestrigen Besuch in Clayborough erfahren? »Worum geht es denn?«

»Komm einfach in die Bibliothek.« Es war keine Bitte, auch wenn Jane lächelte, als sie die Tür wieder schloss.

Nicole merkte, wie nervös sie war, als Regina ihren Arm berührte und sie erschreckt zusammenfuhr. »Du solltest dich jetzt wirklich fertig machen«, sagte ihre Schwester. Ihre gute Laune war einem strengen Ausdruck gewichen. »Und du solltest dir das wirklich – und möglichst schnell – anders überlegen und dem Herzog sagen, dass du seinen Antrag annimmst!«

»Schließ bitte die Türen.«

Nicole blickte von ihrem Vater, der vor seinem Schreibtisch stand, zu ihrer Mutter auf dem Sofa und schloss dann die Mahagoni-Türen hinter sich. »Habe ich etwas getan, wovon ich nichts weiß?« Sie versuchte zu lächeln.

Die Eltern erwiderten ihr Lächeln nicht. Ihr Vater blickte sogar ungewöhnlich streng. Die Furcht stellte sich wieder ein und ergriff sie dieses Mal am ganzen Körper. Vor allem, als ihre Mutter auf sie zu kam und dabei schrecklich besorgt dreinblickte.

»Was ist los?« fragte Nicole.

»Der Herzog von Clayborough war heute hier«, begann Nicholas. »Er hat um deine Hand angehalten, und ich habe zugestimmt.«

Im ersten Augenblick dachte Nicole, ihr Vater spreche von dem Besuch Hadrians, als er ihr im Salon einen Heiratsantrag machte. Sie brauchte eine Weile, bis sie begriff, was er wirklich gesagt hatte. Der Herzog war also noch einmal nach Tavistock Square und direkt zu ihrem Vater zurückgekommen und hatte ihm sein Anliegen vorgebracht. »Was?« fragte sie ungläubig.

»Unsere Anwälte treffen sich bereits morgen früh.«

»Nein!«, schrie sie entsetzt. »Ich werde ihn nicht heiraten!«

Jane ergriff ihren Arm, doch noch bevor sie sprechen konnte, kam Nicholas eilends auf sie zu. »Ich denke, du hast keine Wahl«, erklärte er knapp.

Nicole stand da wie angewurzelt; der Blick ihres Vaters ließ sie zur Salzsäule erstarren. Er wusste also Bescheid. Hadrian hatte ihm alles gesagt. Sie stöhnte.

»Die Reue kommt ein wenig spät«, sagte er, den Blick fest auf sie gerichtet. »Und da die Möglichkeit besteht, dass du schwanger bist, wirst du übernächsten Sonntag vermählt werden.«

»Ich bringe ihn um!«, schrie Nicole.

»Eine Absage kommt nicht in Frage, Nicole. Wenn du so sehr gegen eine Heirat mit Hadrian bist, dann hättest du dir das überlegen sollen, bevor du ihn in dein Bett gelassen hast.«

Nicole riss sich von ihrer Mutter los und stürzte zum Fenster; sie musste versuchen, ihre Hysterie in den Griff zu bekommen. Sie war wütend, wütend auf Hadrian, weil er ihrem Vater alles erzählt und damit nicht nur sie gedemütigt, sondern auch gleich sichergestellt hatte, dass Nicholas Hadrians Heiratsantrag mit aller Entschiedenheit akzeptieren würde. Und sie war erfüllt von Panik.

»Liebling«, unterbrach Jane das entsetzliche Schweigen, das sich aufgebaut hatte. »So schlimm kann das doch nicht sein. Hadrian ist ein guter Mann. Und er wird dir auch ein guter Ehemann sein. Ich weiß, du hast durchaus etwas für ihn übrig. Selbst wenn du glaubst, ihn nicht mehr zu lieben – ich bin sicher, dass deine Gefühle für ihn im Lauf der Zeit wiederkehren werden.«

Nicole wirbelte herum. »Er liebt eine andere! Er liebt Elizabeth!«

Jane und der Graf blickten einander verblüfft an. War das der

Grund dafür, dass Nicole so heftig reagierte? Die Mutter trat zu ihr. »Elizabeth ist tot«, sagte sie nur.

»Das macht es ja noch schlimmer. Seht ihr das denn nicht ein? Ich kam schon nicht gegen sie an, so lange sie lebte, aber jetzt wird mich ihr Andenken auf immer und ewig verfolgen!«

»Du liebst ihn doch«, sagte Jane leise und streichelte die Wange ihrer Tochter.

Nicole zuckte zurück. »Du bist vor Vater weggelaufen, weil du ihn geliebt hast! Und genau aus diesem Grund kann ich Hadrian nicht heiraten! Wenigstens du, Mutter, wenigstens du wirst das doch verstehen!«

»Ich war eine Närrin«, gab Jane zurück. »Das Beste, was mir je passiert ist, war, dass dein Vater mich fand und mich zwang, ihn zu heiraten.«

Nicole biss trotzig die Zähne zusammen. »Ich werde ihn nicht heiraten. Ich tue es nicht.«

Jetzt meldete sich Nicholas zu Wort und erinnerte die beiden Frauen daran, dass er auch noch da war. »Ich habe Hadrians Angebot angenommen, und du wirst mich nicht umstimmen. Oder hast du vergessen, dass du möglicherweise schwanger bist?«

Seine ungeschönten Worte trafen Nicole wie Peitschenhiebe.

»Jawohl, Nicole, schwanger!«, wiederholte Nicholas. »Und ich werde dir nicht gestatten, mir einen unehelichen Enkel zu präsentieren!«

Tränen füllten ihre Augen. Sie hatte nie gedacht, dass ihr Vater so grausam sein konnte. »Wenn wir warten, vielleicht –«

»Nein! Genug ist genug. Allem Anschein nach liebst du diesen Mann ohnehin. Du –«

»Ich liebe ihn nicht!«, rief sie, und in diesem Augenblick war es die Wahrheit. »Ich hasse ihn!«

»Trotzdem.« Nicholas blieb unbeeindruckt. »Meine Entscheidung steht fest.«

»Liebling, es wird alles gut werden«, versuchte Jane sie zu trösten.

Sie keuchte und schüttelte erneut die Hand der Mutter ab. »Es wird einen Skandal geben. Vater – noch einen Skandal stehe ich nicht durch.«

»Es wird keinen Skandal geben. Der Herzog übernimmt für eure hastige Vermählung die volle Verantwortung. Er wird der Öffentlichkeit vorgaukeln, dass er vor Sehnsucht und Liebe einfach nicht mehr länger warten konnte. Niemand wird wegen der Umstände Argwohn hegen, und falls doch, so werden die Leute bestenfalls Zweifel hegen.«

»Er wird vorgeben, dass er mich liebt?« Sie konnte es einfach nicht fassen.

»Er schützt dich vor einem neuerlichen Skandal«, erklärte Nicholas nüchtern.

»Du wirst mich also wieder zwingen?«

»Jawohl.«

»Weißt du nicht mehr, was beim letzten Mal geschah?«

Nicole bedauerte diese Worte, kaum dass sie sie ausgesprochen hatte. Ihr Vater sah sie aus funkelnden Augen an. »Willst du mir drohen, Nicole?«

Zum ersten Mal in ihrem Leben fürchtete sie sich vor ihm, aber sie gab nicht nach. »Tu mir das nicht an!«

»Ich werde dich nicht weglaufen lassen«, fauchte Nicholas voller Zorn. »Nicht noch einmal!«

»Dann musst du mich schon fesseln und vor den Altar schleifen!«

»Wenn du unbedingt einen neuen Skandal heraufbeschwören willst, dann ist das deine Sache!«

Nicole sog heftig die Luft ein. Ihre Mutter protestierte lautstark gegen die Unbeugsamkeit ihres Mannes. Nicole konnte nicht mehr. Er ließ sich nicht bewegen. Leise schluchzend lief sie aus dem Zimmer.

21

Nicole war in Panik. Ihr Vater und der Herzog von Clayborough waren die beiden mächtigsten Männer, die sie kannte. Wenn diese beiden beschlossen hatten, dass sie Hadrian heiraten solle, dann würde es auch geschehen. Beim letzten Mal hatte sie ihren Vater durch ihr Weglaufen im letzten Augenblick überrascht. In Wirklichkeit schämte sie sich für das, was sie getan hatte – aber sie hatte keine Wahl gehabt. Sie hatte es nie bereut, vor Percy Hempstead weggelaufen zu sein. Allerdings hatte sie gegen diese Verehelichung nie so gekämpft, wie sie es gegen die jetzige tun würde. Und dieses Mal war ihr Vater zudem vorgewarnt. Nicole schauderte. Als er sagte, er werde sie nicht noch einmal weglaufen lassen, hatte er genau das gemeint – er hatte damit angedeutet, dass er sie sogar in Fesseln vor den Altar schleifen würde, wenn es sein müsste! Er war so sehr auf ihre Hochzeit mit Hadrian erpicht, dass nichts seinen Entschluss würde ändern können.

Wie besessen ging sie in ihrem Zimmer auf und ab. Früher war ihr Vater immer ihr treuester Verbündeter gewesen, ihr bester Freund. Wie konnte er so etwas nur tun? Wie konnte er sie zwingen, gegen ihren Willen eine Ehe einzugehen? Als sei sie eine Leibeigene. Oder eine Sklavin, die man an einen anderen verkaufen konnte, ganz wie es einem beliebte. Zwar hatten auch andere Frauen bei der Frage ihrer Verehelichung keine Wahl, ja, sie erwarteten das noch nicht einmal, doch Nicole war nicht so erzogen worden wie die anderen Frauen. Sie hatte immer ein geradezu schockierendes Maß an Freiheit genossen. Nicholas hatte sie nicht zu einer geistlosen, niedlichen Porzellanpuppe erzogen, die auf ein Podest gehörte. Sie sollte nicht nur als Zierde ihres künftigen Gatten dienen. Vielmehr hatte ihr Vater ihr für ihr Wissen und ihre Kenntnisse in der Landwirtschaft, in der Tierzucht und der Mathematik Anerkennung gezollt und ihre unkonventionelle Bildung gutgeheißen; ja, er hatte sich sogar immer für ihre Meinung interessiert, ob es nun Dragmore betraf oder politische Themen. Andererseits hatte es ihn nie gekümmert, wie sie sich in Dragmore kleidete, wenn sie mit der Familie zusammen war. Er hatte ihre Reithosen immer für etwas absolut Vernünftiges gehalten. Und sehr zu Nicoles Erleichterung hatte er ihr auch darin zugestimmt, dass Aquarelle malen, wenn man kein Talent hatte, und singen, wenn man über keine Stimme verfügte, nichts mehr war als ein dummer und nutzloser Zeitvertreib. Mit umso mehr Stolz erfüllten ihn ihre ungewöhnlichen Leistungen und ihr Intellekt.

Aber nun kümmerte es ihn plötzlich nicht mehr, wie es ihr ging. Trotz ihres vehementen Protests wollte er sie unbedingt verheiraten. Er traf eine Entscheidung für sie, die ihr ganzes Leben vollkommen veränderte, obwohl sie sich dagegen sträubte. Er war nicht mehr ihr treuester Verbündeter und ihr bester Freund. Er war gegen sie. Hadrian war zwischen sie getreten – Hadrian war der Schuldige!

Die Gedanken an den Herzog und das, was er getan hatte, brachten sie in Rage.

Nicole kochte vor Wut. Wie konnte er es wagen, in ihr Leben einzugreifen! Und wie konnte er es wagen, die Beziehung zu ihrem Vater zu ruinieren!

Es klopfte an ihrer Tür. An der vorsichtigen Art und Weise erkannte Nicole, dass es ihre Mutter war, und sie zuckte zusammen. Sie bat sie nicht herein. Jane hatte für ihren Vater und damit gegen sie Partei ergriffen, das konnte sie ihr nicht vergeben.

Jane trat dennoch ein. Nicole wandte ihr brüsk den Rücken zu. »Sei nicht zornig auf mich oder deinen Vater«, sagte sie sanft. »Wir lieben dich doch so sehr. Wir wollen doch nur dein Bestes.«

»Wenn ihr mich wirklich lieben würdet, dann würdet ihr mich nicht zwingen, ihn zu heiraten.«

»Mit der Zeit wirst du es anders sehen und verstehen, was wir getan haben.«

»Das bezweifle ich.«

Jane zögerte, denn ihre Tochter machte keine Anstalten, sich ihr zuzuwenden. »Wir fahren zu John. Ich werde ihm sagen, dass du krank bist.«

»Wieso? Ich bin nicht krank – nur wütend!«

»Es ist besser, wenn du hier bleibst«, erwiderte Jane ruhig. »Nicholas sagte, auf Johns Gästeliste sei auch der Herzog. Ich bezweifle zwar, dass er da sein wird, aber falls er doch käme, wäre es wohl besser, wenn ihr euch nicht sehen würdet, so lange sich deine Stimmung nicht gebessert hat.«

Er war die letzte Person, die Nicole gerne getroffen hätte. »Dem stimme ich aus vollem Herzen zu«, knirschte sie.

Ihre Mutter verließ das Zimmer. Einige Augenblicke später trat Nicole ans Fenster und sah die Dragmore-Kutsche die Auffahrt hinunter zur Straße rollen. Ihr Blick verfolgte sie.

Die erste Person, die Nicole zu sehen bekam, als sie den roten Salon in John Lindleys Haus betrat, war der Herzog von Clayborough. Die zweite war Stacy Worthington.

Sie hatte sich doch dafür entschieden zu kommen. Warum sollte sie in ihrem Zimmer sitzen und schmollen? Vielleicht würde er dann denken, sie versuche, ihn zu meiden. Aber er war der Letzte, den sie meiden würde. Nein – sie hatte sogar einiges auf dem Herzen, was sie ihm nur zu gerne mitteilen wollte.

Mit diesem Szenario hatte sie allerdings nicht gerechnet.

Sie nahm sich einen Sherry von einem Tablett, das ein Diener herumreichte, und trank rasch. Ihr Herz flatterte. Stacy Worthington flirtete mit Hadrian. Nicole konnte den Blick nicht von den beiden abwenden.

Jedes Mal, wenn er etwas sagte, lachte sie. Sie schmiegte sich an seine Seite und sah mit Entzücken im Blick zu ihm auf. Sie schien seine wenigen Worte zu verschlingen. Sie hängte sich an ihn.

Nicht, dass Nicole das etwas ausgemacht hätte. *Es machte ihr absolut nichts aus.* Es machte ihr nichts aus, dass sie noch gestern in Hadrians Armen gelegen hatte, dass er heute um ihre Hand angehalten hatte, und dass sie angeblich verlobt waren. Wenn er sich von einer anderen Frau zum Narren halten lassen wollte – einer schlanken, wunderschönen Frau –, dann sollte ihr das recht sein. Vielleicht würde er ja sogar Stacy zu seiner Frau machen! Nichts konnte ihr gelegener kommen!

Wem machte sie etwas vor?

Nicole war völlig durcheinander, noch mehr, als sie es schon den ganzen Tag über gewesen war. Als sie bemerkte, wie sie auf die beiden starrte, leerte sie ihren Sherry auf sehr undamenhafte Art und wandte sich ab. Elend machte sich in ihrem Herzen breit.

Sie sah sich in dem gut gefüllten Salon um und wünschte, sie wäre nicht gekommen. Sie ignorierte ihre Eltern. Sie sah, wie Regina mit Martha und deren Mann lachte, freute sich, dass ihre beste Freundin da war, und lächelte ihnen quer durch den Salon zu. Doch dann wurde ihr bewusst, dass sie inmitten all der angeregt plaudernden Menschen ganz allein da stand. Eine plötzliche Verlegenheit stieg in ihr auf; am liebsten hätte sie sich einer der Gruppen angeschlossen, doch sie kannte niemanden. Außerdem fiel ihr auf, dass die beiden Damen neben ihr sie anschauten, obwohl sie versuchten, diskret zu sein.

Nicoles Magen zog sich zusammen, und für einen Augenblick vergaß sie den Herzog und Stacy. Sie war dem gesellschaftlichen Leben jahrelang fern geblieben und erst kürzlich in London eingetroffen, deshalb, sagte sie sich, war es keine Überraschung, dass diese beiden Damen sich für sie interessierten. Aber wen hielt sie zum Narren? Trotz der Jahre, die seit dem Skandal vergangen waren, wurde sie noch immer als exzentrisch und irgendwie aus dem Rahmen fallend betrachtet. Würde sich das denn nie ändern? Würde sie ihr Leben lang als Außenseiterin abgestempelt bleiben?

Sie arbeitete sich durch die Menge zu den Serles und Regina durch und versuchte dabei sorgfältig, den Blick nicht auf den Herzog zu lenken. Doch sobald er sie entdeckt hatte, spürte sie, wie seine Augen auf sie gerichtet waren.

»Martha«, sagte Nicole erleichtert. Martha umarmte sie. Ihr Mann gab Nicole einen flüchtigen Kuss auf die Wange, entschuldigte sich dann und überließ die beiden Frauen sich selbst.

»Nicole«, begann Regina, sobald sich Marthas Gatte entfernt hatte, »ich würde an deiner Stelle zum Herzog gehen und mit ihm reden. Stacy Worthington, diese kleine Hexe, hat ein Auge auf ihn geworfen – und wenn du nicht aufpasst, dann schnappt sie ihn dir noch weg!«

Nicole warf einen kühlen Blick auf ihre Schwester. Zum Glück hatte Regina noch nichts von den Arrangements erfahren, die ihr Vater mit dem Herzog getroffen hatte. »Das ist mir egal«, sagte sie nur.

»Er kam allein«, fügte Martha hinzu. »Aber Stacy hat es eindeutig auf ihn abgesehen.«

»Gut. Sie kann ihn haben.« Ein Diener mit einem Tablett kam vorbei, und Nicole nahm sich einen weiteren Sherry. Ladys nahmen zwar nie mehr als einen Drink, aber sie war ja schließlich keine Lady, oder? Sie dachte daran, wie sie gestern in Hadrians Armen auf dem Boden seiner Bibliothek gelegen hatte, und spürte, wie ihre Wangen heiß wurden. Sie wusste, dass er zu ihr herüberschaute. Vielleicht dachte er ja gerade an ganz dasselbe ... Unfähig, sich noch länger im Zaum zu halten, wandte sie sich um.

Ihre Blicke trafen sich.

Stacy redete auf ihn ein, aber er schien ihr gar nicht zuzuhören. Nicole dachte daran, wie gebieterisch er ihr Schicksal bestimmt hatte. Daran, dass er glaubte, er würde ihr Ehemann. Sie dachte an alles, was er ihr angetan hatte. Der Blick, den sie ihm zuwarf, war voller Zorn. Er erwiderte ihn mit einem höflichen Nicken. In diesem Augenblick bemerkte Stacy, wem seine Aufmerksamkeit galt. Nicole gab sich zufrieden, als sie sah, dass Stacy vor Wut rot anlief, und wandte sich von den beiden ab.

»Nicole, du kannst das Blaue vom Himmel herunterlügen und dir vormachen, was du willst, aber ich weiß, was du fühlst«, flüsterte Martha ihr ins Ohr.

Nicole bemerkte, dass ihre Schwester etwas sagen wollte, und warf ihr einen Blick zu, der Regina sofort verstummen ließ. Sie grinste nur irgendwie selbstgefällig.

In diesem Augenblick traten zwei Herren zu ihnen und begrüßten Martha höflich. Nach den Vorstellungen bemerkte Nicole zu ihrem Erstaunen, dass Lord Glaser Interesse für sie zeigte. »Wie geht es Ihnen heute Abend, Lady Shelton?«, fragte er.

Nachdem sie sich wieder gefasst hatte, antwortete Nicole ihm höflich. Schon lange nicht mehr hatte ein Herr das Gespräch mit ihr gesucht. Was war anders geworden? Abgesehen von Elizabeths Totenwache und ihrer Beerdigung war sie seit dem Wohltätigkeits-Picknick nicht mehr aus gewesen; wurde sie plötzlich akzeptiert, nur weil der Herzog sie protegierte? Von ihrer Verlobung wusste natürlich noch niemand. Und niemand wird je davon erfahren, dachte sie entschlossen.

Sie beobachtete Glaser, wie er sie musterte – mit einem Blick, wie ihn Hadrian hundertmal über sie hatte streichen lassen. Er beendete diese kleine Andeutung zwar sofort wieder, doch sie genügte, dass Nicole sich unbehaglich fühlte. Sie mochte diesen Gedanken nicht, doch Hadrians Interesse an ihrer Person hatte niemals ein solches Gefühl ausgelöst.

»Ich muss sagen, es freut mich wirklich sehr, Sie heute Abend hier anzutreffen, Lady Shelton. Sie verleihen diesem Fest einen strahlenden Glanz.«

Sie konnte nicht umhin, ihm zu danken.

»Werden Sie bis zum Ende der Saison in London bleiben?«

»Das bezweifle ich«, antwortete sie etwas linkisch. Er war an ihr interessiert, aber sie wusste nicht, ob sie sich darüber freuen sollte.

»Aber das müssen Sie«, meinte Glaser.

»Ich habe mich noch nicht entschieden«, sagte Nicole. Sie bemerkte, dass Hadrian sie und Glaser beobachtete. Sie war nie eine kokettierende Frau gewesen, ja sie wusste nicht einmal, wie sie sich als eine solche hätte benehmen müssen. Doch plötzlich spürte Nicole einen beinahe unwiderstehlichen Drang, es wenigstens zu versuchen, obwohl sie Frauen, die sich erniedrigten, nur um ihren Kavalier zur Eifersucht zu reizen, immer verachtet hatte.

Sie lächelte Lord Glaser zu und blickte ihm direkt in die Augen. »Aber vielleicht können Sie mich ja überreden.« Sie hatte den Satz kaum beendet, als ihr klar war, dass diese Worte zu deutlich waren, um als geziemend zu gelten. Martha erschrak sichtlich, und auch Glaser wirkte leicht verblüfft.

»Ich meine ...« Sie errötete. »Ich meine, ich habe so viel Spaß, und ... oh, entschuldigen Sie mich bitte!«

Sie löste sich aus der Gruppe und drängte durch die Menge. Natürlich wollte sie nicht so anzüglich sein, nein, alles, nur das nicht. Sie hatte doch nur versuchen wollen, ein bisschen zu flirten! Aber das war wohl nur etwas für Hohlköpfe wie Stacy Worthington. Nun hatte sie sich allerdings selbst wie ein Hohlkopf benommen!

Der Flur vor dem Salon war leer, doch sie blieb nicht stehen, bis sie die Damentoilette erreicht hatte. Sie war zum Glück frei, und Nicole verschloss eilends die Tür hinter sich.

Oh, was für ein Fauxpas! Sie betrachtete sich im Spiegel und sah, dass ihr Gesicht noch immer schamrot war. Hätte man sich einen schlimmeren Fehltritt vorstellen können?

Nicole befeuchtete mit einem nassen Tüchlein Stirn und Wangen. Sobald sie sich wieder gefasst hatte, verließ sie die Toilette und beschloss, Lord Glaser für den restlichen Abend zu meiden. Doch als sie auf den Flur trat, stand er bereits da und wartete auf sie.

Er sah gut aus, und er lächelte. Nicole blieb abrupt stehen. »Sie hätten nicht gleich weglaufen müssen«, sagte er.

»Mein Herr«, entgegnete sie, »verzeihen Sie meine Worte. Es war nicht so gemeint, wie es wohl klang.«

»Aber natürlich nicht«, erwiderte er freundlich. Sie wusste nicht, ob er ihr Glauben schenkte oder nicht. Er berührte sie leicht am Handgelenk. »Die Abbots geben am Freitagabend einen Ball. Würden Sie mich begleiten?«

Die Einladung verblüffte sie. Doch sie hatte keine Gelegenheit, Glaser zu antworten.

»Sie wird Sie nicht begleiten, Glaser«, fuhr der Herzog von Clayborough dazwischen. »Und wenn Sie die Hand nicht von ihrem Arm nehmen, dann werde ich das besorgen!«

Er war lautlos hinter ihnen aufgetaucht. Nicole zuckte zusammen, Glaser wirkte verstört. »Entschuldigen Sie bitte, Euer Gnaden, aber habe ich Sie richtig verstanden?«

»Durchaus.«

Fassungslos starrte Nicole auf Hadrian. Sein Gesicht war wie versteinert, sein Blick auf Glasers Hand gerichtet, die leicht ihren Arm berührte, doch seine Augen sprühten Funken. »Sie meinen also, ich darf die schönste Frau Londons nicht ausführen? Also, Sie mögen ja ein Herzog sein und einen höheren Rang haben als ich, aber das gibt Ihnen durchaus keine Sonderrechte.«

»Ich habe jedes Recht. Meine künftige Gattin wird nicht mit Ihnen zum Ball der Abbots gehen.«

Glasers Hand fiel herunter. »Oh, ich hatte keine Ahnung, Euer Gnaden«, sagte er rasch.

Der Herzog lächelte kalt. »Natürlich nicht. Die Verlobung hat erst heute stattgefunden. Die öffentliche Ankündigung erfolgt morgen.«

»Entschuldigen Sie noch einmal«, sagte Glaser und nickte ihnen beiden zu, bevor er eilig verschwand.

Nicole war sprachlos. »Wie konntest du!«, stieß sie endlich hervor.

Allen Widrigkeiten zum Trotz hatte sie gehofft, aus dieser Verlobung herauszukommen, bevor sie allgemein bekannt wurde. Aber nun würde Lord Glaser diese Neuigkeit innerhalb von Sekunden verbreiten, und morgen früh würde ganz London Bescheid wissen. An eine würdevolle, private Auflösung dieser Liaison war also nicht mehr zu denken. Der Herzog hatte einmal mehr in ihr Leben und in ihre Zukunft eingegriffen und Dinge unwiderruflich verändert, mit voller Absicht und ohne ihre Zustimmung.

»Wie konnte ich was? Dich vor einem unerwünschten Bewunderer retten?«

»Wer sagt, dass er unerwünscht war?«, gab sie achtlos zurück.

Er ergriff ihren Arm. »Es wäre besser, wenn er unerwünscht gewesen wäre, Nicole.«

»Lass mich los!« Sie versuchte, sich von seinem Griff zu befreien, doch er war zu stark.

Erst als er es für angemessen hielt, kam er ihrem Wunsch nach. »Wie ich sehe, bist du verärgert.«

»Verärgert? Ha! Das ist eine grobe Untertreibung – Euer Gnaden!«

»Bist du verärgert, weil ich einen gut aussehenden, aber gegenwärtig nicht in Frage kommenden Freier vertrieben habe?«

»Du weißt doch verdammt gut, warum ich verärgert bin!« Sie hoffte, ihr Fluchen würde ihn schockieren.

Aber es nützte nichts.

Es machte ihn nur noch wütender. »Sobald jemand diesen Flur betritt, werden wir ein perfektes Schauspiel inszenieren!«

Nicole lachte. »Wir werden ein Schauspiel inszenieren, sobald unsere Verlobung bekannt wird! Oder besser gesagt – einen Skandal!«

»Ich werde nicht zulassen, dass du einen Skandal vom Zaun brichst. Und was die Folgen angeht, so werde ich dafür die volle Verantwortung übernehmen.«

»Indem du *vorgibst,* mich zu lieben?«

Im ersten Augenblick antwortete er nicht. »Vertrau mir«, sagte er dann nur.

»Vertrauen – dir?«

Er errötete. Doch seine Lippen formten eine harte, dünne Linie. »Es hat keinen Zweck, ein totes Pferd zu prügeln«, sagte er in warnendem Ton. »Ich habe bereits gesagt, dass ich für das, was gestern vorgefallen ist, die volle Verantwortung übernehme.«

»Für das, was gestern *vorgefallen* ist?« Nicole wurde plötzlich von Tränen überwältigt. Dieser Mann war eiskalt – das war nicht der leidenschaftliche Verehrer, der sie gestern im Arm gehalten und geliebt hatte. Aber genau das war es eben – er hatte sie nicht geliebt, nicht wirklich. Und nun würde er vorgeben, sie zu lieben. »Es freut mich zu hören, dass du die Verantwortung für dein Tun übernimmst. Lassen wir die Vergangenheit also ruhen. Aber ich werde dich nicht heiraten!«

»Du benimmst dich sehr kindisch. Davon abgesehen fragt dich zu diesem Punkt niemand nach deiner Meinung.«

»Wie Recht du doch hast!«

»Einmal habe ich dich allerdings gefragt«, erinnerte er sie.

»Und ich habe nein gesagt!«

»Du hast deine Gefühle äußerst deutlich gemacht. Warum beharrst du auf diesem Streit?«

»Mein ganzes Leben wird ohne jegliche Zustimmung meinerseits einfach beschlossen, und du fragst mich, weshalb ich mit dir streite?«

»Nicole«, sagte er müde, »du kannst streiten und argumentieren, so viel du willst, aber die Sache ist nun mal entschieden. Wir werden am übernächsten Sonntag vermählt. Und das ist endgültig.«

Nicole warf den Kopf in den Nacken. Tränen schossen ihr in die Augen. Sie stand mit dem Rücken zur Wand, und sie wusste es. Es war hoffnungslos – es sei denn, sie tat etwas absolut Unerhörtes. Doch so weit wagte sie noch gar nicht vorauszudenken.

»Hadrian!« Es war die Stimme einer Frau. »Da sind Sie ja endlich – ich habe mich schon gefragt, wo Sie abgeblieben sind!«

Nicole verkrampfte sich, und der Herzog ließ ihren Arm los. Sie blinzelte, um ihre Tränen der Machtlosigkeit und der Wut zu vertreiben. Stacy Worthington lächelte dem Herzog süß zu und ignorierte Nicole einfach. »Wollen wir wieder hineingehen?«, fragte sie.

»Meine Liebe«, sagte der Herzog und ergriff Nicoles Arm. Gleichzeitig warf er ihr einen warnenden Blick zu, den Stacy jedoch nicht sehen konnte. Sein Daumen streichelte den Rücken ihrer Hand. »Wollen wir?«, fragte er und zeigte ihr ein seltenes Lächeln. Es entspannte seine Gesichtszüge, und einen Augenblick lang war Nicole wie hypnotisiert.

Stacy schien es kaum anders zu ergehen.

Nicole verlor sich in seinen goldenen Augen. Mit Mühe erkannte sie jetzt, dass dies ein Spiel war, dass alles nur Schein war. Ihr Herz raste. Sie versuchte, sich loszureißen, doch sein Griff war zu schnell und stahlhart. Sie hatte keine Chance, er drückte sie sogar noch dichter an seine Seite.

Sie wollte nicht an seine Seite gepresst werden. Sie wollte ihm in keiner Weise nahe sein. Sie wollte auch nicht einen derart intimen und zärtlichen Blick von ihm empfangen. Aber sie hatte keine Wahl.

»Stacy«, sagte der Herzog von Clayborough. »Soweit ich weiß, sind Sie und Lady Shelton bereits bekannt?«

»Ja.«

»Lady Shelton hat mir die große Ehre erwiesen, meine Gattin zu werden«, fuhr er fort, nicht ohne Nicole einen weiteren allzu zärtlichen Blick zu schenken.

»Hadrian!«, keuchte Stacy. »A-aber Elizabeth!«

Der Herzog sah seiner Cousine direkt in die Augen. »Elizabeth ist tot«, sagte er. »Und ich werde Nicole in weniger als zwei Wochen heiraten.«

Nicole schloss die Augen, doch den Zorn der anderen bekam sie durchaus mit.

Er legte ihr intim und liebevoll einen Arm um die Schulter. »Ich fürchte, ich kann einfach nicht mehr länger warten«, sagte der Herzog.

22

Nicole verließ das Haus der Lindleys sofort; sie bat die Serles, die ebenfalls gerade aufbrachen, sie mitzunehmen. Die Begegnung mit Hadrian quälte sie, und sie wusste, dass man ihr das ansah. Martha hätte ihr jedoch nie in Gegenwart ihres Mannes Fragen gestellt, und darauf baute Nicole. Als die Kutsche am Tavistock Square anhielt, sprang sie rasch heraus, murmelte ein Dankeschön und lief ins Haus. Dort angekommen, musste sie sich nicht mehr verstellen. Aldric blickte offen besorgt, als er sie durch das Foyer eilen sah. »Mylady«, rief er ihr nach, »ist alles in Ordnung?«

»Nein, Aldric«, erwiderte sie, während sie bereits die Treppe hinaufrannte, »nichts ist in Ordnung!«

Ihr Zimmer war kein wirklicher Zufluchtsort. Nur wenige Minuten später hörte sie draußen auf dem Flur ihre Eltern und Regina, die sich eine gute Nacht wünschten. Nicole schaltete rasch das Licht aus in der Hoffnung, ungestört zu bleiben. Sie hörte, wie die Eltern den Flur hinuntergingen. Doch im nächsten Augenblick klopfte es wild an ihre Tür. Sie stöhnte. Inzwischen litt sie auch unter heftigen Kopfschmerzen.

Regina wartete gar nicht erst auf die Aufforderung ihrer Schwester, einzutreten, und schaltete auch sofort das Licht wieder ein.

»Du schaust drein, als ob jemand gestorben wäre!«, legte sie los, kaum dass sie die Tür hinter sich geschlossen hatte. »Ist das wirklich wahr? Ist es wahr, dass du seine Frau wirst? Mehrere Leute fragten mich, gleich nachdem du gegangen warst! Sie erzählten, er habe gesagt, dass ihr beide verlobt seid! Nicole! Wirst du die nächste Herzogin von Clayborough?«

»Bitte.« Ihre Kopfschmerzen wurden stärker.

»Oh Gott, es stimmt also!«, rief Regina entzückt. »Was ist passiert? Ich dachte, du hast ihm einen Korb gegeben!«

»Habe ich auch!«, erwiderte Nicole ärgerlich. »Aber er ging

zu Vater, dieser Schuft. Und der hat seinen Antrag angenommen, ohne mich zu fragen!«

»Das ist wunderbar!« Regina strahlte.

»Ich werde ihn nicht heiraten!«

Reginas Lächeln verschwand. »Ich hoffe, du meinst das nicht ernst.«

Nicole warf einen düsteren Blick auf sie.

»Vater hat es arrangiert! Er ist der Herzog von Clayborough! Was hast du denn bloß? Du hast mir doch selbst gesagt, dass du verrückt nach ihm bist!«

Nicole wusste inzwischen längst nicht mehr, welche Gefühle sie für Hadrian Braxton-Lowell hegte, wenngleich sie sehr argwöhnte, dass sie sich ins Gegenteil verkehrt hatten. »Nicht mehr. Das ist vorbei.«

»Wenn du ihn nicht heiratest, dann bist du eine Närrin.«

»Dann bin ich eben eine Närrin!«

Regina schnaubte wütend und ballte die Fäuste. »Du wirst also dagegen ankämpfen, habe ich Recht? Du lehnst dich gegen Vater auf – ist es so?«

»Ja. Aber wieso ärgert dich das?«

»Warum mich das ärgert?« Regina sah aus, als würde sie gleich in Tränen ausbrechen. »Also gut, Nicole, ich sage es dir, warum. Weil du gottverdammt egoistisch bist, darum!«

Nicole hatte ihre Schwester noch nie fluchen gehört; sie war entsetzt.

»Ich bin egoistisch?«

»Ich habe mich bisher nie beklagt. Aber wenn du nicht wärst, dann wäre ich schon längst verheiratet! Verdammt noch mal! Ich bin jetzt fast neunzehn, und sie wollen mich noch immer nicht heiraten lassen, bloß weil sie hoffen, dass du eines Tages ein Angebot bekommst und vor mir heiraten kannst. Und jetzt hast du eines – und noch dazu so ein gutes! –, aber du bist einfach zu dumm, um ein bisschen Vernunft zu zeigen! Und ich bin es absolut leid, eine alte Jungfer zu sein! Verdammt noch mal, verdammt!«

Regina war so außer sich, dass sie fast zu weinen begann. Nicole war bestürzt; sie hatte keine Ahnung gehabt, dass sich ihre Schwester so quälte. »Bitte, versuche mich doch zu verstehen! Ich kann ihn nicht heiraten, ich kann es nicht.«

»Nein, ich verstehe dich nicht – nie werde ich das verstehen! Du bist egoistisch und stur und schlicht und einfach nur dumm!« Regina rannte aus dem Zimmer und schlug die Tür hinter sich zu.

Nicole zitterte. Ihre Schwester und sie waren sich sehr nahe. Obwohl sie sich schon oft gestritten hatten, war es zwischen ihnen noch nie zu einer solchen Auseinandersetzung gekommen. Wie lange mochte Regina schon so empfinden? Seit wann machte sie Nicole dafür verantwortlich, dass sie mit dem Heiraten warten musste? Plötzlich hatte Nicole das Gefühl, dass ihre Schwester Recht hatte. Und es tatsächlich ihre Schuld war, dass Regina noch unverheiratet war. Sie hatte das Gefühl, Regina ein Unrecht zugefügt zu haben. Doch sie liebte ihre kleine Schwester; um nichts in der Welt hätte sie ihr wehtun wollen.

Doch gleichzeitig beschlich sie auch das Gefühl, dass Regina sie im Stich gelassen hatte. Und das tat ihr weh. Gerade jetzt, wo sie ihre Schwester verzweifelt brauchte, als Freundin und als Verbündete, hatte Regina sie im Stich gelassen.

»Nicole, wir müssen unbedingt miteinander reden!«, rief Martha.

Es war Teestunde, einen Tag nach dem festlichen Abend bei den Lindleys, und Nicole war überfroh, Martha zu sehen. Den ganzen Tag lang hatte sie sich mit Hochzeitsvorbereitungen herumschlagen müssen, die nun fieberhaft vorangetrieben wurden. Offenbar war der Herzog trotz oder gerade wegen der großen Eile, derer es bedurfte, entschlossen, die größte Hochzeitsgesellschaft seit Jahren einzuladen, und Jane war den ganzen Tag ausschließlich mit der Planung für diesen Tag beschäftigt.

Nicole kümmerte sich nicht um die Pläne der anderen. Doch ihre Mutter sorgte dafür, dass sie zumindest über die wichtigeren Details informiert wurde. Zudem hatte Jane eine Schneiderin von einem der ersten Modesalons der Stadt engagiert, und

Nicole musste den ganzen Tag lang die Vorschläge dieser Frau über sich ergehen lassen – ihr Brautkleid und die dazugehörige Ausstattung mussten ausgesucht, anprobiert, geändert und immer wieder neu anprobiert werden. Die ganze Woche würde wohl mit endlosen Anproben verstreichen.

Nicole wurde immer wütender.

Marthas gequältem Tonfall nach zu schließen, hatte sie bereits von den bevorstehenden Trauungsfeierlichkeiten erfahren. »Die ganze Stadt weiß Bescheid! Ich konnte es nicht glauben! Aber als ich hier hereinkam und Mr. Henry sah, den besten Küchenchef in ganz London, und dann Madame Lavie, die kreativste Schneiderin der Stadt, da wusste ich, dass es wahr ist!«

Nicole saß in ihrer Unterwäsche auf dem Bett; Madame Lavie war soeben gegangen.

»Es ist wahr.«

»Und du hast mir nichts gesagt!«, rief Martha gekränkt.

Nicole drehte sich heftig zu ihr um. »Es ist doch alles erst gestern passiert! Gestern! Oh! Dieser verdammte Kerl hat bestens dafür gesorgt, dass es keinen Ausweg mehr gibt!«

»Besser, du erzählst mir alles von Anfang an«, sagte Martha besorgt.

Nicole kam ihrer Bitte nach. Als sie geendet hatte, war Martha schockiert – Nicole hatte ihr den wahren Grund für die Heirat nicht verschwiegen. Doch sie ergriff die Hand ihrer Freundin und versuchte, sie zu trösten. »Ich weiß, es ist nicht so, wie sich eine Frau ihre Hochzeit erträumt, aber gleich zu Anfang wolltest du es auch. Und du könntest immerhin schwanger sein, Nicole. Natürlich musst du ihn heiraten. Warum bist du nur so stur und uneinsichtig?«

Nicole stand auf. »Ich bin es leid, von allen, die mich mögen, dasselbe zu hören zu bekommen – von allen, die eigentlich zu mir stehen sollten.«

»Muss man sich denn unbedingt auf die eine oder andere Seite schlagen, Nicole?«

»Er hat das ganze zu einem Krieg gemacht«, erklärte Nicole düster. »Wenn er bloß gewartet hätte …«

Martha betrachtete sie forschend.

Nicole sprach ihre Gedanken nicht weiter aus. Doch sie waren da. Wenn er gewartet hätte, dann wäre vielleicht mit der Zeit alles so geworden, wie es hätte werden sollen. So, dass er allen Ernstes und aufrichtig um ihre Hand angehalten hätte.

»Du Ärmste«, sagte Martha leise.

»Das Letzte, was ich will, ist dein Mitleid. Sag mir lieber, wie ich aus diesem Schlamassel herauskomme!«

»Gar nicht!«, rief Martha entsetzt. »Alle wissen über eure Verlobung Bescheid, und diese Sache allein ist schon ungehörig genug!«

Mit düsterer Miene setzte sich Nicole ihrer Freundin gegenüber. »Wie ungehörig? Es kann ja nicht schaden, wenn ich alles erfahre. Was sagen denn die Leute?«

Martha zögerte.

»Wahrscheinlich das Schlimmste«, versuchte Nicole zu raten. Es quälte sie, obwohl sie damit gerechnet hatte, dass es so kommen würde – ein neuerlicher Skandal, und sie im Mittelpunkt.

»Das ist nur Stacy Worthington, dieses Miststück!«, ereiferte sich Martha. Ihre vulgäre Ausdrucksweise schockierte sogar Nicole so sehr, dass sie errötete. »Heute Nachmittag bei Sarah Lockheart habe ich sie ja selbst gehört!«

»Was sagt sie denn?«

Martha zögerte erneut. »Dass es nur einen Grund geben kann, warum der Herzog von Clayborough – ein Ehrenmann – dich so kurz nach dem Tod seiner Braut heiratet.«

»Und sie hat Recht«, sagte Nicole. »So viel zu Hadrians Vorwand!«

»Welcher Vorwand?«

Nicole erzählte ihr, dass er vorhabe, den liebestollen Narren zu spielen, um jeglichen Argwohn bezüglich ihrer überstürzten Heirat zu zerstreuen.

»Aber diese Variante zieht auch ihre Kreise«, lenkte Martha sofort ein. »Sarah hat gesagt, sie hätte gehört, Clayborough sei absolut verrückt nach dir, und das sei der wahre Grund für diese Eile.«

»Wer wird denn das schon glauben«, hielt ihr Nicole traurig entgegen. Der Gedanke schnürte ihr das Herz zusammen.

»Ich zum Beispiel.«

Nicole fuhr hoch. »Jetzt bist du aber die Verrückte!«

»Aber die Zeit wird alles weisen, nicht wahr?«

Die Möglichkeit, dass der Herzog sie mit der Zeit lieben könnte, überströmte Nicole mit einem so starken Verlangen, dass sie würgen musste. »Er ist ein eiskalter Mensch«, flüsterte sie, aber gleichzeitig dachte sie an sein Verhalten in der Bibliothek, wo er sie umarmt hatte, als sei sie ein Phantom, das jeden Augenblick verschwinden könnte. Als ob er sie ganz verzweifelt brauchte. Als ob er sie liebte, sich nach ihr verzehrte. Sie schloss die Augen; sie wollte sich nicht erinnern – und nicht hoffen.

Mit einemmal lächelte Martha. »Dies wird nicht so wie letztes Mal, Nicole. Dieses Mal kann dir kein Skandal etwas anhaben – nicht als die Braut des Herzogs. Nicht als seine Frau.«

Nicole atmete tief ein, um sich zu sammeln. »Ich muss dieser Hochzeit ins Auge sehen, nicht wahr? Ich werde ihn also heiraten – in anderthalb Wochen. Ich kann es nicht verhindern.«

Martha musterte sie ernst. »Du bist vor Percy weggelaufen. Das kannst du immer wieder tun.«

Nicole erwiderte den Blick ihrer besten Freundin. Wie konnte sie Martha auch nur annähernd erklären, dass sie nicht einmal daran denken konnte, Hadrian auf solch erbärmliche Art den Laufpass zu geben, wo sie es sich doch nicht einmal selbst erklären konnte?

Martha lächelte. »Aber das wirst du nicht tun, Nicole, nicht wahr? Und es ist nicht, weil der Herzog es nicht zulässt.«

Nicole war klug genug, ihr nicht zu antworten; eine plausible Antwort darauf hatte sie ohnehin nicht.

Als Hadrian nach Clayborough House zurückkam, war er sehr schlechter Laune. Seine Anwälte hatten den Tag mit Shelton zugebracht, um die Eheverträge auszuhandeln, und vor einigen Stunden hatte er sie siegesgewiss unterzeichnet. Danach hatte er sich mit ungewöhnlicher Sorgfalt zurechtgemacht, um seiner

Braut einen schicklichen Besuch abzustatten. Er gab sich keinen Illusionen hin; vielmehr war er sicher, dass sie wieder »bestens« gelaunt sein würde – so wie gestern Abend. Aber er war darauf vorbereitet, seine eigene Laune in Schach zu halten, und beschloss, sich auf keinen Fall von ihren Worten oder ihrem Benehmen zu irgendetwas verleiten zu lassen.

Doch er hatte sie nicht zu sehen bekommen. Bei seiner Ankunft am Tavistock Square hatte ihm der Butler mit ausgesprochen bedrückter Miene mitgeteilt, Nicole sei indisponiert. Obwohl das Gesicht des Mannes absolut unbeweglich war, schien klar, dass er für seine Herrin log und darunter litt, den Herzog abweisen zu müssen. Kurz darauf erschien die Gräfin. Sie entschuldigte sich und teilte ihm mit, Nicole sei krank und ans Bett gefesselt. Es fiel Hadrian nicht schwer zu erraten, wie krank sie war und was der Grund für ihre Erkrankung war.

Er gab vor, Janes Entschuldigung anzunehmen, erkundigte sich höflich nach Nicoles Befinden und teilte der Gräfin mit, er werde am nächsten Morgen wieder kommen, und dann werde Nicole sich hoffentlich gut genug fühlen, um ihn zu empfangen. Doch sobald er wieder in seiner Kutsche saß, ließ er seine höfliche, formgewandte Fassade fallen.

Hadrian betrat Clayborough House so gereizt und in Gedanken versunken, dass er nicht einmal Woodward bemerkte, der darauf wartete, seinen Mantel entgegenzunehmen. Er ging in die Bibliothek und schloss die Tür mit einem lauten Knall. Er brauchte dieses Getue von ihr nicht, er wusste auch so, dass sie über die Hochzeit nicht gerade glücklich war. Sie hatte ihre Gefühle bereits sehr klar gemacht, als sie selbst seinen Antrag kurzerhand abgelehnt hatte.

Dieses Spiel wird ohnehin bald enden, dachte er grimmig. Die Gräfin hatte seine verschleierte Warnung, dass es besser wäre, wenn Nicole ihn am nächsten Morgen empfangen würde, gut verstanden. Wenn sie darauf bestand, sich so offen gegen ihre Verbindung zu stellen, wie sollte er sie dann vor einem Skandal retten? Er versuchte, sie zu schützen, doch auf diese Art würde sie alles, was er erreichen wollte, unterlaufen.

Andererseits war nicht zu erwarten, dass sie die Verehelichung mit ihm sittsam akzeptieren würde, wenn sie ohne ihre Zustimmung arrangiert wurde. Nicole hatte absolut nichts Sittsames oder Passives an sich; sie war nie so gewesen. Hatte er sie nicht mehr als einmal sogar heimlich für ihre kühne Missachtung jeglicher Konvention bewundert? Doch jetzt war nicht die Zeit, um gegen gesellschaftliche Normen aufzubegehren. Ihre verwegene Art, die ihn so sehr faszinierte – und er glaubte, dies sei der große Reiz, den sie für ihn besaß –, würde seine Absichten, sie zu beschützen, nur sehr viel schwerer realisierbar machen.

Aber realisieren würde er sie in jedem Fall.

Sie würde seine Ehefrau werden, und als solche würde sie nicht nur seinen Namen, seinen Titel und seinen Reichtum erwerben, sondern auch den Respekt, der ihr gebührte. Er hatte sich noch nie darum geschert, was die Leute seines Standes über ihn dachten. Er hatte schon immer gewusst, dass sie nicht nur große Ehrfurcht für ihn empfanden, sondern insgeheim auch gewisse Zweifel gegen ihn hegten. Doch nun würde es keine Zweifel mehr geben, nicht über ihn und auch nicht über seine Frau.

Dafür würde er sorgen.

Am Abend traf Isobel zum Essen in Clayborough House ein. Sie trug ein herrliches, karmesinrotes Kleid, dessen Saum mit feinen Perlen bestickt war. Obwohl ihre Figur noch immer so makellos war, dass sie auch die kühnste Mode hätte tragen können, war sie realistisch genug zu wissen, dass sie mit einundfünfzig Jahren nicht mehr die Haut einer Zwanzigjährigen hatte, und deshalb verbarg ihr Kleid mehr als es offenbarte. Dazu hatte sie ein passendes dunkelrotes, mit Gagatperlen besticktes Handtäschchen ausgesucht, und an ihrem Hals, ihren Ohren und Armen funkelten Rubine.

Inzwischen hatte der Klatsch auch sie erreicht, und sie zweifelte nicht an der Neuigkeit, die sie erfahren hatte – nicht nach der Spannung, die sie zwischen den beiden gespürt hatte. Sie beabsichtigte, ihren Sohn direkt zu fragen, ob er vorhabe, Nicole Shelton in weniger als zwei Wochen zu heiraten.

Woodward begrüßte sie mit einem Lächeln, das nur ihr vorbehalten war. Isobel vermutete, dass er sich schon damals in sie verliebt hatte, als sie Francis geheiratet hatte, doch als kluge Frau hatte sie immer vorgegeben, seine Gefühle nicht zu bemerken. »Hallo Woodward, wie geht es Ihnen heute Abend?« Sie war immer ungezwungen mit dem Personal umgegangen, auch wenn Francis sie dafür verspottet hatte.

»Gut, danke, Euer Gnaden. Seine Gnaden erwartet Sie im roten Salon.«

Isobel übergab ihm mit einem Lächeln ihren Nerz und ließ sich von ihm zu ihrem Sohn begleiten und in aller Form ankündigen.

Hadrian begrüßte sie herzlich, doch er schien beunruhigt. Sobald sie allein waren und bei einer Tasse Tee für ihn und einem Glas Weißwein für sie beisammensaßen, sah Isobel ihm direkt in die Augen. »Ich habe Gerüchte gehört, Hadrian«, begann sie unumwunden.

Er schnitt ein schiefes Gesicht. »Welche Gerüchte?«

»Alle, vermute ich sehr. Du heiratest Nicole Shelton?«

»Ja. Es tut mir Leid, dass du es auf diesem Wege erfahren musstest, bevor ich es dir sagen konnte.«

»Ist das restliche Gerede auch wahr?«

Er stand nervös auf. »Falls du meinst, ob ich verrückt nach ihr bin – nein.«

Isobel ließ ihn nicht aus den Augen.

»Ich möchte jeglichen aufkeimenden Gerüchten den Boden entziehen, indem ich mich absolut verliebt gebe«, erklärte er.

»Ich verstehe.« Sie musste lächeln. »Ich kann mir nicht vorstellen, dass du dich wie ein liebestoller Narr benehmen könntest.«

»Umso mehr ein Grund, dass mein Verhalten glaubwürdig wirken wird.«

»Hadrian, darf ich dich etwas fragen? Warum heiratest du Nicole Shelton so kurz nach Elizabeths Tod?«

Er errötete. »Weil sie ein Kind von mir haben könnte.«

»Aha. Dann stimmt also auch das übrige Gerede.«

Seine Miene verdüsterte sich. »Das ist es, was geredet wird?

Ich werde diesen Klatsch im Keim ersticken! Ich werde feststellen, wer dieses Gerücht verbreitet, und mein Missfallen darüber unzweideutig zum Ausdruck bringen.«

»Ich bin sicher, dass du diese Gerüchte innerhalb kürzester Zeit zum Verstummen bringst«, sagte Isobel leise. Jetzt erhob auch sie sich und legte eine Hand auf den Arm ihres Sohnes. »Wie geht es dir?«

Er verkrampfte sich und trat einen Schritt zurück. »Ich werde Elizabeth immer vermissen, aber sie ist nun einmal tot.«

»Ich meine, mit deiner Hochzeit. Mit deiner Braut.«

Mit einem höflichen Lächeln wandte er sich wieder ihr zu. »Ich übernehme für mein Verhalten die volle Verantwortung, Mutter. Was möchtest du sonst noch von mir hören? Dass ich in Lady Shelton wirklich verliebt bin? Ich versichere dir, das bin ich nicht.«

»Ich verstehe.« Isobel lächelte.

»Billigst du meine Heirat?«, fragte er. »Ich weiß, sie wird nicht die beste Herzogin abgeben, aber ich denke, mit der Zeit wird sie es schon lernen.«

»Ganz im Gegenteil«, widersprach Isobel, immer noch lächelnd. »Ich glaube, sie wird eine gute Herzogin und eine ganz wunderbare Gemahlin.«

Hadrian war verblüfft. Er wurde etwas rot, hüstelte und lockerte sich die Krawatte. »Es freut mich, dass du das denkst.«

»Sie ist eine gute Frau. Ich mag sie. Ich bewundere ihre Charakterstärke und ihr unabhängiges Denken.«

Hadrian seufzte. »Soso. Mutter, sie ist absolut gegen diese Heirat. Ihr ›unabhängiges Denken‹ bereitet mir schon jetzt die größten Probleme.«

Isobel lachte auf. »Das kann ich mir vorstellen. Hadrian, du bist einfach viel zu streng und moralisch. Ein wenig Unschicklichkeit in deinem Leben wird dir gut tun.«

»Ein wenig Unschicklichkeit in meinem Leben wird mir gut tun?«, wiederholte er ungläubig. »Das verstehe ich wirklich nicht, Mutter. Offenbar bin ich doch bei weitem nicht streng und moralisch genug.«

Isobel wurde wieder ernst. »Liebling, wir machen alle Fehler. Du bist nicht der einzige gewissenhafte Mann, der seiner Leidenschaft für eine Frau unterliegt. Du kannst es mir ruhig glauben, wenn ich dir sage, dass ein oder zwei gute Portionen von Nicole Sheltons unabhängigem Denken genau das ist, was du brauchst.«

»Eine Portion von Nicole Shelton entspricht hundert Portionen von jeder anderen Frau! Nicole macht keine halben Sachen, Mutter. Wenn sie etwas riskiert, dann geht sie aufs Ganze. Wirfst du mir etwa vor, zu anständig zu sein?«

»Tue ich das?«

»Wäre es dir lieber, wenn ich wäre wie Francis?«

Isobels Miene verdüsterte sich augenblicklich. »Natürlich nicht. Du bist in nichts wie er, Hadrian, in nichts!«

»Wirklich?«, fragte er sie kühl und schenkte sich noch eine Tasse Tee ein. »Vielleicht sieht Lady Shelton das ganz anders.«

Seine Mutter erschrak. »Was soll denn das heißen?!«

»Nun, ich fürchte, sie findet mein Benehmen etwas verwerflich. Und ganz ehrlich gesagt, das war es auch. Ich habe wohl mehr von Francis in mir, als ich je vermutete.«

Isobel war bleich vor Zorn. »Das ist nicht wahr!«

Er blickte mit einer leicht spöttischen Miene zu ihr auf. »Wir haben alle eine dunkle Seite, Mutter. Und bei manchen ist sie eben dunkler als bei anderen.«

Isobel war sprachlos.

»Ich wollte dich nicht verstimmen«, sagte der Herzog rasch. »Dieses Thema ist zu bedrückend. Sollen wir die Hochzeitspläne besprechen? Ich habe beschlossen, die ganze Londoner Gesellschaft einzuladen, damit alle sehen, dass wir nichts zu verbergen haben.«

»Hadrian.« Isobel trat zu ihm und berührte seinen Arm. »Du bist nicht wie Francis. Es bestürzt mich, wenn du so redest. Du bist ganz und gar nicht so wie er!« Sie fühlte sich schuldig, schließlich machte sie sich schuldig, indem sie ihrem Sohn die Wahrheit verschwieg.

»Ich hätte das gar nicht ansprechen sollen.« Seine Miene war verschlossen; sie wusste, er würde ein solch unangenehmes – und intimes – Thema nicht mehr mit ihr diskutieren.

Isobel wandte sich von ihm ab. Ihr Herz pochte, ihre Hände waren feucht. Francis war nun schon seit zwei Jahren tot und begraben. Sie hatte gedacht, er würde in ihrem und Hadrians Leben keine Rolle mehr spielen. Doch ein Blick in das finstere Gesicht ihres Sohnes sagte ihr, dass Francis nicht nur sie noch immer verfolgte, sondern auch Hadrian. Oh Gott! Sie musste ihm endlich die Wahrheit sagen!

Sie beschloss, es zu tun. Sie hatte nicht gewusst, dass Francis für Hadrian nach wie vor eine Rolle spielte, obwohl er doch längst nicht mehr am Leben war, dass ihr Sohn sich vorwarf, ein Ungeheuer wie Francis zu sein, und dass er dachte, Nicole würde ihn für ebenso ehrlos halten. Hadrian war der ehrenhafteste Mann, den sie kannte – und als solcher hatte er jedes Recht, die Wahrheit zu kennen.

Isobel zitterte. Der Zeitpunkt war noch nie so passend gewesen. Schließlich war er im Begriff zu heiraten; bald würde er einen eigenen Sohn haben. Sie würde ihm alles sagen. Sie musste es tun.

»Mutter, fühlst du dich nicht wohl?«

»Nur ein bisschen schwach«, brachte Isobel hervor.

»Gehen wir hinein und essen wir«, schlug Hadrian vor und bot ihr seinen Arm an. Seine goldbraunen Augen waren voller Sorge auf sie gerichtet.

Am liebsten hätte Isobel geweint. Denn der Zwiespalt, in dem sie sich schon seit Jahren befand, quälte sie immer noch. Was würde geschehen, wenn sie ihm alles erzählte und dann seine Liebe und sein Vertrauen verlor? Hadrian war das Wichtigste in ihrem Leben, und sie würde es nicht ertragen, wenn er sich von ihr abwendete. Sie musste alle Kraft und all ihren Mut zusammennehmen, damit sie ihrem Sohn sagen konnte, was sie ihm sagen musste.

23

Isobel wurde im Frühling 1844 geboren. Sie war das erste Kind des Grafen von Northumberland. Ihre Mutter, Lady Beatrice, starb bei der Geburt. Roger de Warenne heiratete erst nach fünfzehn Jahren wieder.

Sie war von Anfang an eine blonde, blauäugige Schönheit. Ihr Vater liebte sie abgöttisch, ebenso wie der gesamte Haushalt und alle ihre Tanten und Onkel. Sie wurde ziemlich verwöhnt, jedoch lag es ihr nicht, diese Gunst für sich auszunutzen. Für ihr Alter war sie sehr vernünftig und man erachtete sie allgemein als sehr liebenswert. Zudem bemerkte der Vater voller Stolz, dass sie für eine junge Lady viel zu klug war.

Der Graf war entschlossen, für seine Tochter die bestmögliche Heirat zu arrangieren. Die de Warennes waren eine der besten Familien im Reich. Sie behaupteten, Rolfe de Warenne, der mit Wilhelm dem Eroberer nach England gekommen war, sei einer seiner größten Generäle und engsten Berater gewesen. Im Jahre 1085 war er zum ersten Earl of Northumberland ernannt worden, und jeder seiner Nachfolger hatte großen Einfluss auf den Thron. Es war sozusagen Familientradition, und Roger bildete keine Ausnahme – er war ein Vertrauter des Premierministers und übte hinter den Kulissen große Macht aus.

Er war auch mit dem siebten Herzog von Clayborough gut befreundet, Jonathan Braxton-Lowell, einem weiteren äußerst einflussreichen Mann, der damals allerdings auf Seiten der Opposition stand. Doch von der Politik abgesehen waren die beiden Männer nicht nur gute Bekannte, sondern sie bewunderten und respektierten einander auch sehr. Deshalb beschlossen sie in einer schicksalhaften Nacht in ihrem exklusiven Club in der James Street, ihre beiden Kinder miteinander zu verheiraten.

Natürlich ging es den beiden Männern bei einer solchen Verbindung um weit mehr als nur um ihre Freundschaft. Roger de Warenne wusste nicht über alle geschäftlichen Details von seinem Vertragspartner Bescheid, doch er erschloss sie aus dem Heiratsvertrag, auf den sich die beiden Männer einigten. Isobel war eine der reichsten Erbinnen des Landes, doch Jonathan bestand darauf, dass sie neben zwei sehr gewinnträchtigen Anwesen auch eine stattliche Menge Bargeld mit in das Herzogtum der Clayboroughs einbrachte. Roger mutmaßte deshalb, dass Clayborough nicht sehr liquide war, doch das störte ihn nicht im Geringsten, denn Northumberland war sehr, sehr reich.

Francis war einer der begehrtesten Junggesellen in England; es war also nicht überraschend, dass Roger ihn für seine Tochter auswählte. Eines Tages, hoffte er, würde er einen ehelichen Sohn haben, der seinen Titel, seinen Reichtum und seine Macht erben konnte, doch Isobel war sein erstes Kind und er liebte sie über alles. Sie war schon aufgrund ihres reichen Erbes sehr wohlhabend. Als seine Tochter trug sie den Titel »Lady«. Sie konnte zwar jeden Mann haben, den sie wollte, doch die Auswahl ihres Gatten oblag ihr nicht. Denn Roger wollte mehr für sie, viel mehr, als augenfällig erreichbar war. Und indem er sie mit dem künftigen Herzog von Clayborough verheiratete, erreichte er in der Tat viel mehr, denn eines Tages würde sie eine Herzogin sein, deren Rang sogar den seinen übertraf. Und eines Tages würde ihr Sohn der neunte Herzog von Clayborough sein. Roger übte große Macht aus – sein Enkel würde noch mehr Macht haben.

Roger war zu klug, um seine Zukunftsvisionen dem Zufall zu überlassen. Da Jonathan offenbar so dringend Bargeld brauchte, konnte er ihn in die Ecke drängen. Sollte Francis vor Isobel kinderlos sterben, dann würde sie Clayborough erben. Die de Warennes wurden alle sehr alt, und deshalb hegte Roger keinen Zweifel, dass Isobel länger leben würde als Francis, und sollten sie das Pech haben, kein Kind zu bekommen, dann würde Clayborough den de Warennes zufallen. Wenn sie aber ein Kind bekämen, dann hieße es mit Familiennamen de Warenne Braxton-Lowell. Roger hatte also in jedem Fall für seine Familie erreicht, was er wollte.

Der Vertrag wurde ordnungsgemäß unterschrieben und ausgefertigt. Doch die Freundschaft zwischen Roger und Jonathan hatte gelitten. Der Herzog von Clayborough konnte dem Grafen von Northumberland nicht verzeihen, was dieser ihm abgefordert hatte.

Isobel war sechzehn, und zum ersten Mal in ihrem Leben war sie unglücklich. Ein Jahr zuvor hatte ihr Vater eine Frau geheiratet, die nicht viel älter war als sie selbst, und seither hatte sich ihre Beziehung drastisch verändert. Claire, seine neue Ehefrau, war eine Witwe Anfang zwanzig, eine phantastisch aussehende, dunkelhaarige Schönheit, von der ihr Vater sich keine Sekunde trennen konnte, wie es schien. Plötzlich war Isobel nicht mehr das Zentrum seiner Welt. Plötzlich nahm er sie kaum mehr wahr.

Als der Graf ihre Verlobung bekannt gab, war Isobel begeistert. Sie freute sich darauf, ihr Zuhause zu verlassen – und auch ihren Vater. Sie war so sehr erpicht darauf, dass sie sogar forderte, ihre Hochzeit vorzuverlegen, und ihr Vater stimmte zu.

Ohne Francis je gesehen zu haben, hatte sie sich bereits in ihn verliebt. Sie wusste alles über Francis Braxton-Lowell. Er war zwölf Jahre älter als sie und der begehrteste Junggeselle in ganz Großbritannien. Er war blond und verwegen; die Mädchen gerieten in Verzückung, wenn sie ihn trafen. Als Isobel ihn kennen lernte, war sie nicht enttäuscht. Er sah hinreißend aus, und seine verächtliche Arroganz machte ihn nur noch attraktiver.

Im Mai 1861, an Isobels siebzehntem Geburtstag, wurden sie vermählt. Und ihre Illusionen wurden mit einem Schlag zerstört.

Bis zur Hochzeitsnacht war Francis immer der perfekte Gentleman gewesen. Tatsächlich hatte er sie nicht ein einziges Mal geküsst und ihr auch nicht einmal die blumigen Schmeicheleien dargeboten, an die sie so sehr gewöhnt war. Nicht, dass ihr das etwas ausgemacht hätte. Er war der Prinz ihrer Träume, er konnte gar nichts falsch machen. Es war seine Kultiviertheit, so sagte sie sich, die ihn so distanziert erscheinen ließ – und so aufregend.

Sie wusste nur vage, was sie in der Hochzeitsnacht erwartete. Ihre Großmutter hatte ihr einigermaßen detailliert erklärt, was ihr Gatte tun würde. Isobel war schockiert gewesen – aber auch freudig erregt. Sie konnte sich nicht vorstellen, dass ein Mann ein Anhängsel hatte, das groß und steif wurde und das er in sie hineinschieben würde. Der Gedanke an die Küsse, die ihrer Großmutter zufolge sicher dem bedeutsamen Ereignis vorausgehen würden, erregte sie sogar noch mehr. Wie sie sich nach Francis' Küssen gesehnt hatte!

Francis kam zu ihr mit einem kalten Funkeln im Blick – er lächelte nicht, er bot ihr keinen Trost, keine Zärtlichkeit, nicht ein liebevolles Wort. »Bist du bereit für mich?«, frage er stattdessen spöttisch und musterte sie, an die geschlossene Schlafzimmertür gelehnt.

Isobel spürte Panik in sich aufsteigen. Sie hatte nichts an als ein hauchdünnes, wunderschönes Nachthemd, ihr Haar fiel in weichen Wellen bis zur Taille. Doch er schien völlig unbeeindruckt, ja gleichgültig. »Ja«, sagte sie und schaffte es, ihre Stimme fest klingen zu lassen und sogar zu lächeln.

»So ein tapferes Mädchen«, spottete er erneut und kam auf sie zu. »Aber wirst du in einer Minute auch noch so tapfer sein?«

Ihre Augen weiteten sich, sie suchte nach Worten. Sie konnte sich des Eindrucks nicht erwehren, dass er sie nicht nur nicht liebte – er konnte sie noch nicht einmal leiden! Aber nein, das konnte nicht sein, sie musste sich irren.

Er warf seinen Morgenmantel zur Seite, und nun sah Isobel zum ersten Mal einen nackten Mann. Francis war schlank und sehr muskulös, doch darauf konnte sie ihr Augenmerk gar nicht richten. Es galt allein dem Anhängsel, von dem ihre Großmutter gesprochen hatte, und es kam ihr riesig vor und jagte ihr große Angst ein.

Lachend legte er sich auf sie. »Na, jetzt sind wir wohl nicht mehr so tapfer, was?«

»Francis, warte!«, rief sie in Panik.

Er ignorierte ihren Schrei und küsste sie.

Isobel würgte sofort. Sein Atem stank nach Zigaretten und Whiskey. Sein Kuss war nass und glibberig – sie mochte es überhaupt nicht.

»Eine frigide kleine Hexe bist du, was?«, murmelte er. »Los, mach die Beine breit!«

Seine Worte ließen Isobel endgültig erstarren. Doch noch ehe sie reagieren konnte, öffnete er ihre Schenkel – und dann riss er sie auseinander. Hätte sie gewusst, dass der Schmerz so groß sein würde, dann wäre sie vorbereitet gewesen und hätte nicht geschrien. Aber sie hatte keine Ahnung, sie war absolut unvorbereitet, und sie brüllte geradezu. Zum Glück kam Francis sehr rasch zum Höhepunkt und zog sich danach augenblicklich zurück.

Ein grausames Wort hatte er allerdings noch für sie parat. »Ich hoffe, dass du noch besser wirst.«

Von da an hasste Isobel ihn. Sie war nie zuvor missbraucht worden, weder physisch noch verbal. Und sie war keine Frau, die ihre Gefühle verbergen konnte. Francis hatte seinen Spaß. Sie erkannte rasch, dass er sich über ihren Hass freute, und es gefiel ihm, ihr wehzutun.

Zum Glück kam er nicht sehr häufig in ihr Bett.

Zwar verachtete Isobel ihren Gatten, doch sie war eine Adelige von Geburt, und es fiel ihr nicht schwer, eine zukünftige selbstbewusste Herzogin zu sein. Wenigstens einmal in der Woche gaben sie eine Gesellschaft, und sie war eine hervorragende Gastgeberin und galt schon bald als eine der besten im ganzen Reich. Sie erhielt mehr Einladungen, als sie annehmen konnte, und war jeden Abend aus, ohne Francis, der mit seinen Freunden eigene Wege ging.

Mit dem Herzog und der Herzogin kam Isobel bestens aus, ja, sie war geradezu begeistert von ihnen. Die Herzogin war eine strenge, zurückhaltende Frau, doch wenn sie jemanden lobte, dann war es ehrlich gemeint, und sie akzeptierte Isobel. Der Herzog war freundlich, herzlich und zuvorkommend und sehr von ihr angetan. Isobel konnte nicht begreifen, wie zwei so nette Menschen einen so grausamen Sohn haben konnten.

Schon bald kamen ihr Gerüchte zu Ohren. Offensichtlich verbrachte Francis seine ganze Zeit mit einem wilden Haufen junger Männer, von denen die meisten noch Junggesellen waren. Sie vertrieben sich die Zeit mit Glücksspielen, Rennen, Trinken und der Jagd. Von einer der Frauen aus ihren Kreisen erfuhr Isobel außerdem, dass Francis eine Tänzerin als Geliebte hatte.

Sie war wütend. Natürlich wusste sie, dass viele Männer sich eine Geliebte hielten, aber es war ihr nie in den Sinn gekommen, dass ihr Gatte ein Mann wie alle anderen war. In der Tat hatte sie nicht im Traum daran gedacht, dass es eine Ehe wie die ihre noch einmal geben könnte! Es war die größte Verletzung ihres Stolzes, dass Francis die meisten seiner Nächte mit einer anderen Frau verbrachte – auch wenn sie ihn gar nicht bei sich zu Hause haben wollte. Und das Schlimmste war, dass die ganze Welt über seine Untreue Bescheid wusste.

»Ich habe gehört, dass du eine Geliebte hast, Francis!«, stellte sie ihn wutentbrannt zur Rede. »Und offenbar ist das auch noch stadtbekannt. Ist das wahr?«

Francis fackelte nicht lange. Seine Hand war so schnell, dass Isobel sie gar nicht kommen sah. Er schlug ihr so hart ins Gesicht, dass sie zu Boden fiel und einer Ohnmacht nahe war. Als sie allmählich wieder etwas sehen konnte und den pochenden Schmerz in ihrem Gesicht zu spüren begann, beugte sich Francis über sie. »Wage es nicht noch einmal, so mit mir zu sprechen, Isobel. Was ich tue, geht dich absolut nichts an. Du hast nur einen Zweck in meinem Leben. Und der ist, mir meinen Erben zu geben!«

Isobel war klug genug, nicht zu antworten und sich nicht von der Stelle zu rühren. Er ließ sie auf dem Boden liegen und ging einfach weg. Erst als er fort war, setzte sie sich auf. Trotz ihrer Schmerzen funkelten ihre Augen vor Zorn.

Es gab keine Illusionen mehr, die zerstört werden konnten, keine Unschuld mehr zu verlieren. Und sie war noch keine achtzehn Jahre alt.

Isobel konnte keinen Sohn bekommen. Francis kam immer seltener in ihr Bett, was auch nicht weiterhalf. Doch je mehr Zeit verstrich, ohne dass sie schwanger wurde, desto mehr beschuldigte er sie, unfruchtbar und wertlos zu sein, und desto rascher fand er eine Entschuldigung für seine Schläge.

Vier Jahre nach ihrer Hochzeit starb der Herzog von Clayborough. Isobel war tief traurig über den Verlust dieses Mannes, der ihr ein so guter Freund und fast ein Ersatzvater geworden war, und sie weinte bei seiner Bestattung sehr. Francis hingegen zeigte keinerlei Trauer; er war nur begierig darauf, den Titel des Herzogs an sich zu reißen. Seine Trauer in Abgeschiedenheit dauerte nicht einmal eine Woche lang.

Isobel war wütend auf ihn. Doch sie bemühte sich, ihn zu ignorieren und nichts zu sagen. Sie hatte gelernt, ihren Ehemann nicht nur zu meiden, sondern ihn auch nicht mehr zu kritisieren. Außerdem wussten ohnehin längst alle, dass Francis nichts weiter war als ein alkoholsüchtiger Taugenichts.

In jenen Tagen besuchte sie einmal ihr Vater ohne Lady Claire. Roger wollte sie trösten, doch Isobel empfing ihn kühl. Er hatte in den vergangenen Jahren eine neue Familie gegründet; Claire hatte ihm zwei Söhne geboren. Isobel hatte ihn kaum zu Gesicht bekommen, und er schien sie auch nicht mehr zu lieben. Sie fühlte sich sehr von ihm verletzt.

»Ich weiß, wie gern du Jonathan hattest«, sagte Roger kummervoll, denn auch er hatte mit ihm einen guten Freund verloren. »Auch ich werde ihn vermissen.«

Es war Isobel immer vorgekommen, als sei er unsterblich, aber plötzlich sah sie ihn als einen Mann im fortgeschrittenen Alter. Plötzlich erkannte sie, dass er nicht viel jünger war, als es der Herzog von Clayborough gewesen war – und der Herzog war bereits verstorben. Furcht überkam sie; was auch immer geschehen war, seit er diese Frau geheiratet hatte, er war ihr Vater – und sie liebte ihn. »Vater, wir müssen mehr Zeit miteinander verbringen«, erklärte sie bestimmt.

Er reagierte freudig überrascht. »Ich werde immer gern Zeit für dich erübrigen, Liebes«, sagte er. »Aber du bist ja ständig so beschäftigt.«

»Ich! Sie sind doch ständig mit Claire und den Jungen zusammen.«

»Seit deiner Heirat habe ich dich mehrmals eingeladen, uns in London oder auch auf dem Land zu besuchen – aber du hast immer abgelehnt. Doch ich weiß, du und Francis, ihr geht getrennte Wege. Ich war der Annahme, du hättest so viele gesellschaftliche Verpflichtungen, dass du für deinen Vater keine Zeit erübrigen kannst.«

Isobel erkannte erschreckt, dass auch er gekränkt war. Sie lehnte sich an ihn, und er schloss sie in die Arme. »Ich dachte, Sie seien zu beschäftigt, um für mich Zeit zu haben«, murmelte sie. »Offenbar haben wir uns gründlich missverstanden.«

Sie begann, seine Einladungen anzunehmen, und stellte schon bald fest, dass sie ihre Halbbrüder innig liebte. Und auch Claire tat, was sie konnte, um die Freundschaft mit ihr zu fördern. Isobels Vater fand immer etwas Zeit, die er nur mit ihr verbrachte. Sie erkannte, dass sie einfach nur ein dummes junges Mädchen gewesen war, als sie sich vor Jahren von ihm abwandte. Es war offenkundig, dass er mit Claire sehr glücklich war und dass er seine Söhne anbetete. Isobel freute sich für ihn.

Sechs Monate darauf klopfte der erste von Francis' Gläubigern an ihre Tür. Er war extrem nervös und entschuldigte sich mehrmals, aber er hatte eine Rechnung dabei, die vor vier Monaten fällig geworden war – über zwanzigtausend Pfund. Isobel war schockiert. Sie vertröstete den Mann, doch als sie es Francis erzählte, meinte er lediglich, sie solle sich um ihren eigenen Sachen kümmern. Im folgenden Monat erschienen einige weitere Gläubiger. Isobel bezahlte keinen von ihnen, sondern verwies sie alle an ihren Gatten, der sie aber mit großem Geschick zu meiden wusste. Der Betrag, den Francis offenbar inzwischen schuldete, belief sich auf erstaunliche hunderttausend Pfund.

Schließlich teilte er ihr mit, er habe das Geld nicht.

Die Gläubiger blieben ihr auf den Fersen. Francis lachte nur darüber und tat die ganze Affäre mit einem Achselzucken ab – bis einer der Gläubiger drohte, ihn vor Gericht zu bringen. Isobel hasste Francis, doch das konnte sie nicht zulassen. Also verpfändete sie ihren Familienschmuck.

Entnervt von den Geschehnissen beschloss Isobel, die Dinge selbst in die Hand zu nehmen. Sie begann heimlich Francis' Schreibtisch zu durchsuchen. Zu ihrem Entsetzen fand sie eine

Menge unbezahlter Rechnungen, bei denen jedoch die verschiedenen Güter als Schuldner eingetragen waren. Mehrere Verwalter der Pachtgüter von Clayborough waren in letzter Zeit gekommen und hatten Geld gefordert, doch auch diese hatte sie vertröstet. Nun machte Isobel den Verwalter ihres Stammsitzes ausfindig und ließ sich von ihm alles genau erklären. Sie erfuhr, dass jedes der Pachtgüter und Anwesen der Clayboroughs einen eigenen Administrator hatte, dass diese Männer aber nur mit den Tagesgeschäften befasst waren; die eigentliche Verwaltung und die Finanzen hingegen seien ausschließlich Sache des Herzogs. Jonathan war nun schon seit neun Monaten tot, und Francis war seinen Verpflichtungen bislang nicht nachgekommen. Isobel war entsetzt.

Aber sie wusste, was sie zu tun hatte. Francis würde das möglicherweise nicht gefallen, aber sie hatte längst aufgehört, sich darüber Gedanken zu machen.

Sie reiste von einem Pachtgut zum anderen, inspizierte jeden Zentimeter Landes der Clayboroughs, studierte die Bücher und beriet sich mit den Verwaltern. Als sie schließlich über die Lage der Dinge exakt im Bilde war, ging sie zur Bank und ließ einen Wechsel ziehen, den sie Francis vorlegte.

»Es sind viele Rechnungen nicht bezahlt worden, Francis«, sagte sie ihrem Gatten eines Morgens, als er unrasiert und verrauft von einer seiner Feiern nach Hause kam. »Ich habe sämtliche Konten gründlich durchgesehen, und ich brauche achtzigtausend Pfund, um unsere Schulden bezahlen zu können. Unsere Bank hat diesen Scheck ausgestellt. Würdest du so nett sein, ihn zu unterschreiben?«

Als er sah, dass das Papier auf seine Frau ausgestellt war, zerriss er es kurzerhand. »Wenn wir achtzigtausend Pfund auf der Bank hätten, glaubst du, ich würde sie dich ausgeben lassen?«

»Aber Mr. Pierce war nur zu froh, den Scheck auszustellen.«

»Du dummes Huhn! Er wäre froh, uns diese Summe zu leihen – gegen saftige Zinsen!« Francis stürmte aus dem Zimmer.

Isobel dachte lange nach. Dann traf sie sich mit den Anwälten von Clayborough und ging anschließend wieder zu Mr. Pierce, zusammen mit ihrem Vater. Ein Darlehen wurde ausgehandelt, das nur auf ihren Namen lautete. Alle offenen Rechnungen der Güter wurden beglichen, und unter Isobels gründlicher Aufsicht begann es mit ihnen allmählich wieder aufwärts zu gehen.

Sie führte nun sämtliche Geschäfte der umfangreichen herzoglichen Anwesen. Das war zwar alles neu für sie, doch sie war klug, und die Anwälte und ihr Vater standen ihr zur Seite. Als die ersten kleinen Gewinne aus den landwirtschaftlichen Anwesen im Süden und aus Holzverkäufen im Norden eintrafen, empfand Isobel großen Stolz. Sie unterzeichnete einen Wechsel und schickte ihn an Mr. Pierce. Es würde noch lange dauern, bis Clayborough wieder auf solidem Grund stand, aber mit einer geschickten Verwaltung würde sie es schaffen.

Doch je mehr Erfolge sie erzielte, desto mehr wurde sie von Francis verhöhnt und verspottet – desto mehr hasste er sie.

* * *

Im Herbst 1867, drei Jahre nach Jonathans Tod, unternahm Isobel ihre erste Reise nach Amerika. Die Güter der Clayboroughs erwiesen sich trotz der allgemein schlechten Wirtschaftslage als gut. Isobel hatte einige Investitionen getätigt, von denen sie Profite erhoffte, unter anderem im Bergbau. Sie hatte viel Land an eine Mine verpachtet und gleichzeitig eine Partnerschaft mit dem Unternehmen begründet. Für die Zukunft erhoffte sie sich ansehnliche Gewinne – sie riskierte einiges, obwohl sie dazu eigentlich überhaupt nicht in der Lage war.

Am Ende des amerikanischen Bürgerkrieges sah sie wie viele andere auch die Möglichkeit, beim Wiederaufbau des Südens gute Profite zu machen. Deshalb reiste sie nach Virginia, um dort in vom Krieg ruiniertes und spottbilliges Land zu investieren, das aber eines Tages ein Vermögen wert sein würde. Das dazu nötige Geld hatte sie natürlich nicht flüssig, doch Mr. Pierce war nur zu froh, ihr das Darlehen zu gewähren.

Es war ein offenes Geheimnis, dass sie die Güter der Clayboroughs verwaltete und darüber hinaus mehrere geschäftliche

Unternehmungen gestartet hatte. Der Adel war schockiert, ja empört. Dass sie, eine Frau, eine Herzogin, sich mit geschäftlichen Dingen befasste, war einfach beispiellos. Geschäfte wurden etwas verächtlich als unumgängliche Notwendigkeiten betrachtet, die man von Untergebenen erledigen ließ; es war undenkbar, dass eine Dame – eine Herzogin – sich tatsächlich aktiv mit so etwas befasste. Die Missbilligung kannte fast keine Grenzen. Doch die Herzogin von Clayborough war zu mächtig, als dass man sie hätte meiden können. Niemand wäre auf den Gedanken gekommen, eine ihrer begehrten Einladungen auszuschlagen; niemand hätte ernsthaft erwogen, sie von seiner Gästeliste zu streichen. Nein, die Gastgeber baten Isobel darum, an ihren Festivitäten teilzunehmen, und niemand hätte es gewagt, sie schief anzuschauen. Isobel wusste, dass über sie geredet wurde, und es amüsierte sie. Francis schockierte, von ihr selbst abgesehen, niemanden mit seiner neu entdeckten Neigung zu jungen Männern; sie aber verblüffte alle durch ihre offensichtliche Intelligenz und ihre Entschlussfähigkeit.

Francis freute sich überhaupt nicht. Weder über den Klatsch, noch über sie. Er hatte ihr nie dafür gedankt, dass sie ihn und sein Zuhause gerettet hatte, und er verzieh ihr auch nie. Nie vergaß er, sie als ein unfruchtbares, geschlechtsloses Miststück von einem Weib zu verhöhnen.

Doch das war Isobel gleichgültig, so lange er sie nur in Ruhe ließ. Sie vermutete, dass er Recht hatte, dass sie tatsächlich unfruchtbar war, denn sie hatten nach wie vor keine Kinder. Allerdings war er auch seit über einem Jahr nicht mehr in ihr Bett gekommen – offenbar hatte auch er es aufgegeben. Isobel wusste, dass er zu sehr mit seinen neuen Liebschaften beschäftigt war, um sich für sie zu interessieren. Das war einerseits eine Erleichterung für sie, andererseits machte es sie auch traurig. Sie war intelligent genug, um zu wissen, dass es töricht war, von Francis ein Kind zu wollen, doch genau das wünschte sie sich. Aber es würde nicht geschehen. Sie war gerade dreiundzwanzig Jahre alt, aber sie kam sich vor wie eine Fünfzigjährige, die längst über das gebärfähige Alter hinaus war.

24

Die Sea Dragon war ein gepflegtes, elegantes Schiff mit weißen Masten, einer der schnellsten Clipper auf dem Ozean. Normalerweise transportierte sie keine Passagiere, doch als Isobel beschlossen hatte, diese Geschäftsreise anzutreten, wollte sie so schnell wie möglich nach Amerika gelangen. Ihr Sekretär kannte sie gut genug, um zu wissen, was er zu tun hatte, und arrangierte zu einem Sondertarif einen Platz auf der Sea Dragon.

Isobel sah ihn, noch bevor sie an Bord ging. Sie stand mit ihrem Dienstmädchen und einem einzigen Koffer am Kai und konnte sich nicht mehr vom Fleck rühren; das Herz klopfte ihr bis zum Hals.

Sie konnte ihn nicht einmal richtig sehen. Die Sonne stand hinter ihm und blendete sie. Lediglich eine unglaublich große, mächtige, männliche Gestalt in hohen Stiefeln und Breeches und mit einem unordentlichen Leinenhemd konnte sie erkennen. Sie hörte, wie er Kommandos rief. Ihr Puls raste. Ihr ganzer Körper bebte. Er war so unglaublich männlich. Was war plötzlich in sie gefahren?

Jetzt trat er aus der blendenden Sonne, blieb plötzlich wie angewurzelt stehen und wandte langsam den Kopf zu ihr. Sein kastanienbraunes, mit goldenen Strähnen durchsetztes Haar fiel locker bis auf die Schultern und umrahmte ein ausdrucksstarkes, faszinierendes Gesicht. Mit scharfen Augen suchte er das Dock ab, bis er sie gefunden hatte.

Isobel konnte ihren Blick nicht abwenden. Er starrte sie eine scheinbare Ewigkeit lang an, eine Ewigkeit, auf die sie ein ganzes Leben lang gewartet hatte, und dann lächelte er. Es war ein direktes und intimes Lächeln. Ein Lächeln, das nur für sie gedacht war. Isobel errötete.

»Geh«, sagte sie Bessie, ihrem Dienstmädchen. »Hol jemanden, der den Koffer trägt.« Sie empfand es als Erleichterung, ihre Aufmerksamkeit auf etwas anderes zu richten, doch gleichzeitig wusste sie, dass er noch immer nach ihr schaute. Ebenso wie sie instinktiv spürte, dass sie dieses Schiff – sein Schiff – nicht betreten sollte. Man musste ihr nicht erst sagen, dass es sein Schiff war. Und ebenso gut wusste sie, dass sie nicht umkehren würde – nicht umkehren konnte.

»Wie heißen Sie?«

»Isobel.«

Die Sonne ging unter. Sie waren den ganzen Tag lang gesegelt. Es waren die ersten Worte, die er an sie gerichtet hatte. Er war lautlos hinter ihr aufgetaucht, aber sie erschrak nicht. Sie hatte schon seit einer ganzen Weile an der Reling gestanden und auf ihn gewartet.

»Isobel.«

Sie wandte sich um, damit sie ihm voll in die Augen sehen konnte.

Die Wirkung, die er auf sie ausübte, war jetzt nicht weniger stark als beim ersten Mal. Es verschlug ihr den Atem, die Sinne.

»Mein Name ist Hadrian«, sagte er leise, und dabei liebkoste sein Blick ihr Gesicht. Studierte es, nahm es in sich auf. »Hadrian Stone.«

»Ich weiß. Ich habe mich erkundigt.«

Sie blickten einander an. Isobels Herz pochte wild, fast so, als würde sie sich fürchten. Aber es war keine Furcht. Obwohl sie wusste, dass sie sich eigentlich fürchten sollte. Nein, es war Verlangen. Ein Verlangen, wie sie es noch nie in ihrem Leben auch nur annähernd so stark gespürt hatte. Wildes, heißes, quälendes Verlangen, das sich zwischen ihren Schenkeln konzentrierte.

Er sah nicht einmal so gut aus. Seine Gesichtszüge waren grob, das Kinn zu stark, die Nase ein wenig zu groß. Seine Augen waren bernsteinfarben; manchmal blitzten sie golden. Er hatte Stoppeln im Gesicht, und seine Haare waren zu ungepflegt, zu lang. Und er war mindestens fünfzehn Zentimeter größer als sie – ein riesiger, ein mächtiger Mann. Sie dachte, wenn er sie berührte, würde sie sterben.

Er sog lange und bedächtig die Luft ein. »Herrgott noch mal«, murmelte er dann. »Sie sind die schönste Frau, die ich je gesehen habe – und den ganzen Tag heute habe ich mir immer wieder gesagt, Sie sind nur ein Traum –, dass es einfach nicht sein kann, dass Sie wirklich sind. Aber Sie sind wirklich – oder?«

»Ja, ich bin wirklich eine Frau«, flüsterte sie. Sie wünschte sich nichts sehnlicher, als ihn zu berühren.

Er hob seine Hand. Isobel wartete, von quälender Sehnsucht verzehrt. Seine Finger strichen über den hohen Bogen ihrer Wangenknochen. Sie schloss die Augen und betete, er möge sie in seine Arme schließen. Es war ihr gleichgültig, ob jemand sie sah oder nicht.

Er trat abrupt einen Schritt zurück und fluchte. Als sie die Augen öffnete, sah sie, dass er verärgert war. Sie hatte keine Ahnung, weshalb, doch er machte auf dem Absatz kehrt und schritt ohne ein weiteres Wort davon.

Einen Moment später folgte Isobel ihm.

»Stopp!«, sagte er in dem Korridor unter Deck. Ein Muskel an seinem Hals trat hervor. »Bleiben Sie stehen.«

Niemand musste ihr sagen, dass sich hinter der Tür, vor der er stehen geblieben war, seine Kabine befand. Isobel befeuchtete ihre Lippen. Sie war nervös, aufgeregt wie eine Sechzehnjährige. »Ich kann nicht«, flüsterte sie.

Seine Miene wurde eisern. »Sie sind eine Lady«, sagte er. »Und diesem Ring nach zu urteilen sind Sie auch noch verheiratet!«

»Ja, das stimmt«, sagte sie traurig.

»Ist das so einfach für Sie? Machen Sie das etwa öfter?«

Es entsetzte sie, was er womöglich über sie dachte. »Nein, noch nie! In den sieben Jahren, die ich verheiratet bin, war ich meinem Mann nie untreu. Bis jetzt.«

Er ergriff ihre Arme und zog sie zu sich heran. »Und das ist wirklich die Wahrheit?«, fragte er und musterte sie durchdringend.

Die Wahrheit stand in ihrem Blick zu lesen. »Ja.«

Sein Griff wurde noch fester. Es schmerzte, doch das kümmerte Isobel nicht. »Verstehen Sie denn nicht? Ich will nicht nur eine Nacht von Ihnen. Dann gleich lieber gar nichts.«

Es war zu viel. Isobel schluchzte. Sie klammerte sich an sein weiches, weißes Hemd; ihre Fäuste pressten gegen seinen steinharten Bauch. »Hadrian! ich will dich auch nicht nur eine Nacht!«

*

Er erdrückte sie fast mit seinem riesigen Körper, als er sie auf die harte Matratze seiner spartanisch eingerichteten Koje presste. Isobels Verlangen war so stark, dass sie noch immer weinte, sie konnte einfach nicht anders. Doch er verstand ihre Sehnsucht; er schob ihre Röcke und Unterröcke hoch, zog ihren Schlüpfer auseinander, berührte ihren heißen, feuchten Körper. Sie schrie vor Lust auf und erlebte im selben Augenblick, wie in unglaublichen Wellen ihr erster Höhepunkt über sie hereinbrach. Während sie sich wieder und wieder wild aufbäumte, hielt er sie einfach nur fest.

»Oh Gott, Isobel«, keuchte er und öffnete ihr Mieder.

Freudentränen standen in ihren Augen. »Das war das erste Mal«, flüsterte sie. Dann weinte sie.

Er wusste nicht, was in ihr vor sich ging, doch er spürte die Veränderung in ihr. Er ließ sie einfach in seinen Armen ruhen und hielt sie fest umschlungen, bis sie sich ausgeweint hatte. Isobel weinte zum ersten Mal in ihrem Erwachsenenleben um sich selbst. Sie weinte wegen all der Verletzungen, die sie von Francis erdulden musste, wegen verlorener Unschuld und zerstörter Illusionen. Sie weinte, weil sie Hadrian getroffen hatte, jetzt, wo es zu spät war. Und sie weinte, weil sie es zum ersten Mal in zu langen Jahren unbehelligt durfte – denn endlich hatte sie ihren sicheren Hafen gefunden.

»Du musst mich für verrückt halten«, sagte sie schließlich. Eine lange, lange Zeit war verstrichen. Irgendwann später erzählte Hadrian ihr, sie habe ihren Kummer damals stundenlang herausgeweint.

Er hielt sie noch immer in den Armen, sie lag halb nackt in ihren zerwühlten Kleidern und kuschelte sich behaglich an seine Seite. »Ich habe noch nie eine Frau mit einem derart gebrochenen Herzen gesehen«, sagte er leise. Er strich ihr über die Haare und öffnete sie. »Willst du es mir erzählen?«

Trauer und Freude verwoben sich in Isobels Lächeln. »Nein. Nicht jetzt. Vielleicht auch nie. Der Kummer ist vorbei. Du hast ihn verjagt.«

Er lächelte und küsste sie sanft auf die Stirn. »Das freut mich.«

Hätte Isobel nur erkannt, wie sehr sie sich irrte. Der Kummer war nicht vorbei. Er begann gerade erst.

Sie beobachtete ihn, wie er sich auszog. Seine vielen Liebkosungen ließen sie ihre Brüste, ihren ganzen Körper spüren wie nie zuvor in ihrem Leben. Sie lag inmitten ihrer zerrissenen Kleider auf der einzigen Decke, unter der er schlief, erfüllt von heißem, brennendem Sehnen. Voller Vorfreude bewunderte sie seine breite, entblößte Brust.

Er erwiderte ihre Freude mit einem wilden Verlangen im Blick. »Es macht mich stolz, wenn du mich so betrachtest«, sagte er.

»Du bist so schön«, erwiderte Isobel.

Er lachte rau und zog seine Hose aus. Beim Anblick seiner langen, muskulösen Beine stöhnte Isobel auf. Dann sah sie seinen erigierten Phallus. »Ich könnte schon explodieren, wenn ich dich bloß anschaue«, murmelte sie.

Er gab einen unartikulierten Laut von sich und senkte sich auf sie. Sie empfing ihn mit heißem Verlangen. Ihre Lippen verschmolzen ineinander. Er ließ sich zwischen ihren bereits geöffneten Schenkeln nieder, sie legte ihre Beine um seine Hüfte. Als er in sie drängte, schrien beide auf.

»Oh mein Gott«, keuchte er, »Isobel, Isobel – ist es möglich, dass ich dir schon jetzt verfallen bin?«

Sie umklammerte ihn heftig, während er sie mit aller Kraft und Leidenschaft liebte. »Ich hoffe es. Wie sehr ich es hoffe!«

Sie erzählte ihm nie von Francis. Er fragte sie danach, doch als sie klarstellte, dass es für sie beide nicht von Belang sei, respektierte er ihre Wünsche und zog sich zurück. Isobel wusste, dass er sie ebenso liebte wie sie ihn. Sie wollte nicht, dass Francis ihr

Glück trübte. Und ebenso wenig wollte sie über die Zukunft nachdenken.

Doch als sie sich der Küste Amerikas näherten, wollte er die Dinge nicht mehr einfach auf sich beruhen lassen. »Wann wirst du mir erzählen, dass du die Herzogin von Clayborough bist?«, fragte er sie unumwunden.

In seiner kleinen, dürftig ausgestatteten Kajüte lag Isobel nackt in seinen Armen. »Du weißt es!«, stieß sie hervor. »Du hast es die ganze Zeit gewusst!«

»Ja, ich weiß es. Hast du wirklich gedacht, ich würde keine Nachforschungen anstellen, sobald ich dich auf dem Dock stehen sah?«

Isobel war verärgert – und erleichtert. »Aber du hättest mir sagen können, dass du es weißt.«

»Du hättest mir sagen können, wer du bist.«

Sie schwieg und setzte sich auf; er verstummte ebenfalls. Ihre Blicke trafen sich. »Nicht jetzt«, sagte sie schließlich. Sie liebkoste ihn und strich über seine Brust. »Nicht jetzt, Hadrian.«

Er setzte sich auf und fasste ihre Hand. Und er ließ nicht locker. »Doch, jetzt. Ich weiß, dass du ihn nicht liebst. Ich weiß, dass du mich liebst.«

»Ich werde dich immer lieben.«

Er lächelte zufrieden.

Sie blieb ernst.

Hadrian wurde unruhig. »Isobel, ich wollte nie heiraten. Bis ich dich kennen gelernt habe. Ich will dich, nicht nur hier in meinem Bett. Ich will dich als meine Frau haben. Ich will dir Kinder schenken – kleine Söhne und Töchter.« Er war jetzt sehr ernst.

»Vielleicht hast du das schon. Mir ein Kind geschenkt, wenigstens eines.« Sie erkannte, was er wollte, und fühlte sich in Bedrängnis. Eine Art Panik überfiel sie.

»Du gehst nicht zu ihm zurück.« Es war nicht wirklich eine Feststellung, aber auch keine wirkliche Frage.

Isobel wimmerte. »Wie könnte ich denn weglaufen?«

Er war schockiert. »Du liebst mich doch! Dieser Bastard – ich weiß nicht, was er dir angetan hat, aber ich weiß, dass er dir das Herz gebrochen hat! Du kannst nicht zu ihm zurück!«

»Aber weglaufen?« Allein der Gedanke war schon ein Schock für sie, ein Gedanke, den sie bisher unter allen Umständen gemieden hatte.

»Dann war das wohl nur ein Spiel?«, rief er und sprang wutentbrannt auf.

»Nein! Es war nie ein Spiel! Ich liebe dich! Aber Hadrian, ich bin eine de Warenne.«

»Du meinst, eine gottverdammte Herzogin zu sein bedeutet dir mehr als ich, ist es das?«

»Nein! Es bedeutet, dass die de Warennes ihre Pflicht erfüllen – auch wenn es noch so schmerzhaft ist. Eine de Warenne läuft nicht vor ihrem Gatten und ihrem Leben davon. Das ist ausgeschlossen.«

»Oh mein Gott!« Er erkannte, dass sie von dem, was sie sagte, von ganzem Herzen überzeugt war. »Ist das dein Ernst? Ist das tatsächlich dein Ernst?«

Isobel schloss die Augen. Sie war eine de Warenne. Sie war immer eine de Warenne gewesen. Und nun war sie ein Teil von Clayborough. Es war nicht, weil sie Clayborough liebte – wiewohl sie das tat. Es war, weil sie an Loyalität, Pflicht und Ehre glaubte. Wenn sie das nicht tat, dann war sie nicht Isobel de Warenne Braxton-Lowell. Wenn sie das nicht tat, dann war sie niemand. Er verließ abrupt den Raum, mit fahlem Gesicht. Denn er hatte erkannt, was er nie haben würde. Was sie beide nie haben würden.

* * *

Isobel blieb drei Monate lang mit Hadrian Stone in Virginia. Es war eine bittersüße Zeit. Sie versuchten beide, nicht an ihren Abschied zu denken, versuchten verzweifelt, nur in der Gegenwart zu leben. Noch nie hatte Isobel so sehr geliebt. Und noch nie hatte sie so sehr gelitten wie an dem Tag, als sie Amerika schließlich verlassen musste.

Inzwischen kannte er sie so, wie es nur ein Mann kann, der eine Frau aufrichtig liebt. Er brachte das Gespräch nicht wieder darauf, dass sie Francis verlassen solle. Er wusste, wie sehr sie litt. Er begleitete sie zum Hafen.

Isobel hatte sich fest vorgenommen, nicht zu weinen, denn wenn sie erst einmal anfing, dann würde sie den Ansturm ihrer Gefühle nicht mehr bremsen können. Sie weigerte sich zudem, Zweifel zu hegen.

Es würde so leicht sein, bei ihm zu bleiben und der Person, die sie war, den Rücken zuzukehren, wenn sie nur daran zu denken wagte, es zu tun. Sie musste ihre Gedanken unter allen Umständen dieser Möglichkeit verschließen, die nicht existierte – nicht existieren konnte.

Er umfasste mit beiden Händen ihre Schultern. Hinter ihnen lag ein anderer Clipper an der Mole, nicht die Sea Dragon, sondern eine mäßige Kopie. Der Himmel über ihnen war makellos blau. Frühling lag in der Luft, doch ihre Herzen waren schwer wie Blei.

»Ich liebe dich und ich achte dich«, sagte er schließlich und blickte ihr unverwandt in die Augen. »Deshalb lasse ich dich die wichtigste Entscheidung deines Lebens treffen. Wenn es das ist, was du glaubst, tun zu müssen, dann helfe ich dir dabei.«

Sie konnte die Tränen nicht länger zurückdrängen; mit aller Heftigkeit brachen sie aus ihr hervor.

»Ich werde dich immer lieben«, fuhr er mit belegter Stimme fort. »Und ich werde immer für dich da sein. Falls du es dir anders überlegst – nächstes Jahr, im Jahr darauf, oder in zehn Jahren – ich werde da sein. Es wird nie eine andere geben, Isobel. Nie.«

»Ich will nicht, dass du auf mich wartest!«, versuchte sie ihm zu sagen, aber es war eine Lüge, und sie wussten es beide.

»Es wird nie eine andere geben«, wiederholte er. »Ich liebe dich, Isobel.«

Von ihren Tränen geblendet, betrat Isobel das Schiff. Ihr Kummer war so groß, dass sie während der Reise das Bett hüten musste. Sie verließ Amerika, und in Amerika ließ sie ihr Herz zurück. Denn es gehörte Hadrian Stone, und ihm würde es immer gehören. Sie kehrte nach England zurück, aber als eine andere; sie war nie mehr die, die sie einst gewesen war.

Er war sich sicher, sie nicht richtig verstanden zu haben. »Wie bitte?«, fragte Hadrian nach.

Isobel war kreidebleich. »Hadrian ... Ich hätte es dir schon lange sagen sollen. Francis ist nicht dein Vater.«

Der Herzog von Clayborough war perplex.

Sie hatten soeben ihr Essen beendet und sich in einen der gemütlicheren Salons zurückgezogen, damit die Herzoginwitwe einen Portwein zu sich nehmen konnte, wenngleich Damen nur selten etwas Stärkeres tranken als Sherry. Die beiden schweren, glänzenden Teakholztüren hatten sich kaum hinter ihnen geschlossen, als Isobel ihren Sohn bat, Platz zu nehmen. Verwirrt war er der Aufforderung nachgekommen. Und dann hatte sie ihm eröffnet, dass Francis nicht sein Vater war.

»Soll das etwa ein schlechter Scherz sein?«, fragte er. Doch sein Herz schlug so laut, dass er seine Worte kaum hören konnte.

»Es ist kein Scherz. Francis«, sie schluckte nervös, »Francis ist nicht dein Vater.«

Hadrian war wie vom Blitz getroffen. Sein rasender Puls beschleunigte sich noch mehr. Die Worte seiner Mutter hallten in seinem Kopf wider. *Francis ist nicht dein Vater.* Es war unmöglich, es war unglaublich; es war ein wahr gewordener Traum für einen Mann, der nie träumte.

»Ist alles in Ordnung?«, fragte Isobel ängstlich. »Hier, nimm einen Schluck davon.« Sie beugte sich über ihn und bot ihm ihren Portwein an. Ihre Hände zitterten.

Hadrian ergriff mit unbedachter Härte ihr Handgelenk. »Francis ist nicht mein Vater?«

»Nein.«

Er sprang auf. »Wer ist es dann?«

»Du tust mir weh!«, stieß Isobel hervor.

Hadrian sah ihr bleiches Gesicht, die Tränen in ihren Augen und ließ sie erschreckt los. »Oh mein Gott, verzeih mir, Mutter. Ich habe nicht bemerkt, was ich tat.«

»Ich habe dir nichts zu vergeben«, erwiderte sie traurig.
»Wer ist dann mein Vater?«, fragte Hadrian noch einmal.
»Sein Name ist Hadrian Stone. Ein Amerikaner aus Boston. Ein Schiffskapitän.«
Der Herzog war sprachlos. Er wandte sich ab, schritt auf den Kamin zu und starrte in die Flammen. Es dauerte lange, bis er diese Neuigkeit allmählich in sich aufnehmen konnte. Francis war nicht sein Vater – Gott sei Dank. Sein Vater war ein Amerikaner namens Hadrian Stone. Ein Kapitän zur See. Es war so bizarr, dass er sich fragte, ob er nicht am Ende träumte.
»Geht es dir gut?«
Er drehte sich langsam zu seiner Mutter um. »Ich möchte die ganze Geschichte hören, Mutter.« Sie nickte, händeringend.
Noch immer stand Hadrian unbeweglich am Kamin. Nun endlich kam doch noch die Wahrheit ans Licht.

Unglaublich, dachte er. Er wirkte zwar ruhig, als Isobel ihm am Ende ihrer Erzählung noch mitteilte, warum sie Virginia und Hadrian Stone verlassen hatte und nach Clayborough zurückgekehrt war, doch er war weit davon entfernt. »Das erklärt alles«, sagte er schließlich und brach damit die drückende Stille, die der Geschichte seiner Mutter gefolgt war.
Isobel war noch immer bleich wie ein Geist. Sie saß am Ende des Sofas, ihrem Sohn gegenüber, ihre Hände spielten nervös mit den Falten ihres Kleids. Ihr Blick war ängstlich suchend auf Hadrian gerichtet, der sie jedoch kaum wahrnahm.
»Kein Wunder, dass er mich hasste – und dich auch.«
Isobel biss sich auf die Lippen. »Er hasste mich schon lange bevor ich deinen Vater kennen lernte. Er hasste mich spätestens ab der Zeit, als ich die Verantwortung für die Güter übernahm – und sein Hass wurde jedes Mal, wenn ich ihn aus seinen Schulden herausholte, stärker.«
»Ja, das weiß ich.« Hadrian begann, im Zimmer auf und ab zu gehen. »Oh Gott!«, zischte er schließlich, und als er sich wieder seiner Mutter zuwandte, blitzten seine Augen vor Zorn. »Das hättest du mir alles schon vor Jahren sagen sollen!«

»Ich weiß«, flüsterte sie. »Du bist zornig.«

»Ich versuche, es nicht zu sein. Ich versuche zu verstehen, weshalb du deine Affäre geheim hieltst – sogar vor mir. Bei Gott! Hätte ich denn nicht schon früher wissen sollen, dass dieser Dreckskerl nicht mein leiblicher Vater war?«

»Doch.«

»Mein Gott, Mutter, wenn du es mir bloß gesagt hättest!« Er wandte sich von ihr ab. Aufgeregt, mit langen Schritten, ging er hin und her, aber plötzlich wirbelte er herum und blickte sie an. Doch er war zu sehr mit sich selbst beschäftigt, um zu bemerken, wie nahe seine Mutter den Tränen war. »Was geschah, nachdem du Virginia verlassen hattest? Hast du je wieder von ihm gehört?«

Isobels ohnehin schon heftig pochendes Herz drohte sich fast zu überschlagen. »Wie meinst du denn das?«, fragte sie erschreckt.

»Ich muss ihn natürlich finden. Wenn er noch lebt.«

Sie saß nur stumm und unbeweglich da.

»Nun?«, fragte er in scharfem Ton.

Nun traten ihr doch noch Tränen in die Augen. »Ja, ich habe von ihm gehört – einige Zeit lang. Aber in den letzten zwanzig Jahren kein Wort mehr.«

»Würdest du das bitte genauer erklären?!«

»Nachdem ich zu Francis zurückgekehrt war, schickte er mir eine Nachricht. Eine kurze, knappe, unpersönliche Note. Er erkundigte sich nach meinem Befinden. Das setzte er über eine Reihe von Jahren fort. Am Poststempel war immer zu erkennen, wo er sich gerade aufhielt. Seine Adresse war in Boston. Auch als ich ihn kennen lernte, war das bereits sein Zuhause gewesen.«

»Und was passierte dann?«

Isobels Herz schlingerte. Die Erinnerungen waren nicht weniger schmerzlich als die schroffe Befragung durch ihren Sohn. Er hatte nichts dergleichen gesagt, aber er war sehr zornig – zornig auf sie. Was würde nach dem Zorn kommen? Seine Verachtung? Sie sprach sehr leise und versuchte, das Zittern in ihrer Stimme zu unterdrücken. »Anfangs wollte er mich wohl nur wissen lassen, wo er sich aufhielt. Es war seine Art, mir mitzuteilen, dass er noch immer für mich da war, auf mich wartete, darauf, ob ich es mir anders überlegte. Aber dann hörten die Briefe auf.« Ihre Stimme versagte, Tränen rollten über ihre Wangen. »Vielleicht ist er verheiratet. Vielleicht ist er tot. Ich weiß es nicht!«

Hadrian starrte sie mit weit aufgerissenen Augen an. »Du liebst ihn noch immer!«, erkannte er.

Isobel holte ein Taschentuch hervor, trocknete sich die Augen und versuchte verzweifelt, sich irgendwie wieder zu fassen. Ihre Tränen galten ihrem Sohn ebenso wie dessen leiblichem Vater – und auch ihr selbst.

Hadrian trat unvermittelt an ihre Seite und legte ihr etwas ungeschickt eine Hand auf die Schulter. »Ich weiß, das ist schwer für dich. Aber Mutter – es ist von größter Bedeutung für mich. Ich muss diese Adresse in Boston haben.«

»Natürlich«, sagte sie matt.

Hadrian wandte sich wieder ab. »Ich werde ihm sofort einen Brief schreiben!«, sagte er in die Leere des Raumes hinein im Versuch, die Aufregung, die ihn zu überwältigen drohte, zu unterdrücken. »Ich werde Nachforschungen anstellen lassen. Ich werde jemanden nach Boston schicken. Wenn er noch lebt, dann finde ich ihn!«

Isobel schluckte schwer, bevor sie ihrem Sohn den letzten Rest der Wahrheit zumutete. »Hadrian, er weiß es nicht.«

Hadrian wirbelte zu ihr herum.

»Ich habe es ihm nie erzählt.«

Es war eine schockierende Offenbarung. Als seine Mutter an jenem Abend gegangen war, saß Hadrian mit dem Barsoi allein in der Bibliothek und starrte ewig lang in den Kamin, ohne die tanzenden Flammen wirklich wahrzunehmen. Er konnte all das, was er erfahren hatte, kaum fassen – dass Francis nicht sein Vater war, dass seine Mutter eine Affäre mit einem Mann namens Hadrian Stone gehabt hatte, dass dieser Mann sein leiblicher Vater war.

Zorn überkam ihn. Er war zornig auf seine Mutter, sehr zornig, obwohl er alles versuchte, nicht so zu empfinden. Er wollte ihre Beweggründe verstehen, doch er konnte es nicht, nicht um alles in der Welt. Nicht nur, dass Isobel ihm nicht schon vor Jahren die Wahrheit mitgeteilt hatte, sie hatte sie ja nicht einmal Hadrian Stone gesagt!

Als er sie gefragt hatte, wie sie seinem Vater und auch ihm die Wahrheit hatte vorenthalten können, war sie so am Boden zerstört gewesen, dass sie nicht antworten konnte.

Unaufhörlich musste er an den mysteriösen Amerikaner denken, der sein wirklicher Vater war. Hadrian Stone. Isobel hatte ihm den Namen ihres Geliebten gegeben. Wie war dieser Amerikaner? Er war ein Kapitän zur See. Hadrian konnte sich seine Mutter nicht mit einem Kapitän vorstellen, und sein geistiges Auge vermochte sich nichts anderes auszumalen als einen untersetzten, stoppelbärtigen, grauhaarigen Mann mit gestreiftem Hemd und einer marineblauen Hose. Obwohl er sie mehrmals drängte, hatte sich Isobel geweigert, seine Fragen zu beantworten. Und obwohl er wusste, dass er sie mit den Fragen zu seinem Vater aus dem Gleichgewicht bringen würde, konnte und wollte er nicht aufhören. Schließlich hatte er ein Recht darauf, etwas zu wissen – alles zu wissen. Am Ende hatte sie gesagt, Hadrian Stone sei alles gewesen, was Francis nicht war, und dann war sie in Tränen aufgelöst aus dem Salon gestürzt und hatte das Haus verlassen. Hadrian tat es zunächst Leid, was er getan hatte, doch dann biss er sich wieder an dem Gedanken fest, der ihn einfach nicht mehr loslassen wollte – der Gedanke an seine Herkunft, seine Abstammung.

Er lachte lauthals. Jetzt konnte er ohne jegliche Reue Francis verfluchen, so lange er mochte, und was noch wichtiger war, er konnte jetzt endlich verstehen, weshalb Francis ihn verachtet hatte. Denn diese Frage hatte ihn sein ganzes Leben lang verfolgt, und nun kannte er endlich die Antwort.

25

Am nächsten Morgen stattete Hadrian seiner Braut einen Besuch ab. Die Hoffnung, seinen Vater lebend und gesund zu finden, beschäftigte ihn zwar momentan mehr als alles andere, und er hatte noch am Abend zuvor Boten beauftragt, von denen einer bereits mit einem Brief nach Boston unterwegs war. Doch seine Hochzeit näherte sich mit Riesenschritten. Er hatte die ganze Nacht nicht geschlafen und schaffte es erst, als bereits der Morgen graute, einigermaßen mit der erstaunlichen Tatsache zurechtzukommen, dass ein Mann namens Hadrian Stone sein Vater war. Außer auf Ergebnisse der Nachforschungen zu warten, die er in die Wege geleitet hatte, konnte er diesbezüglich im Moment nichts weiter tun.

Doch was seine künftige Gattin anbetraf, hatte er noch sehr vieles zu erledigen. Und zwar nicht weniger, als für sie beide eine Zukunft zu sichern.

Hadrian wollte seinen Plan weiter verfolgen, Nicole vor einem eventuellen Skandal wegen ihrer bevorstehenden Hochzeit zu beschützen. Doch damit er seine Rolle des liebestrunkenen Verehrers spielen konnte, mussten sie unter die Leute gehen. Er war nach wie vor fest entschlossen, all die hämischen Klatschmäuler, die so unerquickliche, an der Wahrheit vorbeigehende Dinge verbreiteten, zum Verstummen zu bringen. Überhaupt war er jetzt mehr denn je entschlossen, seine Braut zu beschützen und für sie die gesellschaftliche Akzeptanz zu erringen, die ihr gebührte.

Die riesige, schwarze Clayborough-Kutsche mit den drei überlebensgroßen Löwen auf den Türen fuhr vor der Residenz der Sheltons am Tavistock Square vor. Der Herzog stieg aus. Seine Schritte waren immer geschmeidig und behände, doch heute schienen sie noch leichter als sonst. Aldric konnte nicht umhin, verblüfft dreinzusehen, als er öffnete und der Herzog ihn mit einem ganz untypischen Lächeln begrüßte. Hadrian dachte sich, dass er wahrscheinlich idiotisch grinste, aber er hätte seine gute Laune nicht dämpfen können, selbst wenn er es gewollt hätte.

Doch während er im Empfangszimmer auf Nicole wartete, verschwand diese Laune zusehends. Sie kam einfach nicht. Aus fünfzehn Minuten wurde eine halbe Stunde, aus einer halben Stunde eine dreiviertel. Hadrians Freude wurde zu Missmut und schließlich zu Ärger. Wie konnte er trotz der unglaublichen Wende der Ereignisse nur einen Augenblick lang vergessen haben, dass seine Braut mehr als widerspenstig war? Als er sie das letzte Mal gesehen hatte, bei den Lindleys, war sie wütend auf ihn gewesen. Gestern hatte sie es geschafft, ihn zu meiden. Hatte sie die verschleierte Warnung, die er der Gräfin gegeben hatte, nicht empfangen? Glaubte sie wirklich, sie könne ihm erneut aus dem Weg gehen? War sie wirklich so einfältig?

Er verließ das Empfangszimmer und fand einen deutlich verängstigten Aldric im Foyer sitzen.

»Euer Gnaden! Darf ich Ihnen noch einige Erfrischungen bringen?«

»Wo ist ihr Zimmer?«, fragte der Herzog fordernd.

Aldric erstarrte. »Euer Gnaden ... äh, Euer Gnaden ...«

Hadrian deutete auf die Treppe. »Darf ich davon ausgehen, dass es dort oben ist?«

»Zweiter Stock«, stieß der Butler ängstlich hervor.

Der Herzog von Clayborough wartete.

»Fünfte Tür links«, murmelte Aldric.

Der Herzog ging bereits auf die Treppe zu. Mühelos nahm er zwei Stufen auf einmal. Vor der beschriebenen Tür angekommen, klopfte er lautstark und platzte hinein, ohne eine Aufforderung abzuwarten.

Nicole saß in ihrer Unterwäsche da. Ihr Bett war übersät mit Stoffen aus Seide, Chiffon, Taft, Samt, Tüll, Wolle und Kaschmir, sogar Pelze waren dabei, und im ganzen Zimmer lagen Federn, Bänder, Spitzen und andere Accessoires verteilt. Dazwischen offene Hutschachteln und unzählige Handschuhe. Der Boden war vor lauter herumliegendem Packpapier kaum zu sehen. Neben dem Sofa stapelte sich eine Unmenge von Handtäschchen in allen Größen, Farben und Mustern. Die berühmte Schneiderin Madame Lavie kniete vor Nicole und maß gerade den Saum ihres goldfarbenen Seidenunterrocks. Zwei weitere junge Frauen saßen im Zimmer, eifrig über Näharbeiten gebeugt. Als der Herzog hereinstürmte, blickten alle entsetzt auf.

Nicole war die Erste, die sich von dem Schrecken erholte. Sie bedeckte rasch mit beiden Armen ihre aus ihrem Spitzenkorsett quellenden Brüste. »Hinaus!«, herrschte sie ihn an.

Hadrian hatte nicht mehr als eine Sekunde gebraucht, um zu erkennen, dass sie absolut nicht vorgehabt hatte, nach unten zu kommen und ihn zu empfangen. »Alle verlassen das Zimmer. Sofort!«, befahl er kalt.

Nach einer weiteren Sekunde war der Raum bis auf den Herzog und seine Braut leer.

Die Arme noch immer vor dem Busen verschränkt, wich Nicole zurück und trat auf einige der empfindlichen Stoffe. »Du hast hier nichts verloren. Du machst aus einer Situation, die ohnehin schon schlimm genug ist, einen handfesten Skandal!«

»Einen Skandal?«, spottete er. »Eine skandalöse Liebesaffäre, wird man sagen!«

»Ach, wie konnte ich nur vergessen, was für ein Spiel du spielst!«

Hadrian lächelte verstimmt. Obwohl sie ihre Brüste vor seinem Blick verbarg, hatte er ihre von dem Korsett gestützten Formen bereits gesehen, hatte ihre dunkelroten Brustwarzen bemerkt, die an die feine, goldene Spitze stießen. »Wie lange wolltest du mich denn unten warten lassen, Nicole?«

»Ewig!«

Er lächelte wieder, doch seine Miene war eisig. »Nicht gerade ein kluger Plan.« Wieder streifte sein Blick über sie hinweg. Sein Körper schien zu registrieren, dass sie hier allein waren, und wo sie waren – in ihrem Schlafzimmer, in unmittelbarer Nähe ihres Bettes.

»Du musst gehen! Es wird schon allein deswegen noch mehr Gerede geben, weil du so ungehobelt in mein Zimmer hereinplatzt!« Sie war vor Erregung außer Atem.

»Gut«, sagte er und tat einen Schritt auf sie zu. Einen Schritt, so fest und hart wie sein großer Körper. »Man wird sagen, ich bin so verrückt nach dir, dass ich dich bis in dein Schlafzimmer verfolgte und jegliches anständige Benehmen schlichtweg vergaß.«

Nicole rutschte rasch auf die andere Seite des Bettes. »Du bist ja verrückt!«

»Und du, meine Liebe, bist ein Feigling«, erwiderte er leise und pirschte sich an sie heran.

»Ich bin kein Feigling!«, zischte sie und umklammerte einen der dicken, fein geschnitzten Bettpfosten. Ihre Brüste hoben und senkten sich, sie bebte vor Wut. »Der Feigling bist du – hinter meinem Rücken zu meinem Vater zu gehen und um mich anzuhalten, obwohl ich dich bereits abgewiesen hatte!«

Er blieb abrupt stehen. Doch im nächsten Augenblick war er auf ihr, packte sie an den Armen und zog sie von dem Bettpfosten weg. Sie kreischte. Er schüttelte sie. Mit einer Mischung aus Wut und Neugier beobachtete er, wie ihre vollen Brüste aus dem Korsett rutschten. »Ganz im Gegenteil«, zischte er ihr ins Ohr, »jeder, der verrückt genug ist, dich zu heiraten, gehört zu den Tapfersten!«

Nicole befreite sich mit einem Ruck, griff hastig nach einem der teuren Stoffe auf ihrem Bett und bedeckte sich mit einem roten Chiffon. »Dann blas doch einfach alles ab!«, schrie sie. »Ich werde es dir nicht übel nehmen!«

Noch während er sich ihr näherte, sagte er sich, er handle nur aus dem Bedürfnis heraus, sie zum Schweigen zu bringen, bevor sie seine Absicht, sie zu beschützen, endgültig zunichte machte und dem Klatsch, den er zu vermeiden suchte, noch mehr Nahrung gab. Doch schon während er dies dachte, während er sie an sich zog, ihren Körper an sich presste, wusste er, dass es nicht mehr war als eine halbherzige Entschuldigung. In Wirklichkeit war er dieser Spielchen und dieser Proteste einfach müde und überdrüssig. »Dann kannst du offensichtlich mehr einstecken als ich. Ich warne dich, Nicole, ich bin ziemlich schnell gekränkt.« Mit einem schneidenden Lächeln, das eigentlich gar kein Lächeln war, bedeckte er ihre Lippen mit den seinen.

Sie wehrte sich ungestüm, versuchte ihn zu schlagen und schaffte es auch beinahe; er packte sie an den Handgelenken und drückte sie in die exquisiten Stoffe, die über dem Bett verstreut lagen. »Ich sehe es dir doch an, wie verletzt du bist! Warum willst du deine Verletzlichkeit nicht einfach eingestehen? Warum treibst du mich so weit? Wie kommt es, dass du mich so weit bringst, dass ich mich vergesse?«

»Natürlich, es ist alles meine Schuld!«, schrie sie, aber sie bewegte sich nicht mehr, lag nur passiv auf dem Rücken, und er drückte sie mit seinem ganzen Gewicht auf das Bett, seine Beine zwischen den ihren.

Er antwortete ihr nicht. Nicht mit Worten. Er fegte den roten Chiffon zwischen ihnen beiseite. Ihre Augen wurden groß, und sie sträubte sich, aber er ließ ihre Handgelenke nicht los und hielt sie auf das Bett gedrückt.

Einen langen Augenblick lag sie unbeweglich da, nur ihre bloßen Brüste hoben und senkten sich schwer und drückten gegen sein gestärktes Hemd. »Können wir mit diesem ganzen Unsinn aufhören?«, fragte er sie dann.

Ihr Blick war zu seinem Mund gewandert, doch als sie antwortete, sah sie ihm wieder in die Augen. »Es geht um meine Zukunft. Ich glaube nicht, dass das Unsinn ist!«

»Es geht um unsere Zukunft«, korrigierte er.

Wieder versuchte sie, sich zu wehren. »Wie kannst du mir das antun!«, flüsterte sie.

Sein Blick wanderte zu ihren nackten Brüsten. Vermutlich meinte sie damit, wie er sie im Augenblick misshandelte, wie auch seine Entscheidung, sie trotz ihres Protestes zu heiraten. »Gib auf, Nicole. Du hast bereits verloren. Akzeptiere das, was kommt. Akzeptiere die Tatsache, dass du in ein paar Tagen meine Ehefrau sein wirst.«

Sie bäumte sich gegen ihn. Er wusste, dass er ihr wehtat, dennoch lockerte er seinen Griff an ihren Handgelenken nicht, und es musste sie auch schmerzen, wie er seine pralle Männlichkeit an ihren Unterleib drückte. »Nie werde ich das akzeptieren!«, keuchte sie.

Dass sie sich ihm noch immer widersetzte, war nicht gerade eine amüsante Vorstellung. Nur sie konnte sein Temperament so leicht in Wallung bringen, und von Anfang an hatte sie das immer wieder getan. »Du lernst wohl nie dazu«, sagte er. Schweiß perlte auf seiner Stirn, so sehr kämpfte er mit sich selbst – und er verlor. Sein ganzer Körper begann zu zucken. Sein Bedürfnis war so überwältigend, dass es ihm Angst einjagte.

Ihre Blicke blieben aufeinander gerichtet. Gerade, als er merkte, dass er sich seiner tobenden Leidenschaft ergeben musste, spürte er, wie Nicoles Widerstand zerbrach. Mit einem leisen Aufschrei schloss sie die Augen und presste ihren Körper an ihn.

Er brauchte ohnehin keine Ermutigung mehr. Mit den Knien schob er ihre Schenkel auseinander, drückte seinen Mund auf ihre Lippen. Seine Küsse waren Explosionen. Nicole bäumte sich ihm entgegen, suchte seine Zunge mit der ihren. Sein Unterleib presste sich heftig an sie.

An der Tür war ein deutliches Klopfen zu hören.

Hadrian sprang augenblicklich auf. Er riss ihr Korsett nach oben. Nicole starrte aus leidenschaftstrunkenen Augen auf ihn. »Wir sind nicht allein!«, flüsterte er heiser und zog sie auf die Beine. Sie war reglos und schwer wie Blei. Er schüttelte sie und atmete auf, als er bemerkte, dass ihr Blick wieder klarer wurde. Er steckte rasch sein Hemd in die Hose, rückte die Krawatte zurecht und ging dann zur Tür. Gerade als er sie öffnete, wurde zum zweiten Mal geklopft.

Es war die Gräfin. Hadrian hatte nicht den geringsten Zweifel daran, dass sie genau wusste, was geschehen war, doch sie lächelte nur freundlich. »Euer Gnaden, hallo. Ich dachte, vielleicht möchten Sie noch ein paar Erfrischungen, so lange Sie bei meiner Tochter sind.«

»Wie aufmerksam«, murmelte er und warf einen Blick auf Nicole. Sie trug jetzt einen grünen Morgenmantel, kehrte ihnen den Rücken zu und blickte aus einem der großen Fenster. Hadrian war froh über diese Unterbrechung, wenngleich sein Körper anders reagierte. Doch er hatte nicht beabsichtigt, die Dinge so aus dem Ruder laufen zu lassen.

Jane stellte auf einem gläsernen Tischchen ein Tablett ab. Sie tauschten ein paar nette Worte aus. Als sie ging, ließ sie die Tür weit offen. Hadrian wandte sich seiner Braut zu, die ihn düster anblickte. Ihre Stimmung hatte sich in den letzten Minuten eindeutig nicht gebessert.

»Ich hoffe, du bist befriedigt«, bemerkte sie achtlos.

»Ich bin weit davon entfernt.«

Sie errötete. Sie hatte die Arme wieder vor der Brust verschränkt.

»Weshalb bist du gekommen? Um Salz in meine Wunden zu streuen?«

»Welche Wunden?«, fragte er nüchtern und wandte sich von ihr ab. Jetzt, da sie wieder allein waren, spürte er erneut heißes Verlangen, obwohl sie bekleidet war. Er schenkte ihnen Tee ein, um sich abzulenken.

»Du weißt sehr wohl, welche Wunden!«, fuhr sie ihn an. »Weshalb bestehst du auf dieser lächerlichen Hochzeit? Ich stimme dem, was du sagtest, vollen Herzens zu – dass du verrückt bist, wenn du mich heiratest.«

»Das habe ich nicht gesagt, Nicole.«

»Ich eigne mich nicht als Herzogin, und das weißt du auch«, sagte sie, als habe sie ihn nicht gehört.

»Vielleicht machst du dich kleiner, als du bist.«

Sie bekam große Augen.

Schweigend, ohne den Blick von ihr abzuwenden, nippte er an seinem Tee.

Nicole fasste sich. »Hadrian – warum bestehst du darauf, dass wir heiraten? Wenn mir das, was zwischen uns geschah, nichts ausmacht, warum in aller Welt macht es dann dir etwas aus, verdammt?«

Er zuckte zusammen, allerdings nicht wegen ihrer groben Ausdrucksweise. Wollte sie wirklich sagen, dass ihr das, was vor ein paar Tagen in seiner Bibliothek geschehen war, nicht wichtig war? »Du weißt, warum. Es kann sein, dass du ein Kind von mir bekommst.«

»Wenn ich ein Kind bekomme, dann kann ich es auch haben,

ohne mit dir verheiratet zu sein. Ich bin Skandale gewöhnt – welchen Unterschied wird einer mehr noch machen!«

Er war verbittert. »Wenn du meinst, du könntest mich umstimmen, dann irrst du dich. Ich bin unerschütterlich.«

»Dann wirst du eine sehr widerborstige Herzogin haben«, sagte sie kühl.

»Du wagst es, mir zu drohen?«

»Ich drohe dir nicht. Ich rate dir.«

»Und du lügst«, erwiderte er mit einer Ruhe, die er mitnichten in sich spürte. Er setzte seine Tasse ab. »Wir wissen doch beide, wie widerborstig du in Wirklichkeit bist – du hast es doch vor fünf Minuten erst bewiesen.«

Sie errötete, aber er konnte nicht erkennen, ob es Zorn, Verlegenheit oder beides war. »Vielleicht bin ich nicht widerspenstig, wenn es darum geht, aber sehr wohl, wenn es darum geht, dich zu heiraten!«

Ihr Stachel traf ihn voll und hinterließ eine hässliche Wunde. Sie hatte also ihre Meinung nicht um einen Deut geändert. Sie konnte nicht wissen, dass Francis nicht sein Vater war, falls das für sie überhaupt von Belang war, aber er war zu stolz, es ihr zu sagen, und, wichtiger noch, er wollte sie nicht in dieses Geheimnis einweihen. Noch nicht. Er konnte nicht den Ruf seiner Mutter aufs Spiel setzen. »Bin ich denn wirklich so abscheulich?«, fragte er stattdessen.

Sie stand bleich und reglos da, ihr Zorn war etwas verflogen. Ihre Antwort war äußerst vorsichtig. »Ob ich dich abscheulich finde oder nicht, darum geht es nicht.«

»Findest du mich abscheulich?«, fragte er noch einmal.

»Nein.«

Jetzt war er regungslos. Es fiel ihm schwer, ein Lächeln zu unterdrücken. »Ich bin also kein solches Scheusal.« Sein Blick suchte den ihren.

Ihr Mund zitterte. »Zwinge mich nicht, etwas gegen meinen Willen zu tun!«

»Nicole, es ist zu spät.«

»Es ist nicht zu spät. Du kannst es abblasen. Die Leute werden lediglich sagen, dass du deinen Verstand wieder gefunden hast!«

Ihre Verzweiflung war nicht zu übersehen. Aus irgendeinem Grund stand sie ihm immer noch absolut ablehnend gegenüber. »Ich schlage vor, du änderst deine Meinung«, sagte er kalt.

»Ich will mich nicht für deine edle Vorstellung von Pflicht opfern lassen!«

»Du hast dich klar ausgedrückt«, knirschte er. »Ich bin es in der Tat verdammt müde, mir immer dasselbe anzuhören. Wenn du es ganz genau wissen willst – es ist mir egal, was du willst!«

»Du Miststück!«, zischte sie. »Dir ist nichts wichtig, außer dir selbst. Du bist kalt und herzlos, genau wie alle behaupten!«

Hadrian lächelte verbissen. Seine Gefühle waren verletzt, es ärgerte ihn, dass er verwundbar war, wenn es um sie ging. »Ich hatte vorgehabt, dich für heute Abend zum Ausgehen einzuladen, aber wie ich sehe, wäre das nicht sehr klug.«

»Das wäre es in der Tat nicht!«, stimmte Nicole heftig zu. »Ich würde ablehnen. Ich habe nicht vor, dich irgendwohin zu begleiten!«

Er kochte vor Wut und konnte sich nur mit aller Willenskraft beherrschen. Er würde sie nicht zwingen, ihn zu dem Ball zu begleiten. Mit ihrer offenen Feindseligkeit würde sie nur dazu beitragen, dass noch mehr Gerede entstand. Denn es wäre ein Wunder, wenn sie sich in der Öffentlichkeit so benehmen würde, wie es von einer Braut erwartet wurde. »Wir sehen uns in der Kathedrale wieder!« Er war bereits auf dem Weg zur Tür, doch ihre nächsten Worte ließen ihn innehalten.

»Das hättest du gern!«

Er drehte sich langsam um. Und er verbarg seine Gefühle nicht. »Ich bin nicht Percy Hempstead«, sagte er sehr langsam und sehr bestimmt. »Das möchte ich in aller Deutlichkeit klarstellen.«

Sie bewegte sich nicht. Sie schien nicht einmal mehr zu atmen.

»Ich bin kein zwanzigjähriger Junge, und ich bin kein verblödeter Narr. Wenn du meinst, du könntest mich sitzen lassen, dann überlege dir das gut. Denn ich werde nicht davonlaufen, so wie er es tat, oh nein. Ich werde dich finden, und ich werde dich eigenhändig zum Altar schleifen, wenn es denn sein muss, auch wenn du noch so plärrst. Auch wenn es noch so skandalös sein sollte.«

Sie stand noch immer reglos da.

Sein Lächeln war gefährlich. »Und niemand würde mich für mein Benehmen verurteilen. Denn ich bin der Herzog von Clayborough – und ein Mann. Du hingegen bist nichts als eine Frau – und eine sehr exzentrische noch dazu. Eine, so wird man sagen, die eine feste männliche Hand braucht, und vielleicht auch ein paar Schläge ab und zu.«

Nicole rang nach Atem.

»Mein Tun wird Anerkennung finden«, endete er ungerührt. »Deines wird man verdammen.«

»Ich verachte dich!«, stieß sie hervor.

Er lächelte, doch seine Miene war verzerrt. »Wenn du einen derartigen Skandal provozieren willst, nur zu. Ich werde meine Hände rein waschen und dich in deinem eigenen Saft schmoren lassen. Meine Großzügigkeit hinsichtlich deines Schutzes hat auch ihre Grenzen.«

»Hinaus!«

Er antwortete ihr nicht. Er war zu zornig. Er ließ sie einfach stehen und verließ den Raum.

26

Der Herzog von Clayborough war nervös.

Es war sein Hochzeitstag.

Er hatte Nicole in den vergangenen zehn Tagen nicht gesehen, nicht seit er sie besucht hatte in der Absicht, sie zum Ball einzuladen. Das entsprach jedoch durchaus seinen Plänen. Sie hatte ihre Gefühle für ihn einmal mehr absolut deutlich gemacht und seine Emotionen, die in ihrer Gegenwart ohnehin zu leicht außer Kontrolle gerieten, zum Überschäumen gebracht. Es war sicherer, wesentlich sicherer, bis nach der Hochzeit Distanz zu ihr zu wahren.

An die Schlacht, die ihn erwartete, wenn sie erst einmal seine Frau war, wagte er gar nicht zu denken.

Er war die letzten anderthalb Wochen in London geblieben. In dieser kurzen Zeit hatte er drei zwanglose Empfänge, zwei Bälle, eine Regatta und eine luxuriöse Soiree besucht. Tatsächlich hatte er in dieser einen Woche mehr Einladungen angenommen als im ganzen Jahr zuvor – ein Umstand, über den ganz London staunte. Und er war bei all diesen Anlässen nicht nur kurz aufgetaucht, sondern jeweils mehrere Stunden geblieben, hatte sich unter die anderen Gäste gemischt – und er war, mit einem Wort gesagt, höchst charmant gewesen. Ein solches Benehmen war für den ansonsten so zurückgezogenen und eher ungeselligen Herzog so untypisch, dass er dadurch in der Gesellschaft schlagartig zum beliebtesten Konversationsthema avanciert war.

Doch seinem Wesen nach hatte sich Hadrian keineswegs verändert. Die feine Gesellschaft interessierte ihn nicht mehr als zuvor. Tatsächlich konnte er es kaum erwarten, nach Hause, nach Clayborough, zu kommen, wo verschiedene Angelegenheiten darauf warteten, geregelt zu werden. In London war er nur wegen Nicole geblieben.

Er bereitete für sie beide einen neuen Anfang vor. Natürlich war er nie wirklich unpopulär gewesen; er war einfach zu mächtig, um nicht ein begehrter, umworbener Gast zu sein, aber wegen seiner eklatanten Gleichgültigkeit dem gesellschaftlichen Treiben gegenüber war er auch nicht allzu beliebt gewesen. Doch am Ende dieser zehn Tage war er in der Tat sehr beliebt. Und diese Beliebtheit würde bald seine Gattin mit ihm teilen.

Auch die üblen Gerüchte zirkulierten nicht mehr in London. Wenn sich überhaupt noch irgendwelcher Klatsch über den denkwürdigen Zeitpunkt seiner Heirat mit Nicole hielt, so starb er einen langsamen Tod. Und der neue Klatsch entsprach exakt Hadrians Vorstellungen. Bei jedem gesellschaftlichen Ereignis, das er aufsuchte, zeigte er sich restlos begeistert, wenn man ihm zu seiner Verlobung gratulierte. Jedes öffentliche Eingeständnis von Emotionen war für den Herzog so ungewöhnlich, dass dies allein wohl schon genügt hätte, um die erwünschte Wirkung zu erzielen. Doch es hatte sich auch noch wie ein Lauffeuer herumgesprochen, dass er in Nicoles Schlafzimmer eingedrungen war. Und dieses Mal fiel das Gerede zu seinem Vorteil aus.

Überall, wo Hadrian hinkam, wurde über ihn und seine Verlobte gesprochen. Erst letzte Nacht, bei der Soiree der Averys, hatte er aufgeschnappt, wie sich zwei verheiratete Frauen und eine ledige Dame über ihn unterhielten.

»Schockierend«, erklärte Lady Bradford. »Hat er doch tatsächlich Madame Lavie hinausgeworfen, damit sie allein sein konnten!«

»Skandalös«, warf Lady Smythe-Regis erregt ein. »Er muss vollkommen verrückt nach Lady Shelton sein, dass er jeden Anstand so vergisst!«

»Können Sie sich vorstellen, wie es wäre, wenn sich der Herzog derart für Sie interessieren würde?«, fragte Lady Talbott verträumt. »Das kann nur die wahre, große Liebe sein!«

Hadrian wandte sich rasch ab, bevor sie merkten, dass er sie belauschte. Er war mehr als zufrieden.

Weniger zufrieden war er allerdings an dem Nachmittag, als er seinen Club in der James Street aufsuchte. Als er seinen bevorzugten Raum betrat, merkte er, dass die anderen Gäste ihre ruhige Unterhaltung schlagartig einstellten. Normalerweise begrüßte man ihn höflich, und dann gingen die Gespräche weiter; schließlich wussten die Mitglieder alle, dass er gern allein blieb. Umso mehr fragte er sich, was der Grund für dieses veränderte Verhalten seiner Freunde war. Dass es nichts mit seiner Braut und ihm zu tun haben könnte, war wohl kaum anzunehmen.

Es dauerte nicht lange, bis er Bescheid wusste. Der Graf von Ravensford, den er besser kannte als die meisten anderen Lords, sprach ihn an. »Macht es Ihnen etwas aus, wenn ich mich kurz zu Ihnen setze, Hadrian?«, fragte Jonathan Lindley.

Überrascht bat Hadrian ihn, Platz zu nehmen. Schon bald war offensichtlich, dass der Graf etwas auf dem Herzen hatte. »Was wollen Sie mir denn sagen, Jonathan?«, fragte Hadrian.

»Das wird Ihnen nicht recht gefallen«, warnte Lindley ihn mit gedämpfter Stimme.

Hadrian bedeutete ihm weiterzusprechen.

»Nicole ist wie eine Tochter für mich, und deshalb muss ich Ihnen erzählen, was ich soeben erfahren habe. Zwei Mitglieder dieses Clubs haben eine Wette abgeschlossen.«

Der Herzog horchte auf. »Was für eine Wette?«

»Eine Wette von der Art, die eine Wiedergutmachung fordert. Lord Hortense und Lord Kimberley haben gewettet, dass Ihre Braut Ihnen innerhalb der nächsten neun Monate ein Kind gebären wird.«

Hadrian schien ungerührt. Seine Miene war unbewegt und wie Granit, doch eine Woge des Zorns überrollte ihn. Als er sich wieder in der Gewalt hatte, bedankte er sich bei Ravensford für die Information. Eine Minute später war er verschwunden.

Noch am selben Abend traf er Hortense in dessen Haus an, gerade im Begriff, auszugehen. Die Aussprache war kurz und auf den Punkt gebracht. Ein gut gezielter Schlag lockerte mehrere von Hortenses Zähnen. Die darauf folgende Drohung wurde beherzigt. Hortense entschuldigte sich kleinlaut.

Lord Kimberley traf exakt das gleiche Schicksal.

Diese Aktionen führten zu weiterem Klatsch und noch mehr skandalträchtigem Gerede, doch es sprach alles für den Herzog. Da er Nicoles Ruf und Ehre verteidigte, hatte er ehrenvoll gehandelt; die beiden anderen Gentlemen hingegen waren ohnehin längst als Schurken bekannt. Außerdem, flüsterten die Ladys hinter vorgehaltener Hand, war es einfach so romantisch!

Das Einzige, was in dieser Woche nicht gut lief, war ein Gespräch mit dem Marquis von Stafford – Elizabeths Vater.

Hadrian besuchte seinen untröstlichen Freund in der Hoffnung, ihm das Unerklärliche irgendwie erklären zu können. Stafford hatte sich praktisch in seinem Haus eingeschlossen; er war so sehr vom Kummer überwältigt, dass er niemanden empfangen wollte. Da er seit der Beerdigung niemanden gesehen hatte, wusste er noch nichts von Hadrians Verlobung. Aber weil dieser für ihn wie ein Sohn und zudem der langjährige Verlobte seiner Tochter gewesen war, empfing er ihn, obwohl er sonst für niemanden zu sprechen war.

»Ich frage Sie lieber nicht, wie es Ihnen geht, George«, begann Hadrian halblaut.

»Besser nicht.« Stafford wirkte hager und ausgemergelt; unter seinen Augen waren rote Ringe zu sehen. »Ich verzehre mich vor Kummer, ich kann einfach nicht damit aufhören.«

»Ich weiß, es klingt banal, aber mit der Zeit werden Sie es schaffen, an sie zu denken, ohne vom Schmerz überwältigt zu werden.«

»Nein«, widersprach Stafford, »das kann ich nicht. Dieser Schmerz wird nie mehr aufhören.«

Hadrian verstummte. Er fühlte sich extrem unbehaglich. Wie konnte er diesem Mann beibringen, dass er eine andere Frau heiratete – so kurz nach Elizabeths Tod? Aber er musste Stafford persönlich davon in Kenntnis setzen, bevor er es aus anderer Quelle erfuhr. »George, ich vermisse Elizabeth auch, und ich werde sie immer vermissen.«

Stafford begann zu weinen und konnte sich nur mit großer Mühe wieder fassen. »Ich weiß«, sagte er matt.

Hadrian schloss für einen kurzen Moment die Augen. In Wirklichkeit fiel es ihm extrem schwer, sich Elizabeth jetzt vorzustellen, so sehr er sie auch gemocht hatte und so traurig ihr Tod auch für ihn war. »Sie ist glücklich, George. Sie hat nach all ihren Schmerzen ihren Frieden gefunden. Denn wenn es ein Paradies gibt, dann ist sie jetzt dort.«

Stafford begann erneut zu weinen. Hadrian reichte ihm sein Taschentuch; er fragte sich, ob er nicht doch wieder gehen sollte und Stafford erst im Nachhinein von der Hochzeit informieren sollte.

»Ja«, sagte der Marquis schließlich mit zitternder Stimme. »Elizabeth ist im Himmel. Niemand hat den Himmel mehr verdient als sie.«

Als der Marquis nach einigen Minuten wieder gefasster wirkte, versuchte Hadrian es noch einmal. »George, es tut mir schrecklich Leid, aber ich muss Sie über etwas in Kenntnis setzen, obwohl der Zeitpunkt nicht unpassender sein könnte. Glauben Sie mir, wenn es eine andere Möglichkeit gäbe, würde ich Ihren Kummer nicht auf diese Weise stören.«

»Hadrian, mein Bester, Sie sind hier immer willkommen.«

Hadrian zitterte. Einen Augenblick lang fühlte er eine Schuld, die er nicht empfunden hatte, seit er seine Leidenschaft mit Nicole erfüllt hatte. Und plötzlich sah er Elizabeth kristallklar, als würde sie vor ihm im Raum stehen, hinter ihrem Vater. Sie lächelte ihm liebevoll zu; ihre Miene ließ keine Anschuldigung eines Verrats erkennen. Die Augen des Herzogs weiteten sich, und er setzte sich kerzengerade auf – doch es war ein Produkt seiner Phantasie, was er sah, ein halluzinierter Geist, denn in diesem Moment war das Bild verschwunden. Und mit ihm verschwand wie ein Wunder auch das Gefühl der Schuld.

Mit großen Schwierigkeiten begann Hadrian zu erzählen. Er meinte es Stafford zu schulden, ehrlich zu sein, und obwohl er wusste, dass dieser die Fassung verlieren würde, vertraute er auf Staffords Ehrgefühl und darauf, dass es das Beste sein würde, ihm die Wahrheit zu sagen. »George, ich habe mich in meinem eigenen Kummer in einem Moment der Leidenschaft einer anderen Frau zugewandt.«

Stafford horchte auf. »Ich verstehe«, sagte er dann jedoch. »Aber was macht das schon? Sie sind ein junger Mann. Verurteilen Sie sich nicht.«

»Ich fürchte, Sie verstehen nicht, George. Die andere Frau war nicht meine Mätresse, und es war auch keine Hure.«

Stafford blickte verwundert auf.

»Es war eine ledige junge Frau, eine, die ich nun heiraten muss.«

Stafford starrte ihn an, er begriff zunächst nicht, was Hadrian sagte.

»Ich werde in einer Woche Nicole Shelton heiraten.«

Stafford starrte reglos vor sich, er schien wie vom Blitz getroffen.

»Es tut mir Leid«, sagte Hadrian.

Jetzt erst begann Stafford zu begreifen. Er sprang entsetzt auf. *»Sie heiraten nächste Woche eine andere Frau?«*

Auch Hadrian stand auf. »Es tut mir Leid.«

»Wie können Sie!? Lieber Gott, wie konnten Sie das tun!«, schrie Stafford. »Elizabeth ist kaum tot, liegt noch frisch im Grab! Wie können Sie das nur tun, wie?!«

»Es ist eine Sache der Ehre«, erwiderte Hadrian, nur äußerlich gefasst. »Elizabeth ist tot, und ich habe Nicole entehrt. Und natürlich ist höchste Eile geboten.«

Staffords Gesicht war krebsrot. »Wie können Sie es wagen, hierher zu kommen und mir zu sagen, dass Sie nächste Woche eine andere Frau heiraten! Schande über Ihr kaltes Herz, Hadrian! Schande über Sie! Fahren Sie zur Hölle! Oh – Sie haben meine Tochter nicht geliebt, das sehe ich jetzt! Sie haben sie nie geliebt! Wie froh ich bin, dass sie nicht einen kalten, herzlosen Schuft wie Sie heiratet!«

»Es tut mir aufrichtig Leid.«

»Gehen Sie!«, schrie Stafford. »Hinaus! Hinaus, sage ich, hinaus!«

Der Herzog von Clayborough kam früh zur Kirche. Die Zeremonie sollte in St. Martin-in-the-Fields am Trafalgar Square stattfinden. In normannischer Zeit hatte dort eine kleine Kapelle gestanden; die Gemeinde existierte seit dem 12. Jahrhundert. Das Kirchengebäude war mehrmals restauriert worden, zuletzt im frühen 18. Jahrhundert. Es war ein prachtvolles Stück Architektur – ein großer, rechteckiger Bau mit einem imposanten Säulengang, auf dem ein Kirchturm thronte, und davor stand eine beeindruckende Statue von Charles I.

Hadrian benutzte einen Hintereingang und überließ die Begrüßung der annähernd tausend Gäste seiner Mutter, dem Grafen von Northumberland und Lady Claire sowie dem Grafen und der Gräfin von Dragmore. Aufgrund der Umstände hatte er beschlossen, seine Vermählung zur Hochzeit des Jahres zu machen und sichergestellt, dass jeder von Rang und Namen auf die Gästeliste gesetzt wurde – und dass niemand dachte, er und seine Braut hätten etwas zu verbergen. Isobel war damit einverstanden gewesen, ebenso die Sheltons und sein Großvater Roger de Warenne. Dementsprechend umfasste die Gästeliste nicht nur die bedeutendste Aristokratie des Landes, sondern auch viele einflussreiche Politiker und Geschäftsleute und sogar Königin Victoria.

Hadrian zog es vor, bis zur Feier in einem kleinen Vorzimmer vor sich hin zu grübeln. Er war extrem nervös, ohne wirklich zu wissen warum. Eine höchst unangenehme Vorstellung verfolgte ihn – er sah sich allein am Altar stehen und auf seine Braut warten, die aber nicht erschien. Angespannt schritt er in dem Raum auf und ab. Nicole Shelton würde es nicht wagen.

Nach einiger Zeit, die ihm wie eine Ewigkeit vorkam, klopfte es an der Tür, und sein Großvater trat ein. Roger de Warenne, der Graf von Northumberland, musterte ihn genau. »Du bist ein bisschen grün im Gesicht, mein Junge.«

»So fühle ich mich auch«, gestand Hadrian. »Ist sie hier?«

»Sie ist hier. Sie ist dir nicht davongelaufen.«

Hadrian blickte finster, doch er fühlte sich erleichtert, auch wenn er sich sagte, dass kein Mann an dem Gedanken Gefallen finden konnte, eine wütende, widerwillige Braut vor tausend Gästen im wahrsten Sinne des Wortes vor den Altar schleifen zu müssen.

Der Graf von Northumberland lachte. »Es geht doch nichts über eine gute Herausforderung, was?«

Der Herzog biss die Zähne zusammen. »Mich wundert, dass Sie meine Braut gutheißen.« Gleich nachdem er sich entschlossen hatte, Nicole zu heiraten, hatte er seinen Großvater davon in Kenntnis gesetzt. Natürlich stand es ihm in seinem Alter frei, selbst zu entscheiden, doch Northumberlands Zustimmung einzuholen, war für ihn eine Sache des Respekts. Hadrian hatte mit einem gewissen Maß an Ablehnung gerechnet, doch sie war ausgeblieben.

»Ob ich sie gutheiße, weiß ich nicht«, räumte der Graf von Northumberland ohne Umschweife ein. »Aber ich achte ihre Familie, und ich bin auch mit einer Heirat einverstanden. Ich habe kein Interesse an einem unehelichen Enkelkind.«

Hadrian hatte ihm damals nicht den Grund für die Heirat genannt, und sein Großvater hatte ihn auch nicht danach gefragt. Aber er wusste, sich über Roger de Warennes Scharfblick und Verständnis zu wundern, war sinnlos.

»Du kannst meinetwegen ganz London zum Narren halten, Junge, aber mich nicht«, sagte Northumberland lakonisch.

»Das bezweifle ich nicht.«

»Dein Schlips ist schief, Hadrian.«

Der Herzog begann, sich mit seiner Krawatte zu beschäftigen, und übersah darüber, dass der Graf von Northumberland zufrieden lächelte.

*

Nicole saß sehr still da, sie atmete kaum. Ihre Schwester war bei ihr, und unglücklicherweise war Regina so aufgeregt, als sei es ihre eigene Hochzeit. Neben ihr saß Martha und hielt ihre Hand. Sie war die Einzige im Raum, die einigermaßen gefasst war – aber selbst ihre Hand war feucht. »Entspanne dich. Du siehst aus, als würdest du zu deiner eigenen Beerdigung gehen.«

»Tue ich das denn nicht?«

Regina schrie auf. »Du bestehst wohl sogar jetzt noch darauf, dich wie eine Närrin zu benehmen!«

Sie hatten die ganze Woche kaum ein Wort miteinander gewechselt. Regina war offensichtlich von der Ehe ihrer Schwester fasziniert, was Nicole aber jedes Mal, wenn sie sich begegnet waren, nur noch wütender gemacht hatte. Ihre Beziehung schien sich von Freundschaft in offene Feindseligkeit verwandelt zu haben.

»Ich werde mich genau so benehmen, wie ich es will!«, schnauzte Nicole sie an.

»Warum zeigst du nicht gleich der ganzen Welt, wie unglücklich du bist!«, schoss Regina zurück.

»Das werde ich auch!«

»Hört auf!«, fuhr Martha heftig dazwischen und stand auf. »Du lieber Gott, jetzt ist doch wirklich keine Zeit, um sich zu streiten! Und Nicole, wenn ich du wäre, dann würde ich es mir überlegen, den Herzog vor all seinen Gästen zu demütigen!«

Nicole wollte gerade sagen, Martha könne von Glück reden, nicht an ihrer Stelle zu sein, doch sie unterbrach sich abrupt. Die Musik, die seit einer halben Stunde den Raum erfüllt hatte, war vorüber. Ihre Eltern hatten die Gäste begrüßt; nun hatten wohl alle ihre Plätze eingenommen. Die drei lauschten gebannt in die Stille hinein. Nicole hatte mit eisernem Willem durchgesetzt, dass es keine Prozession gab, sondern nur den Brautmarsch zum Altar, wo sie vom Bräutigam und dessen Großvater erwartet wurde. Regina zog ein weißes Taschentuch aus ihrem Handschuh und wischte sich eine Augenbraue.

Nicole zitterte. Jetzt war es so weit. Sie heiratete den Herzog von Clayborough. Oh Gott.

»Hier.« Regina drückte ihr das Taschentuch in die Hand.

Nicole bemerkte die Zuneigung in der Miene ihrer Schwester nicht, denn plötzlich füllten sich ihre Augen mit Tränen.

»Wo ist denn Vater?«, fragte Regina mit einem Blick auf Nicole und Martha. In ihrer Stimme schwang Panik mit.

Vielleicht ist etwas passiert, dachte Nicole verzweifelt. Vielleicht war ein Unglück geschehen – und es würde keine Hochzeit geben.

In diesem Augenblick betrat der Graf von Dragmore den Raum. »Bist du fertig?«, fragte er seine Tochter. Er warf einen

Blick auf die beiden anderen Mädchen. »Ihr geht besser auf eure Plätze.«

Martha ergriff Nicoles Hand und gab ihr einen Kuss auf die Wange. Regina zögerte ein wenig, dann küsste auch sie rasch ihre Schwester.

Als sie mit ihrem Vater allein war, stand Nicole unsicher auf. Auch ihre Beziehung zu ihm hatte durch die Hochzeit schwer gelitten; sie konnte ihn nicht ansehen, ohne sich verraten zu fühlen – und verloren.

Nicholas betrachtete sie von oben bis unten. »Du bist so schön«, sagte er mit gebrochener Stimme. »Ich bin so stolz auf dich.«

Seine Worte brachten sie endgültig um ihre Fassung. Worauf war er denn stolz? Seit sie in die Gesellschaft eingeführt worden war, hatte sie nur für Skandale gesorgt, sie heiratete jetzt lediglich, weil sie unkeusch gewesen war, sie hatte nicht mit ihm gesprochen, seit er diese Hochzeit arrangiert hatte. Sie konnte die Tränen nicht mehr zurückhalten. »Vater ...«

»Ich liebe dich sehr, Nicole. Glaub mir, ich habe lange hin und her überlegt, ob ich das Richtige getan habe, als ich Hadrians Antrag akzeptierte. Und ich bin überzeugt, dass ich das Richtige getan habe. Bitte vergib mir, dass ich getan habe, was ich als das Beste für dich erachte.«

Sie konnte diese Auseinandersetzung mit ihm nicht fortsetzen, nicht hier, nicht jetzt, nicht an ihrem Hochzeitstag. Sie trat auf ihn zu, beseelt von dem Wunsch, wieder seine Tochter zu sein – doch die Wunde, die er ihr zugefügt hatte, wollte nicht verschwinden. Sie blickte auf ihn, sie wollte ihm so vieles sagen, sie wollte ihn fragen, wie er ihr das antun konnte, sie wollte ihm sagen, dass sie ihm vergab – dass sie ihn liebte. Sie öffnete den Mund, um zu sprechen, sie sah die Hoffnung in seinen Augen. Doch sie brachte kein Wort heraus.

Der Hochzeitsmarsch begann.

Sie blickten einander sehr lange in die Augen. Dann bot Nicholas ihr feierlich seinen Arm. Unfähig, überhaupt noch irgendetwas zu sagen, nahm Nicole ihn.

27

Der Herzog von Clayborough war wütend, auch wenn er sich zu beherrschen versuchte. Es war jedoch unwahrscheinlich, dass seine Gäste es nicht merkten. Und wenn seine Braut weiterhin so offen ihre böse Gesinnung gegen ihn zur Schau stellte, so dachte er, dann konnte er gesellschaftliche Auftritte und all das Gute, das er die letzten anderthalb Wochen getan hatte, auch vergessen und sie in aller Öffentlichkeit strangulieren. Sie befanden sich auf dem Empfang in seiner Residenz am Cavendish Square; wegen der großen Zahl der zur Hochzeit geladenen Gäste fand sie dort statt.

Es hätte eine schöne Zeremonie werden können. Die Kathedrale war ein imposantes architektonisches Kunstwerk und groß genug, um die tausend Gäste aufzunehmen. Und Nicole war in ihrem silbernen Kleid eine hinreißende Braut gewesen – aber auch eine extrem zornige.

Ihr Schleier war durchsichtig, fein aus silbernem Tüll gewebt, und er verbarg nichts. Ihr Gesichtsausdruck – ihr Zorn – war für alle offensichtlich gewesen. Sie hatte nicht den leisesten Versuch unternommen, wie eine glückliche Braut zu wirken; eher schien genau das Gegenteil zutreffend zu sein.

Sobald Hadrian sah, wie sie ihm entgegenkam, war er empfindungslos und wie betäubt geworden. Doch in seinem Innersten waren die heftigsten Gefühle aufgestiegen, die er je gespürt hatte, und für einen Augenblick, in dem sein Herz stillzustehen schien, hatte er gewusst, dass er sie irgendwie liebte.

Doch dieser Augenblick war rasch vorüber. Je näher sie kam, desto beredter wurden ihre Miene und ihr wunderschönes, dunkles Gesicht mit den glänzenden Augen. Man konnte ihre Gefühle nicht missdeuten. Sie wagte es, ihn zu demütigen – vor tausend Gästen.

Sie blickte ihn nicht an, während sie auf ihn zuschritt. Sie hielt störrisch den Kopf hoch, die Lippen fest aufeinander gepresst.

Auch als sie dann vor dem Altar neben ihm stand, würdigte sie ihn keines Blickes. Als sie das Ehegelübde sprechen sollte, war sie zunächst stumm geblieben. Hadrian hatte ihre Hand ergriffen und sehr, sehr fest gedrückt – eine Warnung, dass er sie zu seinem Willen zwingen würde, selbst wenn sie dumm genug sein sollte, ihr Schauspiel noch weiter zu treiben. Schließlich und zu seiner großen Erleichterung hatte sie dann gesprochen. Aber es war zu spät gewesen, um seinen Zorn noch zu beschwichtigen.

Jetzt waren sie Mann und Frau.

Und es gab nicht einen Menschen in Clayborough House, der nicht mitbekommen hätte, dass die Braut, um es milde auszudrücken, sehr widerspenstig war.

Das höfliche Lächeln des Herzogs war längst auf der Strecke geblieben; an seine Stelle war eine kalte, starre und unnachgiebige Maske getreten. Er hatte genug. Es war ihm gleichgültig, dass sie auf ihrem eigenen Empfang gerade einmal eine Stunde verbracht hatten. Je länger er neben seiner Braut mit ihrem versteinerten Gesicht saß, die weder aß noch trank und sich sogar weigerte, mit den Gästen zu sprechen, desto gefährlicher wurde sein Zorn. Dabei versuchte er alles, um ihn zu bändigen.

»Wir gehen«, befahl er ihr abrupt.

»Jetzt?«

»Jetzt. Sofort.« Er stand auf, und da er ihre Hand hielt, zog er sie mit hoch.

»Dann lass mich zum Umziehen gehen.«

»Plötzlich an Anstandsformen interessiert? Das kommt ein bisschen spät, meinen Sie nicht auch – verehrte Gattin?!«

Sie verkrampfte sich. »Die Torte wird erst in ein paar Stunden angeschnitten.«

»Ist mir schnurzegal.«

»Das merkt man«, gab sie mit einem bedeutungsvollen Blick zurück.

»Deine Stimmungsumschwünge sind mir unverständlich. Weshalb willst du auf einmal noch bleiben? Ganz offensichtlich amüsierst du dich ja nicht gerade.«

»Weil es besser ist, hier zu bleiben, als mit dir zu gehen.«

Er lachte eisig. »Aha, jetzt kommen wir den Dingen auf den Grund. Du versuchst, das Unvermeidliche hinauszuzögern. Hast du Angst davor, mit mir allein zu sein und dich zu verraten?«

»Ich habe keine Angst«, erwiderte sie knapp. »Ich versuche nur, hinauszuzögern, was mir extrem unangenehm ist – unsere Zukunft.«

»Wenn du mich weiterhin so reizt, dann wird sie in der Tat mehr als unangenehm.«

Sie bekam große Augen.

»Du drohst mir?«

»Das kannst du sehen, wie du willst.« Er ergriff erneut ihren Arm und führte sie mit sich. Als sie versuchte, sich zu wehren, drehte er sich mit eisern kontrollierter Wut zu ihr um. »Hast du heute nicht schon Szenen genug abgeliefert? Musst du unbedingt noch eine machen?«

»Du bist es doch, der hier eine Szene macht«, zischte sie, doch sie widersetzte sich nicht länger.

Hadrian ignorierte sie. Sie verabschiedeten sich von ihren Familien. Im Verlauf ihres Aufbruchs wurden sie wieder und wieder von Gästen aufgehalten, die ihnen alles Gute wünschten, wiewohl nicht wenige von ihnen ihre Neugier bezüglich dieses kühl wirkenden Bräutigams und seiner feindseligen Braut nicht verhehlen konnten. Kaum dass sie aus dem Haus gelangt waren, katapultierte der Herzog seine Gattin fast in die Kutsche der Clayboroughs.

Sie kauerte sich wortlos in die hinterste Ecke. Hadrian nahm gleich beim Einstieg Platz und ignorierte sie, so gut es ging, obwohl er so wütend auf sie war, dass er sie am liebsten erdrosselt hätte. Er gab dem Kutscher ein Zeichen, abzufahren.

Sie sprachen kein Wort. Hadrian war zornig wegen ihres Benehmens, das sie den ganzen Tag über vor der Creme der britischen Gesellschaft gezeigt hatte. Er hatte alles getan, um jeglichen Klatsch über sie beide im Keim zu ersticken, hatte seine kostbare Zeit mit banalen Festen und blöden Bällen verschwendet, sich mit geistlosen Damen und kriecherischen Herren abgegeben und sich benommen wie ein liebestoller Tölpel. Und jetzt hielt ihn zweifellos jeder für den größten aller Narren – vernarrt in eine Braut, die ihn offen verachtete. In nur wenigen Stunden hatte Nicole alles kaputtgemacht, was er in den vergangenen zehn Tagen erreicht hatte – all das, was er um ihretwillen erreicht hatte.

»Ich hoffe, du bist mit dir zufrieden«, knurrte er.

»Warum sollte ich mit irgendetwas an diesem größten aller Tage zufrieden sein?«

Sie hielt sich so weit von ihm fern, wie es ging, in die letzte Ecke der Kutsche gedrückt. So zornig sie auch war, konnte er nicht umhin zu bemerken, wie hinreißend sie in dem silbernen Hochzeitskleid mit ihren ebenholzschwarzen offenen Haaren aussah. Er streckte lässig seine langen Beine aus, so dass die Spannung, die in ihm aufstieg, nicht bemerkbar war. »Ich schlage vor, du änderst deine Haltung. Du bist jetzt meine Frau. Dieser Umstand wird sich nicht ändern – nicht, so lange ich lebe. Oder macht es dir Spaß, Skandale zu provozieren?«

Ihr Blick loderte vor Zorn. »Du weißt, dass ich genau das nicht mag!«

»Ganz im Gegenteil, ich habe den Eindruck, du hast es geradezu genossen, heute eine Szene nach der anderen zu machen.« Und mit Sicherheit wusste er, dass es sie gefreut hatte, ihn zu demütigen. Eine weitere Woge des Zorns überkam ihn. Er kämpfte mit aller Macht dagegen an.

»Du hast mich zum Altar gezwungen. Dachtest du, ich würde unterwürfig kommen? Mit gesenktem Haupt, in Büßerpose? Wenn du das dachtest, dann hast du dich schwer getäuscht!«

»Es gibt nur einen Ort, an dem Sie sich mir unterwerfen, Madame.« Sein Blick durchbohrte sie. »Vielleicht ist das der einzige Ort, an dem du dich von nun an aufhalten solltest. Zum Besten für uns beide.«

Bei seiner Anspielung auf ihre verhängnisvolle Leidenschaft war Nicole zunächst errötet, doch jetzt raubte sein Ansinnen ihr fast den Atem. »Ich hoffe nur, dass das ein Scherz ist«, murmelte sie verbissen.

»Der Gedanke hat durchaus etwas.«

Sie blickten einander an. Für Nicole war die Kutsche zu klein, Hadrian war ihr zu nahe. Seine Nähe beunruhigte sie schon, seit sie vor dem Altar auf ihn zugegangen war. Seine Nähe war immer beunruhigend. Sie konnte nicht umhin, an die bevorstehende Nacht zu denken – ihre Hochzeitsnacht.

Sie konnte es nicht fassen, aber nun war sie seine Frau. Früher einmal hatte sie sich danach mit ganzem Herzen gesehnt, doch das schien eine Ewigkeit her zu sein. Sie war seine Frau, er hatte seine Pflicht getan. Und nun erwartete er von ihr, ihre Position zu akzeptieren – und auch seine Avancen, mutmaßte sie. Sie ballte die Fäuste. Er konnte sie nicht zwingen, ihn zu heiraten und dann erwarten, lieb und nett zu ihm zu sein, das konnte er einfach nicht. Und wenn er wirklich dachte, sie würde ihn heute Nacht mit offenen Armen empfangen, dann war er einfach verrückt.

Doch was war mit all den Nächten nach dieser einen? Selbst wenn sie sich ihm heute erfolgreich verweigerte, wie lange würde sie das durchstehen? Nicole musste nicht lange nachdenken, um zu wissen, dass es hoffnungslos war. Denn den Gedanken einer Annullierung der Ehe wies sie kurzerhand von sich, ohne über ihre Gründe überhaupt nachzudenken.

Aber er musste einfach verstehen, dass er sie nicht mit Gewalt seinem Willen unterwerfen konnte.

Ihr Herz schlug jedoch zu schnell, und sie war sich seines auf ihr ruhenden Blickes zu sehr bewusst. Es war ein kühner und offenkundiger Blick – seine Intentionen waren augenfällig. Nicole wünschte, sich nicht erinnern zu können, wie es war, in seinen Armen zu liegen, seine Küsse zu empfangen. Doch leider war ihre Erinnerung allzu deutlich.

Sie wandte sich von ihm ab und blickte aus dem Fenster. Der winterliche Abend nahte mit übertriebener Eile, doch trotz der kühlen Luft und der Tatsache, dass ihr Silberfuchsumhang offen war, fror sie nicht. Im Gegenteil. Plötzlich wurde sie von einer unerklärlichen Panik erfasst, sie fühlte sich auf einmal gefangen, beengt. Unwillkürlich zog sie den Fuchs enger um sich.

Hadrian brach das Schweigen zwischen ihnen. »Ich habe keine Pläne für Flitterwochen gemacht.«

»Gut.«

Er fuhr ruhig und sachlich fort. »Ich habe einige dringende Angelegenheiten in Clayborough und anderen Gütern zu regeln. Das wird etwa drei Wochen in Anspruch nehmen. Dann können wir reisen – wenn du es möchtest.«

Sie drehte sich zu ihm um. Die Panik war noch immer da, gepaart mit Verzweiflung. »Ich will nicht! Ich will mit dir nirgendwo hin! Ich will nicht deine Frau sein!« Ihre Stimme versagte. »Ich will es nicht!«

»Ich sagte bereits, dass deine Gefühle keine Offenbarung sind. Offen gesagt, bin ich es leid, sie mir immer wieder anhören zu müssen. Behalte deinen Kummer über das Thema unserer Ehe bitte für dich.« Sein Blick war stahlhart und eisig kalt.

Nicole wandte ihre tränenverschleierten Augen von ihm ab.

»Mit einer so zänkischen Braut Flitterwochen zu verbringen, habe ich ohnehin keine Lust«, sagte er.

Es hätte ihr nicht wehtun sollen, denn sie wollte nicht mit ihm verreisen. Flitterwochen waren für Liebende, nicht für Antagonisten. Sie wusste ohne jeden Zweifel, hätte er Elizabeth geheiratet, dann hätten sie sich Wochen lang allein zu zweit im Ausland vergnügt. Doch es tat ihr weh. Sie vergrub sich tief in ihr Fuchscape und kämpfte gegen die Tränen an – Tränen der Erschöpfung, der Verzweiflung, vielleicht auch der Niederlage.

Fünf Stunden später trafen sie in Clayborough Hall ein. Es war dunkel geworden, eine sternenlose, düstere Nacht, so dass Nicole den Palast nicht richtig sehen konnte, der, so hatte sie gehört, sogar mit jenen der königlichen Herzöge mithalten konnte. Hadrian half ihr beim Aussteigen. Nicole ließ es geschehen, sie hatte ohnehin keine Wahl, doch sobald ihre Füße den Boden berührten, zog sie rasch ihre Hand zurück. Sie hörte, wie er missfällig schnaubte.

Vor dem ausladenden Eingangsbereich standen so viele Diener zur Begrüßung aufgereiht, dass Nicole perplex und fast verängstigt war. Es mochten etwa hundert Personen sein, die alle darauf gewartet hatten, ihre neue Herrin willkommen zu heißen – sie. Sie zog ihr Silberfuchscape fester um die Schultern, doch ansonsten rührte sie sich nicht. Hadrian wandte sich an das Personal.

»Es ist schon ziemlich spät. Sie können die Herzogin morgen Mittag begrüßen. Bitte gehen Sie jetzt wieder an Ihre Plätze.«

Sie verschwanden alle.

Herzogin. *Sie können die Herzogin morgen begrüßen.* Nicole hatte es noch nicht wirklich registriert. Sie war noch immer unbeweglich. *Sie war die Herzogin von Clayborough.* Es war erstaunlich, es war erschreckend.

»Das ist Mrs. Veig, die Haushälterin. Heute Abend wird sie dich zu deinen Zimmern bringen.«

Nicole nickte der ernst und reglos an der Treppe stehenden, livrierten Frau zu. Hadrian bat sie, ihn mit Nicole einen Augenblick allein zu lassen, woraufhin auch Mrs. Veig verschwand.

Nicole bemerkte, dass der Raum, in dem sie sich befanden, das Foyer, größer war als die meisten Ballsäle. Seine Höhe reichte über mehrere Stockwerke, die Böden waren aus grünem und goldgeflecktem Marmor. Riesige weiße Säulen ragten bis zur Decke, an ihren oberen Enden waren sie mit Skulpturen von nackten Engeln verziert. Das war Hadrians Zuhause?

»Morgen werde ich dir das Haus zeigen«, sagte er.

Sie drehte sich zu ihm um.

»Es ist schon spät, wir essen deshalb in unseren Zimmern – später.«

Nicole starrte ihn stumm an; sie war noch immer bemüht, sich an den Gedanken zu gewöhnen, dass sie jetzt die Herzogin von Clayborough war – eine der vornehmsten Adligen des Landes.

»Ich komme in einer halben Stunde nach oben«, sagte er, »und erwarte dich dann. Ist das Zeit genug?«

Schlagartig bekam sie seine Worte mit. Sie bemerkte, dass er sie genau beobachtete, dass er versuchte, ihre Gedanken zu lesen. Aber noch ehe sie ihm sagen konnte, er solle gar nicht erst versuchen, sich ihr heute Nacht zu nähern, rief er die Haushälterin, die sofort erschien, und entfernte sich dann ohne ein weiteres Wort.

»Sind Sie bereit, Euer Gnaden?«, fragte Mrs. Veig. Ihre Stimme war nicht so ernst wie ihre Miene.

Nicole war konsterniert, nicht zuletzt auch deswegen, weil es ihre Hochzeitsnacht war und sie sich Hadrian nicht noch einmal unterwerfen wollte. Nur mit Mühe konnte sie sich der Haushälterin zuwenden. »Ja, bitte.«

Mrs. Veigs Miene hellte sich etwas auf. »Dann kommen Sie bitte mit mir. Ihr Gepäck wird bereits versorgt.«

Nicole folgte Mrs. Veig; und endlich stellte sich auch ihr Denkvermögen wieder voll ein. Wie sollte sie ein Haus wie dieses führen? Und das war nur eine der vielen phantastischen Residenzen, die er hatte! Wie sollte sie bloß eine derart riesige Dienerschaft beaufsichtigen? Sie wusste noch nicht einmal, wo sie damit anfangen sollte! Plötzlich bedauerte sie, dass ihre Erziehung so unkonventionell gewesen war und dass sie sich geweigert hatte, zum Beispiel mehr als das absolut Notwendige über die Führung eines Haushalts zu lernen.

Nicoles Blick eilte ihren Schritten voraus, die schier endlosen, geschwungenen Treppen hinauf, ihre Hand glitt an dem Geländer aus Teakholz entlang. Ein roter, in Gold gefasster Läufer bedeckte die Stufen; die Wände waren mit riesigen Gemälden geschmückt, einige davon Landschaften, andere Porträts, viele stammten von großen Meistern.

Am oberen Treppenabsatz angelangt, ging die Haushälterin ohne Pause weiter. »Hier sind noch mehrere Zimmer, doch die Suite Seiner Gnaden – und auch die Ihre – befindet sich auf der zweiten Etage«, erklärte Mrs. Veig.

Ihre Worte brachten Nicole unsanft in die Gegenwart zurück und erinnerten sie an die schwierige Situation, die ihr als Nächstes bevorstand. In einer halben Stunde würde Hadrian an ihre Tür klopfen. Bei dem Gedanken drehte sich ihr der Magen um, doch gleichzeitig beschleunigte sich auch ihr Puls. Wenn sie sich nur darauf hätte verlassen können, dass sie ihr Verlangen nach ihm wirklich zügeln konnte. Doch sie hegte diesbezüglich keinerlei Selbstvertrauen, denn so wütend sie wegen der Ereignisse dieses Tages auch auf ihn war, musste sie sich dennoch eingestehen, dass er der imposanteste Mann war, den sie je gesehen hatte.

Aber wenn er heute Nacht seinen Willen bekäme, würde sie vor Scham sterben.

Schließlich betrat Nicole durch ein grandioses, mit weißem und rosa Tüll dekoriertes Wohnzimmer ihre Räume. Links befand sich ein Arbeitszimmer, dessen Wände mit Streifen in Kirschrot tapeziert waren, zwei riesige begehbare Schränke, ihr Ankleidezimmer und das Schlafzimmer. Alles war in Rosa und Weiß gehalten; sogar der Marmorboden des Badezimmers war blassrosa. Nicole kam der traurige Gedanke, dass das wahrscheinlich Elizabeths Lieblingsfarbe gewesen war. Dann dachte sie daran, dass sie mit ziemlicher Sicherheit jedes Mal, wenn sie diese Räumlichkeiten betrat, an die Tote erinnert würde – und an Hadrians Liebe zu ihr und seinen Kummer. Hadrian, der jetzt ihr Gatte war – doch nicht aus freien Stücken.

Plötzlich verachtete sie die Farbe rosa.

Fünf Dienerinnen waren eifrig damit beschäftigt, Nicoles Gepäck auszupacken. Unter den Dienerinnen war auch die erst dreizehnjährige Annie, die aus Dragmore mitgekommen war. Nur zwei der fünf großen Koffer waren noch verschlossen; der Rest ihrer Habseligkeiten würde im Laufe der Woche eintreffen.

Mittlerweile war Nicole mehr als verängstigt. Sie zitterte und war von verzweifelter Trauer erfüllt. »Danke«, sagte sie zu den Dienerinnen und der Haushälterin. »Es ist schon gut. Den Rest kann ich später selbst erledigen.« Sie wollte allein sein.

Alle blickten entsetzt auf sie bis auf Annie, die schon beim ersten Betreten des Palastes riesige Eulenaugen bekommen hatte. Schließlich ergriff die Haushälterin das Wort. »Es steht genügend Personal zur Verfügung, Euer Gnaden«, sagte sie in einem freundlichen, aber leicht mahnenden Tonfall. »Wenn Sie etwas wünschen, dann klingeln Sie einfach.«

Nicole nickte.

Mrs. Veig entließ die Dienstmädchen bis auf Annie. »Gibt es sonst noch etwas, das Sie wünschen?«, fragte sie.

»Nur ein Bad.«

»Es ist bereits eingelassen«, erklärte sie. »Dann gute Nacht.«

Nicole war durcheinander, benommen. Sie ließ sich auf das riesige, mit Polstern, einem Baldachin und Vorhängen ausgestattete Bett sinken, das aussah, als sei es Jahrhunderte alt. Die Tagesdecke war aus blassrosa Samt und fühlte sich unendlich weich an. Jetzt erst sah sie das hauchdünne, weiße Hemdchen für die Hochzeitsnacht auf dem Bett ausgebreitet. In weniger als einer halben Stunde würde Hadrian kommen, mit der Absicht, seine Rechte als ihr Ehemann einzufordern!

»Geht es Ihnen gut, gnä' Frollein?«, fragte Annie und errötete im nächsten Augenblick. »Ich meine – Euer Gnaden?«

»Bitte, Annie, lass diese Formalitäten. Das ist doch nicht nötig.« Nicole stand rasch auf. Sie zog die schweren, weißen Vorhänge zurück, konnte jedoch nichts sehen. Die Nacht war pechschwarz und neblig; nur wenige Lichter erhellten die Auffahrt. Im Schein der Laternen glänzten die Kiesel wie poliertes Perlmutt.

»Annie, lass mich bitte allein«, sagte Nicole. Sie zitterte noch immer, jetzt sogar noch stärker. Doch sie musste überlegen – und zwar rasch.

Annie nickte und eilte zur nächsten Tür, die jedoch ins Wohnzimmer führte. Mit rotem Kopf kam sie wieder zurück, fand schließlich den richtigen Ausgang zum Flur und verschwand lautlos.

Nicole betrachtete das in Weiß und Rosa gehaltene Bett.

Sie starrte auf das hauchdünne Nachthemd, das darauf ausgebreitet lag, ein süßes Nichts, das nur den Zweck erfüllen sollte, einen Ehemann sexuell zu erregen.

Sie dachte an seine Küsse, seine Berührung.

Ihr Zittern wurde stärker. Plötzlich fühlte sie sich so erschöpft, dass sie glaubte, ohnmächtig zu werden. Sie ließ sich auf einen roten Sessel fallen und wünschte sich, mehr Zeit zu haben und klarer denken zu können. Doch sie konnte überhaupt nicht denken, ihre Gedanken waren wirr und völlig durcheinander. Das Einzige, was sie wusste, war, dass sie nach allem, was sich heute zugetragen hatte, Hadrian nicht erlauben durfte, über sie herzufallen und seine ehelichen Rechte einzufordern. Nicht heute. Und morgen würde sie über die Zukunft nachdenken, und darüber, wie sie mit ihm zurechtkommen würde – und auch mit sich selbst.

Sie fragte sich, ob sie es wagen durfte, Hadrian aus ihren Räumen auszusperren. Nervös ging Nicole zu einer der Türen; dabei hörte sie deutlich das Ticken der großen Uhr an der Wand auf der rechten Seite. Sicher war nicht mehr viel Zeit, bis Hadrian kam. Sie wusste nicht, wie sie eine weitere Konfrontation mit ihm überstehen sollte. Sie war so müde. Natürlich würde er zornig, wenn sie die Türen tatsächlich absperrte, aber es war so viel leichter, ihn jetzt auszusperren und sich erst morgen mit ihm auseinander zu setzen. Rasch drehte sie den Schlüssel in der Tür, durch die sie das Schlafzimmer betreten hatte; dann ging sie zu der, die auf den Flur hinausführte, und verschloss auch diese. Doch als sie wieder in die Mitte des Zimmers ging, wurde ihr Unbehagen noch größer.

Es war keine gute Art, eine Ehe zu beginnen. Wahrscheinlich war es sogar die allerschlechteste Art, eine Ehe zu beginnen. Aber noch ehe sie richtig überlegen konnte, ob sie wieder aufsperren sollte, klopfte er.

Nicole erstarrte. Nicht schon jetzt! Sie betete, es möge nicht ihr Ehemann sein, sondern eine Bedienstete. »Ja?«

»Ich bin es«, sagte Hadrian.

Nicole zögerte, sie fragte sich, ob sie die Tür öffnen sollte. Eine plötzliche Feigheit überkam sie. Wenn sie ihn hereinließ ... aber es war leichter, ihn auf der anderen Seite der Tür zu belassen, so viel leichter. Sie suchte nach vertröstenden Worten, die sie ihm sagen konnte, aber es wollte ihr einfach nichts einfallen.

»Nicole?«, fragte er. Der Ton verriet Ungeduld. »Kann ich davon ausgehen, dass du fertig bist?«

»Nein«, antwortete sie hastig, »noch nicht!«

Es folgte eine kurze Stille. Sie lauschte, um herauszufinden, was er tat, aber sie hörte nichts. Dann probierte er, die Tür zu öffnen. »Versuchst du schon wieder, die Dinge hinauszuzögern? Das wäre absolut nicht klug.«

Nicole stellte sich seine verblüffte Miene vor, als er merkte, dass er ausgeschlossen war.

Sie rang verzweifelt die Hände. »Hadrian«, begann sie. »Ich bin sehr müde. Ich glaube ...«

»Ich glaube, ich verstehe«, sagte er leise.

Sein Ton ließ sie erstarren.

»Öffnen Sie die Tür, Madame!«

Das war ein einziger, riesiger Fehler! »Hadrian«, rief sie und bedauerte bereits ihren dummen Gedanken, ihn aus ihrem Schlafzimmer auszuschließen. »Ich bin sehr müde – lass uns morgen miteinander reden.«

Keine Antwort. Die Sekunden verstrichen. Nicole staunte, als sie bemerkte, dass er tatsächlich wegging. Es hatte also doch funktioniert!

Heftig zitternd sank sie auf ein kleines, rotes Plüschsofa vor dem glimmenden Kamin aus rosafarbenem Granit. Sie hatte das Gefühl, einer äußerst qualvollen Konfrontation entgangen zu sein – vielleicht war sie sogar mit dem nackten Leben davongekommen.

Ihr wild hämmerndes Herz beruhigte sich langsam. Sie lachte, doch es klang noch etwas unsicher. Drückte eine Hand auf den Mund, weil noch mehr Lachen, hysterisches Lachen, aus ihr herauszubrechen drohte. Oh Gott, sie hatte ihn verjagt. Und es war so einfach gewesen!

Ein Klicken an der Tür ließ sie plötzlich zusammenfahren. Sie öffnete sich, und die machtvolle Gestalt des Herzogs trat in den Raum, in einer Hand hielt er einen Schlüssel.

Zum ersten Mal in ihrem Leben fiel Nicole wirklich beinahe in Ohnmacht.

»Sperre mich nie, nie wieder aus«, sagte er. Sein Ton war viel zu ruhig.

28

Nicole stand absolut regungslos da. Ihr Herz schlug wild und beängstigend unregelmäßig. Hadrian füllte den ganzen Türrahmen aus, und sie spürte seinen Ärger wie Wellen über sie hereinbrechen. Er trug nur einen Morgenmantel mit einem Samtrevers; seine Waden und Füße waren nackt. Sie ahnte, dass er außer seinem Morgenmantel nichts trug, und wich langsam zurück. In seinen Augen funkelte unbändiger Zorn.

»Verstehst du mich?«, knurrte er. An seinen Schläfen traten pochende Adern hervor. Nicole sah, dass seine Fäuste geballt waren. Sie beobachtete ihn, wie er den Schlüssel in die Tasche seines Morgenmantels steckte.

»Du hast kein Recht«, flüsterte sie kaum hörbar.

»Ich habe jedes Recht. Und wenn du unsere Ehe unter diesem Zeichen beginnen willst, dann sei es so.« Sein Blick erfasste sie eisig und berechnend. »Sie sind eine sehr leichtsinnige Frau, Madame.«

Ein Dutzend Antworten und ein Dutzend Ausreden schwirrten ihr durch den Kopf. »Du bist gewarnt worden. Du bist es, der leichtsinnig ist. Weil du mich zu deiner Frau nahmst, obwohl ich mich mit aller Deutlichkeit weigerte!«

Seine Augen wurden groß. Ein bedeutungsschweres Schweigen brütete zwischen ihnen.

Nicole wünschte, sie hätte ihm auf jede erdenkliche Weise geantwortet, aber nicht auf diese.

Hadrian glaubte seinen Ohren nicht zu trauen. Er war so wütend, dass er für lange Zeit nicht zu sprechen wagte; er starrte nur auf seine verängstigte und dennoch so wilde und feindselige Braut. Wäre er ein geringerer Mann gewesen, er hätte sie über sein Knie gelegt und ihr eine Tracht Prügel verpasst. Doch so ausfallend würde er sich nie benehmen.

Es war die Demütigung, die ihn wirklich rasend gemacht hatte. Zuerst vor der gesamten Gesellschaft: Er konnte sich vorstellen, wie die Schwätzer jetzt über ihn herzogen, er konnte sich ihre Schadenfreude ausmalen, wenn sie darüber palaverten, wie wahnsinnig verliebt der arme Herzog doch sei, und noch dazu in eine so hasserfüllte Braut! Doch der allerletzte Schlag sollte erst noch kommen – er musste Mrs. Veig um den Schlüssel zum Zimmer seiner Frau bitten. Auch seine gesamte Dienerschaft würde sich also inzwischen schon fragen, warum die Braut den Bräutigam in der Hochzeitsnacht ausgesperrt hatte. Zornesröte verdunkelte die hohen Backenknochen des Herzogs. Selbst in der Intimsphäre ihres eigenen Hauses wurde also bereits über sie getratscht!

»Sie haben sich schon beim ersten Mal klar und deutlich ausgedrückt, als ich Ihnen persönlich einen Heiratsantrag machte. Sind Sie von Todessehnsucht erfüllt, Madame? Hatte ich Sie nicht ausdrücklich gebeten, Ihren Kummer für sich zu behalten?«

»Glaubst du vielleicht, dass er dadurch verschwindet?«

Es reichte ihm wahrhaftig. Er drehte sich mit größter Willensanstrengung, aber äußerlich gelassen, um und schloss die Tür. »Sie haben genau eine Minute, um Ihr Brautkleid auszuziehen, Madame, und wenn Sie es nicht tun, dann werde ich das für Sie besorgen.«

»Willst du mich vergewaltigen?«

Er lächelte kalt. »Ich habe nicht die Absicht. Muss ich Sie etwa erneut an einen gewissen Zug Ihres Wesens erinnern? Ich schlage vor, Sie beginnen mit den Knöpfen. Sie haben noch fünfundvierzig Sekunden.«

Sie richtete sich zu voller Größe auf, ihre üppigen Brüste hoben und senkten sich heftig. »Ich will nicht, Hadrian. Ich werde heute Nacht nicht das Bett mit dir teilen.«

»Ich beabsichtige nicht, Ihnen eine Wahl zu lassen.«

»Wie dumm von mir zu glauben, dass Sie das tun würden – Euer Gnaden! Wie dumm von mir, nicht zu erkennen, dass solch ein allmächtiger Lord noch nicht einmal in Erwägung ziehen würde, einer Frau – seiner Ehefrau! – eine Wahlmöglichkeit zuzugestehen! Sie ließen mir schon bei der Frage bezüglich unserer Ehe keine Wahl, weshalb sollten Sie es also jetzt tun!?« Ihre Augen funkelten vor Zorn, aber auch Tränen glitzerten in ihnen.

Er konnte diesem Streit nachgeben oder auch nicht. Er entschied sich für Letzteres.

»Dreißig Sekunden, Madame.«

Nicole erweckte den Eindruck, als würde sie vor Frustration gleich wild, ohne Worte, losschreien. Mit einem Ruck warf sie ihre Haare über eine Schulter; jede ihrer Bewegungen war geballte Wut. Sie riss die oberen Knöpfe am Rücken ihres Kleides ab; die kleinen Perlen fielen zu Boden und rollten in alle Richtungen. Keine Frau konnte ihr Brautkleid unter normalen Umständen allein aufknöpfen, doch sie war so wütend, dass sie beinahe übermenschliche Kräfte entwickelte. Hadrian sah ihr zu, wie sie mit wilder Gewalt an dem wunderschönen Stoff zerrte und alle restlichen Knöpfe abriss. Doch er war klug genug, nichts zu sagen.

Er stand nur unbeweglich da und beobachtete sie. Während ihres Streits hatte er keinerlei Lust gespürt. Er hatte sich auf diese Auseinandersetzung nur wegen des Machtkampfes zwischen ihnen eingelassen. Er war entschlossen, Nicole in jeder Hinsicht zu seiner Frau zu machen und diesen lächerlichen Widerstandsgeist ein für alle mal zu brechen. Doch nun reagierte sein Körper unverzüglich und aggressiv darauf, wie sie sich ihr Brautkleid selbst vom Leib riss.

Nicole schob ihr zerrissenes Kleid bis über die Hüften nach unten, streifte es ihre endlos langen Beine hinab. Dann trat sie zur Seite und kickte es in seine Richtung. Mit einem lauten Keuchen richtete sie den Blick in wilder Herausforderung auf ihn.

Er stand noch immer ungerührt und beobachtete sie.

Doch sie war noch nicht fertig. Jetzt streifte sie ihre vielen Unterröcke einen nach dem anderen ab und kickte sie mit den silbernen, hochhackigen Schuhen von sich, bis der Raum um sie herum mit aufgebauschten, sinnlichen Seiden und Chiffons übersät war. Wieder mit beinahe übermenschlicher Anstrengung zog sie die oberen Bänder ihres Korsetts auf und befreite sich davon. Sie warf es direkt auf ihn. Mit einer Reflexbewegung fing Hadrian es auf.

Ihre Blicke trafen sich. Nicole war noch immer wie von Sinnen; ihr heftiges Atmen erfüllte den Raum.

»Bist du fertig?«, fragte Hadrian ruhig.

»Bist du zufrieden?«

Erneut dachte Hadrian, dass es klüger war, nicht zu antworten.

Das Schweigen zwischen ihnen zog sich hin. Hadrian beobachtete, wie sie sich beruhigte. Er beobachtete, wie ihr Keuchen langsamer und leichter wurde, bis ihre nackten Brüste nur mehr zitterten. Er beobachtete, wie sie sich aufrichtete, bemerkte, wie ihr Blick wieder klar wurde, wie eine feine Röte ihre Wangen überzog. Sie konnte nicht anders, und so verschränkte sie die Arme vor ihren bloßen Brüsten.

Er hätte etwas sagen können, unterließ es jedoch. Stattdessen reichte er ihr eine Hand. »Komm her«, sagte er leise.

Nicole blickte zu ihm auf. Noch immer glitzerten in ihren Augen Tränen. Anstatt ihm ihre Hand zu geben – sich hinzugeben –, wandte sie ihm den Rücken zu und umklammerte sich selbst. Sie erschauerte.

Lautlos trat er von hinten an sie heran. »Es muss nicht so sein«, sagte er sanft.

»Nein?«

Seine Hände ergriffen ihre nackten Schultern. Ihre Haut war glatt, seidenweich, warm. »Nein«, wiederholte er. Er drückte seinen Körper sanft an ihren Rücken, und sie spannte sich an. Dann senkte er seine Lippen auf ihren Halsansatz.

Sie bewegte sich nicht. Seine Lippen liebkosten spielerisch ihre Haut, aber seine Erektion drückte ungestüm gegen ihren Po. »Oh Gott, bitte nicht«, stöhnte sie leise.

Er ignorierte ihren Einwand. Er schob seine Hände vor und legte sie um ihre Brüste. Presste sich von hinten an sie und küsste immer leidenschaftlicher ihren Hals, ihren Nacken.

Nicole keuchte, aber es war fast ein Schluchzen. Es war der Augenblick der Kapitulation, der Hingabe, und Hadrian wusste es. Er drehte sie rasch zu sich um und hob sie in seine Arme, um sie zum Bett zu tragen. Unmittelbar bevor er sich auf sie niedersenkte, trafen sich ihre Blicke. In ihren Augen standen noch immer Tränen, doch er sah in ihnen auch funkelndes, sprühendes Verlangen. Er küsste ihre Lider trocken und hielt sich noch immer mit aller Macht zurück – es war der schwierigste Willensakt seines Lebens.

Nicoles Kopf sank auf die vielen Kissen aus Samt und Seide nieder, doch ihr Körper bäumte sich dem seinen entgegen. »Hadrian«, flüsterte sie, und plötzlich woben ihre Hände durch sein Haar.

Das war der Augenblick, auf den er gewartet hatte – sein ganzes Leben lang. Seine Leidenschaft explodierte. Er umklammerte sie mit wilder, männlicher Kraft, presste fordernd, verschlingend seine Lippen auf ihren Mund. Nicole öffnete sich ihm vollständig und ohne jede Gegenwehr.

Ihre Zungen kannten kein Halten mehr. Nicoles Schenkel umschlossen seine Hüften. Hadrians Hände glitten die Rundungen ihres Körpers entlang, suchten die Feuchte, die Hitze, ihre Weiblichkeit. Sie begrüßte seine Hand mit einem heftigen Anheben ihrer Hüften. In diesem Moment verlor er jegliche Kontrolle über sich. Er schob sie nach oben und vergrub sein Gesicht zwischen ihren Schenkeln. Noch nie in seinem Leben hatte er derart wild reagiert. Sie keuchte, und er bedeckte sie mit Küssen, wilden, intimen Küssen, bis seine Zunge über und zwischen jede Falte köstlichen Fleisches strich, die er finden konnte.

Sie erreichte einen gewaltigen Höhepunkt, und er spürte ihr Schaudern und Beben, so sehr presste sie sich an sein Gesicht. Bei einem zweiten Höhepunkt stöhnte sie seinen Namen, während er sie weiter und weiter liebkoste. Dann beugte er sich über sie; die Muskeln seiner Oberarme und seiner Schultern traten hervor, zum Zerreißen gespannt. »Schau mich an!«, keuchte er und ergriff mit beiden Händen ihr Gesicht.

Sie riss die Augen auf. Sie waren schwarz und voll von brennendem, heißem Verlangen – und immer noch tränennass. Ihre Seelen trafen sich. Hadrian drang in sie ein.

Ihre Körper auf der rosafarbenen Samt-Tagesdecke bäumten sich wild auf, stemmten sich unnachgiebig gegeneinander. Kissen aus Seide, Satin und Brokat fielen zu Boden. Die Pfosten des dreihundert Jahre alten Bettes ächzten, der lachsfarbene Baldachin wackelte, seine Quasten hüpften und zitterten. Und die Schreie der Liebenden durchdrangen die Nacht.

Nicole versuchte, nicht zu weinen, aber einige Tränen rollten dennoch über ihre Wangen. Sie wusste nicht, ob es Tränen der Freude oder der Verzweiflung waren. Oder war es einfach nur emotionale Erschöpfung?

Sie wandte den Kopf, um ihren Gatten zu beobachten. *Ihren Gatten.* Bei dem bloßen Gedanken beschleunigte sich ihr Puls. Sie lag nackt auf dem rosafarbenen Samt ihres Bettes; er schürte das Feuer im Kamin. Auch er war unbekleidet. Er hatte ihr den Rücken zugewandt, und obwohl sie es gar nicht wollte, stützte sie sich auf einen Ellbogen, um ihn zu beobachten.

Er war herrlich. Sie konnte nicht anders, sie musste bei seinem Anblick einfach aus tiefster Zufriedenheit seufzen. Die Muskeln seiner breiten Schultern und seiner sehnigen Arme spielten, während er Holz nachlegte. Auch sein Rücken war von kräftigen, deutlich sichtbaren Muskelsträngen durchzogen. Seine Hinterbacken waren hoch, hart und voll starker Mannhaftigkeit. Ihr neugieriger Blick wanderte über seinen ganzen Körper, und als würde er es merken, richtete er sich auf und drehte sich zu ihr um.

Er hatte es bemerkt. Nicole errötete leicht.

»Bist du mit mir zufrieden?«, fragte er leise.

Sie blickte ihm in die Augen. Hinter seinem nackten, goldenen Körper flammte das Feuer auf. Diese Wärme, die sie in seinen Augen sah, war eine Illusion, oder etwa nicht? Wie aus eigenem Antrieb glitt ihr Blick erneut über ihn, über seine breite Brust, seine Hüften, seine schwere, große Männlichkeit, die jetzt erschlafft und feucht war. »Ja«, hörte sie sich flüstern.

Er kam zu ihr. Sie versuchte, ihn nicht dauernd anzusehen, aber es war unmöglich. Ihre Blicke waren ineinander verfangen. Er setzte sich neben sie auf das Bett. Zu ihrer Überraschung ließ er eine Hand durch ihr dickes, welliges Haar gleiten und streichelte es. Zum zweiten Mal in ihrem Leben fiel sie beinahe in Ohnmacht, doch dieses Mal aus rauschhafter Freude.

Sie versuchte, seine Gedanken zu lesen, die Wärme – es konnte nichts anderes sein –, die sie in seinen Augen sah, zu durchdringen und zu begreifen. Sie hatte solche Angst zu sehen, was sie doch sehen wollte, doch die Hoffnung ließ sich nicht vertreiben. Und dann, als er den Kopf zu ihr hinabbeugte, spielte es keine Rolle mehr. Nicht in diesem Augenblick. Sie wartete eine Ewigkeit darauf, seine Lippen zu fühlen, und seufzte auf, als es endlich so weit war.

Nicole wachte auf, zu heiter, um noch müde zu sein, obwohl sie kaum geschlafen hatte – wegen ihres unersättlichen Gatten. Sie streckte sich zufrieden und blickte zu seiner Seite des Bettes, doch er war nicht mehr da.

Sie setzte sich auf. Sie war noch immer nackt, und es fühlte sich herrlich an, obwohl sie vor lauter exzessiver Leidenschaft ganz wund war. Doch sie lächelte. Sie lächelte und lächelte und lächelte.

Oh, was war sie doch für eine Närrin gewesen! Jetzt wusste sie es. Es war unglaublich dumm gewesen, sich der Heirat mit Hadrian zu widersetzen. Sich gegen die Heirat mit dem Mann zu wehren, den sie so sehr liebte, dass es wehtat.

Es war besser, bei ihm zu sein, als ihm fern zu sein. Viel, viel besser!

Langsam stand sie auf; sah, dass es schon später Vormittag war – sie hatte unverschämt lange geschlafen. Ihr Morgenrock lag auf dem Boden; sie zog ihn an und öffnete dann die Vorhänge. Ein wolkenverhangener, grauer Tag begrüßte sie. Der Winter nahte.

Sie fragte sich, wo Hadrian war.

Sie fragte sich, wie er sich ihr gegenüber jetzt verhalten würde.

Nicole ging in das mit Marmor geflieste Bad und ließ Wasser einlaufen. Gedankenverloren setzte sie sich auf den Rand der

Wanne. Sie durfte sich jetzt keinen Illusionen hingeben. Dass sie eine so wunderbare Leidenschaft miteinander teilen konnten, bedeutete noch lange nicht, dass er sie liebte. Sie konnte nicht vergessen, dass Elizabeth noch nicht einmal einen Monat tot war. Aber mit der Zeit würde sein Kummer nachlassen. Und sie, Nicole, würde dann immer noch hier sein, seine Frau.

Wenn sie jetzt eine so große Leidenschaft teilten, konnte er sie nicht eines Tages dann doch lieben?

Sie durfte einfach nicht vergessen, dass er sie aus Pflichtgefühl geheiratet hatte. Aber irgendwie schien das jetzt nicht mehr so viel zu bedeuten.

Nicoles Hände zitterten. Sie hätte sich dieser Heirat nie widersetzen sollen. Sie hätte nie ihren Ärger öffentlich, vor all ihren Gästen, zeigen sollen. Sie hätte letzte Nacht nicht versuchen sollen, ihn auszusperren. Oh, wie sie ihren Stolz heute hasste! Reumütig erkannte sie, dass sie jetzt wahrscheinlich keinen mehr hatte. Dafür hatte er gesorgt, letzte Nacht.

Und es machte ihr nichts aus.

Es klopfte an ihrer Tür. Sie öffnete; es waren Mrs. Veig und Annie. Die Haushälterin hielt ein Frühstückstablett vor sich und schaute sie bange an. »Euer Gnaden, ich würde mir nie erlauben, Sie zu belästigen, aber ich – ich habe einfach das Badewasser gehört.« Sie warf Annie einen missbilligenden Blick zu.

Nicole lächelte. »Ja, ich möchte ein Bad nehmen.«

»Sie haben Personal, um Ihr Bad vorzubereiten, Euer Gnaden«, erklärte Mrs. Veig. Dann blickte sie düster und vorwurfsvoll auf die kleine Annie. »Nun mach schon, Mädchen! Sieh zu, dass das Bad genau so ist, wie Ihre Gnaden es wünscht!«

»Jawohl!« Annie verschwand.

Nicole war verwundert. Sie hatte vergessen, dass in ihrem neuen Leben einiges anders verlief; sie war ja nun nicht mehr Lady Shelton, sondern die Herzogin von Clayborough. Und Herzoginnen wagten es offenbar nicht, sich ihr Badewasser selbst einzulassen. »Tut mir Leid«, sagte sie.

Doch Mrs. Veig hörte sie nicht, oder sie tat wenigstens so; sie ging ins Zimmer und stellte ihr Tablett auf dem fein gearbeiteten Glastischchen vor dem Kamin ab. Dort knisterte bereits ein Feuer, und die Haushälterin ging daran, es zu schüren. Nicole fragte sich, ob Hadrian – ihr Ehemann – das Feuer für sie gemacht hatte, bevor er im Morgengrauen ihr Zimmer verließ. »Ist heute Morgen jemand – Annie – gekommen, um sich um das Feuer zu kümmern?«, fragte sie.

»Nein, Euer Gnaden!« Mrs. Veig war entsetzt. »Ich würde niemandem erlauben, Sie zu stören, es sei denn, Sie würden ausdrücklich etwas Gegenteiliges anordnen. Möchten Sie, dass Ihr Dienstmädchen das Feuer bei Tagesanbruch schürt? Sie kann das auch ganz leise tun, so dass Sie nicht aufwachen.«

Nicole fragte sich, ob Hadrian heute Abend wieder bei ihr schlafen würde. »Nein, nein, ist schon gut«, antwortete sie Mrs. Veig. »Ich schlafe nicht sehr tief, ich möchte lieber nicht gestört werden.«

Mrs. Veig nickte und ging zum Bett.

Etwas benommen setzte sich Nicole auf den Sessel und starrte mit leerem Blick auf das Tablett mit Muffins, Marmelade und Tee. Hadrian hatte also das Feuer für sie entfacht. Solch eine kleine Geste. Und sie war zu Tränen gerührt!

»Annie!«, rief Mrs. Veig streng. »Sobald du da drin fertig bist, bring diese Laken in die Wäscherei, und dann kannst du das Bett machen.«

Nicole musterte Mrs. Veig, die zu den Vorhängen hinüberging und sie ganz selbstverständlich öffnete. Als ihr Blick auf das Bett weiterwanderte, stutzte sie. In der Mitte war ein dunkelroter Fleck, der aussah wie Blut.

Sie konnte nicht glauben, was sie sah.

Langsam, unsicher, ging Nicole die Treppe hinunter. Dies war nun ihr Heim, doch sie fühlte sich wie eine Fremde, nicht wie seine Herrin, und schon gar nicht wie eine Herzogin. Sie hatte keine Ahnung, wo sie hinging, was sie tun sollte oder was man von ihr erwartete.

Sie war Hadrians Gemahlin, die Herzogin von Clayborough. Sie konnte es noch immer nicht fassen. Aber sie lächelte, denn sie konnte nicht vergessen, wie es letzte Nacht gewesen war, in seinen Armen zu liegen, oder die Wärme in seinen Augen. Und heute Morgen hatte er das Feuer für sie geschürt. Eine so kleine Geste – doch für Nicole war sie ungeheuer bedeutsam.

Sie war seine Frau. Und das war gar nicht so schlecht – es war absolut nicht schlecht. Vielleicht würde es mit einiger Mühe ihrerseits sogar gut gehen. Sie wollte alles tun, was sie konnte, um den katastrophalen Start wieder gutzumachen. Sie wollte mehr tun, als nur zu akzeptieren, dass sie seine Frau war. Sie wollte versuchen, ihm eine gute Frau zu sein – sie wollte versuchen, ihm Freude zu bereiten. *Und seine Liebe gewinnen.*

Wenn er im Haus war, wollte sie so auftreten, wie es einer Herzogin geziemte. Sie wollte etwas gegen ihre Neigung zu Fauxpas unternehmen. Sie wollte korrekt sein. Schon bei ihrer Toilette heute Morgen hatte sie versucht, so sorgfältig wie möglich vorzugehen. Annie hatte ihr zwar geholfen, doch das junge Mädchen wusste eher noch weniger als Nicole darüber, wie man sich richtig kleidete, und auch sie selbst hatte nicht die geringste Ahnung, was eine Herzogin zum Beispiel am Vormittag trug. Aber sie war entschlossen, alles richtig zu machen. Zum Glück war auch Mrs. Veig dabei gewesen und hatte sich bemüht, ihr jeden Wunsch von den Augen abzulesen.

Das größte Problem, vor dem Nicole gestanden hatte, war, was sie anziehen sollte. Da sie nicht als unwissend dastehen wollte, hatte sie Mrs. Veig wie nebenbei gefragt, was sie denn vorziehen würde, dieses oder jenes Kleid. Die Haushälterin hatte sich geschmeichelt gefühlt und ein wunderschönes Ensemble in Gelb und Grün ausgesucht, das Jackett eng anliegend und an der Hüfte ausgestellt, der Rock hinten kunstvoll drapiert. Es war, wie Nicole vermutet hatte. Herzoginnen kleideten sich stilvoll. Sie war nicht überglücklich darüber, solch feine Sachen schon morgens tragen zu müssen, aber sie würde es tun.

Im ersten Stock traf sie eine Schar von Dienstmädchen an, die eifrig im Flur, am Treppenabsatz und in dem phantastischen Ballsaal putzten. Seine Türen waren weit offen und gaben den Blick auf einen glänzenden, schwarzweißen Marmorboden, weiße Säulen und eine mit Fresken verzierte Decke frei. Die Dienstmädchen machten alle einen Knicks und begrüßten sie mit »Guten Morgen, Euer Gnaden«.

Nicole ging langsam weiter die Treppe hinunter. Diese ganze Ehrerbietung brachte sie leicht durcheinander; aber fast noch mehr verwirrte sie die Möglichkeit – und die Hoffnung –, dass Hadrian sich irgendwo in diesem Palast aufhalten könnte und dass sie ihn sehen würde. Schon jetzt schlug ihr Herz voller Aufregung.

Im Erdgeschoss angelangt, blieb sie erst einmal stehen. Was machte eine Herzogin eigentlich den ganzen Tag über? Mrs. Veig hatte ihr mitgeteilt, dass es um ein Uhr Mittagstisch gebe, falls ihr das zusage, und sie hatte zugestimmt. Jetzt war es erst halb zwölf. Irgendwann musste sie noch über das Abendessen entscheiden; Mrs. Veig hatte sie gefragt, was sie zu speisen wünsche. Nicole war es vollkommen gleichgültig, was der Küchenchef vorbereitete, doch Mrs. Veig schien es wichtig, dass sie dies anordnete, also würde sie es auch tun.

Doch zuerst wollte sie ihren Gatten finden. Begrüßten Ehefrauen ihren Gemahl nicht immer mit einem fröhlichen »Guten Morgen«? Sogar Herzoginnen? Sie war etwas nervös und zögerte. Ein Stück weiter im Foyer standen zwei Diener in Livree und bewachten die Eingangstür. Nicole ging zu ihnen. Sie begrüßten sie, wie es die anderen Dienstboten getan hatten.

»Wissen Sie vielleicht, wo Hadrian ist? Ich meine, wo Seine Gnaden sein könnte?«, fügte sie errötend hinzu.

Die Mienen der Männer blieben unbewegt, ihr Fauxpas entlockte ihnen nicht das kleinste Lächeln. »Er ist noch nicht ausgegangen, Euer Gnaden«, antwortete der Ältere. »Sie könnten es in seinem Arbeitszimmer versuchen, oder in der grünen Bibliothek.«

»Und wo sind diese Räume?«

»Das Arbeitszimmer ist am Ende des Flurs, zehnte Tür links. Seine Bibliothek ist oben, im zweiten Stock, die Tür vor seiner Suite. Es gibt auf jeder Etage eine Bibliothek«, erklärte er freundlich, als er ihre fragende Miene sah.

Nicole machte sich auf zu Hadrians Arbeitszimmer. Die glänzende rote Flügeltür war geschlossen. Sie zitterte, denn ein Bild kam ihr in den Sinn, eine Vorstellung, in der Hadrian von seinem Schreibtisch aufstand und sie beim Betreten seiner Privatsphäre begierig in die Arme schloss. Wie dumm war sie doch! Sie klopfte.

Der Herzog hatte den ganzen Vormittag lang ziemlich erfolglos versucht, einige Bankangelegenheiten zu regeln. Normalerweise war er um diese Zeit mit dem Pferd unterwegs und kümmerte sich um seine Güter. Doch an diesem Morgen hatte er sich, nachdem er seine neue Braut behaglich unter die samtenen Bettdecken gekuschelt zurückgelassen hatte, dafür entschieden, Büroarbeiten zu erledigen – und auf sie zu warten.

Er war ein Frühaufsteher, und das war auch heute nicht anders, trotz der letzten Nacht. Tatsächlich hatte er wohl kaum mehr als eine oder zwei Stunden geschlafen. Aber er war nicht müde.

Und der Grund dafür war seine Frau.

Seine Gemahlin.

Den ganzen Morgen lang hatte er diese Worte getestet, stumm, aber zu seiner großen Befriedigung. Diese intensive Zufriedenheit überraschte ihn, und auch die selbstsüchtige, ja tyrannische Art, die damit einherging. Aber er musste die ganze Zeit an sie denken. Seine Obsession mit ihr hatte sich nicht verringert, sondern hundertfach vergrößert. Aber was machte das schon? Denn nun gehörte sie ihm. Er konnte von ihr so sehr besessen sein, wie er wollte.

Ob sie nach ihrer unglaublichen gemeinsamen Nacht umgänglicher geworden war? Bei dem Gedanken daran machte sein Herz einen Sprung. Oder war sie seit dem Morgen wieder die alte Widerspenstige, Überstolze wie früher? Würden sie weiterkämpfen – oder eine Waffenruhe vereinbaren?

Das leise Klopfen an seiner Tür ließ ihn so heftig vom Schreibtisch aufspringen, dass dabei ein Stapel Papier zu Boden fiel. Er wollte ihn rasch wieder aufheben, denn er wusste, dass es Nicole war, und auch, dass sie der Grund für sein Ungeschick war.

Er legte die Papiere ungeordnet wieder auf den Schreibtisch zurück und ging dann eilig an die Tür.

Nicoles Wangen wurden flammend rot, als sich ihre Blicke trafen. Einen Augenblick lang sprachen beide kein Wort; sie starrten sich nur an und versuchten, die Stimmung des anderen zu erraten.

»Guten Morgen«, sagte Nicole schließlich.

»Guten Morgen«, erwiderte er höflich. Es fiel ihm schwer, seine Gefühle nicht mitschwingen zu lassen, Gefühle, die er nicht näher zu betrachten wagte. *Doch die Farben waren da, die Regenbogen, und sie waren nie so deutlich gewesen.*

Hadrian trat rasch einen Schritt zur Seite. »Bitte, komm herein.«

»Danke.«

Er schloss die Tür hinter ihr und dachte, dass sie die hinreißendste Kreatur war, die er je gesehen hatte, und dass Gelb – ein kräftiges, leuchtendes Gelb – ihr phantastisch stand. Topas, dachte er. Er würde ihr Topas kaufen.

Sie schlenderte in die Mitte des Raumes. Er beobachtete sie. Sie drehte sich um und lächelte vorsichtig, unsicher. Er schaffte es, ihr Lächeln zu erwidern. Er stellte fest, dass sie beide das Herz nicht gerade auf der Zunge trugen. Aber er bemerkte auch, dass sie keine kreischende Göre war. Vielmehr versuchte sie heute, so vorsichtig und so höflich zu sein wie er auch. Das allein war schon so etwas wie eine Waffenruhe.

»Hast du gut geschlafen?«, fragte er sie schließlich, um das Schweigen nicht unangenehm lang werden zu lassen. Es war ihm unmöglich, beim Gedanken an sie nicht an Sinnliches zu denken, sie nicht sinnlich wahrzunehmen. Er fragte sich, wie sie wohl reagieren würde, wenn er sie einfach in die Arme nähme und sie hier, auf dem Sofa, lieben würde.

»Ja. Nein. Eigentlich nicht so richtig.« Dieses Mal lachte sie sogar ein wenig.

Und dieses Mal war sein Lächeln echt und ungekünstelt.

Wieder trafen sich ihre Blicke. Doch dann wandte sich Nicole nervös ab. »Ich wollte nur hallo sagen.«

»Das freut mich.«

Sie drehte sich rasch zu ihm um und musterte ihn.

Er spürte, wie er errötete, deshalb wandte jetzt er sich ab. Was, wenn sie die Wahrheit erraten würde? Dass er ihre absolute Ergebenheit wollte – und mehr als das? »Möchtest du das Personal kennen lernen?«, fragte er.

»Oh ja«, antwortete sie erwartungsvoll.

Er öffnete ihr die Tür. »Wenn wir mit den Vorstellungen fertig sind«, sagte er, und selbst jetzt spürte er die sexuelle Spannung zwischen ihnen wieder äußerst stark, »muss ich wegfahren und mich um Dinge kümmern, die ich schon viel zu lange vernachlässigt habe.«

War sie enttäuscht? Er hoffte, sich nicht selbst zum Narren zu halten, wenn er so dachte – wenn er dies hoffte. »Mrs. Veig serviert um ein Uhr ein Mittagessen. Wenn dir dieser Zeitpunkt nicht recht ist, kannst du ihn ganz nach deinem Belieben ändern.«

»Ein Uhr passt mir sehr gut.«

Es fiel ihm sehr schwer, an ihrer Seite zu gehen, ohne sich ihr zu nähern. Die hemmungslose Leidenschaft der letzten Nacht machte es sogar noch schwerer. Er wusste, dass es wahrscheinlich höchst selbstsüchtig von ihm war, auch nur daran zu denken, seine Pflichten mit einer so diskreten wie scheinheiligen Entschuldigung zu vernachlässigen und mit ihr wieder nach oben zu gehen. Wahrscheinlich war sie nicht in der Verfassung, ihrem lüsternen Gatten schon wieder zu Willen zu sein. Doch er konnte diese Idee nicht aus seinen Gedanken verbannen.

Die Vorstellungen nahmen eine Stunde in Anspruch. Das Personal zum Unterhalt der Residenz von Clayborough umfasste hundertzehn Personen. Dazu kamen allerdings noch zahlreiche weitere Bedienstete – Gärtner, Wildhüter, der Parkverwalter, Stallburschen, der Stallmeister, der Zureiter, Hundeführer, Kutscher, Lakaien und Vorreiter. Außerdem gab es noch zwei Maurer und vier Zimmerleute, denn, so erklärte der Herzog, an solch einem alten Gebäude gab es immer viele Reparaturen zu erledigen.

Er brachte sie zum Haus zurück, wenn man eine so weitläufige, palastartige Residenz überhaupt so nennen konnte. Am Eingang übergab er sie der Obhut von Mrs. Veig und Woodward. »Genießen Sie Ihr Essen, Madame. Es tut mir Leid, dass ich Ihnen nicht Gesellschaft leisten kann.« Sein Ton war formell, doch das Bedauern war echt.

»Ich verstehe«, sagte Nicole. »Wann kommst du denn zurück, ich meine, Sie, Mylord?«

Erstaunt über ihre sorgfältig gewählten Worte zog er die Augenbrauen hoch und lächelte. Aber es war die korrekte Anrede gewesen, ebenso wie sie den ganzen Vormittag geradezu ein Bild von Schicklichkeit abgegeben hatte. Hatte sich seine Gattin für mehr als eine Waffenruhe entschieden, hatte sie einen Wandel ihres Herzens vollzogen? Und war es klug für ihn, sich über diese Aussicht – über sie – so zu freuen?

»Ich beabsichtige, um halb sieben zurück zu sein. Wenn Sie wollen, können wir uns vor dem Abendessen, um halb acht, auf einen Sherry im roten Salon treffen. Wir essen um acht – es sei denn, Sie möchten den Zeitpunkt ändern, natürlich.«

»Nein, es ist gut so«, erwiderte Nicole leicht errötend.

»Du kannst alles verändern, was du willst, Nicole«, sagte der Herzog leise, so dass niemand mithören konnte. Er wollte absolut klarstellen, dass ihre Position als seine Frau und als die Herzogin ihr in ihrer Domäne eine Macht verliehen, die der seinen nicht nachstand. Und vielleicht wollte er ihr indirekt mitteilen, dass auch er selbst versuchte, ihr zu gefallen. »Du musst lediglich mir, Mrs. Veig oder Woodward Bescheid sagen, was du anders haben möchtest.«

Nicole nickte, die Augen groß auf ihn gerichtet.

Er zögerte. In ihrem Blick lag so vieles, so vieles, dass er noch nicht einmal darüber nachzudenken wagte, was er sah. Er biss die Zähne zusammen, als ihm der absurde Gedanke kam, sie zum Abschied zu küssen. Es würde sicher kein höfliches Küsschen auf die Wange sein, sondern pure Leidenschaft. Mit großem Bemühen hielt er sich zurück.

Doch er bedauerte es den ganzen Tag.

29

Es entwickelte sich schon bald eine tägliche Routine.

Nicole wachte gewöhnlich spät auf, wenn Hadrian längst das Haus verlassen hatte. Sie sah ihn erst vor dem Abendessen in der Bibliothek im Erdgeschoss wieder. Wie sie erfuhr, ritt er täglich schon kurz nach Sonnenaufgang zu seinen Gütern. Dort blieb er zwar nur bis zum Nachmittag, doch er zog sich dann in sein Arbeitszimmer zurück, und Nicole hielt es für klüger, ihn in seinem Heiligtum nicht zu stören, so gern sie es auch getan hätte.

Sie hatte also praktisch den ganzen Tag für sich. Nach einem gemütlichen Bad – es bestand keinerlei Eile – zog sie sich unter Mrs. Veigs Leitung an. Dann ging sie nach unten und traf sich mit dem Küchenchef, um mit ihm die Gerichte des Tages durchzusprechen. Dies schien für alle von größter Bedeutung zu sein; doch danach gab es nichts mehr, was ihre Aufmerksamkeit noch unbedingt erfordert hätte. Mrs. Veig und Woodward führten das Haus und das Personal mit größter Effizienz. Hätte Nicole gewünscht, sich hier einzumischen oder gar die Leitung zu übernehmen, sie hätte nicht gewusst, wo sie anfangen müsste. Ihre einzige weitere Pflicht schien in der Entscheidung zu bestehen, was sie zum Abendessen anziehen sollte. Dies teilte sie Annie mit, die dann Mrs. Veig informierte, welche wiederum ein Dienstmädchen anwies, das entsprechende Kleid zu bügeln, damit es faltenfrei war.

Ihre Lebensumstände waren zu neu, als dass Nicole Langeweile hätte empfinden können. Das Haus war so riesig groß, dass sie die Erkundungen, mit denen sie am ersten Tag begonnen hatte, einfach fortsetzte. Und das brauchte Zeit. In den wenigen Stunden bis zum Abendessen konnte sie nicht einmal ein ganzes Stockwerk gründlich durchforschen, doch das ganze herrschaftliche Haus hatte sechs Stockwerke.

Es kam ihr in den Sinn, dass sie am Ende vielleicht ihr ganzes

Leben mit der Erforschung ihres neuen Heims zubringen musste.

Sie dachte aber auch, dass es schön wäre, Hadrian bei den Ausritten zu seinen Pächtern, Landwirtschaftsbetrieben und Züchtern zu begleiten.

Doch diese Vorstellung verbannte sie aus ihren Gedanken. Sie musste nicht erst fragen, um zu wissen, dass Herzoginnen sich nicht um die Verwaltung von Gütern kümmerten. Wahrscheinlich verbrachten sie auch nicht ihre ganze Zeit damit, ihr eigenes Zuhause zu erforschen. Aber Nicole kam um alles in der Welt nicht darauf, was sie denn taten.

Um ein Uhr aß sie allein. Am ersten Tag war ihr im offiziellen Speisesaal aufgetragen worden, doch das war ziemlich entnervend gewesen. Der Raum hatte die Länge von zwei Tennisplätzen – und entsprechend groß war der Tisch. Sie war am Fuß dieser Tafel gesessen, und ein ganzer Schwarm von Dienern hatte ihr ein Sieben-Gänge-Menü serviert, wobei Woodward ständig um sie herum war und ihr jeden Wunsch von den Augen abzulesen versucht hatte. Unglücklicherweise war Nicole keine große Esserin, und sie hegte diesbezüglich auch keine großartigen Wünsche. Danach hatte sie bestimmt, ihr Mittagsmahl künftig im Musikzimmer einzunehmen, einem hellen, freundlichen Raum, der im Vergleich zu dem gigantischen Speisesaal gemütlich war. Hadrian hatte schließlich gesagt, sie könne schalten und walten, wie sie wolle.

Nachmittags ritt sie aus. Der Stallmeister war ein schroffer, kleinwüchsiger Ire namens William O'Henry. Anfangs hatte er darauf bestanden, dass sie eine Eskorte aus sechs livrierten Dienern mitnahm, doch dagegen hatte sie heftig protestiert. Und da ihr Gatte eindeutig klargestellt hatte, dass sie alles, was nicht ihre Zustimmung fand, ändern könne, bestand sie darauf, allein zu reiten. Darüber war Mr. O'Henry entsetzt gewesen. Schließlich einigten sie sich auf einen Kompromiss, allerdings nur, weil er meinte, der Herzog würde ihm den Kopf abschlagen (und ihn umgehend entlassen), wenn er sie unbeaufsichtigt ausreiten ließe. O'Henry begleitete sie persönlich. Nicole stellte schon bald fest, dass ihr das nichts ausmachte. Der ältere Mann war einfach köstlich, nicht nur, weil er ein hervorragender Pferdekenner war, sondern auch ein geistreicher Zeitgenosse. Sie fand großen Gefallen an seinen Geschichten über Pferdezucht, Rennen und die Jagd, und er kannte so manche amüsante Anekdote über ungewöhnliche Pferde, die er in seinem langen Leben versorgt hatte.

Nicole achtete darauf, um fünf Uhr zurück zu sein, damit ihr genügend Zeit blieb, sich für das Abendessen umzuziehen. An diesem ersten Abend ließ sie Annie für sich spionieren. Die junge Zofe fand diskret heraus, dass sich der Herzog für den Abend nicht extra umzog. Zu Nicoles Erleichterung teilte Annie ihr mit, Seine Gnaden sei zwanglos gekleidet – ein Jackett, eine passende Hose und Hausschuhe.

Nach ihrer gemeinsamen Nacht war Nicole sehr darauf gespannt, Hadrian zu sehen, und wählte ihre Garderobe sorgfältig aus. Sie entschied sich für ein saloppes, nachtblaues Kleid und überlegte lange, ob sie Perlen oder Diamanten tragen sollte. Da sie nicht zu formell wirken wollte, legte sie schließlich gar keinen Schmuck an, abgesehen von einem Paar kleinen Ohrhängern und einer Kamee am Kragen. Am Hals und an den Handgelenken trug sie ein wenig von einem leichten, süßen Parfum auf, und zwei Dienerinnen verbrachten eine Stunde damit, ihr Haar auf eine schlichte und ungekünstelte Art hochzustecken.

Der Herzog erwartete sie in der Bibliothek. Er schien rastlos und ungeduldig, wozu er eigentlich keinen Grund hatte, denn Nicole kam exakt um halb acht, obwohl sie schon eine halbe Stunde früher fertig gewesen war. Zu ihrem großen Entsetzen traf sie ihren Gatten formell gekleidet an; er trug einen doppelreihigen schwarzen Anzug mit Krawatte. Irgendwie hatte sie etwas missverstanden, oder Annie war falsch informiert worden. Nicole hoffte, Hadrian würde ihre Garderobe nicht für einen vollen Fehlgriff halten.

Umso mehr wollte sie am nächsten Abend wie eine richtige Herzogin in Erscheinung treten. Sie trug ein gewagt tief dekolletiertes, eng anliegendes Abendkleid nach der neuesten Mode, dazu alle ihre Diamanten sowie hochhackige Schuhe aus Baumwollsatin und eine passende Handtasche, Handschuhe und dazu einen kleinen, fein gearbeiteten Seidenfächer. Ihre Frisur hatte zwei Stunden in Anspruch genommen – und dieses Mal war sie sehr gekünstelt. Sie wollte denselben Fehler nicht noch einmal machen.

Zu ihrem Schock begrüßte Hadrian sie in einem einfachen Jackett, passender Hose und Hausschuhen!

»Wie es scheint, laufen sich unsere Absichten zuwider, Madame«, kommentierte er trocken, doch sein Blick verriet unverhohlene Bewunderung.

»Gestern Abend warst du förmlich gekleidet«, bemerkte Nicole etwas atemlos, denn sie konnte die Situation nicht amüsant finden. Nicht, wenn ihr ein derart männlicher Blick begegnete – ein Blick voller Versprechungen.

»Madame, Sie entschieden sich gestern Abend für formlose Kleidung.«

Sie blickte erstaunt, doch plötzlich mussten sie beide lächeln. Sogar in seinem Paisley-Jackett war der Herzog der Inbegriff eines echten Mannes. Seine Schritte waren lang und rastlos, und eine starke sexuelle Energie ging von ihm aus. Er reichte ihr einen Sherry. »Vielleicht sollten wir das besprechen«, meinte er. Sein Ton war nicht absichtslos. Und er sprach leise und zweideutig.

Nicole fuhr sich mit der Zunge über die Lippen. Nie mehr würde sie gegen seine Nähe, seine Leidenschaftlichkeit, seine Absichten gefeit sein. »Was soll ich denn tun?«, fragte sie.

»Ahh, müssen Sie erst noch fragen?«

Sie errötete und dachte zurück an die Dinge, zu denen er sie letzte Nacht verführt hatte, ihrer zweiten Nacht der Ekstase – Dinge, von denen keine anständige Frau je vermuten würde, dass sie zwischen Liebenden möglich waren.

Er kam ihr zu Hilfe, indem er seinen Zeigefinger auf ihre Wange legte. »Verzeihen Sie mir. Sie lenken mich ab, Madame – meine Gattin.«

Nicole fürchtete, vor Lust in Ohnmacht zu fallen.

»Möchtest du, dass ich nach oben gehe und mich umziehe?«, fragte er sie, jetzt wieder ernst.

Sie schüttelte den Kopf. »So bist du mir viel lieber.«

Sie lächelten beide. Zum ersten Mal hatten sie sich verstanden.

An den ersten Abenden dinierten sie im offiziellen Speisezimmer, doch es war jedes Mal ein stummes, sprachloses Beisammensein. Die Tafel bot achtzig Personen Platz; beim ersten Mal hatte Nicole die Stühle gezählt. Doch der große Abstand zwischen ihnen ließ kein Gespräch aufkommen. Nicole konnte ihrem Gatten bestenfalls diskrete, oder auch weniger diskrete, Blicke zusenden – oder solche von ihm erhaschen, die im Verlauf des Mahls immer erregter wurden. Am Wochenende entschied sie deshalb, künftig zum Abendessen in einen kleineren Raum umzuziehen. Hadrian war über dieses Ansinnen seiner Frau zunächst überrascht, doch letztlich schien dieser Gedanke auch ihm zu gefallen, und so aßen sie fortan in einem kleineren Salon im Erdgeschoss. Aber obwohl die Atmosphäre dort wesentlich eher zu Gesprächen einlud, unterhielten sie sich relativ wenig. Die Spannung zwischen ihnen war einfach zu groß.

Denn sie wussten beide, was sie nach dem Essen erwartete – eine Nacht voller Leidenschaft und Zügellosigkeit.

Zum Wochenende erwartete Nicole mit großer Freude ihre Mutter in Begleitung von Regina und Martha. Jane hatte schriftlich angefragt, ob ihr Besuch willkommen sei, und Nicole hatte ihr versichert, sie freue sich sehr, sie und Regina willkommen zu heißen. Dass dann auch noch Martha kam, war eine wunderbare Überraschung für sie. Nicole nahm davon Abstand, sie persönlich zu empfangen, obwohl sie das am liebsten getan hätte. Sie war sich ihrer veränderten Rolle zu sehr bewusst und legte zu viel Wert darauf, alles richtig zu machen. Deshalb brachte Woodward die drei Besucherinnen in das charmante Musikzimmer, und wenige Augenblicke später kam Nicole zu ihnen.

Gemessen an ihrem Status war die Garderobe, die sie für diesen Anlass gewählt hatte, zwanglos – ein goldfarbenes Kleid aus teuerster Moiréseide, verschwenderisch mit einem modernen Schnörkelmotiv verziert und der neuesten Mode entsprechend sehr gerade und gewagt geschnitten. Dazu trug sie das Geschenk, das Hadrian ihr am Abend zuvor überreicht hatte – ein hinreißendes Ensemble aus mit Diamanten verzierten Topassteinen. Ihr Haar war elegant hochgesteckt. Als die Gäste sie sahen, waren sie erst einmal sprachlos.

Nicole ging strahlend auf sie zu. »Mutter! Regina! Und Martha! Ich freue mich so, dass ihr gekommen seid!«

Sie umarmten sich. Martha war die Erste, die die Fassung wieder fand. Sie ließ ihren Blick langsam über Nicole wandern und betrachtete dann die Einrichtung des Zimmers. »Jaja«, sagte sie mit einem breiten Lächeln, »eine Herzogin zu sein, dass passt zu dir.«

Nicole errötete vor Freude. »Ich vermute, ich muss schon noch etwas dafür tun.« Sie deutete auf ihr Kleid. »Aber bisher hat noch niemand meine Bemühungen zu Gesicht bekommen, abgesehen vom Personal.«

»Und deinem Gatten«, fügte Martha hinzu.

»Er steht mit der Sonne auf und ist kurz darauf verschwunden. Manchmal kommt er schon nachmittags zurück und schließt sich dann in sein Arbeitszimmer ein, bis er sich für das Abendessen umziehen muss.« Doch es war keine Klage – sie lächelte, als sie dies erzählte.

»Hast du einen Sinneswandel erlebt, Nicole?«, fragte Jane sie unvermutet und lächelte ebenfalls.

»Oh, was bin ich doch für eine Närrin gewesen!«, rief Nicole leidenschaftlich. »Wie konnte ich nur so dumm sein, mich dieser Heirat zu widersetzen!«

»Heißt das, du bist glücklich?«

Nicole biss sich auf die Lippen. »Ich habe keinen Stolz mehr. Das gebe ich zu. Aber ich bin mehr als glücklich, ich bin ekstatisch!«

Martha stand auf und umarmte sie stürmisch. »Ich freue mich so!«

»Liebling, ich freue mich auch so für dich!«, rief Jane aufgeregt und fiel ihrer Tochter ebenfalls um den Hals.

Regina saß mit großen Augen da.

Nicole wurde traurig.

»Ich freue mich auch für dich«, sagte Regina schließlich, und Tränen quollen aus ihren schönen goldbraunen Augen.

»Oh Rie!«, rief Nicole. »Ich habe es so gehasst, mit dir zu streiten, wirklich!«

»Ich war die Selbstsüchtige, nicht du«, erwiderte Regina mit zitternder Stimme. »Es war ja schließlich nicht deine Schuld, dass Vater mich mit dem Heiraten warten ließ.«

»Aber ich hätte wissen sollen, wie es dir damit geht«, protestierte Nicole. Sie fassten sich fest bei den Händen.

»Bist du verliebt?«, flüsterte Regina.

»Ja«, antwortete Nicole ebenso leise. »Ja, und wie!«

Nun strahlten die beiden Schwestern und umarmten sich herzlich.

Noch mehrmals fielen sich alle in die Arme, ehe sie sich wieder setzten. »Wie geht es Vater?«, fragte Nicole dann interessiert ihre Mutter.

»Gut! Und er wird begeistert sein, wenn ich ihm sage, wie gut es dir geht!«

»Es tut mir so Leid, dass wir uns gestritten haben. Er hatte – wie gewöhnlich – natürlich Recht, mich mit Hadrian zu verheiraten. Das ist das Beste, was mir in meinem Leben je passiert ist!«

»Warum sagst du ihm das nicht selbst?«, gab Jane erfreut zurück. »Er vermisst dich, Liebes. Und er hat sich solche Sorgen gemacht, ob er das Richtige getan hat.«

»Bevor ihr aufbrecht, werde ich ihm einen Brief schreiben«, entschied Nicole. »Bitte sag ihm, er soll mich bald besuchen kommen.«

Sie begannen aufgeregt, über Nicoles Ehe und die Pflichten einer Herzogin zu plaudern. »Ich glaube, mit der Zeit wird Hadrian mich wirklich lieb gewinnen«, sagte Nicole schließlich. »Und wenn nicht, dann werden wir zumindest gute Freunde sein. Er ist nett und respektvoll. Er ist aufmerksam. Ich glaube wirklich, er versucht sein Bestes, mir zu gefallen.«

»Genau wie du versuchst, ihm zu gefallen«, sagte Martha, die Nicoles elegantes Aussehen und ihre untertänige Art noch immer nicht ganz fassen konnte.

»Ja, das stimmt«, gab Nicole zu und errötete, denn bei der Bemerkung ihrer Freundin wallten lebhafte Erinnerungen daran in ihr auf, wie sie Hadrian im Bett zu Gefallen zu sein versuchte. Sie hatte in dieser Hinsicht schon einiges gelernt und war entschlossen, möglichst rasch so geübt und kunstvoll wie eine Kurtisane zu werden. Letzte Nacht hatte sie endlich den Mut gefunden zu tun, was sie schon seit ihrer allerersten gemeinsamen Nacht hatte tun wollen – mit ihren Händen und ihrem Mund seinen ganzen Körper zu liebkosen, so wie er es mit ihr getan hatte. Und danach hatte Hadrian sie lange Zeit fest umschlungen gehalten.

»Ich kann es gar nicht erwarten, bis ihr zusammen ausgeht!«, bemerkte Regina zufrieden. »Bis ihr euch zusammen in der Gesellschaft zeigt! Und wenn ich an eurer Stelle wäre, dann würde ich jedem, der euch jemals geschnitten hat, nur die kalte Schulter zeigen!«

»Es wird nicht wieder so wie früher, so viel ist sicher«, sagte Nicole ziemlich reumütig. Sie hasste es, auch nur daran zu denken, wie sie sich an ihrem Hochzeitstag benommen und wie sie Hadrian vor all seinen Gästen gedemütigt hatte. Es war erstaunlich, dass er nicht noch zorniger auf sie geworden war.

»Das hoffe ich auch!«, pflichtete Martha ihr bei. »Der arme Herzog war die Zielscheibe für so manches Gelächter, aber wenn die Leute mitkriegen, dass ihr euch wieder vertragt – und mehr als das –, dann werden sie keine Witze mehr reißen.«

»Witze? Was für Witze denn?«

Martha warf einen raschen Blick auf Jane, die offenbar nichts von dem Gespött wusste, aber neugierig war, und auf Regina, die sehr wohl Bescheid wusste. »Ach, das weißt du natürlich nicht, meine Liebe. Aber es ist nicht wichtig, Nicole; wichtig ist, dass ihr beide gut miteinander auskommt.«

»Sag es mir«, beharrte Nicole verbissen.

Martha zögerte, doch Regina wollte sich damit nicht zufrieden geben. »Sie soll es wissen! Wenn ich sie wäre, ich würde es auf jeden Fall wissen wollen!«

Martha seufzte.

»In der Woche vor eurer Hochzeit war er der charmanteste und liebenswürdigste Mann, den man sich vorstellen kann! Diese Veränderung war natürlich allen ganz deutlich aufgefallen, denn früher hatte er ja kein Geheimnis daraus gemacht, dass er das gesellschaftliche Treiben mehr oder weniger langweilig fand. Weißt du noch, wie er versprach, den liebestollen Narren zu spielen? Das hat er wirklich zu gut hingekriegt! Alle redeten nur darüber – wie wahnsinnig verliebt der Herzog war – und dass nur du der Grund für diese dramatische Veränderung sein konntest. Es hieß zwar allgemein, in solcher Eile zu heiraten sei skandalös, aber alle waren sich auch darüber einig, dass es nur aus Liebe sein konnte.«

»Oh nein«, murmelte Nicole verblüfft.

Nach einer kleinen Pause und einem neuerlichen Seufzer fuhr Martha fort. »Leider war dein Zorn auf den Herzog bei der Hochzeit nur allzu offensichtlich. Und dadurch änderte sich die allgemeine Meinung. Jetzt hieß es, ja, es sei zwar schon Liebe – aber nur auf der Seite des Herzogs. Du hast ja seine Gefühle ganz eindeutig nicht erwidert. Das war überall das Thema Nummer eins.«

Nicole war zornig, zornig auf die Klatschmäuler, aber noch mehr auf sich selbst, weil sie Hadrian so schrecklich gedemütigt hatte. Wäre diesen bösen Gerüchten nicht Einhalt geboten worden, so hätte ihre Hochzeit zum denkbar schlimmsten Skandal werden können. Doch er hatte sie nicht nur zerschlagen; wenn man Martha wirklich Glauben schenken durfte – und daran zweifelte Nicole nicht im Geringsten –, dann hatte er ihre überstürzte Heirat tatsächlich akzeptabel gemacht, und sogar mehr als das. Und er hatte sie, Nicole, geschützt, so wie er es versprochen hatte – während sie, wenngleich ungewollt, alles, was er getan hatte, mit einem Schlag wieder zunichte gemacht hatte. Schweigend gelobte sie sich, die Dinge umgehend zu berichtigen. Wenn sie das nächste Mal ausgingen, würde sie allen zeigen, dass die Gemahlin des Herzogs unsterblich in ihren Gatten verliebt war.

»Ich wollte dir aber nicht die Laune verderben«, bemerkte Martha.

Nicole antwortete nicht. Eine neue Idee war ihr gekommen, die sie beschäftigte, ja faszinierte. Sie hatte die blutigen Bettlaken nach der Hochzeitsnacht vergessen. Sie hatte sich dafür keinen plausiblen Grund ausmalen können außer dem, dass Hadrian sich irgendwie geschnitten haben musste. Doch jetzt war ihr ein verblüffender Gedanke gekommen. Hatte er auch hier versucht, sie zu schützen? Hatte er den Blutfleck vorsätzlich angebracht, damit niemand auf den Gedanken kam, dass sie in ihrer Hochzeitsnacht keine Jungfrau mehr war? Bedienstete verbreiteten unter sich jede Menge Klatsch. Wäre kein Blut auf dem Laken gewesen, so hätte das gesamte Personal von Clayborough nach kürzester Zeit Bescheid gewusst. Und bald hätte eines der Mädchen es einem anderen erzählt, das in anderen Diensten stand. Von dort hätte es die Hausherrin erreicht, und damit hätte sich ein neuerliches Gerücht über die ganze Stadt verbreiten können.

Nicole war sicher, dass Hadrian das Blut an die Laken gebracht hatte. Um sie zu schützen. Wie hätte er sich auch schneiden können, während er mit ihr im Bett lag! Ihr Herz weitete sich aus lauter Liebe zu ihm.

* * *

Nicoles Gäste blieben die Nacht über in Clayborough. Alle verbrachten einen wunderbaren Abend mit viel Gelächter und bei bester Stimmung, auch der Herzog, der die Kameradschaft zwischen den Frauen einfach genoss. Früh am nächsten Morgen reisten die Gräfin, Regina und Martha ab, und danach schlüpfte Nicole in ihre Reithosen und -stiefel und eilte aus dem Haus. Inzwischen kümmerte es niemanden mehr, dass sie in Männerkleidern ausritt. Doch am ersten Tag, an dem sie zum Reiten gegangen war, hatte sie an ihre Kleidung überhaupt nicht gedacht, und alle, denen sie begegnete, waren entgeistert gewesen. Den Dienstmädchen waren fast die Augen aus den Höhlen gefallen, den Portiers blieb der Mund offen stehen, Woodward war kreidebleich geworden, und die Stalljungen hatten gegafft und sich dann rasch weggedreht. Ja, es war sehr unangenehm gewesen – aber sie hatte sich davon erholt, und die anderen auch.

Sie hatte etwas freudlos gemutmaßt, dass von Herzoginnen erwartet wurde, mit einem Damensattel zu reiten und wie immer nach der letzten Mode gekleidet zu sein. Doch Hadrian hatte gesagt, sie könne tun, was sie wolle – und das war, ihren braunen Vollbluthengst im Herrensitz zu reiten. Und nach jenem ersten Mal dachte sie darüber nicht wieder nach.

Der Stallmeister erwartete sie bereits; Nicole winkte ihm lächelnd zu. Auch O'Henry trug Reithosen und Stiefel, doch sie waren schmutzig und bereits ziemlich abgetragen, und auch sein jagdgrüner Reitrock hatte schon bessere Tage gesehen. »Schönen Tag, Euer Gnaden«, begrüßte er sie und führte ihre Tiere heraus. »Ich dachte schon, dass Sie an diesem angenehmen Tag vielleicht gar nicht kommen.«

»Dass ich es versäumen würde, Zeus auszureiten? Niemals!«

Sie machten sich auf den Weg. Nicole fühlte sich prächtig, denn ihre Welt war fast ganz so geworden, wie sie es wollte. Das Einzige, was noch fehlte, war die Liebe ihres Gatten, doch sie wurde immer zuversichtlicher, dass auch dies noch Wirklichkeit werden würde.

Eine Stunde später überquerten sie eine Wiese und ritten dann eine Landstraße entlang. Weit und breit war niemand zu sehen. Mr. O'Henry wandte sich mit einem breiten Grinsen zu ihr um. »Ruffian hier hätte gern ein wenig Auslauf. Glauben Sie, Sie können mithalten, Euer Gnaden?«

Nicole lachte. O'Henry wusste längst, dass sie eine hervorragende Reiterin war; er hatte keine Angst mehr um sie wie damals, als sie zum ersten Mal gemeinsam ausritten. »Können Sie denn mit mir mithalten?«, forderte sie ihn heraus. Dann beugte sie sich über den Hals ihres Braunen, und sie stoben davon.

Sie fielen in einen gestreckten Galopp. Seite an Seite donnerten die beiden Hengste lang gestreckt dahin; es war spürbar, wie sie dieses Tempo genossen. So rannten sie eine oder zwei Meilen Kopf an Kopf, bis vor ihnen drei Männer auf der Straße auftauchten. Wie auf Befehl zügelten die beiden Reiter gleichzeitig ihre Tiere, damit sie keinen Unfall verursachten oder die Fußgänger mit Schmutz beworfen wurden.

Die drei waren jung und schäbig gekleidet und hatten außer ihren Rucksäcken kein Gepäck. »Arbeitslose Landarbeiter«, vermutete Nicole. Wahrscheinlich führten sie ihre gesamte Habe mit sich. Die Männer taten ihr Leid – wie sollte sie auch anders reagieren? Es waren in der Tat harte Zeiten für die unteren Schichten.

»Nichts als Gesindel, wenn Sie mich fragen«, knurrte O'Henry. »Wer wirklich arbeiten will, der findet auch was. Geben Sie denen bloß keine Almosen, Euer Gnaden.«

Nicole hatte ohnehin kein Geld bei sich, doch sie hätte den Männern gern ein paar Pfund gegeben. Mit einem Mal sah ihr einer von ihnen, ein struppiger Rotschopf, direkt in die Augen. Nicole hatte die drei neugierig beobachtet, doch nun blickte sie rasch weg. Der Blick des Rothaarigen war grob und verwegen – sein offenkundiges Interesse für sie war ihr unbehaglich.

Die Männer hatten aufgehört zu sprechen. Nicole wagte keinen Blick mehr auf sie zu werfen, doch sie spürte, dass sie ganz unverhohlen auf sie und den Stallmeister starrten. »Reiten Sie einfach um sie herum«, murmelte O'Henry ihr zu und brachte sein Pferd in Trab.

Gerade als Nicole ebenfalls lostraben wollte, griff der Rothaarige in ihren Zügel. Sie verkrampfte sich vor Schreck.

»Hallo, Schatz. Hübsches Pferdchen, was du da hast!«

»Bitte, lassen Sie das«, erwiderte Nicole äußerlich gelassen. Wahrscheinlich wollte der Mann nur ein Almosen, und sie wollte versuchen, deshalb kein großes Aufsehen zu machen.

»Hast'n Pfund oder zwei?«, fragte er mit einem breiten Grinsen, das einige Zahnlücken enthüllte.

»Lassen Sie sie in Ruhe!«, befahl O'Henry ihm. Er war bereits an der Gruppe vorbeigeritten und wendete nun, um Nicole zu

Hilfe zu kommen, doch einer der Männer stellte sich ihm in den Weg.

»Bitte«, sagte Nicole. »Ich habe kein Geld. Wie Sie sehen, habe ich keine Tasche dabei.«

»Sie hat ihr Handtäschchen nicht dabei, Jungs!«, grölte der Rothaarige.

»Ich werd' dich gleich über den Haufen reiten, Kerl!«, drohte O'Henry dem Mann, der sich ihm in den Weg gestellt hatte. »Lasst Ihre Gnaden in Ruhe!«

»Ihre Gnaden?« Nicoles Angreifer lachte. »Wenn die Ihre Gnaden ist, dann bin ich der Herzog! Und wenn sie keine Kohle hat, dann hat sie jedenfalls 'nen hübschen Gaul – und ein Paar hübsche Beine obendrein. Ich denk mal, das kann ich beides gut gebrauchen!«

Nicole stockte der Atem. O'Henry gab seinem Pferd die Sporen, um seine Drohung wahr zu machen; gleichzeitig trieb Nicole ihren Hengst an. Doch der Rothaarige ließ den Zügel nicht locker; er packte mit der anderen Hand sogar noch ihr Bein. Der Hengst hielt verwirrt an und begann, unruhig zu werden.

Doch weiter schaffte es der Rothaarige nicht. O'Henry ritt von hinten auf ihn zu – der andere konnte gerade noch zur Seite springen – und verpasste ihm mit der Gerte einen wuchtigen Schlag auf den Rücken. Mit einem Aufschrei ließ der Mann Nicole und ihr Pferd los und stürzte sich auf den Stallmeister. Auch die beiden anderen gingen auf O'Henry los, und im nächsten Augenblick hatten sie ihn vom Pferd gezogen.

Nicole schrie auf, als sie sah, wie die drei Vagabunden auf O'Henry eindroschen. Sie ritt ihren Hengst in das Gemenge und drosch mit ihrer Gerte wild auf die Männer ein.

Der Rothaarige wandte sich ihr zu; seine Augen funkelten vor Zorn. Nicole versuchte, ihn mitten in sein hässliches Gesicht zu treffen, doch er entriss ihr die Gerte und schleuderte sie fort. Ihr Herz blieb stehen. Der Mann grinste. In diesem Augenblick wusste sie, dass ihr Schicksal in seiner Hand lag, und dass es womöglich schlimmer sein würde als der Tod.

Doch nun roch ihr Hengst Blut und wurde panisch. Wiehernd

bäumte er sich auf, schlug wild mit den Hufen und traf Nicoles Angreifer.

Der Rothaarige brüllte und fiel vor die Läufe des Hengstes. Nicole riss ihn zurück, damit er den Mann nicht tottrampelte.

Er rappelte sich halb auf, Nicole sah Blut in seinem Gesicht und an seiner zerrissenen Kleidung. Dann schaffte er es, auf die Füße zu kommen, und im nächsten Augenblick suchten er und seine Kumpane das Weite.

Einen Augenblick lang starrte Nicole ihnen nach und versuchte, ihren heftig schnaubenden Hengst wieder unter Kontrolle zu bringen. Doch dann sah sie O'Henry, der sich schwankend aufsetzte. Sein Gesicht war blutig, und er spuckte einen Zahn aus.

Mit einem Schrei des Entsetzens sprang sie aus dem Sattel und rannte zu ihm.

»Oh mein Gott! Sind Sie verletzt?«, keuchte sie.

Er blickte sie an, sein Gesicht war von mehreren Wunden entstellt. »Mir geht es blendend, Euer Gnaden. Die haben Sie doch nicht verletzt, oder?«

Noch ehe Nicole antworten konnte, verschwand sein Lächeln und er sank bewusstlos auf die Erde.

30

Isobels Magen rebellierte.

Sie stand neben Woodward, der zweimal an die Tür zu Hadrians Arbeitszimmer klopfte. Ihr Besuch war nicht unerwartet. Gestern hatte sie ihrem Sohn eine Nachricht geschickt und ihn um eine Audienz gebeten. Der Brief war ungewöhnlich formell gewesen, und Isobel hatte zweimal versucht, ihn neu zu formulieren, doch die arglose Intimität, die früher zwischen ihr und ihrem Sohn so selbstverständlich gewesen war, wollte ihr einfach nicht mehr gelingen.

Seit sie Hadrian die Wahrheit über seine Herkunft gestanden hatte, also seit fast einem Monat, hatte sie kein Gespräch mehr mit ihm geführt, das diese Bezeichnung wirklich verdient hätte. Sie hatte ihn kaum zu Gesicht bekommen – nicht zuletzt auch deshalb, weil sie ihren eigenen Sohn gemieden hatte.

Isobel hatte sich bereit erklärt, der Gräfin von Dragmore mit den Hochzeitsvorbereitungen zu helfen, und Jane hatte mit großer Erleichterung zugestimmt. Sie kannte Lady Shelton schon seit einigen Jahren, allerdings nicht näher; doch durch diese Arbeit wurden sie Partnerinnen – nicht nur im gemeinsamen Tun, sondern auch im Geiste. Sie verstanden sich fabelhaft. Isobel hatte das, was sie über Jane wusste, schon immer gefallen, und nach diesen Wochen der Gemeinsamkeit mochte und bewunderte sie sie noch viel mehr. Denn wie sie selbst war auch Jane im Grunde ihres Herzens eine Rebellin. Sie war intelligent, geistig unabhängig, mitfühlend und klug. Und wie Isobel war sie eine Frau mit Erfahrungen, nicht ein weltfremder Ausbund von Weiblichkeit. Isobel wusste sehr wohl, dass die Gräfin früher einmal die bekannte Schauspielerin Jane Barcley gewesen war. Und sie sah das in keiner Weise als negativ, im Gegenteil, es steigerte Isobels Bewunderung für sie sogar.

Seit sie die Gräfin besser kannte, war sich Isobel sicherer denn je, dass ihr Sohn für Janes Tochter der perfekte Partner war.

Die Planung der gigantischen Hochzeit hatte Isobel von ihrer Angst abgelenkt, die sie seit fast dreißig Jahren verfolgte und die ihr auch jetzt noch zu schaffen machte. Jeden Tag versuchte sie aufs Neue, dieser Angst nicht ins Gesicht zu sehen. Und jeden Tag wurde es schlimmer. Aber nun waren die Hochzeitsvorbereitungen vorüber, die sie beschäftigt hatten. Nun konnte sie ihrem Herzen nicht mehr länger ausweichen.

Ihr letztes richtiges Gespräch mit Hadrian hatte im Streit geendet. Er war zu Recht sehr verärgert über sie gewesen, hatte sie doch all die Jahre seinen Vater verleugnet. Sie hatte seine Verachtung deswegen gefürchtet, aber auch seinen Zorn darüber, dass sie ihm die Wahrheit verschwieg. Und ihre schlimmsten Befürchtungen hatten sich bestätigt. Er war äußerst wütend auf sie geworden, und sie wusste nicht, ob sich seine Einstellung seither verändert hatte. Aber sie konnte diese Ungewissheit nicht länger ertragen. Sie konnte nicht mehr jeden Tag von neuem diese quälende Belastung mit sich herumschleppen.

Hadrian stand von seinem Schreibtisch auf, als Isobel eintrat. Er lächelte, doch Isobel wollte kein Lächeln gelingen. »Wie geht es dir, Mutter? Was für eine seltsame Nachricht. Du bittest mich um eine Audienz?«

Nichts schien sich verändert zu haben. Isobel wagte zu hoffen. Plötzlich standen ihr Tränen in den Augen. »Ich wollte mich nicht aufdrängen.«

»Aber du drängst dich doch nicht auf«, erwiderte er fast ein wenig schroff. Er kam hinter dem Schreibtisch hervor. »Du hast doch etwas auf dem Herzen. Was ist los?«

Sie betupfte die Augen mit ihrem Taschentuch und blickte zu ihrem Sohn auf. »Hadrian«, sagte sie leise, »kann ich aus deinem Verhalten folgern, dass du nicht mehr zornig auf mich bist?«

»Vielleicht solltest du dich erst mal setzen«, sagte er und führte sie zu einem Stuhl.

»Bist du noch immer zornig auf mich?«

Er blickte sie durchdringend an. »Mutter, es war nicht richtig von dir, mir nicht die Wahrheit über Francis und Hadrian Stone zu sagen, sobald ich alt genug war, diese Dinge zu verstehen. Aber ich versuche, die Sache mit deinen Augen zu sehen. Ich sehe ein, dass es dir nicht leicht fallen konnte, eine Affäre zuzugeben. Aber ich hätte es verstanden. Und letztlich ist das Eingeständnis einer längst vergangenen und vergessenen Affäre doch unbedeutend im Vergleich dazu, dass ein Mann über die Identität seines Vaters Bescheid weiß. Wie konntest du das verkennen?«

»Ich weiß, dass es falsch war«, flüsterte Isobel.

»Aber warum dann?«, fragte Hadrian. »Warum hast du es mir nicht früher gesagt? Ich verstehe, weshalb du Hadrian Stone nicht Bescheid gesagt hast, schließlich war er nicht mehr ein Teil deines Lebens. Aber ich bin dein Sohn. Ich musste es wissen. Zu wissen, dass Francis nicht mein leiblicher Vater ist, ist für mich die größte Erleichterung.«

»Ich hatte Angst.«

»Wovor? Dass das Geheimnis bekannt wird? Das wird nie geschehen, Mutter. Ich werde deinen Ruf bestens schützen.«

»Ich hatte keine Angst wegen meines Rufs«, erklärte Isobel. Ihre Finger spielten nervös mit dem Taschentuch.

»Wovor dann? Mein Erbe ist sicher, sogar für den Fall, dass die Wahrheit ans Licht kommen sollte. Schließlich hat Großvater Jonathan dich zu seiner Erbin nach Francis bestimmt. Also bist du die rechtmäßige Erbin von Clayborough, und ich bin es nach dir. Ich habe zwar viele Cousins, die meine Eigentumsrechte gerne anfechten würden, aber das Gericht würde ihre Forderungen abweisen.«

»Ich hatte Angst, dass du mir mein Verhalten, und dass ich es dir nicht gesagt habe, nicht verzeihen würdest.«

Hadrian stutzte.

»Mutter, das ist lächerlich«, sagte er dann und schmunzelte leise in sich hinein.

»Du verzeihst mir also?«, fragte sie ungläubig.

»Mutter, ich war verärgert, aber das ist Vergangenheit. Es hat sich nichts verändert. Ein wenig kränkt es mich allerdings schon, wenn du glaubst, ich würde dich dafür verurteilen, dass du mit einem anderen Mann als Francis die Liebe gefunden hast. Es freut mich, es freut mich sogar riesig, dass du in deinem Leben wenigstens ein bisschen Glück gehabt hast. Der Herrgott weiß, dass Francis schließlich alles getan hat, um dich unglücklich zu machen.«

Isobel bedeckte ihr Gesicht mit den Händen. Erleichterung durchströmte sie. Sie zitterte und hätte am liebsten geweint. Sie hätte wissen müssen, dass sich ihr Sohn, ihr wunderbarer Sohn, niemals von ihr abwenden würde. Aber wie hätte sie es wissen können? Hadrian war so sittenstreng, manchmal sogar richtig prüde. Er war so auf seine Ehre erpicht. Er war der ehrenhafteste Mensch, den sie kannte. Und was sie getan hatte, war durchweg unehrenhaft gewesen, auch wenn es aus Liebe geschehen war.

Hadrian streichelte etwas ungeschickt ihre Schulter. »Weine nicht, Mutter. Das Vergangene ist vergangen. Wir haben jetzt die Zukunft vor uns.«

Isobel brachte ein dünnes Lächeln zustande.

»Ich habe einige Leute für Nachforschungen engagiert. Einer dieser Männer sollte vor zwei Wochen in Boston eingetroffen sein. Wenn mein Vater dort ist, wenn er noch lebt, dann sollte er meinen Brief inzwischen erhalten haben. Ich weiß, es ist zu optimistisch, aber ich hoffe einfach, dass schon jetzt eine Antwort über den Atlantik unterwegs ist.«

Isobel blieb stumm. Sie hätte auch wissen müssen, dass Hadrian die Suche nach seinem Vater umgehend in die Wege leiten würde.

»Wenn ich etwas höre, werde ich dich benachrichtigen.«

»Nein.« Sie schüttelte vehement den Kopf. »Nein. Ich will nichts wissen. Ich will nicht wissen, ob er tot ist oder noch lebt. Oder verheiratet ist. Nein.«

Hadrian war konsterniert.

Isobels Herz pochte. Nach all den Jahren war es einfach undenkbar, dass er lebte, Junggeselle war und sie noch immer liebte. Undenkbar. Der Schmerz, ihn zu sehen, wenn er glücklich verheiratet wäre oder nichts mehr für sie empfände, wäre unerträglich. Und auch, wenn er tot wäre.

»In Ordnung, Mutter«, sagte Hadrian leise. Um das Thema zu wechseln, fragte er sie, ob sie zum Abendessen mit ihm und seiner Frau bleiben wolle.

Isobel lächelte trotz ihrer Tränen, dachte aber daran, die Einladung auszuschlagen. Sie wusste sehr gut, dass die frisch Vermählten noch Zeit brauchten, um ihre Beziehung zu klären, auch wenn sie gerne gewusst hätte, wie die Dinge zwischen ihrem Sohn und seiner Frau standen. Doch noch ehe sie etwas sagen konnte, wurde die Tür aufgerissen.

Sie waren beide entsetzt, als Nicole in den Raum stürzte, keuchend und mit wildem Blick. »Hadrian!«, stieß sie lediglich hervor.

Als er seine Frau erblickte, die in Reithosen und Stiefeln steckte und noch dazu ziemlich zerzaust aussah und völlig aufgelöst wirkte, machte Hadrian einen Satz vorwärts. Nicole blieb jedoch abrupt stehen und starrte verzweifelt auf die Herzoginwitwe, die ihrerseits sie durchaus gelassen musterte. Nicoles bleiches Gesicht verfärbte sich schlagartig dunkelrot. »Oh, nein!«, stöhnte sie.

Hadrian hatte sie bereits an den Armen gepackt und drehte sie zu sich. »Was ist los? Was ist passiert? Bist du verletzt?«, fragte er hastig.

Nicole versuchte, Atem zu schöpfen. Noch einmal starrte sie verzagt auf die Herzoginwitwe und registrierte kaum, dass Hadrian sie schüttelte. Das musste ja so sein, dass ihre Schwiegermutter sie genau dann zum ersten Mal in ihrer neuen Rolle als Herzogin sah, wenn sie wie ein Stalljunge gekleidet daherkam!

Hadrian schüttelte sie noch immer. »Nicole, was ist denn passiert! Bist du gesund?«, wiederholte er ängstlich.

Sie wandte sich ihrem Mann zu. »Hadrian! Komm schnell! Es ist ein schrecklicher Unfall passiert! Ein paar Raufbolde haben den Stallmeister überfallen und zusammengeschlagen! Ich habe eine Ewigkeit gebraucht, bis ich ihn auf mein Pferd bekam – er war bewusstlos – und nach Clayborough zurückbringen konnte! Woodward schickt schon nach einem Arzt, aber ich habe solche Angst!«

Er ließ ihre Arme noch immer nicht los. »Bist du verletzt?«, fragte er noch einmal.

Sie schüttelte den Kopf.

Hadrian ließ sie abrupt los. »Bleib bei ihr, Mutter«, befahl er Isobel und verließ mit großen Schritten das Zimmer.

Nicole legte ihre zitternden Hände auf den Mund. O'Henry war noch immer bewusstlos gewesen, als sie endlich in Clayborough angekommen war – sie hatte ihn mit dem Gesicht nach unten über ihr Pferd gelegt und war zu Fuß gegangen. Nun befürchtete sie, dass er tot war.

»Hier, Liebes, nimm einen Schluck davon. Das wird dich ein wenig beruhigen.«

Nicole erschrak; erneut wurde ihr bewusst, dass die Herzoginwitwe sie in höchst ungehöriger Verfassung und absolut unziemlich gekleidet vorfand – das allein war schon ein in keiner Weise akzeptables Benehmen. Sie war kurz davor, in Tränen auszubrechen, doch sie nahm das Glas an und nippte ein paar Mal. Die Herzoginwitwe strich ihr tröstend über den Rücken.

Nicole blickte sie ungläubig an. Diese Frau war nett – sie verurteilte sie überhaupt nicht.

»Wie schlimm ist Mr. O'Henry denn verletzt?«, fragte sie.

»Ich weiß es nicht!« Nicole stöhnte. »Und ich bin an allem schuld!«

»Ich bin sicher, dass du da übertreibst, und ich glaube auch fest, dass alles wieder gut werden wird.«

»Ich habe Angst, dass er stirbt – oder dass er schon tot ist!«

Die Herzoginwitwe streichelte sie erneut. »Möchtest du darüber reden?«, fragte sie sanft.

Nicole wusste, dass sie es nicht tun sollte. Für eine Lady, und erst recht für eine Herzogin, war solch ein Vorfall jenseits der Grenzen des Erlaubten. Doch als sie Isobels wohlmeinenden und besorgten Blick sah, brach ihr Widerstand. Ehe sie sich versah, sprudelte sie auch schon die ganze Geschichte aus sich heraus. »Ich bestand darauf, dass wir allein ausreiten. Einer der Männer griff mich an! Ich bin sicher, ich hätte mich aus dem Staub machen können, aber Mr. O'Henry fing sofort an, mit seiner

Peitsche auf ihn einzudreschen! Da waren noch zwei andere, sie zogen ihn aus dem Sattel und gingen auf ihn los. Ich dachte schon, die bringen ihn auf der Stelle um! Ich habe mit meiner Gerte auf sie eingeschlagen, so gut ich konnte, und Gott sei Dank ist mein Hengst wild geworden. Er verletzte den Anführer, er hätte ihn beinahe tot getrampelt, und da liefen sie alle davon.«

»Oh, Liebes«, murmelte die Herzoginwitwe.

Nicole betrachtete sie jammervoll. Isobel klang so mitfühlend, dass sie sich ermutigt fühlte, sich weiter zu öffnen. »Ich habe etwas ganz Schreckliches angestellt, nicht wahr? Ich bin keine gute Herzogin, und dabei wollte ich das doch unbedingt sein!«

Isobel rieb ihr den Rücken. »Nun ja«, seufzte sie, »dein Mann wird wahrscheinlich wütend auf dich sein, aber du kannst Gott danken, dass du nicht verletzt bist.«

»Es tut mir so Leid, dass du das mitbekommen musst – und dass du mich auch noch in diesem Aufzug siehst«, flüsterte Nicole verzagt.

Isobel lächelte wirklich. »Es ändert nicht meine Meinung über dich, falls du dir deswegen Sorgen machst.«

Nicole stöhnte. »Jetzt ist sie sicher nur noch viel schlimmer!«

Isobel stutzte, dann führte sie die verzweifelte Nicole zum Sofa. Sie setzten sich. »Meine Liebe, denkst du vielleicht, dass ich etwas gegen dich habe?«, fragte sie.

»Etwa nicht?«, fragte Nicole zurück.

»Überhaupt nicht.«

Nicole war sprachlos.

»Im Gegenteil«, fuhr Isobel lächelnd fort, »ich bin sehr für eure Beziehung. Ich bin sogar überzeugt, dass du für meinen Sohn die beste Ehefrau bist, die er kriegen konnte.«

Nicole konnte es nicht glauben. »Wirklich? Aber wieso denn?«

»Du bist eine unabhängige Frau, meine Liebe, deshalb. Du bist wagemutig und unkonventionell. In mancher Hinsicht hast du vieles mit meinem Sohn gemeinsam, in anderer hingegen gar nichts. Und genau diese Art von Ausgleich ist es, worauf ich bei euch zähle.«

Jetzt war Nicole absolut verblüfft. »Wirklich?«

Isobel tätschelte ihre Hand. »Ihr liebt beide das Land und das einfache Leben. Gemeinsame Interessen sind wichtig. Aber Hadrian ist viel zu prüde und selbstbeherrscht, und das ist überhaupt nicht gut für ihn. Du bist in dieser Hinsicht ganz anders. Er braucht ab und zu etwas, was ihn so richtig durcheinander wirbelt. Ja, ihr beide werdet sehr gut zurechtkommen.«

Nicole konnte es noch immer nicht glauben. »Aber ich fürchte, heute habe ich ihn etwas zu sehr durcheinander gewirbelt!«

»Na ja, sich in eine Schlägerei einzumischen, war wohl etwas leichtsinnig«, meinte Isobel munter. »Aber ich werde es keiner Seele weitersagen.«

Hadrian war wohl noch nie in seinem Leben so verärgert gewesen. Will O'Henry war nicht mehr bewusstlos; er hatte ihm bis ins kleinste Detail alles erzählt, was sich am Vormittag zugetragen hatte. Mit großen Schritten eilte der Herzog nun zurück in die Bibliothek.

Er baute sich in voller Größe vor Isobel und Nicole auf, die zusammen auf dem Sofa saßen. »Mutter, heute wäre es nicht gut, wenn du zum Essen bliebest.«

Isobel stand auf. »Ich verstehe. Sei nett zu ihr, Hadrian. Sie hat heute wirklich viel mitgemacht.«

»Das ist nichts im Vergleich zu dem, was sie noch mitmachen wird.«

Nicole verkrampfte sich.

»Sei tapfer«, munterte Isobel sie auf und küsste sie auf die Wange. Ihrem Sohn warf sie noch einmal einen warnenden Blick zu, bevor sie das Zimmer verließ.

Schweigen füllte den Raum, nur die große Wanduhr zählte laut die Sekunden. »Kannst du dich erklären?«, fragte Hadrian schließlich.

»Es tut mir Leid«, sagte Nicole.

»Es tut dir Leid?« Hadrian konnte es nicht glauben. »Du warst kurz davor, vergewaltigt zu werden, und du sagst mir, es tut dir Leid?«

»Wir werden nicht mehr auf öffentlichen Straßen reiten«, murmelte sie ängstlich.

Hadrian explodierte. »Du wirst überhaupt nirgends mehr reiten, verdammt noch mal!«

Nicole sprang auf. »Hadrian, sei vernünftig!«

»Sei vernünftig! Wieso sollte ich vernünftig sein, wenn du immer nur unvernünftig bist!«

»Ich habe dieses Abenteuer nicht gewollt.«

»Abenteuer!«, brüllte er völlig außer sich. »Nur Sie, werte Gattin, können etwas, das einer Vergewaltigung verdammt nahe kam, als Abenteuer bezeichnen!«

»So habe ich es nicht gemeint!«, schrie sie.

Am liebsten hätte er sich die Haare gerauft. Seine Hände ballten sich zu Fäusten. »Ich habe getan, was ich konnte – von Anfang an –, um dich vor selbst verschuldetem Unglück zu bewahren. Aber jedes Mal, wenn ich dir den Rücken zukehre, sitzt du wieder im Schlamassel! Und das ist nun wirklich nicht mehr zu fassen! Deine Gesundheit – dein Leben – hätte ernstlich gefährdet werden können!«

»Und es tut mir Leid!«, schrie Nicole zurück. Tränen rannen über ihre Wangen.

Hadrian war nicht mehr zu bremsen. «Schau dich an!«, tobte er. Er schüttelte sie und ignorierte ihre Versuche, sich von ihm loszureißen. »Du siehst aus wie ein Stalljunge – bloß dass du ganz eindeutig kein Junge bist! Mein Gott! Ebenso gut könntest du gleich nackt herumlaufen! Hast du je daran gedacht, wie es mir wohl geht, wenn meine Frau Sachen trägt, die so eng sind, dass jeder Mann sie sich nackt vorstellen kann?«

Zorn loderte in ihrem Blick. »Du übertreibst maßlos!«

»Ach ja? William hat mir alles erzählt, Nicole. Du hast bei diesen Männern die schlechtesten Absichten provoziert. Wenn du anständige Reitkleidung angehabt hättest – wenn du eine Eskorte gehabt hättest, wie es sich gehört –, dann hätten sie es nie gewagt, dich anzugreifen – die Herzogin von Clayborough!« Er war völlig außer sich. »Oder muss ich dich erst noch daran erinnern, wer du bist!?«

Nicole befreite sich aus seinem Griff. »Nein, du brauchst mich nicht zu erinnern, wer – und was – ich jetzt bin! Ich weiß verdammt gut, dass ich jetzt deine Herzogin bin! Wie könnte ich das auch vergessen!«

»Ach, wir fühlen also doch ein Bedauern?«

»Ja! Ich meine, nein!«

»Du hast ganz eindeutig keine Vorstellung davon, was du meinst«, schrie er. »Genau so, wie du keine Vorstellung davon hast, welches Chaos dein gedankenloses Benehmen immer wieder auslöst!«

Wie seine Worte schmerzten. »Jetzt wirst du mir vermutlich noch sagen, dass ich niemals im Herrensitz reiten darf, und dass ich unter allen Umständen Form und Anstand wahren muss, auch auf Kosten meines Vergnügens.«

»Jawohl, verdammt noch mal!«

Nicole war entsetzt. »Das ist doch wohl nicht dein Ernst!«

»Du kannst mir glauben, Nicole, dass mir im Augenblick absolut nicht nach Scherzen zumute ist.«

»Dann hast du gelogen!«, schrie Nicole hysterisch. »Du hast gesagt, ich kann machen, was ich will. Viele Male! Und ich will im Herrensitz reiten, so wie ich es in Dragmore immer mache!«

»Dies ist nicht Dragmore, und falls du es vergessen hast, was ganz offensichtlich der Fall ist: Du bist jetzt meine Herzogin. Herrgott, ich möchte wetten, die ganze Stadt weiß, dass du eine Neigung hast, dich wie ein Junge zu kleiden. Die Klatschmäuler müssen ihren Spaß haben! Willst du denn ewig das Ziel von bösartigem Gerede sein?«

»Nein«, räumte sie unter Tränen ein. »Aber …«

»Nichts aber!« Hadrian ließ sie los und wandte sich schwer atmend von ihr ab. Es erschütterte ihn zutiefst, wie nahe sie einer Vergewaltigung, oder gar ihrer Ermordung, gekommen war. Er zitterte noch immer vor Angst, er war erfüllt von einer überwältigenden Angst um seine Frau. Wenn Nicole etwas zugestoßen wäre, er hätte weder sich noch O'Henry je verziehen, auch wenn sie es sich selbst zuzuschreiben gehabt hätte. Mit zitternden Fingern raufte er sich die Haare im Versuch, die Fassung wieder zu erlangen, doch es gelang ihm nicht wirklich. Er fürchtete, etwas Undenkbares zu tun – etwa, sie übers Knie zu legen und zu verprügeln, bis sie sich in ein vernünftiges Wesen und eine Dame von Anstand und Schicklichkeit verwandelt hatte.

Es dauerte lange, bis er sich ihr endlich wieder zuwandte.

»Ist – ist Mr. O'Henry etwas Ernsthaftes zugestoßen?«, fragte sie.

»Er wird sicherlich für eine Woche oder mehr das Bett hüten müssen, aber er befindet sich nicht an der Schwelle zum Tod. Obwohl er es könnte.« Hadrian ignorierte ihre zunehmende Blässe. Er konnte die Vorstellung nicht abschütteln, wie Nicole direkt in die Rauferei hineinritt und mit ihrer Gerte auf O'Henrys Angreifer einschlug. »Geh nach oben. Zieh diese Klamotten aus, und zwar sofort!«

Nicole umklammerte sich. »Was wirst du jetzt tun?«

Er verzog das Gesicht. »Erst einmal möchte ich, dass diese Reithosen verbrannt werden.« Er ignorierte ihren Protest. »Zweitens werden Sie, Madame, für immer den Ställen fern bleiben.«

Nicole war empört.

»Drittens beabsichtige ich, diese Gesetzesbrecher zu verhaften und nach Newgate zu bringen.«

»Hadrian«, stieß Nicole zornig hervor, »du bist nicht fair!«

Er wirbelte zu ihr herum. »Wage es nicht noch einmal, mich als unfair zu bezeichnen! Ich handle nur in deinem besten Interesse! Irgendjemand muss es ja schließlich tun, wenn nicht du selbst! Und jetzt lässt du mich besser allein!«

»Wenn du dich beruhigt hast, können wir diese Diskussion fortführen.«

»Gehen Sie nach oben, Madame. Und zwar sofort. Jetzt, in diesem Augenblick. Bevor ich noch etwas tue, was ich hinterher bedauern würde!«

Nicole zögerte nicht länger, sie floh.

31

Es dauerte lange, bis Nicoles Zittern aufhörte.

Was sie so peinigte, war die Verknüpfung all dieser Umstände. Sie war in böser Absicht attackiert worden, und der freundliche Stallmeister verteidigte sie und hätte dies fast mit dem Leben gebüßt. Das allein hätte schon genügt, ihr den letzten Nerv zu rauben, doch die Reaktion ihres Gatten darauf und dieser wütende Streit, das war einfach zu viel. Nicole hatte sich mehr als alles andere Trost von ihm gewünscht; stattdessen aber hatte sie einen enormen Dämpfer bekommen.

Was das Ganze wirklich unerträglich machte, war die Tatsache, dass Hadrian vielleicht sogar Recht hatte. Sie hatte sich falsch verhalten; sie hatte mehr als leichtsinnig gehandelt – sie war ausgesprochen dumm gewesen. Wenn sie wenigstens auf der Straße eine Eskorte gehabt hätte, dann hätten die drei Landstreicher es nie gewagt, sich ihr zu nähern. Aber nicht nur, dass sie keine Eskorte gehabt hatte – sie war auch nicht annähernd so gekleidet gewesen, wie es der Herzogin von Clayborough geziemt hätte. Wie man es auch drehte und wendete, Nicole konnte nicht leugnen, dass es ihre Schuld war.

Wegen ihres tölpelhaften Benehmens wäre ein Mann beinahe zu Tode gekommen.

In ihrer schmutzigen Kleidung saß sie auf der samtenen Tagesdecke und musste sich eingestehen, dass sie als Herzogin vollkommen versagt hatte – und dazu hatte sie auch noch die Chancen auf eine glückliche Beziehung mit ihrem Mann verspielt.

Sie hörte, wie vor dem Haus Reiter davongaloppierten. Nicole lief zum Fenster. Sie erkannte ihren Gatten vorneweg auf seinem hageren, schwarzen Jagdpferd. Ihr Magen zog sich zusammen. Hadrian setzte den Angreifern nach.

Es klopfte an ihrer Tür. Annie und Mrs. Veig traten ein; das Mädchen war bleich und verängstigt; Mrs. Veig blickte düster und versuchte, teilnahmslos zu wirken. Nicole wusste, dass die

Haushälterin mit dieser Miene versuchte, ihre Missbilligung zu verbergen.

»Lass Ihrer Gnaden die Wanne ein, Annie«, wies Mrs. Veig das Mädchen an, und Annie verschwand eilends im Bad. Mrs. Veig stellte ein Tablett mit Kuchen und heißer Schokolade neben den Sessel. »Ich dachte, Sie mögen vielleicht etwas Süßes, das beruhigt die Nerven.«

Nicole hatte keinen Appetit, doch sie nickte dankbar.

Die Haushälterin holte einen warmen Wollbademantel und mit Brokat verzierte Hausschuhe aus Nicoles Schrank. Nicole zog Stiefel, Hose und Hemd aus und ließ die Sachen auf dem Boden liegen. Nach einer Weile rief Annie aus dem Badezimmer, das Wasser sei eingelassen. Nicole wollte gerade ihre Unterwäsche ausziehen, als Mrs. Veig ihre am Boden liegenden Sachen aufhob. Die Haushälterin kümmerte sich sonst nie um schmutzige Wäsche, deswegen fiel es Nicole sofort auf. »Mrs. Veig«, fragte sie, »was machen Sie da?«

»Tut mir Leid, Euer Gnaden. Seine Gnaden hat angeordnet, dass ich diese Sachen an mich nehme.«

»Um sie zu verbrennen?«

»Jawohl.«

Nicoles Körper verkrampfte sich.

»Tut mir Leid, Euer Gnaden«, wiederholte die Haushälterin. Dann verschwand sie mit den Kleidern, nur Nicoles teure Reitstiefel ließ sie stehen.

Nicole schloss die Augen. Sie bedauerte das, was geschehen war, außerordentlich, aber das ging einfach zu weit. Doch anstelle von Zorn spürte sie nur, wie verletzt sie war.

Nicole verließ ihre Suite nicht. Sie wartete ängstlich auf die Rückkehr ihres Gatten nach Clayborough und hoffte, er würde dann ruhiger und ansprechbarer sein. Sie war fest entschlossen, das durch sie entstandene Unheil wieder gutzumachen, und auch ihre Beziehung sollte wieder so werden, wie sie gewesen war. Vor dem Abendessen wollte sie Hadrian wie immer in der Bibliothek treffen, und sie würde ein Muster an Schicklichkeit und Anstand sein. Und wenn er sich nicht umstimmen ließ, wenn er nicht bereit war, das, was geschehen war, zu vergessen oder zu ignorieren, dann würde sie zu noch stärkeren Mitteln greifen – sie würde sich in sein Bett stehlen und ihn verführen. Eine Nacht voller Leidenschaft würde ihn sicher von seinem Zorn abbringen.

Der Plan war simpel. Doch sie betete trotzdem, dass sie ihn nicht umsetzen musste, dass Hadrian, wenn er nach Hause kam, besser gelaunt und bereit sein würde, ihr zu vergeben.

Das Warten kam ihr wie eine Ewigkeit vor, doch als sie auf die Uhr schaute, war noch nicht einmal eine Stunde vergangen. Von Ungewissheit erfüllt saß Nicole in ihren Zimmern, ihr Herz fühlte sich an wie ein Mühlstein. Würde er sie besuchen? Würde er nicht kommen, um es ihr zu sagen, wenn er die drei Landstreicher gefasst hatte? Dann hätte sie Gelegenheit, seine Laune einzuschätzen, bevor sie sich in der Bibliothek trafen. Diese Ungewissheit, dieses Warten war einfach unerträglich.

Aber er kam nicht. Sie hörte, wie er seine Gemächer betrat, die neben den ihren lagen. Sie wartete. Lauschte auf die Geräusche, die aus seinen Räumen herüberdrangen. Sie konnte nicht genau ausmachen, was er tat, doch er schien sich umzuziehen. Für kurze Zeit stieg ihre Hoffnung, als sie dachte, er mache sich bereit, um sie in der Bibliothek zu treffen, doch dann sank sie abrupt. Denn sie hörte, wie er seine Suite verließ, allerdings nicht in Richtung ihrer Tür, sondern den Korridor hinunter.

Augenblicke später hörte sie eine Kutsche und Pferde vor das Haus kommen. Nicole lief zum Fenster. Erschreckt sah sie, wie ihr Gatte, mit einem zweireihigen Mantel bekleidet, die Clayborough-Kutsche bestieg, die dann inmitten ihrer Kavalkade livrierter Vorreiter davonrollte.

* * *

Drei Tage später wurde Nicole sehr ärgerlich. Hadrian war abgereist, ohne ihr mitzuteilen, wohin er fuhr. Und er hatte auch mit keinem Wort angedeutet, wann er wiederkommen würde.

Sie konnte also seine Stimmung nicht einschätzen, doch es fiel ihr schwer zu glauben, dass er wegen eines Vorfalls, der nun doch schon Tage zurücklag, noch immer zornig sein würde.

Nicole war zu stolz, um Mrs. Veig zu fragen, wohin ihr Gatte gefahren war. Doch er hatte seinen Kammerdiener und seinen Butler mitgenommen – ein nicht gerade ermutigendes Zeichen. Wieder war es Annie, die versuchen musste, Informationen aufzuspüren. Und sie berichtete Nicole schon bald, der Herzog sei nach Clayborough House in London gefahren, doch niemand wisse, wann er zurückzukehren gedenke.

Konnte es wirklich sein, dass er noch immer zornig auf sie war? Oder war er einfach gleichgültig – und vollkommen rücksichtslos?

Am dritten Tag steigerte sich Nicoles Ärger beträchtlich. War dies seine Art, sie zu bestrafen? Hatte sie sich etwa nicht entschuldigt?

Sie hatte sogar gehörig ihre Lektion daraus gelernt! Künftig wollte sie in der Öffentlichkeit nur noch mit einer Eskorte und in geziemender Kleidung reiten. Niemand würde mehr einen Grund haben, ein vorwurfsvolles Wort über die Herzogin von Clayborough zu sagen. Ihr Gatte würde stolz auf sie sein. Privat würde sie allerdings weiterhin so reiten, wie sie es wollte. Das erschien ihr als ein absolut fairer Kompromiss. Den letzten Schritt musste sie zwar erst noch vollziehen, doch zuvor wollte sie die Beziehung mit Hadrian klären. Sie konnte sich nur zu gut vorstellen, dass er falsche Schlüsse ziehen würde, wenn er sie zufällig in Reithosen anträfe, selbst wenn es in aller Herrgottsfrühe und auf dem Grund und Boden von Clayborough wäre und sie noch ein paar Stallburschen dabeihätte. Sie wollte diesen schrecklichen Streit hinter sich bringen und nicht für eine neuerliche hitzige Auseinandersetzung Öl ins Feuer gießen.

Gerade, als Nicole beschlossen hatte, nach London zu fahren, um sich ihrem Gatten anzuschließen, teilte Mrs. Veig ihr mit, sie habe Besuch. Überrascht fragte sie sich, wer es wohl sein könnte. Sie hatte außer ihrer Familie noch niemanden empfangen, und Nicole war froh, dass die drei Frauen gekommen waren, als sie noch in paradiesischem Glück gelebt hatte, und nicht jetzt, wo sie das Gefühl hatte, die Pforten der Hölle zu durchschreiten.

Es sei Lady Stacy Worthington, sagte Mrs. Veig.

Nicole fühlte sich schlagartig sehr unwohl.

Sie beschloss, sich würdevoll zu geben.

Sie würde ein Muster an Schicklichkeit und Anstand sein, die perfekte Herzogin. Mrs. Veig half ihr, rasch ein sehr teures Kleid anzuziehen, eines, das für einen Nachmittag in der Stadt passend war, nicht für zu Hause auf dem Land. Dazu legte sie ihre Diamanten an – alle.

Eine halbe Stunde später ging sie einer Königin gleich die Treppe hinab und begrüßte Stacy im rosa Salon. Dieser Raum entsprach von seiner Größe dem Ballsaal manch eines Gentleman. Natürlich war Stacy schon oft in Clayborough gewesen, doch als Gast hatte sie bestenfalls ein Viertel dieser palastartigen Residenz zu sehen bekommen. Und selbst wenn sie in diesem Raum schon einmal gewesen war, war er noch immer imposant.

Als Stacy die Hausherrin kommen sah, stand sie auf. »Guten Tag, Euer Gnaden«, begrüßte sie Nicole.

Während Nicole auf sie zuging – und es dauerte einige Zeit, diesen Raum zu durchqueren –, sah sie das Funkeln in ihren Augen, was ihren Argwohn noch vermehrte. »Hallo Stacy. Was für eine Überraschung. Mrs. Veig, bitte bringen Sie noch ein paar Sandwiches. Und etwas Süßes.« Sie lächelte; sie hatte Stacy absichtlich nicht mit einem Titel angesprochen. Denn Stacy war so lange keine Lady, bis sie einen Adligen heiratete.

Auch Stacy lächelte. Aber ihr Lächeln war schonungslos, brutal.

Nicole setzte sich in einen Sessel ihrem Gast gegenüber; Stacy nahm wieder auf dem Sofa Platz, auf dem sie gewartet hatte. Die beiden Frauen blickten sich an und sprachen kein Wort.

Normalerweise hätte Nicole Stacy einfach nach ihrem Anliegen gefragt. Doch sie war entschlossen, die perfekte Gastgeberin zu mimen. »Die Straßen werden allmählich schlecht, nicht wahr? Ich hoffe, Sie hatten trotzdem eine angenehme Fahrt.«

»So schlecht sind sie gar nicht, noch nicht. Und, wann kommt Hadrian wieder?«

Dass Stacy von Hadrians Aufenthalt in London erfahren hatte, also wusste, dass er nicht hier bei ihr war, erschreckte Nicole. »Entschuldigen Sie?«

»Aus der Stadt.« Stacy lächelte noch immer.

»Nun, sobald er seine Geschäfte erledigt hat.«

»Wie dringend die doch sein müssen. Schließlich sind Sie doch erst seit ungefähr einer Woche verheiratet.«

Nicole bewahrte die Fassung. »Sie waren von größter Dringlichkeit.«

»Hmmm. Aber er hatte dennoch genügend Zeit, in die Crawford Street No. 12 zu gehen.«

Nicole blickte verständnislos. Worauf Stacy auch immer hinauswollte, sie hatte nicht die geringste Ahnung. »Na ja, ich denke, er hat auch dort geschäftlich zu tun.«

Stacy lachte laut auf. »Sie wissen es also wirklich nicht, habe ich Recht? Sie haben von Crawford Street No. 12 keine Ahnung!«

Es fiel Nicole äußerst schwer, die Haltung zu bewahren. »Nein, ich weiß es nicht«, sagte sie bemüht. Doch sie hatte plötzlich eine Idee, eine Idee, die sie abstoßend fand.

»Hadrian hat Wohnungen dort«, erklärte Stacy voller Schadenfreude. »Er hat dort Wohnungen, schon seit er achtzehn ist.«

Nicole versuchte ihr Bestes, nicht zu verstehen, worauf Stacy hinauswollte. »Ich verstehe.«

»Nein, Sie verstehen mich noch immer nicht, oder? Er mietet diese Wohnungen für seine Mätressen!«

Nicoles Gesicht verlor alle Farbe. »Das glaube ich Ihnen nicht«, sagte sie wie betäubt. Sie glaubte es wirklich nicht. Sie wollte es nicht glauben.

»Sie haben Hadrian doch sicher nicht geheiratet, ohne über seinen Ruf bezüglich Frauen Bescheid zu wissen! Nun, seine derzeitige Mätresse gilt als die schönste Frau von ganz London. Sie ist Französin, eine Schauspielerin, heißt es. Ihr Name ist Holland Dubois.«

Nein, dachte Nicole, es ist nicht wahr. Er konnte es nicht tun. Er konnte nicht. Er konnte nicht zu einer anderen Frau gegangen sein, nicht nachdem, was sie gemeinsam erlebt hatten. *Aber sie hatte doch gewusst, dass er eine Mätresse hatte. Sie hatte seinen Ruf gekannt. War das nicht der Grund gewesen, warum sie ihn von Anfang an nicht hatte heiraten wollen? Hatte sie nicht gewusst, dass er ihrer eines Tages überdrüssig sein und zu anderen Frauen gehen würde?*

»Wenn Sie mir nicht glauben, warum fahren Sie nicht hin und überzeugen sich selbst?« Stacy triumphierte.

Nicoles Gefühl der Betäubtheit verwandelte sich rapide in rasenden Schmerz, doch sie blieb äußerst ruhig. »Warum sollte ich das tun? Alle Männer haben Mätressen, und ja, natürlich wusste ich über den Ruf meines Gatten schon vor unserer Hochzeit Bescheid. Die Neuigkeit, die Sie mir bringen, ändert gar nichts. Ich bin die Herzogin von Clayborough. Glauben Sie, ich kümmere mich um seine Tändelei mit einer Schauspielerin?«

Stacy war sprachlos, ihre Schadenfreude verschwunden. »Nun«, sagte sie verstimmt, »ich wollte Ihnen ja nur helfen.«

»Wie nett von Ihnen.«

Stacy stand auf. »Wie ich sehe, legen Sie auf meine Freundschaft keinen Wert! Ich glaube, es ist besser, wenn ich gehe!«

»Sie können selbstverständlich tun, was Ihnen beliebt.« Höflich stand auch Nicole auf und rief Mrs. Veig. »Bitte, geleiten Sie Lady Worthington zur Tür«, sagte sie.

Sie wusste, dass es stimmte.

Aber sie wollte es nicht glauben, nicht, bevor sie Holland Dubois mit eigenen Augen in der Crawford Street No. 12 gesehen hatte.

Sie wollte einfach nicht glauben, dass Hadrian sie nach dem, was sie miteinander geteilt hatten, verlassen hatte – nach dem Versprechen, das mit dem aufblühenden Beginn ihrer Beziehung einherging – und zu einer anderen Frau gegangen war.

Sie wollte es nicht glauben, und sie glaubte es nicht.

Aber natürlich traf es zu.

Er war ein Frauenheld. Alle wussten das. Auch sie hatte es gewusst. Sie hatte schon am Beginn ihrer Beziehung von seinem Ruf gehört. Elizabeth hatte es wahrscheinlich ebenfalls gewusst, aber wahrscheinlich war es ihr gleichgültig gewesen. Von Ladys wurde erwartet, dass sie sich um die Geliebten ihrer Gatten keine Gedanken machten. Bestenfalls sollten sie erleichtert darüber sein, dass sich ihre Männer anderweitig vergnügten.

Nicole war nicht erleichtert. Sie war krank.

Wie hatte sie nur für einen Augenblick vergessen können, warum sie ihn nicht hatte heiraten wollen? Aber in nur einer Woche hatte sie es vergessen, wegen der sinnlichen Freuden, die sie geteilt hatten. Doch es war eben nur das gewesen, sinnliche Freuden, während sie dumm und naiv gedacht hatte, es sei mehr gewesen.

Nicole blickte aus dem Fenster der Kutsche. Ihre in feinen Handschuhen steckenden Hände lagen zu Fäusten geballt in ihrem Schoß. Sobald Stacy fort war, hatte sie sich sofort auf den Weg nach London gemacht. Sie hatte nur Annie mitgenommen und nicht einmal der beunruhigten Mrs. Veig mitgeteilt, wohin sie fuhr. In der Stadt angekommen, hatte sie den Kutscher angewiesen, nach Covent Garden zu fahren. Dort hielt Hadrian sich nie auf, er würde also nie durch Zufall auf seine eigene Kutsche stoßen. Sie befahl dem Fahrer und Annie, dort auf sie zu warten, war in eine Mietkutsche umgestiegen, und nun stand sie vor dem Haus Crawford Street No. 12.

Es fiel ihr ein, dass sich Hadrian gerade jetzt hier aufhalten könnte.

Wenn er hier war, dann würde sie sterben. Nein – wenn er hier war, dann würde sie stark sein. Sie würde ungerührt, kühl, absolut gefasst sein. Sie würde ihn nicht wissen lassen, wie sehr er sie verletzte.

Nicole betrachtete das Stadthaus mit seinem schmiedeeisernen Zaun und der gestrichenen Ziegelfassade kaum. Sie stieg aus der Kutsche aus und bat den Fahrer zu warten. Sie fühlte sich benommen, wie in einem Traum oder betäubt. Langsam ging sie durch die Gartentür hinein und die steinerne Treppe hinauf bis zum Hauseingang, der noch mit einem altmodischen Messingklopfer versehen war.

Ein Butler öffnete sofort.

Nicoles Mund war so trocken, dass sie im ersten Moment kaum ein Wort herausbrachte. »Ich würde gern Miss Dubois sprechen.«

Der Butler bat sie herein. »Wen darf ich melden?«

Sie zögerte. Er hatte nicht gesagt, es gebe hier keine Miss Dubois. Übelkeit überkam sie; sie musste für einen kurzen Moment die Augen schließen. Bisher hatte Stacy also nicht gelogen. Aber sie, Nicole, sie hatte es ja gewusst.

»Das spielt keine Rolle«, gab sie dem Butler zu verstehen, sobald sie sich wieder gefasst hatte. »Sagen Sie Ihrer Herrin einfach, ich sei hier.« Es klang gebieterisch. Wenigstens hatte sie gelernt, wie eine Herzogin aufzutreten – auch wenn es jetzt zu spät dafür war.

Hoch erhobenen Hauptes und mit würdevollen Schritten ging sie an dem Butler vorbei, ihr sündhaft teures Kleid wirbelte um ihre Seidenschuhe. Sie ging direkt in den Salon, setzte sich aber nicht und zog weder Mantel noch Handschuhe aus. Dem Butler blieb nichts anderes übrig, als ihrem Befehl zu folgen.

Während sie wartete, betrachtete Nicole die schöne Einrichtung: stilvolle Möbel, persische Teppiche, geschmackvolle Tapeten und Landschaftsbilder. Miss Dubois lebte nicht schlecht. Sie lebte deutlich besser, als es einer Schauspielerin unter normalen Umständen möglich war.

Einige Minuten später trat eine Frau ein. »Sie wollen mich sprechen?«, fragte sie.

Nicole wandte sich um.

Vor ihr stand eine kleine, zierliche Frau in einem wunderschönen, teuren Kleid, das allerdings für einen Vormittag im Haus zu tief dekolletiert war. Sie war von exquisiter Schönheit, so schön wie eine Frau nur sein konnte. Erstaunt blickte sie Nicole aus blauen Augen an, doch als diese auf sie starrte und die Wahrheit sie traf wie ein Vorschlaghammer, verschwand die Verwirrung aus Holland Dubois' Katzenaugen.

»Oh Gott«, stieß Hadrians Mätresse hervor, »Sie sind es! Oh mein Gott!«

Einen langen Augenblick blieb Nicole reglos stehen.

»Euer Gnaden«, sagte Holland schließlich aufgeregt, »ich bin mir nicht sicher, was Sie wollen, aber bitte, nehmen Sie doch Platz!«

Nicole hatte genug gesehen. Rasch, bevor die andere Frau womöglich bemerkte, dass ihre Augen feucht wurden, ging sie an ihr vorüber und auf den Flur zu.

»Warten Sie!«, rief Holland Dubois. »Weshalb sind Sie denn gekommen? So warten Sie doch!«

Nicole blieb nicht mehr stehen. Mit langen Schritten ließ sie den Flur hinter sich und eilte zur Tür hinaus. Irgendwie schaffte sie es bis zu der Kutsche, aber sie hatte kaum darin Platz genommen, als die Tränen sie überwältigten, und mit ihnen rannen all ihre Träume in den Staub zu ihren Füßen.

32

Hadrian lehnte sich in seinem Sitz nach vorn und schaute aus dem Fenster seiner Kutsche auf sein Haus. Spannung marterte ihn.

Vor vier Tagen hatte er Clayborough verlassen. Vor vier entsetzlich langen Tagen. Er war nicht im Zorn weggefahren, wenngleich er auf Nicole noch einigermaßen wütend war, weil sie sich durch das Ausreiten nur mit O'Henry in solche Gefahr gebracht hatte. Er war in einem Moment der Furcht weggefahren. Ja, er war in der Tat davongelaufen.

Aber es hatte nicht funktioniert.

Er konnte nicht länger vor sich selbst weglaufen, vor seinen Gefühlen, vor seiner Frau.

Die Episode mit den Landstreichern – die alle innerhalb einer Stunde nach Nicoles Rückkehr nach Clayborough gefasst und dem örtlichen Gefängnisaufseher übergeben wurden – hatte in Hadrian eine gewaltsame Konfrontation mit seinen tiefsten, innigsten Gefühlen ausgelöst. Ein Wissen, das er – wahrscheinlich schon seit dem Beginn seiner Beziehung mit Nicole – zu meiden versucht hatte, war nun schonungslos und unentrinnbar in ihm aufgestiegen. Der Augenblick, in dem er über jeden Zweifel erhaben wusste, dass er seine Frau liebte, war der schrecklichste Augenblick seines Lebens.

Sein ganzes Leben lang hatte er sich und seine Leidenschaften souverän unter Kontrolle gehabt. Sein ganzes Leben lang hatte er seine Emotionen rigoros in Schach gehalten. Schon als kleiner Junge hatte er gelernt, seine Gefühle zu verbergen, sogar vor sich selbst. Denn zu fühlen bedeutete, verwundbar zu sein. Zu fühlen bedeutete, verwundet zu sein.

Und nun war er nicht mehr unverwundbar. Im Gegenteil, er war nie in seinem Leben verwundbarer gewesen. Er liebte Nicole so leidenschaftlich, dass es an Obsession grenzte. Diese Vagabunden hätten sie beinahe verletzt, vielleicht sogar ermordet.

Der bloße Gedanke daran entsetzte und peinigte ihn selbst jetzt, vier Tage danach, noch.

Nach der Festnahme der drei Männer war er sofort nach London aufgebrochen. Als wollte er seinen Gefühlen davonlaufen. Als wollte er vor dem Wissen, mit dem er sich nun konfrontiert sah, davonlaufen. Er hatte vorgehabt, über sich – und sein Herz – die Kontrolle wiederzuerlangen, koste es, was es wolle. Selbst wenn es bedeutete, seine Frau für immer auf seinem Landsitz zu lassen und in den Armen anderer Frauen Zuflucht zu suchen.

Aber keiner seiner Fluchtrouten war Erfolg beschieden. Er war mit dem Vorsatz zu Holland Dubois gegangen, eine Nacht mit ihr zu verbringen, die ihn nie mehr an Nicole würde denken lassen, doch stattdessen hatte er höflich die Beziehung mit ihr beendet. Er hatte vorgehabt, in London zu bleiben und sich geschäftlichen Dingen zu widmen, doch stattdessen hatte er es nicht erwarten können, wieder nach Hause zu kommen.

Dieses neue, dieses übermächtige Wissen war noch immer in ihm, und es war noch immer erschreckend. In den vergangenen Tagen war er manchmal mitten in der Nacht aufgewacht und hatte die Panik und das Alleinsein gespürt, wie er es als kleiner Junge gespürt hatte. Mit dem Schlaf war auch die Angst gewichen, aber zuvor hatte er die Angst und seine Verwundbarkeit, hatte er seine menschliche Natur erkannt.

Schließlich hatte er aufgegeben und hatte sich ihr, und sich selbst, ergeben. Sie war seine Frau, und er liebte sie. Sie hatte ihn in der Vergangenheit viele Male zurückgewiesen, aber er hatte es überlebt – wie er auch Francis' grausame Zurückweisungen überlebt hatte. Doch in letzter Zeit hatte sie ihn nicht mehr zurückgewiesen. In letzter Zeit hatte es zwischen ihnen tagsüber eine Waffenruhe gegeben, die sich nachts vollständig in die unwiderstehlichste Form von Intimität verwandelte. Es gab Hoffnung. Ihre Ehe konnte von Erfolg gekrönt sein – die erste Woche hatte es deutlich gezeigt. Doch Hadrian wusste, er würde nie mit dem zufrieden sein, was sie bislang geteilt hatten. Er wollte nun so viel mehr. Er wollte ihre Liebe, und er wollte, dass sie so voll und gefestigt war wie die seine.

Als die Kutsche die lange Auffahrt hinauffuhr, begann er zu schwitzen. Bei ihrer letzten Begegnung hatten sie eine wütende Konfrontation inszeniert, die er jedoch begonnen hatte, weil er sich so herzzerreißend um ihre Sicherheit sorgte. Durch seine Abreise ohne ein Wort der Erklärung hatte er die Dinge wahrscheinlich noch verschlimmert. Er war sich nicht sicher, wie sie ihn jetzt empfangen würde.

Doch er hatte ein Friedensangebot dabei. Auf dem Sitz neben ihm lag eine große, in Geschenkpapier verpackte Schachtel. Wenn sie den Inhalt sah, würde sie seinen aufrichtigen Wunsch erkennen, seinen wilden Zorn und seine unüberlegte Abreise aus Clayborough wieder gutzumachen.

Vor den überdimensionierten, geschnitzten Eingangstüren von Clayborough kam die Kutsche zum Stehen. Die Schachtel unter dem Arm, stieg Hadrian aus. Mrs. Veig hieß ihn willkommen. Seine Gattin, sagte sie, sei oben in ihren Räumen.

Hadrian war nervös wie ein Schuljunge, der zu seinem Rektor zitiert wurde. Langsamer als sonst stieg er die Treppe hinauf. Erst im Korridor wurden seine Schritte weniger zaghaft, dafür schlug sein Herz wie ein Vorschlaghammer.

Ihre Tür war offen. Er trat in ihr Wohnzimmer; aus dem Schlafzimmer waren Geräusche und Schritte zu hören. Er ging zu dieser Tür, und eine plötzliche, heftige Freude übermannte ihn. Immer, wenn er sie sah, überkam ihn diese ungestüme Freude, erkannte er jetzt. Doch als er auf der Schwelle stand, verschwand dieses Gefühl schlagartig.

Nicole hatte ihm den Rücken zugewandt. Auf dem Boden stand ein großer Koffer, fast bis oben hin mit Kleidung gefüllt. Auf ihrem Bett lagen zahllose Stapel und Haufen aus Kleidern, Unterröcken, Hemden, Schlüpfern, Schuhen, Handschuhen, Halstüchern, Handtaschen und Beuteln. Annie war über eine Seite des Betts gebeugt. Als Nicole einen weiteren Stapel Kleidung aufhob, sah Annie ihn und erstarrte. Nicole warf die Kleidungsstücke in den Koffer, dann entdeckte auch sie ihn.

Er blieb regungslos stehen. »Madame«, sagte er nur.

»Euer Gnaden.« In ihren Augen loderte heiße Wut, doch ihr

Ton war mehr als höflich, er war formell und eisig kalt. Sie wandte sich abrupt wieder ab und hob den nächsten Stapel auf.

Der Herzog stellte die Schachtel sorgfältig ab und verschränkte die Arme vor der Brust. »Darf ich fragen, was Sie machen?« Doch er musste nicht fragen, denn es war offensichtlich. Der Schleier der Taubheit öffnete sich ein wenig, und Schmerz bohrte sich in seine Brust.

»Sehen Sie das nicht?«, gab sie zurück und ließ die Kleidung in den Koffer fallen. »Ich packe.«

»Das weiß ich. Wo wollen Sie hin?«

Sie starrte ihn an mit Augen, die funkelten wie Diamanten. Und ebenso hart waren. »Ich ziehe aus.«

Jetzt spürte er keine Taubheit. Doch da der Herzog sein Leben lang gelernt hatte, seine Reaktionen verborgen zu halten, verriet seine ebenmäßige Miene nichts. »Sie ziehen aus?«

»Ich verlasse Sie.«

»Ich verstehe.« Seine Gelassenheit drohte Risse zu bekommen. Er schritt rasch durch das Zimmer und starrte mit leerem Blick aus dem Fenster, das Gesicht von ihr abgewandt. Er hörte, wie sie weiter packte. Die Hände in den Taschen vergraben, versuchte er, die Panik in den Griff zu bekommen. Er drehte sich um. »Darf ich fragen, warum?«

»Das wagen Sie noch zu fragen!?« Es war ein Schrei. Sie hatte die Worte kaum ausgesprochen, als sie mit drei großen Schritten auf ihn zukam und ihm eine schallende Ohrfeige gab. Die Wucht ihres Schlages ließ ihn taumeln.

Sie wich nicht zurück. Mit wildem Blick, bereit, mit ihm zu kämpfen, wartete sie. Doch er würde der Frau, die er liebte, niemals wehtun. »Das ist, glaube ich, das vierte Mal, dass Sie mich geschlagen haben.«

»Und das letzte Mal.«

Keine Worte hätten von ihrer unabänderlichen Absicht, ihrem unwiderruflichen Entschluss, besser Zeugnis ablegen können. Ihrem Entschluss, ihn zu verlassen. *Die Panik war da, sie lauerte gleich unter der Oberfläche, ein schwarzer Nebel, der ihn zu ersticken, in die Tiefe zu ziehen drohte.* Als sie bemerkte, dass er sich ihrer Herausforderung nicht stellte, kicherte sie fast, doch es klang sehr bitter. Hasserfüllt. Sie wandte sich abrupt von ihm ab und schlug den Koffer zu. »Annie, hol zwei Diener herauf und lass das hinuntertragen.«

Annie war sprachlos, sie rannte aus dem Zimmer. Der Herzog hatte sie gar nicht richtig wahrgenommen.

Er schürfte tief in sich nach mehr Stärke und Kraft, als er sich je abverlangt hatte, und wie durch ein Wunder fand er sie. Mit offenbarer Gleichgültigkeit trat er auf seine Frau zu. Sie wich nicht zurück, schien also noch immer zur Konfrontation mit ihm bereit zu sein. Doch er war nicht dazu bereit. Nicht jetzt. Nicht, wenn er vollkommen gefasst war. Er nahm ihr Kinn zwischen seine Finger.

»Eine Warnung, Madame«, sagte er leidenschaftslos. »Wenn Sie mich jetzt verlassen, werden Sie hier nicht mehr willkommen sein. Nie mehr. Drücke ich mich klar aus?«

Sie lachte hysterisch auf. »Ich komme nicht zurück! Nie mehr!«

Er wusste noch immer nicht weshalb, aber es war nicht mehr von Bedeutung. *Denn die Farben waren jetzt alle verschwunden, und die Schwärze hatte ihn verschluckt. Aber es war vertraut, beinahe tröstlich.*

»Na gut«, sagte er und ließ sie los. Sein Lächeln war eisig. »Sie sind gewarnt worden. Wohin Ihr rücksichtsloses Wesen Sie dieses Mal auch immer bringen wird, von mir können Sie keine Rettung erwarten.«

»Gut!«

Er machte auf dem Absatz kehrt und schritt aus dem Raum. Jetzt war er mehr als taub, aber es war gleichgültig. Er hatte sein gebrochenes, in viele Stücke zerbrochenes Herz hinterlassen, und so konnte er nichts fühlen, und das passte zum Herzog von Clayborough besser als irgendetwas sonst.

Rasch kehrte wieder Normalität in das Leben des Herzogs ein. Er vergaß sogar, dass er eine Frau gehabt hatte, dass seine Frau existierte. Er kam wieder in seine Routine, die er so viele Jahre gepflegt hatte, dass er sie nicht mehr zählen konnte. Er stand mit der Sonne auf und kümmerte sich auf seinen großen Gütern um die vielen Dinge, die seiner Aufsicht bedurften. Er verbrachte seine Nachmittage und Abende zurückgezogen in seinem Arbeitszimmer mit Papieren oder seinen Verwaltern. Er verfiel in einen tiefen, traumlosen Schlaf.

Aber mitten in der Nacht wachte er immer auf. Und immer fühlte er sich wie ein sechsjähriger Knabe, nicht wie ein Mann von fast dreißig. In den dunklen Stunden um Mitternacht geriet er in Panik, regelrechte, echte Panik. Nur dann erinnerte er sich an sie, hasste er sie. Wieder war der Hass seine Stärke.

Eine Woche später begrüßte der Herzog seine Mutter, die ihm einen unerwarteten Besuch abstattete. Er freute sich nicht sie zu sehen, denn er war mitten in einer Besprechung mit seinem Forstverwalter aus dem Norden, der nur für diesen Termin einen ganzen Tag lang gereist war. Der Verwalter wurde gebeten zu warten, und der Herzog empfing seine Mutter im Arbeitszimmer. »Mutter, was für eine Überraschung.« Sein Ton war höflich, nichts weiter.

»Hadrian, was ist los? Ich habe die schlimmsten Gerüchte gehört! Deine Gattin soll bei den Serles in Cobley House wohnen!«

»Meine Gattin?« Er war kühl. »Ah, die Herzogin.« Er zuckte die Achseln, das Thema erschien ihm nicht im Geringsten von Interesse. Doch hinter seinen Schläfen begann es plötzlich, heftig zu pulsieren.

»Habt ihr beiden euch gestritten? Oder ist sie bei den Serles wirklich nur zu Besuch? Ich bete, dass Letzteres der Fall ist, aber welche Frau rennt schon ein paar Wochen nach der Hochzeit von ihrem Mann weg, um eine Freundin zu besuchen?«

»Mutter, ich möchte diese Angelegenheit nicht diskutieren. Ich werde dir dieses eine Mal eine Antwort geben – und dann lassen wir das Thema auf sich beruhen. Wir haben uns dafür entschieden, getrennt zu leben.«

»Getrennt zu leben?« Isobel war entsetzt.

Ein plötzlicher Zorn flammte in ihm auf, so stark und quälend, dass der Herzog beinahe den Halt verloren hätte. »Das ist doch wahrlich nichts Außergewöhnliches«, erklärte er kalt. »Und danke, dass du mich daran erinnerst, ich muss ihr noch eine passende Wohnung besorgen.«

»Eine passende Wohnung? Hadrian – was ist passiert?«

Er runzelte die Stirn. »Nichts. Absolut nichts.« Aber irgendwo klickte es in seinem Gehirn, und ein Gedanke formte sich, dessen ungeheuerliche Bedeutung sich in einem einzigen Wort verdichtete: *alles*. Er schloss rasch die Augen, er wollte sich nicht bewusst machen, was er unbewusst ohnehin bereits wusste.

»Das ist doch lächerlich!«, rief Isobel außer sich. »Hol sie sofort wieder zurück! Ihr beide seid füreinander bestimmt! Wenn sie dich verlassen hat, dann vergiss deinen Stolz – und sprich ein Machtwort!«

Anstatt seiner Mutter zu antworten, ging der Herzog an ihr vorbei und öffnete ihr die Tür. »Ich bin mitten in einer geschäftlichen Besprechung«, erklärte er schroff.

Nicole zog sich zum Abendessen um. Sie machte alles, was sie tat, jeden Handgriff, höchst konzentriert. Selbst die einfachsten Dinge, etwa ihre Haare zu bürsten oder eine Tasse Tee zu trinken, erforderten ihre ganze Aufmerksamkeit. Sie merkte, dass sie den Tag nur überstand, wenn sie sich auf alles, was sie tat, vollständig konzentrierte.

Vor einer Woche war sie unerwartet im Landhaus der Serles eingetroffen. Martha hatte nur einen Blick auf ihr tränennasses Gesicht mit den verquollenen Augen geworfen und sie dann sofort nach oben in ein Gästezimmer gebracht. Nicole, die keine Fassade mehr hatte, die es noch aufrechtzuerhalten galt, hatte sich lange in den Armen ihrer besten Freundin ausgeweint. Zwischendurch hatte sie Wutanfälle bekommen, in denen sie hemmungslos auf die Kissen eindrosch und sich dabei wünschte, es wäre Hadrian, den sie in Stücke zerriss. Und sie hatte Martha alles erzählt.

Sie existierte, aber das war alles. Sie lebte jeden Tag von einem Augenblick zum nächsten und schaffte es entweder, sich den Kopf frei zu halten, oder sie beschäftigte sich mit ganz prosaischen Dingen. Sie wagte nicht an ihn zu denken, sie wagte nicht zu fühlen. Der Schmerz lauerte in ihr und drohte, jederzeit auszubrechen. Sie hatte zu hoffen, zu träumen gewagt. Eine sehr kurze Zeit hatte es den Anschein gehabt, als würden ihre Träume wahr werden. Und eben das machte es unmöglich, seinen Verrat zu ertragen. Sie wusste, der Kummer, der tief und fest in ihr verborgen lag, war so immens, dass sie ihn nie würde enthüllen dürfen.

Und er hatte nicht einmal versucht, sie aufzuhalten. Er hatte sie ohne das leiseste Zögern gehen lassen. Sie bedeutete ihm so wenig, dass er nicht einmal um sie gekämpft hatte.

Nicole wagte es nicht, solche Gedanken bewusst zuzulassen.

Am Ende der Woche erschien Regina. Nicole hatte gewusst, dass es nur eine Frage der Zeit sein würde, bis ihre Familie herausbekam, wo sie sich aufhielt. Sie freute sich, ihre Schwester zu sehen, aber sie fürchtete sich auch davor.

»Was hast du nur getan!«, schrie Regina, die sich nie lange damit aufhielt, um den heißen Brei herumzureden. »Nicole, du solltest dir wirklich überlegen, was du tust!«

Eine Erinnerung traf Nicole wie ein Blitzschlag. Sie sah vor ihrem geistigen Auge, wie Regina sie zuletzt gesehen hatte, als sie mit Jane und Martha nach Clayborough zu Besuch gekommen war. Nicole erinnerte sich genau, wie ihre Schwester angezogen war, bis hin zu den kleinen Perlenohrringen, die sie getragen hatte, und sie wusste noch genau, wie sie sich damals gefühlt hatte. Sie war auf einer himmelhohen Wolke geschwebt, sie hatte sich in einer unglaublichen Ekstase befunden, sie war verliebt gewesen.

»Bitte, Regina, fang mit dem Thema meiner Ehe gar nicht erst an. Das ist vorbei. Ich werde nie mehr zurückgehen.«

»Du Dummkopf! Du Närrin! Was kann er bloß getan haben, dass du dich so unmöglich daneben benimmst! Noch vor ein paar Wochen warst du ekstatisch vor Glück und irrsinnig verliebt!«

Nicole schaffte es, ihre Schwester anzulächeln. »Fährst du bald wieder nach London? Siehst du Lord Hortense noch?«

Regina sah sie verständnislos an. »Lenke nicht vom Thema ab!«

Die Zurechtweisung durch ihre kleine Schwester brachte Nicole sofort zum Überschäumen. »Lass mich bloß in Frieden! Das ist immer noch mein Leben! Wenn er sich auch nur das Geringste aus mir machen würde – dann käme er und würde mich holen! Zum Teufel mit ihm!«

Regina war schockiert.

Und Nicole hatte sich beinahe zugestanden, den unermesslichen Kummer, den sie nicht fühlen wollte, doch zu fühlen. Sie vergrub das Gesicht in den Händen. Ihre Schwester setzte sich neben sie und umarmte sie.

»Es tut mir Leid«, flüsterte Regina. »Du hast ja Recht, natürlich ist es dein Leben. Es ist doch nur, dass ich dich so lieb habe und möchte, dass du glücklich bist.« Sie ließ Nicole los.

Nicole wischte sich eine Träne ab und nickte. »Was würde ich ohne dich tun? Und ohne Martha? Bitte, bitte, haltet zu mir. Bitte stellt euch nicht auf seine Seite.«

Regina biss sich auf die Lippen. Sie blickte ernst und sehr betroffen und nickte zustimmend. »Willst du mir nicht erzählen, was geschehen ist?«, fragte sie.

»Nein.« Nicole seufzte tief und brachte dann ein Lächeln zustande. »Hier geht es mir viel besser. Und wenn ich über diese Ehe komplett hinweggekommen bin, werde ich ein neuer Mensch sein. Ich werde nach Dragmore zurückkehren. Mein Leben wird wieder genau so, wie es war – und ich werde wieder so glücklich, wie ich früher war.« Ihr Lächeln war zu strahlend.

Regina blickte sie traurig an. »Und wie wirst du über ihn hinwegkommen?«

Nicole wagte ihre Frage nicht ehrlich zu beantworten und schon gar nicht darüber nachzudenken. »Ich hoffe, ein Mann mit so viel Einfluss wie er wird schnellstens eine Scheidung erreichen.«

»Eine Scheidung!«

Nicole nickte. »Diese Ehe war von Anfang an ein Fehler. Ich habe ihm einen Brief geschrieben und ihn um die Scheidung gebeten.«

33

Er las den Brief noch einmal. Nicht das zweite oder das dritte oder vierte Mal. Er hatte ihn schon so viele Male gelesen, dass er den Inhalt längst auswendig kannte. Und wieder verschwammen die Worte. Die Tränen waren sowohl Tränen der Freude als auch des Leids. *Guter Gott, er hatte einen Sohn.*

Sehr geehrter Herr,

ich bin der Sohn von Isobel de Warenne Braxton-Lowell. Ich kann nur hoffen, dass Sie sich trotz der vielen Jahre, die vergangen sind, an meine Mutter und an das, was zwischen ihr und Ihnen war, erinnern. Kürzlich hat sie sich mir anvertraut. Ich war so überrascht, wie auch Sie es sicher sein werden, denn sie eröffnete mir nicht nur, dass sie vor so vielen Jahren Sie kannte, sondern auch, dass Sie mein leiblicher Vater sind. Ich hoffe, dass Sie am Leben sind, sich bester Gesundheit erfreuen und ich Ihre Bekanntschaft machen kann, natürlich nur, falls es Ihnen beliebt. Ein solches Treffen kann auf dem Boden Ihrer Heimat ebenso wie in der meinen stattfinden.

Bis dahin, Ihr ergebener
Hadrian de Warenne Braxton-Lowell,
der neunte Herzog von Clayborough

Er faltete den abgegriffenen Brief sorgfältig, denn er fing allmählich an, sich aufzulösen, und steckte ihn in die Innentasche seines Jacketts.

Er hatte einen Sohn.

Obwohl es nun schon Wochen her war, seit Hadrian Stone die wundersame Nachricht erhalten hatte, dass er einen Sohn habe, hatte er sich von dieser Entdeckung noch immer nicht erholt. Er war noch immer von dem Wissen um die Existenz seines Sohnes überwältigt. Seines Sohnes, der hoffte, ihn kennen zu lernen.

Hadrian Stone konnte diesen Tag selbst kaum erwarten.

Wie immer waren seine Gedanken mit diesem einen Thema beschäftigt, seinem Sohn. Seine Spekulationen überschlugen sich. Der Ton des Briefes war so formal und so korrekt, dass er den Worten weder ein Gesicht noch irgendwelche Gefühle zuordnen konnte. War es korrekt von seinem Sohn, ihn als einen Fremden anzusprechen – der er ja tatsächlich war –, oder hatte er es aus Vorsicht getan? Freute er sich, ihn zu sehen, oder war er nur neugierig, oder gar entsetzt? Vielleicht würde er sogar zornig werden. Sein Sohn war der neunte Herzog von Clayborough. Offensichtlich hatte er bis vor kurzem gedacht, der achte Herzog von Clayborough sei sein Vater. Würde er nicht zornig sein? Vielleicht fühlte er sich auch bedroht. Hadrian Stone kannte nur ein paar britische Lords, aber er wusste, dass sie auf ihr blaues Blut und ihre Titel größten Wert legten, und es lag nahe, dass der Titel seines Sohne nun leicht von Brüdern, Cousins, Onkeln oder sonst einem männlichen Verwandten angefochten werden konnte.

Aber aus welchem Grund auch immer, sein Sohn hatte um ein Treffen gebeten, entweder in Amerika oder in London. Stone hatte sich nicht einmal mit einer Antwort aufgehalten. Er war noch am selben Tag, an dem er das Schreiben erhalten hatte, in seiner Heimatstadt Boston an Bord des ersten Schiffes gegangen, das nach England fuhr.

Jetzt betrachtete er die Silhouette von London, die gerade in Sicht kam, während sich das Schiff unter Dampf die Themse hinaufplagte. Es war ein kühler, grauer Tag, und es nieselte, aber Hadrian Stone war an unfreundliches Wetter gewöhnt, er spürte die Kälte und die Feuchtigkeit kaum. Er rückte an seiner Krawatte, die ihn ebenso einengte wie der Anzug, den er trug. In seinen sechzig Jahren hatte er wahrscheinlich nicht öfter als ein Dutzend Mal einen Anzug getragen.

Er erstickte fast vor Freude. Sie überkam ihn wie eine riesige Woge, unvermittelt und heftig, wie so oft. *Er hatte einen Sohn. Sein Sohn war der Herzog von Clayborough.* Es war ein wahr gewordener Traum.

Hadrian Stone hatte keine Kinder. Er hatte nie geheiratet. Nur einmal in seinem Leben hatte er heiraten wollen, hatte er eine Frau so sehr geliebt, dass er heiraten wollte. Aber das war lange her, es lag weit in der Vergangenheit. Er bedauerte das nicht sehr, denn er war kein Mensch, der sehr viel grübelte, sondern ein Mann der Tat, aber er hatte es immer bedauert, keine Kinder zu haben, und in letzter Zeit war diese Sehnsucht stärker geworden.

Und jetzt hatte er einen Sohn. Einen Sohn, der, wie er auch, soeben erst von seiner Existenz erfahren hatte. Einmal mehr fragte sich Stone, wie er wohl sein würde. War er zu stolz oder zu korrekt, um seine Gefühle in einem Brief an einen Fremden offen zu legen, der sein leiblicher Vater war? Auch Hadrian Stone war ein sehr stolzer Mensch, aber er hatte immer gewusst, wann er seinen Stolz hinunterschlucken musste, und hatte es dann auch immer getan. Andererseits interessierten ihn Dinge wie Anstand und Schicklichkeit nicht im Geringsten. Mit Form und Etikette hatte Stone nichts am Hut, doch der Ton des Briefes ließ ihn mehr und mehr vermuten, dass sein Sohn in dieser Hinsicht das krasse Gegenteil von ihm war.

Andererseits konnte er sich nicht vorstellen, dass sein Sohn schicklich war, oder, schlimmer noch, ein prüder, blaublütiger Brite. Aber es gab bestimmt noch viele krasse Gegensätze zwischen ihnen. Stone hatte aus dem Nichts, mit schierer Willenskraft, ein großes Schifffahrtunternehmen aufgebaut, mit nichts als eiserner Entschlossenheit und seinen bloßen Händen. Wer ihn kennen lernte, kam erst einmal nicht auf den Gedanken, dass er ein erfolgreicher Geschäftsmann und Großindustrieller war. In seinen Büros arbeitete er in Hemdsärmeln wie ein kleiner Angestellter, und er war offen und leutselig – allerdings geriet er auch rasch in Wut, wenn seine Leute nicht ihr Bestes gaben. Wann immer er konnte, ließ er jedoch die Büros hinter sich und steuerte als Kapitän mit einem seiner Schiffe einen fernen Hafen an. Seine Liebe zur See hatte schon in jungen Jahren begonnen – mit dreizehn war er das erste Mal zur See gefahren. Er war nie ein Mensch gewesen, der sich lange hinter einen Schreibtisch hätte zwängen lassen. Er war immer einer gewesen, der draußen sein musste, auf dem Meer. Das Meer war sein Leben, seine Liebe.

Er versuchte, sich auf das Unvermeidliche vorzubereiten. Sein Sohn war nicht nur ein Aristokrat, sondern sogar ein Herzog. Stone musste nichts über ihn wissen, um der Überzeugung zu sein, dass er wahrscheinlich noch nie in seinem Leben einen Finger rühren oder sonst irgendwie für sich selbst hatte sorgen müssen. Damit zurechtzukommen, fiel ihm sehr schwer. Denn er hatte es nicht nur bis ganz nach oben geschafft, sondern er hatte dabei auch ganz unten angefangen und keinerlei harte Arbeit gescheut. Und jetzt musste er sich in aller Aufrichtigkeit eingestehen, dass sein Sohn sehr wahrscheinlich nie in seinem Leben durch ehrliche Arbeit ins Schwitzen gekommen war. Stone war entschlossen, ihn dafür nicht zu verurteilen, auch wenn sein Sohn die Arbeitsethik offen verachten sollte.

Aber wie würde sein Sohn über *ihn* urteilen?

Er hoffte, dass das, was er in seinem Brief wahrgenommen hatte, nur höfliche Formalität war – und nicht etwa kühle Indifferenz oder gar hochnäsiger Snobismus. Doch die Frage stand im Raum, und sie hatte ihn verfolgt, seit er vom Titel seines Sohnes erfahren hatte. *Würde sein Sohn ihn akzeptieren können – einen einfachen, hart arbeitenden Mann, der sich als Kapitän zur See betrachtete?*

Bei dem Gedanken zog sich sein Magen zusammen. Er hatte in seinem Leben nur sehr wenig Angst gehabt, doch er fürchtete sich davor, dass sein Sohn ihn zurückweisen könnte. Er fürchtete sich davor, dass sein Sohn ihn von oben herab betrachten würde. Er hatte genügend Adlige kennen gelernt, Briten und andere Europäer, um zu wissen, dass sie sich für etwas Besseres hielten als gewöhnliche Menschen – dass sie Snobs waren.

So sehr er ihr Treffen herbeisehnte, so sehr fürchtete er sich davor.

Und für all diese Umstände hatte er rasch einen Schuldigen ausgemacht – Isobel. Hätte er gewusst, dass er einen Sohn hatte, dann hätte er die Verantwortung für ihn übernommen, und zwar mit Recht. Dann wäre der Junge nicht in den Salons der britischen Oberklasse aufgewachsen, sondern auf den Decks zur See fahrender Schiffe. Er hätte den Wert harter Arbeit kennen gelernt, und er hätte gelernt, auf sich stolz zu sein aufgrund dessen, wer er war, und nicht aufgrund eines verdammten Titels.

Aber es hatte nicht sein sollen. Wegen Isobel, *die ihm seinen Sohn vorenthalten hatte.* Isobel, die ihn all diese Jahre getäuscht hatte.

Wut stieg in ihm auf.

All diese Jahre hatte sie ihm ihren Sohn vorenthalten. Isobel war die einzige Frau, die er je geliebt hatte. So sehr er sich darum bemüht hatte, er hatte ihre Vorstellung von Pflicht und Loyalität nicht verstanden, er hatte nicht verstanden, wie sie ihn wirklich lieben und trotzdem zu ihrem Ehemann zurückkehren konnte. Doch seine Liebe zu ihr hatte nie gewankt. In beinahe dreißig Jahren nicht, trotz der Qual, trotz des Kummers. Bis jetzt.

Sie hatte ihm seinen Sohn vorenthalten. Sie war nicht die Frau, für die er sie all die Jahre gehalten hatte. Sie war egoistisch und unehrlich. Sie hatte ihn getäuscht. Absichtlich hatte sie die Tatsache von der Existenz seines Sohnes von ihm fern gehalten. *Sie hatte ihm seinen Sohn vorenthalten.* Daran führte kein Weg vorbei, darüber kam er nicht hinweg. Wut loderte in seinem Herzen, wo einst Liebe entflammt gewesen war. Er würde es ihr nie vergessen, und er würde ihr nie vergeben.

*

In dem Augenblick, als der Herzog den kurzen, brüsken Brief seiner Frau las – in dem Moment, als er ihre Forderung nach einer Scheidung begriff –, war all seine sorgfältige, bemühte Kontrolle dahin. Mit einem Aufschrei zerriss er ihn und verlangte barsch nach seinem Pferd.

Er war sich der Wut wohl bewusst, die ihn verzehrte, er war sich wohl bewusst, dass er nicht so reagieren sollte, aber es war zu spät. Jegliche Kontrolle, die er gehabt hatte, seit sie ihn verlassen hatte, war weg. Zorn durchflutete ihn, bis er nichts anderes mehr fühlen konnte, und er hieß ihn willkommen.

Er entschied sich für Ruffian, das schnellste Pferd in seinem Stall. Er ritt mit dem brennenden Ehrgeiz, Cobley House noch vor Einbruch der nächsten Morgendämmerung zu erreichen. Doch nach den ersten verrückten Augenblicken, in denen er von Clayborough fortgaloppierte, wurde er langsamer und kam allmählich wieder zur Vernunft. Obwohl das Blut noch immer wild durch seine Adern jagte, war er gescheit genug zu wissen, dass er es nicht nur später bedauern würde, wenn er sein Pferd mit einem verwegenen Ritt umbrachte, sondern dass er dadurch auch nicht schneller nach Sussex kommen würde.

Zum Teufel mit meinem Stolz, dachte er grimmig. Sie war seine Frau, und einer Scheidung würde er niemals zustimmen. Und er würde ihr auch nicht erlauben, dieses unsinnige Spiel weiterzutreiben. Wenn er sie gegen ihren Willen nach Clayborough zurückschleifen musste, dann sollte es eben so sein. Wenn sie schmollen und weibischen Hirngespinsten frönen wollte, dann sollte sie doch. Aber sie sollte da beleidigt sein und schmollen, wo sie hingehörte – in Clayborough.

Denn er würde sie nicht aufgeben.

Er hatte genug. Es reichte.

Hadrian traf am frühen Morgen in Cobley House ein. Sowohl er als auch sein Hengst waren völlig verschmutzt und tropfnass vor Schweiß und Regen. Er war ganz allein geritten, und als der Butler der Serles öffnete, erkannte er ihn nicht – er bat ihn nicht ins Haus, sondern trat ihm in den Weg.

Hadrian wischte sich noch einmal mit seinem Taschentuch das schmutzverschmierte Gesicht ab. Dann ignorierte er den Butler einfach und stürmte ins Foyer, ohne darauf zu achten, dass er das Parkett mit Schmutz und Wasser verunreinigte.

»Nun warten Sie doch«, protestierte der Butler, »Sie können nicht …«

»Wo ist meine Frau?«, schnauzte Hadrian ihn an.

Der Butler stand da, wie vom Blitz gerührt.

Das gesunde Urteilsvermögen, das er im Verlauf des langen,

erschöpfenden Ritts wiedergefunden hatte, war verschwunden. Kalter, berechnender Zorn war an seine Stelle getreten, und mit ihm funkelnde Entschlossenheit. »Meine Frau«, wiederholte Hadrian. »Die Herzogin von Clayborough.«

Der Butler erbleichte. »Euer Gnaden, vergeben Sie mir! Ich wusste nicht – ich meine ...« Hadrians unnachgiebiger und zunehmend feindseliger Blick ließ ihn noch bleicher werden. »Sie ist im Gästezimmer, oben im ersten Stock. Ihre Tür ist die erste rechts!«

Hadrian wirbelte herum und setzte die Stufen hinauf. Vor der beschriebenen Tür angelangt, blieb er nicht einmal stehen, sondern trat einfach dagegen, so dass sie abrupt aufflog.

Nicole stieß einen Schrei aus. Sie war nur mit einem silberblauen Nachthemd und einem Morgenrock bekleidet und hatte im Bett heiße Schokolade getrunken. Die Schokolade ergoss sich über die blütenweißen Laken, die Tasse fiel zu Boden. Sie setzte sich erschrocken auf und wurde bleich, als sie erkannte, dass es ihr Ehemann war, der in ihr Zimmer gestürmt war.

»Ich bin gekommen, um dich nach Hause zu holen.«

Nicole klammerte sich an der Bettdecke fest. Sie war sprachlos.

Hadrian lächelte kalt. Er riss eine Schranktür auf, so dass ihre aufgehängten Kleider sichtbar wurden, und warf ihr eines über die Beine. »Zieh dich an!«

Endlich fand Nicole ihre Sinne wieder. »Wie kannst du es wagen! Hinaus! Und zwar sofort!«

»Ich bin nicht hierher gekommen, um mit Ihnen zu streiten, Madame.« Im nächsten Augenblick packte er sie.

Nicole schrie erneut, dieses Mal noch viel lauter – laut genug, um Tote zu erwecken –, denn sie erkannte, was er im Schilde führte. Sie krümmte und wand sich wie wild, als Hadrian sie auf seine Schultern packte, als sei sie nichts weiter als ein Sack Futter.

»Lass mich los! Lass mich runter! Sofort!« Sie heulte vor Wut.

»Es reicht mir«, warnte er sie und verpasste ihr einen kräftigen Schlag auf ihren spärlich bekleideten Hintern.

Nicole verstummte vor Entsetzen. Hadrian ging mit großen Schritten auf den Flur hinaus, wo er den Gastgebern seiner Frau begegnete. Martha war kreidebleich, sie hatte eine Hand über dem Mund und die Augen weit aufgerissen. Doch der Vicomte musste deutlich ein Lächeln unterdrücken.

»Hallo, Serle. Verzeihen Sie die Störung«, sagte der Herzog, als wäre nichts.

»Machen Sie sich nichts daraus, Euer Gnaden«, erwiderte Robert Serle höflich.

»Ich würde mich sehr freuen, wenn ich eine Ihrer Kutschen ausleihen dürfte.«

»Selbstverständlich«, sagte Serle und rief nach unten, um dem Butler Bescheid zu geben.

»Verräter!« schrie Nicole. »Helft mir, bitte! Martha ...«

Hadrian verpasste ihr einen zweiten Schlag auf den Allerwertesten, und wieder verstummte Nicole vor Schock. »Und um meinen Hengst müsste man sich kümmern, wenn Sie so nett wären.«

»Keine Sorge, er wird sofort gefüttert und gestriegelt.«

»Lass mich herunter!«

»Wieso?«, fragte der Herzog ruhig. »Du benimmst dich daneben wie ein Kind, also wirst du wie ein Kind behandelt. Auf Abwege geratene Ehefrauen bekommen, was sie verdienen.« Er ging die Treppe hinunter.

»Ooohh!« Für einen kurzen Moment war Nicole kopflos vor Wut.

»Prüfe meine Geduld noch einmal«, sagte er in einem Ton, der zu jovial war, als sie begann, sich wütend zu drehen und zu winden, »und ich lege dich übers Knie wie eine Sechsjährige.«

Sie hörte sofort auf.

Im Foyer blieb er stehen. Der Butler tat ganz nonchalant so, als würde er sie nicht sehen. Martha eilte die Treppe herunter. Nicole versuchte verzweifelt, einen Blick von ihr zu erhaschen, doch Martha vermied es sorgsam, sie anzusehen. »Sie werden das brauchen«, sagte sie zu Hadrian und gab dem Butler zwei dicke Decken und einen langen Pelzmantel.

»Du also auch noch!«, schrie Nicole fast schluchzend.

»Die Kutsche ist bereit, Euer Gnaden«, sagte der Butler. Er konnte eine gewisse Erleichterung in seiner Stimme nicht ganz verbergen.

»Danke, Lady Serle. Noch einmal, verzeihen Sie die Störung«, sagte der Herzog und folgte dem Butler nach draußen zu der Kutsche. Der Nieselregen hatte zum Glück aufgehört. Als der Diener die Tür öffnete, warf Hadrian Nicole unsanft auf eine Sitzbank. Dann stieg er selbst ein, verschloss schnell die Tür auf der anderen Seite und steckte den Schlüssel ein.

»Warten Sie!«, rief Martha, die aus dem Haus gelaufen kam. »Sie werden auch das hier brauchen!«, fuhr sie fort und drückte ihm eine Flasche Brandy in die Hand. Dann schloss der Butler die Tür.

Hadrian nickte noch einmal ein Dankeschön, klopfte laut an die Decke, und die Kutsche fuhr an. Dann streckte er die langen Beine aus und warf einen Blick auf seine Frau.

»Ich hasse dich!«, schrie sie ihn an.

»Davon bin ich überzeugt«, erwiderte er ruhig. Er warf ihr den Pelzmantel hin. »Wenn du mich lieben würdest, hättest du mich schließlich nicht um die Scheidung gebeten, nicht wahr?«

Nicoles Nasenflügel bebten, Tränen rollten über ihre Wangen. Sie starrte ihn an, unfähig, ihm zu antworten.

»Nur um das klarzustellen«, fuhr der Herzog wie im Plauderton fort, »eine Scheidung kommt nicht in Frage.«

»Warum nicht?«

»Weil ich es nicht will.«

»Und was ich will, das interessiert dich nicht im Geringsten!«

»So ist es.«

Nicole versteifte sich und bedeckte das Gesicht mit den Händen. Sie würde nicht weinen. Sie würde nicht all den Kummer und den Zorn, den sie sorgfältig und so tief vergraben hatte, herauslassen. Sie würde es nicht tun.

Aber sie spürte, wie es in ihr hoch kochte wie in einem Vulkan, der unmittelbar davor war, seinen heißen Inhalt herauszuschleudern.

Sie rang mit sich selbst, und sie obsiegte. Sie öffnete die Hände; der Herzog betrachtete sie teilnahmslos. »Ich werde dir das Leben unerträglich machen.«

»Das ist es bereits«, sagte er ruhig.

Nicole blickte ins Leere.

Sein Lächeln war angespannt, kalt.

»Du verdammst mich, was immer ich tue«, erklärte er ihr. »Aber ich kann ebenso gut etwas von dieser Ehe haben, einen Erben zum Beispiel.«

Sie verstand nicht, was er meinte, aber es war ihr egal, so lange er seine Absichten so schlecht formulierte. »Das bin ich also für dich – eine Zuchtstute! Fahr zum Teufel! Ich werde dir keinen Sohn schenken!«

Abrupt beugte er sich zu ihr. Plötzlich hatten seine Haltung und seine Miene nichts Gleichgültiges mehr – in seinen Augen loderte verzehrende Wut. »Du kannst deine Position als meine Frau so vollendet – oder so begeisterungslos – ausfüllen, wie du willst. Aber du *wirst* deine Pflicht tun. Du *wirst* mir einen Sohn gebären.«

»Nein!«, kreischte Nicole und stürzte zur Tür. Sie war verschlossen, das hatte sie ja gewusst, aber sie rüttelte trotzdem wie besessen daran. Doch er zog sie sofort weg. Mit einem wilden Schrei, einem halben Schluchzen, drehte sie sich zu ihm um in der Absicht, ihm das Gesicht zu zerkratzen. Doch er packte sie sofort an beiden Händen, zwang ihren Körper in eine intime Umarmung und drückte sie an das Polster der Sitzbank. Nicole wand sich hoffnungslos in seinem Griff, sie keuchte und bäumte sich auf, Tränen der Wut, Frustration und Verzweiflung rannen über ihre Wangen. Irgendwann hatte sie keine Kraft mehr, sich zu wehren, und sank matt auf das Polster zurück.

Er bewegte sich nicht. Er machte keine Anstalten, sie loszulassen, obwohl auch er wusste, dass sie erschöpft war – und dass sie verloren hatte. Als Nicoles Atem langsamer wurde, als ihre blinde Wut nachließ, wurde ihr zunehmend bewusst, wie seine Brust gegen die ihre drückte, seine Hüfte sich gegen ihre schmiegte. Seine Arme umgaben sie, er umfasste ihre Handgelenke und hielt sie hinter ihrem Rücken fest. Sein unrasiertes Gesicht kratzte an ihrer Wange. Sie spürte Hadrians regelmäßigen Atem warm auf ihrer Haut.

Panik loderte auf.

Die Panik kam genau in dem Moment, in dem sie sich mit allen ihren Sinnen seiner Kraft, seiner Macht, seiner Leidenschaft, seiner Männlichkeit bewusst wurde. Und der Nähe zwischen ihnen.

»Ich werde nicht versuchen, wegzulaufen«, flüsterte Nicole und wandte leicht den Kopf. Zu ihrem Entsetzen berührten ihre Lippen sein Kinn, als sie das sagte. »Lass mich hoch.« Ihre Stimme zitterte.

Er bewegte sich nicht und er antwortete ihr nicht. Die Stille zog sich in die Länge. Ihr Herz schlug jetzt heftig. Er hielt ihre Handgelenke noch immer fest, doch er hatte den Griff gelockert, und sie merkte, dass sie richtig in seinen Armen lag. Sie fürchtete sich, ihn anzusehen, in seine Augen zu blicken.

Sie wusste, was sie dort sehen würde.

Sie schaute auf. Ihre Blicke trafen sich. Seine Augen brannten, doch nicht vor Zorn. »Bitte nicht«, bettelte sie.

Er veränderte seine Stellung leicht, und nun spürte sie seinen Herzschlag an ihrem eigenen. Sein Oberkörper presste schwer gegen ihre Brüste. Sein Mantel war offen, das Hemd klatschnass. Nur durch ihr dünnes Seidenhemd von seiner warmen Haut getrennt, wurden Nicoles Brustwarzen sofort hart, und auch ihr Mieder war nun nass – und hinderlich. Bestürzt merkte sie, dass er die Reaktion ihres aufgewühlten Körpers spürte.

»Bitte«, sagte sie noch einmal, bereits atemlos.

Er bewegte sich. Nicole dachte, er würde von ihr ablassen, und wollte schon vor Erleichterung weinen. Doch er ließ sie nur los, um seine Hände bis zu ihren Brüsten hochzuschieben. »Hier passen wir zusammen«, murmelte er rau, »oder besser gesagt, so passen wir zusammen. Jetzt wirst du mich nicht zurückweisen, Nicole, habe ich Recht?«

Sie wollte ihn zurückweisen, sie tat es. Doch er drückte sanft ihre Brüste in seinen Händen, seine Fingerspitzen spielten mit ihren Brustwarzen, sein Blick wich nicht von ihrem. Anstatt zu protestieren, atmete Nicole schwer vor Lust.

Er schloss die Arme um sie, hob sie mit einem Ruck hoch und begann, durch das Seidenhemd heftig an einer ihrer Brustwarzen zu saugen. Nicole umfasste seinen Kopf, nicht um ihn wegzudrücken, sondern um ihn an sich zu pressen.

Er ließ sie los. Packte sie an den Knien und zog sie auf den Sitz hinunter. Als er über sie gebeugt war, trafen sich ihre Blicke erneut. Bei jedem seiner heftig ausgestoßenen Atemzüge bildete sich eine kleine Wolke. Nicole betrachtete sein schönes, ebenmäßiges Gesicht, in dem eine Leidenschaft lag, die stark und verzehrend war wie ihre eigene, und ihr Herz taumelte. Seine Augen waren goldene Flammen brennenden Verlangens, die ihr etwas versprachen. Aber was? Das Paradies eines Augenblicks? Sie wollte die Ewigkeit.

Sie wusste, was er vorhatte. Seine Hände waren an seiner Gürtelschnalle. Sie beobachtete, wie er seinen prallen, zu voller Größe erigierten Phallus entblößte. Mit einer raschen Bewegung schob er ihr Nachthemd bis über die Taille nach oben. Nicole schloss die Augen, unbeweglich, wartend.

Er senkte sich auf sie und glitt mit einer schnellen, flüssigen Bewegung in sie hinein. Nicole bäumte sich unwillkürlich auf, um ihn in sich aufzunehmen. Ihre Arme umschlossen seine Schultern, ihre Beine legten sich um seine Hüften. Er füllte sie sogleich und vollständig und voller Leidenschaft aus. Einen Augenblick lang verharrten sie beide bewegungslos. Wieder trafen sich ihre Blicke. Wieder sah sie das Versprechen, das sie nicht verstand. Dann bedeckte er ihren Mund mit seinen Lippen und nahm sie noch einmal so ganz und gar, wie er ihren Körper genommen hatte.

Er begann, sich zu bewegen. Er bewegte sich schnell, tief. Nicole strengte sich mit ihm an. Es gab keine zarte Einleitung, kein hingebungsvolles Vorspiel, nur harte, feste Stöße. Nicole rutschte auf der Sitzbank nach hinten, schob ihre Hüften nach oben und begegnete ihm in einer Serie ungestümer Kollisionen. Härter. Schneller. Wütend klatschten ihre Körper aneinander, erschöpften, straften sich gegenseitig. Nicole klammerte sich heftig an ihn, während eine Woge intensivster, jedes Denken vernichtender Lust über sie hereinbrach. Sie stieß einen befreienden Schrei aus.

Er lachte. Er lachte besinnungslos, während er die letzten Male noch tiefer, noch härter in sie hineinstieß. Sein kraftvolles Hinterteil spannte sich an, während er sie gegen die andere Seite der Kutsche drückte. Nicole hielt sich an ihm fest, ihre Fingernägel krallten sich in seine Haut, als sie die nächste Welle wilder Spasmen überkam und er sich schließlich in sie ergoss.

Danach lagen sie erschöpft, wie ausgelaugt, da. Die Kutsche schaukelte sie hin und her. Nicole merkte mehr und mehr, wie sein volles Gewicht sie erdrückte, wie sein nasses Hemd und seine Hose an ihren nackten Brüsten und ihren Beinen rieben. Das Nachthemd hing ihr zerknittert um die Hüften. Aber sie fror nicht. Sein Körper strömte mächtig Hitze aus und wärmte sie.

Sobald sie gewärtig wurde, was sie getan hatten, und dass sie sich selbst aktiv daran beteiligt hatte, kehrte rasch wieder die Verzweiflung in ihr Herz zurück. Nicole wandte sich von ihm ab und schloss die Augen. Im selben Augenblick wurde sie sich seines Blicks bewusst, der auf ihr ruhte.

Sie begegnete ihm nicht. Sie wollte es nicht. Denn wenn sie jetzt die Augen öffnete, dann würde sie weinen. Er war bereits der Sieger, und er verdiente nicht noch einen Sieg.

Sie liebte ihn noch immer. Trotz allem, was geschehen war. Und sie hatte nicht vergessen, weshalb sie weggelaufen war, oder wie er sie aus Cobley House entführt hatte. Und nun, nun wurde sie daran erinnert, wie hoffnungslos ihr Widerstand gegen ihn war – auf jede Art, in jeder Form.

»Nicole«, sagte er.

Sie antwortete nicht.

»Ich weiß, dass du nicht schläfst.«

Sie drückte fest die Augen zu. Sie wünschte, er würde aufstehen, damit sie nicht daran erinnert würde, wie warm und hart sein Körper war, aber er drehte sich nur auf die Seite. Die Qual war wieder da. Sie würgte sie hinunter. Er hatte sie gezwungen, zu ihm zurückzukehren, sie konnte ihm nicht entkommen, ebenso wenig wie sie ihrer Liebe für ihn entkommen konnte. Und sein einziges Interesse an ihr war sexuell – genau wie sein Interesse an Holland Dubois und weiß Gott wie vielen anderen Frauen. Es war hoffnungslos, so hoffnungslos. Einen solchen Mann zu lieben war einfach hoffnungslos. Sie wollte nicht weinen, denn wenn sie erst einmal anfing, dann würde sie nie mehr aufhören.

Er berührte ihr Gesicht. Nicole reagierte nicht. Doch seine Finger waren leicht und sanft, und trotz ihrer Pein fühlte sich seine Berührung zärtlich an, aber sie wusste, das war nur eine Überreizung, eine Sinnestäuschung. Sein Daumen strich leicht über ihren Mund.

»Bitte nicht.«

»Dann sieh mich an.«

Sie gehorchte, und Tränen stiegen ihr in die Augen. Sie wusste nicht, was sie in seinem Blick zu sehen erwartet hatte, aber es war nicht die Sanftheit, die sie sah. Diese Sanftheit gab ihr den Rest; sie musste ein Schluchzen unterdrücken.

»Vielleicht geht es dir besser, wenn du weinst.«

»Nein.«

»Ich glaube jedenfalls nicht, dass es dir dann schlechter geht.« Er lächelte ein wenig.

Sie konnte sein Lächeln nicht erwidern. Plötzlich wünschte sie sich, in seinen Armen zu liegen, obwohl das doch der letzte Ort sein sollte, um nach Trost zu suchen. Sie schloss rasch die Augen und wandte sich wieder von ihm ab, und sie betete in einem Atemzug, er möge Distanz zwischen ihnen schaffen, und im nächsten, dass er sie in die Arme schließen und festhalten solle.

»Ist es wirklich so schlimm?«

Sein Ton war sanft. Er war noch immer über sie gebeugt. Er war zu nah. Nicole wusste, sie musste jetzt etwas Widerspenstiges sagen, sie musste. Aber sie öffnete nur die Augen und begegnete seinem Blick.

Die Sanftheit war noch immer da. Seine Miene wirkte fürsorglich, aber sie wusste, dass er das nicht war, nicht für sie, nicht wirklich, nicht mehr als für seine Mätresse. Ihre Hände fanden seine Brust, und sie versuchte, ihn wegzuschieben; Panik würgte sie. »Bitte!«

Er setzte sich auf und zog sie in seine Arme.

»Nein, nein!«, schrie sie und schlug blind auf ihn ein, ohne ihn wirklich zu treffen.

Er drückte sie sanft an seine Brust. »Weine.«

»Bitte, tu das nicht«, sagte sie – aber sie weinte bereits. Er antwortete ihr nicht, er strich ihr nur mit der flachen Hand immer wieder über den ganzen Rücken. »Zum Teufel mit dir!«, heulte Nicole. »Zum Teufel mit dir!«, schluchzte sie. Ihre Fäuste hämmerten auf seine Brust ein, es waren jämmerliche Schläge, denn sie war viel zu sehr von den Tränen überwältigt. »Ich hasse dich!«, schluchzte sie. »Ich hasse dich!«

Er spannte sich an, doch er ließ sie nicht los und fuhr fort, über ihren Rücken zu streichen. Sie weinte und weinte; ein solches Übermaß an Tränen entlud sich aus ihr, dass die Tiefe ihres Kummers ihn schockierte. Er konnte nicht verstehen, weshalb sie weinte, doch er erkannte deutlich ihre angestaute, tief gehende Verletzung. Er schlang die Arme noch fester um sie, er wiegte sie wie ein kleines Kind, und er empfand dabei eine große Traurigkeit.

Er war ihretwegen traurig – wegen dem, was immer ihr solche Pein verursachte, und er mutmaßte, dass er selbst es war. Und er war auch seinetwegen traurig. Denn jetzt, da er seine Liebe für sie erkannt hatte, da er wusste, wie sehr er sie brauchte, konnte er seine Gefühle nicht mehr verleugnen, und sie machten auch keine Anstalten zu verschwinden. Aber seine Liebe würde ganz offenbar unerwidert bleiben. Sein Herz blutete. Und als sie in seinen Armen weinte wie ein Kind, fühlte er sich plötzlich wieder wie ein kleiner Junge, und auch er hatte das Gefühl, weinen zu wollen. Tränen stiegen ihm in die Augen.

Er versuchte, sich zu erinnern, dass er kein kleiner Junge war, dass er erwachsen war, aber es half nichts.

Sie machte ihrer Qual lange Zeit Luft, doch irgendwann wurde das Schluchzen zu einem Schluckauf, und irgendwann wurden die kleinen Schläge auf seine Brust schwächer und hörten dann ganz auf. Er ließ sie nicht los, er wiegte sie immer weiter. Ihre Fäuste öffneten sich, doch nur, um sich an sein Hemd zu klammern.

Sie weinte jetzt nicht mehr, aber ein Zittern durchlief ihren Körper. Er ließ seine Hand tröstend über ihren Rücken gleiten. Und merkte, dass sie in seinen Armen einschlief. »Morgen wird es dir besser gehen«, versprach Hadrian ihr. »Morgen wird es schon besser aussehen.«

Sie seufzte. »Ich hasse dich nicht«, flüsterte sie in sein Hemd. »Nicht wirklich.«

Er lächelte fast, eine Träne funkelte noch in seinen Lidern. »Schlaf jetzt, in ein paar Stunden sind wir zu Hause.«

Ihr Griff an seinem Hemd wurde fester. »Ich liebe dich, Hadrian. Ich hasse dich nicht, ich liebe dich.«

Er war wie vom Donner gerührt.

Ihr Griff lockerte sich, und sie sank in seine Arme. Noch immer verblüfft, blickte er an ihr hinab und sah, dass sie in einen tiefen Schlaf der Erschöpfung gefallen war. Sehr behutsam, sehr sanft, legte er sie auf die Sitzbank. Und er starrte auf ihr von Tränen aufgelöstes Gesicht.

Ich hasse dich nicht, Hadrian. Ich liebe dich.

Sie war nur im Delirium gewesen. Oder etwa nicht?

34

Es war spät, als der Herzog und die Herzogin in Clayborough eintrafen. Der Herzog stieg als Erster aus der Kutsche der Serles, seine Portiers starrten erst einmal verblüfft, bis sie ihn erkannten. Doch Hadrian hatte noch mehr Überraschungen für sie parat als ein unordentliches Äußeres und sein Auftauchen in einer fremden Kutsche. Er hob seine schlafende Frau aus der Kabine. Sie hatte sich stundenlang nicht bewegt und keinen Ton von sich gegeben. Noch nie hatte er einen Menschen so tief schlafen gesehen.

Er wollte sie nicht aufwecken, und so hielt er sie sehr vorsichtig in den Armen.

Nicole regte sich.

Hadrian trug seine Frau die Treppe hinauf und in das Foyer. Als er eintrat, eilten Woodward, Mrs. Veig und sein Kammerdiener Reynard herbei. Keiner von ihnen erlaubte sich auch nur einen erstaunten Blick, als sie sahen, wie der Herzog seine abtrünnige Gattin trug, die barfuß und nur mit einem Pelzmantel bekleidet in seinen Armen schlief. Ohne stehen zu bleiben, wandte er sich an Mrs. Veig. »Wenn Ihre Gnaden aufwacht, wird sie mit Sicherheit ein heißes Bad und etwas Warmes zu essen wollen.«

Als er die Treppe hinaufging, seufzte Nicole und klammerte sich an ihn. Er beobachtete ihr Gesicht, dann erreichte er ihr Schlafzimmer, wo er sie auf das Bett legte. In diesem Moment blinzelte sie und öffnete kurz die Augen. »Wir sind zu Hause«, sagte er leise. »Schlaf jetzt wieder. Es ist spät.«

Nicole lächelte. Es war ein argloses, ein verschlafenes, schönes Lächeln, das Hadrians Herz einen Purzelbaum schlagen ließ. Dann fielen ihr die Augen wieder zu. Er wünschte sich, dieses Lächeln noch oft von ihr sehen zu können, und dass es absichtlich und an ihn gerichtet sein würde.

Er hatte ihr nasses Nachthemd schon vor Stunden entfernt,

und sie war unter dem Pelzmantel nackt. Jetzt nahm er ihn ab und zog rasch die vielen schweren Decken über sie. Anschließend ging er zum Kamin und machte ein Feuer.

Ihre letzten Worte klangen noch immer in seinen Ohren. Er hatte während der restlichen Zeit der Fahrt an kaum etwas anderes denken können. *Ich hasse dich nicht, Hadrian. Ich liebe dich.* Er wusste, dass sie das nicht wirklich gemeint hatte. Oder etwa doch?

Er fürchtete sich, es zu hoffen. Aber wenn sie wirklich gemeint hatte, was sie sagte, dann würde er der glücklichste Mensch auf Erden sein.

Als das Feuer richtig brannte, warf Hadrian noch einen langen, gedankenvollen Blick auf seine Frau und ging dann aus dem Zimmer, hinüber in seine eigenen Räume, wo Reynard ihn bereits erwartete. Er reichte ihm seinen Mantel. »Ich hätte auch gern ein Bad und etwas zu essen«, sagte er.

»Das Bad ist fertig, Euer Gnaden. Und Woodward bringt Ihnen gleich eine Kleinigkeit.«

Hadrian war plötzlich ruhelos. Er streichelte den Barsoi, der ihn schwanzwedelnd begrüßt hatte, aber er war dabei geistesabwesend, er dachte immer noch an Nicole. Woodward erschien mit einem Servierwagen und breitete mit großer Geste ein Tischtuch aus.

»Nehmen Sie zuerst Ihr Bad, Euer Gnaden?«

»Sicher«, antwortete Hadrian. Er zweifelte, ob er je in seinem Leben schmutziger gewesen war.

»Darf ich Ihnen zuvor noch sagen, dass Sie Besuch haben, Euer Gnaden?«, fragte Woodward.

Hadrian knöpfte sein Hemd auf. »Wer ist es denn?«

»Er kam gestern ganz unerwartet an, kurz nachdem Sie weg waren. Er hatte keine Visitenkarte, und ich wollte ihn zunächst ins Boarshead Inn schicken, aber da er die lange Reise aus Amerika auf sich genommen hatte, habe ich ihn stattdessen in einem der Gästezimmer im dritten Stock einquartiert.«

»Ist es mein Kurier, den ich nach Boston geschickt hatte?«, fragte Hadrian ungeduldig. Hoffnung flammte in ihm auf.

»Nein, Euer Gnaden. Sein Name ist Stone, aber er wollte seine Absichten nicht äußern. Im Augenblick nimmt Mister Stone einen Brandy in der Bibliothek neben seinem Zimmer. Ich kann ihn bitten, dort auf Sie zu warten, bis Sie gegessen haben, oder ich kann ihm sagen, dass Sie ihn morgen empfangen werden.«

Das Blut verließ Hadrians Kopf; zum ersten Mal in seinem Leben fühlte er sich einer Ohnmacht nahe.

»Euer Gnaden? Fehlt Ihnen etwas?«

Er erholte sich. Und ließ den verblüfften Woodward ohne ein weiteres Wort stehen, um sich mit langen Schritten zur Treppe aufzumachen. *Sein Vater war da.* Er konnte es nicht glauben – er wollte es nicht glauben, bis er ihn mit eigenen Augen gesehen hatte.

*

Hadrian Stone inspizierte nervös die Bestände der Bibliothek – die nur eine von mehreren in der Residenz des Herzogs war. Ein schreckliches Unbehagen befiel ihn. Er hätte nicht kommen sollen. Das wusste er jetzt.

Die Unruhe, die während der langen Tage der Überfahrt allmählich stärker geworden war, je näher die Begegnung mit seinem Sohn rückte, war nichts im Vergleich zu dem, wie es ihm jetzt ging. Er hatte zwar gewusst, dass sein Sohn ein Herzog war, aber nichts hätte ihn auf diesen Stand seines Sohnes vorbereiten können, und erst recht nichts hätte ihn auf Clayborough vorbereiten können.

Er hatte Luxus erwartet, ja. Und auch Reichtum. Aber er hätte nie mit einem Wohnsitz gerechnet, der für königliche Herrschaften geeignet war, so wie sie vor hundert Jahren gelebt hatten, einen richtigen Palast, mit allem, was dazugehörte. Alle seine Zweifel meldeten sich hundertfach verstärkt zurück. Er war ein einfacher Mann. Sein Vater war ein Flickschuster gewesen, seine Mutter eine Näherin. Sich selbst sah er als Kapitän zur See, und nicht etwa als einen großen Schiffsmagnaten. Ja, er trug teure, maßgeschneiderte Kleidung, aber er fühlte sich darin unecht und hätte viel lieber einen Wollpullover und eine Regenjacke angehabt. Und schon diese eine kleine Bibliothek überwältigte ihn, denn in Wirklichkeit war sie alles andere als klein.

Was für eine Art Mensch war er wohl, sein Sohn?

Hadrian Stone hatte große Angst, dass er arrogant war, dass er von seinem eigenen Sohn als einer gesehen würde, der keine Achtung verdiente.

Eine Bewegung an der offenen Tür ließ ihn von seiner Durchsicht der Regale aufblicken. Ein hoch gewachsener, kräftig gebauter Mann betrat den Raum.

Hadrian Stone wusste sofort, als der Mann ins Licht trat, dass es sein Sohn war. Er hatte Isobels Gesicht. Kaum imstande zu atmen und zu keiner Bewegung fähig, starrte er auf den Mann – diesen erwachsenen Mann –, der sein Sohn war.

Und der Herzog von Clayborough starrte zurück.

Stone sah, dass sein Sohn, obwohl er gut aussah und seiner Mutter ähnelte, sein starkes, breites Kinn geerbt hatte, was ihn davor bewahrte, allzu schön zu sein. Und seine Augen – auch seine Augen waren so bernsteinfarben wie die seinen. Doch damit endete die Ähnlichkeit noch nicht. Der Herzog von Clayborough hatte auch dieselbe, große Statur und denselben kräftigen Körperbau wie sein Vater.

Und dann bemerkte Stone seine Kleidung. Der Herzog trug ein nasses Seidenhemd und dunkle, schmutzverschmierte Reithosen. Seine Stiefel waren regennass und voller Schlamm. Stones Blick kehrte zum Gesicht seines Sohnes zurück. Die Kleidung des Mannes hatte nichts Stutzerhaftes an sich – und sein Gesicht ebenso wenig. Sein Sohn war ein Mann, in jeder Hinsicht, und so wie er aussah einer, der einen langen, schweren Tag hinter sich gebracht hatte.

Erleichterung durchströmte den Vater.

Der Herzog war mit seinem Gegenüber nicht weniger beschäftigt.

Mit großen Augen stand Hadrian da und konnte den Blick nicht von dem Mann abwenden. Sein Vater war da. *Sein Vater.* Lange Sekunden verstrichen. Hadrian schüttelte den Kopf, um sich von der Benommenheit zu befreien, die ihn zu überwältigen drohte. »Mit einem so raschen Ergebnis meiner Nachforschung hatte ich nicht gerechnet«, sagte er.

Stone zögerte. Diese kultivierten Worte überraschten ihn, sie erinnerten ihn erneut daran, dass sie nicht nur durch verschiedene Länder getrennt waren, sondern auch durch unterschiedliche Klassen, und seine Nervosität kam wieder. »Wie hätte ich denn nicht sofort kommen sollen?«

Hadrian schloss die Tür. »Ich muss mich entschuldigen, dass ich bei deinem Eintreffen nicht im Haus war.«

Stone winkte ab. »Offensichtlich wurde ich nicht erwartet.«

Die beiden Männer verfielen in ein beklemmendes Schweigen. Hadrian brach schließlich die Stille; er ging auf seinen Vater zu. »Möchtest du noch einen Brandy?«, fragte er.

»Das wäre jetzt vielleicht nicht schlecht«, murmelte Stone.

Er schenkte seinem Vater bedacht ein. »Hast du Isobel schon gesehen?« Die Frage war beiläufig, ohne eine Absicht; er suchte nur verzweifelt nach einem Thema, um das Eis zwischen ihnen zu brechen.

»Nein!«

Verblüfft blickte Hadrian auf und bemerkte, wie düster die Miene seines Vaters plötzlich geworden war. Er wusste, wann er einen Rückzieher machen musste – er war nicht so unklug, weiter über seine Mutter zu sprechen, wenngleich die vehemente Reaktion seines Vaters ihn verblüffte. Nach so vielen Jahren hatte er eher mit Gleichgültigkeit gerechnet als mit Ärger. Er reichte ihm den Brandy. Beide standen dicht voreinander, stumm und unbeweglich, Auge in Auge, und musterten sich genau.

»Verdammt!«, schnaubte Hadrian schließlich, »das ist ja gottverdammt schwierig! Wie zum Teufel soll man denn seinen so lange verlorenen Vater auch begrüßen?!«

Stone musste plötzlich lachen. »So gefällst du mir!«, rief er befreit. »Gott sei Dank kannst du fluchen!«

Auch Hadrian musste jetzt grinsen, auch er musste gegen eine nervöse Anspannung ankämpfen. »Du möchtest, dass ich fluche?«

»Es geht mir nicht darum, dich fluchen zu hören«, erklärte Stone und wurde wieder ernst. »Ich habe mich nur gefragt, ob wir das Gespräch so formell weiterführen müssen.«

»Wir Engländer nehmen die Form nun mal sehr genau«, erwiderte Hadrian.

»Ja, aber du bist ein halber Amerikaner.«

Auch Hadrian wurde wieder ernster. »Ich war sehr gespannt darauf, dich zu sehen«, sagte er. »Vielen Dank, dass du gekommen bist.«

»Welcher Vater könnte in einer solchen Situation schon wegbleiben?«

»Viele, könnte ich mir vorstellen.«

In diesem Augenblick gewann Stone einen kleinen Einblick in die Seele seines Sohnes. »Ich habe mich immer nach einem Sohn gesehnt. Ich habe keine Kinder. Gar keine. Besser gesagt –«, und er lächelte, »bis jetzt.«

Dieses Lächeln sagte Hadrian alles. Von Isobel wusste er bereits, dass dieser Mann alles war, was Francis nicht gewesen war. Aber insgeheim hatte er befürchtet, dass eine Vaterschaft dem Fremden, der ihn gezeugt hatte, nichts bedeuten könnte. Doch so war es nicht. Sein Vater war erfreut zu wissen, dass er einen Sohn hatte. Mehr als erfreut sogar, wenn die Eile, mit der er sich nach England aufgemacht hatte, ein Indiz war. »Und ich habe mir immer einen Vater gewünscht, wie die anderen Jungen auch«, sagte er.

Stone musterte ihn. »Aber du hattest doch einen.«

»Ich hatte keinen Vater.« Hadrians Miene verfinsterte sich. »Francis wusste, dass ich nicht sein Sohn war. Aber ich wusste die Wahrheit nicht, und deshalb habe ich auch nie verstanden, warum er mich hasste. Die Wahrheit zu erfahren, war für mich die größte Erleichterung meines Lebens.«

Stones Miene war erbittert. »Sie hätte dir das längst erzählen müssen – und mir auch.«

Hadrian hörte seinen Ton – die starke Verurteilung, die darin lag – und stutzte. »Sie hatte ihre Gründe«, entgegnete er vorsichtig.

Stone erkannte sofort die Loyalität seines Sohnes für die Mutter und machte einen Rückzieher. Wenn er Isobel des Verrats bezichtigte, würde er sich seinen Sohn entfremden, und das wollte er unter keinen Umständen. »Vergangen ist vergangen. Ich bin froh, und ich danke Gott, dass ich noch lebe und diesen Tag erleben darf – dass ich dich sehen darf, meinen eigenen Sohn, leibhaftig!«

Hadrian lächelte. »Auch ich habe mich sehr auf diesen Tag gefreut. Isobel hat nur ein einziges Mal von dir gesprochen, aber sie hat dabei klargestellt, dass du all das warst, was Francis nicht war.«

»War er denn so schlimm?«, fragte Stone leise und sehr besorgt.

»Er war ein Trunkenbold und Draufgänger, und er hasste nicht nur mich, sondern auch seine Frau. Er war feige und brutal. Er hat uns beide misshandelt. Bis ich vierzehn war und ihn mit meinen eigenen Händen niedergeschlagen habe.«

Stone war entsetzt. Plötzlich hatte er ein deutliches Bild vor sich – Isobel, wie sie vor dreißig Jahren ausgesehen hatte, schlank, stolz und von makelloser Schönheit, die geschlagen wurde von einem gesichtslosen Mann, ihrem Ehemann, und ein kleiner Junge, der sich an ihren Rock klammerte. Doch er ignorierte das Mitleid, das er nicht fühlen wollte, nicht für sie, und richtete seine Gedanken auf seinen Sohn. »Vielleicht erzählst du mir ja deine Geschichte einmal.«

»Vielleicht.« Hadrian wandte sich ab.

Stone wusste, dass er zu schnell zu weit gegangen war. Er war ein unkomplizierter Mensch; sein Sohn hingegen war schrecklich schwierig. Aber obwohl er ganz offenbar eine entsetzliche Kindheit gehabt hatte, war er eindeutig ein starker und ehrenhafter Mann. Man brauchte mit dem Herzog von Clayborough nicht lange zu reden, um seine Rechtschaffenheit und seine Kraft zu erkennen.

Hadrian drehte sich wieder um. »Soll ich sie holen lassen?«

»Nein!«

Wieder war Hadrian verwundert über die Heftigkeit im Ton

seines Vaters. Doch ein vages, noch unvollständiges Begreifen begann sich in ihm zu formen. »Du sagtest, du hast keine Kinder. Hast du je geheiratet?«

»Nein!« Stones Reaktion war äußerst schroff. »Ich habe bereits gesagt, vergangen ist vergangen!« Er wurde etwas sanfter. »Ich habe keine Lust, Vergangenes wieder hochzuholen, und ich bin sicher, deiner Mutter geht es ebenso.«

Genau an diesem Punkt war Hadrian anderer Meinung. Er widersprach seinem Vater, aber er spürte auch die Macht jener Gefühle, die zu intim und zu vielschichtig waren, als dass er sie erkennen konnte – und dennoch riet ihm sein scharfer Instinkt, den Wunsch seines Vaters zu ignorieren. »Wahrscheinlich hast du Recht«, sagte er beschwichtigend. »Wie lange wirst du denn bleiben?«

Stone lächelte. Er merkte, dass er nicht mehr nervös oder ängstlich war, überhaupt nicht mehr. Im Gegenteil, sein Herz war bereit, vor Liebe zu seinem einzigen Kind zu zerspringen. Seine Gefühle verzehrten ihn so sehr, dass ihm der Atem stockte. Er hatte nie gedacht, dass er sich einmal so fühlen würde. »So lange ich willkommen bin.«

»Du wirst hier immer willkommen sein.«

Stones Herz hüpfte vor Freude. Er sah die blasse Röte auf den Wangen seines Sohnes und begriff instinktiv sofort, wie schwer es ihm fallen musste, nach so kurzer Zeit ihrer Bekanntschaft schon so offen zu sein. »Danke. Ich danke dir.«

»Du brauchst mir nicht zu danken. Du bist mein Vater. Du wirst hier immer willkommen sein«, wiederholte Hadrian mit fester Stimme.

Ein anderer Gedanke, den Stone noch nicht weiter verfolgt hatte, verdüsterte erneut seine Miene. »Gefährdet deine Verwandtschaft mit mir nicht deine Position?«

Hadrian runzelte amüsiert die Stirn. »Ah, ich verstehe. Du meinst meine Position als Herzog? Nein, nein, gar nicht.«

»Aber wie ist das möglich?«

»Isobel wurde zur rechtmäßigen Erbin von Clayborough eingesetzt, als sie Francis heiratete. Ihr Vater, der Graf von Northumberland, ist ein sehr gewitzter Mann. Ich habe zwar viele Cousins, die nichts lieber täten, als Jonathan Braxton-Lowells Testament anzufechten. Aber dazu wird es nicht kommen. Nicht, weil mich nach Macht oder Position gelüstet – das ist nicht der Fall. Nicht, weil ich Clayborough so liebe und es nur äußerst ungern aufgeben würde – denn das ist nicht der Fall. Sondern weil es mir wichtig ist, dass der Ruf meiner Mutter gewahrt bleibt, unabhängig davon, wie wichtig es mir ist, dass du mein Vater bist. Die Wahrheit über unsere Verwandtschaft darf nie offenbart werden. Falls das geschähe, würde ich sie leugnen, um Mutter zu schützen. Und wenn ich sie leugnen würde, dann würde niemand die Sache weiter verfolgen.«

»Ich verstehe.« Stone war nicht enttäuscht, obwohl er es gern gesehen hätte, wenn Hadrian Braxton-Lowell offiziell als sein Sohn anerkannt worden wäre. Vielmehr war er über die unbedingte, unerschütterliche Loyalität und das Ehrgefühl seines Sohnes so stolz, dass ihm fast die Tränen kamen. Doch er glaubte in Hadrians Ton auch eine Warnung gehört zu haben. »Ich bewundere dich, Hadrian«, sagte er leise. »Und ich bin stolz auf den Mann, der du bist. Ich bin nicht hierher gekommen, um dich öffentlich als meinen Sohn einzufordern oder dein Leben zu zerstören. Du brauchst dir diesbezüglich keine Sorgen zu machen.«

»Ich weiß«, erwiderte Hadrian ebenso ernst. »Ich weiß es, ohne dass du es mir sagen musst. Du bist nicht rachsüchtig, du bist kein Glücksritter, und du bist auch nicht kleinlich. Ich muss dich nicht erst besser kennen, um das alles zu wissen.« Und mit einem seltenen Humor lächelte der Herzog von Clayborough. »Du bist zwar ein Amerikaner, aber du bist ein Ehrenmann«, fügte er hinzu.

Und Hadrian Stone lachte.

35

Isobel fragte sich, was denn so eilig sein könne. Gestern Abend, mehrere Stunden nach dem Essen, hatte sie eine dringende Bitte ihres Sohnes erreicht, sich am folgenden Morgen in Clayborough einzufinden. Isobel war besorgt; sie vermutete, die Einladung hätte etwas mit seiner Frau zu tun. Was konnte es sonst schon sein? Was sonst konnte von so großer Bedeutung sein?

Natürlich würde sie ihm eine derartige Bitte niemals abschlagen. Sie war mit der Sonne aufgestanden und hatte sich bereits eine Stunde später nach Clayborough aufgemacht. Als sie dort eintraf, war es noch immer früher Vormittag. Mit fliegenden Schritten eilte sie ins Haus.

»Seine Gnaden frühstückt noch, Euer Gnaden«, informierte sie Woodward.

Isobel stutzte. So spät – es war halb zehn Uhr – frühstückte Hadrian sonst nie, und sie konnte sich nicht vorstellen, was ihn heute dazu bewogen hatte. Ihre Besorgnis wuchs. »Ist die Herzogin bei ihm?« Sie fürchtete sich fast zu fragen, doch sie hoffte trotz allem, dass es so sein würde.

»Nein, Euer Gnaden, die Herzogin ist noch im Bett.«

Isobel fiel ein Stein vom Herzen. »Sie ist also zurückgekommen!«, rief sie glücklich.

Für einen kurzen Augenblick lächelte auch Woodward. »Das ist sie in der Tat. Wir sind alle höchst erfreut, Euer Gnaden. Auch wenn sie genau genommen nicht zurückgekommen ist.«

Isobel kannte Woodward zu lange, um überrascht zu sein, dass er eine Information unaufgefordert preisgab; er wollte ihr offensichtlich etwas sagen. »Was meinen Sie denn damit?«, hakte sie nach.

»Seine Gnaden hat sie zurückgebracht.«

Woodwards Direktheit ließ sie das Schlimmste befürchten. Nicole war also offenbar nicht freiwillig zurückgekommen; Isobel konnte sich vorstellen, was die beiden für einen Streit gehabt haben mussten. Mit einem schweren Seufzer eilte sie den Korridor hinunter zum Speisesaal.

»Da ist er nicht, Euer Gnaden«, rief Woodward, der ihr nachgelaufen war. »Er speist im Musikzimmer – Ihre Gnaden bevorzugt diesen Raum.«

Isobel zog staunend die Augenbrauen hoch, doch in diesem Augenblick war ihr klar, dass alles gut werden würde. Nicole Shelton Braxton-Lowell zähmte ihren Sohn, Zoll für Zoll. Es war ja auch an der Zeit, dass er endlich weich geklopft wurde. Sie ließ Woodward die Flügeltür zum Musikzimmer öffnen und trat mit einem fröhlichen Lächeln ein. Im nächsten Augenblick blieb sie wie angewurzelt stehen.

Es war Hadrian – *ihr Hadrian* – Hadrian Stone. Er saß mit ihrem Sohn am Tisch, in ein ernstes Gespräch vertieft und beim Frühstück, so als wäre es niemals anders gewesen – Vater und Sohn gemeinsam. Isobels Welt geriet aus den Fugen. Sie fühlte sich am Rande einer Ohnmacht.

»Mutter!«, rief Hadrian.

Isobel hatte einen eisernen Willen – immer. Sie zwang ihr Herz, weiter zu schlagen, sie zwang sich, still zu stehen und groß und stark zu bleiben. Aber sie konnte nicht ihr Blut zwingen, ins Gesicht zu fließen, und deshalb war sie totenblass. Ebenso wenig konnte sie ihren Blick von Hadrian Stone abwenden.

Und auch er starrte sie an, wie vom Donner gerührt.

Hadrian, ihr Sohn, stand auf. Er blickte von der einen zum anderen, von seiner Mutter, die reglos und bleich wie ein Geist dastand, zu seinem Vater, der wie unter Schock am Tisch saß. Es war Stone, der sich als Erster erholte. »Ist das ein Scherz?«, fragte er kalt.

»Ich muss mich ganz dringend um ein paar geschäftliche Dinge kümmern«, rief Hadrian auf einmal, und schon war er draußen und knallte hinter sich die Türen zu.

Stone stand auf. »Ist das irgendein blöder Scherz?«, wiederholte er.

Isobel war fassungslos. Es war kein Traum. Der Mann, den sie einst aus ganzem Herzen und aus ganzer Seele geliebt hatte – der Mann, den sie noch immer liebte –, stand leibhaftig vor ihr. Er war älter, seine Haare waren nicht mehr glänzend kastanienbraun, sondern von grauen Strähnen durchzogen, und um seine Augen und seinen Mund waren viele neue Falten, aber er war noch immer groß und muskulös und gut gebaut, und er schlug sie mit seiner männlichen Anziehung noch immer augenblicklich in seinen Bann. Er war noch immer der am besten aussehende Mann, den sie je gesehen hatte, und er würde es immer bleiben. Sein Anblick ließ ihren ganzen Körper erzittern, und ihr Herz pochte und schlug Purzelbäume.

Er stieß seinen Stuhl zurück. »Ich hatte nicht die Absicht, dich jemals wieder zu sehen«, erklärte er schroff. »Aber offensichtlich hat dein Sohn anders entschieden.«

Isobel zuckte zusammen. Mit einem Mal war ihr klar – und es traf sie wie ein kalter, stählerner Dolch –, dass er sie hasste. Seine Augen brannten vor Hass. Er sah sie an, als sei sie nichts als schlimmstes Lumpengesindel. Ein heftiger Schmerz fuhr durch ihren Körper, so stark, dass sie fast umzukippen drohte. Lieber Gott, wie konnte eine solche Liebe sich in einen derartigen Hass verwandeln?

Und wie, wie konnte, wie sollte sie ihm gegenübertreten, wenn er so fühlte?

Sie fand mehr Stärke in sich, als sie sich zugetraut hätte. Sie straffte ihre Schultern und hob das Kinn. Ihre Stimme zitterte kaum, als sie sprach. »Offensichtlich.«

Sie ging auf den Tisch zu, ohne Hadrian anzusehen, obwohl sie seinen brennenden Blick auf sich spürte. Isobel war nie eitel gewesen, doch nun spürte sie ihre fünfzig Jahre, und es quälte sie, dass sie nach dem ersten Blick auf ihn vor heißem, ungestümem Verlangen dahingeschmolzen war, während er mit nichts als Hass auf sie starrte und nichts als eine alte Frau sah. Sie griff nach der Teekanne und füllte seine Tasse neu, bevor sie sich selbst eine einschenkte.

Über den Tisch hinweg packte er sie am Handgelenk. Sie schrie auf, als er sie nach vorn zog, so dass sich ihre Gesichter fast berührten. »Guter Gott!«, rief er. »Nach allem, was du getan hast – *nach allem, was du getan hast* – schenkst du mir einfach Tee ein, wenn wir uns treffen?!«

Tränen traten ihr in die Augen, als sie seinem wütenden Blick begegnete. »Lass mich los.«

Er kam der Aufforderung sofort nach.

»Es passt nicht zu dir, dass du dich wie ein Rohling benimmst.« Sie wunderte sich selbst, wie ruhig ihre Stimme klang, während sie innerlich zu sterben glaubte.

»Wenn ich mich benehme wie ein Rohling, dann deshalb, weil du mich zu einem gemacht hast!«

»Francis hat seine Schwäche auch immer mir angelastet.«

Er erstarrte. Sein Gesicht wurde kreidebleich. »Es tut mir Leid«, sagte er dann, und dabei biss er so stark die Zähne zusammen, dass sich in seinen Wangen Grübchen bildeten.

Er war nicht annähernd so wie Francis, er konnte niemals so wie Francis sein, und Isobel wusste es. »Mir auch«, sagte sie leise.

Sein Kopf schnellte nach oben. Seine Augen blitzten. »Das kommt ein bisschen sehr spät!«

Isobel trat einen Schritt zurück.

Er wirbelte um den Tisch herum, und sie dachte schon, er würde sie erneut packen, doch er tat es nicht. Er stand nur vor ihr und zitterte vor Zorn. »Was in aller Welt tut dir denn eigentlich Leid, Isobel?«

Jetzt füllten Tränen ihre Augen. »Alles tut mir Leid.«

»Alles?« Er wurde sarkastisch. »Dass du mich belogen und betrogen hast und dich benommen hast wie ein egoistisches Schwein?«

Sie taumelte zurück. »Oh mein Gott!«, rief sie entsetzt.

Er packte sie. Sie spürte die immense Kraft seiner Hände, aber er tat ihr nicht weh. Er schüttelte sie nur einmal. »Ich habe eine Frau geliebt, die nicht existierte! Die nie existiert hat! Ich habe eine Lüge geliebt! Eine wunderschöne Lüge!«

Sie weinte. »Warum tust du das? Warum tust du mir so weh? Warum hasst du mich denn so?«

»Du hast mir meinen Sohn vorenthalten und wagst es, auch noch zu fragen, warum ich dich hasse?«

Durch den Schleier ihrer Tränen hindurch versuchte sie, ihn zu fixieren. »Ich habe es getan, weil ich Angst hatte. Ich hatte solche Angst!«

»Angst?«

Er wurde still. »Angst wovor? Vor Francis?«

»Nein! Ich meine, natürlich hatte ich Angst vor Francis. Er hat mich gehasst, weil ich seinen Besitz so gut geführt habe, und Hadrian hasste er, weil er nicht sein Sohn war und weil er ihn an seine Impotenz erinnerte. Er brauchte nur den kleinsten Vorwand, um mich zu verletzen. Aber Hadrian war wie du, schon als kleiner Junge. Er war tapfer. Er hat so oft versucht, mich zu beschützen!« Sie schluchzte.

»Ich hätte dich beschützt!« Jetzt schüttelte er sie heftig. »Verdammt, ich hätte euch beide beschützt! Ich hätte euch beide von hier weggeholt!«

»Genau davor hatte ich Angst«, weinte sie. »Ich wusste, dass du kommen würdest, wenn ich dir von Hadrian erzählt hätte. Ich wusste, du würdest kommen, um auf deinen Sohn Anspruch zu erheben. Und ich wusste auch, dass es falsch war, dir die Wahrheit vorzuenthalten. Aber Hadrian! Guter Gott, versuche mich doch zu verstehen! Dich zu verlassen und nach Clayborough zurückzukehren war das Schwerste, was ich je in meinem Leben getan habe. Es war ein Wunder, dass ich das getan habe. Ein kleines Wunder. Irgendwie habe ich jeden Tag ohne dich überlebt. Als ich merkte, dass ich von dir ein Kind erwartete, gab mir das den Willen zu leben und wieder zu kämpfen. Ich habe dir nicht die Wahrheit erzählt, denn wenn du gekommen wärst, hättest du die Existenz zerstört, die ich gerade mit letzter Kraft aufgebaut hatte. Wenn ich dich wiedergesehen hätte, dann hätte ich Clayborough und meinen Mann verlassen, dann hätte ich meine Ehre und meine Integrität verletzt und wäre mit dir und meinem Kind weggelaufen. Und wenn ich das getan hätte, dann hätte ich mich für den Rest meines Lebens gehasst.«

Er ließ sie los und fuhr sich mit zitternder Hand durch das

Haar. »Du lieber Himmel«, sagte er verstört, »so viel gottverdammter Adel. Aufopferungsvolle Noblesse!«

»Und wenn ich mit Hadrian zu dir gegangen wäre, dann hätte ich nicht nur mich gehasst. Mit der Zeit hätte ich dich dann ebenso gehasst«, flüsterte sie.

Er versteifte sich. Dann entfernte er sich ein Stück von ihr. Sie beobachtete ihn; die Tränen strömten ihr nun ungehindert über die Wangen, und ihre Schultern zuckten. Doch sie gab keinen Laut von sich.

Als er sich umdrehte und sie anblickte, waren seine Augen von zurückgehaltenen Tränen gerötet. Doch sein Zorn war verflogen. »Das Leben ist nun mal nie nur schwarz oder weiß, nicht wahr?«, sagte er traurig. »So viele gottverdammte Grautöne. Warum musstest du so sein, wie du nun mal bist, Isobel? Aber andererseits«, und er lachte bitter, »war es genau diese Frau, in die ich mich verliebte.«

»Ich entschied mich dafür, dir fern zu sein und dich zu lieben, anstatt bei dir zu sein und dich zu hassen.«

Er nahm diesen Satz mit ernster Würde auf. »Ich hätte deinen Hass auch nicht ausgehalten.«

»Verstehst du mich denn dann?«, weinte sie.

»Ja, ich weiß, was Selbstachtung ist«, erklärte er sehr würdevoll.

Sie sank vor Erleichterung auf den nächsten Stuhl. »Und«, flüsterte sie und wagte ihn anzusehen, »und kannst du mir verzeihen?«

»Das weiß ich noch nicht.«

Sie war wie erschlagen.

»Wie schlimm war es für Hadrian?« Er musste es wissen. »Hast du ihn auch deiner verdammten Noblesse geopfert?«

»Nein!«, rief sie. »Francis hat ihn nie geliebt, aber ich habe das mehr als wettgemacht. Francis hat ihn ein paar Mal geschlagen, aber das stellte ich bald durch Erpressung ab – durch dieselbe Erpressung, mit der ich ihn auch zwang, Hadrian als seinen Sohn anzunehmen. Ich drohte ihm, der ganzen Welt sein wahres Wesen zu offenbaren – seine Trunksucht, seine Vorliebe für junge Männer und seine Schulden, aus denen ihn seine eigene Frau retten musste. Dieses Letzte garantierte, dass er Stillschweigen darüber bewahrte, dass Hadrian nicht sein Sohn ist – Francis hätte es nicht ertragen, wenn bekannt geworden wäre, wie unfähig er war. Hadrian hatte nicht die Liebe eines Vaters, aber ich habe versucht, das nach Kräften gutzumachen. Du hast ihn kennen gelernt, du hast gesehen, was für ein feiner Mensch er geworden ist. Wie stark er ist. Du kannst stolz auf ihn sein, Hadrian, du solltest stolz auf ihn sein. Er ist in jeder Hinsicht so wie du.«

»Aber er hat in seiner Kindheit viel gelitten.«

Für einen Augenblick schloss Isobel die Augen. »Er hat gelitten. Er hat an einem großen Schmerz gelitten, der ihn bis heute quält. Dem Schmerz, nicht geliebt zu sein. Dem Schmerz, von einem Elternteil verachtet zu werden. Ich habe ihn davor beschützt, so gut ich konnte. Vielleicht war ich selbstsüchtig. Vielleicht hast du Recht und ich bin egoistisch. Vielleicht habe ich falsch entschieden. Ich habe mich hunderttausend Mal gefragt, ob ich die richtige Entscheidung getroffen habe. Du hättest ihm Liebe gegeben. Aber unsere Beziehung hätte nicht überlebt, wenn ich meiner Ehe und meinem Leben den Rücken zugekehrt hätte. Hätte das aus Hadrian ein glücklicheres Kind gemacht?«

Es war unmöglich, über die Myriaden von Möglichkeiten zu spekulieren, erkannte Hadrian. Er sah, wie Isobel still in ihr Taschentuch weinte. Nicht mehr zornig zu sein, war eine Erleichterung. Stattdessen spürte er jetzt eine eigenartige Taubheit. Er verfolgte die Linie ihrer schmalen, zitternden Schultern und ihrer feinen Hände vor ihrem Gesicht. An ihrem Ringfinger glitzerte ein wunderbarer, großer Saphir. Sie trug ihre Eheringe nicht mehr, fiel ihm auf.

Isobel begegnete seinem Blick.

Sein Atem stockte. Das Taubheitsgefühl war verschwunden. Sie war keine junge Zwanzigjährige mehr, aber noch immer eine Schönheit. Ihr Gesicht hatte sich nicht verändert. Ja, die Linien um ihren Mund waren tiefer, um die Augen waren ein paar Krähenfüße, ihr Haar war jetzt viel bleicher als damals, fast platinblond, doch ihre Gesichtszüge waren so fein wie eh und je. Es verblüffte ihn, wie gebannt er von ihr war, wie ihn ein heißes Begehren erfüllte, das er in all den Jahren für keine andere Frau je empfunden hatte, das er immer nur bei ihr gespürt hatte.

Isobels Augen weiteten sich.

Er ballte heftig die Fäuste, als er merkte, wie ihn die Lust überkam. Ihre Blicke trafen sich vorsichtig. Er sah, dass sie wusste, was in ihm vorging. Und er sah noch etwas – die strahlende, wilde Erwartung in ihren Augen.

»Du bist noch immer sehr schön, Isobel«, sagte er leise.

»Ich bin alt.«

»Du siehst nicht alt aus.«

»Tu das nicht.«

Er trat auf sie zu. »Tu was nicht?«

»Tu das nicht!« Sie versuchte, seinen Händen auszuweichen, die rasch ihre Arme umschlossen und sie an ihn zogen.

Die Berührung ihrer Körper ließ ihn heftig erschauern. Alles an ihr war schlank und weich, weiblich und vertraut. Sie blickte zu ihm auf, von seinen Armen festgehalten, mit Augen so lebhaft und wunderschön, wie er sie in Erinnerung gehabt hatte.

»Tu das nicht«, sagte sie noch einmal.

»Warum nicht? Das hat sich doch nicht verändert, oder? Wir begehren einander noch immer. Ich begehre dich.«

Wieder traten Tränen in ihre Augen. »Aber ich liebe dich«, flüsterte sie.

Er erstarrte. Dann hörte sein Denken einfach auf. Seine Umarmung wurde fester, sein Mund legte sich auf ihre Lippen. Und plötzlich verschwanden all die Jahre, die vergangen waren; gestern und heute wurden eins. Er war nicht mehr sechzig, sondern dreißig, und die Frau in seinen Armen war ein Mädchen. Sie hätten sich auf dem Deck seines Clippers umarmen können, der Sea Dragon, oder an der Küste von Virginia. Die Zeit hatte aufgehört zu existieren. Für ihn gab es nur noch Isobel und seine übergroße Liebe zu ihr, die nie erstorben war.

Seine Hände glitten über sie, erinnerten sich. Sein Mund bewegte sich langsam auf ihrem. Er hörte auf, als er ihre salzigen

Tränen schmeckte. »Weine nicht«, murmelte er und zog sie fest an sich. »Weine nicht, Isobel.«

Sie weinte noch mehr.

»Ich liebe dich, Hadrian. Ich kann es nicht. Nicht, wenn du mich hasst.« Doch sie klammerte sich so fest an das Revers seines Jacketts, dass die Fäden rissen.

»Aber ich hasse dich doch nicht!«, rief er. »Wie könnte ich dich jemals hassen? Ich habe dich mein ganzes Leben lang geliebt!« Dann fielen ihm die Worte seines Sohnes ein. »Sogar ein Amerikaner kann loyal sein«, fügte er hinzu.

Sie lachte und weinte gleichzeitig. »Wirklich? Du hasst mich wirklich nicht? Du kannst mir verzeihen?«

»Gibt es nicht ein Sprichwort«, sagte er leise und hielt ihr Gesicht sanft mit beiden Händen, »dass die Liebe alle Wunden heilt?«

Jetzt musste sie richtig lachen, und sie umschloss seine Hände an ihrem Gesicht. »Ich glaube, das heißt, die Zeit heilt alle Wunden.«

»Für uns heißt es eben die Liebe«, sagte er einfach. Sein Griff wurde fester, denn plötzlich überkam ihn ein neuer, ein erschreckender Gedanke – was, wenn sich die Geschichte wiederholte? Was, wenn sie noch immer loyal gegenüber Clayborough oder dem toten Herzog war? »Dieses Mal wirst du mich heiraten, Isobel.«

»Ja!«, rief sie begeistert, »ja, ja, ja!«

»Das war keine Frage«, sagte er, von plötzlichen Tränen geblendet.

»Ich weiß!« Und sie schlang ihre Arme um ihn.

36

Nicole brauchte nur einen Augenblick, bis sie merkte, wo sie war.

Sie blinzelte, stützte sich auf einen Ellbogen und schaute auf das reich drapierte Bett mit seinem Baldachin. Dann fiel ihr alles wieder ein, und sie ließ sich auf die Kissen zurücksinken. Gestern hatte Hadrian sie mit Gewalt aus Cobley House geholt. Gestern hatten sie sich in seiner Kutsche geliebt, und sie hatte keine Anstalten gemacht, sich zu widersetzen. Gestern war ihr Zorn verflogen, nachdem ihre Liebe einfach nicht aufhören wollte. Und gestern war sie in seinen Armen zusammengebrochen und hatte endlich ihrem Kummer Luft gemacht.

Sie setzte sich vorsichtig auf. Sie war nackt, aber sie konnte sich nicht erinnern, wie sie sich ausgezogen hatte und ins Bett gekommen war. Sie wusste nur noch, dass sie in der Serles-Kutsche in Hadrians Armen schrecklich geweint hatte. Seine Umarmung war so zärtlich gewesen.

Ihr Herzschlag beschleunigte sich.

Sie meinte sich zu erinnern, dass sie ihm auch ihre Liebe gestanden hatte. Sie hoffte inbrünstig, dass sie es nicht getan hatte, dass sie das nur geträumt hatte.

Guter Gott, was sollte sie denn jetzt machen?

Die hinreißende Holland Dubois kam ihr in den Sinn.

Nicole stand auf und schlüpfte in einen Morgenmantel. Sie wusch sich das Gesicht, putzte die Zähne und versuchte, sich nur auf das zu konzentrieren, was sie gerade tat. Es ging nicht. Sie konnte die Erinnerungen nicht ausschalten, sie waren zu stark. Nicole stand regungslos im Badezimmer und hielt sich an der Marmorplatte des Toilettentisches fest. Sie war jetzt voll wach, und es war ihr unmöglich, nicht an das zu denken, woran zu denken sie die ganze Woche vermieden hatte. Während ihres Aufenthalts in Cobley House war sie wie ein Zombie gewesen, sie hatte nichts denken und nichts fühlen können. Jetzt konnte sie beides wieder – wenn sie auch noch Angst davor hatte, ihre Gefühle näher zu betrachten. Aber sie waren da, unvermeidbar, ein wenig empfindlich und etwas ungeschminkt. An Hadrian und Holland zu denken, tat noch immer weh. Aber es schien ihr nicht allzu schlecht zu gehen. Auf wundersame Weise war ihr Herz unversehrt.

Was sollte sie wegen Holland unternehmen? Was konnte sie tun? War Hadrian gestern wirklich so nett und fürsorglich gewesen? Oder hatte sie am Ende auch das nur geträumt?

Nicole klammerte sich noch fester an den Toilettentisch. Sie wollte ihren Gatten sehen.

Sie musste ihn sehen. Sie musste herausfinden, ob sie sich all diese Sanftheit und Leidenschaft und Fürsorge in seinen Augen nur eingebildet hatte. Das war es, was plötzlich wichtig war, und sonst gar nichts.

Sie wollte, dass es kein Traum war. Sie wollte es so sehr, dass es wahr sein musste.

Nicole lief in ihrem Schlafzimmer hin und her. Sie wusste, dass sie ihre Suite nicht im Negligé verlassen sollte, doch nun wurde sie von einer Kraft getrieben, die sie sich nicht erklären konnte. Sie ging ins Wohnzimmer und wollte gerade zum Flur weitergehen, als sie den in Geschenkpapier eingewickelten Karton sah.

Sie hielt inne. Es war ein rechteckiges Paket, das an der Wand lehnte, und es sah aus, als sei es dort unachtsam abgestellt und vergessen worden. Nicole wusste, dass es für sie war. Und sie wusste auch sofort, dass es von Hadrian war. Wie von einem Magnet angezogen, ging sie darauf zu. Und kaum hatte sie es in den Händen, da riss sie es in Windeseile auf.

Das Erste, was sie unter dem grünen Seidenpapier sah, war Rehleder. Sie stutzte und zog dann eine Reithose heraus. Und dann noch eine und noch eine. Es waren insgesamt sechs Reithosen, jede in einer anderen Farbe – Hellbraun und Dunkelbraun, Grau und Braun und Jagdgrün. Die Letzte hielt sie hoch, sie war schwarz. Sie musste sie gar nicht erst anprobieren, um zu wissen, dass sie alle perfekt passten.

Nicole war zu Tränen gerührt. Sie drückte die schwarze Hose

an ihre Wange. Was hatte das zu bedeuten? Oh, was hatte das nur zu bedeuten?

Sie legte die Hose abrupt zur Seite und durchsuchte das Paket und seinen ganzen Inhalt nach einer Karte, und sie fand auch eine. »Für meine liebe Gattin« – mehr stand nicht darauf. Nur seinen Namen hatte Hadrian noch unleserlich darunter gekritzelt.

Sie presste das Kärtchen an die Brust. *Für meine liebe Gattin.* Er hatte »Für meine *liebe* Gattin« geschrieben. Das war ganz gewiss nicht nur Höflichkeit. So wie sie sich jetzt auch wieder sicher war, dass sie in seinem Blick gestern Fürsorge und Mitgefühl gesehen hatte.

Er mochte sie.

Nicole sprang auf. Nichts konnte sie mehr davon abhalten, ihn zu suchen.

Sie flog den Flur entlang, ohne sich um die Dienstmädchen zu kümmern, die erst einmal sprachlos vor Staunen von ihren Arbeiten aufblickten, bevor sie ihr einen guten Morgen wünschten. Sie rannte so schnell die Treppe hinunter, dass sie außer Atem geriet. Ihr Herz pochte laut. Vorfreude erfüllte sie. Sie musste Hadrian sofort finden!

Sie ignorierte die Portiers im Erdgeschoss, sie sah sie eigentlich gar nicht, und eilte zu seinem Arbeitszimmer. Doch Stimmen aus dem Musikzimmer ließen sie aufhorchen. Glückliche Stimmen, die eines Mannes und einer Frau. Nicole blieb abrupt stehen. Der Ton der beiden war verschwörerisch, intim. Die Stimme des Mannes klang fast wie die von Hadrian, und für eine Sekunde dachte Nicole schon an das Schlimmste, obwohl sie wusste, dass es nicht wahr sein konnte. Sie riss die Tür auf.

Einen Augenblick lang starrte sie auf die Herzoginwitwe, die von einem Mann eng umschlungen wurde. Isobel und ihr Geliebter wandten sich ihr zu. Heiße Schamröte schoss Nicole ins Gesicht.

»Entschuldigung!«, rief sie und zog sich zurück. »Es tut mir schrecklich Leid!«

Sie schlug die Tür zu und blieb keuchend stehen. Was ging hier vor? Aber welche Rolle spielte es? Sie musste ihren Gatten finden, sonst gar nichts!

Er war nicht in seinem Arbeitszimmer. Nicole rannte den Flur zurück und wieder die Treppe hinauf.

*

Als Hadrian die Flügeltür des Musikzimmers schloss, fühlte er sich mehr als nur ein wenig schuldig und sehr besorgt. Er war sich nicht mehr sicher, ob er das Richtige getan hatte. Es war klar, dass sich seine Eltern noch immer liebten, aber er war kein Romantiker, dazu war er zu klug, auch wenn er sich mit seinem Versuch, sie zusammenzubringen, eindeutig wie ein Romantiker benommen hatte. In Wirklichkeit war doch längst so viel Zeit vergangen, dass es höchst zweifelhaft war, ob sie das, was einmal zwischen ihnen gewesen war, wieder aufleben lassen konnten.

Auf seinem Weg den Flur entlang sah er zum wiederholten Mal auf seine Taschenuhr. Kurz vor zehn. Sein Herz zog sich zusammen. Nicole schlief jetzt schon seit fast vierundzwanzig Stunden, und das beunruhigte ihn sehr. Letzte Nacht hatte er dreimal nach ihr gesehen und war mit jedem Mal besorgter geworden. Sie schlief wie eine Tote. Um sechs Uhr morgens war sie noch immer dagelegen wie im Koma. Um acht hatte sie sich bewegt, aber sie war noch immer nicht wach gewesen.

Er nahm die Hintertreppe, denn das war schneller. Er wollte sie jetzt aufwecken. Als er sich ihrer Suite näherte, begann er zu zittern. Er hatte das Gefühl, als würde ihre nächste Begegnung den Verlauf ihrer gesamten Ehe bestimmen, er meinte es überall in seinem Körper zu spüren. Hadrian wusste, dass so ein Gefühl lächerlich war. Aber er konnte diese Gewissheit nicht abschütteln.

Was, wenn sie ihn wirklich liebte? Inzwischen fragte er sich schon, ob seine Wunschvorstellung ihn zum Narren gehalten hatte, ob er etwas gehört hatte, nur weil er es hören wollte.

Ihre Zimmer waren leer. Eine riesige Enttäuschung überkam

ihn. Doch dann hörte er hinter sich etwas in der Tür. Er drehte sich um, und da stand sie.

»Hadrian«, flüsterte sie atemlos.

Er betrachtete sie. Die Art, wie sie seinen Namen sagte und wie ihre Augen aufleuchteten, sobald sie ihn erblickte, entzündete eine gefährliche Sehnsucht in seinem Herzen. Er musste sich sehr um Fassung bemühen; am liebsten hätte er sie geradeheraus gefragt, ob er das, was er meinte, gestern in der Kutsche gehört zu haben, auch wirklich gehört hatte. »Guten Morgen, Madame. Ich habe allmählich angefangen, mir Sorgen zu machen; Sie haben einen ganzen Tag verschlafen.«

»Wirklich?«, fragte sie, noch immer atemlos. »Und du hast dir Sorgen gemacht?«

»Ja.«

Plötzlich lächelte sie und hielt eine Faust hoch; darin hatte sie ein Stück Papier. Sie öffnete die Faust, und nun sah er, dass es nicht ein Stück zusammengeknülltes Papier war, was sie in der Hand hatte, sondern eine kleine Karte – das Kärtchen, das er in das Geschenk gelegt hatte, welches er ihr vor einer Woche hatte geben wollen.

»Hadrian«, rief sie, »was hat es zu bedeuten? Was hat dein Geschenk zu bedeuten?«

Er zögerte. »Es bedeutet, dass ich mich wie ein Esel benommen habe und dass es mir Leid tut.«

Hoffnung flammte auf. Freude sprudelte. »Es tut dir Leid wegen Holland?«, flüsterte sie.

Er stutzte. »Holland?« Er konnte sich nicht erklären, woher sie auch nur den Namen seiner Ex-Mätresse wusste. »Holland wer?«

Nicole versteifte sich. Die Freude begann zu schwinden. »Holland Dubois.«

Eine Ahnung stieg in ihm auf. Er ergriff ihre Hand. »Nicole, was hat Holland damit zu tun? Und wie in Gottes Namen hast du überhaupt von ihr erfahren?«

Sie machte keine Anstalten, sich loszureißen. »Ich dachte, es täte dir Leid, dass du zu ihr gegangen bist. Aber wie ich sehe, liege ich damit wohl falsch. Wieder einmal falsch, und wieder einmal bin ich die Dumme.«

»Warte!« Er ließ ihre Hand nicht los. »Wovon zum Teufel redest du denn eigentlich?«

»Ich kann dich nicht teilen, Hadrian«, erwiderte sie schlicht. »Und ich werde es nicht.« Sie richtete sich plötzlich auf, von wilder Entschlossenheit beseelt. »Oh, wie dumm war ich doch! Warum habe ich nicht schon früher daran gedacht, um das, was mir gehört, zu kämpfen?«

Hadrian starrte sie verständnislos an. Doch allmählich begriff er, und ein Lächeln begann um seinen Mund zu spielen. »Und was ist das, worum du kämpfen willst? Und gegen wen wirst du nun kämpfen?«

»Ich werde um dich kämpfen!«, erklärte sie bestimmt und mit loderndem Blick. »Und ich werde gegen Holland kämpfen. Und es ist zu spät für dich, es dir anders zu überlegen, denn ich bin fest entschlossen. Ich will keine Scheidung mehr.«

»Ich verstehe«, erwiderte er und fragte sich, ob er wohl auch so seltsam erfreut aussah, wie er sich fühlte. »Und was ist mit dem, was *ich* will?«

Sie musterte ihn. »Ich sage es dir mit deinen eigenen Worten. Was du willst, ist mir gleichgültig.«

»Ach wirklich?« Er lachte. »Und warum glaube ich, dass du lügst?«

Jetzt blickte sie verständnislos auf ihn. »Ich weiß nicht, was du damit meinst, Hadrian, aber vielleicht sollte ich mich noch klarer ausdrücken.«

»Ich bitte darum«, sagte er, unvorstellbar glücklich. Er war noch nie glücklicher gewesen.

»Ich will keine Scheidung. Aber ich werde dich nicht teilen. Ich weiß, ich kann dich nicht physisch davon abhalten, diese Frau zu besuchen, aber ich kann dafür sorgen, dass sie dich nicht mehr empfängt.«

Er kicherte. »Liebes, sicherlich kannst du mich davon abhalten, du hast es auch schon getan, aber bitte sag mir, was hast du mit der armen Holland vor?«

»Vergiss jegliche Gefühle, die du für sie haben magst, Hadrian«, sagte Nicole verächtlich. »Sie wird dich nicht mehr empfangen, nicht, wenn ich sie noch einmal aufsuche.«

Er stöhnte. »Jetzt verstehe ich allmählich! Lass mich raten! Du warst bei ihr, als ich in London war!«

»Ich war nicht ihr einziger Besucher«, gab Nicole mit schneidender Schärfe zurück.

»Du bist eifersüchtig! Gib es zu!«

»Hast du gewusst, dass ich einen Tropfen indianisches Blut in den Adern habe?«

Der Herzog lächelte und zog sie in seine Arme. »Ich kann nicht sagen, dass mich das sehr überrascht.«

»Was tust du denn!«, schrie Nicole, als er ihren Rücken streichelte.

»Ich halte meine Frau im Arm. Meine liebe Frau.«

Das warf sie um. Sie zitterte vor Entzücken. »Meinst du das wirklich? Was du auf die Karte geschrieben hast?«

»Ja. Nicole, bitte schlag der armen Holland nicht mit der Reitgerte ins Gesicht, wie du es bei mir gemacht hast. Ich sage dir das nur ungern, Liebes, aber du wurdest schrecklich irregeführt.«

Sie packte ihn am Hemd. »Wurde ich das?«

»Ja. Holland Dubois ist nicht meine Mätresse.«

»Sie ist nicht deine Mätresse?«

»Nicht mehr. Ich habe unsere Beziehung beendet, als ich das letzte Mal in London war.«

»Wirklich?«

»Wirklich.«

Erleichterung überflutete Nicole, vor Freude wurde ihr fast schwindlig. Sie klammerte sich an ihren Ehemann. »Und ihr hattet nicht einmal einen – äh, einen netten Abschied?«

»Ich habe alles Nette, das ich brauche, hier, Liebes.«

Sie fühlte sich einer Ohnmacht nahe, doch er hielt sie fest. »Oh, mein Lieber«, flüsterte sie. »Und ich wollte schon ihr hübsches Gesicht mit einem Küchenmesser …«

Hadrian stöhnte auf.

»Oh, wie konnte ich nur so überstürzt weglaufen?«, jammerte Nicole.

»Ich habe keine Ahnung«, erwiderte der Herzog und legte seine Hände um ihr Gesicht. »Aber irgendetwas sagt mir, das war nicht das letzte Mal, dass du voreilig warst.« Er unterdrückte Nicoles Protest mit einem sehr langen, sehr zärtlichen Kuss. »Aber ich werde zur Stelle sein, um dich zu retten, Liebling, hab keine Furcht.«

»Liebling?«, flüsterte sie verwirrt. »Warum nennst du mich eigentlich immer ›Liebes‹? Und wieso sagst du jetzt ›Liebling‹ zu mir?«

»Weil mich deine Eifersucht freut«, antwortete der Herzog sehr zärtlich.

Sein Blick war noch sanfter als am Tag zuvor in der Kutsche; Nicole schmolz dahin. »Oh Hadrian«, seufzte sie. »Wenn du mich so anschaust ...«

»Ja?«, stichelte er.

»Ich kann kaum denken«, murmelte sie.

»Kannst du lange genug denken, um mir zu sagen, was du gestern zu mir gesagt hast?«

»Was habe ich dir denn gestern gesagt?« Sie piepste vor Aufregung.

»Ich will keine Spielchen mehr spielen, Nicole«, sagte er plötzlich sehr ernst. »Liebling«, fügte er dann hinzu.

Sie stöhnte. »Es war kein Traum, nicht wahr? Gestern, wie du mich festgehalten hast, so als ob du mich magst.«

»Ich mag dich.«

Sie klammerte sich an ihm fest – andernfalls wäre sie umgefallen. »Und ich liebe dich, Hadrian. Aber das hast du schon gewusst, nicht wahr? Weil ich es dir gestern gesagt habe.«

»Ich habe erst vor ein paar Minuten allmählich angefangen, es zu glauben«, sagte er, wie von Sinnen vor Glück. »Als du anfingst, der armen Holland zu drohen.«

»Sie ist gar nicht so arm! Sie ist die hinreißendste Frau, die ich je gesehen habe!«

»Sie ist nicht die hinreißendste Frau, die ich je gesehen habe«, erwiderte der Herzog schlicht.

Nicole taumelte fast vor Freude. »Kannst du mir verzeihen, dass ich weggelaufen bin? Dass ich dich noch einmal blamiert habe? Oh, ich werde mir nie verzeihen, was ich dir angetan habe! Ich verspreche, so etwas Unbesonnenes nie mehr zu tun!«

»Bitte keine Versprechen, ich weiß inzwischen, dass ich von dir nur das Unerwartete erwarten kann. Aber so lange du mich liebst, Nicole, ist mir alles andere egal.«

»Oh Hadrian«, sagte Nicole und fasste ihn an den Schultern. »Das ist zu schön, um wahr zu sein. Ich habe Angst, wenn ich mich zwicke, dann merke ich, dass ich nur träume!«

Er lachte wieder und zwickte sie leicht in die Wange. »Da. Siehst du? Du bist wach, du träumst nicht. Du bist meine Herzogin«, sagte er, leiser werdend, »und ich liebe dich.«

Nicole warf sich in seine Arme. Eine Ewigkeit hatte sie auf diese Worte gewartet. Und er hatte Recht. Ihr Gatte, der Herzog, hatte Recht. Nichts war mehr von Bedeutung, nichts zählte mehr, außer ihrer Liebe, nachdem sie endlich alle Missverständnisse ausgeräumt hatten.

Manchmal, erkannte sie glücklich, manchmal werden Träume wirklich wahr.

ENDE